# 분화와 심화,
## 어둠 속의 풍경들

2007

탄생 100주년 문학인 기념문학제 논문집

# 분화와
# 심화,

## 어둠 속의 풍경들

염무웅 · 고형진 외

탄생 100주년 문학인 기념문학제 논문집 2007

민음사

# 차 례

【총론】

# 자연의 가면(假面) 뒤에 숨은 역사의 흔적들

## 이효석 · 신석정 · 김달진 · 박세영 · 김문집 · 김소운 · 김재철의 문학 행로가 의미하는 것

염무웅(영남대 명예교수)

## 1

주지하는 바와 같이 러일전쟁은 형식상 늙은 제국 러시아에 대한 신흥 제국 일본의 승리였으나, 실제로는 일본을 앞세운 영국과 미국의 승리였고 이들 국가에 의한 동아시아 세력 판도의 재구성이었다. 그것이 한반도의 식민지화로 귀결되었음은 굳이 말할 필요도 없는 사실인데, 외교권 박탈과 통감부 설치를 주요 내용으로 하는 강압적인 을사조약(1905. 11. 17)부터 완전한 식민지 전락으로서의 합병조약(1910. 8. 29)까지에 이르는 과정은 일사천리로 진행되었다. 아마 1907년은 임종을 앞둔 조선 왕조가 마지막 가쁜 숨을 내쉰 해일 것이다.

잠시 이해의 사건들을 일별해 보자. 정초부터 대구를 중심으로 국채보상 운동이 일어나 전국적인 호응을 받았으며, 을사5적을 암살하려는 기도가 있었으나 번번이 좌절되었다. 5월 22일에는 이완용 내각이 발족하였고, 그로부터 한 달쯤 뒤인 6월 24일에는 이상설, 이준, 이위종 등이 황제의 위임장을 가지고 제2차 만국평화회의에 참석하기 위해 네덜란드 헤이그에 도착했다. 이 밀사 사건으로 고종의 퇴위가 강요되고(7. 20) 이어서 순종의 황제 즉위식이 거행되었다.(8. 27) 이 와중에 이른바 '정미(丁未)7조약'이라 통칭되는 한일신협약이 조인되어(7. 24) 사법권의 위임과 군대 해산을 결정했다. 같은 날 '광무(光武)신문지법'이 공포되었는데 이 법은 1950년대에 이르기까지 언론 자유를 옭죄는 탄압의 도구로 위력을 발휘했다. 무엇보다 1907년은 매국노를 규탄하고 일제의 침략에 반대하는 구국 운동이 전국적인 무장 투쟁으로 고조된 해였다.

그러나 이 시대가 이러한 국권 상실의 암흑과 핏빛 저항으로만 채색되어 있었던 것은 아니다. 수원농림, 선린상업, 오산학교, 수피아여학교 등 많은 신식 학교들이 이해에 잇달아 설립되고 서울에 수도, 전기, 전화, 철도, 전차 등과 관련된 공사들이 시행되는가 하면, 미국인 선교사가 청년들에게 농구 경기를 소개하고 자전거상회에서는 자전거 경기 대회를 열기도 했다. 9월 1일부터 11월 15일까지는 우리나라 최초의 박람회가 개최되어 20여만 명의 관람객을 끌어 모았으며,(안국선(安國善)의 단편 소설 「공진회(共進會)」는 이를 소재로 한 작품이다.) 한미(韓美)전기회사에서는 동대문 차고에 활동사진 관람소, 즉 영화관을 만들기도 했다. 양장 여인이 처음 서울 거리에 나타난 것도 이해 연말께였다고 한다.(이상 한국현대사 제9권, 『연표로 본 현대사』(신구문화사, 1972) 참조.)

이런 점에서 이효석, 신석정, 김달진 등이 태어난 1907년 전후의 시기는 흔히 '애국 계몽기'라고 호칭되는 데서 드러나듯이 애국적 정서와 계몽주의적 열정이 분출한 시대였다. 그러나 그것은 시대의 일면에 불과하고, 다른 면에서는 러일전쟁을 계기로 일제의 식민 침탈이 더욱 심화된 망국의 시대였음을 잊어서는 안 된다. 가령 언론계의 형편을 보더라도 영국인 베셀과 양기탁, 박은식, 신채호 등이 활동한 ≪대한매일신보≫는 여전히 반일(反日)의 깃발을 들고 국문판까지 발행하기 시작한 반면, 신소설 작가로도 유명한 이인직은 자신이 주필로 있던 천도교 신문 ≪만세보≫의 경영난을 기회로 이 신문을 인수하여 ≪대한신문≫으로 제호를 바꾸고 이완용 친일 내각의 기관지로 탈바꿈시켰던 것이다. 요컨대 애국과 매국이 공존하고, 문명

8

개화로서의 근대화는 우리의 경우 일제에 의한 식민지 침략과 나란히 진행되는 모순의 상황이 이 시대의 특징이었다. 다시 말하면 이 땅에서 근대화는 식민지화의 분식(粉飾)한 얼굴이었던 것이다.

1907년생 문인들의 삶의 출발점이 망국의 위기와 근대적 전환이 교차하는 갈림길 한가운데 위치해 있었다는 것은 그들의 인생 역정 전체가 시대의 격랑을 피할 수 없었다는 운명의 예고처럼 보인다. 그 시대의 격랑이란 어떤 것이었던가. 생각건대 20세기 전반기의 인류 역사는 사상 초유의 두 세계대전을 축으로 하여 그 파괴와 신생의 길항 위에 성립한다. 특히 제1차 세계대전의 와중에 일어난 러시아 사회주의 혁명의 성공은 제국주의 열강의 압박과 착취에 시달리던 전 세계 민중들에게 새로운 희망의 빛을 던지고 해방의 영감을 불어넣었다. 시야를 동아시아로만 좁히더라도 3·1운동에 이은 5·4운동의 전개(1919), 인도네시아(1920), 중국(1921), 일본(1922), 인도(1925), 베트남(1930) 등 여러 나라에서의 공산당의 결성, 그리고 이런 움직임과 연결된 농민 운동·노동 운동 및 학생 운동·여성 운동 등 각급 사회 운동의 활발한 전개는 이 지역의 정치 지형에 엄청난 변화를 가져왔다. 식민지 당국의 혹독한 탄압과 끊임없는 내부 갈등에도 불구하고 4차에 걸쳐 조선공산당(1925~1928) 결성이 시도되고 그 외곽에서 카프(1925~1934)가 조직되었던 사실은 그 나름으로 당시의 세계사적 조류를 반영한다고 할 것이다.

그러나 세계 변혁 운동의 활력은 대공황의 와중에서 점차 주춤거리게 되고 자본주의 기존 체제는 위기를 극복하는 과정에서 도리어 체질 강화의 기회를 얻는다. 이미 이탈리아에서는 파시스트(1922)가 정권을 잡고 있었지만 독일에서의 히틀러 집권(1933)과 스페인 내전(1936~1939)에서의 공화주의의 패배는 온 세계에 민주주의의 후퇴를 알리는 신호탄이 되었으며, 그 연장선 위에서 유럽은 다시 세계대전(1939)에 휘말린다. 이 반동의 물결은 일본 제국주의의 야심을 자극하여 만주사변(1931) — 중국 침략(1937), 태평양 전쟁(1941)으로 이어지는 확전으로 나타났는데, 그 여파로 식민지 조선에 대한 더욱 가혹한 탄압과 무자비한 전쟁 동원이 이루어졌다.

이 같은 역사의 격랑에 1907년생 문인들은 어떻게 반응했던가. 똑같은 시대 조류 가운데서 성장했어도 자기의 문학 세계를 찾아가는 그들의 도정은 당연히 서로 똑같은 것일 수 없다. 김소운과 김문집은 보통학교를 마치자마자 또는 중학을 다니다 말고 일본으로 건너가 그곳에서 문학적 교양의 터전을 구했고, 자의든 타의든 생애의 많은 부분을 그곳에서 보낸다. 이 점에서 그들은 동년배 문인들 중에서 상당히 예외적인 경력의 소유자들이다. 그러나 그들이 그곳에서 획득한 일본 고전 문학에 대한 조예와 일본 현역 문인들과의 교유는 그들의 문학 인생을 위해 일정 부분 자산이 되기도 했지만 근본적인 차원에서는(특히 김문집의 경우) 오히려 심각한 제약이 되었던 것 같다. 왜냐하면 당시 조선에 있어 일본은 식민지 모국인 동시에 근대 문명의 유일한 창구로 기능했으므로, 일본 문화에 대한 이러한 간극 없는 밀착은 결국 자아 상실의 위험을 동반할 수밖에 없었기 때문이다. 따라서 그러한 위험을 벗어나기 위해서는 김소운의 경우에 보듯이 자신의 교양의 모태에 대한 평생에 걸친 힘겨운 싸움을 피하기 어려운 것이다.

반면 박세영은 중학 졸업 이후 일본 유학 대신 중국 대륙을 유랑하는데, 이 경험은 그를 민족 현실의 새삼스런 발견으로 이끌었을 가능성이 상대적으로 더 높다. 물론 여기서 일본이냐 중국이냐의 선택지가 자동적으로 한 인간의 사상 형성에 차이를 만들어 냈다고 말할 수는 없다. 하지만 박세영이 귀국 직후(어쩌면 이미 중국 체재 중에) 좌파 조직에 가입하여 일생 동안 답답할 만큼 일관되게 노선을 견지한 데에는 일본 유학이 아닌 중국 방랑을 떠날 때 그의 마음에 있었던 것과 동일한 어떤 내적 성향이 작용했을 것이다.

여기서 이들과 대조적으로 떠오르는 인물이 벽초 홍명희(1888~1968)이다. 그는 명문대가 출신으로서 일찍이 전통 학문의 수련을 거친 다음 일본 유학(1906~1910)을 통해 서양과 일본의 근대 문학을 섭렵했고 또 중국 및 남방 생활(1912~1918)을 통해 그곳에 망명한 다수의 독립 운동가들과 연계를 맺을 수 있었다. 비슷한 연배의 인물들과 비교해 볼 때 벽초는 신채호의 전투적 치열성을, 한용운의 내면적 깊이를, 최남선의 학문적 체계를, 이광수의 대중적 인기를 결하고 있지만, 그들 어느 누구도 갖지 못한 포용성과 유연성, 현실 적응력과 민족적 경륜을 겸비하고 있으며 한 인격 내부에서 전통과 근대성의 통일을 구현하고 있다.

김달진과 신석정은 불교 전문 학교에서 수학했다는 경력을 공유하고 있고, 기본적으로 자연 친화적인 감수성의 소유자라는 점에서도 공통된다. 김달진은 출가한 스님으로서 역경(譯經) 사업 등에서 수많은 업적을 남겼고, 신석정은 평생 고향인 부안과 전주에 머물면서 시 쓰는 일과 학생들 가르치는 일 이외의 다른 잡무에 손댄 적이 거의 없었다. 그런 점에서 두 사람은 외관상 당대 현실의 절박한 문제성으로부터 멀리 떨어진 독특한 선적(禪的) · 전원적 공간 안에 고고하게 칩거하고 있었던 것으로 보인다. 그러나 그것은 겉으로 드러난 모습일 뿐이며 자연은 현실과의 긴장을 감추는 오래된 가면일 수도 있었다. 그리고 그 점에서 김달진과 신석정은 외관상의 유사성에도 불구하고 아주 대조적인 개성을 지니고 있었다고 생각된다.

카프의 위력과 카프의 퇴조라는 시대적 표정의 변전을 한 작가의 문학적 행로 안에 집약적으로 반영한 인물이 이효석이다. '동반자 작가'라는 말이 1920년대 후반의 유진오와 이효석을 지칭하는 관습적 용어로 굳어진 사실이 이를 입증한다고 하겠다. 시대의 유행을 뒤좇는 듯한 이러한 추수적(追隨的)인 자세가 정명환(鄭明煥) 교수에 의해 강력히 비판된(정명환, 「위장(僞裝)된 순응주의 ― 이효석론(順應主義 ― 李孝石論)」, 1968~1969) 이후 이효석은 「메밀꽃 필 무렵」의 높은 완성도와 대중적 명성에도 불구하고 대체로 비평의 호의적인 조명에서 벗어나 있었다. 분명히 이효석은 30여 년 뒤의 김승옥이 그러하듯이, 작품을 통해 완성에 이른 재능이었다고 말할 수는 없을 것이다. 돌이켜 보면 그는, 겨우 35년에 그친 짧은 생애 탓도 있지만, 김승옥이 받았던 것보다 훨씬 더 복잡한 시대적 압박을 더 미숙한 동시대인들 틈에서 통과하지 않으면 안 되었고, 그 결과로서의 상처와 불

균형을 삶과 글에 남겨 놓았다. 그러나 그런 점까지 포함하여 그의 문학은 식민지 시대를 증거하는 독특한 초상들 중의 하나로서 외면할 수 없는 중요성이 있으며, 그런 만큼 후세의 문학사가들에게 심도 있는 해명을 요구할 권리가 있다.


## 2

학문 연구가 대학 제도 바깥에서 지속되기 어려운 것이 근대 사회의 한 특징이라 할 때, 3·1운동 이후 연희, 보성, 이화 등 사학들이 전문 대학 체제를 갖추게 되고 일제 당국에 의해 제국대학이 설립된 것은 우리나라 근대 학문의 역사에서 획기적인 의의를 갖는다고 할 수 있다. 특히 연희전문에는 정인보(1892~1950), 최현배(1894~1970), 백남운(1895~1974) 등 훌륭한 학자들이 교수로 재직하고 있었던바, 이들이 식민지 관학(官學)에 대항하여 민족 전통을 중시하는 민중 지향적 학풍의 수립에 진력한 것은 주목에 값한다.

이에 비해 경성제대의 출범이 갖는 의미는 이중적일 것이다. 한편으로 그것은 명백하게 최고 교육 기관에 있어서의 식민지 통치의 관철이다. 개정된 조선교육령(1922)에 의해 전문 학교와 대학의 등급을 구분하고 경성제대만을 유일한 정규 대학으로 인가한 것도 그렇지만, 법문학부와 의학부만으로 구성된 이 대학에서 1926년 개교 당시 전체 교수 57명 중 겨우 5명만이, 그리고 전체 학생 140명 중 47명만이 조선인이라는 사실도 그 점을 보여 준다. 그러나 다른 한편, 비록 식민지적 구조의 내부에서이기는 하나 그 식민성을 극복할 수 있는 일정한 주체적이고 잠재적인 역량이 양성될 수 있는 사회적 제도가 또한 대학이다. 경성제대 조선어문학과 졸업자들이 우리나라 국어국문학 연구 제1세대의 핵심을 구성하게 된 사실이 단적으로 이를 입증한다.

김재철은 바로 이 제1세대 중의 한 명이다. 조윤제(1904~1976)가 1회,

이희승(1896~1989)이 2회, 그리고 김태준(1905~1949)과 김재철이 3회로서, 이들은 3회 졸업생이 배출되던 1931년에 조선어문학회를 결성하여 일본 학자들의 영향에서 벗어나기 위해 집단적 활동을 개시했다. 특히 대학 동기인 김태준과 김재철은 졸업 논문을 위해 준비한 『조선소설사』와 『조선연극사』를 신문 연재로 발표하여, 안확(安自山, 1886~1946) 같은 재야 학자가 첫 삽을 들었다고는 하나 아직 불모지나 다름없던 이 방면에 개척자적인 업적을 제출하였다. 뒤이어 방종현(1905~1952), 이숭녕(1908~1994), 김형규(金亨奎) 등이 조선어학과를, 구자균(1912~1964), 고정옥(1911~1969), 정학모(鄭鶴謨), 손낙범(孫洛範), 정형용(鄭亨容), 이명선(李明善) 등이 조선문학과를 차례로 졸업하고 이 흐름에 동참하여, 이제 국어국문학 연구는 근대적 학문으로서의 기본 골격을 갖추게 되었다. 이들은 해방 후 각 대학 국문학과 교수로 자리 잡고 후속 세대의 양성에 힘썼으며, 그중 일부 학자들은 '우리어문학회'를 조직하고 그 학회의 이름으로 『국문학사』(1948)와 『국문학개론』(1949)을 간행하여 초보적인 형태의 집단적인 학문 운동을 전개하기도 했다. 다만 유감스러운 것은 발표 당시에 이미 높은 가치를 인정받았던 연극사 연구의 개척자 김재철이 불과 26세의 새파란 나이에 세상을 떠남으로써 더 많은 업적으로 학계에 기여할 기회를 놓친 점이다.

그런데 김재철의 탄생 100주년이 되는 이 시점에서 국문학 연구가 근대 학문으로 탄생하게 되는 초기 과정을 잠시 뒤돌아본 까닭은 어디에 있는가. 잘 살펴보면 일제 강점기의 국문학 연구는 유감스럽게도 문학 활동의 살아 있는 현장, 즉 현실 문단과 일정하게 괴리되어 있었다는 사실을 알 수 있다. 이것은 당시 서양 문학 전공자들이 적극 문단 활동에 개입했던 것과 아주 대조되는 사실이다. 여기서 가령, 경성제대 영문과 2회 졸업생인 이효석이 이미 재학 중에 소설가로 데뷔하여 주목을 받았고 같은 영문과 3회 졸업생인 최재서도 조만간 비평가로서 상당한 영향력을 행사하게 되었으며 무엇보다도 3·1운동 전후 우리 근대 문학의 건설자들 대부분이 일본 유학 중 서양 문학에 심취했던 사실을 상기해 볼 수 있다. 생각건대 국문학 연구가 근대 학문으로 태동할 무렵 이들 연구자들 앞에 놓여 있는 동시대의 한국 문학은 연구 대상으로서 너무나 빈곤하고 축적된 작품량 또한 너무나 빈약하였다. 따라서 그들의 학문적 과제는 현재적인 것이 아니라 과거로부터 넘겨진 문학 유산의 분류와 체계화, 즉 역사적 연구일 수밖에 없었다. 그런 점에서 김태준, 김재철, 조윤제 등 초기 국문학자들이 소설사, 연극사, 시가사(詩歌史) 등에 착수하여 각자의 첫 저서를 내놓은 것은 불가피한 일이었다고 할 수 있다.

그러나 동시대 민중의 구체적인 생활, 즉 당대의 현실을 표현하는 것을 목표로 하는 작품의 창작에 있어서는 그러한 역사적 연구가 살아 있는 준거 노릇을 하기 어렵다. 그러므로 아마 이 시대의 작가와 비평가들이 실제의 작업에서 살아 있는 모범으로 삼았던 것은 우리나라의 고전 또는 현대 작품이 아니라 서양의 문학을 적극 받아들여 자신들의 근대 문학을 만들어 나가고 있는 일본의 성공적인 선례였을 것이다. 많은 논란을 불러일으킨 임화의 이른바 이식문학론은 이처럼 우리 문학사의 과거와 현재 사이에 충분한 내재적 유기적 연속이 결여되어 있다는 엄연한 현실을 지적한 것이라고 보아야 한다.

그러나 어느 시대 어느 나라건 문학에 대한 역사적 이론적 연구, 즉 문학사와 문학 이론은 창작과 비평이 이루어지는 문학 현장과 구별될 수는 있을지언정 분리될 수는 없다. 우리나라 신문학 운동 초기에 양자가 서로 무관해 보일 만큼 멀리 떨어져 있었던 것은 특정한 시대의 예외적인 현상으로서, 이것은 양자 모두를 위해서 바람직한 상태가 아니다. 나의 어렴풋한 짐작에 국문학 연구와 현장 문학이 서로를 발견하고 상대방을 통해 자신을 한 단계 더 높일 수 있었던 것은 일제 식민 통치의 압제가 더욱 악랄해진 1930년대 후반이 아닌가 한다. 시와 평론으로 활약하던 양주동(1903~1977)이 신라 향가와 고려 가요 연구에 몰두한 것은 뜻밖의 선회라 할 수도 있지만, 출판사 학예사를 무대로 한 문학사학자 김태준과 현장이론가 임화(1908~1953)의 접촉은 각자 추구해 오던 방향에서의 필연적인 만남으로서 중요한 의미를 지닌다. 2005년도 탄생 100주년 기념 문학제에서 김재용 교수는 해방 전후 이념적 기치로서의 민족문학론의 형성에 김태준이 핵심적인 역할을 했고 그에 앞서 김태준, 임화 두 사람의 이론적 상호 접근이 이루어졌다는 가설을 발표했는데(김재용, 「김태준과 민족문학론」) 오늘날 수많은 국문학과 출신 비평가들이 한때 번성하던 서양 문학 전공자들의 위세를 밀어내고 평단의 대세를 장악하게 된, 어쩌면 너무나 당연한 상황의 연원을 찾자면 1930년대 말경의 민족문학론 잉태 지점으로 가야 하지 않을까 생각한다.


3

카프 결성 이전에 이미 김석송(1901~?), 김기진(1903~1985), 조명희(1894~1938) 등이 경향파적인 작품을 발표했고 카프 결성 이후 그 영향권 안에서 많은 시인들이 활동한 것은 잘 알려진 사실이다. 그런데 1931년에 발간된 『카프 시인집』에는 김창술(1903~1950)의 「기차는 북으로 북으로」 등 4편, 권환(1903~1954)의 「소년공의 노래」 등 7편, 임화의 「네거리의 순이」 등 6편, 안막(1910~?)의 「삼만(三萬)의 형제들」 등 2편, 그리고 박세영의 「누나」 1편이 수록되어 있다. 시집이 발행된 시점은 일본에서 갓 돌아온 임화, 김남천, 안막 등이 프로 문학의 볼셰비키화라는 깃발을 들고 카프의 제2차 방향 전환을 시도하여 헤게모니를 장악하고 난 직후로서, 이 시집은 카프 내부의 그러한 변동을 반영하고 있다. 여기에 수록된 다섯 사람들 이외에도 김해강(1903~1987), 류완희(1903~?), 박팔양(1905~?), 박아지(1905~1959), 이찬(1910~1974), 김조규(1914~1990) 등이 카프를 중심으로 활약했고, 이들보다 문단 선배인 이상화와 김동환도 한때 카프의 노선에 동조적이었다. 그러나 돌이켜보면 이 여러 사람 가운데 박세영은 이찬과 더불어 카프의 계관시인이라 불려도 좋을 만한 대표성을 지니고 있다.[1] 몇 가지 각도에서 그 점이 뜻하는 바를 검토해 보자.

방금 거명한 시인들의 행로를 살펴보면 그들 대부분이 역사의 격랑에 부딪쳐 상처를 입고 좌절하거나 비극 속으로 침몰했음을 알 수 있다. 김기진, 김동환의 얼룩진 생애는 잘 알려져 있고 조명희와 임화의 비극적 최후도 밝혀진 터이지만 안막, 박팔양, 박아지, 김조규는 월북 후 별다른 활동을 못 하거나 행방이 묘연하다. 대표적인 카프 시인 중의 하나로 지칭되던 권환은 건강 때문에 고향인 마산으로 낙향하여 숨죽이며 살다가 6·25전쟁 직후 세상을 떠났고, 1920년대 후반 왕성하게 구호적인 시들을 발표하던 김해강도 카프 해산과 더불어 지향점을 잃고 의미 있는 문학 활동에서 떨어져 나가고 말았다. 김해강과 동향(同鄕)으로서 당시 가장 활발한 카프 시인이었던 김창술 역시 후일의 행적을 확인하기 어렵다. 이렇게 본다면 박세영과 이찬은 (소설 쪽의 이기영과 한설야가 그렇듯이) 일제 강점기 말

---

1) 내가 접해 본 거의 모든 자료는 박세영이 1902년생이라고 기록하고 있고, 김윤식, 『한국현대문학사』(서울대학교 출판부, 1992) 등 일부 책에만 1907년 7월 5일생이라고 되어 있다. 그리고 대부분의 책들은 그가 1922년 9월에 결성된 사회주의 예술 단체인 염군사에 가담, 이호·송영·이적효 등과 연결을 맺었다고 기술하고 있다. 잡지 ≪염군≫은 1923년 11월 이적효를 대표로 창간호를 편집한 상태에서 압수당하고 1924년 3월에는 제3호를 기획하다가 금지됨으로써 결국 한 번도 빛을 보지 못한 채 폐간되었다. 한편 1924년 6월 9일자로 경성 지방법원 검사정 대리 平山正祥이 상부에 올린 보고서에 따르면, 이틀 전인 7일에 노동총동맹과 청년총동맹 주최로 31개 운동 단체들의 연합 간담회가 있었는데, 염군사에서는 최승일, 송영, 심대섭, 지정신이 이 모임에 대표로 참석하였다. 참고로 밝히면, 이호는 대한민국 초대 법무장관을 지낸 변호사 이인의 아우이고 지정신은 당시 이호와 연인 관계였다. 1925년 8월 염군사와 파스큘라의 합동에 의한 카프의 결성은 관철동 형네 집에 기숙하고 있던 이호의 방에서 이루어졌다고 한다. 그런데 배재고보를 졸업한 직후인 1922년 4월 중국으로 건너간 박세영이 혜령 영문전문학교를 다니다 중퇴하고 텐진에서 ≪화북명성보≫ 교열원으로 일하다가 귀국한 것이 1924년 9월이라 하니, 그가 염군사에 관여했다는 기록은 중국에 머물면서 배재고보 동창이자 문학적 동지인 송영 등과의 문통(文通)에 의해 이름만 얹은 사실을 가리킨 것일 가능성이 높다. 물론 그가 1907년생이라면 이러한 염군사 가담설은 당연히 허구이다. 그러나 ≪염군≫ 창간호에 이적효, 홍파, 송영, 이호 등의 작품과 더불어 박세영의 시 「양자강반(揚子江畔)에서」가 실릴 예정이었다는 구체적인 회고(鶯峯山人, 「신흥 예술이 싹터나올 때」: 김윤식, 『한국근대문예비평사연구』(한얼문고 1973), 39쪽 참조)가 있는 것으로 미루어 그의 생년이 1902년임은 거의 확정적이다.

16

암흑기를 훼절의 과오 없이 통과했을 뿐만 아니라 월북 후에도 오래도록 북한 문단에서 지도적인 위치를 누리면서 창작 활동을 지속했다는 점에서 카프 문학의 정통성이 북한 문학으로 계승되었음을 입증하는 산증인이라 할 수 있다. 박세영이 '북조선 문학 예술 총동맹' 서기장이자 북한 애국가의 작사자였고 이찬이 북한에서 혁명시인의 칭호를 받았다는 것은 그러한 연속성의 한 단면이다.

일제 강점기 박세영의 문학적 업적을 평가함에 있어서 여러 동시대인들이 증언하는 그의 인품의 성실성과 이념적 일관성은 중요한 참고 사항일 것이다. 가령, 『산제비』 머리말에 붙인 임화의 언급을 상기해 보자.

항상 우리는 '글은 사람이다'라는 말을 해 왔지만, 이 말이 世永君의 예술에서처럼 부합되는 경우도 드물까 한다. 그는 창작 생활에 있어서나 우리 예술 단체 활동에 있어서나 특별히 눈에 띄는 특색을 가졌다고 할 수는 없다. 그러나 어느새 그는 우리들 가운데 없지 못할 무거운 존재가 되었다. 그는 자기라든가 문학적 명성이라든가를 돌아보지 않고 잠자코 필요한 일에 종사한 드문 사람이었다. (중략) 사실 이 책을 펴는 독자가 누구나 짐작할 수 있으려니와, 君의 작품은 어느 것을 보아도 어디 이렇다 할 특징으로서 독자의 눈을 휘황하게 하지는 않는다. 그러나 특징 아닌 특징이라고 할 어떤 특징에 의하여 그의 작품은 차차 완성의 域으로 가까워 가고, 고유한 예술적 성질과 견고한 실력으로 독자의 섬세한 음미를 요청한다.

이 언명은 박세영의 인간과 문학에 대해 정곡을 찌르고 있을 뿐만 아니라 당대의 시가 도달한 예술적 수준이 어느 정도인지, 또 조직 운동에 요구되는 품성적 특징이 어떤 것인지에 관한 임화 자신의 이해를 명료하게 보여 주고 있다. 이 서문을 쓰던 1937년 무렵 임화는 점점 좁아드는 활동 공간 안에서 지난날 자신의 비현실적인 과격 노선을 비판적으로 반성하는 한편, 신문학사 연구를 통해 우리 문학의 진로에 관한 좀 더 폭넓은 시야의 확보를 모색하고 있었다. 따라서 이 서문에서 그가 말하는 '독자의 눈을 휘황하게' 하는 특징이라는 것이 결코 프로 문학 이념과의 결별을 뜻하는 것일 수는 없겠지만, 동시에 과거와 같은 상투적인 구호의 지리멸렬한 반복일 수 없음도 분명하다. 적어도 임화는 카프의 영역 바깥에서 산출된 『정지용 시집』(1935), 『기상도』(1936), 『사슴』(1936), 『분수령』(1937) 같은 시집들의 높은 수준을 외면할 수 없었고, 또한 「시작(詩作)에 있어서 주지적(主知的) 태도」(1933)부터 「모더니즘의 역사적 위치」(1939)까지 김기림이 추구했던 새로운 시학에 이론적 긴장을 느끼지 않을 수 없었다. 이와 같은 문학사적 인식 위에서 그는 박세영 문학에 대해 유보적인 평가를 내리는 것이다. 다시 말하면 임화는 같은 문학 진영 소속의 박세영이 지닌 인간적 성실성을 높이 평가하면서도 그의 작품의 미학적 참신성에 대해서는 회의적인 견해를 숨기지 않았다. 그런 점에서 해방 직후 카프의 재건을 둘러싼 좌파 내부의 노선 분열, 그리고 월북 이후 6·25전쟁을 거치면서 박세영과 임화가 맞게 될 극단적으로 대조적인 운명의 단초를 여기서 이미 감지한다 해도 그것은 지나치게 결과론적 예단이 아닌 것이다.

어떻든 문제는 박세영의 작품이 얼마나 당대 현실과의 치열한 대결의 소산인가 하는 점인데, 솔직히 말하면 나는 시집 『산제비』 전권에서 진실한 감동을 주고 문학적 생기를 느끼게 하는 단 한 편의 시도 만나지 못하였다. 뜻밖에 자주 나오는 자연 묘사는 대체로 감상적 탄식을 위한 상투적인 배경으로 되기 일쑤이며, 열악한 노동 조건에 대한 고발(「산골의 공장」)이나 노동자의 단결과 연대에 대한 호소(「누나」)도 실재하는 현실로부터 울려나온다기보다 시인의 관념에서 만들어진 듯한 도식성을 벗어나지 못하고 있다. 도시의 향락적 청년에 대비하여 노동하는 어부 남편을 찬양한 단편 서사시 「바다의 여인」은 구성의 억지스러움과 내용의 통속성만이 두드러진다. 정지용의 「유리창」에서 완벽하게 절제된 감정의 무언극을 경험한 독자라면 「이름 둘 가진 아기는 가버리다」의 흘러넘치는 감상주의에 역겨움을 금할 수 없을 것이다. 그러나 다음 작품들에서는 식민지 현실의 중압을 돌파하려는 건강한 의지와 진실한 자기반성 및 거기에 상응하는 얼마간 정돈된 언어를 발견한다.

남국에서 왔나,
북국에서 왔나,
山上에도 上上峰,
더 오를 수 없는 곳에 깃들인 제비.

너희야말로 자유의 화신 같구나,
너희 몸을 붙들 者 누구냐,
너희 몸에 알은 체할 者 누구냐,
너희야말로 하늘이 네 것이요 대지가 네 것 같구나.
——「산제비」 앞부분

너와 나, 또 수많은 동무들이,
삶의 뜻을 알려고 어린 시절을 보낸 지도 여러 해,
하늘같이 높던 그 理想은 다 꺼지고 말았다.

너와 나, 또 온 세상의 청춘들이
한 번씩은 다 가져보는 그 마음,
그 마음은 높게 하늘로 떠오르는 사람들이 되어
검은 구름에 앞을 못 보고,
헤매이다 떨어져 버리는구나.
생각하면 날개도 없이 뛰어올라간 만용을,
내 어찌 한하지 않으리.

오— 너는 나에게 대답하라,

하늘에 닿던 너의 理想을 누가 앗아갔나 대답하라,
그러면 일찍이, 너는 너의 모든 성의와 분투를 감춰버리고
우연과 自信을 내세운 일이 없는가 대답하라.

——「나에게 대답하라」 앞부분

　시집 『산제비』의 수록 작품 대부분에는 괄호 안에 창작 연대가 기록되어
있는바, 전자는 "병자 초추(丙子 初秋)", 후자는 "병자 성하(丙子 盛夏)"라
고 되어 있다. 그러니까 1936년 초가을과 한여름, 즉 거의 같은 무렵에 씌
어진 것이다. 이 사실은 이 시들을 이해하는 데 중요한 단서를 제공한다.
왜냐하면 그 시점은 바로 일제의 탄압으로 카프가 강제 해산된 직후로서,
두 작품은 자유의 박탈과 이상의 좌절이라는 시대적 상황에 대한 시인 박
세영의 시적 대응으로 읽히기 때문이다. 두말할 나위 없이 시 「산제비」에
서 제비는 간섭과 구속을 벗어나 마음껏 훨훨 하늘을 날아다니는 존재로서
현실 상황의 억압성을 부각시키는 시적 표상이며, 서정적 화자의 자유에
대한 갈망을 대변하는 상징이다. 그리하여 시인은 또 다른 시 「나에게 대
답하라」에서 심각한 자기반성을 수행한다. 화자는 자신과 동지들이 자기도
취에 빠져 현실을 옳게 인식하지 못하고 객관적 조건의 변화에 현명하게
대처하지 못했던 것이 아닌가 자문하는 것이다.
　그러나 이런 작품들도 건실한 현실 의식과 소박한 언어의 결합에 의해
상대적으로 성공적인 결과에 이르고 있다는 것이지, 위기의 시대를 정면으
로 돌파하는 정신의 강인함 내지 비타협적 통렬함과는 거리가 먼 상식의
세계이다. 사소한 얘기인데, 제비는 높은 산정 위를 날아오르는 새가 아니
라 사람 사는 동네에 터를 잡고 집과 논밭 위로 날아다니는 새이다. 그러
니까 집제비, 들제비는 흔해도 산제비는 보기 힘들다. 물론 「산제비」의 제
비는 시인의 자유에 대한 갈망을 대변하는 관념적 표상이지, 제비의 생물
적 특징을 구비한 실물적 존재여야 하는 것은 아니다. 그렇다면 더욱이나
제목을 그렇게 붙일 까닭이 없지 않은가.

**4**

　서두에서 잠깐 언급했듯이 신석정과 김달진은 불교와의 인연, 노장 사상에 대한 심취, 문단 중심부에서 멀리 떨어진 소탈한 생활, 그리고 무엇보다도 자연 친화적 시 세계라는 점에서 외관상 유사한 면모를 보인다. 그러나 그들의 삶을 더 깊이 들여다보고 작품을 더 꼼꼼히 읽어 보면 그들은 그러한 공통성에도 불구하고 오히려 아주 대조적인 개성의 소유자들임을 알 수 있다. 김달진은 ≪시원≫(1934), ≪시인부락≫(1936), ≪죽순≫(1947)의 동인으로서, 그리고 해방 직후 좌파의 문단 장악에 저항했던 청년 문학가 협회의 부회장으로 세상에 이름을 드러내기는 했으나 적극적인 사회 활동에 뜻을 두지는 않았다. 그리하여 그는 시인이라기보다 승려 또는 고전 번역가라는 인상으로 각인되어 있었고, 첫 시집 『청시(靑枾)』(1940)는 오랫동안 사람들의 기억에서 사라져 있었다. 반면에 ≪시문학≫(1931)을 무대로 본격 활동을 시작한 신석정은 초기부터 모더니스트 김기림의 각별한 주목을 받았고, 첫 시집 『촛불』(1939)의 출판 기념회에는 유파를 초월하여 많은 문인들이 축하를 보냈으며, 이후 그는 언제나 문단이 기억하는 주요 시인들 중의 하나였다. 세계와 관계 맺는 방식에서 나타나는 이러한 차이는 그들의 시의 영원한 화두라 할 자연에 대한 태도의 상이(相異)로써 좀 더 분명하게 구체화된다.

　재발견의 형식으로 우리 앞에 다시 모습을 드러낸 시집 『청시』는 가히 경이에 값하는 높은 수준의 시 세계였다고 말할 수 있다. 당시에 발표된 많은 시들이 시간의 풍화 작용을 견디지 못하고 다만 역사적 독해의 대상으로 퇴색한 데 비하여 김달진의 상당수 시들은 여전히 현재적 감수성을 생생하게 자극한다. 이것은 어떤 점에서 그의 시적 사유가 처음부터 역사적 차원을 배제하고 있었기 때문이라고도 볼 수 있다. 역사가 악마적인 힘에 넘쳐 모든 이성적인 것을 압도하는 시대에 김달진은 역사와의 의식적인 단절을 통해 역설적으로 역사에 오염되지 않은 순수의 공간을 확보할 수 있었다. 그 일종의 순수 공간에서 그가 한 일은 극히 객관적인 시선으로

자연을 바라보는 것이었다. 그리하여 그의 시는 때때로 외광파(外光派)인
상주의자의 그림처럼 관념의 개입이 배제된 순간의 자연의 빛깔과 움직임
을 제한된 화폭 안에 즉물적으로 재현한다.

유월의 꿈이 빛나는 작은 뜰을
이제 미풍이 지나간 뒤
감나무 가지가 흔들리우고
살찐 暗綠色 잎새 속으로
보이는 열매는 아직 푸르다.

——「扉詩」전문

이 작품은 『김달진 시 전집』(문학동네 1997)의 맨 앞에 실려 있는데 '비
(扉)'가 사립문을 뜻하므로 "비시"란 말하자면 서시(序詩)라는 뜻일 것이
다.(다른 선집에는 제목이 '청시(靑枾)'라고 되어 있어 바로 첫 시집의 표제작
임을 알게 한다.) 당시의 시로서는 드물게 섬세한 감각과 예민한 관찰이 제
한된 화폭 안에 적절하게 형상화되어 있다. 이 시에서 이러한 미학적 균형
의 달성이 가능했던 것은 어디에서 연유하는가. 생각건대 그것은 시의 화
자가 텍스트 바깥에 몸을 숨기고 아무런 타의(他意)의 관여 없이 대상의
즉자성에 시선을 집중할 수 있었기 때문일 것이다. 다시 말하면 시인은 마
치 풍경화가가 캔버스의 테두리에 의해 넓은 자연으로부터 일정한 크기의
토막을 잘라 내듯 일정하게 시야를 한정하고 그 안에서 포착된 풍경의 사
물성을 관조할 뿐이고, 그 사물성 너머의 초월적 세계에 대한 일체의 형이
상학적 상상을 억제한다. 그런 점에서 이 작품은 일종의 무의미시이다. 다
시 말하면 김달진 시의 자연은 인간 감정의 외부에 자기 충족적으로 실재
하는 즉물적 현실이자 동시에 그 자체로서 실재의 덧없음을 암시하는 하나
의 가상(假象)이다.

이에 비하여 신석정 초기 시의 자연은 아무런 객관적 실재성을 갖지 않

는다. 그의 이름을 시단에 널리 알린 1930년대의 대표작들, 예컨대 「임께서 부르시면」, 「그 꿈을 깨우면 어떻게 할까요」, 「나의 꿈을 엿보시겠습니까」, 「그 먼 나라를 알으십니까」, 「봄의 유혹」, 「아직 촛불을 켤 때가 아닙니다」 같은 작품들에서 자연은 중첩되는 비유와 끝없는 환상에 둘러싸인 가공의 이상향이며, 현실 너머의 세계에 대한 동경과 희구의 미화된 투사이다.

> 어머니
> 당신은 그 먼 나라를 알으십니까?
>
> 깊은 삼림지대를 끼고 돌면
> 고요한 호수에 흰 물새 날고
> 좁은 들길에 야장미 열매 붉어
> 멀리 노루새끼 마음놓고 뛰어다니는
> 아무도 살지 않는 그 먼 나라를 알으십니까?
>
> ──「그 먼 나라를 알으십니까」 앞부분

여기 아름답게 묘사된 "그 먼 나라"의 풍경들은 이 나라의 실재하는 자연 경치와는 아무런 관계가 없는 상상적 낙원의 그림이다. 그러나 그렇다고 해서 이 시의 아름다움이 터무니없는 감상적 백일몽에 근거한 것이라고만 말할 수는 없다. 어쩌면 이 시는 그 비실재성과 환상주의 때문에 당대의 독자들에게 강한 매력을 발휘했을 터인데, 현실적 전망이 전면적으로 차단된 식민지 민중들에게 신석정의 시는 그 나름으로 피안의 세계의 존재를 지시하는 은유로 기능했을지 모른다.

여기서 잠시 서양 산업화 초기의 낭만주의 문학을 떠올려 보게 된다. 낭만주의자들에게 있어서는 멀고 낯선 것, 이국적이고 타향적인 것에 대한 동경(말하자면 Fernweh)과 가깝고 익숙한 것, 내면적이고 고향적인 것에 대한 그리움(즉 Heimweh)은 상호 배타적이고 상반된 방향성을 지녔음에도 불구하고 그들 낭만주의자들의 감성 세계 속에서는 공존하고 있었다. 두말할 것 없이 그것은 현세의 고통에 대한 절망적 인식(이른바 Weltschmerz)이 낳은 정신적 쌍생아였다. 아마 신석정 초기 시에 있어서의 이상적 자연에 대한 낭만적 동경과 초월에의 속삭임도 다름 아닌 그 시대의 세계고(世界苦)를 현실적 기반으로 성립된 것이었다고 추론할 수 있을 것이다.

여기서 우리는 김기림이 신석정을 가리켜 "현대 문명의 잡답을 멀리 피한 곳에 한 개의 유토피아를 음모하는 목가 시인"(김기림, 「1933년 시단의 회고와 전망」)이라고 정의하면서, 신석정의 경우 목가 그 자체가 현대 문명에 대한 간접적인 비판이기도 하다고 지적했던 사실을 상기하게 된다. 이 무렵 김기림은 스스로 몇 편의 시를 발표하기도 했지만, 그보다 「시작(詩作)에 있어서의 주지주의적 태도」(1933) 같은 평론으로 우리나라 문학사에 본격적으로 모더니즘 운동의 시동을 걸고 있었다. 신석정 초기 시의 자연 친화적이고 낭만적인 성향은 김기림의 주지주의적 모더니즘 이론과 상충되는 면이 많은데, 신석정 시의 어떤 요소가 김기림 모더니즘론에 적극적으로 접맥된 것인가. 혹시 서양 목가 문학의 전통에 대한 김기림의 이념적 학습 내용이 신석정 평가에 기계적으로 투입된 것은 아닌가. 후일 신석정은 어느 수필에서 김기림의 호의와 우정에는 감사하면서도 정작 자신의 시에 대한 김기림의 고평(高評) 자체에는 떨떠름해 하는 태도를 나타낸 바 있다. 이것은 현대 문명 비판이라고 하는 김기림표 서양식 양복이 신석정 자신의 몸에 맞지 않았음을 신석정이 토로한 것이라고 할 수 있을 것이다.

8·15광복의 거대한 파장에 대해서는 굳이 말할 필요가 없지만, 그것은 김달진처럼 역사와의 단절을 통해 정신의 고고성을 견지해 오던 시인조차 역사의 광장으로 불러내는 계기가 되었다. 『해방기념시집』(중앙문화협회, 1945. 12. 12)에 정인보, 홍명희, 박종화, 정지용, 임화, 김기림, 이용악 등 24명 시인들의 작품과 함께 그의 「아침」이 실린 것도 눈에 띄는 일이지만, 임정(臨政) 요인들의 귀국을 감격스럽게 노래한 「그분들은 오셨다」라든가

압제에서의 해방을 찬양한 「자유」 같은 일종의 정치시를 발표한 것도 김달진으로서는 예외적인 행보였다. 그런데 잘 살펴보면 이 시들은 흥분과 격정에 넘친 당시의 수많은 구호시, 애국시들의 홍수 속에서 그래도 시적 품위와 감정의 절도를 지키려 애쓴 많지 않은 예에 속한다는 것을 알 수 있다. 그러했기에 그는 오래지 않아 정치 문학의 소용돌이를 벗어나 다시 자기 자리로 돌아간다. 그러나 단순히 원상 복귀한 것은 아니었다. 자연 풍경의 인상주의적 재현 안에 이미 잠재해 있던 초기 시에서의 자기 성찰이 이제 좀 더 평이한 서술체로, 그리고 좀 더 본격적인 내면적 자기반성의 형태로 제시되는 것이다. 「비명(碑銘)」이라는 말년의 작품은 자신의 인생 전체를 다음과 같이 밝은 빛 속에서 요약하고 있다.(이에 비해 「모월 모일(某月 某日)」 같은 작품은 자기비판의 어조가 더 강하다.)

여기 한 自然兒가
그대로 와서
그대로 살다가
자연으로 돌아갔다.

풀은 푸르라
해는 빛나라
자연 그대로.

이승의 나뭇가지에서 우는 새여.
빛나는 바람을 노래하라.

광복 후의 사회적 격변은 때때로 신석정에게 적지 않은 시련을 부과했다. 6·25전쟁 중의 부득이한 행적 때문에, 또 현실 문제에 관련된 작품 때문에 그는 잠시나마 당국에 잡혀가 고초를 겪기도 했다. 그러나 그는 그의 모든 작품들이 입증하는 바와 같이 어떤 특정한 사상적 경향을 추구하는 정치적 시인이 결코 아니다. 물론 해방은 그의 문학에도 커다란 전환의 계기로 작용했다. 한마디로 초기 시의 그의 자연이 낭만적 이상에 정초한 가공적 낙원의 그림, 즉 '미학적 자연'이라면 중기 이후 그의 자연은 이상의 추구를 체념하고 난 뒤의 답답하고 가난한 생활 속에서 관찰한 '경험적 자연'이라고 할 수 있다. 어느 경우에나 그의 전원시는 정치 이념을 내장하기 위한 문학적 외피가 아니었다. 그러나 그가 일생 동안에 걸쳐 인간을 아끼고 자연을 사랑하며 불의에 타협하지 않은 올곧은 한길을 걸었음은 분명하다. 험난했던 시대를 헤치면서 얼마나 많은 사람들이 비극적으로 난파와 좌절을 겪어야 했던가 상기할 때, 김달진과 신석정은 그들의 외롭고 깨끗했던 삶만으로도 오늘 우리에게 새로운 교훈을 준다고 하겠다.


### 5

대구 출생인 김문집이 무슨 연고로 어린 나이에 일본으로 건너가게 되었는지 알려진 바 없지만, 기록에 따르면 그는 와세다중학과 마쓰야마고보를 거쳐 도쿄제대 문과를 중퇴한 것으로 되어 있다. 다시 말하면 그의 인격과 지성은 주로 일본적 토양 위에서 형성되었다고 할 수 있다. 지금 내 손에 있는 그의 유일한 저서 『비평문학』(청색지사(靑色紙社), 1938. 11. 2)을 읽어 보더라도 그가 우리 문화 전통에 대한 무지와 경멸을 거침없이 드러내는 반면에 일본 고전과 현대 문학 및 서양의 근대 문학 이론, 특히 독일 문예학에 대한 탐닉과 박식을 글의 곳곳에서 과시하고 싶어 하는 것을 쉽게 알아볼 수 있다. 그러나 그를 단지 전통 부정론자로만 규정하고 반민족적 친일 문학자로 단죄하는 데에 그친다면 그것은 우리 근대 문학사의 복합적 맥락 안으로 한걸음 더 들어갈 수 있는 기회를 놓치는 것이다.

알려진 대로 김문집이 일본에서의 학업과 소설 습작을 중도 그만두고 귀국한 것은 1935년이다. 그리고 소설가 이무영의 주선으로 ≪동아일보≫에

「전통과 기교 문제」라는 평론을 발표하면서 혜성처럼 문단에 등장하여, 주로 《동아일보》를 거점으로 좌충우돌 눈부신 활동을 전개하였다. 돌이켜 보면 김문집이 평론가로 등장하던 그 시점은 문학사적으로 대단히 중요한 전환의 시기였다. 만주사변(1931) 이후 일제가 점차 파시즘의 길을 걷기 시작하고 식민지 조선에 대한 억압 정책을 강화함에 따라, 그리고 당시 우리 문학에 절대적 영향력을 행사하던 일본 문단이 전반적으로 전향(轉向)의 파도에 휩쓸림에 따라 그동안 위세를 부리던 카프의 패권은 급속도로 해체되었다. 카프의 대중적 위력이 쇠퇴한 데에는 카프 자신의 오류와 미성숙도 직접적인 이유의 하나였다. 카프 계열 이론가들의 비현실적인 과격 노선과 상식을 벗어난 관념적인 문장은 독자 대중과의 자연스런 연결을 스스로 차단하는 것이었다. 무엇보다도 1930년대에 접어들면서 정지용, 김기림, 백석 및 이태준, 박태원, 김유정, 이상 등 카프의 자장(磁場) 바깥에 있는 문인들이 카프적 도식성과 구호주의를 넘어선 예술적 향취 높은 작품들을 잇달아 발표함으로써 문단의 분위기는 일신되었다. 이러한 때에 어느 정도 이론적 무장을 갖춘 전업적(專業的) 비평가들이 등장하였으니, 그것은 우리 문학사상 초유의 일이었다. 그들이 바로 최재서(1908. 2. 11생), 백철(1908. 3. 18생), 김환태(1909. 11. 29생), 김문집(1907. 7. 7생), 이원조(1909. 6. 2생) 등이고 여기에 임화(1908. 10. 19생)나 김기림(1908. 5. 11생)처럼 시인이면서도 전업 비평가를 능가하는 역량을 발휘한 인물도 포함될 수 있을 것이다. 공교로울 만큼 비슷한 연대에 태어난 이 제1세대 비평가들의 본격적 활동 시기, 즉 1930년대는 한국 비평 문학의 탄생기라 할 수 있다.

이 제1세대 비평가들 중에서도 김문집은 예외적인 존재이다. 그의 등장 자체가 아주 돌발적인 것이었고, 등장 이후 그가 쏟아낸 자유분방한 독설과 안하무인의 기행은 순식간에 세인의 이목을 집중시킬 만했다. 일어, 영어, 독어들을 거침없이 섞은 이 난독가(亂讀家)의 독특한 문장 앞에서 이념과 지성을 앞세운 엄숙한 표정의 평론가들은 무참히 농락당할 수밖에 없었다. 그런 점에서 적어도 평론집 『비평문학』을 묶어 내기까지 3년 동안에 걸친 김문집의 문필 활동은 민족 전통에 대한 터무니없는 무지와 역사에 대한 비뚤어진 관점에도 불구하고 일정한 우상 파괴적 의의를 가진다고 평가할 수 있다. 사실 나는 그의 평론집을 다시 읽으며 수시로 인간 김문집에 대한 깊은 연민을 느꼈고, 그 나름으로 뛰어난 재주를 가졌음에 틀림없었던 그로 하여금 그 재주를 옳은 방향에서 꽃피우도록 북돋아 주지 못한 이 나라 문단의 척박한 토양이 한없이 고통스러웠다. 그가 일본에서 귀국한 후 처음 발표한 논문 「전통과 기교 문제」에는 '언어의 문화적 문학적 재인식'이라는 부제가 붙어 있는데, 그 글의 첫 문단은 다음과 같다.

조선 문학에 무엇이 가장 결함(缺陷)했나? 나는 전통이라고 답한다. 전통이 없는 데 기교가 없고 기교가 없는 데 피〔血〕가 없다. 기교는 전통의 표상이고 피는 생물로서의 예술의 의의인 것이다.

이 문장에는 김문집 비평의 핵심이 요약되어 있다고 할 수 있다. 곧이어 발표한 「민속적 전통에의 방향」이라는 글에서도 그는 "조선에는 국민 문학 특히 민족의 문학이 없었다. 따라서 현대 조선 문학은 아무 전통도 유산도 없이 출발했던 것이다."라고 말하고 있다. 그에게 일본 문학, 나아가 서양 문학의 일방적 우위는 너무나 자명하고, 이에 비해 조선 문학의 열등성은 불을 보듯 명백했다. 이런 점에서 그는 당시 한일 관계의 비대칭성을 문학의 영역에서 가장 노골적으로 대변한 인물 중의 하나일 것이다. 그러나 민족 문학의 전통에 대한 그의 자기 부정은 단순한 무지의 발로가 아니라 그의 인생의 모순 전체가 복합적으로 연관된 자기 분열의 일면이다. 「어휘와 언어미와 화문학(和文學)의 고금」이라는 좀 이상한 제목의 글에서 그는 젊은날 일본 땅을 방랑하다가 나라(奈良)의 유명한 호류사(法隆寺)에 당도하여 겪은 충격을 이렇게 서술하고 있다.

아무 선입감도 아무 예비지식도 없이 방랑 도중에 우연히 들어선 그 절간에서 순간적으로 나는 여기가 현해(玄海) 땅 나라인 것을 잊고 두 활개를 길이대로 펴면서 "엄마 !" 하고 부르짖자 쏟아지듯 쏟아지는 눈물을 억제할 수가 없어서 고송(古松)에 읊인 신성(神聖) 그대로의 인적 없는 그 경내에서 목청놓아 울다 보니 오정이 저녁이 된 것이었다. 나는 내 고향 나라 호류사 뜰에서 넋을 받히고 몸을 맡긴 채 잠을 잤던 것이다. 소화 6년 10월. 알고 보니 일본의 국보 호류사는 조선 사람이 지은 절이었다.

우연히 들어서게 된 일본의 절간에서 그는 마치 어미의 품에 안긴 듯한 전율을 느끼고 목놓아 울다 깊은 잠에 빠졌던 것이다. 그러나 김문집은 자신의 고달픈 영혼에 가한 충격의 심층을 더 깊이 파 내려가지 못하였다. 결국 그는 일제 강점기 말의 상황에서 극단적인 자기 부정으로서의 민족해소론에 이르렀고, 1941년 비평계의 경쟁자였던 최재서에게 폭행을 저질러 그 스캔들의 와중에서 다시 일본으로 건너가고 말았다. 그리고 아예 일본인으로 귀화한 후에는 생사조차 알려진 바 없으니, 그는 뿌리 뽑힌 실종자의 캄캄한 운명 속으로 영원히 사라진 것이다. 그것은 민족적 정체성의 상실뿐만 아니라 인간적 존엄성의 폐기를 뜻하는 이른바 친일 문학의 말로이기도 했다.

【제1주제 ─ 김달진론】

# 독성(獨醒)의 경지와 무위자연(無爲自然)의 세계
### 김달진의 시 세계를 중심으로

이경수(문학평론가)

## 문제 제기

월하(月下) 김달진(金達鎭, 1907~1989)의 문학은 전집 발간과 함께 시인이자 불경 번역가로서의 김달진의 면모가 드러나면서 본격적인 논의의 대상이 되었다. 그는 1929년에 시단에 나온 후 오랜 공백 기간을 두고 1980년대에 이르기까지 간간이 작품을 발표해 온 시인이지만, ≪시원(詩苑)≫ 동인이자 ≪시인부락(詩人部落)≫ 동인의 한 사람으로서 짤막하게 문학사에 언급되어 있을 뿐 그의 시 세계 전모가 알려진 것은 1990년대 이후의 일이다.

1997년에 문학동네에서 간행된 『김달진 시 전집』과 이듬해에 같은 출판사에서 출간된 산문 전집 『산거일기』를 통해 그의 작품 세계의 전모를 짐작해 볼 수는 있으나 『김달진 시 전집』의 경우 이미 출간된 김달진의 시집 『청시(靑柿)』(청색지사, 1940), 『큰 연꽃 한 송이 피기까지』(동국역경원, 1974),[1] 『올빼미의 노래』(시인사, 1983), 『한 벌 옷에 바리때 하나』(민음사,

---

1) 『큰 연꽃 한 송이 피기까지』는 1974년에 동국역경원에서 부처님의 일대기를 그린 장편 서사시집의 형태로 출간되었다가 1984년에 시인사에서 『올빼미의 노래』(시 전집 1)

1990) 등을 중심으로 구성되어 있어서 시집에서 누락된 작품들의 경우에는 대개 전집에서도 누락되어 있다.[2]

월하 김달진의 문학에 대한 연구는 서지적인 차원에서 시 전집 및 산문 전집, 한산시, 한시, 불경, 장자 등에 대한 번역서의 출간 등 총 20여 권의 전집이 출간되었으며, 몇몇 연구자들에 의해 평론 및 학술 논문, 학위 논문 등이 발표되었다. 그밖에 김달진 시비 및 문학관의 건립 등을 통해 김달진의 생애 및 문학 세계에 대한 연구가 축적되어 왔다.

선행 연구들이 몇 편의 대표작을 중심으로 김달진의 시에 나타난 노장적·불교적 세계를 규명하는 데 주력하다 보니,[3] 그의 시 세계의 전모가 온전히 드러나지는 못했다. 서지적 연구 역시 시 전집이 묶이는 과정에서 이루어지긴 했으나『김달진 시 전집』이 출간된 이후의 대부분의 연구들은 『김달진 시 전집』에 전적으로 의존하고 있어서 시집에서 누락된 작품들이나 개작된 작품들에 대해서는 주목하지 않았다.[4]

에 이어 시 전집 2로 다시 출간되었다.『김달진 시 전집』에서는 1984년에 출간된 시인 사 판본을 참조했다.

2)『김달진 시 전집』은 일러두기에서『올빼미의 노래』(시인사, 1983),『한 벌 옷에 바리 때 하나』(민음사, 1990),『큰 연꽃 한 송이 피기까지』(시인사, 1984)의 합본으로 구성되 었음을 밝혀 놓았다. 이 책의 1, 2, 3부는『올빼미의 노래』를 그대로 따른 것이며, 4부 는『한 벌 옷에 바리때 하나』, 5부는『큰 연꽃 한 송이 피기까지』에 해당된다.『올빼미 의 노래』는 '제1시집 청시', '제2시집 올빼미의 노래', '재만시편·기타'와 김달진의 시에 대한 평론 7편, 부록으로 산문「산거기」와 연보 등으로 구성되어 있는데, '제1시집 청시' 에는 청색지사에서 간행된 첫 시집『청시』에 실렸던 시를, '제2시집 올빼미의 노래'에는 1950년에『올빼미의 노래』라는 이름으로 두 번째 시집을 내려고 했을 때 들어 있었던 시를, '재만시편·기타'에는 만주에서 쓴 시들과『청시』를 묶을 때 누락된 시들과 ≪죽 순≫이 복간된 후 발표했던 시들을 실어 놓았다.

3) 김선학,「열치매 나타난 달처럼 : 김달진의 문학과 삶」, ≪문학사상≫, 1989. 8 ; 오탁 번,「과소평가된 시 ― 김달진의「샘물」」,『올빼미의 노래』(시인사, 1983) ; 김인환,「청 결하고 맑은 곳」,『올빼미의 노래』(시인사, 1983) ; 김재홍「김달진, 무위자연과 은자의 정신」,『김달진 시 전집』(문학동네, 1997) ; 최동호,「김달진 시와 무위자연의 시학」, 『김달진 시전집』(문학동네, 1997) ; 조정권,「욕망의 극소화와 자기 무화의 세계」,『김달 진 시전집』(문학동네, 1997).

이 논문에서는 김달진 시 세계의 전모를 살피기 위해 2장에서 그가 ≪시원≫ 및 ≪시인부락≫의 동인으로 활동하며 발표한 초기 시들과 해방 이후 ≪죽순≫ 동인으로 활동하며 발표한 작품들이 시집에 실릴 때 취사 선택 및 개작의 과정을 거친 경우를 먼저 면밀히 따져 보고, 그것을 통해 그가 시집에서 드러내고자 했던 시 의식을 역추적해 보고자 한다.

3장에서는 김달진의 시에서 시적 주체의 태도와 인식이 어떻게 변화하는지를 살펴보고자 한다. 김달진의 시 세계 전반에 걸쳐 지속적으로 등장하는 "고독한 주체"와 "깊은 밤 홀로 깨어 있는 주체"에 주목하여 그의 시적 인식이 실존적 고독에서 독성(獨醒)에 이르는 과정을 따져 볼 것이다.

4장에서는 정경교융(情景交融)의 기법이 다양하게 활용된 김달진의 시를 중심으로 그의 시에 나타난 무위자연의 세계를 살펴보고자 한다. 정과 경, 자아와 세계가 어우러져 관계를 맺고 일체가 되어 무위자연의 경지에 이름을 확인할 수 있을 것이다. 김달진 시의 중요한 대상이자 영원한 주제인 자연이 그의 시에서 어떻게 다루어지는지를 살펴봄으로써 김달진 시의 핵심에 도달할 수 있을 것으로 기대된다.

김달진의 시는 창작 기간이 짧고 공백 기간이 길다는 이유로 그동안 문학사에서 소홀히 다루어져 왔다. 더구나 해방 이후 불경 및 동양 고전의 번역 사업에 치중하면서, 시 창작은 그에게 부수적인 것처럼 여겨져 왔던 것 또한 사실이다. 그러나 시를 향한 김달진 시인의 열정은 지속적인 것이었다. 그의 시 세계는 처음부터 완성된 것이 아니라 긴 공백 기간을 둔 오랜 창작 과정을 통해 한층 심화되어 갔다. 이 논문은 김달진 시의 전모를 살펴보는 것을 목적으로 하되, 그의 시가 지속적인 갱신의 과정을 거쳐 왔으며 그 핵심에 독성의 태도와 노장적 무위자연의 세계가 놓여 있음을 규명하고자 한다.

---

4) 물론 예외적인 글도 있는데, 이윤수, 「≪죽순≫과 월하 김달진의 내면 세계」(『김달진 시 전집』(문학동네, 1997), 486~490쪽)가 대표적이다. 이윤수의 글은 ≪죽순≫에 실린 김달진의 시를 대상으로 했는데, 시집에 실리지 않은 시도 일부 언급했다.

## 시집에서 누락되거나 개작된 작품과 필명 '지현(芝玄)'의 의미

전집이 출간된 시인들의 경우 대개 그렇듯이, 김달진 시인도 『김달진 시 전집』을 비롯해 산문 전집 『산거일기』와 각종 번역서들이 출간되면서 그의 문학 세계를 연구하는 1차 텍스트로 전집에 실린 시들이 대상이 되곤 했다. 그러나 출간된 시집 전부와 시집에서 누락된 일부의 작품을 포함하고 있는 『김달진 시 전집』은 원본 확정 과정을 거친 완성된 텍스트라고 보기는 어렵다. 시집의 구성과 일러두기를 통해 『김달진 시 전집』은 기왕에 출간된 시집 중 『올빼미의 노래』와 『한 벌 옷에 바리때 하나』, 『큰 연꽃 한 송이 피기까지』를 합해 놓은 것임을 알 수 있다. 1, 2, 3부가 모두 『올빼미의 노래』를 그대로 따른 것이라는 설명에 의하면 시집에서 누락된 발표작들에 대해서는 처음부터 관심을 두지 않은 전집임을 짐작할 수 있다.

김달진은 기왕에 신문이나 잡지를 통해 발표한 작품들을 시집으로 출간하면서 거르는 작업을 비교적 철저히 수행한 시인이다. 시집에 묶을 때 배제된 작품과 개작된 작품을 살펴보면 그의 선택과 배제와 개작에는 나름의 기준이 있었음을 짐작하게 된다. 이러한 성향은 그의 첫 시집 『청시』(1940)에서부터 발견된다. 『청시』에는 그의 등단작인 「잡영수곡(雜泳數曲)」이 실리지 않았으며, 그밖에도 그가 《시원》 및 《시인부락》 동인으로 활동하며 발표한 시들 중 여러 편에 실리지 않았다. 《시원》 발표작 중 일부는 개작되어 시집에 실렸고, 일부는 시집에서 누락되었다. 김달진은 《시인부락》 동인으로 문학사에 알려져 있지만 정작 《시인부락》에 발표한 작품 세 편 중 하나인 「황혼(黃昏)」도 그의 첫 시집 『청시』에는 빠졌다가 『올빼미의 노래』에 실리면서 『김달진 시 전집』에도 실리게 되었다. 시집에서 누락된 작품들의 경우에는 대개 『김달진 시 전집』에도 누락되었으며, 개작되어 실린 작품들의 경우에도 전혀 언급되어 있지 않다. 해방 후 《죽순》 동인으로 활동하며 발표한 작품들의 경우에도 마찬가지이다.

《시원》 4호와 5호에 실린 김달진의 작품들의 경우 목차에는 필자가 김달진으로 되어 있지만, 본문에서는 필자가 '지현(芝玄)'으로만 표기되어 있다. 그러나 김달진과 관련한 어떤 연보에서도 김달진의 호는 '월하(月下)'로만 알려져 있지 '지현'이라는 필명을 사용했다는 기록은 없다.[5] '현(玄)'은 노장적 세계관과 관련 있는 말로, 노자가 말한 현묘함의 경지를 가리킨다. '지(芝)' 역시 신묘한 풀을 가리키는 말인데, 신묘하거나 현묘한 경지를 이르는 노장적 세계관과 관련된 말로 추정된다. 지금까지 알아본 바로는 그가 《시원》4호와 5호의 본문에서만 '지현'이라는 필명을 사용했던 것으로 확인된다.

《시원》이 나온 해가 1934년이니 첫 시집 『청시』(1940)가 출간되기 한참 전이지만, 이미 이때부터 김달진은 노장 사상에 관심을 가지고 있었던 것으로 보인다. 정작 '지현'이라는 필명으로 발표한 시에서 노장적 세계관을 엿보기는 어려우나 시적 성취로 나타나기 전에도 그의 의식은 노장 사상에 대한 관심을 드러내고 있었던 것으로 보인다.

《시원》1호만을 제외하고 2, 3, 4, 5호에 걸쳐 김달진은 총 10편의 작품을 발표했는데, 그중 두 편의 작품이 시집에 실리지 않고 누락되었다. 누락된 작품들은 《시원》4호에 발표되었던 「비바람은 저리도 사나운데」와 5호에 발표된 「바다의 침실(寢室)」인데, 흥미롭게도 이 작품들은 모두 '지현'이라는 필명으로 발표되었다.[6]


1
벼개에귀를대이고
자리에누어 잠을들려하면

---

5) 철학적인 세계관이 앞서기보다는 자연 그대로의 세계를 추구했던 것으로 보이는 김달진의 시 세계를 드러내는 데 '지현'보다는 '월하'라는 호가 훨씬 적합했다는 판단을 필자는 하고 있다. 이후 김달진은 '월하승(月下僧)'이라는 필명으로 작품을 발표하기도 한다.

6) 목차에는 "김달진" 또는 "김진"으로 나와 있는데, 당시 잡지에서 석자 이름 중 한 글자를 빼고 싣는 경우는 매우 흔했다. 주로 성이나 가운데 자를 빼는 것이 관습이었던 듯하다.

팔닥팔닥 心臟소리들리네
니젓든내목숨을 늣기는째


2
깁흔밤寺院의 꼿업는靜寂
아― 꼿업는靜寂
하마하마부처님숨소리들릴듯하이


3
좁은길 山모퉁이로
무슨소린지 고함치며 오든사람
나와맛나자
말업시삽분삽분지나가네


4
歎息을하며 그를생각네
歎息을하며 눈을감앗네
歎息을하며 門을열엇네
저― 머ㄴ하늘에는 구름이썻네
　　　　　　――「雜泳數曲」(≪문예공론≫ 3호, 1929. 7, 193쪽) 전문


　「잡영수곡」은 1929년 7월 ≪문예공론≫ 3호에 양주동의 추천으로 실린 김달진의 첫 발표작이다. 등단작이지만 이후 김달진 시의 특징을 단초로서 보여 주고 있다는 점에서 눈여겨볼 만하다. 잠을 청하지만 잠 못 이루는 화자가 등장하는 점, 2연 '깊은 밤 사원의 끝없는 정적'에서 드러나는 적막감, 사원과 부처님에서 연상되는 불교적 소재 등은 이후의 김달진 시에서 지속적으로 나타나며 변주된다.

비록 이 시는 시집 『청시』나 『올빼미의 노래』, 『김달진 시 전집』에 실리지 않고 배제되지만, 3연의 모티프는 「산모랑길」이라는 다른 작품에 쓰이면서 살아남는다. "건너 산모랑 돌아오는 길을/ 무언가 높은 소리 노래하며 오던 사람/ 나를 만나자/ 말없이 지나간다."(「산모랑길」, 『김달진 시 전집』(문학동네, 1997), 42쪽)라는 4행으로 이루어진 소품이지만, 높은 노랫소리와 침묵이 대조를 이루며 갑자기 마주친 두 사람이 형성하는 긴장감을 매우 흥미롭게 보여 주는 작품이다. 서로 다른 두 세계의 마주침이 가져오는 침묵과 긴장감이 이 시에는 흐르고 있다. 서로 다른 두 세계의 마주침이 충돌을 불러일으키는 것이 아니라 말없이 지나가는 행위로 나타나는 것은 세계의 일부로서 존재하는 타자에 대해 취할 수 있는 최소한의 예의라고 할 수 있다. 「잡영수곡」이 비록 마지막 행에서 "저 — 머ㄴ하늘에는 구름이 썼네"라고 슬쩍 에둘러 말함으로써 최소한의 긴장을 유지하기는 했지만 "歎息을하며"를 세 번이나 반복함으로써 감상을 노출했다면, 「산모랑길」은 하고 싶은 말을 감추고 대조를 통한 긴장감을 형성하는 데 성공함으로써 소품으로서의 완성도를 높인다. 이후 「잡영수곡」의 마지막 연은 「한숨을 쉬며」라는 제목 아래 "탄식을 하며"가 "한숨을 쉬며"로 표현이 바뀐 채 『한 벌 옷에 바리때 하나』와 『김달진 시 전집』에 실린다.

밤새껏 비바람 저리도 사나우어
뒷산의 사슴이도 버꾸기도 울음을 걷우었나니
울 밑에 그 고흔 꽃들 다 떨어 졌겠다.
　　　——「비바람은 저리도 사나운데」(≪詩苑≫ 4호, 1935. 8, 29쪽) 전문

인용한 시는 1935년 8월에 ≪시원≫ 4호에 실렸지만 이후 시집 『청시』에 수록되지 않은 작품이다. 시집에서 누락된 김달진의 다른 작품들이 대체로 감상성을 노출한 시이거나 모던한 시였다는 점을 상기하면 이 시가 시집 『청시』에서 누락된 것은 좀 특이하다 하지 않을 수 없다. 비록 소품

이기는 하나, 시집에 실린 다른 작품들에 비해 그다지 완성도가 떨어지는 작품이라고 보기 어려우며, 작품의 시상이나 분위기도 김달진의 대표작으로 거론되어 온 작품들과 유사하다는 점에서 볼 때 첫 시집『청시』에 충분히 수록될 수도 있었던 작품으로 보인다. ≪시원≫ 4호에 함께 실렸던「목단(牧丹)」이나「번롱(飜弄)」에 비해 상대적으로 소품의 성격이 강했던 점,「목단」이나「번롱」도 약간의 개작을 거쳐 시집에 실렸던 점을 상기해 보면, 김달진이 시집에 수록할 작품을 선택한 기준이 매우 까다로웠음을 짐작할 수 있다.『청시』와『올빼미의 노래』에 실리지 않으면서 이 작품은『김달진 시 전집』에도 누락되고 만다.

　　　푸른 달빛이 조금(滿潮時)의 潮水처럼
　　　가득 실려든 한간 침실 ―

　　　무한한 氣流의 가늘은 정적속
　　　깊은 바다밑에 나는 누어있노니……

　　　나는 이제 한자(尺) 심장의 흐린 물병속에서
　　　그 天眞한 공상의 새끼들을 모조리 놓아주어도 좋을때다.

　　　發光魚처럼 헤음질처 다니는
　　　그들의 은빛 지느래미, 나래미질의 황홀.

　　　대낮의 水平線을 넘나드는
　　　검은 독수리의 陰凶한 그림자도 여기는 없다.

　　　그들은 나의 자랑스런 어린 自由의 天使
　　　나는 하늘에서 나려온 별들과 깊은 비밀의 會話를 바꿀수도 있거니.

이윽고 내가 그윽한 海草의 香氣에 안기어
이밤동안을 잠의 유혹에 취해있더라도 상관 없겠지……

　그들은 또 愉快한 來日의 살림을 위하야 나의 푸른 바다의 침실을 직혀
주리라
　고은 조개속의 眞珠를 캐어 나의 꿈을 장식하면서…….
　　　　　──「바다의 寢室」(≪詩苑≫ 5호, 1935. 12, 22~23쪽) 전문

　이 시는 ≪시원≫ 5호에 발표되었지만 시집 『청시』에 실리지 않았으며
『김달진 시 전집』에도 역시 실리지 않았다. 같은 지면에 실린 「나는 고독
을 껴안고 있다」와 「순간(瞬間)의 감상(感傷)」이 각각 「고독」과 「감상」으
로 제목을 바꾸고 본문에 쓰인 일부의 표현을 손질한 채로 시집 『청시』에
실린 것과 대조적이다. 이 작품은 『청시』에 실린 다른 작품들에 비해 상대
적으로 감상성이 과도하게 노출되어 있다. 더구나 이 작품에 쓰인 "침실",
"잠의 유혹", "꿈"이라는 시어들은 한 편의 시 안에 함께 쓰임으로써 1920년
대에 유행처럼 쓰이던 감상적이고 낭만적인 취향의 시들을 연상시키기도
한다. 그러나 그 와중에도 깊은 바다 밑이라는 공간이 자아내는 정적감에
주목한 것은 김달진 시다운 특징이라고 볼 수 있다.
　김달진은 ≪시인부락≫ 동인으로 활동한 것으로 알려져 있지만, ≪시인
부락≫ 1집에만 세 편의 작품을 발표했을 뿐이다. 그중에 「밤」과 「월광(月
光)」은 시집 『청시』에 수록되었지만 「황혼」은 배제된다. 이후 『올빼미의
노래』에 시집에서 누락된 작품으로 실리고, 『김달진 시 전집』에도 실린다.
　「황혼」에서도 처마 끝에 거미 한 마리가 어둔 찬비에 젖는 풍경이라든가
고독과 근심에 사로잡혀 있는 화자가 등장하는 장면은 김달진 시의 개성을
잘 보여 준다. 한시에서 석양을 바라보면서 명상에 잠기는 것을 일상관(日
想觀)이라고 하는데,[7] 김달진의 시에 황혼이나 석양이 종종 등장하는 것은
이와 무관해 보이지 않는다. 다만 마지막 행에서 설의적 의문형을 통해 감

상성을 노출하고 있는 점이 좀 아쉽다고 할 수 있는데, 김달진은 이 시를 개작하는 대신 과감히 배제하는 선택을 한다. 그가 작품의 제목을 고친 경우는 흔하지만, 현대식 표기로 맞춤법을 고치거나 부호를 고친 것을 제외하고는 시의 본문에 가급적 손을 대지 않았다는 점을 떠올리면 그가 작품을 선택하고 배제한 기준에서 엄격함이 느껴지기도 한다.

첫 시집을 묶으면서 김달진은 시집 전체에 일관되게 흐르는 분위기를 충분히 고려했던 것으로 추정된다. 『청시』라는 시집의 제목에서도 연상되는 것처럼 자연의 정경을 서정적으로 노래한 맑고 담박한 시들이 첫 시집의 주종을 이룬다. 따라서 이런 분위기와 충돌을 빚을 만큼 감상성이 두드러지거나 시적 완성도나 긴장감이 떨어지는 시들은 시집에 실리지 않고 제외된 것으로 추정해 볼 수 있다. 그밖에도 ≪죽순≫에 발표한 시들 중 1948년에 발간된 ≪죽순≫ 8집에 실린 두 편의 시는 김달진의 시집 어디에도 수록되지 않고 배제된다.


(가)

아 나의 靑春은 갔습니다 나의 靑春은 덧없이 흘러 갔습니다 그러나 임이여 덧없는 나의 靑春을 당신의 사랑의 손에 거두어 하염없는 時間이 되지말게 하십시오 어디서 꽃향기가 눅눅한 바람에 실려 옵니다 한나절 나리던 궂은 비가 멎었습니다 나는 늙은 白松앞 塔그늘에 앉았습니다

西쪽 하늘에 장밋빛 구름이 사라지더니 黃昏은 한층 더 무거운 침묵에 잠깁니다

나는 여윈[8] 가슴을 어루만지며 한숨 지웁니다 내 눈앞에는 무수한 시간의 銀실이그江물처럼 흘러갑니다 그것은 처음도 없고 끝도 보이지 않습니다

풀숲에 벌레 소리가 哀切합니다 하늘에는 별빛이 아직 영롱하지 못합니다

아 내 周圍[9]를 싸고 도는 어둠! 나는 눈을 감습니다 그리하여 꿈 속에서

---

7) 심경호, 『한시의 세계』(문학동네, 2006), 58쪽.
8) '여윈'의 오기로 보인다.

어머니의 젖가슴을 찾는아기처럼 空虛한 그의 가슴을 어루만져 봅니다

어디서 한 줄기 바람이 한숨 쉬며 나의 귓가에 와서 속삭입니다 '모든 아름다운 것 꿈처럼 사라진다'고. 아 나의 靑春은 갔습니다 나의 靑春은 덧없이 흘러 갔습니다

그러나 임이여 덧없는 나의 靑春을 당신의 사랑의 손에 거두어 하염없는 時間이 되지 말게 하십시오

　　　　　　——「나의 靑春은」(≪竹筍≫ 제8집, 1948. 3, 30쪽) 전문


(나)

임이여 나의 憧憬과 驚異와 祈禱로 하여금 오로지 당신의 발 앞에 무릎을 꿇게 하십시오

나의 思索과 欣求와 熱情으로 하여금 과녁을 向하는 화살처럼 오직 한 길 당신의 가슴으로 달리게 하십시오

나의 눈은 당신의 모습을 凝視하기에 고달프게 하시고 나의 머리는 당신의 생각으로 懊惱롭게 하십시오 그리하여 나의 疲勞와 懊惱는 오직 당신의 愛撫와 歡喜 밖에 풀릴 길이 없음을 깨닫게 하십시오

　　　　　　——「오로지 당신의」(≪竹筍≫ 제8집, 1948. 3, 31쪽) 전문


두 편의 시는 모두 '월하승(月下僧)'이라는 필명으로 발표되었다. 김달진의 초기 시에 지속적으로 나타나던 고독감과 허무감이 인용한 두 편의 시에서도 엿보인다. (가)에서는 청춘의 허망함과 처음도 끝도 보이지 않는 시간의 흐름 속에 망연자실해 있는 화자의 탄식이 느껴진다. 덧없이 흘러간 청춘 앞에서 절망하는 화자는, 그 절망감으로부터 자신을 구원해 줄 유일한 손길을 임에게서 찾고 있다. 덧없이 흘러간 시간이 하염없는 시간이 되지 말게 해 달라는 기원은 사랑하는 임을 향한 것으로 일차적으로 읽을 수

---

9) ≪죽순≫ 8집에는 '周園'으로 되어 있으나, 의미상으로나 뒤에 오는 조사와의 관계로 보나 '周圍'의 오기라고 판단되어 '周圍'로 표기하였다.

있지만, 그보다는 종교적이고 정신적인 구원의 손길이 좀 더 강하게 느껴지는 것이 사실이다. 아마도 거기에는 대체로 '김달진'이라는 본명으로 시를 발표해 온 그가 '월하승'이라는 필명으로 시를 발표함으로써 자신의 종교적 정체성을 드러내고자 했던 의도가 겹쳐서 읽히기 때문이기도 할 것이다. 그는 방황하던 청춘에 종지부를 찍어 줄 구원의 가능성을 임에게서 찾고 있다.

(나)에서 느껴지는 간절한 희구와 갈망도 오로지 임을 향하고 있다. 그의 오뇌와 피로를 달래 줄 구원의 대상으로 임을 갈망하고 있었던 셈인데, 그것은 역설적으로 그의 오뇌와 피로를 드러내 주기도 한다.[10] 종교적 색채를 직접적으로 드러내거나 감상적인 색채를 띤 시들을 시집에서 대체로 배제해 온 김달진 시인이니만큼 앞에서 인용한 두 편의 시도 결국 시집에 실리지 않고 배제된 것이 아닌가 짐작해 본다.

이러한 추측은, 이미 발표한 작품을 일부 개작하여 시집에 실은 시들을 살펴보면 좀 더 분명해진다. 김달진이 시집에 실으면서 손을 댄 작품들의 경우 개작이라고 부르는 것이 지나치다 싶을 정도로 최소한만 손을 댔을 뿐이다. 그것은 대개 당시의 맞춤법 표기에 맞게 표기를 고친 것이거나 띄어쓰기와 부호를 고친 것 정도에 불과하다. 그런데 제목을 고친 경우는 꽤 자주 눈에 띈다.

이미 발표되었던 시를 시집에 실을 때 김달진은 현대식 맞춤법 표기에 맞게 고친 것은 물론이고, 마침표 및 쉼표 하나하나를 손봤다. 대체로 발표 당시에는 각 연이나 문장마다 사용했던 마침표를 시집에 실으면서는 마지

---

10) 앞서 1947년 10월에 나온 《죽순》 제6집에서 김달진은 8·15를 세 번째 맞이하는 소감을 묻는 설문에 대해 "깊이 머리숙여 절절(切切)한 참회(懺悔)"라고 간단히 대답한다. 해방 직후에는 잠시 문학 단체에 이름을 올리기도 했지만, 바로 문학 단체들로부터 멀어져 지방으로 내려가 교육과 불경 번역에 종사하게 되는 김달진 시인의 행보에는 당시의 해방 정국에 대한 은근한 비판이 서려 있는 것은 아니었을까 짐작해 본다. 해방의 기쁨을 노래한 것도 잠시, 이 무렵 김달진의 시에는 다시 '고독'과 '오뇌'의 흔적이 나타나기 시작한다.

| 최초 발표 지면의 시 제목 | 시집에 수록된 시 제목 | 그 밖의 수정 사항 |
|---|---|---|
| 「磨造川邊에서」(≪시원≫ 2호, 1935. 4) | 「磨造川邊」(『올빼미의 노래』, 『김달진 시 전집』) | 현대식 맞춤법 표기, 마침표 빠짐 |
| 「戀慕에 지쳐」(≪시원≫ 3호, 1935. 5) | 「戀慕」(『올빼미의 노래』, 『김달진 시 전집』) | 현대식 맞춤법 표기, 쉼표·마침표·불필요한 외국어 빠짐 |
| 「나는 孤獨을 껴안고 있다」(≪시원≫ 5호, 1935. 12) | 「孤獨」(『올빼미의 노래』, 『김달진 시 전집』) | 현대식 맞춤법 표기, 괄호 속 설명 빠짐 |
| 「瞬間의 感傷」(≪시원≫ 5호, 1935. 12) | 「感傷」(『올빼미의 노래』, 『김달진 시 전집』) | 현대식 맞춤법 표기, '―고향의 S에게'라는 불필요한 설명 빠짐 |
| 「孤獨에 돌아와서」(≪죽순≫ 6집, 1947. 10) | 「고독에 돌아와」(『올빼미의 노래』, 『김달진 시 전집』) | 현대식 맞춤법 표기, 불필요한 한자 표기 한글로 바꿈, 쉼표 첨가, 연구분 조정 |
| 「임의 모습(秒)」(≪죽순≫ 11집, 1949. 7), 「임의 모습―토막글」(≪죽순≫ 7집, 1948. 12) | 두 편의 시가 섞여서 「小曲 悔恨集」(『올빼미의 노래』, 『김달진 시 전집』)으로 합쳐짐 | 현대식 맞춤법 표기, 연의 순서 등이 뒤바뀜 |

막 연 마지막 문장에만 남겨두고 모두 없애는 방향으로 수정하였으며, 쉼표의 경우에도 가급적 사용을 줄였다.[11] 그밖에 시적 표현 등에 대해서는 거의 손을 대지 않았다. 손을 많이 대야 하는 시는 시집에서 배제하는 선택을 했던 것으로 보인다. 아마도 이것은 이미 발표한 작품에 결정적 가감을 하지 않으려 한 시인의 염결성 때문이 아니었을까 짐작해 본다. 다만, 크게 문제되지 않는 표기상의 문제에서는 최대한 세밀하게 수정함으로써 시의 미감을 살리려 했던 것으로 보인다. 따라서 시집에 실린 시의 경우에는 시각적으로 훨씬 안정감 있는 형태를 띠고 있는 것은 물론이고 시적 호

---

11) 예외적으로 쉼표를 오히려 덧붙인 경우도 한 편 발견된다. 「고독에 돌아와」가 바로 그 경우이다.

홉에서도 한결 자연스러워진 것을 확인할 수 있다.

시의 제목을 고친 경우에도 사족을 없애고 간결함을 취하는 방향으로 수정했다. 감상성이 노출되었던 제목들은 시집에 실리면서 한결 간결해진 형태로 수정되는데, 수정하고 난 후가 대체로 더 적절한 것으로 판단된다.

그밖에 제목을 고치지 않은 시들의 경우에도 현대식 맞춤법 표기에 맞게 맞춤법과 띄어쓰기를 수정하고 마침표와 쉼표 같은 부호를 조절하는 등의 수정은 이루어졌다. 시의 의미에 변화가 생길 정도의 커다란 수정은 하지 않았으므로 이 논문에서 별도로 제시하지는 않았다. 다만 위의 표에서도 언급한 「임의 모습(秒)」와 「임의 모습―토막글」이라는 두 편의 시가 섞이고 합쳐져서 「소곡 회환집」이라는 제목의 시로 탈바꿈한 것에 대해서는 몇 마디 덧붙이고자 한다.

「임의 모습(秒)」와 「임의 모습―토막글」은 합쳐져 이후 시집에 「소곡 회한집」이라는 제목으로 개작되어 실리는데, 연의 순서가 상당 부분 조정된다. 잡지에 발표할 당시에는 몇 개의 연으로 이루어진 연작의 성격을 지니는 시라는 느낌이 좀 더 강했다면, 시집에 실릴 때는 연과 연 사이에 ' * ' 표시를 해 휴지를 둠으로써 각 연이 독립된 시라는 느낌을 좀 더 강화한다. 뿐만 아니라 소동파의 '望美人兮天一方'이라는 시구를 시의 본문 앞에 인용해 놓음으로써 소동파의 시와 겹쳐 읽게 하는 효과를 노린 점도 이색적이다. 실제로 김달진은 '한산시'를 번역하고 여러 편의 '한국 한시'를 번역했을 정도로 한시에 조예가 깊었지만, 자신의 시에서 직접적으로 한시의 일부를 인용해 놓은 경우는 「소곡 회한집」이 유일하다고 할 수 있겠다.

이상에서 살펴본 바와 같이 ≪문예공론≫, ≪시원≫, ≪시인부락≫, ≪죽순≫ 등의 잡지나 동인지 등에 발표되었다가 시집에서 누락되거나 개작된 김달진 시를 시집 『올빼미의 노래』와 『김달진 시 전집』에 실린 시와 비교해 본 결과, 시집에서 배제된 시들은 대체로 감상성이 많이 노출된 시들로 당시의 시단에서는 흔히 볼 수 있는 것이기는 했지만, 김달진 시 특유의 개성은 좀 덜 드러나 있었다는 사실을 알 수 있었다. 시인으로서의 자의식을 지닌 대부분의 시인들이 그렇듯이, 김달진 시인도 시집을 묶으면서 기존에 발표한 시들을 대상으로 충분히 숙고하여 선별하는 과정을 거쳤을 것으로 추정된다. 특히 시집에 실으면서 많은 작품을 개작했다고 볼 수는 없지만 크게는 제목으로부터 작게는 부호 하나에 이르기까지 세심하게 고려하면서 수정한 사실을 환기해 볼 때, 김달진 시인이 말 하나하나, 심지어 쉼표와 마침표가 지니는 기능 하나하나에 대해서까지 심사숙고했음을 확인할 수 있었다.


## 실존적 고독에서 독성(獨醒)에 이르는 길

김달진의 시에는 한밤중에 홀로 깨어 있는 화자가 자주 등장한다. 그의 초기 시에서부터 나타나기 시작하는 이러한 상황은 그가 시작(詩作)을 그만두는 시점까지 지속된다. 그런데 좀 더 면밀히 살펴보면 한밤중 홀로 깨어 있는 화자가 드러내는 태도에서 차이가 발견된다. 갑자기 세상 한가운데 내던져진 존재가 느끼는 실존적 고독감이 김달진 시의 화자에게서는 종종 나타나는데, 이때 화자는 대개 특별한 이유 없는 상실감과 슬픔, 쓸쓸함, 외로움에 젖어 있다. 생명을 지닌 존재가 유발하는 필연적 고독감에 사로잡혀 있는 것이다.

나직한 하늘만 바라보이는 깊은 숲 그늘에
황혼과 함께 반쯤 시들은 꽃 한 가지 놓여 있다

어제 내가 꺾어 들고 입맞추다가
싸늘한 촉감에 울듯 터져버린 꽃―

내 오늘도 찾아왔나니

아무런 세상 사람의 발자취도 없는
여기는 남 모르는 나의 작은 散步路다.
　　　　—「散步路」(『김달진 시 전집』(문학동네, 1997), 16쪽) 전문

　아무런 세상 사람의 발자취가 없는 남모르는 작은 산보로에서 화자는 꽃
한 가지를 꺾어 들고 입 맞추고 그러다 버리고 다음 날 다시 찾아와 어제
의 흔적을 더듬곤 한다. 그가 나누는 사랑의 행위는 전혀 인적이 없는 적
막하고 비밀스러운 곳에서 이루어진다. 꽃이 터져 버리고 한 생이 시들어
가도 화자 외에는 누구 하나 찾아들지 않는다. 어차피 인생이란 그렇게 홀
로 견디는 것임을 시인은 아무런 세상 사람의 발자취가 없는 공간을 통해
보여주고 싶었던 것인지도 모른다.
　"남 모르는 나의 작은 散步路"는, 모두 잠들고 혼자 깨어 있는 한밤중
이라는 시간과 유사한 성격을 지니는 공간이다. 드넓은 세상에 혼자 내던
져져 있는 단독자로서 느끼는 고독감을 그리는 데 김달진의 시는 처음부터
관심을 가지고 있었다. 그가 꺾어 들고 입 맞추다가 싸늘한 촉감에 내던져
시들어 버린 꽃가지는 화자 자신의 모습을 비유한 것으로 읽을 수도 있다.
남모르는 작은 산보로로 오늘도 화자의 발걸음은 옮겨지지만 그곳에서도
그는 여전히 혼자일 뿐이다.

　깊은 밤 창 밖에 개 짖는 소리 난다.
　누가 오는가
　아무의 마음에도 띄이지 않는 이창이거니

　—묵은 지붕 넘어로 가만히 노려보는 핼슥한 쪽달……
　—유령같이 기어드는 어슥한 뜰 우의 나무 그림자……

　'이 방 주인은 차디찬 침대 우에 눈감고 누웠습니다

고독의 애인과 함께 마음을 앓으면서⋯⋯'
　　　　——「개 짖는 소리」(『김달진 시전집』(문학동네, 1997), 17쪽) 전문

차디찬 침대 위에 누워 고독을 앓는 "이 방 주인"은 바로 화자 자신을 가리키는 것으로, 화자가 자신을 객관화해서 말한 것이다. 화자는 깊은 밤 아무의 마음에도 띄지 않는 곳에 머물고 있다. 차디찬 침대 위에 누워 있는 이 방 주인의 옆자리는 고독에게만 허락될 뿐이다. 이렇듯 차디찬 곳에서 잠 못 이루며 고독에 몸부림치는 화자가 김달진의 시에는 종종 등장한다.

깊은 밤 창 밖에서 들려오는 개 짖는 소리는 적막감을 더한다. 누가 오나 궁금해지기도 하지만 화자가 머무는 곳은 눈에는 물론, 아무의 마음에도 띄지 않는 곳이다. 핼쑥한 쪽달이나 뜰 위의 나무 그림자도 깊은 밤의 음산함을 더해 준다. 화자가 침대 위를 차디차다고 느끼는 것은 외로움 때문이다. 외로움의 촉각적 감각이 김달진의 시에서는 차가움으로 표현된다. 불면의 밤에 느끼는 고독감을 차디찬 온도 감각으로 표현한 것이다.

　　그는 나에게 밤 올빼미의 눈물을 주었다
　　그는 나에게 땅속의 두더지의 遁跡을 주었다
　　그는 나에게 다람쥐와 고슴도치의 비겁도 주었다
　　그러나 그가 가진 참으로 자랑스러운 영광인
　　삼림 속의 이름 없는 어린 꽃의 '미'와 '향기'와 '힘'을 배우지 못했기 때문에
　　나는 아직 그를 놓지 못하고 꺼안고 있다.
　　　　　　——「고독」(『김달진 시 전집』(문학동네, 1997), 27쪽) 전문

고독은 김달진의 시에서 어둠과 친숙한 짝을 이룬다. 고독을 통해 화자는 밤 올빼미의 눈물과 땅속 두더지의 둔적과 다람쥐와 고슴도치의 비겁을 배웠다고 고백한다. 유약하고 비겁한 속성들은 고독이 가지고 있는 부정적

가치이다. 그러나 고독이 부정적 속성만 가지고 있는 것은 아니다. 고독은 어린 꽃의 미와 향기와 힘 같은 긍정적 가치도 가지고 있는데, 다만 화자가 아직 그것을 배우지 못했을 따름이다. 그가 아직 고독에 머무르는 이유는 바로 그 때문이다. 자신이 시에서 그리는 고독이 다분히 유약하고 감상적이라는 것을 알고 있지만 언젠가는 고독이 지닌 고귀한 가치에 도달할 날이 있을 것임을 그는 직관적으로 알아차렸는지도 모른다. 그가 도달하려는 바로 그 경지야말로 어둠 속에서 홀로 깨어 있는 독성의 경지가 아니었을까?

> 작은 항아리를 세계로 삼을 줄 아는 금붕어
> 간밤에도 화려한 용궁의 꿈을 꾸고 난 금붕어
> 하늘이 풀냄새 나는 오월 아침
> 산호 같은 빨간 꼬리를 떤다
> 자반뒤지를 했다
> 너는 언제 꽃 향기 피는 나무 그늘과 찬 이슬과 이끼 냄새와
> 호수와 하늘의 별을 잊고 사나
> 작은 遊戲 속에 깊은 슬픔이 깃든다느니
> 여윈 조동아리로 유리벽을 쪼아라 쪼아라
> ——「금붕어」(『김달진 시 전집』(문학동네, 1997), 28쪽) 1연

이 시의 화자는 1연의 마지막 행에서 명령형 어조를 통해 잠시 모습이 비칠 뿐 문면에 직접적으로 드러나 있지 않지만, 금붕어를 '너'라고 부르며 금붕어의 고독에 공감한다. 금붕어는 화자처럼 혼자다. 금붕어가 화자의 분신으로 읽히는 것은 바로 그 때문일 것이다. 어항 속의 금붕어는 고독한 존재로서 모습을 드러낸다. "여윈 조동아리로 유리벽을 쪼아라 쪼아라"는 금붕어에게 건네는 화자의 말이지만, 금붕어가 화자의 분신임을 기억하면 결국 그것은 화자가 자기 자신에게 건네는 말로 읽히기도 한다. 여윈 주둥

아리로 유리벽을 쫀다고 해서 유리벽이 깨질 리 만무하지만, 그럼에도 유리벽을 쪼는 행위는 중요한 의미를 갖는다. 그것은 세계에 대한 대결 의지를 분명히 드러내는 것이기 때문이다.

간밤에도 화려한 용궁의 꿈을 꾸고 난 금붕어는, 깨어남과 동시에 좁은 어항 속에 갇혀 있는 현실과 마주해야 한다. 꿈에서 깨어나 바라본 눈앞의 현실은 갑갑하고 막막한 것이었을 게다. 하늘과 산호와 나무 그늘과 찬 이슬과 이끼 냄새와 호수와 하늘의 별이, 금붕어의 꿈을 구성하는 화려하고 고귀한 목록들이다. 그러나 현실을 구성하는 것은 사방이 막힌 단단한 유리벽뿐이다. 그 차단된 현실 앞에서 금붕어는 혼자임을 지독하게 느낄 수밖에 없다. 그것은 곧 화자가 실감하는 고독감이다.

> 탁상 전화는 구내 15번
> 푸른 붉은 잉크
> 잉크壺에 침전된 흐린 꿈길.
> 茶잔은 이지러지고
> 낡은 스텐드에는 전구도 없다.
>
> 모두들 따스한 등불을 찾아가고,
> 텅 빈 방 안에 나 혼자,
> 상념은 바다의 갈매기처럼
> 생존을 박차고 허망의 하늘로……
>
> 허망의 하늘로 날으다 날으다,
> 眩暈을 일으키며 돌아온
> 생존의
> 또 사무실.

어둔 창경에 번지는
내 얼굴의 슬픈 그림자,
돌처럼 찬 '허무'의 빌딩 위에
나는 추워라, 어실어실 추워라.
　　——「사무실」(『김달진 시 전집』(문학동네, 1997), 124쪽) 전문

　『김달진 시 전집』의 2부에 실린 이 시는 신문기자로 근무하던 당시의 체험이 바탕을 이룬 것으로 보인다. 퇴근 시간이 되어 모두들 따스한 등불을 찾아 집으로 돌아가고, 텅 빈 사무실에 혼자 남은 화자는 잠시 상념에 젖어 생존의 논리로 그를 옭아매는 사무실에서 벗어나 "허망의 하늘"로 날아오른다. 그러나 바다의 갈매기 같은 비상의 날갯짓은 아득한 현훈을 일으키며 다시 현실 속 생존의 사무실로 돌아오고 만다. 월급쟁이 신세의 직장인 모두가 느끼는 비애감에 시인 역시 사로잡혀 있다. 먹고 살기 위해 사무실에 매여 일하는 신세이지만, 혼자 있는 어둠 속 외로운 시간엔 어쩔 수 없이 실존적 고독의 그림자와 마주하게 된다. "어둔 창경에 번지는" 자신의 얼굴에서 화자는 슬픈 그림자를 본다. 그것은 현실의 무게를 떨쳐 버릴 수 없는 존재가 느끼는 비애감이자 세상에 혼자 떨어져 있다는 고독감인데, 화자는 추위로 그것을 실감한다. 고독감과 허무감을 나타내는 온도 감각으로 추위가 활용된 것은 그의 초기 시에서부터 지속되는 것이었다.
　어두워 오는 시간에 홀로 사무실에 남아 창에 비친 자신의 슬픈 얼굴을 들여다보는 화자는 그의 시에 지속적으로 등장해 온 홀로 깨어 있는 화자의 변형이라고 할 수 있겠다. 홀로 있는 바로 그 시간에 그는 생존을 박차고 날아오르는 것을 잠시 꿈꿔 보지만, 결국은 현실로 돌아올 수밖에 없다. "허망의 하늘"이라고 지칭하는 그 순간부터 그는 돌아올 것을 예감하고 있었는지도 모른다. 돌아온 현실에서 그는 한결 서늘한 추위를 느낀다. "어실어실 추워라"라는 화자의 독백은 결국 화자가 느끼는 고독감을 표현한 것이다.

여관 이층 낡은 다다미방에
나 혼자 하염없이 앉아 있었다.

불도 없는 화로를 안고 앉아
찬 재를 헤적이며 앉아 있었다.

멀리, 가까이 끊임없는 소음 속에
멋없이 눈을 떴다 감았다……

꽃샘 봄바람이 으스스 추워라,
캐묵은 장지 종이는 어이 슬픈 것이뇨?

모든 것 구름처럼 흘러가고,
아름다이 참된 것 꿈인 양하여

설움도 괴롬도 알뜰히 안은 채
다시는 우울하지 말자 했거니……

어둑한 여관 다다미방에
불도 없는 화로 앞에 앉아 있었다.
　　　　──「화로 앞에」(『김달진 시 전집』(문학동네, 1997), 125쪽) 전문

　시의 화자는 여관 이층 낡은 다다미방에 혼자 하염없이 앉아 있다. 불 꺼진 화로 앞에서 꽃샘바람에 추워하면서도 화롯불을 켜거나 이불을 뒤집 어쓰거나 하는 행동조차 하지 않은 채 "멋없이 눈을 떴다 감았다" 하면서 하염없이 앉아 있을 뿐이다. 멀리, 가까이 끊임없는 소음이 들려오지만, 어 떤 소리도 그를 움직이게 하지는 못한다. 세상의 소음들로부터 그는 멀리

떨어져 있는 것처럼 보인다. 꽃샘 봄바람이 으스스 춥다고 느끼는 것은 실제로 바람이 차기 때문이기도 하지만 그가 느끼는 고독감 때문이기도 하다. 장지문이 우는 소리를 슬프다고 느끼게 하는 이 고독감의 원인을 어렴풋이 짐작해 보게 하는 것이 바로 5연이다. 인생사가 뜬구름처럼 부질없고, 아마도 시인이 평생토록 추구했을 아름답고 참된 것 역시 꿈인 듯하다는 말에서는 세상 천지에 나 혼자라는 고독감과 쓸쓸함이 느껴진다. 혼자인 시간이 많은 김달진 시의 화자이므로, 자신을 들여다볼 시간이 많아지는 것은 어찌 보면 당연한 일이다.

이렇듯 혼자 있으면서 고독감을 느끼는 화자는 김달진 시에 지속적으로 등장한다. 혼자 있는 시간이 많은 화자는 당연히 자신의 내면에 집중하게 된다. 자신을 들여다보고 또 들여다보고 하다가 결국은 인생사 부질없다는 깨달음에 이르곤 하는 김달진 시의 화자가 그토록 고독감을 느끼고 쓸쓸해 하는 이유는 구체적으로 드러나 있지 않다. 때로는 생존이라는 눈앞의 현실이, 때로는 그를 가두고 있는 좁고 답답한 세계가 그에게 탈주의 충동을 불러일으키지만 그의 탈주는 대개 현실의 장벽에 부딪혀 실패하는 것으로 그려지곤 한다. 벗어나고 싶었지만 벗어나지 못하는 좌절을 체험하면서 김달진 시의 화자들은 고독감에 사로잡힌다. 그것은 주체와 세계와의 사이에서 발생하는 일종의 실존적 몸부림이라고 할 수 있다. 김달진의 시가 고독한 주체의 내면과 상황을 그리는 데 그쳤다면, 그의 시에 특별한 의미를 부여하기는 어려울 것이다. 그런데 고독한 주체가 자주 등장하면서 자신의 내면의 소리에 귀 기울이게 되고 마침내 김달진의 시적 주체는 고독의 상태를 벗어난 어떤 깨달음에 이르게 된다. 그것은 한시에서 종종 나타나는 독성의 경지에 가까운 것이라 할 수 있다.

처음으로 내어다 놓은 솜이불
새로 바른 하얀 미닫이

얌전하게 타나리는[12] 黃촛불 앞에

캐묵은 唐版 詩集을 對해 앉는다.

──「秋聲」(『청시』(청색지사, 1940), 89쪽) 전문

솜이불과 새로 바른 하얀 미닫이라는 사물에 기대 가을이 왔음을 인상적으로 보여 주는 시이다. 1연의 산뜻한 하얀 빛깔과 2연의 황촛불이 대조를 이루며 맑고 서늘하고 청아하면서도 고요한 가을 분위기를 자아낸다. 1연이 가을이 왔음을 간접적으로 알리는 일종의 경(景)에 해당된다면, 2연에서는 시적 화자인 인물 주체가 등장하며 홀로 당판 시집을 대해 앉는 조용한 방 안의 분위기를 보여 준다. 특히 황촛불 앞에 케케묵은 당판 시집을 대해 앉는 화자의 태도는 가을을 맞이하는 마음 자세를 보여 주는 것으로, 하고많은 책 중에 당판 시집을 읽는다는 것도 눈여겨볼 필요가 있다. 두보와 이백으로 대표되는 당시(唐詩)는 한시의 백미이다. 인간 존재의 비극성을 응시하는 당시를 읽으며 시인은 자신과 마주해 자신의 내면을 응시하고자 하는 것으로 보인다. 최고의 고전을 읽으며 가을을 맞아 마음 자세를 가다듬고 고전을 통해 자신을 돌아보는 시간을 갖고자 한 것이다.

밤이 깊어 보던 책 덮어두고

혼자 귀떨어진 화로를 안고 앉아

숲 속에서 주워온 밤을 구워 閑雅한 식욕을 채워본다

가끔 창 밖으로 지내가는 바람 소리 들으며

---

12) 『김달진 시 전집』(문학동네, 1997) 80쪽에는 "타 나리는"이라고 띄어쓰기가 되어 있지만, 여기서는 『청시』에 발표된 형태를 텍스트로 삼아 인용하였다. 『김달진 시 전집』에서 바뀐 부분은 다음과 같다. "내어다 놓은"(『청시』, 『올빼미의 노래』)→"내어다놓은"(『김달진 시전집』), "미다지"(『청시』)→"미닫이"(『올빼미의 노래』, 『김달진 시 전집』), "黃촛불"(『청시』, 『올빼미의 노래』)→"황촛불"(『김달진 시 전집』)

지금 이 밤에 내 마음은
가을 언덕 황혼의 달빛 아래 서 있는 새꽃같이 枯淡 하나
오늘 들은 애인의 결혼일도 잊고 있다.
———「枯淡」(『김달진 시 전집』(문학동네, 1997), 83쪽) 전문

　늦은 밤 홀로 깨어 있는 화자는 이 시에도 등장한다. 그런데 그는 망연
히 불 꺼진 화로를 끼고 앉아 있는 화자나 조용히 책을 읽고 있는 화자보
다 역동적이다. 밤이 깊어 보던 책을 덮어 두고 출출한 배를 달래기 위해
숲 속에서 주워 온 밤을 구워 먹는 모습은 어딘지 한가하고 여유롭다. 바
깥세상이야 어떻든 알 바 아니라는 식의 초연함마저 느껴진다. 그 마음을
화자는 '고담(枯淡)'하다고 표현한다. 그런데 고담하다는 말을 수식하는 비
유와 고담함이 뒤의 문장과 역접의 관계로 연결되어 있다는 것을 눈여겨보
면, 고담하다는 의미가 꾸밈없이 담담하다는 일반적인 사전적 의미로는 잘
읽히지 않음을 알 수 있다. 더구나 제목부터 시의 본문에까지 '枯淡'은 모
두 한자로 표기되어 있다. 그렇다면 이 시에서 말하는 '枯淡'함은 가을 언
덕 황혼의 달빛 아래 서 있는 새꽃 같이 어딘지 수척하고 맑으면서도 슬픈
느낌을 자아내는 의미로 읽어야 할 것이다. 가을 황혼과 새꽃의 묘한 대비
가 일으키는 감정의 떨림이 '枯淡'이라는 말에는 들어 있다.
　애인의 결혼 소식을 들었다는 것은 하늘이 무너지는 듯한 충격까지는 아
니어도 가슴이 서늘해질 만한 소식이었을 텐데, 그는 어느새 오늘 들은 애
인의 결혼일도 잊고 있다고 고백한다. 이는 타인으로 인해 상처 입고 아파
하고 그에게 집착하는 마음을 떨쳐 버리는 경지에 화자가 이르고 있음을
가리킨다. 세속적 가치에 의해 움직이는 세상으로부터 거리를 유지하려는
마음의 발로가 바로 망각과 무심의 경지에 화자를 이르게 한 것일 게다.
오늘 들은 애인의 결혼일을 잊을 정도로 마음을 비우는 무심함에서는 세상
사에 휘둘리지 않겠다는 화자의 결연한 의지가 엿보인다. 그것은 마치 한
시에서 흔히 보아 온 '독성'의 경지에 가까운 것이다.

나는 피우던 담배도 잊고
벽에 기대어
멀리 생각을 달리고 있었다.

덧없는 그림자 속에
아름다운 꿈을 보려는⋯⋯
가느란 웃음이 나와,

빛도 냄새도 없는
엷은 상징처럼 살아가는
조그만 내 생명을 생각하고 있었다.

아, 모든 것 아무것도 없었다.
뜰 안에 벌레 소리도 없었다.
한 가닥 꽃 향기도 없었다.

끝내
바람처럼 나는 가리라.
나는 바람처럼 가고 있었다.
　　　　──「바람」(『김달진 시 전집』(문학동네, 1997), 131~132쪽) 부분


　하루 종일 비가 내리는 여름날, 화자는 창을 열어 놓은 채 등불도 켜지
않고 밤을 맞이한다. 피우던 담배조차 잊은 채 그가 빠져든 생각은 덧없는
그림자 속에 아름다운 꿈을 보려는 것으로, 결국은 그 생각의 흐름이 "조
그만 내 생명"에 이르게 된다. 이 무렵 김달진의 시에는 '생명'이란 단어가
출현하기 시작하는데, 그것은 존재의 본질에 대한 인식과 관련되어 있다.
김달진이 생각하는 자신의 본연의 모습은 바람처럼 가고 바람처럼 사는 자

유인의 모습이었던 것으로 보인다. 그것이야말로 자연을 닮은 모습이기도 하다. 아무것도 없는 허무함과 덧없음을 체험한 화자는 아무것에도 집착하지 않고 끝내 바람처럼 가겠다고 말한다. 그것은 바람처럼 살겠다는 하나의 선언이다. 집착을 깨는 이러한 선언이 가능했던 것은 혼자 깨어 있음으로써 자기 자신에게 집중할 수 있었던 덕분이다. 그것은 하나의 생명이자 하나의 세계에 집중하는 것으로, 그렇게 함으로써 세속적 가치 기준에 의해 흔들리지 않을 수 있었던 것이다.

김달진의 시에 지속적으로 등장하는 나그네 의식도 바람처럼 가겠다는 선언과 무관해 보이지 않는다. 때로 그것은 "하나 혹성(惑星) 안의 고아(孤兒)"(「시간」)라는 인식으로 나타나기도 한다. 늘 낯선 곳을 떠돌아다녀야 하는 나그네와 뿌리를 잃어버린 고아는 고독할 수밖에 없지만, 바로 그 고독한 시간으로 인해 화자는 자신을 비롯한 생명의 본질에 좀 더 집중하게 된다.

　이제 얼마 아니면 눈앞에 다가설 석양, 그러나 나는 슬퍼하지 않으리라. 새가 날아가고, 구름이 돌아가고, 꽃은 시들고, 햇볕은 엷어가고…… 그러나 나는 그 슬픈 석양을 슬퍼하지 않으리라. 먼 山頂에 떨어지는 불타는 황금 햇빛 — 바다 저쪽에 장엄히 열리는 보다 훌륭한 아침의 反映이라.

　나는 어둠을 두려워하지 않으리라. 어둠 속을 그대로 자라며 걸어가리라. 새로 내리는 이슬발 아래, 새로이 여무는 꽃봉오리처럼 가지가지 香薰을 쌓으며 간직하며, 어둠을 가만히 껴안으리라, 어둠에 안기리라.

　……모든 것 오직 나아감이 있을 뿐 — 신과 함께.
　……모든 것 오직 뚜렷이 익어갈 뿐 — 영원과 함께.
　——「오후의 사상」(『김달진 시 전집』(문학동네, 1997), 165쪽) 부분

어둠 속에서 외로움에 시달리고 고독감에 사로잡혀 있던 화자는 이제 어둠을 두려워하지 않겠다고 말한다. 그가 고독감을 느끼는 것은 혼자라는 쓸쓸함 때문이기도 하지만 사라져 가고 죽어 가는 것들에 대한 안타까움과 연민 때문이기도 하다. 그의 시에 종종 등장하던 황혼은 저물어 가고 사라져 가는 것에 대해 안타까워하고 쓸쓸해하던 화자의 심리 상태와 무관하지 않았다. 그러나 이제 그는 곧 눈앞에 다가설 석양을 슬퍼하지 않겠다고 한다. 그것은 생명을 지닌 것이 죽음에 이르는 과정을 겸허히 인정하는 태도와 관련이 있어 보인다. 또한 먼 산정에 떨어지는 불타는 황금 햇빛, 즉 석양이 "바다 저쪽에 장엄히 열리는 보다 훌륭한 아침의 반영(反映)"임을 깨달았기 때문이기도 하다. 그러므로 그는 어둠을 두려워하지 않으며, 어둠 속을 그대로 자라며 걸어가리라고 다짐한다. 두려움의 대상이던 어둠과 이제 시인은 화해한다. 어둠을 가만히 껴안고 어둠에 기꺼이 안기겠다고 말하면서 말이다.

이 의지의 뒤에는 신과 영원에 대한 믿음이 자리 잡고 있는 것으로 보인다. 이때의 신을 특정 종교에 한정시켜 이해할 필요는 없어 보인다. 영원에 대한 믿음을 갖게 해 준 절대자. 그것이 바로 김달진의 시가 노래하는 신이자 영원인 셈이다.

그러므로 「고독에 돌아와」에서 김달진 시의 주체는 "영원의 거울 앞에/ 내 모습 바라보며,/ 나는 하얗게 살자"고 다짐한다. 고독에 사무치던 김달진의 시에서 쓸쓸함 자체가 비애감을 불러일으켰다면, 이제 그는 쓸쓸함을 인정하면서도 영원을 통해 그것을 극복하고자 한다. 이는 종교적 귀의의 힘이라기보다는 고독의 시간을 통해 자신과 오래도록 대면한 결과라고 보아야 할 것이다. 세속적 가치나 세상의 기준에 휘둘리지 않으며 자기를 오래 응시해 온 자가 도달할 수 있는 경지. 바로 그 '독성'의 경지에 김달진의 시는 이른 것이다. 그러므로 고독에 돌아왔지만 그것은 이미 같은 고독이 아니다.

불빛 아래 비치는 흐릿한 모습
팔십세의 내 늙은 시력을 안타까와하다가
돋보기 쓰고 가까이 다가가니
처음 보는 그 얼굴의 주름살이여.

중도 아닌 것이, 俗人도 아닌 것이
그래도 삼십여 년 불경을 뒤적였네.
부처 보기, 사람 보기 부끄러워라.
중도 아닌 내가, 속인도 아닌 내가.

기나긴 어둔 이 밤 언제 샐런가
다시 얻기 어려운 덧없는 이 몸을
천만 시름 속에 몸부림치네.
어둠을 깨치는
새벽 종소리는 언제나 들릴런가.
　　　——「某月 某日」(『김달진 시 전집』(문학동네, 1997), 199쪽) 전문

80세의 나이에 이르러서도 김달진 시의 주체는 어둔 밤에 홀로 깨어 있
다. 덧없는 육신이 불러오는 "천만 시름 속에 몸부림치"며 어둠을 깨치는
새벽 종소리를 기다리는 것이다. 육신의 오욕을 벗어던지고 해탈에 이르고
자 하는 불교적 지향은, 한 사람의 인간이자 시인으로서 그가 자신과 벌이
는 싸움과 동떨어진 길로 보이지 않는다. 시의 궁극은 종교와 극적으로 만
나는 순간이다. 여전히 늦은 밤까지 홀로 책을 읽고 있는 화자는 80세의
늙은 시력을 안타까워한다. 그러다 문득 자신의 얼굴에 가득한 주름살을
들여다보게 된다. 자신의 얼굴을 마주보고 응시하는 일은 80세의 나이에도
결코 쉽지 않은 일일 것이다. 그가 부끄러움을 느끼는 것도 바로 그 때문
이다. 부처 보기, 사람 보기 부끄럽다는 것은 속인이자 승려로서 살아온 자

신의 삶을 반성적으로 돌아보는 시선이다.

"깊은 밤의 어둠 속/ 끝없는 정적"(「어느 날 밤에」, 『김달진 시 전집』, 221쪽) 속에서 자신과 마주하기를 평생을 해 온 시인에게서는 엄격하고 염결한 태도가 느껴진다. "가을 밤/ 하늘의 밝은 달"처럼 그는 "올연히 앉아/ 언제나 깨어 있"(「밝은 달」, 『김달진 시 전집』, 232쪽)고자 한다. 발등에 불이 붙고 눈썹에 불이 붙어도 그의 올연한 자세는 흔들리지 않을 것 같다. 그것은 김달진 시인의 세상을 향한 마음 자세이자 시를 향한 태도이기도 하다.


### 정경교융(情景交融)과 무위자연(無爲自然)

자연은 김달진 시의 영원한 주제이다. 1930년대부터 1980년대까지 그의 시에는 자연이 지속적으로 나타나는데, 그것은 단지 시적 대상에 그치지 않고 김달진 시의 주체이자 주제를 이룬다. 그와 ≪시인부락≫ 동인으로 함께 활동하기도 한 김동리는 일찍이 김달진의 시가 소박한 자연 경관의 테두리 속에 있음을 간파하였다.[13] 김달진의 시에 자연이 그려지는 방식은 대개 두 가지 경우로 나뉘는데, 시적 화자가 뒤로 숨어 객관적 자연 경물의 묘사에 치중하는 시가 있고, 화자가 문면에 드러나 경과 정이 어우러지는 시가 있다. 김달진의 시에 등장하는 자연은 시적 화자의 정서와 대립하거나 대치되는 경우가 드물다. 그에게 자연은 정서적 공감의 대상이거나 일체화된 존재이다. 시적 주체와 분리된 대상으로서 자연이 그려지는 경우에도 인간사와 대치되는 대상으로 그려지지는 않는다.

김달진의 시에는 경물을 묘사한 시가 여러 편 눈에 띈다. 이런 시들에서는 대개 화자가 드러나 있지 않다. 그런데 화자가 철저하게 모습을 숨긴 채 자연 경관을 객관적으로 묘사한 시에서도 대상으로서의 자연을 취사선택한 화자의 시선이 미세하게 감지되는 것이 사실이다. 경물을 묘사한 김

---

13) 김동리, 「월하 시의 자연과 우주 의식」, 『김달진 시 전집』(문학동네, 1997), 482쪽.

달진의 시 역시 넓은 의미에서의 정경교융을 실현하고 있다고 볼 수 있다.

한시에 조예가 깊었던 김달진의 시에서는 정경교융의 기법이 자주 발견된다. 이때 선경후정의 형식으로 경과 정이 어우러지는 경우도 있지만, 경과 정이 엄밀하게 분리되지 않은 채 등장하는 경우도 눈에 띈다. 선경후정의 형식을 빌린 김달진의 시에서 시적 화자는 경물과 정서적으로 공감한다. 서로 공감하는 관계이던 대상과 주체는 점차 거리가 좁혀지고 밀착되다가 일체감을 느끼며 동화된다. 김달진의 시는 넓게 보면 주체와 대상 간에 발생하던 거리가 없어지고 주체와 대상이 하나가 되는 방향으로 변모한다. 이 장에서는 자연을 다룬 김달진의 시에서 정경교융의 기법이 다양하게 실현되는 것을 살펴봄으로써 그 궁극에 무위자연의 세계가 자리하고 있음을 밝히고자 한다.

> 유월의 꿈이 빛나는 작은 뜰을
> 이제 미풍이 지나간 뒤
> 감나무 가지가 흔들리우고
> 살찐 暗綠色 잎새 속으로
> 보이는 열매는 아직 푸르다.
> ──「扉詩」(『김달진 시 전집』(문학동네, 1997), 15쪽) 전문

『청시』에 실린 이 시는 시집의 목차에서는 빠져 있었던, 일종의 서시의 성격을 지닌 시이다.[14] 사립문을 여는 시라는 의미로 '비시'라는 제목을 붙인 것인데, '청시(靑柿)'라는 시집의 제목을 설명하고 있기도 하다. 유월의 뜰에 서 있는 푸른 감은 자신의 시에 대한 겸허한 비유이자, 가을의 뜰에 서 있게 될 붉은 감을 강하게 연상시키는 말이다. 이 시에서 화자는 철저

---

14) 「비시(扉詩)」는 『청시』에서는 시의 본문과 따로 분리되어 시집의 제일 앞에 실려 있었다. 1983년 시인사에서 펴낸 『올빼미의 노래』에서는 「비시」를 '1부 청시'의 제일 앞에 실어 놓았다.

하게 모습을 숨긴 채 풍경만을 보여 주고 있다. "유월의 꿈"이라는 말을 빼곤 경물의 묘사가 주를 이루는 이 시는 '경(景)'만으로 이루어진 시라고 봐도 무방하다. 미풍이 지나간 뒤 작은 뜰에 남아 있는 바람의 흔적을, 감나무 가지가 흔들리면서 살진 암녹색 잎사귀 속으로 언뜻 보이는 푸른 감나무 열매를 통해 보여 준다. 바람은 형체를 보여 주지 않고 이렇게 흔적으로만 남아 있다.

푸른빛은 이 시에서 미숙함과 생명력이라는 이중적인 의미를 지닌다. 덜 익은 빛깔이지만 바로 그렇기 때문에 생명력이 느껴지기도 한다. 단, "아직"이라는 단서가 붙어 있는 것을 눈여겨봐야 한다. 그것은 머잖아 푸른 열매가 익어 붉은 제 빛깔을 찾을 것임을 전제한 말이다. 시집의 제목인 '청시(靑柿)'를 가리키는 푸른 열매는 익어 가는 도중에 있는 것으로, 미숙함으로 인해 오히려 생명력이 느껴진다.

객관적 경물의 묘사만으로 이루어진 이 시에서 화자는 모습을 드러내지 않고 숨어 있다. 바람의 흔적이 남아 있는 유월의 뜰을 바라보는 화자의 시선이 어렴풋이나마 느껴지는 것은 '아직'이라는 부사의 사용으로 인해서이다. 거기엔 화자의 판단이 들어 있다. 머지않아 감이 익을 것이고, 유월 감나무의 푸른빛은 가을이 오면서 차차 붉은빛으로 변해 갈 것이다. "아직"이라는 부사를 사용함으로써 이 시는 단지 유월의 뜰에 서 있는 감나무에 미풍이 분 정경을 묘사하는 데 그친 경물시가 아니라, 유월의 뜰을 지나 가을의 뜰에 서 있게 될 감나무의 모습까지 상상해 보게 한다. 완성을 향해 나아가는 출발이자 도중으로서의 의미를 부각시킨 것이다. '서시(序詩)'의 자리에 섬으로써 이 시에 등장하는 푸른 열매는 특정 자연물에 그치지 않고 김달진의 시에 대한 비유적 의미를 획득하게 된다. 첫 시집에 대한 겸허함과 푸른 열정이 담긴 시로서 이 시를 읽을 수 있는 이유가 바로 여기에 있다.

보슬비 그윽히 나리는 어둔 밤

람푸ㅅ불 한 줄기 나직히 비처 나간 좁은 뜰 우에
어린 벗나무 가지에 남은 잎새 하나
조록이 젖어 빛나는 것 보인다.
　　　　──「山房」(『김달진 시 전집』(문학동네, 1997), 45쪽) 전문

　경물 묘사가 주를 이루는 이 시는 산방에서 바라본 풍경을 그리고 있다. 보슬비 그윽하게 내리는 어둔 밤, 좁은 뜰 위에 서 있는 어린 벗나무 가지에 잎사귀 하나가 남아 있는데, 그 버들잎이 비에 젖어 빛나고 있다. 물기가 서려 있는 산방 바깥의 풍경과 물기로 인해 어둠 속에서 빛나는 버들잎이 고요하고 서정적인 산방의 분위기를 보여 준다. 흥미로운 것은 램프불 한 줄기가 좁은 뜰을 비추고 있다는 점이다. 바로 그 불빛으로 인해 벗나무 가지에 남은 잎이 비에 젖어 빛나는 모습도 보인 것이다. 이 시는 철저하게 경물만을 묘사하고 있지만, 램프불로 인해 램프를 켜고 산방에 앉아 있는 누군가의 존재를 인식하게 만든다. 램프의 불빛을 따라가면 그 뒤에 고요히 앉아 책을 읽고 있는 화자를 만날 수 있을 것이다. 늦은 밤 잠 못 이루고 책을 읽고 있는 화자는 김달진의 시에서 종종 목격되곤 한다. 산방의 고요하게 빛나는 풍경과 램프불 켜진 방 안에서 책을 읽고 있는 화자는 비슷한 분위기를 풍긴다. 화자는 램프를 켜고 책을 읽으며, 어린 벗나무 가지에 남은 이파리는 비에 젖은 채, 어둔 밤을 밝히고 있다. 화자가 경물을 그리는 데 충실할 뿐 모습을 드러내지 않은 이유는 그만큼 자연에 몰입하고 동화되어 있기 때문이다.

　묵은 책장을 뒤지노라니
　여기저기서 기어 나오는 하얀 버레들
　나는 가만히 그들에게 이야기해봅니다──
　고독과 적막의 슬픈 사상을

그들은 햇빛 아래 빛나는 이 세상 人情의
더욱 쓰리다는 것을 잘 아는 나의 어린 동무들입니다.
     ──「고독한 동무」(『김달진 시 전집』(문학동네, 1997), 19쪽) 전문

 책을 읽는 화자는 여기에도 등장한다. 그는 적막한 곳에 혼자 머물며 묵
은 책장을 뒤적이고 있다. 김달진 시의 화자가 사람들에게 둘러싸여 있는
모습은 좀처럼 찾아보기 힘들다. 그러므로 묵은 책장을 뒤지다 여기저기서
기어 나오는 하얀 벌레들이 그의 이야기를 들어 주는 수밖에 없다. 그는
햇빛 아래 빛나는 이 세상 인정이 더욱 쓰리다는 것을 벌레들과 공감한다.
어쩌면 고독을 노래하는 그의 시가 어둠과 주로 짝하는 이유도 바로 그 때
문인지 모른다. 고독과 적막의 슬픈 사상에 대해 가만히 이야기를 나누며
그들은 친구가 된다.
 이 시에서만 해도 벌레와 화자는 공감대를 느끼기는 하지만, 어디까지나
대상으로서 공감하며 말을 건네는 것일 뿐이다. 이렇듯 분리되어 있던 주
체와 대상은 이후 다른 시에서 하나가 된다. 시적 주체와 분리되어 대상으
로서 등장하던 자연은, 김달진의 시에서 차차 물아일체의 경지에 이르게
되어 시적 주체와 대상이 일체가 된다.

 찬 별이 기름ㅅ발처럼 영롱한
 반 밤의 정적 ─

 이 산장의
 불 끄고 꼭꼭 닫힌 문의 침묵은 얼마나 처연함인고
 쇠잔한 반딧불만이 零土하였나니

 世代에 가당치 않은 한 존재를 슬퍼하다가
 엉거주춤 뜰귀에 선 채

꽃수풀 속의 작은 버레가 되어 울어보다.
　　　　——「산장의 밤」(『김달진 시 전집』(문학동네, 1997), 36쪽) 전문

　　정적이 감도는 밤에 산장에 머무는 화자는 잠들지 못하고 있다. 불 꺼지
고 문마저 꼭꼭 닫아건 산장의 침묵을 처연하게 느낀 화자는 잠 못 이룬
채, 쇠잔한 반딧불의 영성함을 홀로 슬퍼한다. 불빛이라곤 꺼져 가는 반딧
불밖에 없는 상황에서 화자는 이 어두운 밤을 홀로 밝히고 있는 존재를 차
마 외면하지 못한다. 결국 엉거주춤 뜰 한 귀퉁이에 나선 화자는 꽃 수풀
속의 작은 벌레가 되어 울어 본다. 벌레와 함께 산장의 밤을 슬퍼하던 화
자는 순간 벌레가 된다. 이제 벌레의 울음은 곧 화자의 울음이다. 그는 타
자에 대한 공감을 넘어 타자와 일체화된다. 공감하는 대상에 대한 감정 이
입을 넘어서 그 대상과 일체가 되는 순간을 그린 이 시는, 물아일체의 경
지를 보여 준다.


　　고요한 이웃집의
　　하얗게 빛나는 빈 뜰 우에
　　작은 벗나무 그늘 아래
　　외론 암탉 한 마리 白晝와 함께 조을고 있는 것
　　판자 너머로 가만히 엿보인다.


　　*

　　빨간 蜀葵花 한낮에 지친 울타리에
　　빨래 두세 조각 시름없이 널어두고 시름없이 서 있다가
　　그저 호젓이
　　도로 들어가는 젊은 시악시 있다.


　　*

깊은 숲 속에서 나오니
유월 햇빛이 밝다
열무우 꽃밭 한귀에 눈부시며 섰다가
열무우꽃과 함께 흔들리우다.
　　──「유월」(『김달진 시 전집』(문학동네, 1997), 41쪽) 전문


　세 가지 풍경을 통해 유월의 분위기를 묘사하고 있는 시이다. 백주 대낮에 고요한 이웃집의 빈 뜰에서 외로운 암탉 한 마리가 졸고 있는 풍경이 먼저 제시된다. 암탉이 졸고 있는 풍경이 판자 너머로 가만히 엿보인다는 것으로 보아 그 모습을 지켜보는 화자가 있지만, 판자 뒤로 조용히 모습을 숨기고 있다. 두 번째 연에서는 드디어 인물이 등장한다. "울타리에/ 빨래 두세 조각 시름없이 널어두고 시름없이 서 있다가/ 그저 호젓이/ 도로 들어가는 젊은 시악시"가 있다. 그녀의 행동은 무심하다. 그리고 마지막 연에 드디어 화자가 문면에 등장한다. 깊은 숲속에서 나온 그에겐 유월 햇빛이 유난히 밝고 눈부시게 느껴진다. 열무 꽃밭 한 귀퉁이에 눈부셔하며 섰다가 그는 열무 꽃과 함께 흔들린다. 어지럼중에 흔들리는 화자와 바람에 흔들리는 열무 꽃은 하나가 된다. 이들의 진동은 강렬한 교감의 언어이다.
　우리 민족은 구체적인 꽃 하나하나, 나무 하나하나에 미를 느꼈다기보다는 꽃 일반, 나무 일반의 미를 느꼈는데, 그것은 일시적인 것이 아니라 영원한 것이다.[15] 김달진의 시에 그려진 자연의 모습은 그것이 구체적인 이름을 지닌 것이라 하더라도 일반적인 자연으로서의 의미를 획득한다. 주관이 배제된 듯 보이는 경물의 묘사에서도 정서의 진동이 느껴지는데, 이것은 자연을 대결이나 극복의 대상으로 보지 않고 마음을 지닌 공감의 대상으로 보는 시인의 태도 때문이다. 따라서 김달진의 시에 나타나는 '영원'이나 '신'은 종종 자연과 동의어가 된다.

---

　15) 조윤제, 『국문학개설』(동국문화사, 1955), 400~415쪽.

물 우에 떨어진 기름발처럼

지구가 옥색 공기 속에 동글동글 떠도는 날

작은 개울섶을 게을리 따라올라

마른 풀대 좁은 길 山峽을 지내다가

눈섶 끝에 흐르는 아즈랑이 어즈러워

나는 그만 아즈랑이 속에 서서

마른 풀대와 함께 바람 앞에 흔들흔들 흔들리었다

머리 우에 새소리가 은조각을 뿌렸다.

　　　　　——「立春」(『김달진 시 전집』(문학동네, 1997), 70쪽) 전문


　　물과 기름은 섞여서 자기의 본성을 잃어버리지 않으면서도 공존할 수 있
다. 물은 물대로 기름은 기름대로 자기 본연의 모습을 유지하면서도 함께
있는 법을 터득한 존재들이다. 우주를 떠도는 지구 역시 우주와 그런 관계
로 맺어졌다고 시인은 생각하는 듯하다. 이것이야말로 외부의 경물과 주체
가 공존하는 법이자 자연의 본성을 깨뜨리지 않으며 더불어 존재하는 노장
적 자연관의 핵심이 아닐까 싶다. 봄을 맞이하는 화자의 태도 역시 다르지
않다. 봄을 맞아 아지랑이가 아른대는 모습을 지켜보던 화자는 어느 순간
아지랑이 속에 서서 마른 풀대와 함께 바람 앞에 흔들리는 모습을 보인다.
아지랑이와 마른 풀대와 화자는 하나가 되어 흔들리며 봄을 맞이한다. 머
리 위에서 맑게 들려 오던 새소리는 은조각을 뿌린 듯한 시각적 반짝임으
로 전이된다. 화자가 아지랑이나 봄 같은 바깥의 경물에 교감하는 것은, 자
기가 자신의 주인이 되면서 동시에 바깥의 사물과 조화를 이루는 궁극의
경지를 체현한 것이라 볼 수 있다. 일찍이 소식이 말한 자연, 즉 "완전한
정신의 자유를 획득함으로써 자기가 자신의 주인이 됨과 동시에 자기 이외
의 사물과도 완전한 조화를 이루는 것"[16]이 바로 이런 경지를 가리키는 것

---

16) 심경호, 『한시의 세계』(문학동네, 2006), 69쪽.

일 게다. 그것은 노장 사상에서 말하는 의미의 자연에 가깝다.

> 비 온 뒤 산에 올랐다가
> 아무것도 없어
> 송화 가루 젖은 채 어지러이 깔려 있는 붉은 흙 보고
> 그저 무심한 양 泛然한 양 시름없이 돌아온다
> ──「雨後」(『김달진 시 전집』(문학동네, 1997), 77쪽) 전문

자연을 대하는 김달진 시의 화자의 태도는 대개 저렇듯 무심하다. 비 온 뒤의 풍경은 송홧가루 젖은 채 어지러이 깔려 있는 붉은 흙으로 보건대, 어지럽고 어수선해 보이지만, 그것을 대하는 화자의 태도는 무심하고 범연하기 이를 데 없다. 비 온 뒤의 산에는 그가 찾는 무언가가 아무것도 없고, 아무것도 없이 텅 빈 풍경을 바라보는 화자의 마음도 다 비워져 무심하고 범연하며 시름조차 없다. 물론 그 무심함은 아직까지는 의도적으로 노력해야 하는 것이지만 그로 인해 화자는 시름 없이 돌아올 수 있다. 이 무심함의 경지야말로 무위자연의 핵심이라고 할 수 있다.

> (가)
> 아무 일도 없이 뒤언덕에 올라가
> 아무 생각 없이 서성거리다가
> 그저 무심히 그대로 내려왔다.
> 아까시아숲 밑에 노인이 앉아 있다.
> ──「가을비」(『김달진 시 전집』(문학동네, 1997), 217쪽) 부분

> (나)
> 밤벌레 우는
> 그 곁의 돌에 쭈구려 앉아

이제껏 내 무슨 생각에 잠겨 있었던가

그만 잊었다.

　　　——「바람 소리 물소리」(『김달진 시 전집』(문학동네, 1997), 218쪽)

부분

바깥의 경물을 잊고 자기를 잊는 무심함의 경지는 이후 『한 벌 옷에 바리때 하나』에 실린 시들에 오면 좀더 심화된다. (가)는 비 온 뒤의 상황을 그리고 있다는 점에서 앞서 인용한 「우후(雨後)」와 유사한 시이다. 첫 시집 『청시』에 실려 있던 「우후」만 해도 일부러 "무심한 양 泛然한 양" 해야 했다면, 이제 무위 무념 무상의 경지는 애써 의도하지 않아도 자연스럽게 터득된다. 완전한 정신의 자유를 획득해 자기가 자기의 주인이 되는 무위자연의 경지가 실현되고, 무심한 화자의 시선에 의해 가을비 내린 뒤의 풍경이 자족적으로 그려진다. (나)는 참배 손님들 다 돌아가고 스님의 저녁 예불도 끝난 뒤의 산사의 풍경을 그리고 있다. 바람 소리와 물소리와 벌레 소리만이 가득한 산사에서 부처님은 밤새 바람 소리 물소리를 듣고, 화자는 밤 벌레 우는 소리를 듣다가 몰입해 있던 생각마저 잊는다. 무념무상의 경지에서 바람은 바람대로 제 갈 길을 가고, 물은 물대로 흐르고, 밤벌레는 밤벌레대로 제몫의 울음을 울고, 화자 역시 집착을 끊고 자연 속에 더불어 있다. 이 고요하고 평화로우면서 자유자재한 경지야말로 무위자연의 경지라 할 수 있다.

고인 물 밑

해금 속에

꼬물거리는 빨간

실낱 같은 벌레를 들여다보며

머리 위

등뒤의

나를 바라보는 어떤 큰 눈을 생각하다가
나는 그만
그 실낱 같은 빨간 벌레가 되다.
　　　　——「벌레」(『김달진 시 전집』(문학동네, 1997), 193쪽) 전문


　"고인 물 밑"에서 "꼬물거리는 빨간/ 실낱 같은 벌레를 들여다보"다가
화자는 문득 자신을 바라보는 "어떤 큰 눈"을 생각한다. 자신을 바라보는
"큰 눈"이란 절대자의 존재를 의식하는 것이다. 자신을 내려다보는 절대자
의 존재는 그의 시에 이따금씩 등장하는 부처이거나 신, 또는 자연이다. 인
간이든 벌레든 작은 존재로는 범접할 수 없는 절대자를 인식하는 순간, 화
자는 그만 실낱같은 빨간 벌레가 된다. 주체와 대상 간의 거리는 사라지고
합일이 이루어진다. 자연의 일부이자 전체로서 화자와 벌레는 하나가 되고,
절대 자연은 그 자체로 자족적인 세계가 된다.


　여기 한 自然兒가
　그대로 와서
　그대로 살다가
　자연으로 돌아갔다.

　풀은 푸르라
　해는 빛나라
　자연 그대로.

　이승의 나무가지에서 우는 새여.
　빛나는 바람을 노래하라.
　　　　——「碑銘」(『김달진 시 전집』(문학동네, 1997), 200쪽) 전문

자연은 그 거대한 품에 안긴 존재들에게 살라고 말한다. "풀은 푸르라
/해는 빛나라"는 전언은 명령형 어미를 사용함에도 일방적 명령이라기보다
는 영탄의 의미가 더해진 자발적 발화로 느껴진다. 그 발화 속에서 명령을
하는 주체와 받는 대상은 분리되지 않는다. 자연 그대로 타고난 본연의 모
습에 충실할 때 그 존재가 가장 빛을 발한다는 것을 시인은 잘 알고 있다.
비명에 "여기 한 自然兒가/ 그대로 와서/ 그대로 살다가/ 자연으로 돌아갔
다."고 새긴다는 것은 자연으로부터 나서 자연으로 귀의하는 노장적 세계
관을 단적으로 보여 주는 것이다. 죽음을 자연으로 귀의하는 것으로 인식
하는 한 슬픔이 들어설 자리는 없다. 그러므로 시인은 이승의 나뭇가지에
서 우는 새에게 빛나는 바람을 노래하라고 말한다.

　　숲 속의 샘물을 들여다본다
　　물 속에 하늘이 있고 흰 구름이 떠가고 바람이 지나가고
　　조그마한 샘물은 바다같이 넓어진다
　　나는 조그마한 샘물을 들여다보며
　　동그란 地球의 섬 우에 앉았다.
　　　　　　　—「샘물」(『김달진 시 전집』(문학동네, 1997), 85쪽) 전문

　정경교융을 통해 물아일체의 경지에 이른 김달진 시의 주체는 자신이 위
치한 시적 공간을 우주적 공간으로 확장하는 인식을 보여 준다. 숲 속의
샘물을 들여다보는 화자는 우리에게 익숙하지만, 대개 그 샘물에 자신의
얼굴이 비치던 것과 달리 김달진의 샘물에는 하늘이 있고 흰 구름이 떠 가
고 바람이 지나간다. 샘물은 정지된 풍경만을 담는 것이 아니라 자연의 움
직임을 품어 안는다. 그리고 그 움직임은 조그만 샘물을 넓은 바다로 확장
한다. 조그만 샘물이 바다같이 넓어지자, 조그만 샘물을 들여다보며 앉아
있던 화자도 동그란 지구의 섬 위에 앉아 있는 화자가 된다. 숲 속의 샘물
이라는 작은 공간은 우주의 일부인 지구라는 거대한 공간으로 확장된다.

나뭇잎 하나에도 우주가 있고 손바닥에도 우주가 있는, 부분이자 전체인 화엄적 인식으로 김달진 시의 자연이 나아가는 지점이 바로 여기서 열린다.[17] 서로가 서로를 배척하지 않으며 조화롭게 어우러지는 세계야말로 『화엄경』에서 말하는 사사무애(事事無碍)의 경지일 것이다.

> 사람들 모두
> 산으로 바다로
> 新綠철 놀이 간다 야단들인데
> 나는 혼자 뜰 앞을 거닐다가
> 그늘 밑의 조그만 씬냉이꽃 보았다.
>
> 이 우주
> 여기에
> 지금
> 씬냉이꽃 피고
> 나비 날은다.
> ──「씬냉이꽃」(『김달진 시 전집』,(문학동네, 1997), 216쪽) 전문

꽃놀이 간다고 들썩이는 사람들은, 정작 가까운 곳에 핀 허리를 숙여야만 볼 수 있는 작은 풀꽃들을 보지 못하고 무심코 지나친다. 사람들의 눈길이 닿지 않아도 "씬냉이꽃", 냉이꽃, 아기마리, 꽃다지, 제비꽃들은 때가 되면 피었다 지며 자기들의 봄과 우주를 만끽하지만, 화려하고 거창한 것만을 좇는 시선은 끝내 그 존재를 알지 못한다.

사람들이 모두 산으로 바다로 신록철 놀이 간다 야단들인데 화자는 혼자

---

17) 최동호는 김달진의 시가 노장적 사상과 불교적 사상이 합류하는 지점에 놓여 있다고 지적했다.(최동호, 「김달진 시와 무위자연의 시학」, 『김달진 시 전집』(문학동네, 1997), 568쪽)

뜰 앞을 거닐다가 그늘 밑에 피어 있는 조그만 "씬냉이꽃"을 본다. "씬냉이꽃" 하나에서 자족한 자연을 발견하는 시인의 시선은, 멀리 갈 필요 없이 시인이 서 있는 바로 그 자리에서 우주를 감지한다. "씬냉이꽃 피고/ 나비" 나는 바로 여기에서 우주가 열린다. "씬냉이꽃"도 나비도 화자도 이미 우주의 일부이자 우주 그 자체이다. 이는 천부(天賦)의 성(性) 자체를 완전한 것으로 보는 노장적 세계관으로부터 비롯된 우주관이라 할 수 있다.


### 결론

오랫동안 한국 문학사에서 《시인부락》 동인의 한 사람으로 열거되었을 뿐 관심의 대상이 되지 못했던 김달진의 시는 긴 창작 기간에 걸쳐 지속적인 자기 갱신의 과정을 거쳐 왔다. 초창기의 시에서 감상적인 목소리를 노출하기도 했던 그의 시는 자연이라는 일관된 시적 대상을 발견하면서 개성적인 시 세계를 완성해 나간다. 자연은 김달진에게 시적 대상이자 주체였으며 일관된 주제였다. 자연을 주체와 분리된 외부의 경물로서 보는 시선에 익숙해져 있는 우리에게 김달진의 시는, 그 자체로 자유롭고 자족적이면서도 자기 이외의 사물과도 완전한 조화를 이루어 서로를 해치지 않는 자연의 의미를 일깨워 준다.

이러한 자연에 대한 인식은 노장적 무위자연의 세계와 관련 있는 것으로, 김달진의 시에서는 깊은 밤 홀로 깨어 있는 시적 주체에 의해 도달하게 되는 경지이다. 실존적 고독의 시간을 지나 '독성'에 이르게 되는 김달진의 시적 주체는 외부의 시선에 휘둘리지 않으며 자기의 내면과 정직하게 만난다. 자기를 들여다보고 자연 경물을 바라보는 과정을 통해 마침내 그는 무위자연의 참 의미와 화엄적 우주를 발견하기에 이른다.

김달진의 시는 철학적이고 종교적인 색채를 걷어 낸 담박함에 이르고 있지만, 바로 그 담박함으로 인해 무위자연의 세계를 제대로 실현하고 있기도 하다. 그가 오랜 독성의 시간을 통해 무위자연의 궁극에 도달했듯이, 김달진의 시가 가진 진미를 제대로 알기 위해서는 우리에게도 느린 독성의 시간이 필요해 보인다. 자연을 닦달하고 자연과 갈등을 빚어 온 근대적 사유에 익숙하고, 자신과 정직하게 대면해 자기를 들여다볼 여유를 갖지 못하는 현대인들에게 김달진의 시가 낯설게 느껴질 수밖에 없는 이유가 바로 여기에 있다. 서양 문학 이론에 침윤되어 온 한국 문학사에서 김달진의 시가 제대로 읽힐 수 없었던 이유이기도 하다.

김달진의 시는 자연을 주제로 한 우리 시의 계보 속에서 새롭게 평가되어야 한다. 거슬러 올라가면 강호가도의 전통을 김달진의 시가 어떻게 계승하고 극복했는지도 논의의 대상이 될 수 있을 것이며, 오늘의 관점에서는 생태시의 발전적 계승을 위해 시사하는 바가 있을 것이다. 김달진의 시를 새롭게 읽는 몫은 오늘의 연구자들에게 달려 있다.

# 제1주제에 관한 토론문

김신정(연세대 교수)

　이경수 선생님의 발표문에서 매우 특징적인 점은, 1) 김달진 시인의 서지
사항을 정리하고, 2) 개작과 시집 수록 작품 선별 작업에서 나타나는 특징
을 조사함으로써, 기존의 김달진 시 연구에서 누락되었던 부분을 보완하고
있다는 데 있습니다. 발표자의 이번 작업을 통해서 김달진 시 세계의 전모
가 더 정확하고 풍부한 자료에 근거하여 다양한 관점으로 연구될 수 있으
리라 기대합니다.

　지금까지 김달진 시인의 작품 해석 과정에서 주요하게 고려된 사항은 시
인이 상당한 양의 동양 고전과 불경을 번역했다는 사실입니다. 시인 자신
생전에 문단 활동을 적극적으로 하지 않았기 때문에, 시인으로서의 김달진
보다는 고전·불경 번역가로서의 삶이 더 부각되고 그런 요인이 시 해석에
도 많은 부분 영향을 주고 있습니다. 지금까지의 연구에 따르면, 노장적·
불교적 세계, 무위자연의 세계를 김달진 시의 핵심으로 해석하는 경향이 대
단히 강합니다. 또 한 가지는 시인 스스로도 자신의 시 세계를 고전의 세계
로 기획해 나가려는 태도가 나타난다는 점입니다. 예를 들어, 잡지에 발표
되었지만 시집에서는 누락된 시들의 경우, 감상적이고 모던한 특징이 강한

편입니다. 당시 1920~1930년대 감상주의 시, 모더니즘 시의 영향이 엿보이는 시들을 시집에서 제외시키고 시의 제목 역시 개작 과정에서 고전적인 경향으로 수정해 나간 점이 시인의 고전주의적 기획 과정을 예증합니다.

이 발표문에서도 '독성의 경지'와 '무위자연의 세계'로 요약될 수 있는 세계를 김달진 시의 주요 특성으로 파악하고 있습니다. 이 사항과 관련해 발표자께 다음의 두 가지 질문을 드리겠습니다.

첫 번째 질문은 시인과 시적 주체의 관계에 대한 내용입니다. 김달진의 시에는, 특히 초기 시의 경우, "사물이 갑작스럽게 달라 보이는 순간"의 포착, 또는 사물의 참모습이 드러나면서 "나 또한 그렇게 본래의 모습으로 돌아가는 사물을 따라 착해지는 순간"을 매우 예민한 감각으로 포착한 시들이 있습니다. 말하자면 '시적 순간', '시적 합일의 순간'에 대한 포착이 탁월하다고 느껴지는 시들입니다. 이러한 시들이 김달진 시의 백미라고 할 수 있습니다. 그런데 또 간혹, 그 합일이 시인의 의식 속에서 이미 선험적으로 성취된 것이라고 느껴지는 부분도 드러납니다. 그 같은 선험적 성취의 세계를 노장적 무위자연의 세계, 자연 그대로의 삶이라고 할 수 있을 것인지 다소 의문이 듭니다. 예를 들면, 「산장의 밤」, 「유월」 같은 시의 경우, "타자와 일체화된 경지"나 "물아일체의 경지"라기보다는, 엄밀하게 말하자면 단지 "꽃 수풀 속의 작은 버레가 된다" 혹은 "열무우꽃과 함께 흔들리우다"라는 화자의 진술이 남아 있다고 보아야 할 것입니다. 다시 말해 초월적 시적 주체, 합일적 주체의 면모라기보다는 자아와 타자(시적 대상)와의 합일이 선험적으로 성취된 상태에 대해 진술하고 있습니다. 그리고 거기에는 근대적인 '고독한 화자'의 면모가 투영되어 있다고 보입니다. 즉, 자연물에 자신의 감정을 의탁하거나 자신을 시적 대상으로 제시함으로써, 동화(同化), 투사(投射) 등과 같은 근대 서정시의 세련된 기법을 보여 주고 있다고 생각됩니다. 이에 대한 발표자의 견해를 듣고자 합니다.

두 번째 질문은 시인의 삶과 시의 관계에 관한 질문입니다. 발표자는 김달진의 전체 시 세계의 이질적인 부분을 '통합'의 관점에서 바라보고 있습니다. 즉, '고독한 화자', '번민하는 자아[小我]'를 극복하고 통합된 자아, 즉 노장적 무위자연의 세계로 나아가는 과정으로 김달진 시 세계를 구성하고 있다고 생각됩니다. 이 같은 발표자의 관점에서 보자면 시인 스스로 기획했거나 혹은 연구사의 일반적인 관점에서 배제되거나 가려지는 부분들을 정확히 해명하는 데 어려움이 따릅니다. 좀더 덧붙이자면 발표문에서는 '물아일체', '정경교융'의 시를 어떤 도달 지점, 즉 완성태로 놓음으로써 상대적으로 '고독한 화자', '한밤에 잠 못 들고 책을 읽는 번민하는 자아'의 세계가 독립적으로 평가되지 못했다고 판단됩니다. 가령 「사무실」, 「슬픔」, 「병」과 같은 시들의 경우, 매우 구차하고 꿈이 박제된 일상, 그리고 소아(小我)가 적나라하게 드러나는 일상의 세계를 절절하게 시화하고 있는 작품이라고 볼 수 있습니다. 저의 관점에서는, '무위자연'의 세계를 그린 시뿐만 아니라 이처럼 구차한 일상의 소아를 담은 작품들 역시 김달진 시에서 적극적으로 평가되어야 할 부분이라고 판단됩니다. 이에 대한 발표자의 의견을 구합니다.

세 번째 질문은 문학사의 평가와 관련된 내용입니다. 한국 현대시사에서 김달진의 시가 평가 절하된 이유에 대해서는 발표자뿐만 아니라 다른 김달진 시 연구자들이 공통적으로 지적하고 있습니다. 그 원인은 대체로 한국 현대시사, 현대시 연구사의 서구적 관점, 서구적 방법론으로 모아집니다. 그러나 한용운, 조지훈, 서정주, 그리고 한국 현대시사에서 자연을 노래한 수많은 서정시들과 1990년대 정신주의 시로 이어지는 과정을 생각한다면, 발표자가 지적한 김달진 시의 '물아일체'의 세계가 결코 낯선 세계가 아님을 발견하게 됩니다. 김달진 시와 같은 자연 서정시의 세계가 한국 문학사에서 소외되어 있다고 보기 어렵다는 것입니다. 따라서 김달진 시의 평가 부분에 대해서는 오히려 각도를 달리하여 판단해야 한다고 여겨집니다. 구체적으로, 한용운, 조지훈, 서정주, 그 외의 시들이 전통성과 현대성을 모두 구현한 작품들이고, 이들에 대한 평가에서도 두 가지 측면이 모두 조명되었음을 고려한다면, 김달진 시의 경우는 '고독한 자아'를 통해 확인할 수 있는 현대적인 측면이 자타에 의해, 즉 시인과 시사에 의해 모두 폄하되거나 충분히 주목받지 못한 점이 문학사적 평가에 영향을 미치고 있다고 판단됩니다. 이에 대한 발표자의 의견을 구하겠습니다.

# 김달진 생애 연보[1)]

1907년   2월 4일, 경상남도 창원군(현재의 진해시 소사동)에서 태어남.

1920년   창원의 계광보통학교 졸업.

1923년   보통학교 졸업 후 상경, 서울의 중앙고보를 다녔으나 신병으로 인해
         학업을 중단하고 낙향.

1926년   재상경하여 서울 경신중학을 다녔으나 4학년 때 일본인 영어 교사 추
         방에 앞장서다가 퇴학당함. 이에 다시 낙향하여 1933년까지 고향의
         모교에서 교편 생활함.

1929년   ≪문예공론≫에 양주동의 선(選)으로 「잡영수곡」이 실려 문단 데뷔.

1930년   10월, 계광보통학교의 폐교로 낙망하던 중, 어느 날 찢어진 벽지 틈으
         로 보이는 신문지에 새겨진 '佛(불)'자를 발견하고 입산을 결심함.

1934년   금강산 유점사에서 김운악(金雲岳) 스님을 은사로 모시고 득도, 불문
         에 입문. 「유점사 찾는 길에」를 ≪동아일보≫에 발표 ≪시원≫ 동인
         으로 참여.

1935년   백용성(白龍城) 스님을 모시고 함양 백운산 화과원(華果院)에서 반
         농반선(半農半禪)의 수도 생활을 함.

1936년   금강산 유점사 공비생(公費生)으로 중앙불교전문학교(현 동국대) 입학.
         서정주, 김동리, 오장환 등과 함께 ≪시인부락≫ 동인으로 참여함.

1938년   「샘물」 등 여러 작품을 ≪동아일보≫에 발표함.

1939년   중앙불교전문학교 졸업.

---

1) 이 자료를 작성하는 데는 최동호 책임편집, 『씬냉이꽃(외)』(종합출판 범우, 2007. 6)이 큰
   도움이 되었다. 이 자리를 빌려 사의를 표한다.

1940년  9월, 시집『청시』(청색지사)를 출간함. 유점사에서 법무(法務)를 지냄.

1941년  일경의 감시를 피하기 위해 유점사를 떠나 북간도 용정을 다녀옴. 용정에 머무는 동안 안수길이 발간하는 잡지 ≪싹≫에 시를 게재, 훗날『재만조선시인집』에 수록됨.

1945년  광복의 소식을 듣고 하산하여 서울로 돌아옴. 춘원 이광수의 권유로 동아일보 기자로 취업.

1946년  청년문학가협회 부회장에 피선됨. 서울 생활을 청산하고 대구로 내려가 경북여자중학교(6년제)에서 교직 생활을 시작함.

1947년  ≪죽순≫ 동인으로 참여함.

1949년  진해중학교(6년제)로 전근.

1951년  ≪자유민보(自由民報)≫ 논설위원으로 활동함.

1954년  해군사관학교에 출강하면서 '대한군항지편찬회' 대표로 ≪대한군항지≫ 발간에 참여함.

1957년  창원군 남면중학교장 취임.

1962년  동양 불교문화연구원장 취임.

1964년  이운허(李耘虛) 스님을 법사(法師)로 모시고 동국대 동국역경원(東國易經院) 심사위원이 되어 고려대장경 역경 사업에 참여함.

1972년  경한(景閑)의『백운화상어록(白雲和尙語錄)』, 보우(普雨)의『태고집(太古集)』, 나옹(懶翁)의『나옹집(懶翁集)』, 의천(義天)의『대각국사문집(大覺國師文集)』, 지눌(知訥)의『보조국사법어(普照國師法語)』, 혜심(慧諶)의『진각국사어록(眞覺國師語錄)』, 각훈(覺訓)의『해동고승전(海東高僧傳)』 등을 옮겨『한국의 사상 대전집』(동화출판사)에 수록함.

1974년  부처님 일대기를 그린 장편 서사시집『큰 연꽃 한 송이 피기까지』(동국역경원) 출간.

1979년  봄, 동인지 ≪죽순≫이 복간되었을 때 「벌레」, 「속삭임」 발표.

1983년  불교정신문화원에서 한국 고승 석덕(碩德)으로 추대됨.

1989년  6월 7일 오전 11시 10분, 서울 강남구 일원동 643번지 자택에서 숙환
으로 별세.

1990년  '김달진문학상' 제정. 6월, 제1회 수상자로 박태일 시인에게 시상됨. 이
후 1997년까지 매년 한 명의 시인들에게 시상하다가 1998년부터는 시
인과 비평가들에게 각 한 명씩 시상함.

1991년  10월 20일, '은관문화훈장' 추서.

1995년  4월 5일, 월하 김달진시인비 제막.(경남 진해시 장복산 시민회관 앞.)

1996년  4월, 김달진문학제 운영위원회 결성.
8월, 제1회 김달진문학제전위원회 결성.
10월, 제1회 김달진문학제 개최. 이후 매년 10월경에 문학제 개최함.

1997년  6월, 김달진 전집 간행.(문학동네)

2005년  6월, '월하 지역문학상'을 제정하여 제1회 수상자로 김륭 선정.
10월, 김달진문학관 개관.

2006년  '김달진문학상 젊은 시인/평론가상'을 제정하여 수상자로 시인 김참과
평론가 박수연 선정.

2007년  5월 11일, '탄생 100주년 문학인 기념문학제'(대산문화재단 및 민족문
학작가회의, 한국문화예술위원회 공동 주최)의 문학 심포지엄에서 신
석정, 이효석 등과 함께 재조명됨.
6월 5일, 고려대에서 '월하 김달진 선생 탄생 100주년 기념 학술 심포
지엄'이 개최됨.

김달진 작품 연보

| 발표일 | 분류 | 제 목 | 발표지 |
|---|---|---|---|
| 1929 | 시 | 상여 한 채, 단장 일 수 | 조선시단 제5호 특대호 황석우 편, 청년 시인 백인집 |
| 1929. 7 | 시 | 잡영수곡 | 문예공론 |
| 1929. 10. 12 | 시 | 단시수제 | 동아일보 |
| 1929. 10. 29 | 시 | 추야단음편편 | 동아일보 |
| 1929. 11. 13 | 시 | 단시삼편 | 동아일보 |
| 1929. 11. 15 | 시 | 어선 한 척 | 조선일보 |
| 1929. 12. 25 | 시 | 근영수장 | 조선일보 |
| 1930. 2. 11 | 시 | 차상잡음 | 동아일보 |
| 1933. 4. 10 | 시 | 근수영장 | 동아일보 |
| 1934. 9. 23 | 시 | 유점사를 찾는 길에(상) | 동아일보 |
| 1934. 9. 24 | 시 | 유점사를 찾는 길에(중) | 동아일보 |
| 1934. 9. 26 | 시 | 유점사를 찾는 길에(하) | 동아일보 |
| 1935. 1. 20 | 시 | 화과원시 | 동아일보 |
| 1935. 3. 23, 24 | 산문 | 잡감 — 독경의 틈틈이 | 동아일보 |
| 1935. 4. 1 | 시 | 마조천변 | 시원 제2호 |
| 1935. 4. 12 | 시 | 춘일지지(상) | 동아일보 |

| 발표일 | 분류 | 제 목 | 발표지 |
|---|---|---|---|
| 1935. 4. 13 | 시 | 춘일지지(하) | 동아일보 |
| 1935. 5. 3 | 시 | 배나무, 조춘, 연모에 지쳐 | 시원 제3호 |
| 1935. 5. 13~ 14, 16 | 산문 | 독경의 틈틈이 | 동아일보 |
| 1935. 5. 18 | 시 | 나의 뜰 | 동아일보 |
| 1935. 5. 28 | 시 | 유점사 추억 | 동아일보 |
| 1935. 7. 7~9 | 산문 | 독경의 틈틈이 | 동아일보 |
| 1935. 7. 9 | 시 | 불의 세례를 받자 | 동아일보 |
| 1935. 7. 23~26 | 산문 | 백일몽 — 경탐의 그늘에서 | 동아일보 |
| 1935. 8. 3 | 시 | 번롱, 목단, 비바람은 저리도 사나운데 | 시원 제4호 |
| 1935. 8. 27 | 시 | 회한 | 동아일보 |
| 1935. 10. 26 | 시 | 어느 밤의 노래 | 동아일보 |
| 1935. 11. 10 | 시 | 가을은 간다 하노니 | 동아일보 |
| 1935. 11. 19 | 시 | 소시집 — 추장야 1 | 동아일보 |
| 1935. 11. 22 | 시 | 소시집 — 추장야 2 | 동아일보 |
| 1935. 11. 28 | 시 | 소시집 — 추장야 3 | 동아일보 |
| 1935. 12. 3 | 시 | 나는 고독을 껴안고 있다, 바다의 침실, 순간의 감상 | 시원 제5호 |
| 1936. 2. 7 | 시 | 낙월 | 조선일보 |
| 1936. 3. 11 | 시 | 어둔 밤의 사상 | 동아일보 |
| 1936. 3. 11 | 시 | 황혼, 밤, 월광 | 시인부락 제1호 |
| 1937. 6. 10 | 시 | 산보로(상) | 조선일보 |
| 1937. 6. 11 | 시 | 산보로(하) | 조선일보 |
| 1937. 6. 20 | 시 | 유월 | 조선일보 |

| 발표일 | 분류 | 제 목 | 발표지 |
|---|---|---|---|
| 1937. 10. 24, 26~27 | 산문 | 산암의 하루 | 동아일보 |
| 1938. 2. 23 | 시 | 샘물, 등광, 열 | 동아일보 |
| 1938. 3. 4 | 시 | 고향시초(상·하) | 동아일보 |
| 1938. 5. 10 | 시 | 만춘 이제 | 동아일보 |
| 1938. 12. 5 | 시 | 산협의 달 | 조선일보 |
| 1940 | 시집 | 청시 | 청색지사 |
| 1940. 1. 16 | 시 | 치원 | 동아일보 |
| 1940. 2. 16 | 산문 | 산거기 | 동아일보 |
| 1940. 3. 7~9 | 산문 | 속산거기 | 동아일보 |
| 1940. 3. 30 | 시 | 동양 | 동아일보 |
| 1940. 7. 3~7 | 산문 | 산거기 | 동아일보 |
| 1942. 10 | 시 | 용정 외 4편 | 재만조선시인집 (예문당) |
| 1946. 11. 12 | 산문 | 정경 — 구름을 바라보는 사람들 | 동아일보 |
| 1947. 10 | 시 | 고독에 돌아와서 | 죽순 제6집 |
| 1947. 12 | 시 | 임의 모습 — 토막글 | 죽순 제7집 |
| 1948. 3 | 시 | 나의 청춘은, 오로지 당신의 | 죽순 제8집 |
| 1949. 7 | 시 | 임의 모습(抄) | 죽순 제11집 |
| 1954 | | 대한군항지 | 대한군항지 편찬위 |
| 1954 | 번역 | (국역)손오병서 | 청우출판사 |
| 1957 | 번역 | (국역)고문진보 | 청우출판사 |
| 1962 | 번역 | 법구경 | 현암사 |
| 1962 | 번역시집 | 한산시 | 법보원 |

| 발표일 | 분류 | 제 목 | 발표지 |
|---|---|---|---|
| 1964 | 불교설화집 | 일곱가지의 아내 | 법통사 |
| 1965 | 번역 | 장자 | 현암사 |
| 1965 | 번역 | 법구경 | 현암사 |
| 1967. 12 | 시 | 님의 모습 | 현대문학 |
| 1972 | 번역 | 법구경 | 현암사 |
| 1972 | 번역 | 휴정, 유정, 보우, 부휴, 진묵 | 동화출판공사 |
| 1973 | 불교설화집 | 불교설화 | 국민서관 |
| 1974 | 시집 | 큰 연꽃 한 송이 피기까지 | 동국역경원 |
| 1974 | 번역 | 삼보찬 | 불교문화사 |
| 1975 | 번역 | 장자 | 정한출판사 |
| 1975 | 번역 | 법구경 | 현암사 |
| 1975. 2. 2 | 산문 | 장자와 무위자연의 사상 | 일요신문 |
| 1976. 4. 17 | 산문 | '왜 사나……' 망설여지는 대답 | 조선일보 |
| 1977 | 번역 | 허응당집(虛應堂集)(보우(普雨)) | 동화출판공사 |
| 1979. 봄 | 시 | 벌레, 속삭임 | 죽순 |
| 1980 | 시 | 낙엽, 포만 | 죽순 |
| 1982 | 번역 | 삼보찬 | 경성문화사 |
| 1983. 11. 20 | 시집 | 올빼미의 노래(김달진 시 전집)[2] | 시인사 |
| 1983 | 번역시집 | 큰 소나무는 변하지 않는 마음 (서산대사 선시집) | 시인사 |
| 1984 | 시집 | 큰 연꽃 한 송이 피기까지(장편서사시) | 동국역경원 |
| 1984 | 시집 | 큰 연꽃 한 송이 피기까지 | 시인사 |

---

2) 『청시』에서 85수, 『올빼미의 노래』에서 52수, 『재만조선시인집』에서 5수, 《죽순》에서 4
수를 합쳐서 총 146수를 수록함.

| 발표일 | 분류 | 제 목 | 발표지 |
|---|---|---|---|
| 1984. 6 | 산문 | 나의 인생, 나의 불교 | 불교사상 |
| 1984. 8 | 시 | 한숨을 쉬며, 새소리,<br>어느 날 밤에 | 현대문학 |
| 1984. 11 | 시 | 불암산, 여름 밤, 씀냉이꽃 | 현대문학 |
| 1984. 겨울 | 시 | 지팡이를 든 노인,<br>바람소리 · 물소리, 가을비 | 문예중앙 |
| 1985 | 시선집 | 한국선시 | 열화당 |
| 1986 | 번역 | 금강삼매경론 | 열음사 |
| 1986 | 번역 | 원효전집 | 열음사 |
| 1986. 4 | 시 | 80에서 | 한국문학 |
| 1987 | 번역 | (선시와 함께 엮은) 장자 | 고려원 |
| 1987 | 시집 | 샘물속에 바다가 | 문학사상사<br>(공저) |
| 1987 | 번역시집 | 당시전서 | 민음사 |
| 1987 | 시선집 | 현대한국선시 | 열화당 |
| 1987. 3 | 시 | 당시를 읽으며 | 문학사상 |
| 1988 | 번역 | 보조국사전서 | 고려원 |
| 1988 | 번역 | 법구경 | 현암사 |
| 1988 | 번역 | 붓다 차리타 | 고려원 |
| 1989 | 번역시집 | 한산시 | 세계사 |
| 1989 | 시선집 | 한국한시 1 고조선 — 조선 중기 | 민음사 |
| 1989 | 시선집 | 한국한시 2 조선 중기 — 근대 | 민음사 |
| 1989 | 시선집 | 한국한시 3 여류시편 | 민음사 |
| 1990 | 수상집 | 산거일기 | 문학동네 |
| 1990 | 시집 | 한 벌 옷에 | 민음사 |

| 발표일 | 분류 | 제 목 | 발표지 |
|---|---|---|---|
| | | 바리때 하나(김달진 선시집) | |
| 1991 | 번역 | 태고집(운서(雲栖)) | 세계사 |
| 1991 | 시선집 | 청시 | 미래사 |
| 1991 | 불교설화집 | (쉽고 뜻깊은) 불교 이야기 | 나남 |
| 1992 | 시선집 | 한국 한시 3 여류시편 | 민음사 |
| 1992 | 산문집 | 한가로운 도인의 길(나옹 법어집) | 세계사 |
| 1992 | 산문집 | 백가지 인연과 비유 | 동국역경원 |
| 1992 | 번역 | (한글세대를 위한) 법구경 | 세계사 |
| 1993 | 번역시집 | 당시전서 | 민음사 |
| 1993 | 번역 | 진각국사어록 | 세계사 |
| 1994 | 시선집 | 한국 한시 1 고조선—조선 중기 | 민음사 |
| 1995 | 산문집 | (바로보는) 한국의 현대미술 | 발언 |
| 1995 | 불교설화집 | 일곱가지의 아내 | 우리출판사 |
| 1995 | 번역 | 백곡집 : 문저당집 | 동국역경원 |
| 1995 | 번역 | 무소유배사경 : 상액경 :<br>대승이문자보광명장경 :<br>대승엄법문경 | 동국역경원 |
| 1995 | 번역 | 무용당집 : 천경집 : 편양당집 | 동국역경원 |
| 1997 | 시집 | 김달진 시 전집 | 문학동네 |
| 1997 | 번역 | 법구경 | 현암사 |
| 1998 | 수상집 | 산거일기 | 문학동네 |
| 1998 | 번역 | 손오병서 | 문학동네 |
| 1999 | 번역 | 장자 | 문학동네 |
| 2000 | 번역 | 고문진보 | 문학동네 |
| 2001 | 번역시집 | 한산시 | 문학동네 |

| 발표일 | 분류 | 제 목 | 발표지 |
|---|---|---|---|
| 2001 | 번역 | 불본본경 : 장로야 : 장로니야 | 동국역경원 |
| 2001 | 번역 | 불설대집회정법경 : 허공임보살경 : 관허공장보살경 | 동국역경원 |
| 2001 | 번역 | 과거현재인과경 : 불설중허마하제경 : 불설십이유경 | 동국역경원 |
| 2001 | 번역 | 문수사이문경 : 불설제개장보살소문경 : 불설문수사이정율경 | 동국역경원 |
| 2001 | 번역 | 본사경 : 연생초승분법사경 : 분별연기초승법문경 : 불설분별연생경 | 동국역경원 |
| 2001 | 번역 | 출요경 | 동국역경원 |
| 2001 | 번역 | 본생경 1-5 | 동국역경원 |
| 2002 | 번역 | 대승기신론 소별기 외 | 동국역경원 |
| 2005 | 번역 | 법구경 | 문학동네 |
| 2007 | 시집 | 씬냉이꽃(외) | 범우사 |

# 김달진 연구 서지

1983    김인환, 「청결하고 맑은 곳」, 『올빼미의 노래』, 시인사

1983    오탁번, 「과소평가된 시 ― 김달진의 「샘물」」, 『올빼미의 노래』, 시인사

1983    인권환, 「인간애 넘치는 선사의 시심 : 서산대사 선시집·김달진 편역 『큰 소나무는 변하지 않는 마음』」, ≪경향신문≫(1983. 8. 9)

1984    인권환, 「서사시로 개화된 불타의 일대기」, 『큰 연꽃 한 송이 피기까지』(시인사)

1986    이건청, 「한국전원시연구」, 단국대 대학원 박사 논문

1989    김선학, 「열치매 나타난 달처럼 : 김달진의 문학과 삶」, ≪문학 사상≫(1989. 8)

1989    김진영, 「한시에 대한 통찰 : 김달진의 『한국한시』」, ≪현대시학≫ 246(1989. 9)

1989    신상철, 「김달진의 작품 세계」, ≪경남문학≫ 9(1989. 여름)

1989    오세영, 「생명파와 그 시 세계」, 『20세기 한국시 연구』, 새문사

1989    인권환, 「한산시, 그 신선한 충격 ― 김달진 역주·최동호 해설 『한산시』」, ≪현대시학≫(1989. 12)

1989    정현기, 「우주 속에 갇힌 수인의 시적 인생론 : 김달진의 시 세계」, ≪현대시학≫(1989. 8)

1989    최동호, 「존재인식의 우주적 확장 : 김달진의 시 세계」, ≪경남 문학≫ 9(1989. 여름)

1990    김재홍, 「6월, 포성과 들꽃의 아이러니」, ≪현대시학≫ 255

(1990. 6)

1991    최동호, 「김달진 시와 무위자연」, 《현대시학》 435(1991. 3)

1992    황경숙, 「김달진 시 연구─무아 사상의 성숙 과정을 중심으로」,
        경남대 교육대학원 석사 논문

1992    김성모, 「김달진 시 연구─1930년대 시 중심으로」, 영남대 대
        학원 석사 논문

1992    신소영, 「해방기 전통서정시 연구─김영랑, 김달진, 조지훈을
        중심으로」, 《기전어문학》 7(1992. 12)

1992    윤재근, 「현대시와 노장사상 : 김달진의 시를 중심으로」, 《서정
        시학》 2(1992. 6)

1993    신소영, 「해방기 전통서정시 연구─김영랑, 김달진, 조지훈을
        중심으로」, 수원대 대학원 석사 논문

1996    김용직, 「김달진, 『청시』의 세계」, 『한국현대시사 2』, 한국문연

1996    정한용, 「한국 현대시의 초월지향성 연구 : 김종삼, 박용래, 천
        상병을 중심으로」, 경희대 대학원 박사 논문

1997    김동리, 「월하 시의 자연과 우주의식」, 『김달진 시 전집』, 문학
        동네

1997    김용직, 「《시인부락》과 김달진의 시」, 『김달진 시 전집』, 문학
        동네

1997    김윤식, 「시와 종교의 길목 : 월하 김달진의 경우」, 《문학동네》
        (1997. 가을)

1997    김재홍, 「김달진, 무위자연과 은자의 정신」, 『김달진 시 전집』,
        《문학동네》

1997    이윤수, 「《죽순》과 월하 김달진의 내면세계」, 『김달진 시 전
        집』, 《문학동네》

1997    조남현, 「평범에서 달관으로 : 「올빼미의 노래」론」, 『김달진 시
        전집』, 《문학동네》

1997       조정권, 「욕망의 극소화와 자기무화의 세계」, 『김달진 시 전집』, 문학동네

1997       최동호, 「김달진 시와 무위자연의 시학」, 『김달진 시 전집』, 문학동네

1997       최동호, 『하나의 도에 이르는 시학』, 고려대 출판부

1998       김은임, 「김달진 시 연구 — 삶에 대한 자기성찰과 황혼의 의미」, 경남대 교육대학원 석사 논문

1998       신현락, 「김달진 시에 나타난 자연과 생명」, 한국어문교육 7 (1998. 5)

1999       김윤식, 「월하의 시 「경건한 정열」 읽기」, 『농경사회 상상력과 유랑민의 상상력』, 문학동네

1999       김종길 외, 『당신의 마당: 시로 다시 태어나는 월하 김달진의 고향, 진해』, 김달진문학제 운영위원회 편, 문학동네

2000       서춘자, 「김달진 시의 불교문학적 특성 연구」, 아주대 교육대학원 석사 논문

2000       현광석, 「한국 현대 선시 연구 — 한용운, 김달진, 조지훈, 고은의 시를 중심으로」, 경희대 대학원 석사 논문

2000       송영순 「현대시와 노장사상: 김달진 시를 중심으로」, 《국어국문학》 126(2000. 5)

2000       송영순, 「김달진 시 연구」, 《돈암어문학》 13(2000. 9)

2000       최동호, 「무명으로 꽃피운 역경과 불교문화」, 《불교와문화》 37(2000. 12)

2002       이성우, 「무위의 세계와 무한의 상상력 — 김달진 시와 노장사상」, 《어문학》 제78호(2002. 12)

2003       장수현, 「김달진 시 연구 — 불교적 상상력과 노장적 세계를 중심으로」, 광주대 산업대학원 석사 논문

2003       김지은 「김달진 시의 기호학적 연구 — 시집 『올빼미의 노래』를

중심으로」, 명지대 대학원 석사 논문

2003    오세은, 「고독과 자기성찰의 철학적 사유 ─ 김달진 시의 통시
        론적 연구를 중심으로」, 시학과 언어학 5(2003. 6)

2003    유남중, 「김달진 시문학 연구」, 동국대 교육대학원 석사 논문

2003    유임하, 「『청시』와 월하 김달진의 시 세계 ─ 마음의 풍경과 우
        주적 상상력」, 《금강》 제224호(2003. 9)

2003    전문수, 「시의 구조에 관한 연구 ─ 경남시인 김달진, 김용호,
        천상병을 중심으로」, 《인문논총》 제10집, 창원대 인문과학연
        구소

2005    김규동, 「명동의 중국시파들」, 《서정시학》(2005. 여름)

2005    김옥성, 「김달진 시의 선적 미의식과 불교적 세계관」, 《한국언
        어문학》 제28집(2005. 12)

2005    송영순, 『현대시와 노장사상』, 푸른사상사

2005    신덕룡, 「김달진론 ─ 존재탐색의 여정을 중심으로」, 『경남의 시
        인들』(박이정)

2005    신상철, 「내가 아는 월하 김달진 선생」 《서정시학》(2005. 여름)

2005    조영서, 「'속(俗)'을 모르는 '정'(情)」, 《서정시학》(2005. 여름)

2005    조정권, 「찬 기운이 있는 산은 갈수록 짙푸르고」, 《서정시학》
        (2005. 여름)

2006    안화수, 「김달진 시 연구」, 국민대 교육대학원 석사 논문

2007    손진홍, 「김달진 시에 나타난 꽃 이미지 연구」, 대진대 교육대
        학원 석사 논문

2007    이경수, 「독성(獨醒)의 경지와 무위자연(無爲自然)의 세계」,
        탄생 100주년 문학인 기념문학제 심포지엄 발표문(2007. 5)

2007    김윤식 「김달진 문학의 문학사적 의의」, 김달진문학상 운영위
        원회 편, 『큰 연꽃 한 송이 피기까지』, 서정시학

2007    이승원, 「『장자』의 시각에서 본 김달진의 시」, 위의 책

2007        심경호, 「김달진의 불경 및 한문고전번역에 대한 규견」, 위의 책

2007        유성호, 「김달진 시의 근원과 지향」, 위의 책

2007        이혜원, 「김달진 시의 서정성」, 위의 책

**작성자 김윤태**  문학박사. 인하대 연구교수.

# 식민지적 디아스포라와 그것의 극복

## 박세영의 월북 이전 시에 대해

박수연(카이스트 대우교수)

### 박세영의 생애와 문학 ─── 월북 이전까지

박세영은 카프 비해소파의 일원으로 널리 알려져 있다. 그는 1935년 카프의 해산에 반대했으며, 해방 직후 조선 프롤레타리아 문학 동맹의 일원으로 활동했고, 남쪽의 문단을 뒤에 두고 1946년 상반기에 일찌감치 월북했다. 시집은 1938년 중앙인서관에서 초판 발행되고 1946년 2월 별나라사에서 재판 발행된 『산제비』가 있다. 이 시집은 그가 남쪽에서 펴낸 유일한 시집이다. 1946년에 시집 『산제비』에 수렴되지 않은 시편들(주로 카프 활동기의 시편들)을 포함하여 『유화(流火)』를 출판했으나 유실되어 전해지지 않는다. 월북 후 그는 북의 애국가를 작사했고 『밀림의 역사』(1962)라는 서사시를 포함하여 다수의 시집을 묶은 것으로 알려졌다. 정치적으로도 무난하게 상승 곡선을 그렸던 그가 사망한 것은 1989년 2월 28일이다.[1]

---

1) 지금까지 박세영의 문학 세계에 대한 연구는 주로 계급주의 시인의 경향과 1930년대 후반 자연 친화적 시인의 경향에 초점이 맞추어졌다. 월북 이후의 행적에 대해서도 간략한 소개가 있었는데 하상일의 논문 「해방 이후 박세영 시 연구」가 대표적이다. 아직까지도 연구의 주요 초점은 월북 시인 박세영의 전체 면모를 개관하는 차원의 것들이

월북하기 이전까지 그가 집중했던 세계는 단연 민족애의 표출이라 할 만하다. 식민지 시대를 사는 시인에게 이 민족애가 반제국주의 이념과 연결되는 것이며, 그가 프로 시인이기 때문에 계급주의적 신념의 언어 선택의 자장을 펼쳐 보였으리라는 것도 충분히 짐작 가능한 일이다. 박세영의 시를 읽을 때는 이런 상식적 판단과 함께 자연 친화적 경향의 이미지 조성이 고려되어야 한다. 가령 1934년 6월 ≪문예창조≫에 발표된 「강남의 봄」을 보자. 총 4연 24행으로 이루어진 이 시의 주조는 새 봄의 신선한 정경이다. "끝없는 들판", "흰오리떼", "만국깃발 펄럭이는 고성(古城)" "단발한 시악씨들"은 그 봄의 주인공들인데, 1연과 2연의 그 주조음은 3연에서 돌연 진술되는 살풍경과 탈향의 정황에 의해 비극으로 전환되기까지는 완연한 봄 풍경으로 충만되어 있다. 3연은 이렇다. "포구 건너 저 편을 바라보면 나사형의 뇌탑(雷塔)이 무명강에 비쳐있고/ 자금산 기슭에 솟은 중산묘는 현무호에 어리여 이 대지를 지키고 있네만은/ 넓은 들판에 늘어가느니 주린 해골이요/ 많아가느니 소차(小車)에 몸을 실어 고향을 떠나가는 시악씨들일세". "주린 해골"과 "고향을 떠나가는 시악씨들"이라는 표현을 통해 이루어지는 의미 전환이 있기까지 시는 온전히 맑고 밝은 자연의 정경을 묘사하는 데 집중한다. 주린 해골과 고향 떠나는 시악씨들의 등장은 전혀 예고되지 않았던 사태이다. 시인이 의도한 것이든 그렇지 않든, 이 갑작스러운 사태 전개는 비극의 비극성을 고조시키는 데 상승 요인으로 작용할 것이다. 박세영을 자연 친화의 시인이라고 부를 수 있는 것은 그러나 그 다음 연 때문이다. "따사로운 봄, 연연한 강남의 아름다운 봄은 왔건만/ 떨어진 솜옷을 아직도 걸친 그들,/ 이 봄도 그대로 가고야 말려나봐"가 그것이다. 시인이 짐짓 강조하고 있는 것은 '가난한 그들'이다. 그들 때문에 봄은 1, 2연의 '충만한 봄'에서 4연의 '스쳐 지나갈 봄'으로 탈바꿈되고 있기 때문이다.

대부분이다. 본고가 디아스포라의 문제를 박세영의 시와 관련하여 제기하는 이유는 이제 그의 시도 일제 강점기의 다른 시인의 시와 마찬가지로 좀 더 깊이 있는 방법론을 통해 연구되어야 한다는 판단 때문이다.

이 스쳐 지나갈 봄이라는 단어가 식민지적 정황의 황폐함을 환기하기 위한 것임은 충분히 미루어 짐작할 수 있지만, 이와 함께 독자들은 '그럼에도 불구하고' 봄의 의미론으로 시가 마감된다는 사실을 고려해야 한다. 이를테면, 자연의 충만한 존재감이 현실의 비극에 의해 훼손되는 정황 속에서도 시인이 마지막까지 바라보고 있는 것은 그 봄이지 훼손의 정황이 아니다.

이것을 시적 완성을 위한 절제라고 파악한 사람은 권환이다. 그는 시집 『산제비』에 대한 리뷰에서 박세영을 "상징적이고 고답적인 면모를 가진 시인"으로 규정한다.[2] 실제로 이 시집만을 놓고 보면, 박세영의 시는 현실에 대한 감정적 분노와 정치적 대응의 직접적 표출이라기보다는 그것을 자연적 상관물로 승화시켜 표현하는 경우가 대부분이다. 이 시집에 대한 권환의 평가는 상당히 정확한 것인 셈이다. 그러나 역시 이 시집만을 놓고 판단할 때, 자연미를 통한 정서적 승화의 세계에는 시집이 출판되던 당대의 시국적 조건이 작용하고 있으리라는 사실이 무시될 수 없을 듯하다. 그가 시집의 서문을 쓰던 1938년 6월의 시점이면 중일전쟁이 발발하고 해를 넘긴 때이며 따라서 대부분의 계급적 저항이 억압되고 국가 총동원의 이념에 의해 출판물이 좌우되던 때이다. 박세영이 「자서」에서 시집 편집상의 고충을 토로하고 있듯이, 카프 활동기에 쓰인 시편들을 『산제비』에 수록하지 않은 데에는 그 시국적 조건이 다분히 작용하고 있다고 판단된다. 박세영을 자연 친화적인 시인이라고 부를 수는 있으되 예술파적 자연 편향의 시인이라고 부를 수는 없는 이유가 여기에 있다.

박세영을 자연 친화적인 시인이라고 부르는 일에서는 위와 같은 사항 이외에도 또다른 요인을 고려해야 한다. 그의 자연이 민요파 시인들의 음풍농월이나 순수 서정파의 탈현실적 자연과는 다른 세계라는 사실은 충분히 상식적인 일이다. 이 상식을 상식대로 인정하면서, 현실주의 문학 혹은 저항 문학에 속하는 것으로 분류될 수 있는 시인들이 당대의 비극적 현실을

---

2) 권환, 「『산제비』를 읽고」, 《조선일보》 1938. 8. 17.

형상화하기 위한 소재로 자연을 활용하는 데 있어서의 편차를 확인하는 일
또한 필수적이라고 여겨진다.[3] 이들에게 자연은 많은 경우 이산의 경험을
가진 존재들이 향수를 표현하기 위해 활용하는 시적 대상이었다. 고향을
호출하고 그리워함으로써 현재의 고통을 달래거나 파괴된 고향의 이미지를
통해 원형적 고향을 구축하려는 시적 노력들은 일제 강점기 전체를 통해
편재되어 있거니와, 그와 같은 고향 탐구를 최근의 연구 경향은 디아스포
라라는 문제 설정 속에서 분석한다. 이른바 디아스포라적 정체성이란 외적
강제에 의해 쫓겨난 자들의 현재적 조건이 형성하는 자기 확인의 심리 기
제에 연결된 것일 터이다. 최근의 이론적 흐름 속에서 이 정체성은, 사카이
나오키[4]나 레이 초우[5]의 경우에서처럼, 민족주의적 정체성의 폭력을 넘어
설 수 있는 대안으로 이해된다. 그리움의 대상으로서의 원형적 자연이 문
자 그대로 자연스러운 것인 만큼이나 민족적 원형을 상상하고 그것으로 귀
환하는 일이 자연스러운 것으로 인식되었던 시대를 시인들이 살아왔다면,
그 시인들은 쫓겨온 존재로서의 정체성과 돌아가야 할 존재로서의 정체성
을 동시에 소유하고 있는 존재일 것이다. 이 정체성이 최근의 민족주의 비
판 담론 속에서는 어떻게 이해될 수 있을까? 그와 동일한 시 세계를 구축
한다고 여겨지는 박세영에게 그 자연의 이미지를 통해 형성되는 이산적 정
체성이 있다면, 그것은 어떻게 이해될 수 있는 것일까? 그것은 긍정적인
것인가 부정적인 것인가? 이 글은 그 정체성의 의미를 박세영의 월북 이전
시를 중심으로 탐구해 볼 것이다.

---

3) 본고에서 그 시인들의 광범위한 편차를 일일이 확인할 수는 없다. 이를 위한 작업은
　개별 시인들에 대한 별도의 논고가 필요하다. 한편 디아스포라의 주제와는 무관하지만,
　근대 시인들의 자연 표상을 집중적으로 연구한 글로는 이숭원, 『근대시의 내면 구조 연
　구』(새문사, 1988)를 참고할 수 있다.
4) 사카이 나오키(酒井直樹), 후지 다케시(藤井たけし) 역, 『번역과 주체』(이산, 2005),
　78~101쪽 참조.
5) 레이 초우, 장수현·김우영 역, 『디아스포라의 지식인 — 현대 문학 연구에 있어서 개
　입의 전술』(이산, 2005) 참조.

시집 산제비의 창작 시기

『산제비』에 수록된 시편들이 창작된 시기는 크게 셋으로 나뉜다. 첫째는 1920년대 전반이며 둘째는 1920년대 후반이고, 셋째는 1930년대 후반이다. 박세영은 1927년 ≪문예시대≫에 「농부아들의 탄식」 등을 발표하면서 등단했다고 통상 알려져 있지만, 시집에는 그 이전 시기의 작품들도 수록되어 있다.

1920년대 전반기의 시편들은 그의 중국 기행시라고 알려져 있는 「강남의 봄」, 「양자강」, 「월야의 계명사」, 「화원이 보이는 이층집」, 「북해(北海)와 매산(煤山)」 「포구소묘」 「명효릉」 등의 작품이다. 시집 『산제비』에는 각 작품들의 말미에 그 작품의 창작 시기가 밝혀져 있다. 그중에서 가장 이른 시기의 작품은 '을축'(1925년)으로 기록되어 있는 「그이가 섰는 딸기나무로」와 「표박」, 그리고 「양자강」이다. 시집은 총 8개의 부로 나뉘어 있고 각 부에는 부제목이 붙어 있는데 「그이가 섰는 딸기나무로」와 「표박」이 배치되어 있는 부의 제목은 '서글픈 내 고향'이다. 1925년에 쓴 또다른 시 「양자강」은 '푸른 대지'로 이름 붙여진 부에 배치되어 있다. 바로 이 '푸른 대지'가 중국 기행시들로 이루어진 부이다. 특이한 것은 이 '푸른 대지'에 수록된 여덟 편의 시 중에서 세 편에만 창작 시기가 밝혀져 있고 나머지 다섯 편에는 그 시기가 밝혀져 있지 않다는 사실이다. 이런 정황들을 고려하여 판단할 때, 박세영은 1925년 이전에 쓴 시편들에는 창작 시기를 적어 놓지 않았다가 그 이후부터 그 시기를 기록해 놓았다고 할 수 있다. 이 판단이 맞는다면, 중국 기행시는 대부분 그가 유학을 끝내고 귀국하기 전 중국 여행 시절에 쓴 시편이 된다. 그가 귀국한 것이 1924년이니까 그 시편들은 그 즈음 혹은 그 이전에 창작되었을 가능성이 크다.

1920년대 후반기의 시편들은 주로 '엷은 봄의 추억'이라는 제목의 부에 수록되어 있다. 시의 기본적인 경향은 서정적이다. '소곡2제(小曲二題)'로 제목이 붙은 「떠나는 노래」와 「봄」, 그리고 「봄피리」, 「잃어진 봄」, 「바다의 마음」 다섯 편이 그것인데, 봄의 정경을 서정적으로 노래하거나 사랑의 고통을 고백하는 시편들이다. 이 경향의 시편들을 간단히 지나칠 수 없는 이유는 박세영의 시편들 중에서 대사회의식을 드러내지 않은 거의 유일한 작품군이기 때문이다. 1930년대 후반 그의 시에 나타나는 자연 친화적 경향이 단지 카프 해산 이후의 패배 의식의 결과가 아니라는 점을 논리적으로 고려하기 위해서는 그 경향이 형성될 수 있는 시적 근거가 있어야 하는데, 바로 이 시기의 시편들이 그 근거를 이룬다고 할 수 있을 것이다.

다음, 세 번째 시기로서 1930년대 후반기의 작품들이 있다. 1930년대 후반기라고 했지만, 실제로는 카프가 해산되기 직전인 1934년부터 시집이 출판되기 직전인 1937년까지의 시편들이 그것이다. 그의 대표작으로 널리 알려져 있는 「산제비」와 「오후의 마천령」이 포함된다는 데서 알 수 있듯이, 이 시기에 박세영의 시 세계가 만개되었다는 사실을 독자들은 알 수 있다. 박세영이 이미 배재고보 시절부터 문학도로 활동했음은 널리 알려져 있다. 1917년에 송영 등과 함께 발행한 ≪새누리≫라는 등사판 동인지는 그 증거일 터이다. 그가 「향민군(鄕民君)은 가다」[6]에서 밝히고 있는 그 잡지의 전말을 자세히 알 수는 없지만, 이 시기의 그의 주요 관심사가 어디에 있었는가에 대해서는 그 동인지가 충분한 정보를 제공해 준다고 판단된다. 이런 문학도로서의 그의 성취를 알아보는 데 있어서 이 1930년대 후기의 작품들은 소중한 자료이다.

이 시기 이외에도 박세영의 시 세계를 한 눈에 알아보기 위해서는 위에서 구분한 시기의 중간에 해당하는 카프 활동 시기의 그의 작품에 대한 개관이 필수적이다. 그가 『산제비』 「자서」에서 "그 중간의 작품들을 여기에

---

6) 1946년 6월 ≪신문학≫에 발표된 글이다. 그는 이렇게 말했다. "1917년 가을 내가 교북정에서 살고 있을 때, 허구헌날 학교만 하학을 하면 우리 집에 오던 동무가 바로 송영이었다. 그때는 무현이라고 불렀을 때다. 우리들은 몇 뜻있는 동무들을 모아 문예구락부를 만들었고 회람 잡지 ≪새누리≫를 발간하려 할 무렵이었다." 이 회고에 근거한다면, 연구자에 따라 달리 나타나고 있는 박세영의 출생 연도는 1907년보다는 1902년이 더 타당한 듯하다. 문학 잡지를 만들 수 있는 나이가 상식적으로 고려되어야 하기 때문이다.

수록하지 못한 것을 참으로 유감으로 아는 바이다"라고 쓰는 정황이 무엇이었는지를 추측하는 일이 어려운 것은 아니다. 카프가 해산되고 중일전쟁이 발발했으며 이른바 총력전 체제로 현실이 온통 경직되어 있던 때에 계급 투쟁의 이념을 고취시키는 작품이 당국에 의해 허락될 리는 없었을 것이다. 그러나 따지고 보면, 그가 문학의 길에 첫발을 내딛고 해방 공간에 이르기까지의 모든 시기가 그 억압으로 채워졌음을 생각할 때, 그의 「산제비」와 「오후의 마천령」이 시사하는 의미는 더욱 깊어진다. 그것을, 억압을 돌파하는 시정신이라고 할 수 있을 텐데, 바로 그 시정신이 본고의 탐색 대상이기도 하다.


### 카프 해산과 자연 탐구

『산제비』의 마지막 부 '소묘2제(素描二題)'에는 두 편의 작품이 수록되어 있다. 첫 번째는 「자화상」이고 두 번째는 「화가」이다. 두 작품 모두 억압이 엄혹한 시대를 살아가는 시인의 내면을 표현하고 있지만, 그 방식은 사뭇 다르다. 「자화상」은 시인 자신의 내면을 직접 기록하는 형식을 취하는 데 비해 「예술가」는 화가에 대한 객관적 관찰자의 시선으로 예술적 삶의 운명을 형상화하고 있는 것이다. 우선, 「자화상」은 1935년 7월로 창작 날짜를 기록해 놓고 있다. 그때는 카프가 해산된 지 채 두 달이 되지 않았던 시점이다. 카프 해산에 반대했던 박세영의 심정이 어떠했을까는 충분히 짐작되는 바인데,[7] 그것을 적절하게 표현하는 구절은 시의 1연이다.

> 지나간 내 삶이란,
> 종이쪽 한 장이면 다 쓰겠거늘,
> 몇 짐의 원고를 쓰려는 내 마음,

---

7) 《조선중앙일보》에 발표한 「오! 문화의 어머니여」를 참고할 수 있다. 이 시는 시집에 수록되어 있지 않다.

오늘은 내일, 내일은 모레, 빚진 자와 같이
나는 때의 파산자다,
나는 다만 때를 좀먹은 자다.

                                              ——「자화상」 1연


　시대의 파산자로 스스로를 정의하는 시인의 자기비판 의식이야말로 독자
들이 눈여겨볼 부분이다. 파산당한 자는 미래가 없는 자이다. 시인은 스스
로를 "때를 좀먹은 자"라고 규정한다. 이런 자기비판이 시대에 대한 책임
감을 다시 자각하게 한다면, 그 책임감은 당연히 역사의 시선을 동반할 것
이다. 그러나 그 시선에 대한 의식을 행동으로 전환시키기에는 당시 상황
은 너무 열악한 것이었다. 카프는 해산되었고 일제는 모든 진보적 사상을
탄압하는 군국주의 파시즘으로 치닫고 있었다. 시인이 행동 대신에 집요한
자기 관찰에 머무는 것은 그 때문이다. 「자화상」은 그러나 그 관찰의 결과
를 직접적인 자기 비하의 격렬한 정서와 목소리로 드러낸다. 그것을 객관
적 정황으로 바꾸어 놓은 것은 「화가」이다.


고개 위에 또 고개,
고목나무 밑으로 붉은 기와집
토인과 같은 사나이가 캔버스를 메고 서서 본다.

그 사나이를 보는 나,
나를 보는 행인,
행인의 뒤로는 무수한 여학생의 떼가 온다.

캔버스를 멘 사나이, 부리부리한 그 눈,
짝달막한 키, 얼굴의 반을 덮은 그 수염,
나는 이태 전의 어떤 모진 사나이,


100

무자위를 뱀대가리같이 두르던 그 사나이를 생각한다.

그러나 지금 담배를 피워 문, 저 사나이는
그와는 비길 수도 없는 '세잔느'를 만난 거와 같다.

나는 그를 본다,
공간에 화폭을 그려보는 그, 그를 보는 나,
나를 지나가며 보는 무수한 군중!
그 사나이는 아직도 그림같이 서서만 본다.

——「화가」 전문

이 작품의 창작 시기는, 시집에는 밝혀져 있지 않지만, 시인이 「자서」에
서 3~4년 전후의 작품이라고 기록하고 있는 사실을 비추어볼 때 35년 전
후라고 여겨진다. 그러니까 이 작품 역시 지리멸렬한 카프와 그에 대한 성
찰의 시기에 쓴 셈이다. 주목을 끄는 것은 시의 화자가 관찰하는 주체와
관찰되는 대상으로 변모된 채 나뉘어 있다는 점이다. 박세영의 시 전체를
통틀어 볼 때, 이런 형식의 작품은 아주 독특한 것이다. 강렬한 사회의식과
행위의 주체로 박세영의 시적 주체가 작용하고 있다는 점은, 대부분의 카
프 시인들의 시와 함께 널리 알려진 것이다. 이때 주체는 일관된 행동과
사유 구조를 진행시키는 존재일 수밖에 없다. 카프의 시가 다분히 혁명적
낭만주의의 주관적 정서에 머물러 있다 하더라도 그것의 최종적 형태는 일
관된 주체의 행동이다. 그러나 「화가」에서 그것은 전혀 다른 형식으로 나
타난다. 시인이 보는 것은 "토인과 같은 사나이"이다. 그리고 '그 사나이를
관찰하는 나'가 있다. 그 다음에 "나를 보는 행인"이 있으며 행인의 뒤에는
여학생 무리가 있다. 시의 마지막에서 그 연속되는 존재들의 모습을 시인
은 "나를 지나가며 보는 무수한 군중"이라고 쓴다. 징후적으로 본다면 존
재들의 이런 연속 국면은 시인 자신의 다양한 분할로 읽힐 수도 있다. 결

국 이것은 존재와 존재의 뒤를 잇는 공간들이 시간의 이미지로 변모하면서 역사의 시선을 환기하는 것이다. 그래서 그것은 단순한 환기가 아니라 시간과 역사의 운동이 된다. 이때 운동은 존재들의 지속적 변모를 동반하는데, 박세영의 그 다음 시편들이 「산제비」, 「오후의 마천령」임을 주목하도록하자. 존재들이 지속적 흐름의 과정을 통해 "무수한 군중"으로 변모하듯이 '자연'에도 그와 유사한 일이 일어나리라고 예감할 수 있기 때문이다.

> 남국에서 왔나,
> 북국에서 왔나,
> 산상에도 상상봉
> 더 오를 수 없는 곳에 깃들인 제비.
>
> 너희야말로 자유의 화신 같구나,
> 너희 몸을 붙들 자 누구냐,
> 너희 몸에 알은 체할 자 누구냐,
> 너희야말로 하늘이 네 것이요, 대지가 네 것 같구나.
>
> (중략)
>
> 산제비야 날아라,
> 화살같이 날아라,
> 구름을 휘정거리고 안개를 헤쳐라.
> 땅이 거북등같이 갈라졌다,
> 날아라 너희들은 날아라,
> 그리하여 가난한 농민을 위하여
> 구름을 모아는 못 올까,
> 날아라 빙빙 가로세로 솟치고 내닫고,

102

구름을 꼬리에 달고 오라.

──「산제비」부분


　시적 상상의 방향은 상승과 하강의 곡선을 긋는 쪽으로 이루어져 있다. 모종의 삶의 고양 국면을 가리키는 것이 이런 상승의 이미지라면, 박세영 시에서 이 시기에 이런 이미지가 나타난다는 것은 당시의 패배적 분위기와 관련해서 주목해야 할 부분이 아닐 수 없다. 「오후의 마천령」이 "나는 마천령 위에서 나의 오르던 길을 바라봅니다./ 이리 꼬불, 저리 꼬불, W자, I자, N자,/ 이리하여 나는 승리의 길, WIN자를 그리며 왔습니다."라고 진술할 때 패배는 돌연 승리의 영역으로 상승하는데, 이는 「산제비」에서도 마찬가지이다. 산제비는 더 오를 수 없는 곳에까지 이른다. 이것이 "자유의 화신"(2연)으로 표상되는 것은 충분히 상식적인 것이다. 위에는 인용되어 있지 않지만, 허덕이면서 산에 올라 천하를 내려다보는 사람을 비웃어 달라고 시인은 쓴다. 이를테면 산제비로 표상되는 세계는 인간의 영역을 이미 건너뛰어 버린 세계이다. 그것이 자연이고, 자연이 삶의 원형을 구성한다는 점을 생각할 필요가 있겠다. 삶의 원형은 모든 원초적 경험의 기억들이 살아 있는 시공간을 구성할 것이기 때문이다. 이 돌연한 이미지 전개와 비약이 자연의 상승적 국면과 만나 이루어 낸 생성의 세계라고 할 수 있다. 「화가」에서 존재의 지속적 변모가 "군중"으로 연결되었듯이 「산제비」와 「오후의 마천령」은 '자연'만이 획득할 수 있는 필연의 원리로 그 변모의 상승과 생성을 이루어 내는 것이다. 그것은 '자연·원형'의 세계를 통해, 그것의 주술성으로서 인간의 삶을 고양시키려는 시적 전략이라 할 수 있다.

　원형적 시공간의 탐구가 고향의 이미지로 형성되는 것이 박세영만의 특징은 아니다. 그러나 박세영에게서 그것이 모든 삶의 상처를 치료하는 공간으로 처리되는 것은 위와 같은 내용 때문에 깊이를 얻는다. 그리고 이 고향 탐구와 고향 상실의 세계가 박세영 시의 디아스포라 이미지를 구축한다. 그곳은 모든 인류가 돌아가야 할 공간인데, 그런 의미에서 박세영의 디아스포라는 포스트식민적인 그것과는 다른 영역을 구축한다.


## 디아스포라의 시와 그 귀결

일제 강점기를 살아간 시인들이 디아스포라의 삶에 특별한 관심을 기울이고 그것을 시로 형상화했다는 점에 대해서는 많은 연구가 있었지만, 박세영의 그것에 대해서는 그다지 관심이 집중되지 않은 듯하다. 이유는 많을 것이다. 우선 이용악이나 백석 등으로 대표되는 북방 정서의 시편들과 비교해 볼 때, 박세영의 시는 특별히 주목할 만한 미적 가치를 가지고 있지 않은 것이 사실이다. 박세영 시의 평이성은 이미 시집 『산제비』의 발문을 쓴 임화에 의해 지적되고 있는 바이지만, 그의 시가 논점이 되는 것은 앞에서 이야기했듯이 1930년대 후반 카프의 해산을 경유하면서 쓰인 작품들이다. 자연 친화적 경향의 작품들이 그것이다. 이외에 착취당하는 민중과 그들의 역사적 승리를 신념화하는 계급의식을 표현한 작품군이 박세영을 한국 시사에서 잊히지 않을 시인으로 기록하도록 했을 것이다. 그러나 역시 일제 강점기의 이산의 고통과 그것의 치유에 집중하는 주제의 작품들이 양산되고 있다는 사실은 별도의 논의 사항 하나를 남겨 놓는다. 최근의 포스트 식민주의적 인식론의 대두와 함께 관심의 대상이 되고 있는 디아스포라적 정체성의 문제가 그것이다. 실제로, 당대의 시 작품들이 디아스포라를 중요한 시적 대상으로 취급하고 있다는 것은 그 디아스포라가 당대의 공통 경험으로 제기되었다는 사실을 반증하는 것인데, 이 공통 경험은 동시에 집단적 정체성을 형성하는 데 중요한 기반이 될 수밖에 없다. 집단적 정체성은 "상호 교류하고 있는 각 개인들이 만들어 내는 상호 작용적이며 공유된 정의"[8]이기 때문이다. 박세영이 디아스포라에 관심을 기울이는 것은 당대의 공통 경험을 고려한다면 따라서 당연한 일일 수밖에 없다.

---

8) 니시카와 나가오, 한경구·이목 역, 『국경을 넘는 방법』(2006, 일조각), 359쪽.

그런데 최근의 디아스포라 논의는 주로 민족주의적 정체성 내지는 국민국가적 정체성의 자기중심적이고 동일자적인 폭력성을 비판하고 해체하기 위한 관점에서 진행되는 것이 일반적이다. 레이 초우, 사카이 나오키, 폴 길로이 등의 논의가 그것이다. 이들의 주장이 보여 주는 착점을 포스트식민주의의 그것과 함께 이야기하는 이유도 그 때문일 것이다. 그러나 이들이 근거하고 있는 포스트 담론의 한계가, 아리프 딜릭이 지적하듯이 구체를 삭제한 추상이거나 하나의 논리적 틀로 세계의 모든 것을 설명하려는 왜곡(이렇다는 점에서 이것은 또다른 형이상학적 폭력이다.)이라는 점[9]을 주목해야 할 것이다. 이른바 언어학적 전환의 세기에 맞추어 포스트 담론이 기호론의 지배적 성격을 강조하는 것에 대해, 바르톨로비치가 실례를 들어 비판하는 것은 포스트식민주의적 실천이 자본의 상품 광고 전략이 원용하는 기호론을 답습한다는 것이다.[10] 결국 필요한 것은 실상에 즉해 작품을 분석하는 일일 것이다.

박세영의 시에서 디아스포라의 문제를 제기하는 작품들은 「탄식하는 여인」, 「최후에 올 소식」, 「다시 또 가는가」, 「화원이 보이는 이층집」, 「침향강」, 「향수」이다. 이외에도 이주와 정주의 경계선에서 갈등을 노래하는 시로 해방 공간에 쓰인 「순아」, 「서울 부감도」 등이 있다. 이 시편들의 공통적인 주제는 생존의 문제 때문에 고향을 떠난 자들이 운명적으로 지니게 되는 고향 상실감과 귀향 의지이다. 시는 대략 두 경향으로 나뉜다. 하나는 고향을 떠난 자가 고향을 그리워하는 심정을 노래하는 시편이고 다른 하나는 고향에 남은 자가 떠나간 자를 기다리는 시편이다.

(가) 돌아오라 내 아들
사랑하는 중진아,

---

9) 아리프 딜릭, 황동연 역, 『포스트모더니티의 역사들』(창비, 2005), 339~340쪽 참조.

10) Crystal Bartolovich, "Introduction : Marxism, Modernity, and Postcolonial Studies", *Marxism, Modernity, And Postcolonial Studies*(Cambridge Univ. press 2002), p. 5.

너는 집 떠난 지 삼 년에
한 번이라 소식도 없니,


(중략)


바람편에 들리는 소리,
만주에 있다거니, 남경으로 갔다거니,
있기야 어디 있든 네 몸이 성한지 궁금하구나.


(중략)


사랑하는 중진아,
너는 뜻을 못 이루었더라도
내 너를 위하여 정성을 들이는 기름불이 꺼지기 전에,
이 내 몸의 힘줄이 말라붙기 전에
                                    ──「탄식하는 여인」 부분


(나) 가라는 이 없건만 아니 나오면 왜 못살며
들은 익어 누르른데 배를 곯리지 않으면 왜 못살더란 말인가?
사랑하는 연인과 결별하듯이
내 고향 떠난 지도 이미 십 년.


그야 이 내 몸뿐이랴
마을의 처녀들도 눈물지고 떠나들 갔으며,
마을의 장정들도 고향을 원망하고 달아났다.
그리운 고향은 야속도 하구나.

수수이삭에 걸린 추석달,

잠든 호숫가에 거니는 기러기,

지금은 그 멀리 들릴거라 다듬이 소리,

아— 그립고나 이 내 고향!

——「향수」 부분

(가)는 후자이고 (나)는 전자이다. 공통되는 것은 고향의 문제인데, 이것은 지속적 변모와 이동을 토대로 하는 시대에는 어쩔 수 없는 것이다. 집단적 아이덴티티가 무너진 시대, 즉 안온한 장소로서의 고향이 파괴된 시대에 "퍼스널 아이덴티티는 '고향 상실 상태'로 변했고, 끊임없이 변모하는 상황이나 사건에 대응하여 개인은 자신의 '고향'을 부단히 재구축해 나가지 않으면 안되"[11]기 때문이다.

그러나 박세영의 일제 강점기 디아스포라 시편들이 지속적으로 고향으로의 귀환을 노래한다는 사실을 민족적인, 혹은 포스트식민주의에서 동일자적이라고 말하는, 정체성의 탐구라고 이해할 필요는 없다. 그는 오히려 그 민족을 뛰어넘는 지점을 이야기한다. 이것은 차라리 국제주의적 편향이지 민족주의적 태도와는 관계가 없는 것이다. 아마 포스트식민주의의 관점이라면, 고향 탐구라는 박세영의 시적 주제에 대해, 민족적 기원의 형이상학이며 따라서 제국주의적 동일성의 논리를 반복하고 있는 것이라고 말할지도 모르겠다. 그러나 그런 말이야말로, 아리프 딜릭이 포스트 담론에 대해 비판했던, 앞에서 인용했던 바로 그 문제를 고스란히 보여 주는 것이다. 박세영이 일국적 민족의 관심사를 뛰어넘는다는 하나의 예를 「화원이 보이는 이층집」에서 볼 수 있다.

朱土빛 낡은 이층 아래는,

---

11) 니시카와 나가오, 한경구·이목 역, 『국경을 넘는 방법』(일조각, 2006), 360쪽.

날마다 길다란 테이블을 가운데 놓고,
바느질하는 직공이 산다,
바로 그 옆, 날마다 욕탕과 같이 김이 어리는 곳은,
開水집이다 웃통 벗은 쿨리의 좌담소다

(중략)

그러나 어느날, 이슬비 내리는 오후에,
내려다뵈는 화원에는 늘어논 갖은 꽃이,
생생하게도 대지의 정기를 마실 때,
모스크바의 용사는 주림에 못 견디어
해골과 같이 들어간 눈으로 화원을 무심히 보고만 있다.
어여쁜 꽃의 정화 속으로 그들의 눈동자는 쏠리고 말았다.

지금은 四五人이 난간에 기대었다,
같은 모델에서 떼낸 석고와 같이,
노예의 전통자의 군상과 같이.

그들의 눈에는 조국 잊은 눈물이
오후에 나리는 이슬빗방울과 함께 흐르지만, 차라리 아깝다 그대들의 거
구가 아깝다,
모스크바의 만장들이여!
————「화원이 보이는 이층집」부분

시인의 눈에는 조국을 잃은 쿨리(苦力)의 형상이 포착된다. 박세영의 시
편들 중에서 한 인물과 그를 둘러싼 정황이 절제된 언어와 함께 치밀하게
묘사되는 것은 드문 편인데, 이런 의미에서 이 작품은 수작이라고 할 수

108

있다. 이는 시적 대상에 대한 애정이 범상한 것이 아니라는 점에 기인할 것이다. 쿨리가 노동자 하층임을 염두에 둔다면, 그에 대한 각별한 애정이 표현되는 것은 계급주의 시인으로서는 필연적인 일이기도 하겠다. 그런데 시에는 노동자에 대한 애정과 그것의 긍정적 귀결이라는 상식적 결론을 향해 직접 나아가지 못하도록 하는 의미의 머뭇거림이 있다. 시인의 이념을 고려한다면 이것은 머뭇거림이라기보다는 율동이라고 하는 편이 정확하다. 시의 마지막 연이 그 부분이다. 시인은 눈물을 흘리는 쿨리들을 향해, "조국 잊은 눈물"이라는 이유로 "차라리 아깝다 그대들의 거구가 아깝다"라고 비판하고 있는 것이다. 이 비판의 의미를 정확히 이해하기 위해서는 "모스크바"가 사회주의 조국의 중심부를 가리킨다는 점을 전제해야 한다. 사회주의적 국제주의는 무당파적 노동자 국제주의와는 다른 것인데, 박세영의 이념적 지향점을 다시 한 번 고려한다면, 시 속에 쿨리들이 비판되는 이유가 명확해진다. 그것은, 당대의 이념적 수준에서 가치 판단되어야 할 문제이기는 하지만, 사회주의 이념을 등진 노동자들의 현재를 꼬집는 것이다. 이를테면 프롤레타리아에게 조국은 종족적 차원의 그것이 아니라 계급적 차원의 그것이라는 사실을 시는 침묵으로 표현한다고 할 수 있다.

박세영의 시에서 민족의 탐구가 민족주의의 지향점을 갖는 것이 아니라는 점을 새삼 지적할 필요가 없다고 해도, 그의 시를 옳게 이해하기 위해서는 그가 중국 체류 시절에 타민족 민중들의 고통을 경험했다는 사실은 충분히 전제되어야 할 것이다. 따라서 그의 디아스포라 시편들을 읽을 때 고려해야 하는 것은 그의 중국 기행시이다. 헐벗은 민중(「강남의 봄」) 봉건 체제 비판(「명효릉」), 중국 군벌 비판(「북해와 매산」)의 내용이 형상화되는 이 시편들이야말로 박세영이 일국적 관점의 정체성을 벗어나도록 하는 원체험이었다고 판단된다. 물론 박세영의 문학적 혁명 의식이 카프 이전의 염군사와 무관하지 않고, 그 염군사를 주도했던 이호가 북풍회 또한 주도했다는 사실을 염두에 둘 필요가 있을 것이다. 그 북풍회의 강령 중에 "우리는 계급 관계를 무시한 단순한 민족 운동을 부인한다. 즉, 사회 운동과 민족운동의 병행에 대한 시간적 협동을 기함"[12]이라는 내용이 있기 때문이다. 이른바 프롤레타리아 국제주의의 단초가 여기에 보이거니와 박세영의 시는 그 이념적 지향점의 직접적 표현이라고 할 만하다.

이런 점이 분명히 드러나는 것은 해방 공간에서의 시편들이다. 「산천에 묻노라」나 「서울부감도」로 대표되는 지배 권력 비판은 곧 민족 내부의 계급 구조에 대한 비판이 된다. 이 비판이 함축하는 것은 포스트식민주의적 디아스포라와는 다른 의미의 민족 정체성이다. 포스트식민주의적 디아스포라가 계급적 매개 없이 민족 정체성의 해체를 주장한다면, 박세영에게 민족적 정체성은 계급에 의해 매개되어 구성되고 극복되어야 할 정체성이다. 그는 이렇게 쓴다.

오― 온 동아의 민족은 오늘 우리와 같이 뛰자, 일어나자!
동아 민족의 해방은 진실로 이제부터다.
노동자, 농민의 해방도 이제부터다.
지금은 毒牙에 물린 상처도 나았으니
이미 조국을 위하여 피 흘린 동지와
聖醫 美蘇英中에 감사하자.

―――「팔월십오일」 부분

"미소영중"을 성스러운 의사라고 호명한다는 사실을 일부러 꼬집어 정세적 인식의 천박성이라고 비판할 필요는 없을 것이다. 그런 부분이 없지는 않지만, 시인은 해방이라는 상처의 일차적 치료를 강조하는 것이라고 해석할 수도 있다. 그렇다면 중요한 것은 이차적 치료일 텐데, 시인은 그 치료를 위한 행동을 새 조국 건설의 과제와 연결시킨다. 해방 공간에서 이 건설의 내용을 민족 문제와 관련시켜 어떻게 사유했는가를 알려 주는 글은

---

12) 김준엽 · 김창순, 『한국공산주의운동사』 2,(청계연구소, 1986), 40쪽.

「현 단계와 시인의 창작적 태도」[13]이다.

　민중은 진보적 민주주의에로 달리고 있는데 보수적 민족주의 즉 반민주주의를 구가해야 할까? (중략) 이런 시대는 이미 경과하였다. 그러므로 대중이 요청치 않는 문학이 존재할 수 있으랴. 그것은 어째서일까. 일본 제국주의의 질곡에서 벗어난 기쁨만이 우리 민족의 영원한 기쁨이 아닌 까닭이다. 보다 우리는 건설의 더 큰 기쁨을 전취해야 할 것임에 불구하고 해방의 기쁨과 애국적인 듯하면서도 사실상 반애국적인 데 그친다는 것은 이 또한 보수적 민족주의의 발로라는 것을 은폐할 수 없는 사실이다.

　"해방의 기쁨"보다도 그 이후의 "건설의 더 큰 기쁨"을 강조할 때, 그것의 의미가 탈자본주의의 사회 체제라는 사실을 아는 것은 어렵지 않다. 이를 위해서 필요한 일은 포스트식민주의에서 말하듯이 민족적 동질성을 해체하기 이전에 그 민족의 내부 구성을 정확히 파악하고 그에 알맞는 대안을 찾는 일이었을 것이다. 이것은 포스트식민주의적 디아스포라가 자본주의 세계 체제의 계급적 역학 관계를 은폐하는 일을 담당한다는 비판[14]을 고려할 때 더 진지하게 탐색되어야 할 내용이다. 디아스포라가 고정되고 자기동일적인 정체성을 지속적으로 파괴하며 나아가는 존재의 상태와 관련된다면, 박세영에게 새 조국 건설이라는 과제는 그 지속적 변모로써 실현된 역사 이행의 한 과정이었을 것이다. 물론 이 이행의 영원성은 박세영이 택한 체제에서 제대로 실현되지는 않았다는 사실을 독자들은 잘 알고 있다. 그것을 분석하는 것은 다음의 일인데, 다만 박세영의 디아스포라 인식이

---

13) ≪건설≫, 1946. 2.
14) 아리프 딜릭, 『포스트모더니티의 역사들』(창비, 2005), 340쪽의 다음 진술을 참고할 수 있다. "(이산에 관한 담론이 : 인용자) 바람직하다는 점은 거의 의문이 없다. 하지만 그것이 현 세계에서 확산되는 구분, 특히 국가들 내에서나 전지구적으로 전례 없는 부의 집중을 동반하는 새로운 형태의 계급 구분에 대한 이데올로기적 은폐물로 활용될 수도 있음을 지적하는 것도 중요하다."

일종의 "지역 기반적 정체성"(아리프 딜릭)이라고 부를 수 있는 것이라는 사실만을 지적해 두기로 하자.


## 결론

이상으로 박세영의 시 세계 중 그의 월북 이전 시편들을 대상으로 식민지적 디아스포라의 출현과 그것의 극복이라는 주제를 살펴보았다. 이를 위한 첫 번째 과제로 월북 이전 박세영의 시 세계를 대략 다섯 가지 영역으로 분류했다. 그것을 다시 정리해 보면, 첫째는 그가 중국 유학 시절에 경험한 중국 기행의 시편들이다. 이 소재의 시편들은 훗날 그가 자민족 중심주의를 넘어서 타민족 민중들의 삶을 고려하도록 하는 요인이라고 판단된다. 둘째, 1920년대 후반기의 서정시편들이 있다. 이 시편들은 1930년대 후반 박세영이 자연에 대한 미학적 관심을 갖게 되는 근원적 정서를 제공하고 있기 때문에 주목을 요한다. 셋째, 박세영의 카프 활동 시기가 있다. 이 시기의 작품들은 시집 『산제비』에 수록되지 못하는데, 이는 시인이 「자서」에서 완곡하나마 밝혀 놓은 바 있듯이 총독부의 검열 때문인 듯하다. 그렇지만 이곳저곳에서 산견되는 그의 작품으로 미루어 판단한다면, 박세영은 완고한 사회주의자였음을 알 수 있다. 넷째, 카프 해산을 전후한 박세영의 내적 고뇌가 자연에 대한 치밀한 묘사로 승화된다는 사실을 알 수 있었다. 다섯째, 해방 공간에서 탈자본주의적 역사 전망을 표현하는 시기가 있다. 이러한 각 시기들 중 박세영 시의 디아스포라와 관련하여 집중적으로 주목되어야 하는 것은 우선, 중국 기행시편들, 그 다음으로 자연 이미지를 거쳐 모든 삶의 원형으로 추구되는 1930년대 후반의 고향의 세계가 있다. 특히 그의 디아스포라는 민족의 발견 내지는 탐구의 정신으로 일관하고 있는데도 포스트식민주의자들이 주장하듯이 자민족 중심주의나 동일성의 형이상학이라는 함정으로 빠져들지 않는데, 이는 그의 프롤레타리아 국제주의적 정신에서 여실히 드러난다. 이 국제주의적 사유와 전략을 디아스포라의 문제와 관련시키는 것은 지금에 있어서도 여전히 중요한 문제라고 생각된다. 그것은 일종의 연대의 문제인데, 그 연대가 필요한 것은 지금 자본주의 시대의 디아스포라가 궁극적으로는, 아리프 딜릭이 말하듯이, 사회적 관계의 소외에서 비롯되는 것이기 때문이다. 탈자본주의적 전망을 선취하고 그것으로써 민족적 디아스포라를 형상화했던 박세영의 시는 그런 의미에서 중요한 시사점을 제공해 준다고 하겠다.

참고문헌

김성윤 편, 『카프시 전집』 1·2, 시대평론, 1988.

김용직, 「도식 성향과 사실주의 — 박세영론」, 『한국현대시사』, 한국문연, 1996.

니시카와 나가오, 『국경을 넘는 방법』, 일조각, 2006.

레이 초우, 『디아스포라의 지식인 — 현대 문화 연구에 있어서 개입의 전술』, 이산, 2005.

박세영, 『산제비』, 미래사, 1991.

박세영, 『산제비』, 별나라사출판국, 1946.

사카이 나오키, 『번역과 주체』, 이산, 2005.

서영인, 「자연과 민중에 대한 애정과 강인한 낙관성」, 『땅은 글이 되고 물은 시가 되고』, 한울, 2006.

심치열, 「박세영 시 연구」, ≪성신어문학≫, 1991.

아리프 딜릭, 『포스트모더니티의 역사들』, 창비, 2005.

전영선, 「북한의 '애국가' 작사가·시인 박세영」, ≪북한≫, 2000, 4.

조용훈, 「한국 근대시의 고향 상실 모티프 연구」, 서강대 박사 학위 논문, 1993.

하상일, 「해방 이후 박세영 시 연구 — 월북 이후 ≪조선문학≫ 발표 작품을 중심으로」, ≪한국문학이론과비평≫ 27집, 2005.

한성우, 「박세영 시 연구 — 시집 『산제비』와 『박세영 시 선집』을 중심으로」,
중앙대 박사 학위 논문, 1996.

Crystal Bartolovich, "Introduction : Marxism, Modernity, and Postcolonial
Studies", *Marxism, Modernity, And Postcolonial Studies*, Cambridge Univ.
press., 2002.

# 제2주제에 관한 토론문

홍용희(문학평론가)

박수연, 「식민지적 디아스포라와 그것의 극복」은 박세영의 시 세계에 나타난 디아스포라 현상에 대한 집중적인 탐사를 통해 고향 탐구와 고향 상실 의식이 식민지 현실에서 민족적 정체성으로 작용하고 있으나 포스트식민주의에서 비판적으로 개진하는 동일자적인 민족주의 성격을 지니지는 않는다는 점을 강조하는 내용이 중심을 이루고 있다.

이러한 박수연의 논문에 대해 질의하고자 하는 중심 내용은 1) 박세영의 시 세계에 나타난 자연이 고향의 정서를 환기시키는 구체적인 사례를 「강남의 봄」이외에도 좀 더 풍요롭고 섬세하게 제시해 주었으면 한다. 그리고 이를 바탕으로 동시대의 이용악을 비롯한 자연 친화적 정서를 통해 고향을 노래한 시인들과의 변별점을 보완해서 설명할 수 있으면 좋겠다. 2) 식민지 현실에서 디아스포라적 정서가 저항민족주의와 결부되면서 시인들의 창작 의도와 무관하게 동일자적인 민족주의로 기울 수 있는 가능성도 있을 것이다. 이에 대한 의견도 개진해 주면 좋겠다. 3) 박세영 시 세계의 디아스포라가 계급의 매개를 통해 드러남으로써 민족주의적 정체성으로 기울지 않고 있음을 강조한다면, 계급적 매개가 없는 시편들은 민족주의적 정체성으로 치달을 수밖에 없는 논리적 특성을 갖게 되는가 하는 점이다. 피식민지 지배국에서 민족적 원형성에 대한 갈망은 배타적 민족주의 성향과 변별된다. 여기에는 민족주의의 우월적 공격성보다는 자기 정체성에 대한 반추와 성찰의 의미가 강하기 때문이다. 이에 대한 보충 설명을 부탁한다.

박세영 생애 연보

1902년  7월 7일, 서울 시외 한강리에 인접한 경기도 고양군 한지면 두모리(현
        재 서울특별시 성동구 금호동으로 추정)에서 출생. 호는 백하(白河)를
        많이 썼으나 프로 문학이 융성했던 시기에는 혈해(血海)(≪음악과 시≫)
        를 사용하였고, 일시적으로 木戸世永으로 창씨개명하기도 함.

1917년  봄에 송영과 함께 배재고등보통학교에 입학.[1] 그해 가을부터 송영과
        그의 처남 이용건, 그 외 네 명의 친구들과 회람지 ≪새누리≫를 10호
        까지 먹글씨로 발간함. 박세영은 여기에 주로 시와 기행문, 수필을 썼
        으며, 송영이 정론과 수필을 담당함. 이때 기행문 「설봉산에서」와 시
        「약수터」 등의 작품을 발표

1919년  배재고보 2학년 때 3·1운동이 일어나자 송영과 함께 등교를 거부하
        고 자주 독립 사상을 내용으로 한 등사판 신문 ≪자유신종보(自由晨
        種報)≫를 6호까지 발간함.

1920년  4월 1일 서울 배재고보 3학년에 편입학.

1922년  3월 22일 배제고보 졸업. 연희전문학교에 입학하였으나, 곧바로 중퇴
        함. 또 4월, 중국 난징의 금릉대학 문과에 입학[2]했다가 상하이 혜령

---

1) 엄호석(엄호석, 「시인 박세영」, 『현대작가론 2』, 조선작가동맹출판사, 277쪽)과 박세영
   자신이 밝힌 바로는 1917년 송영과 함께 배재고등보통학교에 입학한 것으로 되어 있으
   나,(박세영, 「인민을 위하여 복무하고저」, 한설야 외 『나의 인간수업, 문학수업』(인동,
   1990), 134쪽) 실제 배재고보의 학적부에 따르면 입학 사실은 없고 1920년 4월 1일 3학
   년에 편입학하여 1922년 3월 22일에 4학년을 마치고 졸업한 것으로 되어 있다.

2) 박세영이 배재고보를 졸업하고 중국 유학을 떠난 시기와 그 학교에 대해선 연구자들의
   견해가 다르다. 권영민, 정영자, 윤여탁, 김재홍은 연희전문학교에 입학해서 중퇴한 후

영문전문학교에서 수학. 중국 상하이, 톈진, 난징, 베이징 등을 순회하면서 톈진에서는 영자 신문 교정원으로 일하기도 함.

1923년　상하이에 머물던 당시 '염군사'의 중국 특파원 역할을 하기도 함. 1922년 9월에 국내에서 조직된 염군사는 송영, 이호, 이적효 등이 중심이 되어 '무산 계급 해방 문화의 연구와 보급'을 목적으로 조직된 사회주의 문화 단체임. 박세영은 중국 기행 동안 반식민지의 처지에 있는 중국 사회의 복잡상과 고통받는 중국 민중들의 쓰라린 생활을 형상화한 문학 일기를 계속해서 써 나감. 이중의 한 편인 「황포강반」이 《염군》 창간호에 실리나 불허가로 발간되지 못함.

1924년　학비 곤란으로 상하이의 혜령영문전문학교를 중퇴하고 9월에 귀국. '염군사'의 동인이었던 이호, 이적효 등과 교우하면서 프롤레타리아적 세계관을 확립함.

1925년　연희전문학교에 편입. 8월에 카프에 가맹.

1926년　안준식, 송영 등과 함께 아동 과학 문예 잡지 《별나라》(1926. 2~1935. 2)를 발행함.　당시 아동 잡지인 《어린이》와 대립된 시각을 가짐.

1927년　《문예시대》 1월호(제2호)에 「농부아들의 탄식」, 「해변의 처녀」, 「어머니의 사랑」, 「산협에서」를 발표하면서 문단에 데뷔함.

1928년　송영이 세웠던 경기도 고양군 은평면 구산리(현재 서울특별시 은평구 구산동)의 사립 소학교에서 빈농의 자녀들을 가르쳤으며, 농민 조합을 지도함. 이때 창작된 작품으로 「밤마다 오는 사람」이 있음.

1928년　11월 12일, 《조선지광》에 「타작」을 발표함으로써 본격적인 프로 문예 운동을 시작함.

---

상하이의 혜령영문전문학교에 입학했다고 보는 반면, 한만수, 엄호석은 배재고보 졸업 후 1922년 4월 중국 난징의 금릉대학 문과에 유학했다고 말하고 있다. 그러나 《동아일보》 1922. 4. 4일자(7면)의 "금년 봄에 배재고등보통학교를 우량한 성적으로 졸업한 박세영, 최진호, 이홍우, 조홍식 등 네 사람은 평소부터 문학에 취미를 가졌는바 이번에 멀리 중국 남경의 金陵대학 문과에 입학하려고 지난 이일 밤차로 각각 출발하얏다더라."라는 기사에 의하면 한만수와 엄호석의 견해가 타당하다.

1929년    ≪별나라≫를 편집하던 중, 동요극 「어린 소제부」와 관련된 필화 사건
         으로 서울 용산 경찰서에 체포, 구속됨. 이때 중국 기행 경험을 쓴 문
         학 일기 등을 압수당함.

1931년    『카프시인집』에 「누나」를 발표. 김병호, 양창준, 이석봉, 손재봉, 신말
         찬, 엄흥섭 등과 『불별 — 푸로레타리아 동요집』 간행.

1932년    송영, 신고송, 이동규와 ≪소년문학≫을 창간.

1933년    카프 도쿄 지부에서 발간한 잡지 ≪우리동무≫ 배포 사건으로 다시 4개
         월간 구금됨.

1935년    내용의 절반을 일본어로 쓰라는 일제의 강요를 거부하고 ≪별나라≫
         (≪신소년≫의 전신)를 편집하여, 폐간될 때까지 거의 10여 년 동안
         무산 아동들의 계몽에 크게 기여함. ≪별나라≫ 편집 당시 프롤레타리
         아 동요를 다수 창작하기도 함. 카프의 해체가 논의되던 당시 윤기정,
         홍구, 박아지 등과 함께 마지막까지 카프의 해산을 반대함.

1938년    5월, 첫 시집 『산제비』를 간행.

1938~    모교인 배제고보에서 교편³⁾을 잡으면서 몇 편의 신년송과 기행 수필
1945년    을 쓰는 것 외에 거의 작품 활동을 하지 않다가, 해방 전에 학교를 그
         만두고 중국 만주로 건너가 지하 운동을 전개, 일본 경찰에 체포되어
         청진 감옥에서 해방을 맞음.

1945년    해방 후 활동을 재개하여 '조선 프롤레타리아 예술 동맹' 일원으로 작
         품을 발표하고, 그 후 '조선 문학가 동맹'으로 통합될 때 중앙 집행 부
         위원과 시부 집행 위원, 아동 문학부 집행 위원으로 피선됨.

1946년    이 시기의 경향적인 작품들까지 모두 수록하여 시집 『류화(流火)』를
         간행하나 불행하게도 유실되어 시인 자신이 늘 아쉬워했다고 함. 4월
         에 해방 기념 공동 시집 『횃불』을 간행. 6월 26일 월북. 이후 '북조선

---

3) 한만수에 의하면 1940년 모교인 배제고보에서 교편을 잡았다는 기록을 마지막으로, 직
   업을 확인할 수 없다고 함.(한만수, 「월북시인 박세영의 삶과 문학」, ≪엔터프라이즈≫,
   제5권 제11호, 1988. 11)

문학 예술 총동맹' 출판부장을 역임.

1947년    북한에서의 첫 시집인 『진리』를 간행. 북조선 문학 동맹 서기장 공작
          을 역임.

1948년    북한에서 최고 인민 회의 1기 대의원, 문예총 국가 상임 위원을 역임.
          해방 후 문학 창작의 특별한 성과로 공로 메달을 받음.

1953년    북한에서 『승리의 나팔』을 간행.

1954년    북한에서 '문예총' 중앙 위원을 역임.

1955년    1월 몽골 인민 공화국 방문. 이때 몽골 인민 공화국에서 받은 인상을
          근거하여 「울란바또르」, 「사랑의 학원」, 「초원의 아침」 등 서정시들을
          썼으며 그것들을 「몽고 방문 시초」로 묶어 발표.

1956년    북한에서 『박세영 시선집』을 간행. 작가 동맹 중앙 상무 위원을 역임.

1959년    북한의 「애국가」를 작사한 공로로 북한 공훈 작가 칭호 및 국기 훈장
          2급을 수여받음.

1961년    북한에서 '조국 평화 통일 위원회' 중앙 위원 역임.

1963년    북한에서 《별나라》 편집 당시 창작했던 동요와 월북 이후의 창작
          동요들을 모아 『박세영 동시선집』을 간행.

1967년    북한에서 작가 동맹 상무 위원 및 공훈 시인을 역임.

1989년    2월 28일 작고함.

# 박세영 작품 연보

| 발표일 | 분류 | 제 목 | 발표지 |
|--------|------|-------|--------|
| 1917 | 시 | 약수터 | 새누리 |
| 1917 | 기행문 | 설봉산에서 | 새누리 |
| 1923 | 시 | 황포강반(潢蒲江畔)에서 | 염군 1 |
| 1927. 1 | 시 | 농부아들의 탄식 | 문예시대 제2호 |
| 1927. 1 | 시 | 해빈(海濱)의 처녀 | 문예시대 제2호 |
| 1927. 1 | 시 | 어머니의 사랑 | 문예시대 제2호 |
| 1927. 1 | 시 | 산협(山峽)에서 | 문예시대 제2호 |
| 1928. 11 | 시 | 타적 | 조선지광 81 |
| 1929. 5 | 수필 | 어린이 날을 엇더케 마질〔까〕 | 별나라 |
| 1929. 5 | 번역 | 세계명작동요 | 별나라 |
| 1930. 6 | 서사시 | 탈주일만리(脫走一萬里) | 별나라 |
| 1930. 7 | 잡문 | 황하(黃河)와 양자강(楊子江) | 별나라 |
| 1930. 9 | 시 | 바다의 여인 | 음악과 시 제1권 제1호 |
| 1930. 10 | 동시 | 할아버지와 헌시계(時計) | 별나라 |
| 1931. 1 | 우화 | 길늠뱅이와 솔나무 | 별나라 |
| 1931. 3 | 동극 | 홍개미 | 별나라 |
| 1931. 5 | 과학소설 | 북구(北歐)의 일일(一日)<br>— 아하마의 수기(手記) | 별나라 |

| 발표일 | 분류 | 제 목 | 발표지 |
|---|---|---|---|
| 1931. 6 | 동요 | 제비[4] | 별나라 |
| 1931. 6 | 과학소설 | 대지(大地)를울니는소리여 | 별나라 |
| 1931. 8 | 야외극 | 어린소제부(掃除夫) | 별나라 |
| 1931. 8 | 가사 | 대장ㅅ간 | 별나라 |
| 1931. 9 | 소설 | 우랄산을넘어서 | 별나라 |
| 1931. 9 | 시 | 반동(反動)〔기〕 | 시대공론 제1권 제1호 |
| 1931. 11 | 시 | 누나 | 카프시인집 |
| 1931. 11 | 동시 | 가을들[5] | 별나라 |
| 1931. 11 | 과학소설 | 사막(沙漠)의 거인(巨人)<br>— 아하마의 수기(手記) 4 | 별나라 |
| 1931. 11 | 시집 | 카프 시인집 | 집단사 |
| 1931. 12. 7 | 평론 | 1931년 시단의 회고 | 중앙일보 |
| 1931. 12 | 과학소설 | 청복(靑服)의 대지(大地)<br>후편5 — 화성소년(火星少年)<br>아하마의 수기(手記) | 별나라 |
| 1932. 1 | 동요 | 눈팔매 | 별나라 |
| 1932. 1 | 동시 | 새해에보내는송가(頌歌) | 별나라 |
| 1932. 3 | 단평 | 고식화(固式化)한 영역을<br>넘어서 — 동요·동시창작가<br>에게 | 별나라 |
| 1932. 4 | 권두 | 휘파람 | 별나라 |

---

4) 별나라 51호(1931년 6월, 27쪽)에 세영이라는 이름으로 발표. 창작일 1931년 5월
   29일.
5) 별나라 54호(1931년 10월~11월 합호, 1쪽)에 세영이라는 이름으로 발표 목차 권두
   (卷頭)에 발표 창작일 1928년 10월.

| 발표일 | 분류 | 제 목 | 발표지 |
|---|---|---|---|
| 1932. 7 | 가사 | 졸업식가(卒業式歌) | 별나라 |
| 1932. 7 | 합창극 | 우리들의 깃분날 | 별나라 |
| 1932. 11. 5 | 시 | 산(山)골의 공장(工場) | 신계단 제1권 제2호 |
| 1932. 12 | 시 | 밤마다 오는 사람 | 신여성 제6권 12호 |
| 1933. 2 | 동요 | 새보는노래 | 별나라 |
| 1933. 2 | 동시 | 지하실(地下室)과당기 | 별나라 |
| 1933. 5 | 잡문 | 탄갱(炭坑)(목차에는 독본 탄갱(讀本 炭坑)) | 별나라 |
| 1933. 8 | 잡문 | 폭양(曝陽)아래서(목차에는 독본 폭양(讀本 曝陽)아래서) | 별나라 |
| 1933. 12 | 작법 | 동요·동시는 엇더케쓸가(2) | 별나라 |
| 1934. 2 | 시가 | 도시를 향하야 | 형상 창간호 |
| 1934. 6 | 시 | 강남(江南)의 봄 | 문학창조 제1권 제1호 |
| 1934. 9 | 동시 | 품방아 | 별나라 |
| 1935. 1 | 시 | 교(橋): 슈프레히콜 | 예술 제1권 제1호 |
| 1935. 2 | 동시 | 나는 열 살이외다 — 희망의 새해에 | 별나라 |
| 1935. 6 | 시 | 화문보(花紋褓)로 가린 2층 | 신동아 44 |
| 1935. 7 | 시조 | 자연과 인생 | 예술 제1권 |

| 발표일 | 분류 | 제 목 | 발표지 |
|---|---|---|---|
| | | | 제3호 |
| 1935. 7 | 서간 | 문인서간(文人書簡) | 예술 제1권 |
| | | | 제3호 |
| 1935. 9 | 시 | 자화상(自畵像) | 신동아 47 |
| 1935. 11 | 시 | 심향강(沈香江) | 신동아 49 |
| 1936. 1. 1 | 시 | 산촌(山村) 어머니 | 신조선 제14호 |
| 1936. 1 | 시 | 악령(惡靈) | 문학 창간호 |
| 1936. 2 | 시 | 감국 | 신동아 52 |
| 1936. 2 | 수필 | 인왕산은 내고향 | 신동아 52 |
| | | (고향: 신춘초몽(新春初夢)) | |
| 1936. 2 | 시 | 감국(甘菊) ─ 이 노래를 | 신동아 52 |
| | | 가버린 김승일군(金承一君) | |
| | | 에게 주노라 | |
| 1936 | 서간 | 이찬형(李燦兄) | 조선문인서간집[6] |
| 1936. 3 | 시 | 하랄의 용사(勇士) | 비판 제4권 |
| | | | 제1, 2호 |
| 1936. 3 | 시 | 오후의 마천령(摩天嶺) | 학등 제23호 |
| 1936. 5 | 수필 | 나의 초연기(初戀記): 동경 | 신동아 55 |
| | | 하던 여인 씨 | |
| 1936. 6 | 수필 | 초하(初夏)에는 스틱을 끌고: | 신동아 56 |
| | | 초하수필(初夏隨筆) | |
| 1936. 8 | 시 | 은폭동(隱瀑洞) | 조선문학 8 |
| 1936. 9 | 시 | 젊은 웅변가 ─노군(盧君)의 | |
| | | 부음(訃音)을 듣고 | 비판 4권 7호 |

---

6) 서상경 편, 『조선문인서간집』(삼문사, 1936).

| 발표일 | 분류 | 제 목 | 발표지 |
|---|---|---|---|
| 1936. 11 | 시 | 산제비 | 낭만 1호 |
| 1936. 11 | 시 | 향수(鄕愁) | 조선문학 11 |
| 1936. 11 | 시 | 최후에 온 소식 | 낭만 1호 |
| 1936. 12 | 시 | 다시 또 가는가 | 조선문학 7 |
| 1936. 12 | 시 | 시대병환자 | 풍림 제1집 |
| 1937. 1. 1 | 시 | 신년송(新年頌) | 삼천리 제9권 제1호 |
| 1937. 1 | 시 | 월야(月夜)의 계오사 (鷄鳴寺) : 월미사단(月尾詩壇) | 월미 제1집 |
| 1937. 4 | 시 | 일홈둘가진아이도가버리다 | 풍림 5 |
| 1937. 6. 13 | 수필 | 발원(廢苑)의 시단(詩壇) (상) ─ 시감(時感) | 동아일보 |
| 1937. 6. 15 | 수필 | 발원(廢苑)의 시단(詩壇) (하) ─ 시감(時感) | 동아일보 |
| 1937. 7 | 시 | 나에게 대답하라 | 비판 5권 8, 9호 |
| 1937. 10. 19 | 수필 | 「렌스」에 비친 가을의 표정(김진규사(金振圭寫)) | 동아일보 |
| 1937. 10. 20 | 수필 | 새로운 출발(상) ─ 인물(人物)잇는 가을 풍경 | 동아일보 |
| 1937. 10. 21 | 수필 | 새로운 출발(하) ─ 인물(人物)잇는 가을 풍경 | 동아일보 |
| 1937. 11. 20 | 시 | 내게 대답하라 | 동아일보 |
| 1937. 12. 12 | 수필 | 정축(丁丑)이 남긴 「슬로간」 (상) ─ 세모잡관(歲暮雜觀) | 동아일보 |
| 1937. 12. 14 | 수필 | 정축(丁丑)이 남긴 「슬로간」 | 동아일보 |

| 발표일 | 분류 | 제 목 | 발표지 |
|---|---|---|---|
| | | (하) — 세모잡관(歲暮雜觀) | |
| 1937. 12. 16 | 서평 | 이찬(李燦)시집 『대망(待望)』을 읽고 | 동아일보 |
| 1938. 1. 11 | 시 | 신년송가 | 동아일보 |
| 1938. 1. 30 | 기행문 | 설금강소묘(雪金剛素描) 5 동해선(東海線)의 일야(一夜) | 동아일보 |
| 1938. 3. 4 | 수필 | 강남(江南)의 추억 | 동아일보 |
| 1938. 5 | 시집 | 산제비 | 별나라사 |
| 1938. 6. 1 | 수필 | 산꼴물 — 자연과의 대화집 | 동아일보 |
| 1938. 7. 12 | 수필 | 건국제(建國祭)와 성좌(聖座) — 성하(盛夏)의 백일몽(白日夢) | 동아일보 |
| 1938. 8. 31 | 서평 | 윤곤강(尹崑崗) 시집 「만가(輓歌)」 독후감 | 동아일보 |
| 1938. 9. 8 | 일기 | 일기일절(日記一節) : 조어(釣魚) | 동아일보 |
| 1938. 10. 1 | 일기 | 일기일절(日記一節) | 동아일보 |
| 1939. 1. 24 | 시 | 여명(黎明) | 동아일보 |
| 1940. 7. 9 | 서평 | 이찬(李燦) 제3시집 「망양(茫洋)」 독후감 | 동아일보 |
| 1945. 7 | 시 | 되살이라 그날의 마음 | 신문예 제1권 2호 |
| 1945. 12 | 시 | 날러라 붉은 기(旗) | 예술 제1권 제1호 |
| 1945. 12 | 시 | 무궁화 | 별나라 |

| 발표일 | 분류 | 제 목 | 발표지 |
|---|---|---|---|
| 1945. 12 | 시 | 8월15일 | 예술운동 1 |
| 1945. 12 | 시 | 해방산 | 중앙주간 2 |
| 1945. 12 | 시 | 비둘기 | 비둘기 1 |
| 1946. 1 | 시 | 산천(山川)에 묻노라 | 인민 2권 |
| 1946. 1 | 시 | 위원회에 가는 길 | 우리문학 1 |
| 1946. 1 | 시 | 순아 | 여성공론 1 |
| 1946. 2 | 수필 | 현단계(現段階)와 시인(詩人)의 창작적 태도 | 예술 제2권 제2호 |
| 1946. 2 | 아동극 | 어린 소제부(掃除夫) | 별나라 |
| 1946. 3 | 시 | 봉기(蜂起) : 삼일운동을 회상하는 노래 | 우리문학 2 |
| 1946. 3 | 평론 | 해방이후의 시단개평(詩壇槪評) | 우리문학 2 |
| 1946. 3 | 시 | 너희들은 가거라 | 적성 2 |
| 1946. 4 | 시 | 독립만세 | 별나라 |
| 1946. 4 | 시 | 애(愛) | 예술신문 |
| 1946. 4 | 시집 | 『햇불』 | 우리문학사 |
| 1946. 4 | 서평 | 「심화(心火)」를 읽고 | 중앙신문 |
| 1946. 4 | 수필 | 정부 수립과 문인(文人)의 목소리 | 현대일보 |
| 1946. 6 | 수필 | 향민군(鄕民君)은 가다 | 신문학 1권2호 |
| 1946. 7. 15 | 시 | 아 ― 여기들 모였구나 : 야앵(夜櫻)은 시민(市民)의 마음을 떠봤다 | 문학 1 |
| 1946. 7 | 시 | 되살리라 그날의 마음 | 신문예 |

| 발표일 | 분류 | 제 목 | 발표지 |
|--------|------|-------|--------|
| 1946. 8 | 시 | 햇볕에서 살리라 | 우리의 태양[7] |
| 1946. 9 | 수필 | 인물론 — 김일성론 | 신세대 제1권 제4호 |
| 1946. 11 | 시 | 서울의 부감도(俯瞰圖) | 신문학 |
| 1946 | 시 | 너희들도 조선사람이더냐 | 연간조선시집 |
| 1947. 1. 1 | 평론 | 아동문학의 재인식 : 문학수첩 | 국학 제2호 |
| 1947. 2 | 시 | 인제는 알겠느냐 | 민성 3 |
| 1947. 4 | 동시 | 아가씨 지가씨 | 소년운동 제2권 제1호 |
| 1947. 6 | 평론 | 조선(朝鮮)프로시사론(詩史論) | 문학비평 1 |
| 1947. 8 | 시집 | 진리 | 문화전선사 |
| 1947 | 가사 | 애국가 | |
| 1948 | 작사 | 춘향(가극) | |
| 1951 | 시 | 숲속의 사수임명식 | |
| 1952 | 시 | 나팔수 | |
| 1953. 1 | 시 | 불탄 고향을 지나며 | 문학예술 |
| 1953. 3 | 시 | 영원한 스승 쓰딸린 대원수 | 문학예술 |
| 1953. 6 | 시집 | 승리의 나팔 | |
| 1953. 11 | 시평 | 수령을 부른다 | 조선문학 |
| 1954. 5 | 시 | 보람찬 승리를 시위하자 | 조선문학 |
| 1954. 8 | 시 | 나는 쓰딸린 거리를 건설한다 | 조선문학 |
| 1955. 11 | 시 | 몽고방문시초 | 조선문학 |
| 1956. 7 | 시 | 나의 산향 | 조선문학 |

7) 북조선예술총동맹의 『우리의 태양』, '김일성 장군 찬양 특집'에 실림.

| 발표일 | 분류 | 제 목 | 발표지 |
|---|---|---|---|
| 1956. 7. 25 | 시집 | 박세영 시선집 | 조선작가동맹 출판사 |
| 1956. 8 | 론 | 뜨거운 손길 | 조선문학 |
| 1956. 11 | 시 | 조국의 노래 | 조선문학 |
| 1957. 3 | 시 | 높이 쳐든 기'발 | 조선문학 |
| 1957. 9 | 평론 | 학령전 아동문학에 대하여 | 조선문학 |
| 1957. 11 | 시 | 10월의 기'발 | 조선문학 |
| 1958. 4 | 가사 | 백두련봉 | 조선문학 |
| 1958. 4. 17 | 수필 | 송영과 나—작가 송영의 창작 생활 35주년을 맞이하여 | 문학신문 |
| 1958. 12 | 시 | 이 자유 이 행복을 위하여 | 조선문학 |
| 1958 | 시집 | 나의 조국 | 국립미술출판사 |
| 1959. 1 | 시 | 승리와 영광의 축배를 듭니다 | 조선문학 |
| 1959. 1 | 의문 | 창작 생활에 개변을 가져 오리라 | 조선문학 |
| 1959. 2. 1 | 평론 | 시문학의 전투적 기치를 높이자 | 문학신문 |
| 1959. 4 | 시 | 당신은 공산주의에로의 인도자 | 조선문학 |
| 1959. 10 | 시 | 비둘기떼 하늘을 덮다 | 조선문학 |
| 1959. 10 | 시 | 알제리아의 자유를 위해 | 조선문학 |
| 1959. 10 | 시 | 칼 맑스 집 | 조선문학 |
| 1959. 10 | 시 | 오지리 할머니의 소원 | 조선문학 |
| 1959. 10 | 시 | 정원의 공작새도 | 조선문학 |
| 1959. 10 | 시 | 두나이 강변에서 | 조선문학 |
| 1959. 10 | 시 | 늙은 악사 그림발드 | 조선문학 |

| 발표일 | 분류 | 제 목 | 발표지 |
|---|---|---|---|
| 1959. 10 | 시 | 영웅 광장 | 조선문학 |
| 1959. 10 | 시 | 윈나에서 나의 조국에 | 조선문학 |
| 1960. 1 | 시 | 그립던 사람들 돌아오다 | 조선문학 |
| 1960. 4 | 시 | 봄의 재령강반에서 | 조선문학 |
| 1960. 8 | 시 | 다시 한번 인경을 울려라 | 조선문학 |
| 1960. 8 | 수필 | 어둠을 헤쳐나온 작가들<br>— 카프 창건 35주년을 맞으며 | 청년문학 |
| 1961. 1 | 수필 | 진실을 찾기 위해 노력하자 | 청년문학 |
| 1961. 9 | 시 | 나도 당에 보답하리 | 조선문학 |
| 1962. 7 | 수필 | 내가 걸어 온 문학의 길 | 조선문학 |
| 1962 | 장편서사시집 | 밀림의 력사(탄생 쉰돐에<br>즈음하여 발간) | |
| 1962 | 장편서사시 | 보천보의 햇불 | |
| 1963. 9 | 시 | 어머니의 품 | 조선문학 |
| 1963. 10 | 시 | 심장에 불을 켜고 | 시문학 |
| 1963. 10 | 가사 | 밀림의 달'밤 | 시문학 |
| 1963. 11 | 가사 | 숲속의 진달래 | 조선문학 |
| 1963 | 동시집 | 박세영 동시선집 | |
| 1964. 2 | 시 | 새 파종기 | 조선문학 |
| 1965. 1 | 결의문 | 혁명의 기수로서 | 조선문학 |
| 1965. 7. 28 | 시 | 지상락원 | 영광의 길<br>우에[8] |
| 1965. 8 | 수필 | 바다의 서정 — 동요<br>「갈매기」를 두고 | 청년문학 |

8) 종합시집 『영광의 길 우에』(조선문학예술총동맹출판사, 1965).

| 발표일 | 분류 | 제 목 | 발표지 |
|---|---|---|---|
| 1965. 10 | 시 | 우리 당 일'군 | 조선문학 |
| 1965. 10 | 가사 | 노을 비낀 바다'가 | 조선문학 |
| 1966. 3 | 시 | 다시 '해빈의 처녀' | 조선문학 |
| 1966. 4 | 단평 | 신인의 서정세계 | 청년문학 |
| 1966. 6 | 가사 | 느구옌 반 트로이 | 조선문학 |
| 1966. 8 | 시 | 그대 천리마시대에 바친 위훈은 | 조선문학 |
| 1967. 1 | 시 | 황금벌이 보이는 언덕에서 | 조선문학 |
| 1967. 7 | 시 | 조국이여 세기의 거인이여 | 조선문학 |
| 1967. 10 | 가사 | 당의 해빛 찬란해라 | 조선문학 |
| 1967 | 시 | 룡성시초—수령이 오신 기대 앞에서 | 조선문학 |
| 1968. 2 | 시 | 수령의 명령앞에 | 조선문학 |
| 1968. 9 | 수기 | 고마운 은덕에 | 조선문학 |
| 1969. 10 | 시 | 수령의 전사들이 가는 길 | 조선문학 |
| 1970. 4 | 결의문 | 보다 빛나는 창작적 열의로! | 조선문학 |
| 1971. 1 | 수필 | 위대한 강령을 높이 받들고 | 조선문학 |
| 1972. 1 | 결의문 | 충성의 선물을 드리려 | 조선문학 |
| 1972. 4 | 시 | 수령님 탄생 예순돐을 맞는 경사로운 이 아침에 | 조선문학 |
| 1973. 1 | 벽시 | 크나큰 믿음 | 조선문학 |
| 1973. 4 | 가사 | 옥류교 | 조선문학 |
| 1973. 11 | 시 | 위대한 사랑의 창조물 | 조선문학 |
| 1974. 1 | 수필 | 승리의 새해 아침 | 조선문학 |
| 1975. 9 | 수기 | 은혜로운 당의 품에 안겨 | 조선문학 |

| 발표일 | 분류 | 제 목 | 발표지 |
|--------|------|-------|--------|
|  |  | 30년 |  |
| 1975. 10 | 시 | 당의 사랑, 당의 숨결 속에 | 조선문학 |
| 1976. 4 | 시 | 위대한 수령을 모신 영광의 | 조선문학 |
|  |  | 시대여 |  |
| 1978. 9 | 수기 | 위대한 태양의 빛발 아래 | 조선문학 |
| 1979. 5 | 시 | 이른 봄의 서정 | 조선문학 |
| 1979. 11 | 시 | 만경대 고향집 뜨락에서 | 조선문학 |
| 1981. 2 | 수기 | 사랑의 활무대를 두고 | 조선문학 |
| 1982. 4 | 시 | 영원히 주체의 태양을 우러러 | 조선문학 |
| 1983. 4 | 수기 | 「김일성장군의 노래」를 | 조선문학 |
|  |  | 들을 때마다 |  |
| 1983. 9 | 수기 | 잊지 못할 나날을 회고하며 | 조선문학 |
| 1985. 8 | 시 | 조국의 품에 안겨 ─ 나의 | 조선문학 |
| 1987. 10 | 시 | 청춘 새집 앞에서 | 조선문학 |
| 1990 | 수필 | 인민을 위하여 복무하고저 | 나의 인간수업, |
|  |  |  | 문학수업[9] |
| 1991 | 시집 | 산제비 : 박세영 전집 | 미래사 |

---

9) 박세영, 「인민을 위하여 복무하고저」, 한설야 외 『나의 인간수업, 문학수업』(인동, 1990).

# 박세영 연구 서지

1937. 4     박아지, 「박세영론」, ≪풍림≫ 5호

1938. 8. 17    권환, 「박세영 시집 『산제비』를 읽고」, ≪동아일보≫

1938. 8. 30    이찬, 「대망의 시집 『산제비』를 읽고」, ≪조선일보≫

1956. 12     김하, 「폭풍우를 꿰뚫고 온 시인 ─ 『박세영 시선집』에 대하여」, ≪조선문학≫

1960. 7      엄호석, 「시인 박세영」, 『현대작가론 2』, 조선작가동맹출판사

1988. 10     김윤식, 『너 어디 있느냐: 재북, 월북, 해금시인 99작품 선집』, 나남

1988. 11     한만수, 「월북시인 박세영의 삶과 문학」, ≪엔터프라이즈≫ 제5권 11호, (주)CPI/월간 엔터프라이즈

1988. 11     김재홍, 「박세영론, 대륙적 풍모와 남성주의: 월북 문인 연구」, ≪문학사상≫ 193호, 문학사상사

1989. 7      정영자, 「자유에의 의지와 자기다짐 ─ 박세영론」, ≪시문학≫ 216호, 시문학사

1989        한만수, 「박세영론 ─ 『산제비』를 중심으로」, 『한국현대시인연구』, 태학사

1989        윤여탁, 「사상 우위의 문학관과 작품 행동으로서의 실천 ─ 박세영론」, 김윤식·정호웅 엮음, 『한국 문학의 리얼리즘과 모더니즘』, 민음사

1990. 2      황정산, 「리얼리즘 서정시로서의 박세영의 시」, ≪어문논집≫ 제29집, 고려대 국어국문학연구회

| 1990. 10 | 한만수, 「박세영론: 빈 총 겨누기와 뛰어들기」, ≪현대문학≫ 430호, 현대문학 |
|---|---|
| 1990. 12 | 채수영, 「동일성 이미지와 시적 교감」, ≪시문학≫ 233호, 시문학사 |
| 1990 | 김재홍, 「신념파 프로시인, 박세영」, 『카프시인비평』, 서울대 출판부 |
| 1991. 2 | 심선옥, 「박세영 시의 현실주의적 성격: 형상화 방법을 중심으로」, 성균관대 석사 논문 |
| 1991. 8 | 한만수, 「박세영론 ─『산제비』를 중심으로」, 홍기삼·김시태 편, 『해금문학론』, 미리내 |
| 1991. 9 | 심치열, 「박세영 시 연구」, ≪성신어문학≫ 4, 성신어문학연구회 |
| 1991. 10 | 채수영, 「동일성 이미지와 시적 교감」, ≪비평문학≫ 5, 한국비평문학회 |
| 1991. 12 | 박경수, 「1930년대 시의 현실지향과 저항적 문맥: 박세영과 이용악의 시를 중심으로」, ≪문화연구≫ 4, 부산외대 문화연구회 |
| 1991 | 박덕은, 「박세영의 작품 세계」, 『해금작가작품론』, 새문사 |
| 1991 | 김용직, 「박세영」, 『현대 경향시 해석, 비판』, 느티나무 |
| 1994. 2 | 조용훈, 「한국 근대시의 고향 상실 모티프 연구 ─ 김소월, 박세영, 정호승, 이용악을 중심으로」, 서강대 박사 논문 |
| 1994. 2 | 유성호, 「박세영론」, ≪원우론집≫ 제21집, 연세대 대학원 총학생회 |
| 1994. 7 | 리종열, 「산제비」, 림종상 외, 『쇠찌르레기(북한우수단편선 I )』, 살림터 |
| 1995. 8 | 이수남, 「한국 현대 서술시의 특성 연구: 임화, 박세영, 백석, 이용악의 시를 중심으로」, 부산외대 교육대학원 석사 논문 |
| 1995 | 성기각, 「박세영의 시의 현실 형상화 방법 연구 ─ 시집 『산제비』를 중심으로」, ≪경남어문논집≫ 7,8호 합집, 경남대 국어국 |

문학과

1996. 8      한성우, 「박세영 시 연구 : 시집 『산제비』와 『박세영 시선집』을
              중심으로」, 중앙대 대학원 박사 논문

1997. 8      김수기, 「1930년대 단편서사시 연구」, 건국대 교육대학원 석사
              논문

1999. 2      최예열, 「카프 서사시의 일 고찰 : 임화, 박세영, 권환을 중심으
              로」, 《대전어문학》 16, 대전대 국어국문학회

2000. 4      전영선, 「북한의 '애국가' 작사가·시인 — 박세영」, 《북한》 통
              권 340호

2000         한성우, 『박세영 시 연구』, 대광문화사

2002. 2      박은미, 「박세영 시에 나타난 현실인식과 시적 형상화 방법 연
              구」, 《겨레어문학회》 제28집, 겨레어문학회

2003. 12. 30  박은미, 「1930년대 시에 나타난 모성 콤플렉스 연구」, 《문학한
              글》 제17집, 한글학회

2004. 1. 5   박세영 외, 『카프시인집』(한국대표시인 초간본 총서), 열린책들

2004. 2      박은미, 「1930년대 시에 나타난 가족 모티프 연구 : 백석, 오장
              환, 박세영을 중심으로」, 건국대 대학원 박사 논문

2004. 2. 15  김형필, 「1930년대의 프로시와 민족시 연구」, 《한국어문학연구》
              제19집, 한국외대 한국어문학연구회

2004. 6. 1   곽은희, 「견고한 신념과 자유에의 의지 — 박세영론」, 《시와 반
              시》 제13권 2호, 시와반시사

2006. 2      전희선, 「박세영 시에 나타난 현실 인식과 시적 형상화 방법 연
              구」, 강릉대 교육대학원 석사 논문

**작성자 이설야**  인하대 대학원 박사과정 재학 중. 중국 난징 종산대학 외국어계 한
             국어학과 강사 역임.

# 서정적 모더니스트의 자연과 현실

## 신석정의 시

고형진(고려대 교수)

### '시문학파' 시인의 긴 시적 여정

신석정은 1907년 전북 부안에서 태어나 1924년 11월 24일 ≪조선일보≫
에 시 「기우는 해」[1]를 발표하면서 작품 활동을 시작했는데, 시단에 자신의
이름을 뚜렷이 새기며 본격적인 시인의 길로 들어선 것은 1931년 ≪시문
학≫ 3호에 시 「선물」을 발표하면서부터였다. 이후 1939년에 시집 『촛불』
을 간행하여 현대시가 만개하던 1930년대 시단의 말미를 화려하게 가꾸었
다. 그는 광복 후에도 지속적인 작품 활동을 했다. 1947년에 두 번째 시집
인 『슬픈 목가』를 간행했고, 1956년에 세 번째 시집인 『빙하』를, 1967년에
네 번째 시집인 『산의 서곡』을, 1970년에 다섯 번째 시집인 『대바람 소리』
를 간행하였으며, 4년 뒤인 1974년에 타개하였다. 그는 1930년대 우리 시
의 근대화를 이끈 '시문학' 동인 가운데 유일하게 오랜 기간 지속적인 작품
활동을 한 시인이다.[2]

---

1) '소적(蘇笛)'이란 필명으로 발표했다. 일부 저서의 연보나 문학사에 4월 19일에 발표
된 것으로 기술되어 있는데, 이는 작품 말미에 붙은 4월 19일이라는 창작 시점을 발표
시점으로 착오하여 빚은 오류이다.

기나긴 시적 여정을 거친 시인들의 시 세계는 변화의 과정을 거치기 마련이다. 신석정 시인의 경우 초기에는 자연의 세계에 몰두하다가 점차로 현실의 구체적인 생활에 눈을 돌리고 있다. 그는 자신의 산문에서 구체적인 생활에 밀착된 시의 가치에 대해 반복해서 언급하고 있으며, 그러한 시적 태도를 드러낸 후기 시에 강한 애착을 보인 바 있다. 시인 스스로 시 세계의 변화 과정을 명시하고 있는 셈인데, 그런 변화가 시인이 생각하는 것만큼의 질적 변화까지 수반하고 있는지에 대해서는 좀 더 따져 보아야 할 일이다.

한편, 그는 구체적인 현실 생활을 다루면서도 여전히 자연의 세계에 대한 시선을 거두지 않는다. 현실의 구체적인 생활에 눈을 돌리기 시작한 이후에도 양적인 측면에선 오히려 순수한 자연의 공간을 무대로 쓴 시들이 더 많다. 자연은 그에게서 영원히 지울 수 없는 시의 고향과 같은 곳이다. 이런 이유로 그에게는 언제나 '자연시인', '전원시인', '목가시인'이란 호칭이 따라붙는다. 그런데 자연 시편의 경우에도 변화의 과정을 거친다. 초기에 보인 자연에 대한 시적 태도와 기법은 시간이 흐르면서 새롭게 변모한다. 그 변화는 구체적인 현실 생활을 다루는 시적 태도와 맞물려 있다. 즉, 자연에서 현실 생활로 이동하는 시인의 시선이 자연에 대한 시적 반응에도 투영되고 있는 것이다.

자연에 대한 시적 태도와 기법의 변화 과정은 자연에서 현실 생활로 이동하는 시적 공간의 변화보다 훨씬 의미 있어 보인다. 기본적으로 작품의 순도를 일정하게 유지하는 가운데 이루어지고 있는 이 변화는 독자들에게 자연이라는 대상이 시의 구조 안에 육화되어 가는 여러 시적 공정들을 흥미 있게 보여 준다. 우리는 그의 자연시편들의 변화 과정을 통해 한 시인의 시적 전개 과정을 극명하게 확인할 수 있을 뿐만 아니라, 시적 육화 과

---

2) 김용직 교수는 시문학파의 문학사를 서술하는 자리에서 신석정이 '시문학' 동인인 김영랑, 정지용, 박용철, 이하윤 등과 비교해서 가장 오랜 시적 생명을 구가했을 뿐만 아니라 오랜 기간 가장 많은 시집을 간행한 시인이었다고 기술한다. 김용직, 『한국 현대시사』(한국문연, 1996), 158쪽.

정의 여러 방법들을 감상하는 즐거움도 맛보게 된다. 이 점에서 우리는 그의 시의 변화 과정 가운데서도 자연 소재의 처리 과정에 대한 변화에 좀 더 많은 주의를 기울일 필요가 있다.

그러면 그의 시적 변화는 시기적으로 어떻게 구분되는가? 총 다섯 권의 시집을 상재한 그는 각 시집마다 미세한 시적 변화를 보이는데, 그 변화는 광복을 기점으로 크게 나뉜다. 그리하여 그의 시는 광복을 기점으로 전기와 후기로 구분해 볼 수 있다. 『촛불』과 『슬픈 목가』[3]가 전기에 해당하며, 『빙하』, 『산의 서곡』, 『대바람 소리』가 후기에 해당한다. 그럼 이제부터 시기별로 그의 시가 어떻게 전개되어 가는지 살펴보자.


### 신비한 자연, 생활 속의 자연

1939년에 간행된 그의 첫 번째 시집 『촛불』은 매우 주목되는 시집이다. 그의 초기 시의 특징이 집약되어 있는 이 시집은 그가 전 생애를 걸쳐 펴낸 다섯 권의 시집 가운데서 가장 인상적인 시집이며, 우리 시의 역사적 지평 위에서도 중요한 가치를 지닌 시집이다. 그의 이름 앞에 관습적으로 붙어 다니는 '전원시인', '목가시인'이라는 호칭도 바로 이 시집이 계기가 된 것이다. 이 시집은 그 호칭 그대로 온통 자연의 세계로 가득 차 있다. 가을날 노랗게 물든 은행잎이 휘날리는 아름다운 자연 풍경으로 시작되는 이 시집의 문을 열고 들어서면 자연의 세계가 시집의 끝까지 끊이지 않고 펼쳐진다. 그런데 우리는 그 시집 안의 자연 속을 거닐면서 재래의 서정시에서는 흔히 경험하지 못한 이채로운 현상들을 보게 된다. 우선 그의 시속의 자연에서는 생활의 흔적과 체취가 거의 눈에 띄지 않는다. 그의 시에서 자연은 하늘과 바다와 언덕과 숲을 배경으로 새가 날아다니고, 노루새

---

3) 『슬픈 목가』는 광복 이후인 1947년에 간행되었지만 시집 안의 작품 말미에 표기된 창작 시기에 따를 때 이 시집 안의 작품들은 광복 전에 쓴 것이다.(단, 이 작품들의 실제 창작 시기에 대해서는 별도의 검토가 요청된다.)

끼와 염소와 양들이 노닐고 있을 뿐 사람은 거의 보이지 않는다. 그의 시에서 자연은 생활 현장과 분리되어 저 건너편에 아득하게 놓여 있다. 첫 시집에서 자연을 말할 땐 '저'와 '먼'이라는 관형사가 따라붙는 경우가 아주 많다. "저 하늘", "저 숲", "저 바다", "저 강", "저 들", "먼 하늘", "먼 바다", "먼 숲", "먼 못물" 등이 바로 그런 예들이다. '저'라는 말은 화자에게서 멀리 떨어져 있는 대상을 가리키는 지시 관형사이다. 하늘처럼 멀리 떨어져 있는 자연물뿐만 아니라 강이나 숲이나 못물처럼 생활 현장 근처에 있는 자연물도 시인에겐 저 멀리 있는 것으로 인식된다. '저'나 '먼'이라는 관형사 하나론 부족해 "저 아득한 먼 숲"처럼 '저'와 '먼'이라는 두 관형사를 중첩시키고 여기에 "아득한"이란 말까지 덧붙여 자연과의 거리감을 분명히 드러내는 경우도 있다. 첫 시집의 시인에게 자연은 아득히 "먼 나라"이며, "아무도 살지 않는 곳"이다. 사람이 살지 않는 아득히 먼 곳이란 공간 설정은 독자들로 하여금 그곳이 매우 신비한 장소라는 느낌을 갖게 만든다. 이 신비한 자연 세계는 우리 시의 전통에서 흔하게 경험해 보지 못한 새로운 자연 공간이고 이색적인 자연 체험이다.[4]

또 우리는 신석정이 '창조'한 이 신비한 자연 공간을 거닐면서 시종일관 평온하고 평화로운 느낌을 받는데, 이 역시 이채로운 경험이라고 하지 않을 수 없다. 인위와 가공의 정반대편에서 일정한 질서를 이루며 존재하는 자연은 여러 얼굴과 표정을 갖고 있다. 하지만 이 시집 속의 자연에서 우리는 언제나 평온과 안식의 정서만을 느끼게 된다. 그것은 "저 멀리 있는 자연"을 그려 내는 시인의 독특한 시선에서 기인하는 것이다. 시인은 "저

---

4) 동양의 전통을 비롯해 우리 시에서의 자연과 전원은 대체로 생활과 결부되어 있다. 전원 생활 속에서 비롯되는 여러 감개를 다루는 것이 우리 전원시의 주조를 이루고 있다. 서양의 경우에도 전원시는 전원의 풍경과 함께 전원 생활을 담고 있다. 사실 논과 밭이라는 뜻의 '전원(田園)'이라는 말에는 이미 생활의 정서가 묻어 있는 것으로 보아야 할 것이다. '목가시'라는 규정도 마찬가지이다. 신석정 시에 양치는 사람이 등장하긴 하나, 그렇다고 그의 시가 농부의 생활을 다루고 있는 것은 아니다. 이 점에서 신석정의 '전원시'나 '목가시'는 다른 시인들의 그것과 차별된다.

멀리 있는 자연 풍경"의 세부를 하나하나 묘사해 나가는 데 특별한 대상
포착과 배치와 채색을 시도한다.

> 파란 하늘에 흰구름 가벼이 떠가고
> 가뜬한 남풍이 무엇을 찾아내일 듯이
> 강 너머 푸른 언덕을 더듬어 갑니다
>
> 언뜻언뜻 숲새로 먼 못물이 희고
> 푸른빛 연기처럼 떠도는 저 들에서는
> 종달새가 오늘도 푸른 하늘의 먼 여행을 떠나갔습니다.
>
> ──「봄의 유혹」 부분

인용 시에서 봄날의 풍경을 이루고 있는 장면은 하늘과 구름과 강과 언
덕과 못물과 들과 새이다. 이 장면들은 어떤 구체적이고 특수한 자연 풍경
이 아니라 아주 일반적이고 보편적인 자연 풍경들이다. 그만큼 우리 모두
에게 익숙한 풍경들이다. 그리고 아주 단순한 풍경들이다. 이 익숙하고 단
순한 자연 풍경들은 우리를 매우 편안하고 평화롭게 만든다. 이 단순한 자
연 풍경에 색상이 입혀지는데 흰색과 파란색으로만 채색되고 있다. 이 역
시 단순한 채색이다. 그는 다른 시에서 이 색상 외에 노란색과 빨간색의
색상 이미지를 자주 사용한다. 이런 색상들은 모두 원색들에 해당한다. 이
단순한 원색은 우리들을 단순하고 평화롭게 만든다. 감정의 일렁임을 주기
보다는 감정을 정리하고 가라앉히는 역할을 한다. 이 원색의 단순한 풍경
화는 마치 순진한 어린아이들의 평화로운 그림을 보는 듯하다.
　이 단순한 자연 풍경들의 세부는 또 가벼운 것들로 구성되어 있다. 구
름과 남풍, 연기와 새들이 그러하다. 그 가벼운 자연의 존재들은 모두 은
밀하고 고요하게 움직이고 있다. 가벼운 것들이 은밀하고 고요히 움직이
는 모습 역시 우리를 한없이 편안하고 평화롭게 만든다. 무겁게 정지되어

있는 것은 섬뜩하고 무서운 느낌을 주지만 가볍게 움직이는 것은 우리 마음을 편안하고 평화롭게 만든다. 요람에서 잠이 드는 아이나 그네를 가볍게 탈 때 느끼는 마음의 평화와 안정이 바로 이와 같은 것이다. 또 그 자연의 세부들은 아주 느리게 움직인다. 인용 시에서 푸른 언덕에 부는 바람은 더듬는 것으로 묘사된다. 더듬는 것은 무엇을 찾아내는 동작과 관련된 것이고, 그 행위는 느린 동작에 해당한다. 「그 먼 나라를 알으십니까」에서 화자는 과수원에 매달린 "능금"을 "또옥 똑" 따자고 말한다. 사과나무에 매달린 사과가 떨어지는 순간의 행위조차 시인은 아주 천천히 인식하고 있는 것이다. 그의 시에서 자연물들은 모두 단순하고 가벼우며 조용하고 천천히 움직여서 읽는 이를 한없이 편안하고 평화로운 세계로 인도한다.

앞서 언급한 대로 시인이 바라보는 이런 자연 풍경은 어디까지나 자연현상의 일부에 해당하는 것들이다. 자연은 아주 변화무쌍한 존재이다. 바람은 늘 부드럽게만 불지 않는다. 때론 매섭게 몰아친다. 깃털처럼 희고 가벼운 구름은 시커먼 먹구름으로 변하기도 하며, 파란 하늘은 천둥 번개 치는 검은 하늘로 변모한다. 봄도 인용 시처럼 항상 편안하고 평화로운 정서만을 유발하는 것은 아니다. 어떤 봄날은 겨울보다도 사람을 더 움츠리게 한다. 하지만 시인의 시선은 자연 풍경 가운데서도 이런 편안하고 평화로운 장면들에 집중된다. 그리하여 그의 시는 사계절 가운데서 주로 봄과 가을에 집중된다.[5] 역동적이고 막막한 여름이나 차갑고 석상적인 겨울에선 아무래도 단순하고 가벼운 자연물들의 느린 움직임을 감지하기가 쉽지 않기 때문일 것이다. 자연은 이처럼 그의 시선에 의해 '선택'되고 '재구성'된다. 그는 자연 현상의 질서를 일깨워 주는 것이 아니라 특정의 자연 풍경을 포착하여 아름답고 평화로운 세계로 우리를 인도하기 때문에, 시 안에 여러 자연 풍경의 조각들이 조합되는 경우가 많다. 심지어 하나의 연에 단편적

---

5) 김용직, 앞의 책, 173쪽.

인 자연 풍경의 조각들이 조합되는 경우도 있다.

> 오월 하늘에 비둘기 멀리 날고
> 오늘처럼 촐촐히 비가 나리면
> 꿩소리도 유난히 한가롭게 들리리다
> 서리가마귀 높이 날아 산국화 더욱 곱고
> 노란 은행잎이 한들한들 푸른 하늘에 날리는
> 가을이면 어머니! 그 나라에서
> 양지밭 과수원에 꿀벌이 잉잉거릴 때
> 나와 함께 고 새빨간 능금을 또옥 똑 따지 않으렵니까?
> ──「그 먼 나라를 알으십니까」 부분

인용 시는 한 연 안에 오월과 가을이 공존한다. 맑은 "오월 하늘"에 갑자기 비가 내렸다가 느닷없이 가을로 건너뛰더니 어느새 낙엽이 떨어지고 과수원에서 능금을 딴다. 그의 시에서 자연은 이렇게 '선택'되고 '조합'된다. 그 자연 풍경의 조각들은 하나같이 단순하고 가벼우며 조용히 움직이고 있다. 시인은 사계절 가운데 그런 자연의 풍경들만을 조합해 놓은 것이다. 지금 여기에서 멀리 떨어져 있는 신비한 자연 공간의 설정 위에 단순화된 자연의 세부들이 일으키는 가벼운 움직임을 원색으로 채색함으로써 마치 유토피아의 세계에 들어온 듯 평온하고 평화로운 느낌을 불러일으키는 것이 바로 시집 『촛불』의 미학이라고 할 수 있다. 전원 생활을 그리거나, 자연의 이치를 일깨우는 등의 전통적인 자연시가 아니라 창조적인 유토피아 공간으로서의 자연 풍경을 그려 냈다는 점에서 그는 '모던한 자연시'를 개척한 것으로 평가할 수 있다.

한편 이 신비하고 환상적인 자연의 풍경화에는 은은한 '음악'이 흐른다. 『촛불』 안의 그림 같은 시들은 낭송할 때 시의 매력이 더욱 살아난다. 누구나 느끼듯이 이 시는 장중하고 경건한 문체로 이루어져 있다. 이 문체의 특징은 독특한 서술형 어미의 구사에서 비롯하는 바가 크다. 그는 열여덟의 문학청년 시절 주요한의 「봄달맞이」라는 시를 접했을 때 "달은 물을 건너가고요"라는 구절의 "가고요"라는 구절에서 커다란 매력을 느껴 자신의 첫 작품인 「해는 기울고요」에서 이 어미를 채용했다고 말한 적이 있다.[6] 3연으로 되어 있는 이 시에서 "해는 기울고요"라는 구절은 매 연마다 반복된다. 시인이 이 서술형 어미에 얼마나 커다란 매력을 느꼈고, 또 이것으로 시의 운율을 조성하려 했다는 것을 뚜렷이 확인할 수 있다. 이 서술형 어미의 활용은 이후 그의 첫 시집의 시적 구성에서 매우 중요한 언어적 요소로 작용한다. 장중하면서 경건한 서술형 어미로 되어 있는 그의 시적 구문들은 고요하고 느리게 움직이는 자연의 움직임을 드러내는 데 매우 적절하게 기여한다.

그런가 하면 그 구문은 말소리의 아름다움도 유발한다. 그는 "알으십니까", "말으셔요"에서처럼 ㄹ변칙 용언의 ㄹ탈락 현상을 의도적으로 왜곡시켜 유음을 살리고 보강한다. 그리하여 시의 어감을 느리고 부드럽고 조용하게 만든다. 서술형 어미의 소리 자질이 지닌 특징을 활용한 이런 어감의 조성은 '어머니'라는 호칭의 활용으로 또 한 번 보강된다. '어머니'라는 말은 소월이 즐겨 사용한 '엄마'라는 말보다 느리고 장중하며 부드럽고 은은하다. 그 소리 자질은 시인이 지향한 가벼운 존재의 느린 운동성을 매우 적절히 환기시킨다. 우리말의 서술형 어미가 지닌 미묘한 특질을 활용하여 어조의 미학을 추구했다는 점에서 그의 시는 만해 시의 미학을 계승하고 있으며, 말소리의 미감으로 시의 운율을 조성했다는 점에서 그는 또 소월 시를 계승하고 있기도 하다. 언어의 미적 자질을 중시하며 시의 회화성을 지향했고, 새로운 자연시를 개척했다는 점에서 그는 모더니스트로 규정할 수 있지만, 우리말의 질감을 활용하여 시의 운율을 추구했다는 점에서 그는 소월을 계승한 서정시인이기도 한 것이다.

---

6) 신석정, 『난초잎에 어둠이 내리면』(지식산업사, 1974), 290쪽.

두 번째 시집인『슬픈 목가(牧歌)』에서 그의 시 세계는 은밀하게 변화한다.[7] 가장 눈에 띄는 변화는 감정의 분출이다. 저 멀리 있는 자연을 차분하게 그려 내며 견지했던 화자의 침착한 태도는 점차로 사라지고 시인의 감정과 의지가 시의 표면 위에 분출된다. 화자의 정서는 주로 자연물에 깊이 투사되거나 자연물 위에 표백된다. 저 멀리서 스스로 일렁이고 흘러가며 더없이 평화로운 풍경을 보여 주었던 자연은 시인으로부터 투여받은 감정의 세례로 크게 얼룩진다. '슬픈 목가'라는 시집 제목은 이런 화자의 시적 태도를 압축적으로 보여 준다. 시집 안에는 시집 제목의 의미 연장선 위에 놓여 있는 '애가(哀歌)'라는 제목의 시들이 여러 편 있다. 이제 시인에게 '자연'은 저 멀리 놓여 있는 "그림 같은 풍경"이 아니라 "슬픈 노래"의 장인 것이다. 시인이 그리는 자연에 화자의 감정이 얼룩지면서 시의 구문도 변화를 보인다. 아름답고 평화로운 자연 공간을 조성하는 데 기여했던 장중하고 경건한 문체의 어조는 사라지고, '~하도다', '~하리라', '~하드뇨' 등과 같이 시인의 의지와 감정이 묻어나는 직설적인 어조가 나타난다. 이런 시적 태도와 표현의 변화들은 이제 자연이 저 먼 곳에서 생활 근처로 내려오고 있음을 의미하는 것이기도 하다. 두 번째 시집에선 자연 앞에 붙은 '저'와 '먼'이란 관형사가 현저하게 줄고 있다.

그런데 그가 노래하는 자연의 형상은 여전히 단순성을 지향하고 있다. 그의 자연은 하늘, 바다, 숲, 새 등과 같은 일반적이고 보편적인 자연의 모습을 벗어나지 않고 있다. 여기에 이제 '별'과 '밤'과 같은 자연물들이 새로 추가된다. 역시 단순성을 지닌 이 자연물들은 '슬픈 목가'를 위해 동원된 새로운 자연물들이다. 시인의 의지와 감정이 투영된 이 단순성의 자연물들

---

7) 『슬픈 목가』에 실린 작품의 말미에 표기된 창작 시점은 1935년에서 1940년에 걸쳐 있다. 첫 번째 시집인 『촛불』이 간행된 1939년 이전에 쓴 것으로 표기된 것들도 많다. 이 창작 시점을 따른다면 첫 시집인 『촛불』과 두 번째 시집인 『슬픈 목가』는 시기적으로 겹치는 셈이다. 이 글에서 두 번째 시집에서 은밀한 시 세계의 변화를 보인다는 것은 시기적 순서에 따른 것이 아니라 시집 발간의 차이에 따른 것이다. 비록 비슷한 시기에 쓴 작품이지만, 두 번째 시집은 첫 시집과 구별되는 작품들로 엮어져 있다.

은 종종 상징적인 의미로 승화된다. 꽃과 나무와 새, 별과 밤 등은 사회적 진공 상태의 순수한 자연물이 아니라 사회적, 역사적 의미를 담은 상징적인 언어로 거듭난다.

하지만 이런 시적 화법은 우리에게 낯익은 것이다. 우리에게 낯익은 단순한 자연물들이 또 다시 낯익은 시의 수법인 자연물의 상징 언어로 치환되었을 때, 우리는 지난 시절의 시를 또 다시 감상하는 느낌으로부터 벗어나기 어렵다. 여기에 의고적인 시의 어조가 첨가되었을 때 시적 친숙함은 더해진다. 그는 두 번째 시집에서 자연을 노래하며 현실의 아픔과 어둠을 드러내고자 했지만 그에 상응하는 참신한 시의 문법까지 마련했다고 보긴 어렵다. 그의 시적 성공은 그 현실적 감각이 순수한 자연 공간의 테두리 안에서 이루어졌을 때 나타나고 있다. 「작은 짐승」과 같은 시가 바로 그에 상응하는 작품이다. 이 작품은 첫 시집에서와 마찬가지로 여전히 순수한 자연 공간을 응시하고 있다. 하지만, 그 자연은 저 멀리 신비한 곳에 있는 것이 아니라 시인의 생활 공간 안에 있다. 그리고 그에 맞춰서 자연물도 구체성을 띠게 되며, 그에 따라 그 세부도 다양해지고 있다.

란이와 나는
산에서 바다를 바라다보는 것이 좋았다
밤나무
소나무
참나무
느티나무
다문다문 선 사이사이로 하늘보다 푸르렀다

란이와 나는
작은 짐승처럼 앉아서 바다를 바라다보는 것이 좋았다
짐승같이 말없이 앉아서

바다같이 말없이 앉아서
바다를 바라다보는 것은 기쁜 일이었다

란이와 내가
푸른 바다를 향하고 구름이 자꾸만 놓아가는
붉은 산호와 흰 대리석 층층계를 거닐며
물오리처럼 떠다니는 청자기빛 섬을 어루만질 때
떨리는 심장같이 자지러지게 흩날리는 느티나무 잎새가
란이의 머리칼에 매달리는 것을 나는 보았다

란이와 나는
역시 느티나무 아래에 말없이 앉아서
바다를 바라보는 순하디순한 작은 짐승이었다

―「작은 짐승」 전문

　이 시의 무대는 자연 공간이긴 하나 그 공간은 시인과 '란이'가 숨 쉬고 있는 구체적인 삶의 공간이다. 저 멀리 있던 자연이 시인의 생활 속으로 들어오고 있는 것이다. 시 안에 구체적으로 명시되어 있진 않지만, 우리는 이 시가 시인이 사는 곳의 뒷동산 어디에서 '란이'와 나란히 앉아 산 밑으로 펼쳐져 있는 바다를 보며 느꼈을 아름답고 사랑스러운 체험 위에서 쓰인 것임을 느끼게 된다. 그것은 이 시가 특정의 구체적인 공간을 무대로 주변의 경관과 그에 따른 화자의 미묘한 마음의 움직임을 생생히 묘사하고 있기 때문이다. 1, 2연은 시인과 '란이'가 앉아 있는 그 동산의 풍경과 그 속에서 조용히 바다를 응시하고 있는 두 사람의 표정과 내면을, 3, 4연은 바다에 펼쳐져 있는 섬과 하늘과 구름을 응시하고, 또 '란이'의 머리 위에 떨어져 내리는 나뭇잎을 바라보며 놀라는 화자의 마음을 그리고 있다. 구체적인 생활 공간 위에서의 자연 응시는 자연과 화자와의 내면 교류를 자연스럽고 생생하게 환기시켜 준다. 화자는 3연에서 저 멀리 펼쳐져 있는 바다를 한없이 응시하며 자연의 아름다움이 주는 환상 속으로 빠진다. 하늘과 바다가 겹치면서 하늘에 떠 있는 구름은 바다 속의 산호를 향한 층층계로 변한다. 화자는 바다 속으로 빠져 들면서 하늘 위를 걸어가는 것 같은 느낌을 받는다. 화자는 지금 바다에 몰입되어 무아지경에 있는 것이다. 그때 화자 옆에 앉아 있는 '란이'의 머리칼 위에 나뭇잎이 떨어지며, 이를 계기로 시인은 바다 속의 환상 세계에서 현실로 돌아온다. 머리 위에 떨어지는 나뭇잎의 그 사소한 움직임을 보고 "자지러지게" 놀랐다고 말하는 것은, 화자가 그만큼 자연 속에 깊이 몰입되어 있음을 말해 주는 것이면서, 동시에 화자가 지금 현실의 세계 위로 돌아왔음을 분명히 보여 주는 것이다. 생활 속의 자연 공간 위에서 자연을 향해 일어나는 이 섬세한 정서 변화를 통해 화자와 란이가 더없이 순수하고 아름다운 마음의 소유자이며, 그런 마음을 지닌 두 사람이 나란히 앉아 자연을 바라보면서 느끼는 행복한 충일감을 이 시는 생생히 보여 준다.

이 시의 언어와 형식은 이런 시적 정서 환기에 능동적으로 참여한다. 단순성을 지향했던 자연물들은 이 시에서 갖가지의 나무 이름을 열거하는 구체성의 자연물로 바뀌면서 소리 반복이 주는 운율감을 조성한다. '다문다문', '사이사이' 같은 평명하면서도 아름다운 형용사의 활용이 이 운율감의 조성에 동참하고 있다. 행갈이를 통한 여백의 조성과 속도의 조절은 자연 풍경과 화자의 마음을 생생히 드러내는 데 적절히 기여하고 있다. 저 멀리만 있던 자연은 이 시에서 생활 공간으로 내려오고, 자연물의 언어도 구체화되며, 언어의 운용과 형식도 보다 다양해지면서 자연에 몰입되고 동화되어 가는 인간의 아름답고 투명한 마음이 생생히 환기된다. 자연 공간의 현실 이동과 언어 활용의 구체성을 통해 자연과의 교감이 유발하는 순수하고 아름다운 마음의 움직임을 매우 생기 있게 전해 주는 것이다.

## 현실 인식, 방언,[8] 자연 체험

광복 이후에 그의 시 세계는 크게 변한다. 광복 이후에 펴낸 시집들인 『빙하』, 『산의 서곡』, 『대바람 소리』 등의 시편들은 그 전과는 다른 언어와 세계를 보여 준다. 1956년에 간행된 시집 『빙하』에서 가장 눈에 띄는 것은 지인과 가족에게 붙이는 편지 형식의 시들이 자주 등장한다는 점이다. 이런 유형의 시들은 시집 『슬픈 목가』에서도 간간히 보였는데, 『빙하』에선 아주 빈번하게 구사되어 이 시집의 주조음을 이루고 있다. 시인은 지인이나 가족의 이름을 부제로 붙이고 자신의 처지와 근황과 안부를 편지 쓰듯 솔직 담백하게 써 내려가고 있다. 시인의 시선이 급격하게 일상의 구체적인 생활로 쏠리고 있음을 알 수 있다. 1952년에 쓰인 작품들이 반수 가까이 차지하고 있는 이 시집에는 전후의 황폐한 현실에서 기아에 허덕이는 민중들의 궁핍한 생활을 매우 사실적으로 진술하고 있는 작품도 있어 눈길을 끈다.

1

껌도 양과자도 쌀밥도 모르고 살아가는 마을 아이들은 날만 새면 띠뿌리와 칡뿌리랑 직씬직씬 깨물어서 이빨이 사뭇 누렇고 몸에 젖인 띠뿌리랑 칡뿌리 냄새를 물씬 풍기면서 쏘다니는 것이 퍽은 귀엽고도 안쓰러워 죽겠읍데다.

(중략)

4

---

8) 발표 당시에는 '방언' 대신에 '사투리'라는 용어를 사용했는데, 표준어와 대립되는 의미 자질을 지닌 '사투리'란 말 대신 그런 차별성이 희석된 '지역 언어'라는 의미의 '방언'이란 용어가 더 적절하다고 생각되어 수정한다. 이에 대해 당시 토론자인 강형철 선생의 의견 제시가 있었다.

술회사 앞에는 마을 아낙네들이 수대며 자배기를 들고 나와서 쇠자라기와 술꺼경이를 얻어가야 하기에 부세부세한 얼굴들을 서로 쳐다 보면서 차표 사듯 늘어서서 꼭 잠겨있는 술회사문이 열리기를 천당같이 기두리고 있읍데다.

5

장에 가면 흔전만전한 생선이 듬뿍 쌓여있고 쌀가게에는 옥같이 하얀 쌀이 모대기 모대기 있는데도 어찌 어머니와 할머니들은 쌀겨와 쑤시겨 전을 찌웃찌웃 굽어보며 개미같이 옹개옹개 모여서야 하는 것입니까?

쌀겨에는 쑥을 넣은게 제일 좋다고 수군수군 주고 받는 이야기가 목 놓아 우는 소리보다 더 가엾게 들리드구만요.

——「귀향시초」 부분

광복 이전 『촛불』과 『슬픈 목가』를 쓴 서정시인이 쓴 작품이라고 믿기 어려울 정도로 궁핍한 현실 생활을 핍진하게 그려 내고 있다. 여기서 주목되는 것은 산문체의 이야기로 진술되고 있는 시 형식이다. 어둡고 궁핍한 현실 생활이 산문시 형식으로 형상화되어 끈적끈적한 생활의 체취를 느끼게 한다. 산문시에 필요한 운율미의 조성은 역시 여기서도 감각적인 형용사의 도움을 받고 있다. 그런데 그 형용사의 활용은 훨씬 다양하다. "직씬직씬", "부세부세", "모대기 모대기", "찌웃찌웃", "흔전만전", "옹개옹개" 등과 같은 다채로운 감각적 형용사의 구사가 이 산문에 운율감을 부여한다. 우리말의 묘미가 물씬 묻어나는 이 감각적인 형용사의 구사에는 "찌웃찌웃"과 같은 전라도 방언도 한몫을 한다. 이 시에는 이밖에도 "수대"나 "쑤시겨"와 같은 일상의 사물 명에 관련된 또 다른 방언의 구사도 엿보인다. 광복 이후 그의 시에서 가장 눈에 띄는 변화의 하나는 바로 이 방언의 등장이다. "다냥한", "나토롬한", "폭삭한", "놋날같은", "잔조로운"……과 같은 아름답고 감칠맛 나는 방언의 구사가 적잖이 구사된다. 나무를 뜻하는 방언인 "낭기"라는 말이 광복 이후의 시에 새롭게 등장하고 있는 것에서 방언 구사를 향한 시인의 의도를 극명히 보게 된다. 토박이말의 발굴을 통한 시어 확장의 의미를 갖는 이 방언의 구사는 그의 시적 전개가 기본적으로 언어 미학의 심화에 놓여 있음을 보여 준다. 인용 시는 방언의 활용을 포함한 아름다운 우리말의 새로운 구사만으로도 시의 이름값을 충분히 해내고 있다. 그 생기 넘치는 새로운 시어의 구사는 민중들의 표정과 애환을 생생히 드러내는 데 능동적으로 기여하고 있다. 다만 새로운 언어로 현실 세계를 생생히 그려 내는 이 시가 좀 더 깊은 현실 인식과 치열한 정신을 갖지 못한 것은 아쉬운 점이다. 이 시는 나물과 술 찌꺼기(모주)로 끼니를 때우는 전후의 궁핍한 생활을 사실적으로 그리고만 있을 뿐, 그런 현실을 투시하는 사회, 역사적 인식을 보여 주진 못한다. 또 시적 정황이 막연하고 이야기의 구조가 다소 산만한 것도 이 시의 아쉬움으로 지적될 수 있다.

이런 아쉬움을 남긴 채, 그의 시는 또 다시 자연의 세계로 미끄러져 들어간다. 전후의 어두운 현실로 가득 찬 이 시집에서도 시인은 한켠에서 자연의 세계를 노래한다. 그만큼 그는 생래적인 서정시인라고 할 수 있다. 여기서의 자연시편은 '슬픈 목가'에서 보인 시적 태도를 크게 벗어나지 못하고 있는 것으로 보인다. 시인의 감정은 범람하고, 그 감정을 부여받은 자연물들은 상징적인 자연으로 거듭난다. 다만 '대'나 '산'과 같은 자연물들이 눈에 띄게 빈번히 구사되는데, 그것은 그 자연물들이 어두운 역사적 현실에 대한 울분으로 가득 차 있던 당시의 심정을 대변할 수 있는 적절한 시적 상관물이었기 때문일 것이다. 자연을 향한 그의 시선은 네 번째 시집인 『산의 서곡』에 와서 비로소 새로운 시적 언어와 문법을 획득한다. 시인은 자신의 산문집에서 "이 시집을 내 인생의 오버튜어로 삼고 싶다"[9]고 말할 정도로 이 시집에 강한 애착을 보이고 있다. 이 시집은 시인의 말대로 그의 후기 시의 "오버튜어"이면서 "피날레"라고 할 수 있다. 광복 후의 그의

---

9) 신석정, 앞의 책, 281쪽.

시는 이 시집에서 새로운 전기를 맞아 절정을 이루며, 그것으로서 그의 시적 생애는 거의 마감된다고 해도 과언이 아니다. 시집 『빙하』에서와 마찬가지로 여기서도 역사적 현실과 자연 세계가 길항하고 있지만 시의 무게와 완성도는 현저하게 자연 세계에 놓인다. 이 시집의 첫머리에 놓여 있는 「지리산」이란 시는 그중에서도 '산의 서곡'을 알리는 대표적인 작품으로 꼽을 만하다. 이 시에는 자연을 대하는 그의 후기 시의 시적 태도가 고스란히 담겨 있다.

1

유월에 꽃이 한창 피었다는 진달래 석남 떼지어 사는 골짝. 그 간드러운 가지 바람에 구길 때마다 새포름한 물결 사운대는 숲바달 헤쳐 나오면, 물 푸레 가래 전나무 아름드리 벅차도록 밋밋한 능선에 담상담상 서 있는 자작나무 그 하이얀 자작나무 초록빛 그늘에, 시간 나리 모두들 철 그른 꽃을 달고 갸웃 고갤 들었다.

2

씩씩거리며 올라채는 가파른 단애. 다리가 휘청휘청 떨리도록 아슬한 산골에 산나비 나는 싸늘한 그늘 길경이 서럽도록 푸르고 선뜻 돌 타고 굴러오는 돌돌 굴러오는 물소리 새소리 갓 나온 매미소리 온 산을 뒤덮어 우람한 바닷속에 잠긴 듯 하여라.

3

더덕 으름 칡 서리고 얽힌 넌출 휘휘 감긴 바위서리, 그저 얼씬만 스쳐도 물씬 풍기는 향기, 키보담 높게 솟은 고사리 고비 관중 군락에 마타리 끼워 어깰 겨누는 덤불, 짐승들 쉬어 간 폭삭한 자릴 지날 때마다 무심코 나도 뒹굴고 싶은 산골에 헐벗고 굶주린 자취가 없다.

(중략)

7

불 피워 닦은 자리 아랫목보담 정겨운 산정. 텐트 자락 살포시 젖히고 고
갤 내밀면, 부딪칠 듯 떨어지는 잦은 육성도 골짝을 찾아 묻히는 밤.

어서 보내야 할 얼룩진 오늘과, 탄생하는 내일의 생명을 구가할 꿈을 의논
하는 꽃보라처럼 난만한 노숙, 벌써 쌔근쌔근 산새처럼 잠이 든 벗도 있다.

—「지리산」 일부

이 시는 지용의 「백록담」을 연상시킨다. 지용 시 「백록담」이 한라산 등
정기라면 이 시는 지리산 등정기에 해당한다. 지용 시 「백록담」과 마찬가
지로 이 시의 매 연은 등정의 단계를 차례로 보여 준다. 지용이 「백록담」
에서 한라산 정상인 백록담을 향해 올라가듯, 석정은 이 시에서 지리산 정
상을 향해 올라간다. 1연부터 지리산을 오르기 시작한 시인은 4연에서 숨
이 가쁘기 시작하고, 5연에서 정상 부근에 도달하며, 6연에서 마침내 정상
에 당도하고, 마지막 7연에서 그 정상 위에 텐트 치고 불을 피며 쉬고 있
다. 각 연은 지리산 등정 도정에서 관찰되는 수목들을 자세히 보여 준다.
지리산 등정의 고개마다 펼쳐져 있는 수목들의 묘사는 놀랄 정도의 구체성
과 사실성을 지니고 있다. 지리산 수목에 대한 시인의 지칠 줄 모르는 채
집으로 이 시는 거의 지리산 식물도감을 방불케 한다. 그 수목명의 끝없는
나열은 울창한 지리산의 풍경을 생생히 전해 주며, 모음과 자음의 순열 조
합을 한없이 조성해 내는 각양각색의 수목명은 지리산 속의 다채로운 풍광
과 시원한 대기를 감각적으로 전해 준다. 그리고 산문의 형식은 길고 고단
하게 이어지는 끈적끈적한 등정 길을 생생히 전해 준다.

이 시에서 우리는 자연이 생활 속으로 깊숙이 들어와 있음을 느끼게 된
다. 저 멀리서 그림 같은 풍경으로 존재했던 자연은 이제 생활 속으로 들
어와 생활 속의 체험의 대상이 된다. 자연은 감상의 대상이 아니라 체험의
대상이다. 시인은 이 시에서 숨이 가쁘게 산을 오르고, 산골짝에서 비를 맞
으면서 정상을 향해 오르고, 그 산 위에서 '노숙(露宿)'을 한다. 시인은 자

연과 부딪치면서 자연에 동화된다. 이 시에 무수히 등장하는 수목들의 구체적인 이름들은 자연 경험의 구체성을 생생히 드러내 주는 것이기도 하다. 시인은 돋보기를 들고 자연의 세부를 관찰하는 것이다. 이런 자연 경험의 구체성으로 시인은 산의 정기를 독자들에게 촉촉이 적셔 주고 있다.

## 현실 감각과 유니크한 자연시

신석정은 모더니스트이자 서정시인으로 출발하였지만, 바로 역사적 현실에 시선을 보냈으며, 그런 시적 관심은 광복 이후 시의 표면을 뚫고 나와 전후의 궁핍한 생활상을 생생히 묘사하는 작품을 쓰기도 했고, 또 4·19 직후에는 김수영의 시를 이어받는 격렬한 현실 비판시를 쓰기도 했다. 순수 시인들의 모임인 '시문학파' 동인 가운데 가장 오랜 시적 여정을 밟으며 우리 현대사의 굴곡을 헤쳐 온 신석정은 순수한 자연시의 길에서 현실 참여 시의 길까지 폭넓은 시의 진폭을 보여 준 시인이다. 어느 면에서 그는 시적 영역의 양 극단을 동시에 밟은 드문 시인으로 볼 수 있다. 그는 자신의 유일한 산문집인 『난초잎에 어둠이 내리면』에서 생활이 담긴 시의 중요성을 역설하고 시의 현실 참여에 대해 목소리를 높이기도 했다. 하지만 실제로 그의 시 창작의 상당 부분은 순수한 자연 공간 안에서 이루어져 왔고, 시적 방법의 모색도 자연 시편들에서 더 다양하고 치열하게 이루어져 왔다. 그만큼 그는 생래적인 서정시인이었던 것이다. 현실에 대한 그의 지속적인 관심은 생래적인 그의 서정성을 유연하고 탄력적으로 만들었다고 볼 수 있다. 생래적인 서정시인이었던 그는 역사적 현실에 더 깊은 시적 투신을 하지 못했지만, 그 현실 감각은 신비한 자연에서 생활 속의 자연에 이르기까지 자연 공간의 상상력을 크게 넓히는 데 기여한 것으로 보인다. 즉, 초기에 그는 신비하고 환상적인 유토피아 공간으로서의 자연 세계를 창조하여 자연시의 새로운 지평을 펼쳐 보였으며, 이후 자연에 현실 감각을 부여하면서 자연시편의 또 다른 경지를 개척해 나갔던 것이다. 자연 공간에 투영된 그의 현실 감각이 좀 더 높은 경지의 정신 세계를 담아내는 데까지 미쳤으면 하는 욕심이 있긴 하지만, 자연과 현실과의 거리를 조절하며 자연의 질감과 표정과 가치와 의미를 생기 있게 전해 준 그의 시는 우리 시사의 소중한 자산임에 틀림없다. 자연과의 거리 조절을 활용하며 신비하고 환상적인 자연에서 구체적인 생활 공간 속의 자연에 이르기까지 자연 세계를 매우 폭넓게 구사한 그는 우리 현대시사에서 가장 창조적인 자연 시인으로 기록될 것이다.

# '먼 나라/전원'의 상상의 지리학
## 신석정의 초기 시에 형상화된 '자연'의 의미와 미학적 특성

김수이(문학평론가, 경희대 교수)

## 서론

신석정의 초기 시[1]에 '먼 나라'와 '전원(田園)'의 이름으로 형상화된 '자연'은 근경(近景)보다는 원경(遠景)을 중심에 두며, 전경(前景)보다는 후경(後景)의 성격을 지닌다. 물리적·심리적 거리를 개입시킨 관조의 방식과는 다른 상상과 몽상의 비사실적 원근법에 의해 포착된 신석정의 '먼 나라/전원'은, 인간과 자연이 융합된 물아일체의 전근대적 풍경과는 구별되는 근대적 풍경으로 1930년대 우리 시의 텍스트에 현현(epiphany)한다. 그 풍경의 유일한 목격자인 시적 화자 '나'에 의해 언술화되는 신석정의 '전원'은 1) 시인이 자신의 심리적 현실을 재구성해 창조한 자의적인 내면 풍경이라는 점에서, 2) 시적 주체와 풍경 사이에 사회·역사적 토대에 의한 근

---

1) 이 글에서는 신석정이 식민지 시대에 쓴 시들을 묶은 두 권의 시집, 『촛불』(인문사, 1939)과 『슬픈 목가』(낭주문화사, 1947, 이 글에서는 대지사, 1952년판을 텍스트로 하였다.)를 신석정의 초기 시로 범주화한다. 식민지 시대라는 동일한 조건 아래서 창작된 이 두 시집은 평화롭고 몽상적인 자연을 형상화하는 점에서 유사한 시적 특성과 지향성을 보여 주며, 현실에 대한 직접적인 발화로 선회하는 제3시집 『빙하』(정음사, 1956) 이후의 시들과 뚜렷한 변별성을 지닌다.

본적으로 해소될 수 없는 간극을 전제하고 있는 점에서, 3) 시적 주체의 전언에 의해 간접화되고 정보가 불충분한 상태에서 독자에게 '소외'의 형태로 전달되는 점에서 다분히 근대적 풍경의 범주에 든다.

근대적 풍경으로서 신석정의 '먼 나라/전원'에 내재된 근대적 자연관은 지금까지 제출된 논문과 평문들에서 종종 축소되거나 간과되어 온 면이 있다. 이 점은 신석정의 시를 노장 사상을 위시한 동양의 전통 사상과 자연관의 관점에서 고찰한 연구들에서 적잖이 발견된다.[2] "역사적인 기억이 없다면 아무런 미도 없을 것이다. (……) 자연에 있어서 역사로부터 멀리 떨어져 있거나 아무런 속박도 받지 않는다고 여겨지는 요인들은 오히려 사회적인 조직망이 극히 긴밀하게 짜여 생명체들이 질식사할 위험을 느끼게 된 역사적 단계에 속한다고 주장할 수 있다. (……) 소위 비역사적이라고 하는 자연미도 그 역사적인 핵을 지닌다."[3]라는 관점에서 볼 때, 신석정 시의 자연관의 기원과 영향 관계를 추적하는 작업이 신석정 시의 자연관의 정체를 밝히는 일을 온전히 대행할 수 없음은 분명한 사실이다. 신석정이 시화한 자연은 식민지 시대 후반기인 1930~1940년대의 현실과 어떤 식으로든 연관을 맺고 있는 까닭에, 신석정의 자연관이 '무위자연'을 중핵에 둔 노장 사상의 자연관에 영향받았음을 밝히는 일은 영향 관계를 고구(考究)하는

---

2) 신현락, 「한국 현대시의 자연관 연구 — 한용운, 신석정, 조지훈을 중심으로」, 한국교원대 박사 논문(1998) ; 김은영, 「신석정 자연시 연구」, 아주대 박사 논문(2003) ; 황송문, 『신석정 시의 색채 이미지 연구』(국학자료원, 2003) ; 오택근, 『신석정 문학 연구』(국학자료원, 2003) 등 신석정을 연구한 상당수의 논문과 저작들에 이런 시각이 전체적 혹은 부분적으로 채택되어 있다. 구체적으로, 신현락은 "신석정 시에 수용된 노장적 자연관은 무위자연의 세계와 무하유지향(無何有志向)의 세계"(312쪽)라고 결론지으며, 황송문은 시 「작은 짐승」과 「슬픈 구도」, 「임께서 부르시면」 등을 분석하면서 "신석정의 자연관은 동양적 인도주의로서의 수평적 자연관이라 할 수 있다. 인간이 다른 동물(만물)보다 상위에 있다는 기독교 이념 등에서 말하는 수직적 인간관과는 달리, 인간이나 동물은 모두 평등하다는 수평적 자연관에 연맥되어 있다. 이는 노장 사상과 연결된다."(59쪽)고 정리한다.

3) T. W. 아도르노, 홍승용 역, 『미학이론』(문학과지성사, 1984), 111쪽.

차원을 넘어서기 어렵다. 무엇보다 이 같은 방식으로 신석정의 자연관의 실체를 규명하려는 것은 환원론의 오류를 범하거나 신석정 시의 독자성과 당대의 사회·역사적 현실과의 관련성을 놓치는 결과를 유발하기 쉽다.[4] 문제의 핵심은 신석정의 '자연'이 당대의 현실을 어떻게 맥락화하고 굴절했으며, 이를 통해 신석정이 자신만의 시적 풍경과 현실을 어떻게 창조해 냈는가에 있기 때문이다.

지금까지 신석정에 관한 연구들은 대체로 두 가지를 논증하는 데 주력해 왔다. 여기에는 모종의 강박이 작용해 왔는데, 이는 신석정 시만이 아니라 한국 현대시 연구 전반에 관련된 문제라고 할 수 있다. 먼저, 신석정에 대한 첫 번째 연구 동향은 1930년대 시단에 이질적인 풍경과 화법을 제시한 신석정 시의 기원과 영향 관계를 '자연관'을 중심으로 밝히는 것이다. 이 연구들은 신석정 시의 모태를 '도연명'으로 표상되는 노장 사상으로 전제한 후 그 계보적 유사성을 밝히거나, 신석정이 심취했던 한용운과 타고르의 시와 신석정 시의 영향 관계를 밝히는[5] 일에 집중한다. 신석정 시의 몽상적이고 동화적인 자연 풍경에 당대의 현실이 직접 투영되어 있지 않은 정황에 대한 해명을, 그 풍경의 기원을 규명하는 일로 대체하고 있는 형국인 것이다. 바꾸어 말하면, 이러한 작업의 무의식적 배경에는 한국 현대사의 극히 암울하고 폭력적인 시기인 식민지 시대에 산출된 시에 당대의 현실이 언표되어 있지 않은 점에 대해 텍스트 자체의 형질적 맥락에서 정당성을 부여하려는 의도가 내재되어 있다고 볼 수 있다.

신석정에 대한 두 번째 연구 동향은 전원시·자연시 등으로 지칭되는 초기 시와 현실 비판적인 시로 구분되는 중기 이후의 시의 차이를 중화

---

4) 신석정 시에 형상화된, 모성과 구원의 상징인 '어머니'가 타고르의 '어머니'에 영향받았다는 관점 또한 같은 맥락에서 비판될 수 있다. 국효문, 『신석정 연구』(국학자료원, 1997) ; 오택근, 앞의 책 등 다수의 연구들에서 이러한 시각이 발견된다.

5) 국효문, 위의 책 ; 오택근, 앞의 책 등이 여기에 속한다. 신석정 시의 색채 의식과 이미지를 고찰한 채수영, 『한국 현대시의 색채 의식 연구』(집문당, 1987)와 황송문, 앞의 책 등에도 기본적으로 이런 관점이 깔려 있다.

(nutrition)해 신석정 시 세계의 변화 과정을 유기적으로 일원화하는 것이다.[6] 이 연구들은 신석정의 초기 시와 중·후기 시가 동일한 시적 지향을 다른 형태와 풍경으로 외화(外化)한 것으로 보면서, 두 시기의 균열을 봉합해 신석정의 시 세계를 일원론적으로 통합하고자 한다. 한 예로, "신석정은 현실을 자연스러움의 본연적인 삶을 살지 못하도록 하는 대상으로 인식했기 때문에 그의 현실 인식은 명확성이 결여되었고 비조직적이었다."[7]는 평가는 자연 친화적인 이미지 위주의 초기 시와 도덕적인 메시지 위주의 중·후기 시의 차이를 절충한 견해라 할 수 있다. 이 부류의 연구들은 한 시인의 시 세계에 계기적으로 나타난 이질적인 간극과 균열을 통합적으로 극복하는 것을 문학적 소임으로 인식해 온 우리 시 연구의 강박을 은연중에 되풀이한다. 여기에는 현실적 지향과 미학적 지향을 이분화하면서 후자보다 전자를 우위에 두어 온 우리 현대시사의 선입견도 적잖이 작용한다. 흥미롭게도 이러한 지향과 강박은 신석정 자신도 갖고 있었다. 그가 『촛불』등의 초기 시의 세계를 강하게 부정하면서 현실을 직시하려는 자세를 역설하는 장면[8]은 그 역시 이러한 관점의 소유자였으며, 『빙하』(정음사, 1956) 이후의 시들이 이러한 선입견에 대한 일탈과 강박의 소산임을 추론케 한다.

그러므로 신석정 연구에 여전히 필요한 것은 시에 대한 정밀한 분석과

---

6) "지금까지의 대부분의 신석정 시에 대한 평가가 자연과 현실을 마치 이분법적인 것으로 나누어 초기 시는 자연 중심의 시 세계를, 중기를 거쳐 후기로 갈수록 현실 중심의 시 세계를 이루고 있다는 평가는 수정되어야 마땅한 것이다."(신현락, 앞의 논문)라는 견해나, 이러한 일원론적 관점의 전도된 형태로서 "자연에서도 영원한 원정(園丁)이 못되고, 참여론자의 입장에서도 그 가치 구현을 다 마치지 못한 석정 시의 비극적 편력은 한국 서정시의 공분모 창조라는 과제에 이바지하였다."(허형석, 「신석정 연구」, 경희대 박사 논문(1988), 153쪽)는 견해가 여기에 해당한다.

7) 채수영, 앞의 책, 196쪽.

8) "『촛불』에서 자연의 품에 깊숙이 묻혀 낭만을 엮던 시절을 생각하면 옛날 다녀온 먼 여로에서 눈여겨 보았던 산줄기만 같아서 몹시 그립고, (……) 그러나 다시금 나는 『촛불』 시절로 돌아가고 싶은 생각은 추호도 없다. 그것은 내가, 그리고 여러 사람이 살고 싶어하는 의욕과는 너무나 먼 세계이기 때문이다."(신석정, 『난초잎에 어둠이 내리면』(지식산업사, 1974), 280쪽.)

해석의 작업이다. 이 점을 염두에 두며 본고는, 1) 신석정에 의해 '먼 나라'와 '전원'으로 명명된 초기 시의 자연 풍경이 지닌 근대적 성격(동양의 전통 자연관과는 구별되는)을 규명하고, 2) 1)과 관련해 '먼 나라/전원'이 그러한 분열된 근대적 자아의 자기 보존을 위한 감각적·미학적 영토인 점을 고찰하기로 한다. 더불어 초기 시의 주요 청자인 '어머니'가 대지적 모성과 구원의 표상과는 거리가 있는, 내면의 분열을 경험하는 시적 자아 '나'의 일방적인 고백의 대상으로서 '나'의 초월적 자아에 해당하는 점도 살펴보기로 한다. 이를 통해 본고는 신석정 시에 대해 기존의 연구들이 노정해 온 두 개의 강박(신석정의 초기 시에 그려진 '자연'을 전통적인 자연관의 자장 속에서 맥락화하려는 경향과 신석정의 초기 시와 중·후기 시를 동일한 현실 인식의 산물로 일원화하려는 경향)에 대한 비판적 준거와 이탈의 지점을 모색하는 데도 목적을 둔다.


### '먼 나라/전원'의 상상의 지리학 1 — 분열된 근대적 자아의 내면 풍경

"예술은 자연을 모방하지 않는다. 또한 개별적인 자연미를 모방하지도 않는다. 그것은 자연미 자체를 모방한다."[9]라는 관점에서 볼 때, 신석정의 초기 시에 그려진 자연은 특정 형태의 자연미 자체를 모방한 미학적 대상이자 세계라는 해석이 가능하게 된다. 많은 연구자들이 언급한 것처럼, 신석정의 초기 시에 형상화된 자연은 서양의 평화롭고 목가적인 전원과 동양(특히 노장 사상)의 탈욕적이고 탈속적인 자연(전원)의 미학에 기반하고 있는 것이 사실이다. 그러나 이러한 해명만으로는 신석정 시의 '자연'의 본질을 궁구하기에 충분치 않은데, 신석정이 형상화하는 자연의 미학이 두 선례의 그것과 정확히 일치하는 것은 아니기 때문이다. 신석정의 초기 시에 시화된 '자연'은 도연명과 타고르 등의 시에 융해된 동·서양의 자연관의

---

9) T. W. 아도르노, 앞의 책, 122쪽.

영향을 흡수하면서 신석정만의 독자적인 향취를 지닌 개성적인 미적 공간으로 탄생한다. 이 자연의 미학 속에는 당대의 현실과의 반목과 불화(不和)가 음각되어 있으며, '먼 나라/전원'에서 시적 자아 '나'가 향유할 미래형의 행복한 자연 친화적인 삶은 '지금 여기'에서 '나'를 포함한 인간들이 겪는 현재의 불행한 삶을 반어적으로 환기한다. '먼 나라/전원'의 세계는 현재의 삶의 시공간의 간극과 분열을 전제한 상태에서 출현하고 성립하는 것이다. 신석정이 절감하는 현재 삶의 시공간의 간극과 분열은 '먼 나라/전원'의 세계가 탄생하고 지속하는 기반이자 필수 조건이 된다. 신석정은 이 간극과 분열이 해소되기를 바라는 열망을 갖고 있지만, 동시에 그 열망이 달성 불가능한 것임을 잘 알고 있다. 그는 이 사실을 시 속에서 직서적이거나 암시적인 형태로 수시로 발화한다. "신석정의 시에 등장하는 인간은 철저히 자연에 동화되어 있는 존재로 그려진다. 그것은 철저히 욕망이 거세된 채로 나타난다."[10]는 해석에 완전히 동의하기 어려운 것은 이런 이유에서다.

어머니
당신은 그 먼 나라를 알으십니까?

깊은 森林帶를 끼고 돌면
고요한 湖水에 힌물새 날고
좁은 들길에 野薔薇 열매 붉어

멀리 노루새끼 마음 놓고 뛰어 다니는
아무도 살지않는 그 먼 나라를 알으십니까?

그 나라에 가실때에는 부디 잊지 마서요

---

10) 신현락, 앞의 논문, 178쪽.

나와 가치 그 나라에 가서 비둘기를 키웁시다

어머니
당신은 그 먼 나라를 알으십니까?

山비탈 넌즈시 타고 나려오면
양지밭에 힌염소 한가히 풀뜯고
길솟는 옥수수밭에 해는 저물어 저물어
먼 바다 물소리 구슬피 들려오는
아무도 살지않는 그 먼 나라를 알으십니까?

어머니 부디 잊지 마서요
그때 우리는 어린羊을 몰고 돌아옵시다

어머니
당신은 그 먼 나라를 알으십니까?

五月 하늘에 비둘기 멀리 날고
오늘처럼 촐촐히 비가 나리면
꿩소리도 유난히 한가롭게 들리리다
서리가마귀 높이 날어 산국화 더욱 곱고
노란 은행잎 한들 한들 푸른 하늘에 날리는
가을이면 어머니! 그나라에서

양지밭 果樹園에 꿀벌이 잉잉거릴 때
나와함께 고 새빨안 林檎을 또옥똑 따지않으렵니까?
────「그 먼 나라를 알으십니까」(『촛불』, 1939) 전문

나와
하늘과
하늘아래 푸른산 뿐이로다

꽃한송이 피어낼 지구도 없고
새한마리 울어줄 지구도 없고
노루새끼 한 마리 뛰어다닐 지구도 없다

나와
밤과
무수한 별 뿐이로다

밀리고 흐르는게 밤 뿐이요
흘러도 흘러도 검은밤 뿐이로다
내마음 둘곳은 어느밤 하늘 별이드뇨
— 1937 —

—「슬픈 構圖」(『슬픈 목가』, 1947) 전문


　　비슷한 시기에 창작된 두 편의 시는 신석정의 '자연'과 '인간'이 현실적·
인간적 욕망이 완전히 거세된 상태가 아님을 반증하는 한 쌍의 좋은 예가
된다. 두 편의 시는 현실적·인간적 욕망의 좌절과 충족의 상태를, 각기
'고갈'과 '풍요'의 자연 풍경을 통해 형상화한다. 두 편의 시는 동일한 상
상의 지리학에 의해 추동된 상이한 풍경으로, 시 「슬픈 구도」에 부재하는
①"꽃한송이" ②"새한마리" ③"노루새끼 한 마리"는, 시 「그 먼 나라를
알으십니까」에서는 각기 ①"야장미/산국화/옥수수밭/노란 은행잎/양지밭
과수원", ②"힌물새/비둘기/꿩/서리가마귀" ③"(마음 놓고 뛰어 다니는) 노
루새끼/힌염소/어린양" 등의 다채로운 실물(實物)로 현존한다. "깊은 森林

帶를 끼고 돌면/ 고요한 湖水에 힌물새 날고/ 좁은 들길에 野薔薇 열매 붉어/ 멀리 노루새끼 마음 놓고 뛰어 다니는/ 아무도 살지않는 그 먼 나라"는, "꽃한송이 피어낼 지구도 없고/ 새한마리 울어줄 지구도 없고/ 노루새끼 한 마리 뛰어다닐 지구도 없"는 지금 여기의 상상적 대립쌍이자 심리적 완충물인 것이다. 두 편의 시는 시적 정황뿐 아니라 화자의 감정과 내면, 미래의 시적 비전의 측면에서도 대립·보완의 상호 텍스트적 관계에 있다.[11]

「그 먼 나라를 알으십니까」에 시화된 '먼 나라'의 전경(前景)과 심층 의미는 현재의 암울한 상황을 노래한 다른 시와의 상호 텍스트적 접근을 통해서만 파악될 수 있는 것은 아니다. '먼 나라'의 존재 조건과 현실적 의미는 이 시의 화법과 묘사된 풍경 자체에 내장되어 소극적으로 표출된다. 먼저, 이 시의 발화는 '1인칭 화자 '나'—텍스트 안의 청자 '어머니'—텍스트 밖의 독자'의 삼각 구도를 바탕으로 전개된다. '먼 나라'는 독자가 텍스트 안으로 들어가 1인칭 화자 '나'와 자신을 동일시하면서 직접 응시하는 형태가 아닌,[12] 독자가 텍스트 밖에서 1인칭 화자 '나'의 상상적 전언을 텍스트 속의 청자 '어머니'를 경유해 다시 2차적으로 재구성(역시 상상적으로)하는 방식을 통해 언어화된다. 이 과정에서 '먼 나라'는 이상향이 촉발하는 공간

---

11) 이 밖에도 시집 『촛불』(1939)에 실린 시들 중 「그 꿈을 깨우면 어떻게할까요?」, 「너는 비둘기를 부러워하드구나」, 「아 그 꿈에서 살고싶어라」, 「촐촐한 밤」, 「화석(化石)이 되고 싶어」, 「봄의 유혹(誘惑)」, 「가을이 지금은 먼길을 떠나랴하나니」, 「봄이여 당신은 나의 침대(寢臺)를 지킬수가 있습니까」 등의 시편은 「그 먼 나라를 알으십니까」와 동일한 상상의 지리학에 의해 쓰인 시들로서, 「슬픈 구도」와 함께 『슬픈 목가』(1947)에 실려 동일한 현실적 비애를 그린 「지도(地圖)」, 「들ㅅ길에 서서」, 「고운 심장(心臟)」, 「슬픈 전설(傳說)을 지니고」, 「봄을 부르는 자는 누구냐」, 「애가(哀歌)—가치 슬퍼할 수 있는 K에게」 등의 시들과 상호 텍스트적 관계를 형성하고 있다. 이 점에서 시집 『슬픈 목가』는 시집 『촛불』의 그림자(shadow)에 해당하며, 두 권의 시집은 신석정의 분열된 자아의 내면 풍경과 이를 '자연'의 오브제를 통해 재구성한 근대적 자연 풍경의 양면을 보여 준다고 할 수 있다.

12) 이 시를 읽으며 독자는 '먼 나라'를 안내하고 거기 초대하는 시적 화자 '나'보다는 '먼 나라'에 초대받은 청자 '어머니'의 위치에 자신을 이입하게 된다.

적·심리적 거리와, 시적 화자의 전언과 미래형의 가정법을 통한 발화의 우회적 거리에 의해 독자와 이중으로 격절(隔絶)되면서 암암리에 신비화된다. 그리하여 이 시를 읽는 것은 '그 먼 나라'의 유일한 안내자이며 실질적 창조자인 시적 화자의 권위를 무의식중에 승인하는 과정이자, 시적 화자 '나'와 최소한의 심리적 거리를 지닌 청자 '어머니'를 경유하는 '나'의 전언에 귀를 기울이는 경청의 과정이 된다. 시적 화자는 '먼 나라'에 관해 가장 친밀한 청자인 '어머니'에게 타자를 배제한 상태에서 고백하듯이 말하고, 독자는 '먼 나라'에 관해 '어머니'의 위치에서 '어머니' 외의 타자로서 비밀을 엿듣듯이 듣는다. 배제 아닌 배제에 기반한 이 같은 우회적 언술 구조는 청자(/독자)로 하여금 '먼 나라'가 도달하기 어렵거나 불가능한 세계라는 사실을 지속적으로 의식하게 만든다. 이 시의 실질적 시공간은 '먼 나라'가 아니라, '먼 나라'와 지금 여기 사이에 펼쳐진 무한한 간극인 것이다. 간극은 '먼 나라'의 상상의 지리학을 태동시킨 모태이자, 이 상상의 지리학 속에서 구현된 지극히 순연하며 미학적인 자연의 모태이기도 하다. 시의 표층 전언과 심층 전언의 분리가 발생하는 이유도 이 간극에 기인한다. 이 시의 표층 전언은 '먼 나라'에 가고 싶은 열망이지만 심층 전언은 '먼 나라'에 갈 수 없는 절망과 상실감인 것이다. '먼 나라'는 '지금 여기 나'의 억압된 욕망과 무의식이 귀환하는 장소이며, '지금 여기 나'의 훼손된 '생활' 및 내면 세계와 정확히 대칭을 이루는 이면의 거울과 같은 장소이다. 그러나 이 시는 '그 먼 나라'가 초대자이며 안내자인 '나' 역시 한 번도 가 본 적이 없는, 현실적으로 부재하는 상상의 공간임을 '화자―청자―독자'의 삼각 구도와 미래형의 진술을 통해 시사하면서, '나' 역시 '먼 나라'에서 소외되어 있는 존재임을 드러낸다. 시 「그 먼 나라를 알으십니까」가 최종적으로 환기하는 것은 '그 먼 나라'를 단 한 번도 소유한 바 없이 상실한 채 '지금 여기'와 '먼 나라' 사이에서 분열되어 있는 근대적 자아의 불행한 내면 세계인 것이다.

다음으로, 시적 풍경의 면에서 '먼 나라'의 심층 의미는 '먼 나라'의 자연 풍경이 지닌 비현실성(unreality/aeriality)과 작위(artificiality)의 속성을 통해 노출된다. '먼 나라'의 자연 풍광은 실제 자연의 법칙을 그대로 따르지 않으며, 동화적이고 몽상적인 분위기 속에 미래태로 현시된다. "깊은 삼림대를 끼고 도"는 지점에서 시작되는 '먼 나라'의 상상의 지리학은 발견과 탐색의 여정보다는 몽상과 창조의 여정을 요구하며, 그 몽상과 창조의 여행자에게 현실 문제의 휘발과 좌절된 욕망의 실현을 한시적으로 제공한다.[13] 비유적으로 말하면, '먼 나라'의 풍경과 생태는 '먼 나라'의 내부가 아닌, '먼 나라'의 원격 조절 장치에 해당하는 '지금 여기 나'의 필요와 욕망에 의해 인위적으로 좌우되는 것이다.[14] 이 원격 조절 장치가 작동하기 위해서는 시 초반부에 서술된 것처럼 두 세계의 경계에서 신화적 아우라를 자아내는 "깊은 삼림대를 끼고 도"는 우회와 월경(越境)의 과정이 필요하다. 이 과정은 곧 현실과 상상(/이상)의 간극 및 시인의 분열된 내면의 간극에 근대적 원근법이 개입하는 과정이기도 하다. 황폐한 현실을 전경(前景)에, 풍요로운 상상(/이상)을 후경(後景)에, 분열된 내면을 전경에, 충만한 내면을 후경에 배치하는 방식이 그것이다. "상상 역시 도피라고 할 수 있겠지만 전적으로 도피일 뿐이라고만 할 수는 없다. 그 가운데에는 언제나 또한 현실 숭배의 원칙을 초월하여 어떤 우월한 것을 지향하는 요인이 들어 있다."[15]는 견지에서 볼 때, 신석정 시의 '먼 나라'의 가공된 자연 풍경은 현실 원칙을 초월한 '어떤 우월한 것'의 비유적 표현에 해당한다고 볼 수 있다.[16]

---

13) 이와 관련해 '먼 나라'의 시적 기능에 대해서는 "화자는 이 세상 어디엔가 있어야 할 그 먼 나라의 당위성을 불러일으킴으로 상대적으로 이 시를 읽는 독자로 하여금 고통받는 현실에의 보상을 강하게 열망시켜 주는 효과를 자아내고 있는 것"(허소라, 「새벽을 기다리는 마음」, 김민성 엮음, 『신석정의 문학과 인생 — 신석정 전집(1)』(고글, 1997), 52쪽)이라는 견해처럼, 현실의 고통을 보상해 주는 당위의 공간으로 해석하는 것이 일반적이다.

14) 이런 점에서 "신석정 시의 자연은 두 가지의 역할을 담당한다. 하나는 이상향의 모습을 표현하는 도구로서의 역할이며, 다른 하나는 현실과 이상향과의 매개항으로서의 역할이다."(오택근, 앞의 책, 179쪽)라는 해석은 적절하지만, 신석정 시의 '자연'에 대한 기능적인 해석에 그친 감이 있다.

15) T. W. 아도르노, 앞의 책, 24쪽.

## '먼 나라/전원'의 상상의 지리학 2 — 분열된 근대적 자아의 '자기 보존'을 위한 감각적·미학적 영토

이런 맥락에서, 분열된 근대적 자아의 불행한 내면 풍경의 상상적 변주물인 신석정의 '먼 나라/전원'을 노장 사상의 무위자연(無爲自然)과 초세간(超世間), 무하유지향(無何有志向)으로 설명하는 방식[17]은 부분적인 유용성을 지닐 뿐 전체적인 타당성을 획득하지는 못한다. 무엇보다 신석정 시의 형성 배경과 사회·역사적 의미망을 고려하지 않은 상태에서 이러한 관점을 취한다면, 신석정의 자연관과 노장 사상의 자연관을 초역사적으로 동일시하는 오류를 범하기 쉽다. 실제로 신석정의 '전원'은 많은 논자들이 영향 받았다고 주장하는 도연명의 '전원'과는 많은 차이점을 갖고 있다. 도연명의 '전원'은 귀향의 실천에 따른 지속적인 생활과 노동, 일굼의 공간[18]인 반면, 신석정의 '전원'은 비상의 꿈에 의존하는 일시적인 상상과 몽상의 공간[19]이다. 도연명의 '전원'은 실제 현실의 영토에 존재하는 반면, 신석정의

---

16) 이 점에서, "신석정의 시가 자연을 통하여 이상 세계를 추구할 때 자연 친화, 즉 연속적 자연관을 갖게 되지만, 일제 식민지라는 역사의 현실에 눈을 돌릴 때 자연과의 단절(discontinuity) 현상을 드러낸다. 작품 「슬픈 구도」는 이러한 단절 사상의 전형적인 시다."(황송문, 앞의 책, 57쪽)라는 관점은 신석정 시의 '자연'을 실제하는 자연으로만 한정해 해석한 결과라고 할 수 있다.

17) "신석정 시에 나타난 자연의 상징성을 논의할 때, 노장적 자연관에서 우리가 취한 관점은 '무위자연', '초세간', '자연에의 귀의 의식(歸依 意識)' 등이다. 이 세 가지 항목은 서로 긴밀하게 연결되어 있다."(신현락, 앞의 논문, 167쪽)

18) 여기에 대해서는 이미 논자들의 지적이 있었다. 한 예로, 김은영은 '자연'을 노래한 신석정의 초기 시의 갈래 명칭을 고민하면서, 직접 농사를 지으며 시를 썼던 도연명으로 대표되는 중국의 '전원시'가 이에 적절하지 않음을 다음의 이유를 들어 설명한다. "중국 고전시가에 있어서 전원시란 전원 속의 풍경과 사물을 사용하여 농촌의 생활상을 그리고 시골 경치의 아름다움을 읊은 시로 농촌의 생활이 반영되고 '노동'이라는 개념이 포함된다."(김은영, 앞의 논문, 16쪽)

19) "만일 나에게 날개가 돋혔다면" "찬란히 피는 밤하늘의 별밭은 찾어가서" "園丁이 되"고, "夕陽에 林檎같이 붉은하늘을 날러서/ 똥그란 地球를 멀리 바라보며/ 옥토끼 기르는 牧童이 되"겠다고 노래하는 시 「날개가 돋혔다면」(『촛불』)은 신석정의 '전원'의 이러한 성격을 단적으로 예시한다.

'전원'은 자의적인 상상의 지리학의 영토에 속해 있다. 도연명의 '전원'은 탈속(脫俗)과 무욕(無慾)과 자연 귀의의 도(道), 즉 노장적 이념을 현실화하는 장소인 데 반해, 신석정의 '전원'은 왜곡된 역사가 강요하는 현실 원칙에서 이탈한 상태에서 감각적 경험을 통해 자연의 미를 향유하는 미학적 장소이다.

중국 문학 연구의 권위자 짱 롱시는 도연명의 시 「귀원전거(歸園田居)」를 분석하면서, "도잠이 자연(nature)을 발견했다고 말하지 않고, 언덕과 산을 사랑하는 것이 그의 '본성(nature)'이었다고 말하는 것은 흥미롭다. 그의 '자연으로의 복귀'는 반드시 외적인 자연 세계와 그의 내적인 본성, 즉 그 자신의 자아 양자 모두로의 복귀로 이해되어야 한다."[20]고 주장한다.[21] 도연명의 '전원'은 '자연=자아의 본성(nature)'에 대한 전존재적 복귀를 성취하는 공간이라는 것이 짱 롱시의 요지이다. 롱시의 관점을 받아들이면, 도연명이 지향한 '자연=자아의 본성'은 자연과 인간의 본질〔도(道)〕을 의미하는 로고스적 성격을 지닌다고 할 수 있다. 반면, 신석정이 '전원'에서 향유하는 '자연=자아의 본성'은 존재의 안락과 평화, 충만한 미적 향유의 동의어로서 감각적·미학적인 성격을 지닌다. 폭압의 시대와 암울한 현실 속에서 좌표를 잃고, "흘러도 흘러도 검은밤 뿐이로다/ 내마음 둘곳은 어느밤 하늘 별이드뇨"(「슬픈 구도」)라고 탄식했던 신석정은 지향할 특별한 가치나 이념이 없이 절망적인 현실에 대한 이탈의 열망으로 충전되어 있었던 것이다. 단적으로 말해, 신석정은 현실의 폭력적인 질서를 아름다운 자연의 미학으로 변형·대체하고, 그 속에서 자기를 보존하는 데 전념했다고 할 수

---

20) 짱 롱시, 정진배 감수, 백승도·서은숙·조미원·최정섭 역, 『도와 로고스』(강, 1997), 188쪽.

21) 짱 롱시는 또, "도잠에게는 그를 자신이 선택한 길의 고독한 여행자로 만드는 어떤 완고함과 굉장한 용기가 있었고, 그리고 인간이자 시인으로서의 그를 만든 굽히지 않는 자존심 강한 정신이 있었다."(위의 책, 192쪽)고 지적한다. 도연명에 심취했던 신석정이 도연명에게 배운 것은 그가 지향한 '전원'의 성격 자체라기보다는 이러한 한결같은 지조와 자존감이라고 할 수 있다.

있다. 신석정이 감각적·미학적 경험을 통해 상상적으로 성취하는 자기 보존(self—preservation)의 풍경은 예를 들면 다음과 같다.

저 재를 넘어가는 저녁해의 엷은 光線들이 섭섭해 합니다
어머니 아직 촛불을 켜지 말으서요
그리고 나의 작은 冥想의 새새끼들이
지금도 저 푸른 하늘에서 날고 있지않습니까?
그 새새끼들은 어둠과 함께 돌아온다 합니다
언덕에서는 우리의 어린羊들이 낡은綠色寢臺에 누어서
남은 햇볕을 즐기느라고 돌아오지 않고
조용한 湖水우에는 인제야 저녁안개가 자욱이 나려오기 시작하였읍니다
그러나 어머니 아직 촛불을 켤때가 아닙니다
늙은山의 고요히 冥想하는 얼굴이 멀어가지 않고
머언 숲에서는 밤이 끌고오는 그 검은 치맛자락이
발길에 스치는 발자욱 소리도 들려오지 않습니다
멀리있는 기인뚝을 거처서 들려오든 물결소리도 차츰 차츰 멀어갑니다
그것은 늦인 가을부터 우리田園을 訪問하는 가마귀들이
바람을 데리고 멀리 가버린 까닭이겠읍니다
자장가를 듣고싶어하는 애기의 잠덧이 있읍니다
어머니 아직 촛불을 켜지 말으서요
인제야 저 숲넘어 하늘에 작은 별이하나 나오지 않었읍니까?
————「아직 촛불을 켤때가 아닙니다」(『촛불』, 1939) 전문

현실의 기율과 억압이 제거된 상태에서 자기(self)의 보존에 기여하는 신석정의 '전원의 미학'은, 이 시에서 보듯 복잡성과 갈등이 제거된 단조롭고 평면적인 상상의 지리학[22]에 의해 추동된다. '전원'이 자기 보존의 공간인 것은 '나'와 '어머니'가 '전원'에서 할 일이 오직 자연에 대한 감각적·미적

인 경험을 충만하게 향유하는 것이라는 점에서도 증명된다. 시의 화자 '나'가 '어머니'에게 "아직 촛불을 켜지 말으서요"라고 반복적으로 청원하는 것은 자연에 대한 감각적이며 미적인 경험을 마지막 순간까지 향유하기 위해서이다. "지금도 저 푸른 하늘에서 날고 있"는 "나의 작은 명상의 새새끼들"과 "낡은綠色寢臺에 누어서/ 남은 햇볕을 즐기느라고 돌아오지 않"는 "우리의 어린양들"은 '나'의 대리적 자아들이며, "늙은山의 고요히 冥想하는 얼굴"과 "머언 숲에서는 밤이 끌고오는 그 검은 치맛자락이/ 발길에 스치는 발자욱 소리", "멀리있는 기인뚝을 거처서 들려오든 물결소리" 등은 '내'가 최대한 향유하고 싶은 감각적·미적 대상으로서의 자연이다. 아름다운 자연 풍경과 자연물에 대한 감각적 향연이 '전원'의 역할이며 존재 이유임을 확인할 수 있는 지점이다.

자기 보존의 공간인 '전원'에서 시적 자아가 아름다운 자연에 대한 감각적 향연에 몰두하는 것은 자연스러운 귀결이다. 『감각의 박물학』의 저자 다이앤 애커먼은 존재의 정체성과 감각적 경험의 근원적인 관계를 다음과 같이 통찰한다. "이성에 선행하는 감각은 한 존재의 삶의 경험 전체를 농축하면서 존재의 정체성 유지와 자기 보존의 토대를 형성한다. 감각은 우리를 과거와 밀접하게 이어 주는데 이는 아무리 주요한 사상도 수행할 수 없는 일이다."[23] 감각은 한 존재를 그의 존재론적 근원인 과거와 이어 주고, 이를 통해 자신의 정체성을 재정비할 수 있게 해 준다. 사회·역사·이념 등으로 인해 외부 세계에 상처받은 존재가 훼손된 자아를 회복하고 보존하

---

22) 이 단순하고 평면적인 상상의 지리학의 풍경은 신석정의 초기 시의 '자연'을 노래한 거의 모든 시들의 공통분모를 형성한다. 이에 따라 이 시들에 그려진 자연 풍광과 동식물은 동일하거나 거의 유사한 형태를 보인다. 대표적인 예로, 시 「아직 촛불을 켤때가 아닙니다」의 '전원'은 시 「그 먼 나라를 알으십니까」의 '먼 나라'와 다음과 같은 풍광과 동식물을 공유한다. '머언 숲/저 숲 — 깊은 삼림대', '조용한 호수 — 고요한 호수', '푸른 하늘 — 푸른 하늘', '저 재/늙은산 — 산비탈', '낡은녹색침대 — 양지밭/풀', '작은 명상의 새새끼 — 흰물새', '어린양 — 어린양', '가마귀 — 서리가마귀' 등이 그것이다.

23) 다이앤 애커먼, 백영미 역, 『감각의 박물학』(작가정신, 2004), 8쪽. 이 책에서 애커먼은 감각이 존재의 정체성 유지와 자기 보존에 어떻게 기여하는가를 정밀하게 논증한다.

170

는 길의 하나는 자신의 내부의 감각에 투신하는 일인 것이다. 신석정이 고통스러운 현실의 상상적·미학적 유토피아로서 '먼 나라/전원'을 설정한 이유도 여기에 있다. 이렇게 볼 때, 유토피아는 우리가 경험한 바 없는 낯설고 특별한 것들로 이루어진 세계가 아니라, 우리가 경험하고 느낀 것 중에서 가장 익숙하고 좋은 것들로 이루어진 세계라고 할 수 있다. 신석정의 초기 시의 많은 시편들도 이 점을 예증하고 있다.

(가) 어머니
오늘은 고양이 조금 조는
저 後園의 따뜻한 볕아래서
힌토끼의 눈동자같이 붉은 石榴알을 쪼개여 먹으며
그리고 내일은 野薔薇열매 붉은 저 숲길을 거닐며
가을이 남기는 이 絢爛한 風景들을 이야기하지 않으렵니까
————「가을이 지금은 먼길을 떠나랴하나니」(『촛불』, 1939) 부분

(나) 미억 내음새 가득한 寢室에 흰 촛불을 켜고앉어
내 人生을 사색하는 거룩한 명상을 비롯할 때입니다
밤이여 이 靜安한 나의 日課가 끝날때까지
당신은 언제까지나 보드라운 내 숨결을 지켜주겠읍니까?
————「밤을 맞이하는 노래」(『촛불』, 1939) 부분

(다) 어머니
만일 나에게 날개가 돋혔다면

산새새끼 포르르 포르르 멀리 날어가듯
찬란히 피는 밤하늘의 별밭은 찾어가서
나는 園丁이 되오리다 별밭을 지키는……

그리하여 적적한 밤하늘에 流星이 뵈이거든

동산에 피는 별을 고이 따 던지는 나의 작란인줄 아시오


그런데 어머니

어찌하여 나에게는 날개가 없을까요?

——「날개가 돋혔다면」(『촛불』, 1939) 부분


(가) 는 촉각, 시각, 미각,("고양이 조금 조는/ 저 後園의 따뜻한 볕아래서 /힌토끼의 눈동자같이 붉은 石榴알을 쪼개여 먹으며", "野薔薇열매 붉은 저 숲길을 거닐며") (나) 는 후각, 시각, 촉각,("미역 내음새 가득한 寢室에 힌 촛불을 켜고앉어", "보드라운 내 숨결") (다) 는 청각, 시각, 촉각("산새새끼 포르르 포르르 멀리 날어가듯", "찬란히 피는 밤하늘의 별밭", "동산에 피는 별 을 고이 따 던지는")의 감각을 생생하게 활용해 시적 자아 '나'가 누리고 싶 은 이상적 삶의 실체이자 비유로서의 자연 풍경을 시화한다. 이 시들이 그 리는 풍부한 감각적·미학적 체험은 일상에서 쉽게 접할 수 있는 자연물들 이 섬세하고 온유하게 고양된 상태에서 이루어진다. 신석정의 현실 — 상상/ 이상은 이러한 방식으로 긴밀하게 연접되어 있는 것이다.

감각적·미학적 영토로서 '먼 나라/전원'의 속성은 '먼 나라/전원'을 노래 한 시들의 상당수에서 청자 역할을 하는 '어머니'의 속성과도 연관을 맺고 있다. 단적으로 말해, 신석정의 초기 시에서 '어머니'는 대지적 모성과 구원 의 표상에 미치지 못하며, 시적 화자의 일방적인 권유와 초대, 고백과 요청 을 듣는 기능적인 청자의 역할을 수행한다. '어머니'는 '나'의 말을 아무런 이견(異見) 없이 들어주는 온화하고 성실한 청자이자, '나'의 생명과 존재 의 모체로서 '나'를 절대적으로 지지할 것으로 기대되는 명목상의 타자이다. 따라서 '나 — 화자, 어머니 — 청자'의 구도 속에 전개되는 신석정의 대화체 시들은 본질적으로는 '나'의 독백이며, 이 독백의 실질적 청자 역시 '나'인 것이다. 그 증거로, 이 '대화'에서 어머니의 말은 단 한 마디도 등장하지 않

으며, 어머니는 '나'의 권유와 초대, 고백과 요청에 어떠한 응답도 하지 않는다. 어머니는 현재의 사태에 아무런 변화를 일으키지 않으며(못하며), 장차 그럴 것으로 예견되지도 않는다. 위의 시들 중 '어머니'를 청자로 한 작품인 (가)와 (다)에서도 이 점을 확인할 수 있다. (가)에서 '어머니'는 "가을이 남기는 이 絢爛한 風景들을 이야기하지 않으렵니까"라는 '나'의 권유의 대상이지만, 이 권유는 굳이 응답을 필요로 하지 않는, 즉 발화하는 것 자체로 의미를 갖는 허언(虛言)에 해당한다. '어머니'의 자발적인 의사와 능동적인 행위는 사실상 부재하는 것이다. (다)의 '어머니' 역시 시종일관 침묵하는 수동적인 청자이다. "만일 나에게 날개가 돋혔다면" "찬란히 피는 밤하늘의 별밭은 찾아가서/ 나는 園丁이 되오리다"라는 '나'의 소망과 고백은, "어머니/ 어찌하여 나에게는 날개가 없을까요?"라는 탄식에서 이미 부정적인 응답을 얻고 있다. 그러므로 신석정의 초기 시에 등장하는 '어머니'는 '나'의 자아의 일부로서, '먼 나라/전원'의 순연한 아름다움에 상응하는, '나'의 내면의 본성(nature)과 초월적 자아(super-ego)로 해석하는 편이 타당할 것이다.


### 잠정적 결론

특정 조건 아래서 미학과 미학적 지향은 그 자체로 현실에 대한 방어 기제와 저항의 역할을 한다. 신석정의 '먼 나라/전원'은 부정적인 현실과 피폐한 내면을 상상적·미학적으로 중화하는, '억압의 전도된 형태'로서의 상상의 지리학의 산물이다. 분열된 근대적 자아의 내면 풍경의 상상적 대립 쌍으로서 이 상상의 영토는 현실과 반대의 위치 및 형상을 갖고 있되, 독자적인 자율성을 갖지는 못한다. 이 점에 대한 자각은 신석정의 시에서 암시적이거나 명시적인 형태로 지속적으로 표출된다. 감각적·미학적 자연을, 파행적인 근대 사회와 역사 속에 던져진 존재의 심리적 보완물로서 근대적 풍경으로 등록한 신석정의 초기 시들은, '먼 나라/전원'에 도달하기를 바라는 열망과 그것이 불가능하다는 자각을 직서적인 서술 방식과 '화자 — 청자 — 독자'의 삼각 구도 및 단조롭고 평면적인 풍경과 미학을 통해 '구조적으로' 형상화한다.

신석정의 '먼 나라/전원'의 상상의 지리학이 지닌 단조롭고 평면적인 미학은 두 가지 시적 특징을 수반한다. 첫째, 신석정의 '전원'에는 복잡한 공간(/지형)과 시간의 유의미한 편차가 존재하지 않는다. 낮과 밤의 교차와 계절의 순환만이 반복되는 '전원'은 엄밀한 의미에서 시간이 흐르지 않는 세계이다. 신석정의 '먼 나라/전원'이 도달 불가능한 상상의 공간이라는 점은 이러한 무시간/탈시간의 시간적 특성과 정확히 대응한다. 신석정의 '먼 나라/전원'은 풍경의 변화를 유발하는 낮밤과 계절의 반복은 존재하되 시간의 유의미한 변화는 존재하지 않는, 어딘가(somewhere)에 있지만 어디에도 (nowhere) 없는 무시간·무장소의 세계인 것이다. 따라서 신석정의 초기 시의 '자연'을 비판할 때 그 준거는 현실 인식의 부재나 결핍을 추론하는 반영론적 관점보다는, 단조롭고 평면적인 풍경과 미학 자체를 문제 삼는 해석학적 관점이 되어야 한다. 아이러니컬한 사실은, 이처럼 단조롭고 평면적인 미학에 근거한 신석정의 초기 시가 시대를 넘어 보편적인 공감을 불러일으키며, 비판적 현실 인식을 앞세운 후기 시보다 더 높은 문학적 완성도를 성취하고 있다는 점에 있다. '(좋은) 시의 역설'이라고 부를 수 있는 이 문제는 신석정의 시를 포함한 한국시사 연구의 공통 과제에 속하는 것이다.

둘째, '먼 나라/전원'이 지닌 단조로움과 평면성의 미학은 시어와 수사에도 그대로 반영되어 나타난다. 단조롭고 평면적인 시어와 수사의 문제는 신석정의 시 세계 전반에 걸친 문제이기도 하다. 한 예로, "푸른"이라는 색채어를 사용한 표현은 시집 『촛불』에만 "푸른 하늘"(17), "푸른 달빛"(5), "푸른 바다"(4), "푸른 꿈"(3), "푸른 별"(2)[24] 등 모두 44회가 등장한다. 더

---

24) 황송문, 앞의 책, 46쪽 참조 이외에도 황송문은 『촛불』에서 "푸른"이 쓰인 예로, "푸른 눈동자", "푸른 웃음", "푸른 달밤", "푸른 언덕", "푸른 침실", "푸른 이끼", "푸른 향기", "푸른 물결", "푸른 유리", "푸른 오월", "푸른 옛꿈", "푸른 원고지", "푸른 이야기"(각

174

불어 이 시집에는 "'흰물새", "흰모래", "흰 비둘기", "흰염소", "흰구름", "흰 촛불'", "'먼 나라", "먼하늘", "먼 世界", "먼산", "먼 바다", "먼 강 (물)", "먼 호수", "먼 못물", "먼숲", "먼길", "먼星座", "먼여행'" 등 동일한 수사를 사용한 시어들이 다수 발견된다. 신석정의 시어와 수사는 초기부터 진부한 끌리셰(cli-ché)로 화해 다채로움과 생동감을 발휘하지 못하는 측면이 있는 것이다. 한 시인이 지닌 미학과 언어 의식은 상동적이거나 최소한 밀접한 관계에 있음을 반증하는 대목으로, 신석정 시의 가장 큰 한계는 이 부분에 있다고 할 수 있다. 아쉽게도 이러한 약점은 중·후기 시로 갈수록 심화되는데, 이에 비례해 신석정의 시가 지닌 다원적인 의미와 풍부한 해석의 가능성 역시 서서히 감소한다.

신석정의 초기 시는 아름다운 자연의 미학이 폭력적인 현실에 대한 심리적 방어 기제의 역할을 하면서 미적 자율성을 획득하는, 한국 현대시사 초기의 주목할 만한 사례에 속한다. 이 시기의 신석정은 '자연의 미학적 전유(專有)'를 통해 파행적인 역사·현실에 단조롭고 평면적인 미학을 맞세우면서 시의 자율성과 개인의 내면이 투명하게 보존된 존재론적 공간을 마련한다. 신석정의 초기 시의 성과와 한계는 이 부분에서 충돌하며 공존한다. 인간의 생존과 현실의 질서의 편에서 볼 때 미학은 잉여(remains)의 산물이다. 신석정은 '자연의 미학적 전유'를 통해 이 잉여의 자리에 시의 자리와, 자기 보존(self-preservation)을 위한 존재적 자리를 만든다. 그러나 신석정은 광포한 현실의 상상적 대립쌍을 미학적으로 창조함으로써 현실에 대한 거리와 자율성을 획득한 반면, 바로 그 거리와 자율성에 의해 현실에 대한 직접적인 환기력과 핍진성을 상실한다. 현실과 미학이 상상적으로 대립하는 가운데 정반대의 형상으로 밀착되어 있는 신석정의 시는 이 이분법에 기초한 미학의 강점과 한계를 동시에 보여 주고 있다.

---

1회씩 쓰임) 등을 든다. 여러 번 반복해서 쓰인 말을 누적해 모두 합하면, 시집 『촛불』에서 "푸른"의 색채어 수사가 쓰인 경우는 모두 44회가 된다.

# 참고문헌

신석정, 『촛불』, 인문사, 1939.(문학사상사 복간본)

_____, 『슬픈 목가』, 대지사, 1952.

_____, 『빙하』, 정음사, 1956.

_____, 『산의 서곡』, 가림출판사, 1967.

_____, 『대바람 소리』, 문원사, 1970.

_____, 『난초잎에 어둠이 내리면』, 지식산업사, 1974.

김은영, 「신석정 자연시 연구」, 아주대 박사 논문, 2003.

신현락, 「한국 현대시의 자연관 연구 ― 한용운, 신석정, 조지훈을 중심으로」, 한국교원대 박사 논문, 1998.

허형석, 「신석정 연구」, 경희대 박사 논문, 1988.

국효문, 『신석정 연구』, 국학자료원, 1997.

김민성 엮음, 『신석정의 문학과 인생』 1·2, 고글, 1997.

오택근, 『신석정 문학 연구』, 국학자료원, 2003.

채수영, 『한국 현대시의 색채 의식 연구』, 집문당, 1987, 196쪽.

황송문, 『신석정 시의 색채 이미지 연구』, 국학자료원, 2003.

다이앤 애커먼, 백영미 역, 『감각의 박물학』, 작가정신, 2004.

T. W. 아도르노, 홍승용 역, 『미학이론』, 문학과지성사, 1984.

짱 롱시, 정진배 감수, 백승도·서은숙·조미원·최정섭 역, 『도와 로고스』, 강, 1997.

# 신석정 생애 연보

1907년  7월 7일(음력), 전북 부안읍(扶安邑) 동중리에서, 간재(艮齋) 전우(田
愚)의 문인(門人)인 한학자 신기온(辛基溫)과 모친 이윤옥(李允玉)
사이에서 차남(3남 2녀 중 넷째)으로 출생. 본명은 석정(錫正), 아호
는 석정(夕汀) 외에 석정(石汀), 석정(釋靜), 석지영(石志永), 사라
(粆羅), 호성(胡星), 소적(蘇笛), 서촌(曙村) 등을 쓰기도 함. 부안군
행안면 역리(驛里), 서옥 부락, 금산리 등지를 전전하다 여덟 살 무렵
인 1914년 문학적 고향인 선은리에 정착. 할아버지로부터 당시(唐詩)
를 배움. 완고한 모친의 영향을 받음.

1918년  부안보통학교 2학년으로 입학. 당시에는 한문에 능통하면 월반이 가능
했음.

1923년  수업료를 미납한 한 학생이 일본인 담임선생에 의해 발가벗겨진 일을
보고 당시 6학년이던 석정이 전교생의 스트라이크를 주도하다 부기
정학을 당함.

1924년  3월에 복교하여 부안보통학교를 졸업.
4월 19일, ≪조선일보≫에 첫 작품 「기우는 해」를 발표. 이후 ≪조선일
보≫와 ≪동아일보≫에 「향수」, 「나의 손 임자」 등 다수의 시를 발표.

1926년  5월, 박소정(朴小汀)과 결혼. 박소정의 본명은 성녀(姓女)였으나 석
정은 시인 아내의 이름으로 너무 범박하다 하여 소정으로 개명시킴.

1927년  3월, 장남 효영(孝永) 출생. 이후 자녀 4남 4녀를 둠.

1930년  3월 5일, 불심을 닦기 위해서라기보다 철학과 문학을 익힐 목적으로
상경하여 마명(馬鳴) 정우홍(鄭宇洪)의 소개로 중앙불교전문강원(中

央佛敎專門講院) 석전(石顚) 박한영(朴漢永) 화상의 문하에서 불교 경전을 연구. 원생들의 회람지 ≪원선(圓線), 필경본≫을 편집. 이때 박용철, 정지용, 김기림, 조종현 등과 교우. 한용운, 이광수, 주요한 등을 찾아감.

1931년 2월 6일(음력), 모친 이윤옥 작고.

8월, 안서(岸曙) 김억(金億)의 소개로 「촛불」의 서두작인 「임께서 부르시면」을 ≪동광≫지에 발표.

10월, ≪시문학≫ 제3호에 「선물」을 발표하고 ≪시문학≫ 후기 동인으로 참가, 이때부터 본격적인 문단 활동을 시작함. 그러나 가난(소작하는 젊은 아내에 대한 고민)과 어머니의 부음으로 김기림(金起林)의 만류에도 불구하고 향리 부안으로 귀향.

1932년 에스페란토어 지방 강좌를 하기 위해 부안에 들렀던 안서 김억과 서신 왕래를 하면서 교분을 쌓음. 이해 12월 석정의 시 「어느 작은 풍경」이 김억에 의해 ≪신생≫에 실림.

1933년 부안 선은리에 집을 마련하여 '청구원(靑丘園)'이라 이름 짓고 정원을 가꿈. 청구원 생활 때 도연명, 한용운, 타고르 등의 시인에 심취하여 낮에는 일하고 밤에는 시 공부에 열중함. 이 시기 장만영(張萬榮)과 서정주(徐廷柱)가 찾아옴. 이러한 인연으로 황해도 연백의 부호 장만영은 석정과 동서지간이 됨.

1938년 4월, ≪조선일보≫ 출판부에서 펴낸 『현대조선문학선집』 1권에 「나의 꿈을 엿보시겠습니까」 등 6편 수록.

1939년 7월, 「차라리 한 그루 푸른 대(竹)로」가 ≪문장≫지에 실렸으나 검열에 걸려 교정을 보았지만 삭제당함.

11월, 첫 시집 『촛불』을 인문평론사에서 간행함.

1941년 친일 문학지 ≪국민문학≫의 원고 청탁을 거절하고 이후 해방까지 절필함. 이 시기에 발표된 시로는 1942년 7월 ≪조광≫에 발표한 「산보로」 한 편이 있음.

1946년  2월, 8~9일 양일간 조선문학가동맹이 서울 종로 기독교청년회관에서
        개최한 '전국문학자대회'에 김기림과 함께 참석.
        3월 이후 1950년 6월까지 죽산중학교와 부안중학교에서 교직 생활.
1947년  7월, 제2시집 『슬픈 목가』를 부안 낭주문화사에서 간행함. 석정에게
        많은 영향을 끼쳤던 김아(金鴉)가 서문을 얹음.(그러나 뒷날 재판본부
        터는 '서문', '후기' 및 작품 '방'이 삭제됨.)
1949년  이후 1950년까지 부안중학교에서 교사 생활을 함.
1950년  3월, 정음사에서 간행한 『현대시집』 2권에 김기림, 장만영과 함께 「방」
        을 비롯한 작품 24편을 수록함.
        6·25전쟁 직후 첫 시집 『촛불』과 제2시집 『슬픈 목가』의 판권을 당
        시 쌀 두 가마니 값에 대지사(大志社)에 넘김. 6·25전쟁 직후 석정
        은 전주시 고사동의 정환기(鄭桓琦) 씨 댁에 식객으로 거처하며 생활
        상의 곤란을 겪었음.
1952년  3월부터 1953년 11월 30일까지 태백신문사 편집 고문으로 활동하면
        서 이곳에서 '토요시단'을 주재함. 이해에 전 가족이 전주로 이거함.
1954년  이후 7년 간 전주고등학교 교사로 재직함. 그리고 같은 해 6월에 역서
        『중국시집』을 정양사(正陽社)에서 간행함.
1955년  전북대학교와 영생대학에 강사로 나가며 시론(詩論)을 강의함.
1956년  11월, 제3시집 『빙하』를 정음사(正音社)에서 간행함.
1958년  4월, 가람 이병기(李秉岐)와 함께 『명시조 감상』을 박영사(博英社)에
        서 간행함. 같은 해 6월에 번역시집 『매창시집(梅窓詩集)』을 '낭주매
        창시집간행회'에서 간행함. 12월에는 '전라북도문화상'을 수상함.
1959년  4월, 신구문화사가 간행한 『한국시인전집』 5권에 시 작품을 수록함.
1960년  부친 신기온 작고. 「사월 혁명에 부치는 노래」 등의 작품을 발표함.
        향후 전라북도문화상 심사위원을 맡아봄.
1961년  5·16혁명 직후, 당시 교원 노조를 지지하는 시 「단식(斷食)의 노래」
        와 혁신계 신문 《민족일보》에 발표한 「춘궁(春窮)은 다가오는데」

등의 작품 때문에 당국에 연행되었다가 취조를 받고 수일 만에 풀려남. 8월 25일 전주고등학교를 떠나 이후 2년 간 김제고등학교에서 교사 생활을 함. 이해에 남노송동 175의 27번지 소재의 마지막 거처로 이사함.

1963년　8월 초, 부안문인협회와 전북일보사가 공동 주최한 '하계 문학 강좌' 공동 강사였던 조지훈(趙芝薰)과 2박 3일간 회동.

1964년　4월, 전주상업고등학교로 옮겨 1972년 8월 30일 정년 때까지 재직함. 일본에서 간행하여 당국이 국내 반입을 규제하고 있던 ≪한양≫ 지에 다수의 작품 발표.

1965년　6월, '전주시 문화장(文化章)'을 수상함.

1966년　3월, 이후 2년간 한국문인협회 전북지부장 역임.

1967년　5월, 이후 2년간 제6대 한국예술문화단체총연합회 전북지부장을 지냄. 2월 월남 파병에 관심을 표명한 시 「꿈의 일부」를 ≪신동아≫ 지에 발표. 화갑 기념으로 제4시집 『산의 서곡(序曲)』을 가림출판사에서 간행함.

1968년　12월, '한국문학상' 수상.

1969년　8월 23~29일까지 광주 지역 언론인과 문인협회의 초청으로 광주 Y살롱에서 시화전 개최.
　　　　12월, 전주시 다가공원에 세운 '가람 시비(詩碑)' 건립위원으로 활동.

1970년　4월 13~18일, 한국시인협회 박목월(朴木月) 회장의 초청으로 덕수궁 국립공보관 화랑에서 개인 시화전 개최.
　　　　11월, 제5시집 『대바람소리』를 한국시인협회에서 간행함.

1971년　4월, '외솔회' 전북지회장으로 추대됨.
　　　　5월 9~15일까지 전북문인협회 주관으로 서울은행 전주지점 2층에서 시화전을 개최함.

1972년　9월에 '문화포장'을 수상하고, 이해 9월 5일 전주상업고등학교에서 정년퇴직하여 20여 년의 교사 생활을 마감함.

| 1973년 | 10월 20일, 제5회 '대한민국 문화예술상 문화부문' 수상. |
| | 11월, 군산교육대학의 초청으로 문학 특강. |
| | 12월 21일, '전라북도 문화상' 심사 도중 고혈압으로 쓰러짐. |
| 1974년 | 7월 6일, 수상집 『난초 잎에 어둠이 내리면』의 출판을 기다리다 생을 마감함. 전북 임실군 관촌면 신전리에 묻힘. 동년 7월 24일자로 위 수상집이 지식산업사에서 간행됨. |
| 1976년 | 7월, 전주 덕진공원에 신석정 시비가 세워짐. |
| 1986년 | 9월, 시비 옆에 신석정의 동상이 세워짐. |
| 1991년 | 8월, 부안군 변산면 해창 석정공원에 신석정 시비 건립. |
| 1996년 | 7월, 부안문화원에서 제1회 '석정 문학제'를 개최함. |
| 2000년 | 3월 29일, 전북 부안군 행안면 역리 서옥부락 고성산(古城山) 선영 아래 있는 부인 박소정 여사 곁으로 이장함. |
| 2004년 | 9월 3일~9일, 3개 문학 단체 공동으로 '신석정 시인 30주기 추모 문학제'를 개최함. |
| 2007년 | 9월, 창작과비평사에서 유고 시집 『내 노래하고 싶은 것은』을 간행함. |

신석정 작품 연보

| 발표일 | 분류 | 제 목 | 발표지 |
|---|---|---|---|
| 1921. 8. 25 | 시 | 가을밤비[1] | 조선일보 |
| 1924. 11. 24 | 시 | 기우는 해 | 조선일보 |
| 1925. 11. 8 | 시 | 나의 손 임자 | 조선일보 |
| 1925. 11. 13 | 시 | 이국자(離國者)의 노래 — 길손의 일기에서 | 조선일보 |
| 1925. 11. 14 | 시 | 가을 밤 | 조선일보 |
| 1925. 12. 8 | 시 | 어린때 그 마음 | 조선일보 |
| 1925. 12. 9 | 시 | 밤! | 조선일보 |
| 1925. 12. 24 | 시 | 기다림 | 조선일보 |
| 1926. 3. 1 | 시 | 마음의 딴나라 | 조선일보 |
| 1926. 3. 7 | 시 | 헐려지는 객사(客舍) | 조선일보 |
| 1926. 3. 11 | 시 | 헤매이는 등(燈)ㅅ불 | 조선일보 |
| 1926. 3. 15 | 시 | 실제(失題) | 조선일보 |
| 1926. 3. 17 | 시 | 조롱(鳥籠)에 갇힌 새 | 조선일보 |
| 1926. 3. 18 | 시 | 낚시질 | 조선일보 |
| 1926. 5. 9 | 시 | 흙에서 살자 | 조선일보 |

---

1) '石汀 生'이라는 필명으로 발표되어 있으므로 신석정의 최초 작품으로 볼 수도 있으나, 당시 신석정의 나이가 만 14세인 것을 감안하면 신석정의 작품으로 확정하기는 어려울 수도 있음. 단 당시의 조숙성을 감안하면 신석정의 작품일 수도 있음. 말미에 '1921. 9. 19 日 夜'라고 창작 일자를 부기하고 있으나, 이는 발표 일자인 '1921. 8. 25'와 차질함.

| 발표일 | 분류 | 제 목 | 발표지 |
|---|---|---|---|
| 1926. 6. 14 | 시 | 저무는 강(江)가에서 | 조선일보 |
| 1926. 6. 19 | 시 | 종(鐘)소리 | 조선일보 |
| 1926. 6. 23 | 시 | 작란감 배 | 조선일보 |
| 1926. 6. 23 | 시 | 나의 령(靈) | 조선일보 |
| 1926. 6. 25 | 시 | 오날을 내여 바리자! | 조선일보 |
| 1926. 6. 25 | 시 | 삶의 뜀 | 조선일보 |
| 1926. 6. 26 | 시 | 녀ㅅ들 | 조선일보 |
| 1926. 7. 11 | 시 | 손과 가슴 | 조선일보 |
| 1926. 8. 2 | 시 | 새길 : 백주군(百洲君)의 「상아탑<br>(象牙塔)을 떠나면서」를 읽고서 | 조선일보 |
| 1926. 8. 5 | 시 | 조선의 집 | 조선일보 |
| 1926. 11. 26 | 시 | 래일이 오면 | 조선일보 |
| 1926. 11. 26 | 시 | 가을닙 | 조선일보 |
| 1926. 12. 14 | 시 | 힘의 창조 | 조선일보 |
| 1926. 12. 15 | 시 | 나의 마음 | 조선일보 |
| 1926. 12. 29 | 시 | 밤! | 조선일보 |
| 1926. 12. 30 | 시 | 새벽 | 조선일보 |
| 1927. 3. 28 | 시 | 그 마음으로 살자! | 조선일보 |
| 1927. 3. 30 | 시 | 비 | 조선일보 |
| 1927. 3. 30 | 시 | 꿈 | 조선일보 |
| 1927. 6. 4 | 시 | 천애행(天涯行) | 조선일보 |
| 1927. 6. 7 | 단편 소설 | 사장(沙場)의 순간(瞬間) | 조선일보 |
| 1927. 7. 2 | 시 | 아츰의 무도곡(舞蹈曲) | 조선일보 |
| 1927. 8. 12 | 시 | 무제2편(無題二篇) | 조선일보 |
| 1927. 10. 25 | 시 | 새 세기(世紀)의 노래 | 조선일보 |

| 발표일 | 분류 | 제 목 | 발표지 |
|---|---|---|---|
| 1928. 1. 30 | 시 | 무제(無題) | 조선일보 |
| 1928. 4. 8 | 시 | 단시3장(短詩三章)(종(鐘)/싸움/새싹) | 조선일보 |
| 1928. 6. 1 | 시 | 해변(海邊)에서 | 동아일보 |
| 1928. 6. 15 | 시 | 지구(地球) 기타(지상(地上)의 천사(天使)/이름업는꼿/비(雨)/별(星)) | 동아일보 |
| 1928. 7. 15 | 시 | 독어(獨語) 기타(순례(巡禮)/백로(白鷺)/해양시인(海洋詩人)/유성(流星)) | 동아일보 |
| 1928. 9. 22 | 시 | 단시음영(短詩吟詠)(가지 마서요/길잃은 배/가(賀) | 조선일보 |
| 1928. 9. 22 | 시 | 단시음영(短詩吟詠)(지구(地球)/새세기(世紀)/래일/지상(地上)의천사(天使)) | 조선일보 |
| 1928. 11. 18 | 시 | 무제5편(無題五篇) | 동아일보 |
| 1928. 12. 23 | 시 | 물결의 이야기 | 동아일보 |
| 1928. 12. 23 | 시 | 할머니의 얼굴 | 동아일보 |
| 1929. 1. 25 | 시 | 향수 | 동아일보 |
| 1929. 1. 30 | 시 | 선물 | 동아일보 |
| 1929. 2. 4 | 시 | 제(題)업시 | 동아일보 |
| 1929. 11. 3 | 시 | 어머니! 그 염소가 왜……? | 동아일보 |
| 1930. 2. 17 | 동요 | 도적마졌네, 고향생각 | 조선일보 |
| 1930. 10 | 시 | 그 꿈을 깨우면 어떻게 할까요 | 동광 |
| 1931. 3 | 시 | 선물 | 시문학 |
| 1931. 8 | 시 | 임께서 부르시면 | 동광 |
| 1932. 1 | 시 | 나의 꿈을 엿보시겠습니까 | 문예월간 |
| 1932. 2 | 시 | 아! 그 꿈속에서 살고 싶어라 | 신생 |
| 1932. 3. 6 | 시 | 푸른 하늘 바라보는 행복이 있다 | 동아일보 |

| 발표일 | 분류 | 제 목 | 발표지 |
|---|---|---|---|
| 1932. 3. 6 | 시 | 산새는 어데서 노래하나 | 동아일보 |
| 1932. 3. 6 | 시 | 바다는 우리에게 풀피리를 권하나니 | 동아일보 |
| 1933. 3 | 시 | 봄이여 당신은 나의 침대를 지킬 수 있습니까? | 삼천리 |
| 1933. 3 | 수필 | 영산도 | 신생 |
| 1932. 5 | 시 | 호반으로 갑시다 | 삼천리 |
| 1932. 5 | 시 | 그 먼 나라를 알으십니까? | 삼천리 |
| 1932. 7 | 시 | 어머니여 | 삼천리 |
| 1932. 7~8 | 시 | 봄의 유혹 | 동방평론 |
| 1932. 7~8 | 시 | 촐촐한 밤 | 동방평론 |
| 1932. 12 | 시 | 어느 적은 풍경 | 신생 |
| 1933. 7 | 시 | 일광욕 | 가톨릭청년 |
| 1933. 9 | 시 | 시인 | 신생 |
| 1933. 10 | 시 | 훌륭한 새벽이여 그 푸른 하늘을 찾으러 갑시다 | 신동아 |
| 1933. 10. 5~7 | 시 | 추과3제(秋果三題)(율·시·석류(栗·柿·石榴)) | 조선일보 |
| 1933. 11. 30 | 시 | 아직 촉(燭)불을 켤 때가 아닙니다 | 조선일보 |
| 1933. 12 | 시 | 가을이 먼 길을 떠나랴 하나니 | 삼천리 |
| 1934. 1 | 시 | 너는 비들기를 부러워 하드구나 | 문학 |
| 1934. 2 | 시 | 고요한 골에는 물도 흘러가겟지 | 문학 |
| 1934. 3. 20 | 시 | 새벽을 기다리는 마음 | 조선중앙일보 |
| 1934. 3. 27 | 시 | 오후의 명상 | 조선중앙일보 |
| 1934. 3 | 시 | 봄이여! 너는 비오는 틈을 타서 | |
| 1934. 3 | 시 | 나의 침실의 문을 두드리는 | 조선중앙일보 |

| 발표일 | 분류 | 제 목 | 발표지 |
|---|---|---|---|
| | | 자는 누구냐 | |
| 1934. 4 | 시 | 산으로 가는 마음 | 문학 |
| 1934. 4 | 시 | 바람 | 문학 |
| 1934. 5. 5 | 시 | 병상에서 띄우는 편지 1 | 조선중앙일보 |
| 1934. 5. 7 | 시 | 병상에서 띄우는 편지 2 | 조선중앙일보 |
| 1934. 6 | 시 | 화려한 풍선을 타고 | 중앙 |
| 1934. 7 | 시 | 오월(五月) 아츰 | 신인문학 창간호 |
| 1934. 8 | 시 | 머언 항해 | 중앙 |
| 1934. 9 | | 시 | 대화중앙 |
| 1934. 9. 23 | 시 | 머언 날이 지내면 | 조선중앙일보 |
| 1934. 10 | 시 | 정적(靜寂)의 미 | 월간매신 |
| 1934. 10 | 시 | 화석이 되고 싶어 | 신인문학 2호 |
| 1935. 1 | 시 | 나는 어둠을 껴안는다 | 시원 |
| 1935. 3. 4 | 시 | 초춘음(初春吟) | 조선일보 |
| 1935. 3. 7 | 시 | 병상야음(病牀夜吟) | 조선중앙일보 |
| 1935. 3 | 시 | 밤을 맞이하는 노래 | 개벽 |
| 1935. 3 | 시 | 밤이여 그것은 단조한 비극이 아니다 | 시원 |
| 1935. 3 | 시 | 푸른 커틴 | 시원 |
| 1935. 4. 3 | 시 | 석양 | 조선중앙일보 |
| 1935. 4 | 시 | 푸른 침실 | 시원 |
| 1935. 5 | 시 | 해변 즉흥소시 | 시원 |
| 1935. 8 | 시 | 토끼의 향수 | 신인문학 |
| 1935 | 시 | 시론 | 중앙 |

| 발표일 | 분류 | 제 목 | 발표지 |
|---|---|---|---|
| 1935 | 시 | 정원 | 중앙 |
| 1935 | 시 | 서가 | 중앙 |
| 1935. 8. 23 | 시 | 채석강 가는 길 | 조선일보 |
| 1935. 10 | 잡조 | 신박물지(新博物志) : 나와 함박꽃 | 조광 |
| 1935. 11 | 시 | 푸른 하늘, 물새, 조개껍질 | 조광 |
| 1936. 1. 31 | 시 | 수선화 | 조선일보 |
| 1936. 2 | 수필 | 산(山)새와가치청수(淸秀)하고 물새와가치순박(淳朴)한여인(女人) | 조광 |
| 1936. 2. 6~8 | 수필 | 화병(花瓶)과 노시인(老詩人) | 조선일보 |
| 1936. 3. 4~5 | 수필 | 은행나무 | 조선일보 |
| 1936. 6 | 시 | 송하논고(松下論古) | 중앙 |
| 1936. 9. 1 | 수필 | 나의 관심사 — 한줄기 역류 | 조선일보 |
| 1936. 12 | 시 | 이 밤이 너무나 길지 않습니까 | 여성 |
| 1936 | 시 | 눈오는 밤 | 조선문학 7-8 |
| 1937. 1 | 시 | 은행나무 선 정원도 | 시건설 |
| 1937. 2 | 시 | 난초 | 조선문학 |
| 1937. 2 | 시 | 수선화 | 시건설 |
| 1937. 3 | 시 | 황혼이 떠날 임시 | 풍림 |
| 1937. 3 | 시 | 참회 | 시건설 |
| 1937. 4 | 평론 | 정지용론 | 풍림 |
| 1937. 6 | 시 | 슬픈 이야기 | 백광 6 |
| 1938. 1 | 시 | 산수도 | 조광타임스 |
| 1938. 1. 25 | 잡조 | 시(詩) 아닌 시(詩)(사백자 평론) | 동아일보 |
| 1938. 2 | 시 | 옛 이야기 | 시인춘추 |
| 1938. 2 | 시 | 언제나 평온한 얼굴을 볼 수 | 여성 |

| 발표일 | 분류 | 제 목 | 발표지 |
|---|---|---|---|
| | | 있답니까? | |
| 1938. 5 | 시 | 청산백운도 | 시건설 |
| 1939. 1. 3 | 시 | 새해 노래 | 동아일보 |
| 1939. 1 | 시 | 월견초(月見草) 필 무렵 | 조선문학 |
| 1939. 3. 5 | 시 | 고흔 심장 | 조선일보 |
| 1939. 5 | 시 | 등고(登高) | 시학 |
| 1939. 5. 23~25 | 수필 | 작은 유혹 | 조선일보 |
| 1939. 5(6?) | 시 | 들길에 서서 | 문장 |
| 1939. 7 | 시 | 첫사랑 | 조선문학 |
| 1939. 7 | 시 | 작은 짐승 | 문장 |
| 1939. 7 | 시 | 서정가 | 시학 |
| 1939. 7 | 시 | 지도 | 시건설 |
| 1939. 9 | 시 | 방 | 학우구락부 |
| 1939. 10 | 시 | 슬픈 구도 | 조광 |
| 1939. 10 | 시 | 삼행시 | 시학 |
| 1939. 11 | 시 | 슬픈 전설을 지니고 | 문장 |
| 1939. 12 | 시 | 가을을 보는 마음 | 청색지 |
| 1939 | 시집 | 촛불 | 인문사 |
| 1940. 1 | 시 | 꿈 | 시학 |
| 1940. 2 | 시 | 산협인상 | 인문평론 |
| 1940. 3 | 시 | 사행시 2편 | 조광 |
| 1940. 3. 21 | 시 | 들의 유혹 | 조선일보 |
| 1940. 4 | 시 | 슬픈 서백리아 | 여성 |
| 1940. 4 | 시 | 슬픈 구도 | 조선작품연감 (재수록) |

| 발표일 | 분류 | 제 목 | 발표지 |
|---|---|---|---|
| 1940. 4 | 수필 | 난(蘭)이 | 조광 |
| 1940. 9 | 시 | 애가 — 김목랑(金木浪)에게 주는 | 조광 |
| 1940. 9 | 시 | 한 그루 푸른 대 | 문장 |
| | | | (검열 삭제) |
| 1941. 1 | 시 | 대숲에 서서 | 인문평론 |
| 1941. 1 | 시 | 어느 지류에 서서 | 문장 |
| 1941. 3 | 시 | 소년을 위한 목가 | 신세기 |
| 1941. 4 | 시 | 변산 일기 | 삼천리 |
| 1941. 7. 7 | 평론 | 박춘길(朴春吉) 시집 『화병』을 읽고 | 매일신보 |
| 1941. 8 | 시 | 오월이 돌아오면 | 춘추 |
| 1941. 8. 23 | 시 | 별리부(別離賦) | 매일신보 |
| 1942. 7 | 시 | 산보로(散步路) | 조광 |
| 1946. 6 | 시 | 꽃덤풀 | 신문학 |
| | | | 1권 2호 |
| 1946. 7 | 시 | 비의 서정시 | 신문예 |
| | | | 1권 2호 |
| 1946. 8 | 시 | 옛 성터에서 | 학생월보 |
| 1947. 1 | 시 | 네 고향 하늘은 남녘 하늘은 | 백제 2 |
| 1947. 2 | 수필 | 움직이는 네 초상화 | 신천지 |
| 1947. 3 | | 방화범 | 문화창조 2 |
| 1947. 4 | 시 | 심판 | 문학 3 |
| 1947. 7. 5 | 시 | 님이여!당신은 땅에서솟아오른 태양의화신(化身)이옵니다 | 문화일보 |
| 1947. 9 | 시 | 다시 원수를 | 녹원 1호 |
| 1947 | 시집 | 슬픈 목가(牧歌) | 낭주문화사 |

| 발표일 | 분류 | 제 목 | 발표지 |
|--------|------|-------|--------|
| 1952. 3 | 시 | 춘추 | 전북일보 |
| 1952. 3 | 시 | 애사(哀詞) 3장(三章) | 전북일보 |
| 1952. 3 | 시 | 늙은 비둘기 | 태백신문 |
| 1952. 4 | 시 | 슬픈 평행선 | 태백신문 |
| 1952. 4 | 시 | 망향의 노래 | 전북일보 |
| 1952. 4 | 시 | 귀향시초 | 태백신문 |
| 1952. 5 | 시 | 항구에서 | 군산신문 |
| 1952. 5 | 시 | 다시 제주도 | 태백신문 |
| 1952. 7 | 시 | 춘수(春愁) | 신문학 3 |
| 1952. 8 | 시 | 소양강 삼장(三章) | 전북일보 |
| 1952. 9 | 시 | 여정(旅程) | 전북일보 |
| 1952. 10 | 시 | 금산사(金山寺) | 전북일보 |
| 1952. 10. 1~23 | 시 | 속 소양강 단장(斷章) | 전북일보 |
| 1952. 12 | 시 | 발음 | 전북일보 |
| 1952 | 시 | 근영수제(近詠數題) | 전북일보 |
| 1953. 2 | 평론 | 가람론 | 신조 |
| 1953. 10 | 시 | 여백 | 태백신문 |
| 1954. 1 | 시 | 소곡 | 삼남일보 |
| 1954. 1 | 시 | 산 산 산 | 학원 |
| 1954. 3 | 시 | 짐승 | 문예 |
| 1954. 3. 18 | 시 | 대화 | 태백신문 |
| 1954. 4 | 시 | 황(篁) | 시작(詩作) 1 |
| 1954. 6. 6~7 | 시 | 스켓취 | 삼남일보 |
| 1954. 6 | 수필 | 각 도시 풍토기(各都市風土記) (전주 편) | 신천지 |

| 발표일 | 분류 | 제 목 | 발표지 |
|---|---|---|---|
| 1954 | 역시집 | 중국시집 | 정양사 |
| 1955. 3 | 시 | 망향의 노래 | 현대문학 |
| 1955. 9. 16 | 시 | 심장이 없는 세계 | 한국일보 |
| 1955. 11 | 시 | 노을 속에서 | 현대문학 |
| 1955. 11 | 시 | 오는 토요일(土曜日) : 나의 소년 R에게 | 동국문학 1 |
| 1956. 1. 1 | 시 | 대춘부 | 삼남일보 |
| 1956. 1 | 시 | 서정소곡 : 나의 어린 벗 R에게 | 현대문학 |
| 1956. 1 | 시 | 망향의 노래 | 한국문학연감 |
| 1956. 4 | 시 | 피가 도는 돌이 되어 | 문학예술 |
| 1956. 6 | 시 | 백목련 꺾던 밤 | 여원 |
| 1956. 6 | 시 | 운석(隕石)처럼 | 현대문학 |
| 1956. 6 | 시 | 청산별곡(靑山別曲) | 자유문학 |
| 1956. 7 | 평론 | 서정시(抒情詩) : 시에 대한 수필적 노트 | 신문화 1 |
| 1956. 9 | 시 | 나무등걸에 앉아서 | 시정신 4 |
| 1956. 11 | 시 | 소년과 나의 이야기 : 나의 소년에게 | 문학예술 |
| 1956 | 시집 | 빙하 | 정음사 |
| 1957. 3. 3 | 시 | 역사 | 전북대학신문 |
| 1958. 2 | 시 | 산 | 자유문학 |
| 1958. 6 | 시 | 약속 : 오는날의 잉태(孕胎)와 탄생(誕生) | 자유문학 |
| 1958. 6 | 자서전 | 문학적 자서전 | 신문예 |
| 1958. 6 | 시 | 석굴암대불송(石窟庵大佛頌) | 제지계 18호 |

| 발표일 | 분류 | 제 목 | 발표지 |
| --- | --- | --- | --- |
| 1958. 7 | 시 | 축제 : 산(山)이여 통곡(通哭)하라 | 사상계 |
| 1958. 9 | 수필 | 춘란(春蘭)이 만개(滿開) | 자유문학 |
| 1958. 7 | 시 | 축제 | 사상계 |
| 1958. 10 | 수필 | 시를 쓰려는 청년에게 | 신문예 |
| 1958. 12 | 시 | 종소리 같은 별빛 속에 | 자유문학 |
| 1958 | 개설서 | 명시조 감상(이병기와 공저) | 박영사 |
| 1958 | 편역서 | 매창시집(梅窓詩集) | 낭주매창시집 간행회 |
| 1959. 1 | 시 | 푸른 심포니(Symphony) 속에서 | 사상계 |
| 1959. 4 | 시 | 나에게 어둠을 달라 | 자유문학 |
| 1959. 4 | 수필 | 석굴암(石窟庵)까지 | 제지계 23호 |
| 1959. 6 | 시 | 산중문답(山中問答) | 신문예 12 |
| 1959. 9 | 시 | 산중문답(山中問答) : 춘궁여담(春窮餘談) | 자유문학 |
| 1959. 9 | 잡문 | 시 추천기 — 허소라(許素羅) 작(作) 「지열(地熱)」[2] | 자유문학 |
| 1959. 11 | 시 | 내 가슴속에는 | 학원 |
| 1959. 11 | 잡문 | 창작 노트 | 학원 |
| 1959. 11 | 잡문 | 시 추천기 — 황길현(黃吉顯) 작 「해바라기」 | 자유문학 |
| 1959. 11 | 수필 | 나는 배신자가 되고 싶다 | 자유문학 |
| 1959 | 시집 | 한국시인전집 5권 | 신구문화사 |

---

2) 이외에 ≪자유문학≫에는 신석정의 시 추천기가 다수 실려 있으나 일일이 목록화하지는 못했음.

| 발표일 | 분류 | 제 목 | 발표지 |
|---|---|---|---|
| 1960. 1. 1 | 시 | 동방반명(東方半明) | 전북대학신문 |
| 1960. 1 | 시 | 봄이 올 때까지 | 자유문학 |
| 1960. 1 | 시 | 창 | 자유문학 |
| 1960. 2. 1~8 | 시 | 탐라풍물시(耽羅風物詩) | 전북일보 |
| 1960. 2. 2 | 시 | 비사벌송가(比斯伐頌歌) | 연합신문 |
| 1960. 2 | 수필 | '샤쓰' 이야기 | 제지계 28호 |
| 1960. 3. 30 | 시 | 단장소곡(斷腸小曲) | 동아일보 |
| 1960. 4 | 시 | 우리들의 형제를 잊지마라 | 전북대학신문 |
| 1960. 5 | 평론 | 한국의 현대시 : 그 난해성에 대한 소고 | 자유문학 |
| 1960. 8 | 시 | 우리들의 형제를 잊지 마러라 | 눈엽(嫩葉) 2 |
| 1960. 8 | 수필 | 고군산열도순례(古群山列島巡禮) | 자유문학 |
| 1960. 11. 30 | 시 | 산방일기(山房日記) | 한국일보 |
| 1960 | 시 | 단식(斷食)의 노래 | 경향신문 |
| 1961. 1. 1 | 시 | 전아사(餞訝詞) | 삼남일보 |
| 1961. 1. 1 | 시 | 쥐구멍에 햇볕을 보내는 민주주의의 노래 | 전북일보 |
| 1961. 1 | 시 | 가로수 | 교육주보 |
| 1961. 1. 16 | 시 | 봄을 잊을 수는 없다 | 전북대학신문 |
| 1961. 4 | 시 | 속리(俗離)의 장(章) | 현대문학 |
| 1961. 4 | 시 | 자작나무 숲을 가던 소년을 위한 시 | 현대문학 |
| 1961. 5 | 시 | 전아사(餞訝詞) | 사상계 |
| 1961. 7 | 시 | 내 노래는 | 학원 |
| 1962. 5 | 시 | 영구차(靈柩車)의 역사 | 자유문학 |

| 발표일 | 분류 | 제 목 | 발표지 |
|---|---|---|---|
| 1963. 1. 18~ 1. 23 | 시 | 남해서정시초(南海抒情詩抄) | 전북일보 |
| 1963. 2 |  | 시 | 온실학원 |
| 1963. 4. 7 | 시 | 사월은 강물처럼 | 서울신문 |
| 1963. 5 | 시 | 장미꽃 입술로 | 자유문학 |
| 1963. 6. 22 | 시 | 다시 들길에 서서 | 서울신문 |
| 1963. 6. 22 | 시 | 애가(哀歌) | 전북일보 |
| 1963. 8 | 시 | 조가3장(吊歌三章) | 현대문학 |
| 1963. 9. 29 | 시 | 갑오동학혁명의 노래 | 전북일보 |
| 1964. 1. 1 | 시 | 꽃보라 속에 서서 | 전북일보 |
| 1964. 1. 1 | 시 | 봄은 있다 | 삼남일보 |
| 1964. 1. 10 | 시 | 한 줄기 햇살로 | 동아일보 |
| 1964. 1. 29 | 시 | 이국(異國) 같은 거리에서 | 전북일보 |
| 1964. 1. 29 | 시 | 오랜 시간이 우리들의 뒤로 물러간 뒤 | 전북일보 |
| 1964. 3 | 시 | 슬픈 서정(抒情) | 전북일보 |
| 1964. 6 | 시 | 숙제(宿題)(외 1편) | 한양 |
| 1964. 7 | 수필 | 나의 처녀작(處女作)·내가 고른 대표작(代表作) : 버리고 싶은 유산(遺産) | 현대문학 |
| 1964. 9 | 시 | 지옥 | 한양 |
| 1964. 11 | 시조 | 애사3장(哀詞三章) | 시조문학 10집 |
| 1964. 12 | 시 | 지리산 | 사상계 |
| 1965. 1. 1 | 시 | 곡창(穀倉)의 새해 | 경향신문 |

| 발표일 | 분류 | 제 목 | 발표지 |
|---|---|---|---|
| 1965. 1 | 수필 | 두고온 고향·가고픈 산천<br>: 두고온 고향— 부안 | 여상(女像) |
| 1965. 1. 10 | 시 | 하도 햇볕이 다냥해서 | 전북일보 |
| 1965. 4 | 시 | 장미 옆에서 | 한양 |
| 1965. 4 | 시 | 사월의 노래 | 문학춘추 |
| 1965. 5. 1 | 시 | 송시(頌詩) | 삼남일보 |
| 1965. 6 | 시 | 홍매(紅梅) 지는 속에 | 신동아 |
| 1965. 7 | 시 | 축시 : 한줄기 불빛을 | 전기기술 |
| 1965. 12 | 시 | 오순도순 살아 보지요 | 중앙일보 |
| 1965. 12 | 시 | 그런 날은 언제나 올까 | 한양 |
| 1966. 1. 1 | 시 | 여명즉전(黎明卽前) | 전북일보 |
| 1966. 1 | 시 | 이(耳)·목(目)·구(口)·비(鼻) | 문학춘추 |
| 1966. 3 | 시 | 시와 수필 : 어머니 기 | 여원 |
| 1966. 4 | 시 | 춘향전 서시 | 한양 |
| 1966. 4 | 잡문 | 문학풍토기(文學風土記), 전주편<br>: 동향(同鄕)의 선배후배를<br>말한다 | 현대문학 |
| 1966. 5. 3 | 시 | 문 밖엔 봄이 있다 | 경향신문 |
| 1966. 5. 4 | 시 | 광한루 | 중앙일보 |
| 1966. 5. 14 | 시 | 푸른 문 밖에 서서 | 영생대학보 |
| 1966. 7. 3 | 시 | 반신(返信) | 한국일보 |
| 1966. 7 | 시 | 오랜시간이 우리들의 뒤로<br>물러간 뒤 | 시문학 |
| 1966. 7 | 시 | 나무는 죄가 없다 | 월간문학 |
| 1966. 10 | 시 | 어린 봄의 노래 | 한양 |

| 발표일 | 분류 | 제 목 | 발표지 |
|--------|------|-------|--------|
| 1966. 11 | 시나리오 | 오리지날 씨나리오<br>: 진통하는 계절 | 영화잡지<br>38호 |
| 1966. 12 | 시 | 권두시 : 전별(餞別)의 장(章) | 재무 |
| 1967. 1. 1 | 시 | 양(羊)에 부치는 노래 | 삼남일보 |
| 1967. 2 | 시 | 초설 | 여상 |
| 1967. 2 | 시 | 꿈의 일부 | 신동아 |
| 1967. 3. 12 | 시 | 헐벗은 산하에 살아도 | 삼남일보 |
| 1967. 5 | 시 | 독백 | 한국문학 |
| 1967. 5 | 시 | 권두시 : 임께서 부르시면 | 마을문고<br>31호 |
| 1967. 5 | 수필 | 생활의 운치 | 자유공론<br>10호 |
| 1967. 8 | 평론 | 지역사회 발전과 문화인(文化人)의<br>참여 | 지방행정 |
| 1967. 8 | 시 | 산 | 신동아 36 |
| 1967. 10 | 평론 | 시정신(詩精神)과 참여의 방향<br>: 수필적 노우트 | 문학사상 |
| 1967. 11. 30 | 시 | 나두 돌멩이여 | 한국일보 |
| 1967. 12 | 시 | 산처럼 | 도정 |
| 1967 | 시집 | 산의 서곡 | 가림출판사 |
| 1968. 1 | 시 | 까치가 울고 있었다 | 학원 |
| 1968. 1 | 시 | 권두시 : 소곡(小曲) | 진학 |
| 1968. 1 | 수필 | 권두언 | 전북예총 2호 |
| 1968. 1 | 수필 | 일일입대기(一日入隊記)<br>: 조국의 간성(干城)들은 믿음직 | 전북예총 2호 |

| 발표일 | 분류 | 제 목 | 발표지 |
|---|---|---|---|
| 1968. 2 | 시 | 계시를 기다리기 전에 | 영생학보 |
| 1968. 2 | 시 | 눈맞춤 | 사상계 |
| 1968. 3 | 시 | 입춘 | 현대시학 |
| 1968. 4 | 시 | 사월은 | 여원 |
| 1968. 4 | 시조 | 송수사(頌壽詞) | 시조문학 18 |
| 1968. 4 | 평론 | 가람의 시세계(詩世界) : 극히 단린적(片鱗的)인 노트 | 시조문학 18 |
| 1968. 7. 26 | 시 | 파초(芭蕉)와 이웃하고 | 동아일보 |
| 1968. 7 | 시 | 동정추월(洞庭秋月) | 한양 7권 7호 |
| 1968. 8 | 시 | 조용한 분노 | 현대문학 |
| 1968. 8 | 시 | 소상야우(瀟湘夜雨)(외 1편) | 한양 7권 8호 |
| 1968. 10 | 시 | 추야장고조(秋夜長古調) | 교육평론 |
| 1968. 11 | 시 | 백록담에서 | 월간문학 |
| 1968. 12. 1 | 시 | 곡(哭) 가람 | 전북일보 |
| 1968. 12 | 시 | 사월(四月)의 노래 | 동국 5집 |
| 1969. 1. 1 | 시 | 영춘사(迎春詞) | 전북일보 |
| 1969. 1. 1 | 시 | 한라산에 서서 | 한국일보 |
| 1969. 1. 1 | 시 | 저 무수(無壽)같이 | 전남일보 |
| 1969. 1 | 수필 | 유방(乳房)의 장(章) | 월간중앙 |
| 1969. 1 | 시 | 동박새 | 한양 |
| 1969. 2 | 시 | 바람 | 한양 |
| 1969. 2. 7 | 시 | 입춘 전후 | 주간조선 |
| 1969. 2. 7 | 시 | 동박새 | 영생대학보 |
| 1969. 5. 1 | 시 | 저 일월성신(日月星辰)과 더불어 | 전북매일신문 |
| 1969. 5 | 시 | 춘수(春愁) | 현대문학 |

| 발표일 | 분류 | 제 목 | 발표지 |
|---|---|---|---|
| 1969. 7 | 시 | 오동도 서정(梧桐島抒情) | 현대시학 |
| 1969. 7. 21 | 시 | 아름다운 지구 | 전북일보 |
| 1969. 8 | 시 | 서울 1969년 5월 어느 날 | 월간문학 |
| 1969. 8 | 시 | 비가(悲歌) | 신동아 |
| 1969. 8 | 시 | 파도 | 전북문학 |
| 1969. 9 | 시 | 내일을 생각하고 | 주부생활 |
| 1969. 9 | 시 | 귀 ─ 해변서정(海邊抒情) | 월간중앙 |
| 1969. 10. 10 | 시 | 산하는 변할지언정 | 전북일보 |
| 1970. 1. 1 | 시 | 한 톨의 밀알을 지니고 | 전북매일신문 |
| 1970. 1 | 시 | 오랜 시간이 우리들의 뒤로 물러간 뒤 | 동국시집 10 |
| 1970. 4 | 시 | 야수(野獸) | 새교육 22권 4호 |
| 1970. 5. 1 | 시 | 정정한 나무들 | 전북일보 |
| 1970. 5 | 시 | 대바람 소리 | 현대시학 |
| 1970. 6 | 수필 | 낙화일기(落花日記) | 신동아 70호 |
| 1970. 9 | 시 | 구천동(九天洞) | 전북문화 |
| 1970. 7 | 시 | 신석정작품집(辛夕汀作品集) : 입춘 외 | 현대시학 |
| 1970. 7 | 시 | 소곡(小曲) | 전북문화 |
| 1970. 10 | 시 | 등반(登攀) | 전북문화 |
| 1970. 10 | 시 | 버드나무 심은 뜻은 | 현대시조 |
| 1970. 10 | 시 | 구천동 | 신문학 1 |
| 1970. 11 | 시 | 빛을 모반(謀反)하는 저기압 (低氣壓)이 | 월간문학 |

| 발표일 | 분류 | 제 목 | 발표지 |
|---|---|---|---|
| 1970. 11 | 시 | 나랑 함께 | 전북일보 |
| 1970. 11 | 시 | 한톨의 밀알을 지니고 | 한양 |
| 1970. 12 | 시 | 산 | 등산 3권 10호 |
| 1970 | 시집 | 대바람 소리 | 문원사 |
| 1970 | 수필선 | 한국수필문학전집 3 | 지원사 |
| 1970 | 시선 | 신한국문학전집(新韓國文學全集) | 어문각 |
| 1971. 1 | 시 | 잊어버릴 수 없다 | 월간전북 |
| 1971. 1 | 시 | 행정(行程) | 전북매일신문 |
| 1971. 1 | 시 | 입춘 | 전북문학 |
| 1971. 2 | 시 | 백담(白潭)까지 | 산 |
| 1971. 2. 10 | 시 | 송뢰(松籟)와 더불어 | 전남일보 |
| 1971. 3. 7 | 시 | 「218호」 소식(1) — 병상음(病牀吟) | 전북일보 |
| 1971. 3 | 시 | 「218호」 소식(2) — 병상음(病牀吟) | 전북문학 |
| 1971. 3. 30 | 시 | 봄의 일부 | 한국일보 |
| 1971. 4 | 시 | 「218호」 소식(3) — 병상음(病牀吟) | 시문학 |
| 1971. 4 | 시 | 저 햇볕의 계단에서 | 유네스코 |
| 1971. 4 | 평론 | 시인으로서의 만해 | 나라사랑 2집 |
| 1971. 4 | 시 | 자책저음(自責低吟) | 법륜 33호 |
| 1971. 4. 4 | 시 | 우수만 지나면 | 주간조선 |
| 1971 | 시 | 극락과 지옥 사이 | 밀림대[3] |
| 1971 | 시 | 조용한 염노(念怒) | 밀림대 |
| 1971 | 시 | 빛을 모반하는 저기압이 | 밀림대 |

---

3) 한국문인협회 전북 지부에서 펴낸 사화집.(한국문인협회 전북지부, 『밀림대』, 대구 : 형설 출판사, 1971)

| 발표일 | 분류 | 제 목 | 발표지 |
|---|---|---|---|
| 1971 | 시조 | 거북선 | 한국시조집 |
| 1971. 4 | 시 | 저 햇볕의 계단에서 | 유네스코 |
| 1971. 4 | 수필 | 스승의 교훈 | 샘터 |
| 1971. 5 | 시 | 이팝나무 옮기던 나는 | 세대 |
| 1971. 5 | 시 | 빛을 모반하는 저기압이 | 한양 10권 3호 |
| 1971. 5 | 시 | 봄을 닮은 얼굴 | 원광문화 |
| 1971. 5. 1 | 시 | 등불 — 전북매일 창간 2주년 기념시 | 전북매일 |
| 1971. 6 | 시 | 축시: 시방 내 등뒤에서는 | 향토 창간호 |
| 1971. 6 | 시 | 저 하늘을 우러러 보는 뜻은 | 주간종교 |
| 1971. 6. 7 | 시 | 유월 | 서울신문 |
| 1971. 6. 18 | 시 | 유월 찬가 — 전북대학 개교 19주년에 부치는 | 전북대학신문 |
| 1971. 여름 | 시 | 지금 내 등 뒤에서는 | 문화비평 |
| 1971. 여름 | 시 | 비둘기 울면 — 밤의 장송곡 | 문화비평 |
| 1971. 여름 | 시 | 바람을 따라 | 문화비평 |
| 1971. 여름 | 시 | 원정(園丁)의 설화(說話) | 창작과비평 |
| 1971. 7 | 시 | 더덕 | 향토 |
| 1971. 7 | 시 | 외출한 마음 | 나라사랑 3집 |
| 1971. 7. 20 | 시 | 산은 숨어버리고 | 조선일보 |
| 1971. 7. 29 | 시 | 풍란(風蘭) | 중앙일보 |
| 1971. 8. 19 | 시 | 가을의 입김 | 한국일보 |
| 1971. 8 | 시 | 신추(新秋) | 주간중앙 |
| 1971. 9. 1 | 시 | 솔바람 속에서 — 개교 20주년 기념에 부쳐 | 전주동중학보 |

| 발표일 | 분류 | 제 목 | 발표지 |
|---|---|---|---|
| 1971. 10 | 시 | 관음소심(觀音素心)이랑 | 월간중앙 |
| 1971. 10 | 시 | 바람을 따라 외 2편 | 문화비평 |
| 1971. 10 | 잡조 | 내가 지은 인생시(人生詩)<br>: 슬픈 구도(構圖) | 샘터 |
| 1971. 11 | 시 | 난(蘭) | 신동아 |
| 1971. 11 | 시 | 등반 | 현대시학 |
| 1971. 11 | 시 | 마음에 지니고 | 여성중앙 |
| 1971. 11. 17 | 시 | 저녁 노을 | 한국일보 |
| 1971. 12 | 시 | 산(山)길에서 | 산 |
| 1971. 12 | 시 | 신화 | 자유 |
| 1972. 1 | | 시 | 임종월간문학 |
| 1972. 1. 1 | 시 | 한 톨의 해바라기 씨알도 | 전북매일 |
| 1972. 1. 11 | 시 | 조카의 편질 읽다가 | 한국일보 |
| 1972. 1. 30 | 시 | 산에나 가볼꺼나 | 독서신문 |
| 1972. 1 | 평론 | 시정신과 참여의 방향 | 문학사상 |
| 1972. 2 | 시 | 조종(弔鐘) | 창조 |
| 1972. 3 | 시 | 망향의 노래 | 향토 |
| 1972. 3 | 수필 | 두견주(杜鵑酒)엔 봄이 어려도<br>: 나의 교우록(交友錄) | 월간중앙 |
| 1972. 3. 12 | 시 | 춘설(春雪) | 한국일보 |
| 1972. 4 | 시 | 근작5편(近作五篇) : 행정(行程) 외 | 현대문학 |
| 1972. 4 | 시 | 잔설(殘雪) | 현대문학 |
| 1972. 5. 1 | 시 | 그 정상(頂上)에서 | 전북매일 |
| 1972. 6 | 시 | 서글픈 이야기 — 상실기(喪失記) | 도정 |
| 1972. 6 | 시 | 현대호남시인선 ② | 향토 |

| 발표일 | 분류 | 제 목 | 발표지 |
|--------|------|--------|--------|
| | | : 신석정 편(篇) | |
| 1972. 7 | 시 | 지전(志全) | 전북문학 |
| 1972. 7 | 시 | 학 두루미와 더불어 | 향토 |
| 1972. 7. 26 | 시 | 꽃치자 | 한국일보 |
| 1972. 8 | 시 | 바다의 서정(抒情) | 주부생활 |
| 1972. 8 | 시 | 난(蘭) 2제(題) | 풀과 별 |
| 1972. 8 | 시 | 태산목(泰山木) 꽃옆에서 | 여성중앙 |
| 1972. 8 | 시 | 영산홍 | 여성동아 |
| 1972. 10 | 시 | 오한(惡寒) | 문학사상 |
| 1972. 10 | 시 | 가까이 오고 있는 날 | 월간문학 |
| 1972. 10 | 시 | 추일서정(秋日抒情) | 전북문학 |
| 1972. 10 | 수필 | 추과3제(秋果三題) | 월간중앙 55호 |
| 1972. 10 | 평론 | 시와 시론: 시정신과 참여의 방향 | 진도(珍島) 18호 |
| 1972. 10. 6 | 시 | 가슴은 항상 햇빛을 동반하고 — 전북대학신문 지령 400호에 부쳐 | 전북대학신문 |
| 1972. 10. 21 | 시 | 여수(旅愁) | 서울신문 |
| 1972. 11. 2 | 시 | 한음(閑吟) | 동아일보 |
| 1973. 1 | 시 | 거문고 소리 들으며 | 신동아 |
| 1973. 1 | 시 | 등고(登高) | 산 |
| 1973. 1 | 시 | 난(蘭)이랑 살다보면 | 자유공론 |
| 1973. 1. 1 | 시 | 기원 | 주간조선 |
| 1973. 1. 1 | 시 | 내 노래하고 싶은 것은 | 전북일보 |
| 1973. 1. 5 | 시 | 종소리 | 한국일보 |

| 발표일 | 분류 | 제 목 | 발표지 |
|---|---|---|---|
| 1973. 2 | 시 | 신서정가(新抒情歌) | 약진전북 |
| 1973. 2 | 시 | 전라도 찬가 | 한국의 여행 |
| 1973. 2 | 회고록 | 상처 입은 작은 역정(歷程)의 회고 | 문학사상 |
| 1973. 3. 2 | 시 | 청매(靑梅) 옆에 서서 | 전북문학 |
| 1973. 4 | 시 | 춘수(春愁) | 월간중앙 |
| 1973. 4 | 시 | 나비처럼 | 한양 |
| 1973. 4 | 시 | 수선화가 피더니 ―「의사 지바고」를 보던 날 | 풀과 별 10호 |
| 1973. 4 | 시 | 서향(瑞香) 내음이사 | 전북문학 |
| 1973. 5 | 시 | 꽃사태 | 세대 |
| 1973. 5. 1 | 시 | 오월이었느니라 | 전북매일신문 |
| 1973. 5 | 수필 | 복수초(福壽草)의 이야기 | 수필문학 |
| 1973. 5. 29 | 시 | 서귀포에서 | 한국일보 |
| 1973. 5 | 시 | 그 꿈을 깨우면 | 학원 |
| 1973. 6 | 시 | 모란 | 새교육 |
| 1973. 6 | 시 | 우리 꿈과 생시는 | 동국문학 |
| 1973. 6 | 수필 | 나의 사랑 나의 조국 : 매창(梅窓)의 멋(영원한 한국인) | 샘터 |
| 1973. 6. 1 | 시 | 천지에 메아리 칠 내일을 | 전북신문 |
| 1973. 6. 8 | 시 | 송가 ― 전북대학교 개교 21주년에 부치는 | 전북대학신문 |
| 1973. 6 | 시 | 나랑 함께 | 마을문고 87호 |
| 1973. 여름 | 시 | 유월의 노래 | 백인문학 |
| 1973. 8 | 시 | 제주도 바다 | 시문학 |

| 발표일 | 분류 | 제 목 | 발표지 |
|---|---|---|---|
| 1973. 8 | 시 | 저 푸른 언덕에 앉아서 | 학생중앙 |
| 1973. 8 | 시 | 송수사(頌壽詞) — 노산(鷺山) 사백(詞伯) 고희에 드리는 | 노산 고희 문집 |
| 1973. 9 | 시 | 동박새 오던 날 | 시문학 |
| 1973. 9 | 시 | 백련(白蓮)과 단둘이서 | 월간문학 |
| 1973. 9 | 시 | 구천동(九千洞) | 제지계 99호 |
| 1973. 9 | 시 | 권두시화 : 우리 이야기는 | 신여원 |
| 1973. 9. 23 | 시 | 석류 | 독서신문 |
| 1973. 9 | 잡문 | 추천 심사평 | 풀과 별 15호 |
| 1973. 10 | 시 | 어느날 | 한국문학 |
| 1973. 10 | 시 | 산자락 타고 | 산 5권 10호 |
| 1973. 10 | 시 | 지상의 천사 | 유아발달 |
| 1973. 10. 5 | 시 | 마음은 연꽃으로 밝히고 — 창간 17주년에 부침 | 원대신문 |
| 1973. 11 | 시 | 외로운 그림자 | 풀과 별 17호 |
| 1973. 11 | 잡문 | 시 추천사 | 풀과 별 17호 |
| 1973. 11 | 시 | 어느 날 | 한국문학 |
| 1973. 12 | 시 | 정원(庭園) 소묘(素描) | 창작과비평 |
| 1973. 12 | 시 | 이끼 앉은 역사 속에 | 기전 |
| 1973. 12 | 시 | 고향엘 갔더니 | 새교육 |
| 1973. 12 | 잡조 | 나의 좌우명 : 지재고산류수 (志在高山流水) | 샘터 |
| 1973. 12 | 시 | 그 눈망울 찾아 | 모란 |
| 1974. 1 | 시 | 분향(焚香) | 세대 |
| 1974. 1 | 시 | 고향에 가서 | 월간중앙 |

| 발표일 | 분류 | 제 목 | 발표지 |
|---|---|---|---|
| 1974. 1 | 시 | 제주도 철쭉 | 시문학 |
| 1974. 1 | 시 | 눈발 속에서 | 새교육 |
| 1974. 1 | 시 | 산엘 가서 | 산 |
| 1974. 1. 15 | 시 | 병상(病床)에서 | 한국일보 |
| 1974. 1 | 시 | 돌무덤 | 전북문학 |
| 1974. 1 | 수필 | 젊은 시인에게 보내는 편지 | 월간문학 |
| 1974. 1 | 잡문 | 추천사 | 풀과 별 19호 |
| 1974. 1 | 시 | 대망(待望) | 학원 |
| 1974. 2 | 시 | 개암사(開岩寺)에서 | 신동아 |
| 1974. 2 | 시 | 제목 미상[4] | 현대시학 |
| 1974. 3. 9 | 시 | 병상음(病床吟) | 서울신문 |
| 1974. 4 | 시 | 여명우조(黎明羽調) | 시문학 |
| 1974. 5 | 대담 | 차·난·서도·시(茶·蘭·書道·詩)(박목월·신석정) | 심상 |
| 1974. 6 | 시 | 나도 산에 맡기리로다 | 산 |
| 1974. 7 | 시 | 가슴에 지는 낙화(落花) 소리 | 문학사상 |
| 1974. 7 | 시 | 난초잎에 어둠이 나릴 때 | 월간중앙 |
| 1974. 7 | 시 | 218호실 소식 : 병상음(病狀吟) | 시문학 36 |
| 1974. 7. 7 | 시 | 대잎(大꼭) 소리 | 한국일보 |
| 1974. 7. 8 | 시 | 뜰을 그리며 | 동아일보 |
| 1974. 7 | 미확인 | 전원에서 온 시인의 유고 : 이곳은 비취빛 하늘입니다 | 서울평론 36호 |
| 1974. 7 | 시 | 백모란의 고발 | 한국문학 |
| 1974. 9 | 일기 | 바람이 숲에 가서 : 병상일기 | 심상 |

---

4) '특집 73 : 앤솔러지' 중 1편 수록한 듯함.

| 발표일 | 분류 | 제목 | 발표지 |
|---|---|---|---|
| | | (病床日記) | |
| 1974. 9 | 시 | 바다 건너 온 눈물 | 문학사상 |
| 1974. 9 | 시 | 뜰을 그리며 | 문학사상 |
| 1974. 9 | 시 | 대잠(大岑) 소리 | 문학사상 |
| 1974. 9 | 시 | 창밖의 대화 | 문학사상 |
| 1974. 9 | 시 | 돌무덤 | 문학사상 |
| 1974. 9 | 시 | 내 병실은 | 문학사상 |
| 1974. 9 | 일기 | 화초일기 | 문학사상 |
| 1974. 10 | 일기[5] | 시인 신석정씨 화초일기 | 포토전북 14호 |
| 1974. 11. 17 | 시 | 뜨락에서 | 서울신문 |
| 1974. 11 | 시 | 어느 하늘 밑에 | 소방한국 2권11호 |
| 1974 | 자서전 | 나의 문학적(文學的) 자서전 : 난초(蘭草)잎에 어둠이 내리면 | 지식산업사 |
| 1974 | 역시집 | 당시선집 | 정음사 |
| 1975. 5 | 시 | 운석(隕石) | 새마음 |
| 1975. 5 | 시 | 춘설(春雪)[6] | 현대시학 |
| 1975 | 시집 | 슬픈 목가 | 삼중당 |
| 1975 | 시선집 | 현대한국문학선집 5 | 동수사 |
| 1975 | 수필선 | 한국대표수필문학전집 5 | 을유문화사 |
| 1975 | 수필집 | 촛불 | 범우사 |

---

5) 일기인지 미상.
6) '특집 : 봄시(詩) 33인집(人集)' 중 1편 수록.

| 발표일 | 분류 | 제 목 | 발표지 |
|---|---|---|---|
| 1976. 8 | 단편소설 | 사장(沙場)의 순간[7] | 독서생활 9호 |
| 1983. 1 | 시 | 모양(牟陽)의 머리에 | 모양(牟陽) 4·5집 |
| 1983. 1 | 서한문 | 자료 발굴 : 신석정 서한문 (해설 : 황순구) | 한국문학 |
| 1984 | 수필집 | 난초잎에 별이 내릴 때 | 예전사 |
| 1984 | 수필 | 한국현대수상록 14[8] | 금성출판사 |
| 1985 | 시 | 추야장고조 | 통일한국 |
| 1985 | 시집 | 한국시문학대계 11권 | 지식산업사 |
| 1986 | 시집 | 아직 촛불을 켤 때가 아닙니다 | 열음사 |
| 1987 | 시집 | 아직 촛불을 켤 때가 아닙니다 | 자유문화사 |
| 1989 | 시집 | 소년을 위한 목가 | 원음예술사 |
| 1990 | 시집 | 그 먼 나라를 알으십니까 | 창작과비평사 |
| 1991 | 시집 | 아직 촛불을 켤 때가 아닙니다 | 미래사 |
| 1994. 5 | 수필 | 다시 읽는 수필 : 배신에 대하여 | 책 42호 |
| 1994. 9 | 시 | 명작시인 작품 감상 9 : 아직 촛불을 켤 때가 아닙니다(외 5편) | 한국시 65호 |
| 1996. 10 | 수필 | 한국명수필선[9] | 수필문학 |
| 1998 | 시집 | 신석정전집 2(김민성 편) | 고글 |
| 1998. 12 | 수필 | 멋[10] | 수필춘추 4호 |
| 2001. 10 | 시 | 숨어 있는 시 : 향수(鄕愁) | 시평 5호 |

---

7) ≪조선일보≫ 1927년 6월 7일자에 실린 것을 발굴, 재수록한 것.
8) 이효석, 윤오영, 신석정, 한흑구, 조용만의 수필 선집.
9) 신석정의 수필로는 「촛불」, 「향기(香氣) 있는 사람」, 「복수초(福壽草) 이야기」, 「가을 수감(隨感)」 등 4편 수록.
10) '삶의 예지의 장 : 명작수필초대' 난에 재수록된 작품.

| 발표일 | 분류 | 제 목 | 발표지 |
| --- | --- | --- | --- |
| 2004 | 수필선 | 촛불 | 범우사 |
| 2007 | 유고 시집 | 내 노래하고 싶은 것은 | 창작과비평사 |

신석정 연구 서지

1939. 12. 25    편석촌, 「'촛불'을 켜놓고 — 신석정 시집 독후감」, ≪조선일보≫

1940. 3. 7    정래동, 「신석정 시집 『촛불』 독후감」, ≪동아일보≫

1947. 4. 23    이병철, 「시인이 본 시인(2)—정지용, 신석정」, ≪문화일보≫

1961    김덕재, 「≪시문학≫ 동인(同人) 소고(小考)」, ≪명지어문학≫ 2집

1967. 3    정태용, 「신석정론」, ≪현대문학≫

1969. 8    이동주, 「시인의 얼굴: 신석정」, ≪현대시학≫

1971. 4    「흑백화보: 은발(銀髮)의 한국인(16): 신석정」, ≪월간중앙≫ 37호

1972. 2    「교육가족탐방: 신석정 선생」, ≪새교육≫ 24권 2호

1973. 1    함동선, 「신석정론」, ≪풀과 별≫ 7호

1973. 10    최원규, 「시의 평면성과 입체성: 신석정·박두진·문덕수를 중심으로」, ≪시문학≫ 27호

1974. 4    정한모, 「신석정/김영랑/김광섭/김용호—네 사람의 작품 세계」, ≪심상≫

1974. 6    정영일, 「전형적 인간문화재, 신석정의 배경」, ≪풀과별≫ 22호

1974. 7. 14    「67세로 간 시인 신석정」, ≪선데이서울≫

1974. 8    「화보(畫報): 시인의 앨범 ①/ 신석정」, ≪심상≫ 2권 8호

1974. 9    장만영, 「신석정 추도(追悼): 석정(夕汀)의 추억」, ≪심상≫ 2권 9호

1974. 9    최승범, 「신석정 작품 연보」, ≪심상≫ 2권 9호

1974. 10    최승범, 「가슴에 떨어지는 낙화(落花)소리 : 향토시인 고(故) 신석정」, ≪여성동아≫ 84호

1975    조용란, 「정결한 자연과의 호흡」, ≪새국어교육≫ 22~23호

1975    박철석, 「한국 시와 밤의 인식」, ≪수련어문론집≫ 3집

1975    허형석, 「신석정 연구」, 고려대 교육대학원 석사 논문

1976    허소라, 「신석정 연구」, ≪한국언어문학≫ 14집

1976    정순영, 「신석정론」, 건국대 대학원 석사 논문

1977    조용란, 「신석정 연구」, 동국대 대학원 석사 논문

1977. 5    윤경수, 「신석정론」, ≪현대문학≫

1977. 5    유종대, 「신석정과 장만영의 추억」, ≪신동아≫ 153호

1978    조용란, 「신석정 연구」, ≪동악어문논집≫ 11집

1978    윤민수, 「신석정의 자연관」, ≪성대문학≫ 20집

1978    허형석, 「신석정 시에 나타난 "산(山)"의 연구」, ≪군산수산전문대학 연구보고≫ 12권 1호

1978. 1    윤경수, 「신석정의 전원생활」, ≪월간문학≫

1978. 12    최승범, 「세모(歲暮) 기획 : 작고시인(作故詩人) 8인의 회상 : 생각나네, 그 목소리 ― 신석정·고산(辛夕汀·高山) 류수(流水)에 산 대쪽같은 지조」, ≪주부생활≫

1979    이기반, 「신석정의 자연시에 나타난 서정성」, ≪국어문학≫ 20권 1호

1979    노재찬, 「신석정과 자연 : 그의 시 「그 먼 나라를 알으십니까」를 중심으로」, ≪부산사대 사범대 논문집≫ 6집

1979    박철석, 「신석정 연구」, ≪부산여대 논문집≫ 1집

1979    이기반, 「신석정 시의 제재(題材)」, ≪한국언어문학≫ 17~18집

1979    정순영, 「한국전원시연구 I」, ≪논문집≫ 1집

1979. 7    김윤식, 「신석정론」, ≪시문학≫

1980. 1    박철석, 「신석정론」, ≪현대시학≫

| 1980. 12 | 이기반, 「이 한 편의 시: 신석정의 「그 먼 나라를 알으십니까」」, ≪한국문학≫ |
| 1981 | 문두근, 「신석정 시에 자연의 의미」, 건국대 대학원 석사 논문 |
| 1981. 2 | 신경균, 「수필: 신석정 선생」, ≪심상≫ |
| 1981. 3 | 오택근, 「신석정의 전반기 작품에서 밤의 의미」, ≪시문학≫ |
| 1982 | 김희철, 「신석정 연구 — 초기 시작품에 나타난 경어체를 중심으로」, ≪서울여대 논문집≫ 11집 |
| 1982 | 신용협, 「신석정 시 연구」, ≪충남대 인문과학연구소 논문집≫ 9권 2호 |
| 1982 | 김광수, 「신석정 시 연구」, 국민대 대학원 석사 논문 |
| 1982 | 양애경, 「신석정 연구」, 충남대 대학원 석사 논문 |
| 1982 | 이옥정, 「신석정 연구」, 한양대 대학원 석사 논문 |
| 1982 | 우세진, 「신석정의 『산(山)의 서곡(序曲)』 연구」, 연세대 대학원 석사 논문 |
| 1982. 3 | 이기반, 「산이 좋아 산을 노래하던 신석정 시인」, ≪신동아≫ |
| 1983 | 조용란, 『신석정 연구』, 대학사 |
| 1983 | 서익환 외, 『한국현대시사연구 I』, 민족문화사 |
| 1983 | 문두근, 「신석정 시의 기법」, ≪순천공업전문대 논문집≫, 4집 |
| 1983 | 송미화, 「신석정 연구」, ≪우석어문≫ 1집 |
| 1983 | 김은선, 「신석정의 『산(山)의 서곡(序曲)』 연구」, 연세대 대학원 |
| 1983 | 신희천, 「석정시집 『촛불』의 정신분석학적 고찰」, ≪북악논총≫ (국민대 대학원) 1집 |
| 1983. 1 | 황순구, 「신석정 서한문(書翰文) 해설」, ≪한국문학≫ |
| 1983. 2 | 박호영, 「신석정의 문학 사상 — 『촛불』, 『슬픈 목가』를 중심으로」, ≪강릉대 논문집≫ 5집 |
| 1983. 2 | 박정엽, 「신석정 메모 — 동양적 자연의 서정미학」, ≪현대시학≫ |
| 1984 | 최학출, 「신석정 연구」, 건국대 대학원 |

| 1984 | 신석상, 『신석정 평전 : 죽음보다 외로운 가슴을 위하여』, 동천사 |
|---|---|
| 1984 | 오택근, 「신석정론」, ≪한국학논집≫ 5집, 한양대 한국학연구소 |
| 1984 | 허형석, 「신석정 시의 위상」, ≪군산대 논문집≫ 9집 |
| 1984 | 조찬일, 「신석정의 자연시 연구」, 한국외대 대학원 석사 논문 |
| 1984 | 장영길, 「1930년대 한국 전원파 시 연구 : 김동명·김상용·신석정을 중심으로」, 동아대 교육대학원 |
| 1984 | 이기반, 「신석정의 자연관과 역사의식」, ≪한국언어문학≫ 23집 |
| 1984 | 채규판, 「모더니즘과 시의 음악성과의 관계 연구」, ≪문리연구≫ 2집 |
| 1984 | 이한용, 「신석정 연구」, ≪국어국문학≫ 92집 |
| 1984. 9 | 신석상, 「평전 : 목가적인 시인 신석정」, ≪예술계≫ 창간호 |
| 1984. 11 | 김사림, 「빛의 시인 — 신석정의 이미지론」, ≪현대문학≫ |
| 1984. 12 | 강은교, 「신석정론 — 1930년대 한국시의 재음미 3」, ≪동아논총≫(동아대) 21집 |
| 1985 | 김명배, 「신석정의 초기 시 연구」, ≪한경대 논문집≫ 17집 |
| 1985 | 이한용, 「신식정 연구」, ≪어문논지≫ 4~5집 |
| 1985 | 김순옥, 「신석정 연구」, 숙명여대 대학원 석사 논문 |
| 1985 | 민병기, 「석정 시 연구」, ≪창원대 논문집≫ 7권 2호 |
| 1985. 2 | 이홍재, 「컬러기획 — 작가의 고향 : 신석정 「밤이 이대로 억만년이 갈리라구」」, ≪예향≫ 5호 |
| 1985. 2 | 이재철, 「현대 문학 감상 ⑪ : 신석정의 『아직 촛불을 켤 때가 아닙니다』」, ≪한글 새소식≫ 150호 |
| 1985. 3 | 이병훈, 「신석정의 인간과 문학 세계」, ≪표현≫ |
| 1985. 12 | 이기반, 「신석정 시 연구」, ≪성곡논총≫ 17집 |
| 1986 | 송연기, 「신석정 시의 상징적 연구」, 조선대 교육대학원 석사 논문 |
| 1986 | 이건청, 「한국 전원시 연구」, 단국대 대학원 박사 논문 |

| 1986 | 석정문학회 편, 『임께서 부르시면: 신석정 대표시 평론』, 유림사 |
|---|---|
| 1986 | 민병기, 「신석정의 시사적(詩史的) 의미」, 《국어국문학》 95집 |
| 1986 | 허형석, 「시어(詩語)의 대비적 고찰」, 《국어문학》 26집 |
| 1986 | 이춘선, 「신석정의 시집 『촛불』에 나타난 시정신」, 《태릉어문》 4집, 서울여대 국어국문학과 |
| 1987 | 채수영, 「한국 현대시의 의식 지향 연구: 한용운, 이육사, 신석정 시의 색채의식을 중심으로」, 경기대 대학원 박사 논문 |
| 1987 | 정규화 편, 『시가 있는 명상 노우트 13 신석정』, 일월서각 |
| 1987 | 채수영, 『한국 현대시의 색채의식 연구: 한용운, 이육사, 신석정의 시를 중심으로』, 집문당 |
| 1987 | 황송문, 「신석정 시 연구」, 홍익대 교육대학원 교육학과 국어교육전공 석사 논문 |
| 1987 | 홍인철, 「신석정의 시 연구」, 경남대 대학원 석사 논문 |
| 1987 | 이춘선, 「신석정 시 연구: 시집 『촛불』을 중심으로」, 서울여대 대학원 석사 논문 |
| 1987 | 오택근, 「신석정의 저항의식」, 《생수》 5집 |
| 1987 | 허미자, 「이매창 연구(李梅窓研究)」, 《연구논문집》 25집 |
| 1987 | 신용협, 「일제하 한국시의 평화지향적 경향」, 《논문집》 14권 2호, 충남대 인문과학연구소 |
| 1987. 7 | 최승범, 「작고시인 신석정의 인간과 문학」, 《문학정신》 |
| 1987. 11 | 서정주, 「시(詩)와 나: 내가 애송하는 한 편의 한국시 — 신석정 작(作) 「아직 촛불을 켤 때가 아닙니다」」, 《문학사상》 |
| 1987. 12 | 오택근, 「신석정의 저항의식」, 《생명샘》 12권 12호 |
| 1988 | 박송헌, 「신석정 시의 자연관 및 사회의식 고찰」, 조선대 교육대학원 석사 논문 |
| 1988 | 유윤식, 「시문학파 연구」, 한양대 대학원 박사 논문 |
| 1988 | 허형석, 「신석정 연구」, 경희대 대학원 박사 논문 |

1988            손미영, 「신석정 시 연구」, 성신여대 대학원 석사 논문

1988            정순영, 「석정시론(夕汀詩論) ; 『촛불』, 『슬픈목가』, 『빙하』,
                『산의 서곡』을 중심으로」, ≪국어국문학≫ 100집

1988. 8        이한용, 「신석정론」, ≪비평문학≫ 2호

1989            조홍규, 「신석정 시의 종결형식 고찰」, 조선대 대학원 석사 논문

1989            오택근, 「신석정 시 연구 : 초기 시를 중심으로」, 한양대 대학원
                박사 논문

1989            원기중, 「신석정 연구 : 『촛불』과 『슬픈 목가』를 중심으로」, 한
                양대 교육대학원 석사 논문

1989            김태진, 「신석정 시 연구 : 시집 『촛불』의 시어(詩語)를 중심으
                로」, ≪홍익어문≫(홍익대 국어교육과) 8집

1989            김창완, 「「그 먼 나라를 알으십니까」의 구조 분석」, ≪한남어문
                학≫ 15집

1989. 2        박철석, 「한국의 낭만파시인 ⑥ : 신석정의 절창(絶唱)」, ≪현장≫

1990            손홍재, 「신석정 연구 : 시세계의 변모 양상을 중심으로」, 전남
                대 교육대학원 석사 논문

1990            권선옥, 「신석정 시의 변모 양상에 관한 연구」, 한남대 대학원
                석사 논문

1991            이준관, 「한국 현대시의 동심의식 연구 : 신석정·장만영·백석
                의 시를 중심으로」, 고려대 교육대학원 석사 논문

1990            최배현, 「신석정 연구」, 전주우석대 대학원 석사 논문

1990. 9        우봉규, 「불교문학기행 (2): 민족시인 신석정」, ≪현대불교≫ 14호

1990. 11       이기반, 「현실을 초월한 이상향의 갈구─신석정의 「그 먼 나
                라를 알으십니까?」」, ≪문학공간≫

1991            정양, 「신석정의 촛불」, ≪논문집≫ 13집, 전주우석대 인문사회
                과학 편

1991            이정숙, 「신석정 시 연구」, 군산대 대학원

| 1991 | 김영명, 「석정 시의 노장사상과 역사의식」, 부산대 교육대학원 석사 논문 |
| --- | --- |
| 1991 | 강외석, 「신석정 시 연구 : 『촛불』 시집에 대한 심리학적 접근」, 경상대 대학원 석사 논문 |
| 1991 | 하순명, 「신석정 시 연구」, 중앙대 교육대학원 석사 논문 |
| 1991 | 안혜영, 「신석정 시 연구」, 원광대 대학원 석사 논문 |
| 1991. 2 | 「빛을 남긴 사람들 : 신석정 시인의 생애와 문학세계」, ≪부안 월보≫ 7호 |
| 1992 | 하순명, 「신석정 시 연구」, ≪교육논총≫(중앙대 교육대학원) 9권 1호 |
| 1992 | 신재봉, 「신석정 시 연구 : 시정신을 중심으로」, 한국외대 대학원 석사 논문 |
| 1992 | 유승우, ≪시문학파 연구≫, 민족문화사 |
| 1992. 1 | 최승범, 「문학기행 : 신석정 시인의 문학 현장」, ≪사람 사는 이야기≫ 4호 |
| 1992. 11 | 이탄, 「이상(李箱)과 신석정」, ≪현대시학≫ 284호 |
| 1993 | 이한용, 「신석정 연구 ― 후기, 광복 이후의 시를 중심으로」, ≪한국언어문학≫ 31집 |
| 1993 | 강외석, 「『촛불』 시집의 산문적 특질 고(考)」, ≪배달말≫ 18호 |
| 1994 | 오택근, 「신석정 시의 운율 연구」, ≪인문과학연구≫ 2권 1호, 대신대 인문과학연구소 |
| 1994 | 국효문, 「신석정 시 연구」, 성신여대 대학원 박사 논문 |
| 1994 | 진창영, 「신석정 시 연구」, 동아대 대학원 박사 논문 |
| 1994 | 송정인, 「신석정 시 연구」, 전남대 대학원 석사 논문 |
| 1994 | 박수경, 「신석정 시 연구 : 시집 『촛불』을 중심으로」, 성심여대 대학원 석사 논문 |
| 1994 | 강말례, 「1930년대 시에 나타난 고향의식 연구」, 부산외대 교육 |

대학원 석사 논문

1994        진창영, 「신석정론」, ≪수련어문논집≫ 21집, 부산여대 국어교
            육과

1994        국효문, 『『산의 서곡』에 나타난 이원성의 연구」, ≪성신어문학≫
            6집

1994        박삼서, 「한국 문학과 도교 사상: 석정의 시 사상과 타고르의
            영향을 중심으로」, ≪국어교육≫ 83, 84호

1994        조동춘, 「현실 도피와 전원시」, ≪문학과의식≫ 24호

1994        박수경, 「신석정의 시 세계」, ≪성심어문논집≫ 16집

1994        진창영, 「시문학파의 문학적 성향 고찰」, ≪국어국문학≫(동아
            대 국어국문학과) 13집

1994        허형석, 「석정 시의 성립 배경 연구 Ⅳ: ≪시문학≫・지용(芝
            溶)과의 관계를 중심으로」, ≪어학연구≫ 12집, 군산대 어학연
            구소

1994. 3     이기반, 「내 가슴에 묻힌 시: 신석정의 「그 먼 나를 알으십니
            까」」, ≪시마을≫ 4호

1995        윤난홍, 「신석정 시 연구」, ≪논문집≫ 13집

1995        오택근, 「음률 연구 — 신석정 시를 중심으로」, ≪우리어문연구≫
            9권 1호

1995        오창렬, 「신석정 시 연구」, 전북대 대학원 석사 논문

1995        고윤석, 「신석정 시 연구」, 인하대 대학원 석사 논문

1995        김은호, 「석정 시에 나타난 현실의식 고찰」, 호남대 대학원 석
            사 논문

1995        박호영, 『한국현대시인논고』, 민지사

1995        허소라, 「석정 시의 성립 배경 연구 Ⅳ: ≪시문학≫・지용과의
            관계를 중심으로」, ≪한국언어문학≫ 34집

1995        송하선, 「석정론(夕汀論)의 두 가지 문제 접근」, ≪논문집≫ 17집,

전주우석대

1995. 5    김문덕, 「한국문단사에 거목 시인의 단상: 신석정 시인의 생애와 시 세계」, ≪문학공간≫

1995. 6    김남석, 「시비(詩碑) 탐방: 전원목가의 향토 서정: 전주 덕진공원 신석정 시비」, ≪순수문학≫ 3권 6호

1996       김홍철, 「신석정 시 연구: 시 세계의 변모 양상을 중심으로」, 원광대 대학원 석사 논문

1996       정연석, 「신석정의 시에 나타난 현실의식 연구」, 관동대 교육대학원 석사 논문

1996       임도한, 「신석정 시 연구」, ≪공군사관학교 논문집≫ 37집

1996. 2    이성교, 「신석정 시에 나타난 자연친근의식 연구」, ≪연구논문집≫ 34집, 성신여대

1996. 4    허소라, 「내가 만난 시인: 푸른 하늘 속의 밝은 색, 신석정」, ≪열린시≫

1996. 6    이진호, 「한국문학비 순례 16: 신석정 시비(詩碑)」, ≪문학21≫ 2권 6호

1996. 6    진창선, 「신석정론」, ≪한글문학≫ 28호

1997       손점현, 「신석정 초기 시의 이미지 연구」, ≪어문연구≫ 29집

1997       허형석, 「신석정의 「촛불」 고구(考究)」, ≪군산대 어문집≫ 25집

1997       국효문, 「신석정의 생애와 시의 역정(歷程)」, ≪비평문학≫ 11집

1997       최영순, 「신석정의 시에 나타난 자연관 연구」, 관동대 대학원

1997       최병두, 「신석정 시의 중심 이미지 연구」, 인하대 대학원 석사 논문

1997       김민성 편, 『신석정의 문학과 인생』, 부안문화사

1997       이성교, 『한국현대시인연구』, 태학사

1997       안후경, 「신석정 시 연구」, 서울여대 대학원

1997       전재승, 「신석정 시에 나타난 현실참여의식 연구」, 명지대 대학원

1997            손정미, 「신석정 시 연구 : 현실 인식의 변화 추이를 중심으로」,
                조선대 교육대학원 석사 논문

1997. 2         이기반, 「나의 스승 신석정 시인」, ≪순수문학≫ 5권 2호

1997. 6         오세영, 「그 먼 나라를 알으십니까? : 신석정의 시분석」, ≪현대시≫

1997. 9         「기획특집(3) : 명인·명작을 찾아서 ─ 시 : 그 먼 나라를 알으
                십니까/신석정」, ≪세기문학≫ 1권 3호

1998            신현락, 「한국 현대시의 자연관 연구 : 한용운, 신석정, 조지훈
                을 중심으로」, 한국교원대 대학원 박사 논문

1998            전재승, 「신석정 시에 나타난 현실참여의식 연구」, 명지대 사회
                교육대학원 석사 논문

1998            안후경, 「신석정 시 연구」, 서울여대 대학원 석사 논문

1998            김은철, 「한국 현대시에 나타난 어머니 : 이장희, 홍사용, 신석
                정을 중심으로」, ≪배달말≫ 23권 1호

1998            김민성 편, ≪신석정의 문학과 인생 : 신석정 전집 1≫, 고글

1998            국효문, ≪신석정 연구≫, 국학자료원

1998            정양, 「신석정의 『촛불』」, ≪우석어문≫ 8집

1998            허형석, 「신석정의 『촛불』고」, ≪군산대 논문집≫ 25집

1998            신경림, 『(신경림의) 시인을 찾아서』, 우리교육

1998.1          하현식, 「시가 있는 문학기행 13 : 석정(夕汀) 신석정(辛錫正),
                그 변신의 「먼 나라」」, ≪열린시≫ 34호

1998. 2         이한용, 「특별 기고 : 신석정 연구」, ≪예술세계≫ 89호

1998. 7         송하선, 「『촛불』 무렵 석정 시와 노장 사상」, ≪비평문학≫ 12호

1998. 8         이기화, 「시인을 찾아서 4 : 신석정 시인의 이야기」, ≪문학21≫
                4권 8호

1998. 9         권갑하, 「문학비 순례 20 : 이상적인 전원 세계의 촛불을 켠 슬
                픈 목가시인 ─ 신석정 덕진공원 시비」, ≪문학공간≫ 106호

1998. 9         「신석정의 문학」, ≪해동문학≫ 6권 3호

1998. 11    이기화, 「시인을 찾아서 6 : 신석정 시인의 이야기」, 《문학21》 4권 11호

1999    조승환, 「신석정 시 연구」, 한국교원대 대학원 석사 논문

1999    김진, 「신석정 시 연구」, 한국외대 교육대학원 석사 논문

1999    김영숙, 「신석정 시 연구 : 초기 시를 중심으로」, 상지대 교육대학원 석사 논문

1999    국효문, 「신석정 시에 미친 제영향(諸影響)」, 《한국언어문학》 43집

1999    오택근, 「신석정 시의 문체 연구」, 《우리어문연구》 14집

1999    송하선, 「석정의 《중기 시(中期詩)》 연구 : 「슬픈 목가」, 「빙하」를 중심으로」, 《비평문학》 13호

1999    김미자, 「신석정 시 연구」, 전주대 대학원

1999. 1    이기화, 「시인을 찾아서 7 : 신석정 시인의 이야기」, 《문학21》 5권 1호

1999. 6    정민호, 「찾아가 보는 시인의 고향 : 전원적 목가 시인 신석정 — 전북, 부안」, 《문학세계》

1999. 7    「못 잊을 선인(先人)들 : 전원시인 신석정님」, 《(월간)전북리뷰》 109호

2000    윤여탁, 『신석정 : 자연과 생활을 노래한 목가 시인』, 건국대 출판부

2000    이종만, 「신석정 시 연구 : 저항의식을 중심으로」, 안양대 교육대학원 석사 논문

2000    임혜진, 「신석정 연구 : 시의 변모양상을 중심으로」, 성신여대 교육대학원 석사 논문

2000    이병훈, 『변산골짝에 이는 바람 : 신석정 추도 연작시』, 에디터

2000    김은영, 「신석정 시에 나타난 산의 이미지 변모 연구」, 《중한(中韓)인문과학연구》 5집

| | |
|---|---|
| 2000 | 오택근, 「신석정 시의 문체 연구」, ≪우리어문연구≫ 14권 1호 |
| 2000. 5 | 황송문, 「산중문답과 선비정신」, ≪시문학≫ 346호 |
| 2000. 5 | 최승범, 「석정 선생 이장기(移葬記)」, ≪시문학≫ 346호 |
| 2000. 8 | 홍순도, 「특별 기고: 스승님, 나의 스승님 시인 신석정 선생님을 그리며」, ≪책읽는 사람들≫ 2권 15호 |
| 2000. 12 | 고찬규, 「시혼의 샘터: 부안벽산·「그먼 나라를 알으십니까」, 신석정」, ≪시와 시학≫ 40호 |
| 2001 | 이태성, 「신석정 시에 나타난 '산'의 이미지 연구」, 원광대 교육대학원 석사 논문 |
| 2001 | 김병호, 「한국 근대시 연구: 주제의식을 중심으로」, 중앙대 대학원 |
| 2001 | 황송문, 「신석정 시의 색채 이미지 연구」, 전주대 대학원 박사논문 |
| 2001 | 서창렬, 「신석정 시 연구: 현실참여의식을 중심으로」, 목포대 교육대학원 석사 논문 |
| 2001 | 김형준, 「시문학파 시 연구」, 대구가톨릭대 대학원 박사 논문 |
| 2001 | 송하선, 『석정 시 다시 읽기』, 이회문화사 |
| 2001 | 최부자, 「박두진·신석정 시 대비 연구」, ≪동남어문논집≫ 13집, 동남어문학회 |
| 2001 | 김경복, 「신석정 시의 유토피아 의식 연구」, ≪한국문학논총≫ 28집 |
| 2001 | 김형준, 「시문학파 시 연구」, 대구가톨릭대 대학원 |
| 2001 | 문덕수, 『(한국현대)시인연구』, 푸른사상사 |
| 2001 | 「신석정의 정신세계」, ≪우리어문연구≫ 16집 |
| 2001 | 강희안, 「신석정의 초기 시에 나타난 공간의식」, ≪한남어문학≫ 25집 |
| 2001 | 윤경수, 「신석정의 난초관과 작품 세계: 난초 기질을 중심으로」, |

≪우리문학연구≫ 제14집

2001. 6     고재석, 「영혼의 도반과 투명한 유산」, ≪한국문학평론≫ 제18호 (2001. 여름)

2002     최승호, 「신석정 자연서정시의 미메시스적 읽기」, ≪시문학≫ 78집

2002     이영신, 「신석정 시 연구 : 시의 변모 양상을 중심으로」, 서남대 교육대학원 석사 논문

2002     송규각, 「신석정 초기 시 연구 : 시집 『촛불』과 『슬픈목가』를 중심으로」, 고려대 교육대학원 석사 논문

2002     이영희, 「신석정의 초기 시 연구」, 한양대 교육대학원 석사 논문

2002     김병호, 「한국 근대시 연구 : 주제의식을 중심으로」, 중앙대 대학원 박사 논문

2002     한홍자, 「신석정 시에 나타난 자연의 의미」, ≪한국문예비평연구≫ 11집

2002     김은철, 「신석정의 시 연구」, ≪한국문예비평연구≫ 11집

2002     강희안, 「신석정의 초기 시에 나타난 시간 현상학적 의식 지향성 연구 : 『빙하』와 『슬픈 목가』를 중심으로」, ≪한남어문학≫ 제26집

2002     김영옥, 「신석정 시에 나타난 이상향」, ≪어문논집≫(중앙어문학회) 제30집

2002     유지현, 「식민지 시대 시에 나타난 동경과 구원의 시학」, ≪한경대 논문집≫ 34집

2002     강희안, 「신석정 시 연구」, 한남대 대학원 박사 논문

2002     최부자, 「박두진 신석정 시 대비 연구」, 동아대 대학원 석사 논문

2002     최명표, 「해방기 신석정의 시와 행동」, ≪현대문학이론연구≫ 17집

2002     박정선, 「풍경의 시학, 스며들기와 드러내기 : 신석정의 시 세계」,

≪한성어문학≫ 제21집

2002        신용협, 『현대 대표시 연구』, 새미

2002        조용훈, 『시가 그렇게 왔다: 시와 시인』, 새문사

2002        김용직, 『한국현대시인연구』, 서울대 출판부

2002. 9     김규동·홍일선, 「대담 : 김기림을 중심으로 한 해방 전후 시문
            단사」, ≪시경≫ 제1호(2002. 가을)

2002. 12    구모룡, 「신석정론 : 서정과 자연의 이념」, ≪시로 여는 세상≫
            4호

2002. 12    최승범, 「회고 : 신석정 시인의 시와 삶」, ≪시로 여는 세상≫ 4호

2003        오택근, ≪신석정 문학 연구≫, 국학자료원

2003        오하근, 「신석정의 『촛불』에 대한 오해 : 목가와 현실도피적 은
            둔사상에 대하여」, ≪한국언어문학≫ 50집

2003        김지숙, 「일제 강점기 한국시의 자연에 관한 연구」, 동아대 대
            학원 박사 논문

2003        황송문, 「신석정 시의 색채 이미지 연구」, 전주대 대학원

2003        현승옥, 「시문학파 연구」, 원광대 대학원 석사 논문

2003        김은영, 「신석정 자연시 연구」, 아주대 대학원 박사 논문

2003        오세영 최승호 공편, 『한국현대시인론 Ⅰ』, 새미

2003. 3     김동수, 「시인론 3 : 한국현대시 그 주역 100인선 : 13) 김영랑,
            14) 이은상, 15) 이육사, 16) 박팔양, 17) 김광섭, 18) 신석정」,
            ≪시문학≫ 33권 3호

2003        김영옥, 「신석정 시에 나타난 이상향」, ≪어문논집≫(중앙어문
            학회) 30집

2004        이정숙, 「신석정 시 연구 : 석정 시에 나타난 산의 이미지를 중
            심으로」, 군산대 대학원 석사 논문

2004        강희안, ≪석정 시의 시간과 공간≫, 국학자료원

2004        신석정 시인 30주기추모문학제전위원회 편, ≪신석정 : 30주기

추모문집≫, 신아출판사

2004. 9    이기반, 「신석정의 문학과 인생」, ≪문학과비평≫ 통권 제11호
           (2004. 가을)

2004. 9    이한용, 「신석정 연구 : 후기, 광복 이후의 시를 중심으로」,
           ≪문학과비평≫ 통권 제11호(2004. 가을)

2004. 9    전재승, 「신석정의 현실인식과 시정신」, ≪문학과비평≫ 제11호
           (2004. 가을)

2004. 10   작고 30주기 추모 특집: 목가시인 신석정[11], ≪책과 인생≫ 130호

2004. 12   허소라, 「못 다 부른 목가: 신석정을 찾아서」, ≪시와정신≫,
           통권 제10호(2004. 겨울)

2004. 12   김동수, 「한국 현대시의 주역들 2」, ≪시선≫ 제2권 제4호
           (2004. 겨울)

2005       변미용, 「신석정 시 연구 : 시 세계의 변모 양상을 중심으로」,
           상지대 교육대학원 석사 논문

2005       오하근, 「산이 증언하는 역사의 서곡 ─ 신석정 『산의 서곡』의
           산과 서곡의 의미」, ≪한국언어문학≫ 54집

2005       장성란, 「신석정 시의 상징 연구 : 현실인식을 중심으로」, 한양
           대 교육대학원 석사 논문

2005       이영민, 「신석정 시의 자연과 현실인식 연구」, 건국대 대학원
           석사 논문

2005. 9    조완호, 「신석정의 시에 나타난 에토스로서의 노장 철학」, ≪한
           국사상과문화≫, 제30집

2006       권도일, 「신석정 시 연구」, 한국교원대 대학원 석사 논문

2006       한영자, 「일제 강점기 한국 기독교 시 연구」, 동의대 대학원

2006       오하근, 「생활과 자연과의 괴리 ─ 신석정 『슬픈 목가』의 반목

---

11) 신석정의 수필 「촛불」, 「아내에게 보내는 편지」, 김경식의 「문학기행: 시인 신석정과
    부안」, 최승범의 「신석정 론: 태산의 격높은 향기」 등 수록.

가성(反牧歌性)」, ≪한국언어문학≫ 56집

2006    문승호, 「신석정 연구」, 홍익대 교육대학원 석사 논문

2006    최승호, ≪서정시와 미메시스≫, 역락

2006    신웅순, 『20세기 살아 숨 쉬는 우리 문학과의 만남』, 푸른사상사

2006. 6   박호영, 「한국현대시와 자연 친화 : 김소월, 신석정, 조지훈의
       시를 중심으로」, ≪시와상상≫, 제10호(2006. 여름)

2007    이경상, 「신석정 시 연구 : 시에 나타난 현실인식 연구」, 호남대
       대학원 석사 논문

2007    이선영, 「1930년대 시의 상실감 연구」, 한남대 교육대학원 석사
       논문

2007    공태수, 「신석정 시 연구」, 중부대 교육대학원 석사 논문

2007. 4   국효문, 「신석정 시에 나타난 현실인식과 역사의식 연구 : 시집
       『빙하』를 중심으로」, ≪비평문학≫, 제25호

**작성자 신두원** 문학평론가. 인하대 강사. 민족문학사연구소 사무국장.

# 근대 한일 문학 교류 소고

## 김소운·김문집의 경우

임용택(인하대 교수)

## 들어가며

근대 한국 문학사에서 김소운(金素雲, 1907. 12. 2(음)~1981)과 김문집 (金文輯, 1907. 7. 7~?)은 결코 많은 조명을 받은 중심적 작가는 아니다. 정확히 말한다면 지금까지 한국 문단의 중심에서 벗어나, 그다지 관심을 받지 못한 주변적 존재에 속한다. 두 사람의 문학 세계는 한국 근대 문학을 논할 때 역사적으로 복잡한 의미성을 갖는 일본이나 일본 문학과의 관련성에서 접점을 찾을 수 있으며, 이에 대한 고찰은 식민지 문학 견지에서 필연적으로 미묘한 의미성을 내포하고 있기 때문이다. 일본과의 관계성은 공교롭게도 양자 모두 임종국의 『친일문학론』(1966)을 통해 친일 문학자로 거론되는 주요 근거가 되었다.[1] 우리 문학사에서 그들의 문학 행보에 대한

---

1) 김소운의 행보에 대해서는 뒤에서 자세히 다루기로 하고, 동 저술에 따르면 김문집의 친일적 비평 활동은 주로 『비평문학』(1938년) 이후 이루어졌으며, 민족적 기질이나 언어적 동질성에 대한 인식을 통해 한국과 일본이 같은 뿌리임을 주장하는 내용이 대다수를 차지하고 있다. 1942년 일본으로 건너가 귀화한 점도 그의 친일 행보에 중요한 근거가 된다.

평가가 결코 우호적이지 못했음을 짐작케 하는 부분이다.

한편 김소운과 김문집은 문학적 행보에 있어 다른 성격의 작가로 볼 수 있다. 김소운이 일본과 한국을 거점으로 한국 시가(詩歌) 문학의 일본어 번역에서 수필에 이르기까지 다양한 장르에서 다량의 저술 활동을 펼치고 있는 것에 비해, 김문집의 경우는 평론 분야를 중심으로 활동 범위 또한 우리나라에 국한되었다. 그의 연보에 따르면 일본 와세다중학(早稻田中學)과 마쓰야마고교(松山高校)를 거쳐 1935년 귀국한 후 1939년 말까지 약 5년간 다수의 평론을 신문과 잡지에 발표하였으며,[2] 작품집으로서는 일어로 된 창작집 『아리랑고개(ありらん峠)』와 『비평문학』(이상, 1938년)이 거의 유일한 것으로 전해진다.

본고에서는 두 사람 중 김소운의 문학 세계를 보다 집중적으로 조명해 보기로 한다. 그 이유는 한국의 근대 문학자 중 김문집처럼 장기간이든 단기간이든 일본에서 수학한 후 귀국하여 작품 활동을 벌인 경우는 흔한 반면, 김소운은 한국과 일본 양국에서 작품 활동을 영위했으며, 특히 일본어에 의한 저술 활동이 당시의 일본 문단에 적지 않은 반향을 일으켰다는 점에서 다양한 의미성을 지니고 있기 때문이다. 이는 다른 근대 문학자의 경우에서는 거의 예를 찾을 수 없는 독특한 행보라 해도 과언이 아니다.


### 김소운의 일본어 저술 개관

「연보(年譜)」[3]에 의하면 김소운은 1920년 열두 살 때에 처음으로 일본 땅을 밟은 후 1981년 서울에서 세상을 떠나기까지 한국과 일본을 왕래하면서 방대한 저술 활동을 펼쳤다. 일본 체류 기간 초기에 당시 일본에 거주하던 조선인 노동자들로부터 직접 수집한 우리나라의 옛 민요와 동요를 일

---

2) 권영민 『한국근대문인대사전』(아세아문화사, 1990년), 172~176쪽.
3) 김소운, 『하늘 끝에 살아도(天の涯に生くるとも)』(신조사(新潮社) : 일본, 1982), 270~274쪽.

본어로 번역하여, 시인 기타하라 하쿠슈(北原白秋, 1885~1942)를 비롯한 일본 문인들의 도움으로 일본 문단에 등장하였다. 우선 1927년 시로토리 세이고(白島省吾) 주재의 시지(詩誌) ≪지상낙원(地上樂園)≫에 「조선의 농민 가요(朝鮮の農民歌謠)」를 6회에 걸쳐 연재하여 최초로 구전 민요를 일본에 소개했다. 이를 바탕으로 1929년 7월 도쿄의 다이분칸(泰文館)에서 간행된 『조선민요집(朝鮮民謠集)』이 그에 의한 한국 전통시가 번역 작업의 최초의 성과이다. 특히 당시 일본 시단에서 대가적 위치에 있던 기타하라 하쿠슈는 무명의 한 조선 청년의 번역을 읽은 후 조선의 아름다운 시심(詩心)에 감탄하여, 『조선민요집』의 출판에 전폭적인 지지와 성원을 아끼지 않았다고 전한다. 이러한 일본 문인들의 적극적 협조와 후원에는 지배국의 지식인으로서 피지배국의 문학자에 대한 일종의 연민이나 동정과 같은 심정적 요인도 일정 부분 있었을 것이나, 순수한 문학적 감동에 의한 부분도 적지 않았다고 여겨진다.

이것을 시작점으로 김소운은 시가 분야를 중심으로 왕성한 번역 활동을 펼친다. 구체적으로 1933년 다이이치쇼보(第一書房)로부터 『언문조선구전민요집(諺文朝鮮口傳民謠集)』을, 같은 해 일본에서 가장 권위 있는 출판사인 이와나미서점(岩波書店)으로부터 문고판 형태로 『조선동요선(朝鮮童謠選)』과 『조선민요선(朝鮮民謠選)』을 잇따라 간행하였다. 이 가운데 『언문조선구전민요집』은 김소운이 고국에 일시 귀국하여 약 2년간 전국 독자들의 협력을 얻어 수집한 우리나라 구전 민요 약 3000수를 정리한 대작으로서 우리나라 민요 연구 분야에서 귀중한 학술 자료로 평가되며, 일본에서 출판되었음에도 불구하고 순 한글만으로 간행되었다는 점에서 특별한 의미를 담고 있다.

한편 일련의 동·민요의 소개로 인해 탄력이 붙은 김소운의 번역 작업은 이후 한국 근현대시 분야로 옮겨졌다. 후술할 『조선시집(朝鮮詩集)』(1940~1954)은 지금도 역사와 내용의 완성도에서 가장 뛰어난 한국 근대시의 일본어 번역으로 평가된다. 나아가 김소운은 번역시 외에도 조국 독립 후 그의 파란만장한 생을 조감할 수 있는 일본, 일본인, 일본 문화에 대한 수많은 수필을 발표하는데, 그 내용은 일본은 물론 조국을 염두에 둔 것도 다수 존재하며, 특히 조국의 현실에 대한 냉정하고 솔직한 비판 발언은 종종 문제성 발언으로 인식되기도 하였다.[4] 수필 외에도 그의 번역 작업은 한국의 근대 소설이나 역사 이야기, 전승 동화와 민화의 번역에 이르기까지 다양한 장르에 걸쳐 있는 것이 큰 특징이다.[5]

참고로 우리나라 문학사에서 김소운에 대한 평가는 『목근통신(木槿通信)』(1951)으로 대표되듯이 주로 조국 독립 후 귀국하여 간행한 일련의 수필과 『언문조선구전민요집』으로 압축되는 민요 연구 분야에 집중돼 있다. 다시 말해 일본에서 높은 평가를 받고 있는 동ㆍ민요의 번역과 『조선시집』으로 대표되는 한국 근현대시 번역에 대해서는 거의 언급되고 있지 않은 실정이다. 동ㆍ민요와 같은 향토의 시가를 외국, 그것도 자신의 조국을 통치하고 있던 지배국의 언어로 지배국에서 출판하여 적지 않은 반향을 불러 일으켰다는 사실은 커다란 상징적 의미를 갖고 있으며 세계 문학사적으로도 거의 유례를 찾아볼 수 없는 특이한 경우로 볼 수 있다.

---

4) 이를테면 1952년 아사히(朝日) 신문과의 인터뷰 기사인 「최근의 한국 사정(最近の韓國事情)」은 전쟁 중의 조국의 참담한 현실을 신랄하게 토로한 것으로, 망국적인 내용으로 여겨져 당시 재일(在日) 한국 대표부에 여권을 몰수당하는 결과로 이어졌고, 이후 13년간 일본 땅에 발이 묶이기도 했다.

5) 참고로 일본에서 일본어로 간행된 조국의 시가에 대한 번역 저술은 전술한 것들이 대표적이며, 소설 분야에서는 『현대한국문학선집(現代韓國文學選集)』(전5권, 冬樹社, 1976)이 있다. 아울러 수필을 포함한 기타 창작 저술로는 단행본만으로도 『삼한 옛이야기(三韓昔がたり)』(1942), 『조선사담(朝鮮史譚)』(1943), 『석종(石の鐘)』(1942), 『누렁 소와 까망소(黃ろい牛と黑い牛)』(1943), 『당나귀 귀의 임금님(ろばの耳の王様)』, 『파를 심은 사람(ネギを植えた人 ― 조선민화선』(이상, 1953), 『은수삼십년(恩讐三十年)』(1954), 『희망은 아직 버릴 수 없다(希望はまだ捨てられない)』(1955), 『일본이라는 이름의 기차(日本という名の汽車)』(1974), 『가깝고도 먼 나라에서(近く遙かな國から)』(1975), 『안 개가 걷히는 날(霧か晴れる日)』(1981) 등 일일이 열거가 불가능할 정도로 다수에 이른다.

『조선시집』의 번역 태도 ──'번역문학'적 관점에서

문학 작품의 번역에서 하나의 언어를 다른 언어로 바꿀 때, 양쪽 언어가 갖는 문법 구조나 음운 체계의 차이로부터 양자 사이에는 적지 않은 '낙차 (落差)'가 존재하기 마련으로, 흔히 언어 예술의 진수라 일컬어지는 시의 경우는 더욱 그러하다. 이러한 양자 간의 차이가 지닌 문학적 의미성을 다루는 번역 문학적 견지에서 보면, 원시(原詩)와 역시(譯詩) 사이에 존재하는 차이점을 규명하는 일은 언어적 차별성은 물론 그러한 창작적 번역을 발생케 한 역사적, 사회적 배경에 대한 고찰의 필요성을 촉구한다. 즉 양자 간의 낙차가 어디까지나 원시와 역시 사이의 언어적 차이에 기인한 불가항력적인 것이었는가, 아니면 번역자 자신의 의도적인 '월권 행위'인가에 따라 찬사와 비난이 교차하는데, 결론적으로 김소운의 『조선시집』에는 전자와 후자의 요소가 공존하며, 지금부터 소개할 작품들은 특히 후자에 속하는 것으로 볼 수 있다.

그러나 『조선시집』은 역자의 의도적인 월권 행위가 단순히 번역자 자신의 문학적 공명심에 입각한 것이 아니라 식민지 지배 아래라는 특수한 역사적 배경과 밀접한 관련이 있다는 점에서 식민지 지배의 우리 문학을 어떻게 바라봐야 할 것인가에 대한 다양한 함의를 제시하고 있다. 먼저 지금까지 일본에서 간행된 『조선시집』은 다음과 같은 것들이다.

『朝鮮詩集 · 乳色の雲(젖빛구름)』, 河出書房, 1940년 5월(43명, 98편)
『朝鮮詩集』(「前期」「中期」), 興風館, 1943년 8월/10월(전기: 20명, 88편. 중기: 24명, 98편)
『朝鮮詩集』, 創元社, 1953년 3월(45명, 180편)
『朝鮮詩集』, 岩波文庫, 1954년 11월(41명, 120편)

동 역시집은 1940년 '젖빛구름'이란 이름으로 가와데쇼보(河出書房)에서 처음으로 간행된 이후 1954년 이와나미 문고에 수록될 때까지 총 네 권이 발간되었다. 수록 작가와 작품을 보면 시기적으로 1920년을 전후로 한 한국 근대시의 성립부터 1940년 발행 직전까지의 한국 근대시의 발자취를 한눈에 조감할 수 있는 도합 49명의 대표 시인들의 작품 195편이 수록돼 있다. 참고로 이 네 개의 시집은 각각 별개의 것이 아니라 내용적으로 중복되는 시인과 작품이 대부분이며, 간행 시기의 사회적 상황에 따라 수록 시인과 작품에 약간의 변화나 변동이 있을 뿐이다.

구체적으로 『조선시집』의 작품 중 창작적 번역의 예를 들어 보겠다. 첫 작품은 한국 근대시의 절창(絶唱)으로 일컬어지는 김소월(金素月)의 「진달래꽃」이다. 원시와 김소운의 일어역을 우리말로 바꾼 것, 그리고 김소운의 일어역과 이에 대한 일본어 발음을 영문 표기로 인용해 보겠다.

<table>
<tr><td>진달래꽃</td><td>진달래꽃</td></tr>
<tr><td></td><td></td></tr>
<tr><td>나 보기가 역겨워<br>가실 때에는<br>말없이 고히 보내 드리우리다.</td><td>어차피 이별의<br>그날이 오면<br>말없이 보내지요.</td></tr>
<tr><td></td><td></td></tr>
<tr><td>寧邊에 藥山<br>진달래꽃<br>아름따다 가실 길에 뿌리우리다.</td><td>寧辺 藥山<br>진달래꽃<br>따다가 길에 뿌리지요.</td></tr>
<tr><td></td><td></td></tr>
<tr><td>가시는 걸음걸음<br>놓인 그 꽃을<br>사뿐히 즈려밟고 가시옵소서.</td><td>걸음걸음마다<br>그 진달래꽃을<br>살며시 밟고 가세요.</td></tr>
<tr><td></td><td></td></tr>
<tr><td>나 보기가 역겨워<br>가실 때에는</td><td>어차피 이별의<br>그 날이 오면</td></tr>
</table>

죽어도 아니 눈물 흘리우리다.                    죽어도 눈물 보이지 않겠어요
　　──≪開闢≫(1922. 7)                           (축어역은 필자)[6]


岩つつじ                                        iwatsutsuji


どうで別れの                                    doudewakareno
日が來たら                                       higakitara
なんにもいはずと 送りましょ。                    nannimoiwazuto okurimasho


寧辺藥山                                          reihenyakusan
岩つつじ                                          iwatsutsuji
摘んで お道に敷きませう。                         tsuundeomichini sikimashou


歩み歩みに                                        ayumiayumini
そのつゝじ                                        sonotsutsuji
そつと踏まへて お行きなさい。                     soutohumaete oyukinasai


どうで別れの                                      doudewakareno
日が來たら                                         higakitara
死んでも 涙は見せませぬ。                          sindemonamidawa misemasenu
　　　　　(김소운 역)


　　주지하듯이 원시는 3·4·5음을 주체로 한 민요조의 운율에 "寧邊 藥
山"과 같은 실제 지명이 조화된 향토색 넘치는 서정 소곡이다. 낭독에 적
합한 매우 음악적인 작품으로, 특히 우리 민족의 고유 정서인 '한(恨)'의 미

---

6) 이하 인용되는 김소운 역의 우리말 번역과 일본어로 이루어진 작품 및 문장의 번역은
　모두 축어역(逐語譯)의 형태로 필자에 의한 것이다.

의식을 바탕에 두고 있다는 점에서 형식과 내용의 동시 이동이 요구되는 고난도의 텍스트로 볼 수 있다.

김소운 역의 가장 큰 특징은 원시의 정형률을 거의 등가적(等價的)으로 일본어의 음수율(音數律)로 옮기고 있는 점이다. 전술한 3·4·5음으로 이루어진 '3음보격(三音步格)'의 운율[7]을 거의 완벽에 가깝게 일본시가의 전통 율격인 7·5조로 바꾸어 놓고 있다.[8] 전체적 내용면에서도 원시의 시정을 최대한 살리면서 김소월의 시에서 차지하는 음악적 요소의 비중을 중시하려는 자세가 두드러진다. 그런데 내용적으로는 원시와 차별되는 시적 정서가 느껴진다. 가장 문제가 되는 것은 제1연과 마지막 연에 반복된 원시의 "나 보기가 역겨워/ 가실 때에는"에 대한 "어차피 이별의/ 그 날이 오면"의 번역이다. 원시의 중심적 서정인 '한(恨)'의 미 의식을 염두에 둘 때 매우 중요한 의미성을 갖고 있기 때문이다.

원시에서 시적 화자는 상대방으로부터 일방적으로 그리고 갑자기 버림받은 상태에 놓인다. 그것을 뒷받침하는 것이 "역겨워"라는 시어로, 상대가 자신을 버리고 가는 이유가 전혀 떠오르지 않기에 결국 자신을 보는 것이 역겨울 정도로 싫어진 상대가 자신을 버리고 가는 것이라는 자조적(自嘲的) 판단에 이르게 된다. 이는 좌절과 분노로 점철된 표면적 원망(怨望)의 감정을 드러낸 부분이기도 하다.[9] 그러나 '한'의 중층 심리는 이러한 원망

---

7) 이를테면 제1연 "나보기가/ 역겨워// 가실 때에는// 말없이/ 고히 보내/ 드리우리다"
는 '4/3//5//3/4//5'로 이루어져 있어 앞에 3음 혹은 4음의 구가 위치하고 뒤에 일률적
으로 5음이 오는 세 개의 음보(foot)로 구성돼 있다. 단 제2연의 서두인 "영변 약산"은
예외이다.

8) 일본 시의 음수율은 행을 이루는 구절을 보통 전반과 후반으로 나누어 각 구에 포함된
모음의 숫자가 나타내는 규칙성을 계산한다. 이에 따라 본문에 영문 표기로 인용한 일
본어 원문 발음 중 제1연은 굵은 글자에서 드러나듯 '7//5//7/5'로 결국 7음이 먼저 오
고 이어 5음이 오는 이른바 7·5조로 구성되어 있다. 물론 김소운 역의 경우도 제2연의
서두는 예외이며 제3연의 마지막 구인 "oyukinasai"는 6음으로 나타나지만, 이를 제외하
고는 7·5조를 따르고 있다.

9) 이어서 등장하는 "말없이 고히"라는 거의 동일한 의미의 시어의 중복 사용은 역설적으

232

의 원인을 오로지 "역겨"운 존재인 자기 탓으로 돌린 후 상대를 원망하는 일 없이 상대에 대한 변함없는 애정을 피로하는 부분에서 내면적으로 상호 모순된 심리 구조를 형성한다. 환언하면 자신을 버리고 떠나는 상대를 무리하게 만류하거나 현실 상황에 저항하지 않고, 오히려 영변 약산의 진달래꽃을 한 아름 따다가 길에 뿌려 상대의 무운을 비는 체념을 넘어선 자기 희생을 통해 '한'을 지닌 자의 숭고한 사랑의 깊이를 인상적으로 표현하고 있기 때문이다. 물론 그 배후에는 상대에 대한 원념(怨念)과 버림받은 현실이 초래한 좌절감을 비롯하여 훗날 재회에 대한 희망과 미련의 심리 등 '한'의 심리 구조에서 나타나는 중층적 요소들이 그림자를 드리우고 있다.[10)]

결국 원시의 감상 포인트는 "역겨워"라는 자조적 의미의 심정 표현에 찾을 수 있으며, 이것이 있기에 마지막 연의 "죽어도 아니 눈물 흘리우리다"의 도치 표현을 통해 '한'을 지닌 자의 격정을 승화된 미적 체념으로서 역설적으로 읽어 낼 수가 있다. 한마디로 번역의 성패가 "역겨워"라는 시어의 번역에 달려 있다고 해도 과언이 아니다.

이처럼 아이러니와 패러독스에 의한 굴절된 원시의 심리 구조는 김소운 역에서는 거의 느껴지지 않는다. 서두와 제4연에 반복되고 있는 "어차피 이별의/ 그 날이 오면"은 어감적으로 이미 상대와의 이별을 기정사실로서 받아들인 채 상대와의 이별에 임하는 태도로 느껴진다. 따라서 상대의 가는 길에 뿌려진 진달래꽃과 마지막 연의 "죽어도 아니 눈물 흘리우리다"의 처절한 절규는 단순히 상대에 대한 사랑의 징표나 깊은 애정에 대한 직접

---

로 무사하게 조용히 보내 주지 않을 수도 있다는 상대에 대한 원망의 감정이 무의식적으로 표출된 부분으로 볼 수 있다.

10) 이어령 씨에 따르면, '한'이란 타인에 대한 원념이 아니라, 자신의 내부에 침전되어 쌓이는 감정의 덩어리이자 슬픔으로, 결국은 이루어지지 않은 희망, 실현되지 못한 꿈이며, 거기에는 좌절감이 동거하고 있고 이 좌절감 속에 잠재되어 있는 간절한 원망(願望)이 '한'을 지속시키게 된다는 것이다 환언하면 이 '좌절감 속에 잠재되어 있는 애절한 원망'이란 '한'을 지닌 자가 표출하게 되는 상대와의 재회에 대한 미련으로 볼 수 있다. (이상, 『한국인의 마음— 한(恨)의 문화론(韓國人の心 —恨の文化論)』(學生社, 1982), 267~268쪽.)

적 고백에 머물 가능성이 농후하다. 사랑하는 사람과의 애절한 이별 상황에 대한 슬픔을 직접적으로 표출하는 시적 구도는 일본 민요에서 보편적으로 등장하는 정조(情調)로, 이를테면 「에치고 진쿠(越後甚句)」의

　　가시는 길 지켜보러 해변에 나왔지만
　　흐르는 눈물에 작별인사도 못 건네고
　　(見送りましょとて浜まで出たが
　　泣けてさらばが言えなんだ)

를 연상시킨다. 여기에는 김소월의 「진달래꽃」처럼 이별에 이르게 된 이유나 과정에 대한 가슴의 응어리보다는 현실적으로 피할 수 없는 상황인 이별 행위 그 자체에 초점이 놓여 있다. 김소운은 민요 연구가로서 일본 민요에 대해서도 해박한 지식을 갖고 있던 만큼[11] "어차피 이별의/ 그 날이 오면"의 번역의 배후에는 일본 민요에 대한 소양이 작용하고 있을 가능성이 충분하다. 실제로 "어차피"에 해당하는 김소운역 "どうて(doude)"는 일본의 지방 방언이며, 김소운 역의 제1연과 제2연의 말미에 배치된 "—ましょ" "—ませう"[12]와 같은 일본어 표현은 민요조의 구어체에서 흔히 나타나는 어법으로, 모두 원시의 민요시로서의 향토적 서정을 염두에 둔 고도의 고려로 보인다.

　　결국 이상과 같은 창작적 번역의 배후에는 '한'이라는 민족적 정서가 일본어적 표현으로는 이식이 곤란하며, 특히 원시의 핵심적 시어인 "역겨워"가 연애시의 표현으로는 시적 밀도가 결여된 것이라는 판단과 함께 전술한 운율에 대한 고려가 있었을 것으로 추측된다. 이유가 어떠하든 김소운 역

---

11) 1933년의 『조선민요선』(岩波文庫)에 게재된 「조선구전민요론」을 비롯하여 김소운은 한일 양국 문단에 우리나라 민요를 분석한 다수의 문장을 남기고 있으며, 그 속에서 일본의 민요나 가요와 같은 일본 시가 전반에 관한 해박한 지식을 엿볼 수 있다.

12) 모두 화자의 동작에 대한 의지를 담은 표현이다.

「진달래꽃」은 향토적 서정에 입각한 완벽한 일본어 표현과 전통 리듬인 7·5조의 구사로 인해 1910년경까지 일본 근대시의 주류를 이루던 전형적인 낭독조의 낭만 서정시를 연상하게 된다.

　다음에 소개하는 시는 보다 일본적 정감에 밀착된 번역의 예로 볼 수 있다. 1920년대 중반의 감각적 서정시인의 대표격인 이장희(李章熙)의 「벌레 우는 소리」라는 시이다.

　　밤마다 울던 저 벌레는
　　오늘도 마루 밑에서 울고 있네.

　　저녁에 빛나는 냇물같이
　　벌레 우는 소리는 차고도 쓸쓸하여라.

　　밤마다 마루 밑에서 우는 벌레소리에
　　내 마음 限없이 이끌리나니.
　　　　──≪新民≫(1929. 1)

| 虫の声 | 벌레 소리 |
|---|---|
| 今宵もまた縁の下で<br>虫が鳴いている. | 오늘 밤도 마루 밑에서<br>벌레가 울고 있다. |
| たそがれに光る江水のやうに<br>虫の声の冷え冷えと沁み入るわ<br>びしさ! | 석양에 빛나는 강물처럼<br>벌레 소리 차갑게 스며드는 쓸쓸<br>함이여! |
| 夜毎を鳴きすだく虫の声に | 밤마다 울어대는 벌레 소리에 |

心は涯しない曠野<ruby>曠<rt>あれの</rt></ruby>をさまよふ.　　　　마음은 끝없는 광야를 방황한다.
　　　　(김소운 역)

　　고요한 가을 밤, 마루 밑에서 들려오는 벌레 소리에 촉발된 쓸쓸함을 노래하고 있다. 벌레 소리는 귀뚜라미의 울음소리로 여겨진다. 김소운의 번역에서 주목되는 부분은 청각적 인상으로서의 벌레 소리에 흐트러진 시적 화자의 심정을 일본 전통시가의 대표적 장르인 '하이쿠(俳句)'[13]적 정서를 통해 묘사하고 있는 점이다. 이를 단적으로 드러내고 있는 부분이 제2연의 후반부인 "벌레 소리 차갑게 스며드는 쓸쓸함이여"이다. 이 부분을 접하게 되는 일본인 혹은 일본의 하이쿠에 약간의 지식을 갖고 있는 사람이라면 누구나, 하이쿠의 성인이라 일컬어지는 마쓰오 바쇼(松尾芭蕉, 1644~1694)의 "적막함이여 바위에 스며드는 매미 소리(閑さや岩にしみ入る蝉の声)"를 떠올리게 된다. 그와 같은 연상은 결국 바쇼의 하이쿠가 지닌 '와비(わび)' '사비(さび)'와 같은 일본의 전통적 미의식으로 이어진다. 중세에서 근세에 걸쳐 일본의 다도(茶道)와 하이쿠를 비롯한 전통시가에서 두드러진 미적 이념의 하나로, 자연의 한적함이나 쓸쓸함에 가치를 두면서, 이를 인생시적(人生詩的)으로 관조하는 자세에 뿌리를 두고 있다.

　　한편, 김소운 역에 가미된 하이쿠적 정서는 역시의 마지막 부분의 "광야"에서도 여과 없이 드러난다. 이와 같은 '공간'적 시어의 첨가는 벌레 소리가 언외(言外)에 암시하고 있는 함축적 여정(餘情)을 살리기 위한 독창적 표현으로, 벌레 소리가 자아내는 쓸쓸함은 표면적인 청각적 인상을 초월하여 인생시적으로 사변성(思辨性)을 내포하고 있기 때문이다. 이처럼 외연적 현상을 인간의 내면 세계로 확대시켜 나가는 기법은 전형적인 하이쿠의 묘사적 특징으로 볼 수 있다. 문제는 이러한 번역 태도로 인해 하이쿠와의 관련성을 에워싸고 원작자인 이장희를 포함하여 한국 근대시 전반

---

13) 5·7·5의 17음절로 이루어진 고전 단시형(短詩型) 문학의 한 장르.

으로까지 파문이 확대되면 이야기는 복잡해진다는 점이다. 다시 말해, 『조선시집』의 주된 독자층이 당시의 조국 동포가 아니라 일본인이었다는 점을 염두에 둔다면, 이상과 같은 작품을 접한 일본인들은 양국의 시심(詩心)은 근본적으로 동질적이라는 느낌을 받았을 것으로, 이러한 동질 의식은 『조선시집』의 성립된 시기의 식민지 지배를 에워싼 역학 관계에서 볼 때 매우 미묘한 것임에 틀림없다.

이상에서 느껴지는 김소운의 번역 태도는 한마디로 일본적 정감에 매우 밀착된 것이다. 『조선시집』의 전 작품의 태반은 서정시이며, 그중에는 원시가 자유시임에도 불구하고 7·5조, 혹은 5·7조와 같은 음악성을 살린 정형시로 번역된 경우가 다수 존재한다. 낭독조의 정형시가 동 역시집이 간행된 1940년 당시 이미 일본에서는 매우 시대착오적인 시 형태였음을 환기해 볼 때,[14] 일본인에게 자신들도 잊고 있던 전시대의 낭만적 정형시에 대한 향수를 느끼게 했을 개연성은 충분하다.

그럼 마지막으로 특히 어휘 구사 면에서 거의 개역(改譯)에 가까운 느낌을 주는 독창적 작품을 보기로 한다. 1930년대의 '시문학파' 시인으로 잘 알려진 박용철(朴龍喆)의 「고향」이다.

고향은 찾아 무얼하리
일가 흩어지고 집 흐너진데
저녁 까마귀 가을풀에 울고
마을 앞 시내도 옛자리 바뀌었을라.

어린때 꿈을 엄마 무덤위에
남겨두고 떠도는 구름따라
멈추는 듯 불려온지 여나무해

_____

14) 1920년대부터 일본에서는 메이지(明治)기를 주름잡던 낭독조의 정형시는 거의 자취를 감추고 자유시의 형태가 주류를 이루고 있었다.

고향은 이제 찾아 무얼하리.

(중략)

험한 발에 짓밟힌 고향생각
——아득한 꿈엔 달려가는 길이언만——
서로의 굳은 뜻을 남께 앗긴
옛 사랑의 생각같은 쓰린 심사여라.

——≪文芸月刊≫(1931. 11)

| | |
|---|---|
| ふるさとを恋ひて何せむ | 고향을 그려 무엇하리 |

| | |
|---|---|
| ふるさとを恋ひて何せむ | 고향을 그려 무엇하리 |
| 血縁絶え 吾家の失せて | 혈연 끊기고 내 옛집 사라져 |
| 夕鴉ひとり啼くらむ | 저녁 까마귀 홀로 울리라 |
| 村井戸も遷されたらむ。 | 마을 우물도 옮겨졌으리라 |

| | |
|---|---|
| をさな夢 母の墓辺に | 어린 꿈을 엄마 무덤가에 |
| とゞめてぞさすらひ流る | 남겨두고 떠돌아 헤매는 |
| 浮雲の十年はるかよ | 뜬구름 같은 10년 세월 아득해라 |
| ふるさとを恋ひて何せむ。 | 고향을 그려서 무엇하리 |

(중략)

| | |
|---|---|
| はかなしや ふるさとのゆめ | 덧없어라 고향의 꿈 |
| いまははた踏みしだかれて | 이젠 또 밟히고 눌리어 |

238

契りつゝ人に堰かれし　　　　　　맹세하며 갈라져버린
初恋のせつなさに似る。　　　　　첫사랑의 애달픔을 닮았구나

　　　　　　(김소운 역)


　우리나라 근대시의 주된 테마의 하나인 고향 상실을 노래한 전형적인 작품이다. 한국 근대 고향시의 대다수는 시인 자신의 사적인 고향에 대한 상실감에 머물지 않고 항상 조국 상실감이라는 상징적 의미로 확대될 개연성을 갖고 있으므로, 원시의 조국 상실감을 어떻게 재연시키는가가 번역의 초점이 된다. 참고로 원시에서는 마지막 연의 첫 행 "험한 발에 짓밟힌 고향 생각"을 비롯한 일련의 피해 의식을 근거로 들 수 있다.

　그런데 김소운 역에서는 "험한 발"이라는 우의적(寓意的)이고 암시적인 표현이 등장하지 않는다. 물론『조선시집』이 간행되던 당시는 일본의 행정기관에 의한 검열 제도가 존재하던 시기로, 그대로 번역하기가 쉽지 않았을 것이라는 추측이 가능하다. 그러나 필자가 문제 삼으려는 것은 제1연의 마지막 행에서 원시의 "마을 앞 시내"를 "마을 우물(村井戸)"이라는 이질적 성격의 어휘로 바꾸어 놓았다는 점이다. 양자는 특별한 시적 연관성을 갖지 않는 별개의 영상으로, 번역 상의 기술적인 문제점도 발견되지 않는다.

　이러한 창작적 번역의 배후에는 일본적 정감에 밀착시켜 표현하려는 역자의 의도가 숨어 있다. 다시 말해 "마을 우물"은 번역 시의 마지막 부분인 제 4연의 "첫사랑" 밀접한 관계가 있으며, 그 단서는 다음에 인용하는 일본의 유명한 고전 작품인『이세 이야기(伊勢物語)』속의 '단카(短歌)'[15] 에서 찾을 수 있다.


　　우물에 기대어 재던 내 키도 그대를 못 본 사이 이렇게 자라버렸소
　　(筒井つの井筒にかけしまろがだけ過ぎにけらしな妹見ざるまに)〔제23단〕

---

15) 5·7·5·7·7의 31음절로 이루어진 일본 전통시가의 한 장르.

그대와 길이를 견주던 내 머리도 어깨 밑에 왔건만, 그대 아닌 누가 올려 주리요

（くらべこしふりわけ髪も肩過ぎぬ君ならずして誰かあぐべき）〔제23단〕

마을 우물을 사이에 둔 남녀 간의 대화를 나타낸 것으로, 위의 것이 남자가 읊은 것이고 아래의 노래는 이에 대해 여자가 답한 내용이다. 본문 중 남자가 읊은 노래의 서두에 등장하는 "筒井"은 전통적인 일본 마을에 위치하던 공동 우물을 가리킨다. 남자는 여자에게 우리가 어렸을 때는 우물에 기대어 키를 재며 지냈는데 서로 헤어진 사이 자신도 이제는 어른이 되었음을 말하면서 변치 않는 사랑의 감정을 표현한다. 그러자 여자가 답하기를 그때는 서로 머리가 짧아 길이 차이가 없었지만 이제는 내 머리도 이렇게 자랐다고 하면서, 도대체 이 머리를 그대가 아닌 누가 올려 줄 것이냐고 반문한다. 이러한 대사는 두 남녀가 어렸을 때나 지금이나 서로 상대에 대해 변함없는 애정을 갖고 있음을 암시한다.

결국 이 노래는 한 청춘남녀가 마을 우물을 매개로 하여 자신들의 첫사랑의 기억을 떠올리는 장면으로, 일본인들에게 '마을 우물'이 전통적으로 첫사랑의 애틋한 기억을 떠올리는 특별한 장소로서 인식되고 있음을 나타낸다. 일본의 근현대시는 물론 고전시가에 대한 교양이 풍부했던 역자가 원시의 "옛사랑"을 반창작적 번역인 "첫사랑"으로 바꾼 이유도 "마을 우물"과 연결시키려는 의도가 있었던 것 같다. 결국 김소운은 직접적으로 조국 상실이라는 상징적 의미까지는 차치하더라도, 문맥상 원시의 마지막 부분인 "옛 사랑의 생각 같은 쓰린 심사"라는 표현이 고향 상실의 쓰라린 심정을 비유적으로 표현하고 있는 점에서 이 시의 핵심 부분이라 판단하고, 나름대로 그 시적 효과를 배가시키기 위해 창작적 번역을 시도한 것으로 여겨진다.[16]

---

16) 참고로 이 시 또한 원시가 규칙적 음수율을 갖고 있지 않은 데 비해, 전술한 5·7조의 문어체 정형시로 번역돼 있다.

지금까지 불과 세 편의 번역을 살펴본 것에 지나지 않지만 전술한 대로 김소운의 번역 태도는 일본적 정감에 매우 밀착되어 있다. 이를 번역문학의 견지에서 보면, 번역 작품으로서의 문학적 완성도보다는 원작의 정감을 충실히 재현하는 데 주안점을 두는 '원문 중심주의'적 번역과, 반대로 원작의 큰 틀은 유지하지만 번역 작품으로서의 예술적 완성도를 우선시하는 '번역문 중심주의'적 태도 중 후자에 속한다. 어느 쪽이 바람직한지 단정하기 곤란하나, 제2의 창작으로서의 가치를 중시하는 '번역문학'의 견지에서 보면 후자가 다양한 고찰의 여지를 열어 두고 있다.

**김소운 역업(譯業)의 의미성 —— 친일 문학 시비(是非)를 중심으로**

우리 문학사에서 김소운에 대한 관심은 매우 미비하며,[17] 『조선시집』을 비롯한 일본어 번역 저술은 물론 일본에서의 문학 행보에 대한 평가 자체가 부정적이라고 할 수 있다. 그 배후에는 김소운의 한국 문학에 대한 번역 저술이 식민지 지배 기간에, 그것도 지배국의 언어인 일본어로 행해졌다는 역사적 인식에 기인하고 있다. 이는 일본에서 김소운에 대한 평가가 동·민요의 번역 소개 당시부터 번역문학으로서의 가치에 적지 않은 관심과 조명이 꾸준히 이어져 오고 있는 것과는 대조적이다. 물론 김소운에 대한 한국 문학사의 부정적 평가의 배후에는 전술한 임종국의 『친일문학론』(1966)이 자리 잡고 있다.

임종국의 동 저술 속에서 김소운을 친일 문학자로 보는 근거는 크게 두 가지 면으로 압축된다. 첫째로 1943년 제2차 세계대전 중 사망한 일본의

---

17) 전후 우리 문학사의 기술에서 가장 이른 시기에 김소운을 다룬 것은 백철의 『조선신문학사조사(朝鮮新文學史潮史)』(1947, 1949)로 여겨진다. 동 저술 속에서 저자는 김소운을 한국 민요의 연구가 겸 소개자로 기술하는 한편, 일찍이 일본 시단에서 활약한 바 있으며, 1923년 ≪시대일보(時代日報)≫에 발표된 「신조」를 비롯한 몇몇 창작시를 남긴 '관념시인'이라고 간단히 소개하고 있다.(백철, 『신문학사조사(新文學史潮史)』(신구문화사, 1980), 512쪽.)

해군 제독 야마모토 이소로쿠(山本五十六)를 추모하는 시[18]를 비롯하여, 같은 시기에 학도병으로 출정하게 된 동포 청년의 무운을 기원하는 내용의 몇몇 시국색을 띤 문장을 남기고 있는 점 등, 주로 그의 행보에 관한 요소이다. 둘째로 『조선시집』으로 대표되는 일본어 저술 활동이 내용 면에서 직접적인 친일 문학은 아니라 해도 조국에 대한 일제의 문화적, 언어적 탄압이 절정에 달하고 있던 1940년을 전후로 한 시기에 이루어진 것은 "내선(內鮮)의 문화 교류 및 국어 보급 문제에 직결되는 것"으로 친일 문학의 "방조적(幇助的) 역할"에 해당한다는 인식이 깔려 있다.[19]

그렇다면 김소운은 왜 조국의 문학을 일본어로, 그것도 일본적 정감에 밀착시켜 번역한 것일까? 다음 문장이 이해의 단서를 제공하고 있는 것 같다.

R이여, 조선의 말은 마침내 문장어로서 종지부를 찍으려 하고 있다. 생활 구석구석으로부터 자취를 감추려 하는 것은 아니지만, 이미 社會語로서 살아 있는 기능을 상실해 가고 있음은 사실이다. (중략) 아마도 10년 후에는 조선어로 쓴 작품은 있어도 그것을 읽는 이가 없게 되는 것은 아닐까?

R이여, 수세기 동안 온갖 고초를 겪어 왔던 「正音」이, 드디어 햇빛을 보기 시작했다고 느낄 겨를도 없이 또다시 어두운 음지의 길로 내몰리려 하고 있다. 기구하다고 할까, 박복하다고 할까, 여하튼 고난을 떨쳐버릴 수 없는 문자였다. 그러나 지금은 맥없이 感傷에만 젖어 있을 수 없다. 어느 날 힘찬 武裝이 조선 문학의 표현을 위해 마련될 것을 믿자. 매화는 스스로의 의지 없이도 꽃을 피운다, 그것이 섭리다.

── 김소운, 『젖빛구름』(1940), 「後記」[20]

1940년 『조선시집』의 초판본인 『젖빛구름(乳色の雲)』이 간행되었을 때

---

18) ≪매일일보(每日新報)≫(1943. 4. 3)에 발표
19) 임종국, 『친일문학론』(평화출판사, 1966), 218쪽.
20) 원문은 일어. 이하 인용문 동일.

242

김소운의 모국어인 '조선어'는 인용문의 표현처럼 "문장어"로서 그리고 "사회어"로서 "살아 있는 기능을 상실해 가고 있었"다. 주지하듯이 1936년 미나미 지로(南次郎)가 새로운 조선총독으로 부임한 후 1938년 조선총독부에 의해 제3차 교육령이 발표되자, 초등학교(소학교)에서의 조선어 사용이 금지되고 일본어 사용이 강요되었다. 나아가 '내선일체(內鮮一體)'의 구호 아래 '창씨개명(創氏改名)'이나 '신사참배(神社參拜)'와 같은 강제적인 동화 정책이 공표되었고, 일제에 의한 민족혼과 민족 문화의 말살 정책은 점점 강도를 더해 간다. 이러한 암흑기에 김소운은 새로운 '국어(國語)'로 강요되던 일본어로 향토의 시가를 번역하게 된다. 아마도 그의 뇌리에는 모국의 시가 모국어로 이루어진 이상, 비록 다른 언어로 옷을 갈아입었다고 해도 그 뿌리가 되는 모국어의 존재는 영원히 남아 있다는 자각이 있었던 것 같다. 인용문 마지막 부분의 "매화는 스스로의 의지 없이도 꽃을 피운다"라는 비유적 표현이 그것으로, 그러한 신념이 있었기에 장차 "힘찬 무장(武裝)이 조선 문학의 표현을 위해 마련될 것을 믿자"라는 암시적 표현이 가능했으리라 추측해 본다.

이 같은 태도로부터 식민지 지배라는 정치적 상황 아래서 강요된 타자(他者)의 언어를 이용하여 조국, 즉 모국의 문학을 표현하려는 '마이너(minor) 문학자'로서의 고뇌를 엿볼 수 있다. 그렇다면 지배국의 언어로 피지배국인 조국의 시를 번역한 의도는 그렇다 해도, 전술한 바처럼 지배국의 시적 정서에 밀착된 번역 태도는 어떻게 이해해야 할 것인가?

조선의 시에 대해 거의 하나도 內地에는 알려져 있지 않다. 『朝鮮詩集』이라는 단어조차 생소한 것으로, 말하자면 백지 상태다. 아무리 과묵함을 견지하려 해도 그건 점잖은 것이 아니라 어쩌면 독선이라는 비난을 받을지 모를 일이다. 명색이 시를 쓰는 사람으로서 그러한 알려지지 않은 부분에 대해 독자들에게 보고할 의무가 나에게 남아 있다. 따라서 그 의무를 완수해야겠다. 그러나 이것이 영국이나 불란서 같은 나라의 시라면 어깨에 힘을 주고 위풍당당 설명할 수도 있을 것이다. 즉 조선 시의 경우는 그러한 표현 방식으로는 도저히 설명이 불가능하다. (중략) (따라서) 이『젖빛구름』은 솔직히 말하자면 내 자신의 시집과 같은 존재이다. 그것을 가장 송구스럽게 여긴다.

—— 김소운, 『젖빛구름』(1940), 「後記」

"내지(內地)", 즉 지배국에는 거의 알려져 있지 않은 조국 시의 소개를 마치 자신에게 부과된 "의무"로 자임하는 김소운의 태도는 실제로 그가 초창기에 시인으로서 몇몇 한국어 작품을 남겼을 뿐,[21] 일본어로 된 창작시를 남기지 않은 채, 오직 조국의 근대시를 비롯한 문학과 문화의 번역에만 몰두했다는 그의 발자취를 환기시킨다. 김소운에게는 근대시를 비롯한 자랑스러운 조국의 문학을 지배국의 독자에게 알려야 한다는 사명감을 읽을 수 있다.

한 가지 주목할 것은 그런 조국의 시를 영국이나 프랑스의 시처럼 "위풍당당"히 설명할 수 없다는, 피지배국 문학의 운명적 입장에 대한 인식이다. 결국 이러한 정치적 핸디캡이 『조선시집』의 번역문 중심주의적인 창작적 번역으로 이어졌으며, 조국의 아름다운 시심을 일본인들에게 강하게 호소하기 위해서는 일본인들이 감각적으로 공감할 수 있는 일본적 서정에 입각한 번역 태도가 불가피하다는 판단이 작용하고 있다. 인용문 마지막 부분에서 『조선시집』은 단순한 번역 시집이 아닌 자신의 개인 시집과 같으며 이를 송구스럽게 여긴다는 그의 말이 이를 뒷받침한다.

결론적으로 『조선시집』의 일본적 정감에 밀착된 번역 태도는 결코 당시의 조국의 시를 식민지 문학으로서 주변적이고 열등적인 것으로 인식하여 일본 문학에 동화시키려는 반민족적인 것은 아니라고 보고 싶다. 그 근거

---

21) 전술한 1923년 ≪시대일보≫에 발표된 「신조(信條)」를 비롯한 몇 편의 시 외에도, 1925년에는 시집으로서는 유일하게 『출범』을 간행하였으나 자금 부족으로 햇볕을 보지 못한 채 유산되었다고 전해진다.

로 시인으로 출발한 그가 식민지 지배 기간 중 일본어로 창작 활동을 하지 않았으며, 평생을 조국 문학의 번역과 소개에 바쳤다는 점을 들 수 있다. 또 그의 번역 활동이 1940년을 전후로 한 시기에 시작된 것이 아니라, 전술한 대로 동·민요의 번역을 중심으로 이미 1920년대 후반부터 꾸준히 이루어져 왔다는 점도 상기할 필요가 있을 것이다.

그렇다면 김소운은 어떤 이유에서 일생을 바쳐 향토 시가의 번역에 임하게 된 것일까? 이를 위해서는 『조선시집』으로 대표되는 한국 근현대시의 번역에 앞서 성립된 1920년대 후반에서 1930년대 초반에 걸친 동·민요 번역기의 문장을 살펴볼 필요가 있다.

그대들의 노래는, 한결같이 그대들이 전통의 계승자로서 선조로부터 물려받은 것들이다. 그대들에게 소중한 계보를 이루는 것으로, 여기에는 그대들이 걸어 온 「精神」의 기록이 적혀 있다. 그대들은 언제까지나 「어제의 아이들」이 아니다. 여기에 번역된 동요도, 몇몇 예외를 제외하면 대다수는 잊혀 가게 될 것이다. 그건 어쩔 수 없다고 하자. 나도 그대들에게 과거의 수첩 속의 기록들을 새삼스레 복습시킬 생각은 없다. 단지 우려하는 바는 낡은 껍데기를 버리는 데 급급한 나머지 전통 정신까지 그대들이 망각해 버리는 것은 아닐까라는 점이다. 「어제」를 잊고 이루어지는 「내일」은 없다. 오랜 초석 위에 새로운 「오늘」을 세우는 것은, 그대들에게 허락된 장엄한 권리이다. 문화 정신 상의 미아가 되지 마라. 기형아로 불려서는 안 된다. 그대들에게 전하려는 절실한 내 희망은 이것이다.
—— 김소운 「조선의 아동들에게 —序를 대신하여」(『朝鮮童謠選』)

식민지 지배 아래 조국의 시가가 처한 기구한 운명에 대한 인식이라는 점에서 앞서 인용한 문장과 일맥상통하는 부분이 있다. 그러나 앞의 문장이 주로 모국어의 상실이라는 언어적 위기 상황에 대한 인식을 바탕으로 이에 대한 전향적 극복 의지를 표명하고 있음에 비해, 여기서는 향토시가의 정신성에 대한 자부심을 조국의 미래를 짊어질 아동들에게 고취시키고 있음이 눈에 띈다. 이는 『조선시집』이 주로 일본인들을 주된 독자층으로 삼고 있는 반면, 동·민요의 번역은 당시 식민지 지배 아래 있던 조국의 독자들을 염두에 둔 것임을 짐작하게 한다. 근대에 접어들어 서양 문학의 영향 아래 성립된 근대시와는 약간 다른 의미에서, 동·민요와 같은 향토의 시가야말로 조상으로부터 물려받은 자랑스런 정신문화의 유산이며, 그러한 전통을 망각하지 않고 미래의 조국에 이어지도록 해야 한다는 절실한 소망이 김소운에게 존재했음을 엿볼 수 있다. 특히 김소운은 조국의 장래를 짊어질 향토 아동들에게 각별한 애정을 갖고 있었으며, 이는 『조선동요선』과 같은 번역 작업 외에 경제적으로 어려운 여건에도 불구하고 끊임없이 아동 잡지의 발행에 관여하는 등 그의 전기적 사실을 통해서도 확인할 수 있다.[22]

물론 김소운에 대한 친일 문학자로서의 비판은 야마모토 이소로쿠의 추모시에서 알 수 있듯이 일정 부분 부정할 수 없는 측면을 갖고 있다. 그러나 일련의 시가를 중심으로 한 번역 저술에 대해서는 보다 전향적인 평가가 필요하다고 생각한다. 이는 결코 향토의 시가, 나아가 민족이나 국가에 대한 각별한 애정이나 역사적 사명감 없이는 불가능한 작업이라 해도 과언이 아니다. 조국 문화의 번역자, 전달자로서의 문학적 행보는 친일 문학자로서의 오명을 씻어 내고도 남음이 있을 정도로 평가받아 마땅하다고 한다면 과연 지나친 표현일까?[23]

---

22) 「연보」에 따르면 김소운은 1933년 『조선민요선』과 『조선동요선』을 간행한 직후인 8월 귀국하여 '조선아동교육회'를 설립하고 단속적으로 소년잡지 ≪아동세계≫, ≪신아동≫, ≪목마≫를 4년간 발행하는 등 아동 계몽 사업에도 각별한 관심을 보였다.(이상, 김소운, 『하늘 끝에 살아도(天の涯に生くるとも)』, 271쪽.)

23) 임종국의 평가 이후 김소운에 대한 친일 문학자로서의 비판적 시각은 현재까지도 지속되고 있으며, 이에 대한 근거로, 지난 2002년 8월 14일 광복절 제57주년을 맞아 민족문학작가회의, 민족문제연구소, ≪실천문학≫, 민족정기를 세우는 국회의원모임(이하 민족정기의원모임), 나라와 문화를 생각하는 국회의원모임 등 민족 단체는 친일 문학인 42인을 발표하고 그들의 친일 작품을 공개했는데 그중에는 김소운도 포함되어 있다.

특히 1940년이라는 정치 상황적으로 미묘한 시기에 성립되어 문제가 되고 있는 한국 근현대시의 번역의 경우도, 당시 우리나라 작가 중에는 오로지 일본어로만 창작 활동을 한 경우나, 일본어와 조선어를 이른바 스테레오 타입으로 구사한 자들이 다수 존재하는데, 이러한 문학가들이 취한 일본에 대한 주체적 동화나 친화 태도와는 구별되어야 할 것이다. 환언하자면 『조선시집』을 통해 일본어라는 '권력'의 언어를 이용하여 자국의 언어 그리고 시가의 존재성을 국내외적으로 호소하려 했다는 피식민지 문학으로서의 전략적 성격을 읽어 낼 수 있을 것이다.


### 김문집과 일본 문학

김소운과 김문집의 서로 다른 문학적 행보에 대해서는 이미 서두에서 밝혔으나, 본고에서 성격이 다른 두 작가를 한데 묶을 수 있는 공통분모는 두말할 것도 없이 일본 문학과의 관련성이다. 여기서는 매우 부분적이기는 하나 평론가로서의 김문집의 가치관이나 문학관의 한 단면을 살펴보기로 한다.

김문집의 대표적 저술인 『비평문학』(1938년)은 자신의 비평 이론을 기술하는 가운데 수많은 서양 문학가 및 예술가와 그들의 이론을 중점적으로 소개하고 있다. 동 저술의 목차를 보면 대다수가 서양 문학자나 문단에 대한 사항으로 메워져 있으며 일본 문단이나 우리 문단의 경우는 우선 양적으로 열세에 놓여 있다. 그럼에도 불구하고 특히 주목되는 것은 아베 도모지(阿部知二), 고바야시 히데오(小林秀雄)와 같은 대표적 근대 비평가와 그의 은사격으로 일본의 대표적인 신감각파(新感覺派) 모더니스트 소설가인 요코미츠 리이치(橫光利一)를 비롯하여 아쿠타가와 류노스케(芥川龍之介), 다니자키 준이치로(谷崎潤一郞) 등, 주로 1910년대에서 1930년대에 이르는 시기에 활약한 걸출한 소설가들의 이름을 다수 등장시켜 고전부터 현대에 이르는 일본 문학에 관한 사항을 언급하고 있는 점이다.

그런데 김문집의 일본 문단이나 일본 작가들에 대한 인식은 기본적으로 우리의 문단이나 문학자가 지닌 열등적 수준을 통렬히 비판하면서, 일본의 그것이 비교가 안 될 정도로 "최고 수준"에 도달해 있다는 상대주의적 접근이 눈에 띈다.

우선 김문집은 「(느낌) 없는 문단(文壇)」이란 문장에서, 당시의 한국 문단은 민족주의나 마르크스주의와 같은 사회적 이데올로기에 사로잡힌 결과, 대다수의 문인들은 마땅히 갖추어야 할 덕목인 예술 본연의 본능적 "느낌"을 지니지 못한 "빈민굴 영양 불량(貧民窟營養不良)의 소녀 환자(小女患者)"에 지나지 않는다고 신랄하게 꼬집고 있다. 여기서 "느낌"이란 "감정(感情)의 피안(彼岸)을 방황(彷徨)하는 여성적 소의(女性的 少義)"로서의 "센티멘타리즘"이 아닌, "의지(意志)의 피안(彼岸)을 질주(疾走)하는 남성적 대의(男性的 大義)의 섬광(閃光)"으로,[24] 문인에게 요구되는 동물적 창작 감각과 이를 바탕으로 한 순수 예술가로서의 기백을 염두에 둔 것으로 여겨진다.

실제로 김문집은 특히 ≪조선일보≫와 ≪동아일보≫지의 학예면을 예로 들면서 당시의 문예 비평들이 예술에 대한 철학적이고 내면적인 "고뇌" 없이 난해한 말장난을 일삼는 현학적 풍토에 사로잡혀 있음을 꼬집고 있다.

나는 現實的으로 興味를 느껴서 此種 朝鮮의 '最高水準'의 글을 가끔 읽어보지마는 무슨 말인지를 알아본 적은 적다기보다 筆者 自身만은 果然 意味를 알고 쓰는지 하는 疑問을 發치 않았던 적은 적다는 게 더 바른 告白이다. (중략) 朝鮮의 新聞을 더구나 그 學藝面들이 朝鮮의 啓蒙的 文化運動의 最高 그리고 最大의 役割性을 띠고 있는 것이 事實이고 또 盛히 그를 宣傳하고 있다는 것도 事實이라면 여기서 우리는 어떤 느낌을 느끼지 않을 것인가?

——「評壇破壞의 緊急性 — 新聞 學藝面의 問題」 중[25]

---

24) 이상은 김문집, 『비평문학』 417~418쪽 참조.
25) 『비평문학』, 427쪽.

그렇다면 김문집이 생각한 문인들이 추구해야 할 "최고 수준"의 문장이란 어떤 것일까? 그의 대답은 당시의 일본 문인들의 문장에 대한 찬사 속에서 다음과 같이 설명된다.

東京 文壇의 一流 評論家들의 評論을 보라. 모두들 藝術品이다. 小說보다도 더 재미가 있다. 그들은 決코 新語字典에 매달려서 글을 쓰진 않는다. 自身의 知性과 感性과의 交錯點을 쉽고 아름다운 말로서, 다시 말하면 第一 自然한 말로서 表現해 낼 뿐이다.

作家 川端康成의 評文의 優秀性은 다시 말할 것도 없지마는 小林秀雄, 河上徹太郎, 正宗白鳥, 阿部知二等의 評論들에서 보는 그 純粹性, 個人性, 銳敏性, 妥當性들에 대하여 우리의 評壇은 과연 느낌이 없을 것인가?

———「評壇破壞의 緊急性 ─ 新聞 學藝面의 問題」중[26]

예술적 문장에 있어서의 지성과 감성의 조화 및 순수성, 개인성, 예민성 등의 강조는 결국 김문집이 추구하던 문학 세계가 이데올로기나 사회성의 강조와 같은 소위 '경향파(傾向派)'적 문학보다는 순수 예술론적 견지에 중심을 두고 있음을 느끼게 한다. 나아가 그는 예술적 문장이 갖추어야 할 조건으로 "첫째로 순수하고 둘째로 활기가 있으며 셋째로 날카로울 것"을 주문하고 있다. 이러한 그의 문학관은 그가 일본 문학자 중 가장 경도했다고 볼 수 있는 요코미츠 리이치(橫光利一, 1898~1947)로부터 영향을 받은 것으로 추측된다. 요코미츠는 노벨상 작가로 우리에게 친숙한 가와바타 야스나리(川端康成)과 함께 1924년 창간된 문예지 ≪문예시대(文藝時代)≫(1927년 폐간)를 주재하면서 일본 문학사에서 이른바 '신감각파' 문학을 주도한 인물이다.

---

26) 『비평문학』, 425쪽.

일본에서 신감각파가 등장한 배경에는 1923년 관동 지방을 강타한 대지진 이후의 일련의 사회 변화를 들 수 있다. 이 엄청난 자연 재앙으로 인해 도쿄나 요코하마와 같은 대도시는 하루아침에 폐허로 변해 버렸고, 이후 일본 사회는 경제나 사회적으로 재건이라는 변혁의 기치를 올리게 된다. 여기서 자연스럽게 기존의 문학적 전통을 일체 부정하고 새로운 것을 생성해 내려는 문학적 에너지가 분출되었다. 예술이나 사상 분야에서 기존의 관념이나 유파를 파괴, 부정하면서 새로운 가치를 창조하려는 참신한 예술 태도가 문단에 새바람을 일으켰던 것이다. 특히 신감각파 작가들은 자연주의 문학으로 대표되는 전대의 사실적 기법이나 장황한 산문체로 사회성만을 강조한 민중시파(民衆詩派)[27] 등의 문학을 부정하면서 신선하고 기발한 감각의 언어 표현을 통해 순수 예술에 대한 자각을 전면에 내세웠다.

전술한 김문집의 "순수성, 개인성, 예민성, 타당성"의 강조는 기계화된 근대 사회를 살아가는 인간의 현실 생활 속에서 집단이나 계층의 정치적 이데올로기의 막연한 표현 도구로서의 문학이 아닌, 참신한 언어 표현으로 독자들에게 개별적 감동을 줄 수 있는 순수 예술로서의 지성적(知性的) 가치를 최우선시하는 자세로, 일본의 신감각파 문학과 뿌리를 같이 한다.

이러한 요소는 그의 평론이 지닌 질적 수준이나, 일본 문학에 대한 맹목적 친화 여부에 대해 세밀하게 규명할 필요성을 환기시키기도 하지만, 이에 앞서 시기적으로 우리보다 한발 앞서 서양 문학을 모델로 문학의 근대화를 이룩한 일본 문단의 동향을 통해 우리 문학의 현주소를 가늠해 보려는 비교 문학적 시각 또한 생각해 볼 수 있을 것이다.

---

27) 1920년대 초반부터 팽배하기 시작한 민본주의 사상의 영향 아래 인도주의적 입장에서 민중이 주체가 되는 민중을 위한 예술을 지향한 그룹으로, 프롤레타리아 문학의 단서를 제공했으나 작품 속에 사회성의 도입과 같은 사상성을 강조한 나머지 예술성의 결여를 초래했다.

## 맺으며 ——'묵시적 발광체'로서의 일본 문학

본고에서 살펴본 김소운과 김문집의 저술 활동을 구체적으로 이해하기 위해서는 일본 문학과의 관련성에 대한 비교문학적 고찰이 필수적이다. 먼저, 김소운의 시가 번역에서 두드러진 특징인 일본적 정감이나 일본 시가로부터의 어휘 차용은 분명히 비교문학적 영향 관계의 규명을 필요로 한다. 본고에서는 충분히 다루지 못했으나 그의 창작적 번역의 배후에는 일본의 고전 시가로부터 근현대시인의 작품에 이르기까지 다양한 양상으로 관계성이 인정된다. 그러한 관계성은 김소운의 경우 자신의 창작이 아닌, 번역 작품을 통해 주로 나타나므로 견해에 따라서는 이를 단순한 번역상의 어휘 차용 등으로 평가 절하할 개연성이 있다. 그러나 한편에서는 시라는 고도의 언어 예술에 부수되는 수사적 기교나 미묘한 언어적 뉘앙스를 재현하기 위한 일종의 기교적 성격의 '모방'이라 해도 반드시 부정적인 것이라고는 생각하지 않는다. 이를테면 피식민지의 문학이 식민지의 문학을 모방하는 형태로 왕성한 창조성을 발휘하여 식민지 문학 수준을 능가하는 경우로 발전할 수 있는 것으로, 실제로『조선시집』을 비롯한 그의 번역시가에 대한 일본 측의 평가는 발간 당시 기타하라 하쿠슈를 비롯한 많은 시인들로부터 높은 평가를 받아 왔으며, 전후에는 적지 않은 일본인 학자들에 의해 작품으로서의 전체적 완성도를 에워싸고 원시의 재창작, 재창조로서의 가치를 중시하는 번역문학적 관점에서의 관심이 꾸준히 유지되고 있다.

김문집의 경우는 일본 문학 이외에 서양 문학과의 관계성이라는 별개의 비교문학적 시야의 갈래를 제공한다. 전술한 대로『비평문학』은 자신의 비평 이론이나 견해를 기술하는 가운데 수많은 서양 문학가 및 예술가들에 관한 사항을 중점적으로 소개하고 있어, 그의 서양 문학에 대한 이해도가 중요한 잣대로 떠오르게 된다. 이를테면 전술한 신감각파 문학을 보더라도 그것이 성립된 배후에는 '아방가르드(avant-garde)'라 불리는 20세기 초 유럽의 전위적이고 혁명적인 예술 운동이 그림자를 드리우고 있다. 결국 한국 문학과 일본 문학 특히 근대 문학과의 관계성을 논할 때에는 그 뿌리가 서양의 것인지 일본의 독자적인 것인지에 대한 면밀한 고찰이 요구되는 이유이다.

한국 문학의 근대화가 일정 부분 서양 문학을 모델로 추진되었다고 본다면, 필연적으로 일본은 서양의 근대 문학을 우리보다 한발 앞서 수용한 모델 국가로서, 일본 문학을 서양 문학 수용의 '경유체(經由體)' 혹은 '중간체'로 규정할 수 있다. 즉 한국 문학의 근대화 과정은 서양 문학과의 관계성이라는 비교문학적 측면에서 크게 두 가지 지적 경로에 의해 형성된 것으로 압축이 가능하다. 하나는 서양이라는 '발광체(發光體)'로부터 직접 유입된 다양한 작품이나 이론을 통해 근대화의 틀을 마련했다는 시각이며, 나머지 하나는 일본 문학이라는 서양 문학의 프리즘(prism)적 루트를 주요 기제로 삼을 수 있다는 것이다. 그러나 한국 근대 문학에 대한 비교 문학적 연구는 전자의 시각에 중점을 두어 전개돼 왔다. 그 배후에는 상호간 대등한 위치에서의 문학 교류를 지향하는 비교문학적 견지에서 보면 일본 문학은 식민지 지배라는 정치적으로 일방통행적인 비정상적 구조에서 수용되었다는 부정적 인식이 작용하고 있다.

우선 한국 근대 문학이 일본에 의한 식민지 지배 기간에 성립과 전개, 발전의 과정을 거쳤다는 것에 대해 이론이 없을 것이다. 이 시기에 등장하여 활약한 한국의 대다수의 문학자들은 기간의 장단(長短)에 차이는 있지만, 대부분이 일본에서 수학한 경험을 갖고 있다. 이들은 필연적으로 지리적으로 먼 서양보다는 우리보다 한발 앞서 문학의 근대화를 이룩한 일본 문학에 대해 자연스럽게 학문적 관심을 갖게 되었을 것이다. 요컨대 일본은 한국의 근대 문학 체계의 성립에 있어, 전술한 서양 문학의 '경유체(經由體)'로서의 역할은 물론, 일본 그 자체가 우리에게는 별도의 근대 학문의 대상이라는 '묵시적 발광체(默示的 發光體)'로 규정될 개연성을 부정할 수 없다. 엄밀한 의미의 문학사적 극복을 위해서도 어떤 형태로든 식민지 지배 기간에 성립된 한국 문학과 일본 문학의 관계는 고찰이 필수 불가결한 것으로, 김소운이나 김문집과 같은 '친일본적' 작가들에 대한 재평가가 요

망되는 이유이기도 하다. 물론 두 사람과 같은 일본 문학과 직접적인 관련이 있는 작가 외에도 양국 모두 서양 문학을 모델로 한 문학의 근대화 과정에서 적지 않은 유사성이 인정되는 만큼, 직접적 영향 관계에 얽매이지 않는 대비문학적(對比文學的) 견지에서의 양국 문학에 대한 조명은 매우 유익한 작업이 되리라 여겨진다.

참고문헌

권영민『한국근대문인대사전』, 아세아문화사, 1990.

김문집, 『비평문학』, 청색지사, 1938.

임종국, 『친일문학론』, 평화출판사, 1966.

김병걸·김규동(편), 『친일문학작품선집』(「실천신서」 5), 실천문학사, 1986.

백철, 『신문학사조사(新文學史潮史)』 신구문화사, 1980.

김소운, 『조선시집·젖빛구름(乳色の雲)』 河出書房(일본), 1940.

김소운, 『조선동요선』, 岩波文庫(일본), 1933.

김소운, 『하늘 끝에 살아도(天の涯に生くるとも)』, 新潮社(일본), 1982.

이어령, 『한국인의 마음·한의문화론(韓國人の心·恨の文化論)』, 學生社 (일본), 1982.

吉田精一(編), 『일본문학사(日本文學史)』, 角川書店(일본), 1986.

임용택, 『김소운 『조선시집의 세계』 ― 조국상실자의 시심(金素雲 『朝鮮詩集』の世界 ― 祖國喪失者の詩心)』, 中央公論新社(일본), 2000.

# 제4주제에 관한 토론문

서재길(서울대 기초교육원 교수)

임용택 선생님의 좋은 글 잘 읽었습니다. 일본 도쿄대학교에서 김소운에 관한 연구로 박사 학위를 받으신 전문가의 글을 두고 일천한 일본어 실력을 가진 제가 토론을 맡은 게 다소 주제넘는 것이 아닌가 하는 생각을 가져 봅니다. 김소운의 일본어 역시집 『조선시집』을 제대로 읽어 보지 못한 저이지만 주최 측에서 한국 근대 문학사의 관점에서 발표자와는 조금 다른 이야기를 해 달라는 취지로 청탁을 하신 것 같아서 그 부분이라면 조금은 이야기를 할 수 있지 않을까 하고 이 자리에 서게 되었습니다.

저는 한국 근대 문학을 전공하는 연구자로서 제가 김소운이라는 문인을 마주치게 된 몇 가지 풍경을 떠올리면서 선생님의 글에 대한 토론을 대신하고자 합니다. 그것은 제가 김소운의 조선 시 번역을 왈가왈부할 정도의 일본어 실력과 일본 문학에 대한 이해를 가지지 못하기 때문이기도 하고 임 선생님의 글이 한국에 잘 알려지지 않은 부분을 소개하고 재조명하는 글이라 논쟁적이지 않다는 점 때문이기도 합니다. 또한 다른 한편으로 한국의 일반 독자가 작가 김소운에 대해 느끼는 생각, 그리고 한국 문학 연구자가 번역가로서의 김소운에 대해 느끼는 미묘한 감정을 드러냄으로써 오늘 우리에게 김소운이 우리에게 어떤 방식으로 의미화될 수 있는가 하는 문제를 다시 생각해 보는 계기가 될 수 있으리라 생각하기 때문입니다.

잘 아시는 바와 같이 한국 문학사에서 김소운은 수필가로서 잘 알려져 있습니다. 국내에서 나온 김소운 연구의 대부분이 그의 수필에 대한 연구에 집중되어 있는 것이 이를 증명합니다. 특히 제게 있어 김소운은 국어 교과서에 실린 「가난한 날의 행복」이라는 수필의 저자로서 『목근통신』이라는 수필집과 더불어 기억되고 있습니다. 이는 저뿐만 아니라 여기 계신 많은 분들에게도 그렇지 않을까 합니다. 김소운은 수필 작가로서 처음 마주치게 된 것이지요.

국문과에 들어와 대학원에서 현대 문학을 전공하면서도 김소운이라는 작가는 제 관심에서 많이 벗어나 있었습니다. 리얼리즘 문학과 새로 해금된 월북·납북 작가 쪽에 더 관심이 많았던 탓에 수필 문학에 관심이 없었던 까닭이 아닐까 합니다. 그런데 박사 과정의 어느 수업에서 은사이신 김윤식 선생님께서 일본 도쿄대학교 고마바(駒場) 캠퍼스의 김소운 특집 학술대회에 다녀온 이야기를 하시면서 그 발표문으로 강의를 하신 일이 있었는데, 그날의 강의가 제게는 무척이나 인상적인 강의였습니다. 일본어 히라가나도 제대로 모르던 제게 일본에서의 한국 문학 연구란 과연 어떤 성격이고 일본에 있어서의 한국이란 도대체 어떤 존재인가 하는 의구심을 갖도록 한 것입니다. 그날의 강의의 구체적인 내용은 어렴풋하게만 기억할 수 있으나, 대략적인 내용은 일본의 한 좌파 역사학자가 『조선시집』에 실린 박용철의 시 「고향」을 일본 제국주의의 식민지 지배와 이로 인한 수탈을 잘 그린 작품으로 해석한 글을 발표하자 이를 김소운이 오독이라고 비판하였던 것으로 기억됩니다. 문제가 된 부분 중 하나는 오늘 발표문에도 있는 "마을 우물도 옮겨졌으리라"라는 부분이었던 것으로 기억하는데 문제는 이 구절의 원시는 "마을 우물"이 아닌 "마을 앞 시내"라는 점, 따라서 한국어를 모르는 사학자가 번역시를 근거로 원시에도 없는 구절을 가지고 "식민지 수탈" 운운하는 황당한 일이 벌어졌다는 점입니다. 어떻게 이런 일들이 버젓이 일어날 수 있었을까 하는 생각이 들면서 일본에서의 한국 (문학) 연구란 이런 정도의 것인가 하는 의아심을 지니게 되었습니다. 두 번째 만난 김소운은 일본에서의 한국 문학 연구의 실상 혹은 허상과 결부되어 있었던 것입니다.

반드시 김소운 때문만은 아니었지만 근대 문학 공부를 위해 일본을 알아야 한다는 생각으로 일본에 1년간 교환 학생 신분으로 유학하면서 저는 세 번째로 김소운과 마주하게 되었습니다. 일본 대학에서 저의 지도교수이셨던 도쿄외국어대학의 사에구사 도시카츠(三枝壽勝) 선생께서 한 연구회에서 김소운 번역시집에 관한 발표를 하시는 것을 듣게 된 것이었습니다. 일천한 일본어 실력 탓에 발표의 내용을 완벽하게 소화하지는 못했지만 대략적인 내용은 오늘 선생님께서 말씀하신 것과 같은 김소운의 '창작으로서의 번역'에 관한 것이었고 이에 대한 사에구사 선생의 견해는 상당히 비판적이었습니다. 사에구사 선생님의 그 발표는 나중에 논문으로 완성되어 『한국 근대 문학과 일본』(소명출판, 2003, 대산해외한국문학연구 지원 사업 수혜 저작)이라는 단행본에 한국어로 실려 있어서 다시 읽을 수 있었습니다. 사에구사 선생의 견해는 극단적으로 말하자면 『조선시집』은 근대 한국시의 앤솔러지가 아니라 근대 한국 시인의 시를 가져와 만든 김소운의 일본어 창작 시집이라는 것이었습니다.(실제로 시집 서문에도 유사한 표현이 있습니다.) 그리고 여기에는 김윤식 선생에게서와 마찬가지로 일본에서 김소운이 호명되는 방식에 깃든 오리엔탈리즘에 대한 신랄한 비판이 담겨 있었습니다. 예를 들어 이하윤의 「들국화」가 한국 근대시를 대표하는 서시 격으로 들어 있는 것이 좋은 사례입니다. 번역시 「야국(野菊)」은 형식 면에서 일본의 전통적 율격으로 다듬어졌고 내용 면에서는 식민지의 애상을 노래한 것이라는 점 때문에 이 시는 이하윤의 「들국화」를 이용하여 김소운이 새롭게 창작한 일본어 시라는 이야기였습니다. 한국 문학을 연구하는 일본인 중에서도 이런 분이 있었구나 하고 깜짝 놀랐습니다. 이런 의미에서 『한국 근대 문학과 일본』은 한국 근대 문학 연구자들이 사에구사 선생에게 진 빚을 값기 위해 헌정하기 위해 기획되었던 셈입니다.

그런데 오늘 다시 선생님의 발표를 들으면서 저는 김소운과 그의 『조선시집』 번역을 바라보는 기존의 제 생각이 미묘하게 요동치는 것을 느끼게 됩니다. 일본에서 김소운이 호명되는 방식에 대해 지니고 있었던 제 의구심이 여전히 존재하는 것은 사실이지만, 이와는 별도로 번역자로서의 김소운, 나아가 문화 매개자(cultural broker)로서의 김소운의 존재를 다시 볼 필요가 있다는 생각을 가지게 된 것입니다. 적절한 비유일지는 모르겠지만 어쩌면 김소운이라는 문화 번역자 혹은 문화 매개자는 2000년대 배용준이라는 한 배우가 드라마라는 대중문화를 통해 한국을 일본에 새롭게 알린 것과 흡사한 모종의 역할을 한 것이 아닐까 하는 생각을 가지게 된 것입니다. 물론 '욘사마' 열풍 자체에 숨어 있는 일본식의 식민주의적 무의식과 오리엔탈리즘의 시선을 부정하려는 것은 아닙니다. 일본에서는 이제 사라진 어떤 정서를 이웃 국가인 한국에서 발견하고 확인함으로써 다른 한편으로 실제의 한국과는 다른 상상된 한국의 이미지가 구축되고 이것이 다시 일본의 자기 정체성을 확인하는 데 기여한다는 점에서 『조선시집』의 오리엔탈리즘과 '욘사마' 열풍에는 모종의 공통성이 존재하는 것이 사실일 것입니다. 그러나 이런 점들을 인정하더라도 적어도 '욘사마'라는 한 문화 상품이 일본에서 한국이라는 표상을 새롭게 하고 특히 재일 조선인들의 위상을 드높이는 데 기여한 점을 부인하기 힘들 것입니다.

이러한 생각은 특히 오늘 선생님의 발표를 통해서 김소운이 어떤 소명의식을 지니고 번역에 임했다는 점을 확인하게 되면서 더 명료해지게 된 것 같습니다. 『젖빛구름』 후기에서 인용한 부분, 즉 조선어가 "문장어로서 종지부를 찍으려" 하는 절체절명의 상황 속에서 "어느 날 힘찬 무장이 조선 문학의 표현을 위해 마련될 것"이라는 예상 속에서 이 시집의 번역이 이루어졌다는 것입니다. 물론 '대동아 공영론'이 제기되는 와중에 조선에 대한 일본 사회의 관심이 새롭게 대두되었던 시기에 이 시집이 출간되었다는 점은 여러 면에서 그 기획 의도의 '불순함'을 느끼게 합니다. 그러나 저는 한 사람의 시인으로서 자신의 모국어가 사라질 위기에 처한 상황에서 그 모국어로 만들어진 최고의 정수인 시를 식민지 제국의 언어를 하나의 도구로 삼아서 보존하고 이를 전달해 보겠다는, 김소운의 시인으로서의 소명감을 느끼게 됩니다.

이 지점에서 저는 김소운의 번역 시집이 일본 사회에서 읽히는 방식이 반드시 단선적이거나 획일적이지는 않았을 것이라는 생각을 하게 됩니다. 많은 일본인들에게는 그들이 지녔던 오리엔탈리즘적 편견을 확인하는 텍스트로 기능하였을 것임에 틀림이 없지만, 또 결코 적지 않은 사람에게 식민지 조선의 문학과 시와 언어에 대해 물음표를 던지게 함으로써 문학 본연의 반성적 사유를 가능케 하지 않았을까 하는 것이지요. 임 선생님의 말을 빌리면 "일본이라는 '권력'의 언어를 이용하여 자국의 언어 그리고 시의 존재성을 호소하려 했다는 피식민지 문학으로서의 전략적 성격"으로 충만했던 것입니다.

저는 여기에서 "시의 존재성"이라는 구절이 퍼뜩 눈에 들어왔습니다. 이는 문학 본령의 어떤 부분, 예를 들어 그리스 비극이나 셰익스피어, 혹은 보들레르나 도스토예프스키 같은 문인들의 작품들을 통해서 느끼는 문학 정신의 정수, 민족어나 민족 문학이라는 경계조차도 넘어서는 문학 본연의 어떤 것을 의미하는 것일 것입니다. 김소운은 바로 이러한 문학 본령의 창조적인 힘에 대한 신뢰를 바탕으로 곧 사라질지 모르는 식민지와 그 언어와 문학에 대해 식민 제국의 독자들에게 제국의 언어로서 호소하려 한 것은 아닐까 하는 생각을 해 봅니다. 소통 가능성을 위해 결국 그의 번역은 원작을 훌쩍 넘어선 '창작'이 되어 버린 것이 아닐까 하고.

이 지점에서 저는 문득 식민지 아일랜드 출신 작가인 조이스의 소설집 『더블린 사람들』이 '대영 제국'의 독자들에게 어떤 방식으로 읽혔을까, 시인 예이츠의 시는 또 어떠했을까 하는 상상을 해 봅니다. 아마 이들의 소설과 시가 식민 제국의 독자들에게도 다양한 방식으로 읽혔을 것이며 적지 않은 사람들에게는 깊은 지점에까지 이르는 영혼의 소통을 가능케 했을 것이라고 생각해 봅니다. 그 소통 과정에서 식민지의 모국어와 민족적 전통을 말살해 버리는 식민주의에 대한 비판이 성립할 공간이 조금씩 열릴 수 있지 않았을까. 김소운의 번역 시집 또한 그런 의미로서 읽혀져도 좋지 않을까 하고 생각합니다. 올해로 탄생 100주년을 맞이한 김소운이 한국 근대학사에서 가지는 의미는 바로 이런 지점에서가 아닐까 하고 말입니다.

# 김소운[1] 생애 연보

1908년[2]    1월 5일 부산 절영도(絶影島)에서 구한말 탁지부 관리인 부친 김옥현(金玉顯)과 모친 박덕수(朴德水)의 장남으로 출생. 호는 삼오당(三誤堂), 본명은 김교중(金敎重)임.

1909년    직업상 감독 관청의 일본인과 자주 만났던 아버지는 친일파로 지목되어 경상남도 진주에서 동포의 총탄을 맞아 사망함. 이후 조부모와 모친 사이에 고부간의 갈등이 생김. 졸지에 과부가 된 며느리를 믿지 못하고 양육비나 조의금을 주지 않아서 생긴 일이라고 함.

1911년    조부모와 함께 진해로 이사.

1912년    모친이 고부간의 갈등을 견디지 못하여 재혼하기 위해 러시아로 떠남.

---

1) 김소운 연보는 김소운, 『하늘 끝에 살아도』(신조사, 1982) ; 임용택, 『김소운 「조선시집」의 세계』(도쿄 : 中公新書, 2000, 252~259쪽)에 실린 약력을 중심으로 하여, 김소운, 『목근통신』(아름, 2006), 262~264쪽, 임종국, 『친일문학론』(평화출판사, 1966) 등을 참조하면서 수정·추가하였다. 김소운에 대한 전기적 연구는 최박광, 「한국과 일본의 틈바구니에서 — 시인 김소운의 경우」(≪교육논총≫, 2, 건국대 교육대학원, 1982)에 잘 정리되어 있다.

2) 탄생 연도에 대해 두 가지 견해가 있다. 김소운, 『하늘 끝에 살아도』와 임용택, 『김소운 『조선시집』의 세계』의 뒤에 실린 약력에는 1908년으로 쓰여 있다. 사에구사 토시카츠, 『韓國文學を味わう』(國際交流基金アジアセンター, 1997, 169쪽)과 한국측 자료는 인터넷 약력을 포함해서 모두 1907년으로 되어 있다. 1908년 1월의 탄생일은 음력이므로 1907년 12월에 태어났다고 한다. 그러나 장녀 김영은 "호적에 문제가 많고, 가장 정확한 것은 1908년 1월 5일이다. 그날을 가족들이 탄생일로 지키고 있다"고 전했다. 가족의 증언은 최박광(윗글, 1982)과 도쿄대학교 비교문학연구실의 「김소운 특집(詩人金素雲氏を悼む)」, ≪비교문학≫(1982. 4)이 그대로 따르고 있다. 작성자는 '1908년 1월 5일'을 탄생일로 잡아 연보를 작성했다.

어린 김소운을 데리고 가려 했으나 조부모의 제지로 뜻을 이루지 못하고 생별(生別)함.

1914년  5월, 진해면 경회동 사립 다이쇼(大正)학교에 입학.

1915년  김해읍 고모댁으로 옮기면서 김해공립보통학교 1학년에 편입하고, 한문 사숙(私塾)에서 정운회 선생에게 『동몽선습』, 『통감』 등을 배움.

1916년  모친을 찾아 러시아로 가려고 평안남도 진남포까지 감. 도중에 진남포에서 한 달간 머물다가 러시아로 가는 인편을 얻지 못해 조부 집으로 돌아옴. 부산 절영도 사립 옥성(玉成)보통학교 2학년에 편입.

1919년  3·1운동이 일어나고, 이모 박정수가 스무 살 처녀의 몸으로 투옥됨. 민족주의 성향이 숙부의 영향을 받은 데다가, 양계초의 『월남망국사』를 읽고, 또한 제1차 세계대전 때 유럽 각국의 소년 병사들이 나라를 위해 목숨을 바친 데 자극되어, 70명 소년으로 절영도 소년단을 조직하여 단장이 됨. 옥성보통학교 4년을 중퇴.

1920년  8월 소년단이 헌병대의 압력으로 강제 해산됨. 가을에 종형과 함께 일본으로 밀항하여 오사카 항에 도착. 오사카에서 백부(伯母) 집에 거함.

1921년  오사카에서 반년을 보낸 뒤 2월 도쿄로 감. 4월 도쿄 가이세이(開成)중학교 야간부에 입학. 신문팔이 등 여러 일을 하면서 고학.

1923년  9월 1일 관동대지진으로 중퇴. 오사카에 있는 숙부 집에서 반년을 보낸 뒤 귀국.

1924년  2월, 부산으로 돌아와서 봄날 부산에서 경성으로 감. 공초(空超) 오상순, 범부(凡父) 김정설, 포석(抱石) 조명희, 수주(樹州) 변영로 등 선배들을 만남.
   5월, 경성 메이지쵸(明治町, 현 명동) 제국통신경성지사(帝國通信京城支社)에 나이를 다섯 살 보태 입사하여, 원고를 옮겨 쓰는 일을 함. 이해 창간한 ≪시대일보≫(사장 최남선)에 ≪제국통신≫의 축사를 전달, 그 연분으로 ≪시대일보≫에 시 「가을」, 「신조(信條)」를 발표.

1925년  제국통신을 그만두고, 6월 부산으로 돌아가 ≪조선일보≫ 통신원이 됨.

9월 첫 시집 『출범(出帆)』을 부산 초량 경남인쇄회사에서 조명희 서시, 안석영 장정(裝幀), 나혜석 비화(扉畵)로 500부 인쇄했으나 인쇄비를 납부하지 못하여 겨우 10여 부만 찾음.

1926년 8월, 다시 일본으로 돌아가 1년반에 걸쳐 도보여행을 하며, 일본 각지를 방랑. 도쿄 일대의 교포 노동자를 찾아다니며 구전민요를 채집. 이무렵 일본 시인 기타하라 하쿠슈에게 사사하면서 시를 공부함. 아울러 시라도리 쇼고(白鳥省吾)가 주재하던 시 잡지 ≪지상낙원≫에 「조선의 농민가요」를 6회 연재하는데 이 글은 우리 구전민요를 일본에 소개한 첫 글이 됨.

1927년 1월, 「조선의 농민가요(朝鮮の農民歌謠)」를 ≪지상낙원≫(白鳥省吾主宰)에 발표하여 호평을 받고 6회에 걸쳐 연재. 이것이 계기가 되어 그는 조선의 민요, 동요, 동화, 현대시, 사화(史話) 등을 번역하기 시작. ≪지상낙원≫ 동인들의 입회로, 영문학자 사이토 히데사부로(齋藤秀三朗)의 제자인 오가와 시즈코(小川靜子)와 결혼.

1928년 일본어로 번역한 「조선민요」를 갖고 시인 기타하라 하쿠슈를 찾아감. 8월, 기타하라 하쿠슈의 개인 초대로 도쿄 명월관에서 시인 하기하라 사쿠타로(萩原朔太郎), 음악인 야마타 고사쿠(山田耕作), 화가 야마모토 가나에(山本鼎), 극작가 나가다 히데오(長田秀雄) 등 각 방면의 원로 인사 20여 명이 출석하여 '김소운을 소개하는 밤'을 가짐.

1929년 7월 일본어 역 『조선민요집(朝鮮民謠集)』(도쿄 : 泰文館)을 기타하라 하쿠슈의 서(序), 야마타 고사쿠의 채보(採譜), 기시다 유세이(岸田劉生) 장정으로 간행. 기타하라 하쿠슈는 이 책 서문에서 "조선에 이런 아름다운 시심(詩心)이 있을 줄이야!"라고 감탄함.

10월 귀국하여 ≪매일신보≫ 학예기자로 입사. 이후 2년간 독자의 협력을 얻어 전국 각지에 산재한 구전동요, 민요 3,000수를 채집.

1931년 아동 교육 기관을 경영하면서 강습회와 문학 강좌를 열어 청소년 교육에 힘씀. 한국 민요, 동요와 신시(新詩)를 일본어로 번역, 소개.

11월, 다시 일본으로 가서 조선의 구전민요 출판을 교섭. 이 시기에 동양대, 일본대 등에서 청강함.

1933년 1월, 도타 사치무라(土田杏村), 나무라 데(新村出)의 소개로 순 한글판 『언문조선구전민요집(諺文朝鮮口伝民謠集)』(도쿄: 第一書房)을 간행. 같은 1월에 한글판 원본과 가사 번호로 연결한 『조선동요선(朝鮮童謠選)』, 8월에는 『조선민요선(朝鮮民謠選)』을 모두 이와나미문고(岩波文庫)에서 간행함.

8월, 귀국하여 서울에서 '조선아동교육회'를 설립하고, 소년 잡지 《아동세계》, 《신아동》, 《목마》를 발행하지만, 자금이 부족하여 4년 만에 폐간.

1937년 7월, 아동 잡지를 만들 자금을 얻기 위해 도쿄에 왔다가 중일전쟁이 일어나고, 곧 검거되어 반년간 오오모리서(大森署)에 구류되고 강제 귀국 당함. 전국 지방을 돌아다니자 수상한 '불령선인(不逞鮮人)'으로 낙인 찍혀 심할 때는 아무런 혐의 없이 유치장에 갇히기도 함.

1939년 3월, 노천명의 시「사슴」등 서너 편을 번역하여 번역자의 이름이 실리지 않은 채 《부인공론》(1939년 3월호)에 소개되었는데, 이것이 계기가 되어 현대시 번역에 자신감을 갖게 됨.

1940년 5월, 조선 현대시를 최초로 일본어로 『젖빛구름(乳色の雲)』(河出書房)을 출판. 이 번역시집은 40여 조선 시인의 시를 묶은 번역 앤솔러지임.

1942년 4월, 사화(史話) 『삼한 옛이야기(三韓昔がたり)』(學習社), 6월에는 동화집 『석종(石の鐘)』(東亞書林), 11월 동화집 『푸른 잎(青い葉っぱ)』(三學書房)을 각각 출판함.

1943년 1월, 『조선사담(朝鮮史譚)』을, 6월 동화집 『누렁소와 까망소(黃ろい牛と黑い牛)』를 모두 도쿄 천우서방(天佑書房)에서 출판.

8월, 『조선시집(朝鮮詩集)·전기』, 10월, 『조선시집·중기』(도쿄: 興風館)를 각각 발행. 검열을 받을 때 상·중·하권으로 내겠다고 신청

하고, 하권에 국책에 호응하는 친일시들이 있다고 하여, 상·중권으로 쉽게 검열에 통과할 수 있었다고 함.

이 시기에 일본에 머물면서 총독부 기관지 ≪매일신보≫, 일문(日文) 잡지 ≪녹기(綠旗)≫ 등에 친일적인 시나 수필을 발표함. 솔로몬 군도 방면 항공 작전 지휘 도중 부겐빌 상공에서 미군기에 의해 격추되어 전사한 일본연합함대 사령관을 추도하는 「야마모토 원수의 국장일」(≪매일신보≫ 1943. 6. 8)이 대표적인 친일시임. 이외에 「재장」(≪매일신보≫ 1943. 6. 8), 「부조의 오명을 일소」(≪매일신보≫ 1943. 11. 21) 등을 발표[3]

1944년   1월, 태평양전쟁이 격해지고, 민족적인 갈등을 느끼며 오가와 스즈코와 헤어짐.

1945년   국책 협조에 말려들지 않기 위해 2월 '전시생활상담소 외지위원'이라는 명목으로 도쿄를 떠나 북만주까지 여행하고, 하얼빈에서 수년 만에 청마 유치환과 만남.

8월, 일본이 패배했다는 것을 부산에서 들음.

10월, 종제 용환과 함께 부산 광복동에서 그릴 '백랑'을 경영. 귀환 동포 자제를 위한 근로 청년 한글 강습회와 일요 문학 강좌를 병설.

11월, 서울 연무관 도장에서 이극로 주례로 동향인 김한림(金韓林)과 결혼.

1946년   5월, 동래로 들어가 양돈, 양계, 유양(乳羊) 사육 등 원예 생활을 시작.

---

3) 김소월의 친일 문학에 대해서는 임종국, 『친일문학론』(평화출판사, 1966), 215~218쪽을 참조바란다. 임종국의 1940년대 김소운의 번역 작업까지도 "일치 말엽의 조선 작품의 일역 또는 일본 작품의 조선어 역은 바로 내선(內鮮)의 문화 교류 및 국어 보급 문제에 직결되는 것이었고, 따라서 이것은 친일 작품은 아니지만 그 방조(傍助)적 역할만은 부인할 수 없는 것이다."(위의 책, 218쪽)라면서 극도로 부정적으로 비평한다. 필자는 그의 전체적인 삶을 볼 때 그를 쉽게 친일시인으로 폄하할 수는 없다. 친일시를 발표한 것은 사실이나 그가 일본에 한국 문학의 우수성을 알린 활동은 그 흠을 덮고도 남는다.

1947년   시인 구상은 "1947년 내가 갓 월남을 해서 한때 명기자였던 고 박성
        환댁(朴聖煥 宅)에 기숙을 한 적이 있는데 그때 동숙자가 바로 김소
        운 선생이었다. 선생은 그 시절 고향 부산서 올라와서 ≪만화행진≫이
        란 주간지를 발행하고 있었는데 그 언동 일체가 나의 놀람과 탄복을
        자아냈다. 막말로 하자면 마치 동키호테의 실물을 보는 느낌이었다.
        저러한 선생의 이상주의적 행동성이 그 글이나 인품에 일관되게 나타
        나서 그 생애에 무수한 파란을 몰아도 왔고 또 이를 이겨내기도 했
        다."라고 증언함.

1948년   3월 14일, 김소운이 발의하여 시인 이상화의 시비를 대구 달성 공원
        북쪽에 세움. 박종화 등의 협찬으로 세워진 이 시비의 앞면에는 상화
        의 시 「나의 침실로」의 한 구절을 막내아들 태회(당시 11세)의 글씨
        로 새겨 넣음. 뒷면은 김소운의 글이 새겨져 있음. 한국 최초의 시비
        로 기록되어 있음.

        9월, 서울 명동에 청려사를 세워 주간 풍속지 ≪만화행진≫과 주간지
        ≪청려(靑驢)≫를 발행하나, 10월 19일 여수 순천 사건이 발발하여
        가판 금지령으로 발매 금지를 당함.

1950년   3월, 개정판 『조선구전민요집』(서울 : 영창서관)을 냄.

1951년   7월,  한국을 '지옥'이라고 비하하고, 일본을 '천국'이라고 칭송하던 일
        본의 ≪선데이 마이니치(サンデー每日)≫ 좌담 기사를 읽고 묵과할
        수 없어, 일본인에게 보내는 공개편지인 장편 수필 「목근통신」을 ≪국
        제신보≫에 연재함.

        11월, 일본의 소설가 가와바타 야스나리의 소개로 일본의 종합지 ≪중
        앙공론(中央公論)≫에 번역 소개되어 일본 사회에 큰 반향을 불러일
        으킴.

1952년   3월, 동화집 『보리알 한 톨』(부산 : 수도문화사) 출판.

        7월, 수필집 『마이동풍첩(馬耳東風帖)』(대구 : 고려서관) 출판.

        9월, 유네스코 초청으로 베네치아 국제 예술가 회의에 한국 대표로 참

석하려고 도쿄를 거쳐 이태리로 가던 길에, 도쿄에서 인터뷰 「최근의 한국사정(最近の韓國事情)」(≪아사히신문≫ 9월 24일)을 함. 이 인터뷰에서 이승만 정권을 비방했다 하여, 이태리에서 돌아온 후 12월에 주일대표부 공사에게 여권을 압류당한 채 귀국하지 못함. 이후 13년간 귀국하지 못함.

1953년    3월, 합권 『조선시집』(도쿄: 創元社) 출판.
        6월, 동화집 『당나귀 귀 임금님(ろばの耳の王さま)』(講談社)을, 12월, 민화집 『파 심는 사람(ネギをうえた人)』(岩波少年文庫)을 출판.

1954년    2월, 『은수삼십년(恩讐三十年)』(ダヴィッド社)을, 11월, 문고판 『조선시집』(岩波文庫)을 출판.

1955년    5월, 수필집 『삼오당잡필(三誤堂雜筆)』(진문사), 12월, 『희망을 아직 포기할 수 없다(希望はまだ棄てられない)』(河出新書)를 출판.

1956년    일본에 체류하면서 4월, 『아시아의 4등 선실(アジアの四等船室)』(講談社)을 출판.

1957년    한일 문화 교류의 거점으로, 한국 문화 자료 센터 '코리안 라이브 센터'를 창립하고 기획. 제 1단계로 『목근문고(木槿文庫)』, 『목근소년문고(木槿少年文庫)』를 간행하기로 하지만, 각 2권을 내고 중단.

1959년    센터의 자금을 충당하기 위해 테이프를 제작 판매하는 '녹음교재사'를 설립하고 아시아 민화 6권을 제작. 그러나 사업에 실패하고, 동포의 협력도 받지 못하고, 가족도 만날 수 없어 좌절과 허무감으로 나날을 지냄.

1965년    여름에 여권을 다시 받고, 10월 13년 만에 귀국. 귀국하자마자 김포공항에서 매스컴의 주목을 받고, 곧 회상록 「역려기(逆旅記)」(≪서울신문≫)를 연재하기 시작.

1966년    1월, 자전 수필집 『건망허망(健忘虛妄)』(서울: 남향문화사)을 출판.

1967년    7월, 『일본의 두 얼굴』(서울: 삼중당) 출판.

1968년    1월부터 KBS국제방송의 요청으로 일본으로 보내는 대담 방송 「서울

찻집」과 「현대시 감상」을 주 1회~2회 진행.

5월, 편저 『정해한일사전』(휘문출판사)을 출판. 이 사전은 도쿄 고려 서림(高麗書林)에서도 출판됨. 7월 수필집 『물 한 그릇의 행복』(서울 : 중앙출판공사), 11월 자전 에세이 『하늘 끝에 살아도』(서울 : 동화출판 공사) 출판. 말년에 '소운(巢雲)'이라는 필명을 사용함.

1969년　9월 『도쿄 : 거대한 촌락』(서울 : 배영사) 출판.

1973년　수필집 『목근통신(木槿通信)』(서울 : 삼성문화문고) 출판.

1974년　3월 수필집 『밑없는 항아리』(서울 : 중앙출판공사) 출판. 7월 수필집 『일본이라는 이름의 기차(日本という名の汽車)』(도쿄 : 冬樹社) 출판.

1975년　5월, 『한국미술전집』(서울 : 동화출판공사) 전15권의 일본어 역을 완료.

1976년　11월, 3년여의 편집과 번역 끝에 완수하여 한국과 일본에서 공동 출판한 『한국현대문학선집』(서울 : 동화출판공사, 도쿄 : 冬樹社 공동 출판) 전 5권을 출판. 번역에 평생을 바쳤던 그의 업적을 총결산한 것임.

1977년　한국펜클럽의 한국번역문학상 수상.

1978년　9월, 일본 도쿄대학교에서 2번에 걸친 강연회를 하고 약 1개월 동안 체류. 10월, 그동안의 수필을 총 정리한 『김소운 수필 전집』 전5권, 『김소운 대역시집』 전3권을 모두 부산 아성출판사에서 출판.

1979년　3월, 수필문학상(한국수필문학진흥회)을 받음. 수필집 『가깝고도 먼 나라에서(近く遙かな國から)』(新潮社)를 출판하면서 일본에 체류할 때, 건강에 이상이 있다는 것을 느낌. 2주 만에 예정을 중단하고 귀국.

1980년　1월, 위암을 진단받음. 2월에 병명을 알고, 월말에 서울대 병원에서 위 절단 수술을 받음. 경과가 좋아 한일사전을 개정하기 위해 몰두함.
10월, 대한민국 문화훈장 은관(銀冠)을 받음.
11월, 일본의 '지구(地球)'에서 주최하는 「국제시인회의」에 초청되고, 마지막으로 일본을 방문. 1개월 체류한 뒤 귀국하지만 몸에 이상을 느낌.

1981년　1월, 『마음의 벽』(새마을 출판회) 출판. 3월, 다시 수술을 받고, 이후 간에도 이상이 생겨 자택에서 고통을 참으며 투병 생활을 함. 10월,

국제문화디자인상(梅原猛 代表)을 수상하고, 자전 에세이 『맨발의 인생행로』(중앙일보사)를 출판.

11월 2일, 자택에서 사망. 김소운을 존경하던 의사 박성태(수필가)가 마지막 운명을 지켜보고 기록에 남김.[4] 스승인 기타하라 하쿠슈의 39년 기일이 되던 날이었음. 향년 74세. 사후 김소운의 저서 인세는 도쿄대학교 비교문학 대학원에 기증되어, 1992년부터 지금까지 탁월한 연구자에게 수여하는 김소운상(金素雲賞)이 운영되고 있음.

1988년  6월 10일, 『함께 부르는 노래』(서울 : 아동문예사)가 출판됨.

1995년  4월 30일, 『가난한 날의 행복』(서울 : 범우문고)이 출판됨.

1998년  2월 21일, '김소운, 문학비 21일 부산 제막식'이 우리문학기림회(회장 이명재)에 의해 출생지인 부산의 태종대 시민소공원에서 열림.

1999년  5월 1일, 『물 한 그릇의 행복』(서울 : 한글)이 다시 출판됨.

1999년  9월 1일, 『꽃에게 별에게』(서울 : 아동문예사)가 다시 출판됨.

2000년  11월 11일, 고마바 도쿄대학교에서 국제 심포지엄 '한일 교류와 김소운의 문학 세계' 개최.[5]

---

4) 박성태, 「김소운 선생 추상기(追想記)」, ≪북한≫(통권 121호, 북한연구소, (1982. 1), 48~50쪽.

5) 이 세미나에서 발표된 김윤식의 글 「한국 근대문학사의 한 시선에서 본 김소운」은 『한일 근대문학의 관련양상 신론』(서울대 출판부, 2001)에 실려 있다.

# 김소운 작품 연보[6]

| 발표일 | 분류 | 제 목 | 발표지 |
|---|---|---|---|
| 1924 | 시 | 가을, 信條 | 시대일보 |
| 1925 | 첫 시집 | 출범 | 초량 경남 인쇄회사 |
| 1926. 1 | 6회 연재 산문 | 朝鮮の農民歌謠 | 地上樂園 (白鳥省吾主宰) |
| 1929 | | 朝鮮民謠集, 北原白秋閱 | 東京: 泰文館 |
| 1933. 1 | | 언문 조선구전민요집 (한글판) | 東京: 第一書房 |
| 1933. 1 | | 朝鮮童謠選 | 東京: 岩波文庫 |
| 1933. 8 | | 朝鮮民謠選 | 東京: 岩波文庫 |
| 1939. 3 | 번역시 | 노천명 시 「사슴」 등 번역 | 婦人公論 |
| 1939. 11 | 시 | 朴の花 | 婦人公論 |
| 1940. 5 | 번역시집 | 乳色の雲 | 東京: 河出書房 |
| 1942. 4 | 사화(史話) | 三韓昔がたり | 東京: 學習社 |
| 1942. 6 | 동화집 | 石の鐘 | 東京: 東亞書林 |
| 1942. 11 | 동화집 | 靑い葉っぱ | 東京: 三學書房 |

6) 김소운의 수필과 시, 그리고 번역문의 발표 서지를 모두 밝히는 것은 그 양이 너무 방
대하다. 그래서 저서를 중심으로 목록을 작성하고, 중요한 경우에만 잡지나 신문 발표
문을 기록해 둔다. 저서의 경우 첫째, 특별한 설명이 없는 한 모두 수필집이다. 둘째,
초판 저서만을 기록하기로 한다. 김소운은 낸 책을 시간이 지나면 출판사를 옮겨 다시
내기도 했다. 이 목록에는 개정판이 아닌 초판만을 기록해 둔다.

| 발표일 | 분류 | 제 목 | 발표지 |
|---|---|---|---|
| 1943. 1 |  | 朝鮮史譚 | 東京: 天佑書房 |
| 1943. 6 | 동화집 | 黃ろい牛と黑い牛 | 東京: 天佑書房 |
| 1943. 8 | 번역시집 | 朝鮮詩集(前期) | 東京: 興風館 |
| 1943. 1 | 번역시집 | 朝鮮詩集(中期) | 東京: 興風館 |
| 1943. 6. 8 | 시 | 야마모토 원수의 국장일 | 매일신보 |
| 1943. 6. 8 |  | 재장 | 매일신보 |
| 1943. 11. 21 | 수필 | 부조의 오명을 일소 | 매일신보 |
| 1950. 3 | 개정판 | 조선구전민요집 | 영창서관 |
| 1951. 7 | 장편수필 | 목근통신(木槿通信) | 국제신보 |
| 1952 | 동화집 | 보리알 한 톨 | 수도문화사 |
| 1952 | 수필집 | 마이동풍첩 | 고려서관 |
| 1952. 4 | 수필 | 춘원 이광수의 편모(片貌): 푸른하늘 銀河水 | 자유세계 |
| 1952. 9. 24 | 인터뷰 | 最近の韓國事情 | 朝日新聞 |
| 1952. 10 | 수필 | 아스피링名醫: 慢性日本病外科診斷書 | 자유세계 홍문사 |
| 1953. 3 | 합권 | 朝鮮詩集 | 東京: 創元社 |
| 1953. 6 | 동화집 | ろばの耳の王さま: 韓國昔話 | 東京: 講談社 |
| 1953. 12 | 민화집 | ネギをうえた人 | 東京: 岩波少年文庫 |
| 1954. 9 | 수필 | 恩讐三十年 | 文芸春愁 |
| 1954 | 수필집 | 恩讐三十年 | 東京: ダヴィッド社 |
| 1954. 11 | 문고판 | 朝鮮詩集 | 東京: 岩波文庫 |

| 발표일 | 분류 | 제 목 | 발표지 |
|--------|------|-------|--------|
| 1955. 5 | | 三誤堂雜筆 | 진문사 |
| 1955. 12 | | 希望はまだ棄てられない | 東京: 河出新書 |
| 1956. 4 | | アジアの四等船室 | 東京: 講談社 |
| 1957 | | 端宗六臣 | コリアン・ライブ ラリー |
| 1957 | | 民族の日蔭と日向 | コリアン・ライブ ラリー |
| 1965 | 회상록 | 逆旅記 | 서울신문 |
| 1965 | | 이 일본사람들을 보라: 일본에 보내는 편지 | 수도문화사 |
| 1965. 12 | 수필 | 어느 일본 시인 | 신동아 |
| 1966. 1 | 자전수필집 | 健忘虛妄 | 남향문화사 |
| 1966. 1 | 수필 | 일본이란 이웃나라 | 문학춘추 |
| 1966. 2 | 수필 | 기자근성이란 근성: 한달「스타」泰山鳴動記 | 제지계 |
| 1966. 6 | 수필 | 倒錯된「일본」 | 문학 |
| 1967. 7 | | 일본의 두 얼굴 | 삼중당 |
| 1967. 8 | 수필 | 物價・月賦에 쫓기는 문화생활: 주부, 현대 일본인의 생활 | 신동아 |
| 1967. 11 | 수필 | 誤差 | 세대 |
| 1967. 12 | 수필 | 한국 속의 '일본': 과연 교류는 가능한가 | 세대 |
| 1968. 4 | 좌담 | 버림받는 60만의 | 신동아 44 |

| 발표일 | 분류 | 제 목 | 발표지 |
| --- | --- | --- | --- |
| | | 지위 : 재일교포들의 현재와 미래/김소운 외 | |
| 1968. 5 | 편저 | 精解韓日辭典 | 서울 : 휘문출판사, 東京: 高麗書林 동시 출판 |
| 1968. 7 | | 물 한 그릇의 행복 | 중앙출판공사 |
| 1968. 7 | 연재수필 | 傷痕記 | 월간중앙 1, 4 |
| 1968. 8 | 연재수필 | 傷痕記 | 월간중앙 |
| 1968. 9 | 수필 | 감정의 장벽을 뚫는 길 : 일본인이 한국을, 한국인이 일본을 보는 | 정경연구 44 |
| 1968. 9 | 수필 | 傷痕記 | 월간중앙 1, 6 |
| 1968. 11 | 좌담 | 번역문화와 오역 김소운 외 | 세대 6, 11 |
| 1968. 11 | 자전수필집 | 하늘 끝에 살아도 | 동화출판공사 |
| 1969. 9 | 수필집 | 도쿄: 거대한 촌락 | 배영사 |
| 1971. 1 | 수필 | 낡은 일본국수주의를 문학으로 살다 간 三島由紀夫 | 다리 |
| 1971. 3 | 수필 | 내가 본 일본인 : 겨자씨 같은 작은 이야기 | 민족 |
| 1971. 3 | 수필 | 일본 『무사도』의 정체 | 신동아 |
| 1971. 6 | 수필 | 어둡고 긴 터널, 낭만시대 | 세대 |
| 1972 | | 아름다운 여성 | 샘터사 |

| 발표일 | 분류 | 제 목 | 발표지 |
|--------|------|-------|--------|
| 1973 | | 목근통신 | 삼성문화문고 |
| 1973. 7 | 수필 | 日本武士道の系譜 | アジア公論 2, 7 |
| 1973. 9 | 수필 | 소수민족의 장래: 재일한국인을 중심으로 | 한민족 2, 3 |
| 1973. 11 | 수필 | 나의 기자시절: 그때와 지금의 기자상 | 신문평론 45 |
| 1974. 3 | | 밑없는 항아리 | 중앙출판공사 |
| 1974. 3 | 수필 | 일본근세사건사 | 일본연구 |
| 1974. 7 | | 日本という名の汽車 | 東京: 冬樹社 |
| 1975. 5 | | 한국미술전집 | 동화출판공사 |
| 1975. 6 | 수필 | 朴文夏 선생을 말한다: 而荷와 나 | 한국수필 |
| 1975. 9 | 좌담 | 對日觀・對韓觀: 한일국교수교 10년의 명암 김소운 외 | 신동아 |
| 1976 | | 兎糞隨筆 | 민음사 |
| 1976. 9 | 좌담 | 끝없이 여명에 가까운 블루의 문제점: 한국문학과 일본문학 그 70년대의 거리/ 김소운 외 | 문학사상 |
| 1976. 10 | 번역 | 고향을 어이 잊으리까 /司馬遼太郎 | 문학사상 |
| 1976. 11 | | 현대한국문학선집 5권 | 동화출판공사, 東京: 冬樹社 (한일공동출판) |

| 발표일 | 분류 | 제 목 | 발표지 |
|--------|------|-------|--------|
| 1976. 11 | 좌담 | 日本人の韓國觀：眞實が傳わらない日本の風土を『もち一つの韓國』に見る/김소운 외 | アジア公論 |
| 1977 | | 정원사의 기도만이 | 甲寅出版社 |
| 1978. 10 | | 김소운 수필 전집 전5권 | 아성출판사 |
| 1978. 10 | 대역시집 | 김소운 대역 시집(하) | 아성출판사 |
| 1978 | | 사랑에 눈뜰 무렵 | 진문출판사 |
| 1979 | | 近く遙かな國から | 東京: 新潮社 |
| 1979. 12 | 강연 | 詩人の遍歷 — 韓國と日本のはざまで | 比較文學硏究通号 36 |
| 1980 | | こころの壁・김소운 에세이선 1 | 東京: サイマル出版會 |
| 1980 | 자전 수필집 | 맨발의 인생행로 | 중앙일보 |
| 1981. 1 | | 천냥으로 못 사는 보배 | 중앙출판공사 |
| 1982 | 번역시집 | 未堂・徐廷柱詩選 — 朝鮮タンポポの歌 | 東京: 冬樹社 |
| 1982 | 유작 수필 | 나 자신과의 약속: | 범우사 |
| 1983 | | 天の涯に生くるとも | 東京: 新潮社 |
| 1985 | | 三韓昔がたり | 東京: 講談社學術文庫 |
| 1986 | | 朝鮮史譚 | 東京: 講談社學術文庫 |
| 1989 | 수필 | 물 한 그릇의 행복 | 중앙출판공사 |

# 김소운 연구 서지

| 1974. 11 | (서평) 芳賀徹, 「日本という名の汽車」, ≪太陽≫ |
|---|---|
| 1976. 8 | 원형갑, 「김소운과 수필의 의미 : 사견과 결정작용」, ≪수필문학≫, 수필문학사 |
| 1980. 4 | 芳賀徹, 「金素雲氏のこと」(隣國コリアの遠景と近景(特集), ≪比較文學硏究≫ 제36호에서 원고를 고쳐서 실음), ≪中央公論≫, 中央公論新社 |
| 1980. 6 | 四方田犬彦, 「詩人金素雲のこと ─ 私のあったもっとも美しい韓國人」, ≪現代詩手帖≫ 23, 思潮社 |
| 1981 | 家坂和之, 「金素雲氏の日本觀」, ≪硏究年報≫ 通号 31, 東北大學文學部 |
| 1981 | 芳賀徹, 「こころの壁」, ≪文化會議≫ 145 |
| 1981. 1 | 小堀桂一郎, 「한국을 사랑한 진정한 한국인」, ≪문학사상≫ |
| 1982. 1 | 박성태, 「김소운 선생 추상기(追想記)」, ≪북한≫ 통권 121호, 북한연구소 |
| 1982. 1 | 藤枝靜男, 「金素雲さんの死を悼む」, ≪新潮≫, 新潮社 |
| 1982. 3 | 三石由起子, 「金素雲先生」, ≪早稻田文學≫ 通号 70, 早稻田文學會 |
| 1982. 3 | 崔華國, 「金素雲を偲ぶ」, ≪詩學≫, 詩學社 |
| 1982 | 최박광, 「한국과 일본의 틈바구니에서 ─ 시인 김소운의 경우」, ≪교육논총≫, 2, 건국대 교육대학원 |
| 1982 | 백천풍, 「김소운의 일역시에 대하여」, ≪대학원연구논집≫, 동 |

국대 대학원

1982. 4 「金素雲について (詩人金素雲氏を悼む)」, ≪比較文學硏究≫ 通号 41, 東大比較文學會 編, 恒文社

1982. 4 崔博光, 「金素雲先生・その生涯の素描」, ≪比較文學硏究≫ 通号 41, 恒文社

1982. 4 小堀桂一郞, 「金素雲先生との宿緣」, ≪比較文學硏究≫ 通号 41, 東大比較文學會 編, 恒文社

1982. 4 芳賀徹, 「噫,金素雲先生」, ≪比較文學硏究≫ 通号 41, 東大比較文學會 編, 恒文社

1983 노영희, 「김소운의 아동문학 세계」, ≪동대논총≫ Vol. 23 No. 1

1983 김연동, 『김소운의 수필 연구』, 경희대 교육대학원 석사 논문

1983. 10 梶井陟, 「金素雲の日譯詩について」, ≪조선학보≫ 통호 109, 조선학회편, 조선학회

1984 이한승, 「김소운 문학의 연구」, 건국대 교육대학원 석사 논문

1986 허성일, 「시인 김소운에 관하여」, ≪외대통역협회지≫ Vol. 4 No. 1

1986. 11 田淵五十生, 「朝鮮民話集 『ネギをうえた人』と金素雲 ― 國際理解敎育における敎材開發」, ≪奈良敎育大學紀要≫, 奈良敎育大學 編, 奈良敎育大學

1987. 8 이해진, 「김소운의 수필 연구」, 서울여대 대학원 석사 논문

1987. 10 林容澤, 「日韓近代詩の比較文學的考察 ― 金素雲譯編 「朝鮮詩集」における戀愛(第3回金素雲賞受賞論文)」, ≪比較文學硏究≫ 通号 52, 東大比較文學會 編, 恒文社

1988. 8 허성일, 「김소운의 연구」, 성균관대 대학원 석사 논문

1995 임용택, 「日韓近代詩の比較文學的一考察: 金素雲譯 「朝鮮詩集」を中心に」, 東京大學 박사 논문

1995 이창식, 「김소운의 민요 조사와 민요관(民謠觀)」, ≪세명논총≫,

Vol. 4

1996          이창식, 「김소운의 민요 업적에 대한 연구」, ≪한국민속학≫, Vol.
              28, No. 1

1996. 8       배윤기, 「해방 51년 되새기는 친일 문인 : 누가 무엇을 어떻게
              했나」, ≪시민시대≫, 목요학술회

1999. 10      임용택, 「한일근대망향시의 비교문학적 일고찰(一考察) ― 김소
              운 역 『조선시집』의 경우」, ≪학술발표대회논문집≫ 한국일본
              어문학회 1999년도 추계학술발표대회

2000. 11. 11  도쿄대학교 국제 심포지엄 '한일교류와 김소운의 문학세계' 발표문
              金允植, 「韓國近代文學史の一視座から見た金素雲」
              劉岸偉, 「張岱と袁枚 ― 明、淸文人の自伝を讀む」
              三枝壽勝, 「金素雲における祖國と日本」
              崔在喆, 「金素雲の隨筆と日本」
              上垣外憲一, 「『天の涯に生くるとも』の翻譯について」
              李敏禎, 「金素雲の思い出」

2001          김윤식, 「한국 근대문학사의 한 시선에서 본 김소운」, 『한일 근
              대문학의 관련 양상 시론』, 서울대 출판부

2001          박현수, 「이상과 김소운」, ≪이상 리뷰≫, 이상문학회

2001. 4       四方田犬彦, 「譏笑(きしょう)と斷念 ― 翻譯者・金素雲」, ≪新
              潮≫, 新潮社

2001. 8       關谷咲惠, 「金素雲シンポジウム後記」, ≪比較文學硏究≫ 通
              号 78, 東大比較文學會 編, 恒文社

2001. 9       박현수, 「이상과 김소운・1 : 발굴작과 관련하여」, ≪이상 리뷰≫
              제1호, 이상문학회

2002. 1       임용택, 「김소운 역 『조선시집』 재고 ― 탈식민주의문학 관점에
              서」, ≪일본학보≫ 51권, 한국일본학회

2002. 2       村上芙佐子, 「金素雲=著作・講演・放送等年譜」(特輯 金素

雲)≪比較文學硏究≫ 通号 79, 東大比較文學會 編, 恒文社

2002. 2    村上芙佐子,「『水晶蟲』遺聞」, (特輯 金素雲)≪比較文學硏究≫ 通号 79, 東大比較文學會 編, 恒文社

2002. 2    林容澤,「金素雲譯 『朝鮮詩集』とモダニズム詩 ─ 鄭芝溶を中心に」, (特輯 金素雲)≪比較文學硏究≫ 通号 79, 東大比較文學會 編, 恒文社

2002. 2    崔在哲,「金素雲の隨筆と日本」, (特輯 金素雲)≪比較文學硏究≫ 通号 79, 東大比較文學會 編, 恒文社

2002. 2    上垣外憲一,「土田杏村から見るデビュー時代の金素雲」, (特輯 金素雲)≪比較文學硏究≫ 通号 79, 東大比較文學會 編, 恒文社

2002. 2    三枝壽勝,「金素雲は何をしたのか ─ 翻譯詩集おぼえがき」, (特輯 金素雲)≪比較文學硏究≫ 通号 79, 東大比較文學會 編, 恒文社

2002. 2    金允植; 關谷唉惠 譯「韓國近代文學史の一視座から見た金素雲 ─『朝鮮詩集』と關連して」, (特輯 金素雲)≪比較文學硏究≫ 通号 79, 東大比較文學會 編, 恒文社

2002. 6    이정석,「동시의 은유: 박정식, 백민, 김구연, 권오훈, 김소운, 김숙분」,『아동문학평론』, 서울국제아동문학관

2002. 10   權丁熙,「金素雲 『朝鮮詩集』の世界 ─ 祖國喪失者の詩心」,『韓國朝鮮の文化と社會』, 韓國・朝鮮文化硏究會

2002. 12   大竹聖美,「김소운의 아동문화활동」,≪인문과학연구≫ 제21집, 성신여대 인문과학연구소

2003     上垣外憲一,「天の涯に生くるとも ─ 金素雲の存在意義」, (特集)「知の交流」半世紀 ─ 戰後日本の來訪者たち ≪國際交流≫ 通号 100, 國際交流基金 編, 國際交流基金

2004     金敬熙,「金素雲の朝鮮民謠の日本語譯に關する硏究」, 翰林

278

大學校

2004. 12      林容澤,「植民地時代下の詩の翻譯 ― 金素雲譯『朝鮮詩集』の場合」,《日本研究》, 國際日本文化研究センター

2005. 2      김경희,「金素雲の朝鮮民謠の日本語譯に關する硏究」, 한림대 국제학대학원 석사 논문

2005. 3      四方田犬彦,「譯と逆に。譯に。金時鐘による金素雲『朝鮮詩集』再譯をめぐって」,(特集 翻譯)《言語文化》, 明治學院大學言語文化研究所

2005      李建志,「ピカレスク・メルヘン ― 金素雲の息子、武井遵＝北原綴」,『廣島女子大學國際文化學部紀要』(13), 縣立廣島女子大學

2005. 12      심원섭,「김종한과 김소운의 정지용 시 번역에 대하여 :『설백집』(1943)과『조선시집』(1943)을 중심으로」,『한국문학논총』, 한국문학회

2006. 7      茶谷十六,「金素雲と民族の心 ―『朝鮮民謠選』『朝鮮童謠選』の世界」(特集 もっと知ろう韓國・朝鮮 社會と文化 30話),《歷史地理敎育》, 歷史敎育者協議會 編

2006. 12      森山弘毅,「金素雲白秋と大正昭和の歌謠 ― 近世歌謠の享受にも触れて」,《日本歌謠研究》46, 日本歌謠學會

2006. 12      茶谷十六,「民族の心を伝える ― 金素雲『朝鮮民謠選』『朝鮮童謠選』の世界」,《日本歌謠研究》46, 日本歌謠學會

2006. 12      任東權,「歌謠學から見た韓國民謠 ― 金素雲『朝鮮民謠選』にふれて」,《日本歌謠研究》46, 日本歌謠學會

2007. 4      藤石貴代,「金素雲と村上春樹の間 ― 翻譯にあらわれた日朝關係」,(特集 翻譯新世紀 ― 解釋と越境のダイナミズム)《言語》, 大修館書店

2007      金永順,「金素雲『朝鮮童謠選』『朝鮮民謠選』の原点として

の「伝承童謡募集」(1930) ― 朝鮮總督府機關紙「毎日申報」子ども欄揭載の「友だち通信」を通して」, ≪梅花兒童文學≫, 梅花女子大學大學院 兒童文學會

**작성자 김응교** 시인, 문학박사. 와세다 대학 객원교수.

# 김문집 생애 연보


1909년[1]  7월 7일 경북 대구 출생. 원적은 대구 남산정. 호는 화돈(花豚). 생후
        3개월 만에 모친 사망. 모친 사후 계모 밑에서 성장하였는데, 어렸을
        적에는 사랑을 받았으나 커 가면서 계모와 상당한 갈등을 겪은 것으
        로 보임.
1916년[2]  대구 회원학교(喜媛學校, 나중에 희도심상소학교(喜道尋常小學校)
        로 개명) 입학. 이 학교는 부친이 명예교장이자 교주로서 실권을 잡고
        있는 학교였다 함.
1920년   일본 유학에 오름.[3]
1921년   도쿄 소재 와세다 중학 입학. 4년을 다녔으나 정식 졸업은 못 함. 자
        칭 문학 천재병에 걸려 재학시 동인지를 여럿 만들었다고 하는데, 현
        재 알려진 것은 ≪은선(銀線)≫이란 동인 잡지 하나이다. 본인 회고에
        따르면 중학 재학 당시 한국말이 서툴러 하숙집 주인이나 라디오 아
        나운서의 멘트를 통해 한국말을 배웠다고 하며,[4] 학교를 열심히 다니

---

1) 권영민의 『한국현대문학대사전』(서울대 출판부, 2004)에는 1907년 생으로 기록됨. 본
   인의 진술에 의하면 1927년 18세 때 개조사 주관 단편 소설 응모에 응했다고 밝힌 것
   으로 보아 1909년생이 정확한 것으로 보인다. 김문집, 「처음으로 인사한 미모의 여성」
   (≪조광≫, 1936. 6) 및 「동경청춘기」(≪조광≫, 1939. 8) 참조.
2) 김문집의 보통학교 입학 연도는 불명이다. 다만 작가 스스로가 보통학교만 유일하게
   전 과정을 졸업했다고 회고하고 있고 당시 보통학교가 통상 4년제였음을 기준으로 추
   정해 보면 이해쯤이었을 것으로 판단된다. 김문집, 「청춘의 정열을 태운 비련의 애처로
   운 기억 ― 꿈 많은 그 시절에 맺었든 C자와 나의 인연」, ≪조광≫, 1936. 5) 참조.
3) 김문집, 「김치와 팔첩(八疊)의 홀애비」(≪조광≫, 36. 3) 참조.
4) 김문집, 「나의 이종고난기 ― 하숙무정」(≪여성≫, 1938. 2) 참조.

지 않았다고 하고 생활이 어려워 대판 어느 이발소 혹은 마작방의 식
객 노릇, 연필 행상을 했다고 하고 집집으로 다니며 부엌밥을 먹기도
했다고 함.[5] 380매짜리 처녀작 소설을 써서 형과 형의 지인이었던 시
인 藤森秀夫에게 보여 칭찬을 받았다 하나 작품이 전해지진 않음. 법
률과 도덕을 부인하고 연애지상주의를 노래한 이 처녀작은 나중 작가
의 도쿄 하숙 시절 하숙비를 내지 못해 차압당했다고 함.[6]

1926년  형의 권유로 마쓰야마 고교(松山高校) 입학. 3년을 다녔으나 역시 졸
업은 하지 못함.[7] 고교 재학시 문청으로서 지방 신문의 문예란을 통해
많은 글을 발표함.

1927년  문과 2년으로 진입. 개조(改造)사 주관 일천오백원 현상 단편 소설
모집에 『피와 땅(血と地)』이라는 제명의 작품으로 응모했으나 낙선.
당시 개조사를 폭파하겠다는 호기를 부렸다고 함. 이후 당시 개조사
현상모집 제1회 1등 당선작가인 龍膽寺雄과 의형제로 지냄. ≪교향
시대≫, ≪三田文學≫ 등의 동인으로 참여했으며, 石川達三, 長崎謙
二郞 등과 함께 ≪작가≫라는 잡지를 발행했고 화문(和文) 창작집인
『아리랑고개(ありらん峠)』를 창작한 것도 본인 회고에 따르면 이때라 함.

1928  문과 3년으로 진학한 사실도 모른 채, 개조사를 폭파하겠다는 생각으
로 도쿄로 올라감. 조선 귀국 후 평단에서 활동하면서 김문집은 수많
은 기행을 남기는데, 현상응모에서 탈락했다는 이유만으로 개조사를
폭파하겠다고 도쿄로 올라간 이 사건은 그의 기행의 출발점을 이룸.

1929년  본인 회고에 따르면 여류작가 宗瑛을 사모했으나 삼각관계로 인해 茶
川龍之介의 제자인 堀辰雄에게 단도를 휘두르는 사건이 발생함. 이

---

5) 김문집, 「나의 이력서 — 걸인기」(≪조광≫, 1938. 10) 참조.
6) 김문집, 「청춘의 정열을 태운 비련의 애처로운 기억 — 꿈많은 그 시절에 맺었든 C자
와 나의 인연」(≪조광≫, 1936. 5) 참조.
7) 앞글에 따르면 중고등학교를 입학만 하고 졸업을 하지 못한 것에 대해 작가 스스로 천
재병으로 인해 학교 교육을 극도로 경멸했던 까닭이라 말하고 있다. 그 까닭에 학교 다
니는 문제로 부친과의 사이에 갈등이 많았다고도 한다.

일은 한참 후인 1935년에 김문집이 학교를 중퇴하고 조선으로 건너오
게 되는 간접적인 이유 중의 하나가 됨.

1932년  동경제대 문과 입학,[8] 3학기 만에 중퇴. 대학에서는 독문학을 공부했
고 니체의 영향을 받은 것으로 추측. 일본 평론가 중에서는 특히 小
林秀雄의 영향을 받은 것으로 알려져 있음.[9]

3월, 단편 「이모사」(理毛師)가 ≪ROMAN≫이란 잡지[10]에 실림. 본인
회고에 따르면 모더니즘의 최고봉이란 평이 도하 13~14개의 신문과
잡지에 실렸다고 함.

1935년  조선으로 귀국. 장혁주가 유일한 친구로 여비를 마련해 주었다 함.
신문 기사에 따르면[11] 일본 도쿄대학교 문과 재학시인 1934년에 모
여급을 칼로 찌른 일 때문에 조선으로 송환되었다고도 함. 귀국할 때
환영을 나온 이무영의 소개로 ≪동아일보≫에 자리를 얻음.

귀국 후 4~5개월 동안 조선어 공부와 조선 문화 연구에 집중할 정도
로 김문집은 조선말과 조선 문화에 서툴렀음.[12] 귀국 후 첫 평문 몇 개
는 먼저 일본어로 쓴 뒤 조선어로 번역하는 과정을 거쳐야 했다고 함.

1936년  1월, ≪동아일보≫에 「전통과 기교 문제 — 언어의 문화적·문학적 재
인식」으로 등단. 그의 데뷔는 이원조, 김기림이 최재서를 픽업한 ≪조
선일보≫의 평단에 대응하기 위하여 동아일보사에 있던 이무영에 의
해 이루어졌다고 함. '화탁 문예춘추' 및 '탁목조'(啄木鳥)라는 제명의

---

8) 동경제대 입학 시기는 명확하지 않다. 다만 1934년에 폭행 사건으로 피검된 것이 3학
기 만에 학업을 중단한 사유라면 1932년도에 입학한 것으로 추정할 수 있다. 한편 동경
제대 중퇴설 자체가 자칭에 따른 허구라는 지적도 있다. 김윤식, 『한국근대문예비평사
연구』(일지사, 1976), 301쪽의 각주 52 참조.

9) 김윤식, 『한국근대문예비평사연구』(일지사, 1976), 289쪽 참조.

10) ≪ROMAN≫이란 잡지는 성명 불상의 한 선배에게 종용받아 김문집 본인이 신인 작
가 10여 인과 더불어 만든 잡지라 한다. 김문집, 「장혁주 군에게 보내는 공개장」(≪동
아일보≫, 1935. 11. 5) 참조.

11) ≪조선일보≫, 1940. 4. 2, 조간 2면.

12) 김문집, 「김치와 팔첩의 홀애비」(≪조광≫, 1936. 3).

칼럼을 담당하여 삼족조(三足鳥)라는 필명으로 주로 단평들을 연재함.

5월 「평단파괴의 긴급성」(≪조광≫, 1936. 5)에서 스스로를 "산상에 홀로 장착된 기관총"으로 비유하면서 일체의 관념적 비평을 배격한 채 창조적 감성의 비평가를 자처함.

1937년　12월 ≪동아일보≫에 실은 「비평예술론 — 휴업(休業) 비평인의 입장에서」란 글에서 "가치의 창조가 작가의 생명이라면, 가치의 재창조는 비평가의 혈흔이다."란 주장을 통해 자신의 주된 비평관인 "비평의 창조성"을 주장.

1938년　조선어 교육폐지령을 본 뒤 南次朗 총독을 찾아감. 총독과 회견 후 「남총독(南總督) 회견기」를 씀.

6월 22일, ≪비평문학≫에 실릴 「문단투자론」이 조선의 교육 기관을 매도하고 헛되게 편협한 문단 찬미를 주창하고 있다는 이유로 출판법 상의 안녕금지 항목에 걸려 삭제됨.

9월 15일. 화문 창작집인 『아리랑 고개(ありらん 峠)』에 실릴 '이단의 봄'이라는 글이 한일합병 당시 작가 조부의 과격 사상 등을 인용하면서 민족의식을 고양시켰다는 이유로 출판법 상의 안녕금지 항목에 걸려 삭제됨.

11월, 화문 창작집인 『아리랑 고개(ありらん 峠)』 간행.

12월, 첫 평론집인 ≪비평문학≫을 경성부 다옥정 72가 소재 청색지사에서 간행. 같은 출판사에서 펴내고 있던 잡지인 ≪청색지≫에 따르면 평론집 발간 자체가 센세이션을 불러일으켰다고 함. 김문집의 『비평문학』은 같은 해에 간행된 최재서의 ≪문학과지성≫(인문사)과 더불어 한국 문단 상 최초로 간행된 평론집임.[13]

1939년　4월 3일, ≪국민신보≫ 창간호에 수필 「풍속화에 나타난 일본 여성의 미(浮世繪に 現れた 日本女性の 美)」를 발표하면서 친일 문필 활동

---

13) 김윤식, 『한국근대문예비평사연구』(일지사, 1976), 317쪽의 각주 89와 90 참조.

을 시작함.

10월 29일, 내선일체와 신도(神道) 실천을 기저로 창립된 '조선문인협회' 결성에 김동환, 박영희, 유진오, 이광수, 이태준, 최재서 등과 더불어 발기인으로 참여, 간사 역임. 국민정신 총동원 조선연맹 총재부 촉탁(囑託) 역임.

창씨개명을 함. 창씨명은 오에 류노스케[大江龍之助]. 원래는 '大江龍無酒之助'로 하려고 했으나 스스로 언약한 금주 약속을 어기자 '無酒'라는 두 글자를 뺐다고 한다. '大江龍之助'에서 '大'는 대구 출신이라는 뜻이고, '江'은 강호를 떠돌며 배웠다는 뜻. '龍'은 용산에서 학도병이 출발하는 모습을 보며 감격을 느낀 나머지 창씨개명을 결심하였다는 뜻으로 스스로 작명한 것임.

1940년  최재서와의 소송. 최재서가 주관하던 ≪인문평론≫에 자신의 글을 싣지 않는다는 이유로 폭행한 사건.[14]

4월, 조선문인협회 간사직 사임.

4월 2일, 경찰에 체포.[15]

6월, 도일.

1941년  일본인으로 귀화

1942년  2월, 福岡日日新聞社 입사.

1945년  8·15광복 이후 소식 두절.

---

14) 홍효민, 「문단측면사」(≪현대문학≫ 50호, 1959. 2), 273쪽 참조.
15) ≪조선일보≫ 1940년 4월 2일자 조간 2면 기사에 따르면 경성 명치정 2정목 소재 '명치하우스'에서 경찰에 체포 죄목은 '공갈, 절도, 강제외설, 강간미수, 상해 등'의 혐의였다.

# 김문집 작품 연보

| 발표일 | 분류 | 제 목 | 발표지 |
| --- | --- | --- | --- |
| 1935. 11. 3~10 | 평론 | 장혁주(張赫宙)군에게 보내는 공개장(公開狀) | 동아일보 |
| 1936. 1. 16~24 | 평론 | 전통과 기교 문제 — 언어의 문화적 재인식 | 동아일보 |
| 1936. 1 | 평론 | 작가조선(作家朝鮮)의 이중역할성 | 중앙 |
| 1936. 1. 3~8 | 평론 | 동경문단(東京文壇)의 근모(近貌) — 행동주의를 중심 삼아 | 조선일보 |
| 1936. 2. 29~?? | 평론 | '로댕'의 예술과 근대적 악마주의적 일면(一面), 조각(彫刻) '발작크' 상(像)과 코 빠진 사나이 | 동아일보 |
| 1936. 3 | 평론 | 문학조선(文學朝鮮)의 새 인식 | 중앙 |
| 1936. 3 | 수필 | 김치와 팔첩(八疊)의 홀애비 | 조광 |
| 1936. 4 | 수필 | 월광곡(月光曲) | 여성 |
| 1936. 5 | 평론 | 평단파괴(評壇破壞)의 긴급성 —3대 신문 학예면을 중심 삼고 | 조광 |
| 1936. 5 | 평론 | 문학비예술론자(文學非藝術論者)의 독백 — 조선작가의 흥미와 대상 문제에 관련해서 | 조선문학 |
| 1936. 5 | 평론 | 영화불망록(映畵不忘錄) — 익몰 | 여성 |

| 발표일 | 분류 | 제 목 | 발표지 |
|---|---|---|---|
| | | (溺沒)의 영화회상기 | |
| 1936. 5 | 수필 | 내가 그린 신록향(新綠鄕) : 꿈에 그리는 환상경(幻想境) | 조광 |
| 1936. 5 | 수필 | 청춘의 정열을 태운 비련의 애처로운 기억 —꿈 많은 그 시절에 맺었든 C 자(子)와 나의 인연 | 조광 |
| 1936. 5. 20~27 | 평론 | 주요한론(朱耀翰論) — 인물춘추 (人物春秋) | 조선중앙일보 |
| 1936. 6 | 수필 | 청춘의 정열을 태운 비련의 애처로운 기억 — 처음으로 인사한 미모의 그 여성 | 조광 |
| 1936. 6. 3~6 | 평론 | 의상(衣裳)의 고현학(考現學) | 동아일보 |
| 1936. 6. 18~22 | 평론 | 문단주류설 재비판, 평론의 열병성 (熱病性)을 통석(痛惜)하면서 | 동아일보 |
| 1936. 7 | 평론 | 상반기문단총결산 — 정리(整理)와 신규 요구(新規要求) | 중앙 |
| 1936. 8 | 평론 | 「주요한론(朱耀翰論)」의 전말 (顚末)과 그의 서한 | 삼천리 |
| 1936. 8 | 평론 | 문단산필(文壇散筆) | 신동아 |
| 1936. 8 | 평론 | 조선문청문제(朝鮮文靑問題)에 관하여 — 춘성 형(春城兄)에게 보내는 서한 | 신인문학 |
| 1936. 8 | 평론 | 문단태평기(文壇太平記) — 뱀장수 정인섭(鄭寅燮)의 권(券) | 조선문학 |
| 1936. 8. 30~9. 4. | 평론 | 문예비평의 사적(史的) 재음미 | 조선중앙일보 |

| 발표일 | 분류 | 제 목 | 발표지 |
|---|---|---|---|
| 1936. 9 | 평론 | 조선문학의 원리적 견해 | 신동아 |
| 1936. 10 | 평론 | 조선문단의 현대적 재인식론<br>— 문학(文學)과 문단(文壇)과의<br>인과율에 관한 신견해(新見解) | 조선문학 |
| 1936. 11 | 평론 | 한글 예술의 개성론 | 조선문학 |
| 1936. 11 | 설문 | 나의 묘비명 | 삼천리 |
| 1936. 12 | 평론 | 문예학의 미학적 대립론 | 조광 |
| 1936. 12 | 수필 | 제야(除夜) — 제야의 승부 | 여성 |
| 1937. 1 | 평론 | 자조(自嘲)의 공개장(公開狀) | 사해공론 |
| 1937. 1 | 평론 | 문단투자론(文壇投資論) — 학교냐?<br>문단이냐? | 조광 |
| 1937. 1 | 평론 | 병고(病苦)작가원조운동의 변(辯)<br>— 김유정(金裕貞)에 관한 | 조선문학 |
| 1937. 1 | 수필 | 사랑하는 이의 인상(印象) — 대통령<br>의 여인상(女人像) | 여성 |
| 1937. 2 | 평론 | 재서(載瑞)의 화역(和譯)과 홍효민<br>(洪曉民)씨의 신혼평론(新婚評論) | 조선문학 |
| 1937. 2 | 설문 | 공상설문(空想設問) | 조광 |
| 1937. 3 | 평론 | 여류작가의 성적(性的) 귀환론<br>— 박화성(朴花城) 씨를 논평하면서 | 사해공론 |
| 1937. 3 | 평론 | 여류작가총평서설(序說) | 조선문학 |
| 1937. 3 | 설문 | 인생설문(人生設問) | 조광 |
| 1937. 4 | 평론 | 여류작가총평 | 조선문학 |
| 1937. 5 | 평론 | 문단재건의 각서 | 백광(白光) |
| 1937. 5 | 평론 | 서재평론(書齋評論)과 조선문단 | 사해공론 |

| 발표일 | 분류 | 제 목 | 발표지 |
|---|---|---|---|
| | | ― 최재서(崔載瑞)를 주제(主題)해서 「문단지리지(文壇地理誌)」를 개정(改定)하는 초고(草稿)의 일절(一節) | |
| 1937. 5 | 평론 | 요절한 김유정 군을 조(弔)함 ― 고(故) 김유정 군의 예술과 그의 인간비밀 | 조광 |
| 1937. 6. 18~22 | 평론 | 문단주류설 재비판 ― 평론의 열통성 (熱痛性)을 통석하면서 | 동아일보 |
| 1937. 7. 28~8. 6 | 수필 | 피서지통신(避暑地通信) | 동아일보 |
| 1937. 10 | 평론 | 어휘학 | 사해공론 |
| 1937. 12. 7~12 | 평론 | 비평예술론 ― 휴업비평인(休業批評人) 의 입장에서 | 동아일보 |
| 1938. 1. 1~4 | 평론 | 장래(將來)할 사조(思潮)와 경향 ―'특집' 명일(明日)의 조선문학 좌담회 | 동아일보 |
| 1938. 1. 15~22 | 평론 | 신춘창작대관(新春創作大觀) | 동아일보 |
| 1938. 2 | 수필 | 나의 이종고난기(移徙苦難記) : 하숙무정(下宿無情) | 여성 |
| 1938. 2. 18~19 | 평론 | 구미현대작가군상(歐米現代作家 群像) ― 현대 '자의식'의 권화(權化) ―「폴 발레리」의 백주(白晝) 의 현기(衒奇)와 그 미래성 | 동아일보 |
| 1938. 2. 27~3. 16 | 평론 | 화돈신춘문예(花豚新春文藝) | 동아일보 |
| 1938. 3. 11~1 | 평론 | 탁목조(啄木鳥) | 동아일보 |

| 발표일 | 분류 | 제 목 | 발표지 |
|---|---|---|---|
| 1938. 4 | 평론 | 신문화주의 문예비평 | 삼천리 |
| 1938. 4 | 평론 | 이태준론(李泰俊論), 모일(某日)의 회화(會話) 스켓취 | 삼천리문학 |
| 1938. 4 | 평론 | 기계(機械)로서의 인간론 | 조광 |
| 1938. 4. 7~10 | 평론 | 비평예술적 우월성 — 작품제작과 비평태도의 재검토 | 동아일보 |
| 1938. 5 | 평론 | 비평 권위와 비평수준 — 유진오 (兪鎭午)군에 답함 | 삼천리 |
| 1938. 5 | 평론 | 칸트 미학의 재음미 | 사해공론 |
| 1938. 5 | 수필 | 나는 왜 독신생활을 하고 있나 — 노총각과 불란서 인형 | 여성 |
| 1938. 6 | 평론 | 동경서신(東京書信) | 사해공론 |
| 1938. 7 | 수필 | 항구의 로맨쓰 — 강반(江畔)에 설은 호곡(號哭) 눈물의 여수항 | 조광 |
| 1938. 7. 13~17 | 평론 | 교육개혁론, 교과서 개찬(改纂)에의 전제(前提) | 동아일보 |
| 1938. 7~8 | 평론 | 문단인물지(文壇人物誌) | 사해공론 |
| 1938. 8 | 설문 | 현대 여성의 악취미 | 삼천리 |
| 1938. 8 | 평론 | 석척(蜥蜴)의 논리 — 태극설에 반영된 지나 철학의 특질 | 청색지 |
| 1938. 8. 7 | 평론 | 조선문학전집 제6회 배본(配本) 단편집 | 조선일보 |
| 1938. 9 | 평론 | 남총독회견기(南總督會見記) — 조선문단옹호의 전말 | 조광 |
| 1938. 9 | 수필 | 죽고 싶으나 | 사해공론 |

| 발표일 | 분류 | 제 목 | 발표지 |
|---|---|---|---|
| 1938. 10 | 대담 | 문예봉(文藝峰) 한은진(韓銀珍) 대(對) 김문집(金文輯) 방담회 | 사해공론 |
| 1938. 10 | 평론 | 정치와 조선문학 | 박문 |
| 1938. 10 | 수필 | 예술가와 영화 — 나의 영화학교시대 | 삼천리 |
| 1938. 10 | 수필 | 나의 이력서 — 걸인기(乞人記) | 조광 |
| 1938. 11 | 평론 | 「사랑」 독후감 | 박문 |
| 1938. 11 | 평론 | 신문화주의적(新文化主義的) 문화비평 — 비상시(非常時)에 처한 문단의 자각 | 삼천리 |
| 1938. 11 | 수필 | 학생시대행장기(學生時代行狀記) : 우루트라 폭장기(暴狀記) | 조광 |
| 1938. 12 | 평론 | 문단규수록(文壇閨秀錄) | 조광 |
| 1939. 1 | 평론 | 전통문학과 식민지문학 — 문예발전책 | 조광 |
| 1939. 2 | 평론 | 감정론(感情論) — 감각과의 이차원 관계 | 박문 |
| 1939. 2 | 수필 | 남자(男子)된 자랑 | 여성 |
| 1939. 3 | 평론 | 수의식(數意識)의 직감적 양상 | 문장 |
| 1939. 3 | 평론 | 신발 문학사(文學史)에 나타난 이무영(李無影) | 조선문학 |
| 1939. 3 | 평론 | 박화성(朴花城)님께 드리는 연서(戀書) —'특집' 여류작가에 대한 공개장(公開狀) | 조광 |
| 1939. 3 | 수필 | 화랑(花郎)의 추억 | 여성 |
| 1939. 4 | 평론 | 문단재건론 | 삼천리 |
| 1939. 4. 3 | 수필 | 浮世繪に 現れた 日本女性の 美 | 국민신보 |

| 발표일 | 분류 | 제 목 | 발표지 |
|--------|------|-------|--------|
| | | (풍속화에 나타난 여성의 미) | |
| 1939. 4. 30 | 수필 | 內地文壇人へ의公開狀(내지 문단인에게 보내는 공개장) | 국민신보 |
| 1939. 5~6 | 평론 | 재생(再生) 이광수론(李光洙論) | 문장 |
| 1939. 5 | 평론 | 후계문단자(後繼文壇者)에게 고(告)함 | 조광 |
| 1939. 5 | 평론 | 희작자(戲作者) 박태원(朴泰遠) | 조선문학 |
| 1939. 5 | 평론 | 상부양심(上部良心)과 하부양심 (下部良心) — 어떤 서적평(書籍評)에 대하여 | 청색지 |
| 1939. 5. 21~ | 소설 | 비화원(秘花園) | 국민신보 |
| 1939. 6 | 평론 | 문단의 걸작적 기현상(奇現象)과 그의 사적(史的) 의의 | 삼천리 |
| 1939. 6 | 수필 | 「조선문단사절(朝鮮文壇使節)」 '특집', 북지전선(北支戰線)에 황군위문(皇軍慰問) 떠남에 제(際)하여 — 육탄적(肉彈的) 계기 | 삼천리 |
| 1939. 6 | 평론 | 백신애론(白信愛論) | 비판 |
| 1939. 6 | 평론 | 무영(無影)의 된장맛 | 작품 |
| 1939. 6 | 수필 | 건시(乾柿)머리 양식(洋食) | 여성 |
| 1939. 7 | 평론 | 신간평(新刊評) — 「이심(二心)」 | 문장 |
| 1939. 7 | 평론 | 처세철학 | 박문 |
| 1939. 7 | 평론 | 염상섭작(廉想涉作) 「이심(二心)」 — 조선판(朝鮮版) 「죄(罪)」와 「벌(罰)」 | 박문 |
| 1939. 7. 16. | 수필 | 축하할 죽음 | 국민신보 |
| 1939. 8 | 평론 | 이병도(李丙燾) 역(譯) 「표류기」를 | 박문 |

| 발표일 | 분류 | 제 목 | 발표지 |
|---|---|---|---|
| | | 읽고 | |
| 1939. 8 | 수필 | 동경청춘기(東京靑春記) | 조광 |
| 1939. 9 | 평론 | 조선민족의 발전적 해소론 서설 (序說) ― 상고(上古)에의 귀환 | 조광 |
| 1939. 9. 17 | 수필 | 허심탄회 | 매일신보 |
| 1939. 9. 23~28 | 평론 | 일본문화의 특수성 | 매일신보 |
| 1939. 11 | 평론 | 성생리(性生理)의 예술성 | 문장 |
| 1939. 11. 5~ | 소설 | 이별곡 | 국민신보 |
| 1939. 12 | 수필 | 하일군재래(何日君再來) : 장한부 (長恨賦) | 여성 |
| 1939. 12. 3 | 평론 | 세대관(世代觀)의 문학적 관계 | 매일신보 |
| 1938 | 평론집 | 비평문학 : 평론집 | 청색지 |
| 1938 | 창작집 | ありらん 峠(아리랑 고개) | 第三書房 |
| 1976 | 평론집 | 신한국문학전집 18 ― 비평선집 ① (백철 편) | 어문각 |
| 1978 | 평론집 | 비평문학 : 평론집 | 중앙대 한국 학연구소 (재발행) |
| 1980 | 평론집 | 비평문학 : 평론집 | 현대사 (재발행) |
| 1982 | 평론집 | 비평문학 : 평론집 | 한국학진흥원 (재발행) |
| 1986 | 비평 선집 | 친일문학작품선집 2(김병걸편) | 실천문학사 |

| 발표일 | 분류 | 제 목 | 발표지 |
|---|---|---|---|
| 1989 | 평론집 | 비평문학 : 평론집 | 이회문화사 (재발행) |
| 1993 | 평론집 | 비평문학 : 평론집 | 보고사 (재발행) |
| 1994 | 평론집 | 정통한국문학대계 71 — 평론선집 (곽종원 편) | 어문각 |
| 1997 | 평론집 | 비평문학 : 평론집 | 국학자료원 (재발행) |

# 김문집 연구 서지

| 1935. 12. 19 | 박상희, 「문단 페스트균 문제, 그 반박에 대한 반론(8)」, ≪조선중앙일보≫ |
|---|---|
| 1936. 2. 14 | 박○○(판독불능), 「일평(日評) ― 김문집 씨의 『단언』」, ≪조선중앙일보≫ |
| 1936. 11 | 장병우, 「잡문상 김문집에 대한 공개장」, ≪비판≫ 4권 9호 |
| 1936. 12. 1 | 김말봉, 「나의 분격(憤激)」, ≪삼천리≫ 제8권 12호 |
| 1937. 5 | S.O.S, 「김문집 인상 소묘」, ≪문원≫, 1937. 5 |
| 1938. 1. 26 | 유진오, 「비평과 예언 ― 김문집 군에게」, ≪동아일보≫ |
| 1948. 10 | 조연현, 「희롱의 진실 ― 김문집론」, 『영남문학』 |
| 1966 | 임종국, 『친일문학론』, 평화출판사 |
| 1966. 5 | 김윤식, 「김문집론(상)」, ≪시문학≫ 14. |
| 1966. 7 | 김윤식, 「김문집론(하)」, ≪시문학≫ 16. |
| 1971 | 이인숙, 「최재서와 김문집을 중심으로 본 전환기 비평의 이해」, 『한국어문학연구』 11권 |
| 1977 | 권순길, 「김문집 연구」, 경희대 교육대학원 석사 논문 |
| 1982 | 배주자, 「김문집 연구」, 부산대 석사 논문 |
| 1984 | 신재기, 「김문집의 문학관과 비평의 특성」, 경북대 석사 논문 |
| 1987 | 박미령, 「1930년대 시론 연구」, 충남대 박사 논문 |
| 1987 | 정영호, 「김문집의 문예비평 고찰」, ≪어문학교육≫ 10권 |
| 1988 | 임명진, 「한국 근대소설론의 유형별 사적 연구」, 전북대 박사 논문 |

| | |
|---|---|
| 1990 | 남송우, 「1930년대 전환기 비평의 해석학적 연구」, 부산대 박사 논문 |
| 1991. 12 | 노상래, 「김문집 비평론」, ≪영남어문학≫ 20, 영남대 |
| 1992 | 정영호, 「1930년대 문예비평관 연구」, 동아대 박사 논문 |
| 1992. 4 | 김태웅, 「김문집론 Ⅰ」, ≪홍익어문≫ 10·11, 홍익대 |
| 1994. 5 | 홍성암, 「김문집 비평 연구 : ≪비평문학≫을 중심으로」, 『동대 논총』 24, 동덕여대 |
| 1996. 9 | 이해연, 「말기의 행동주의 문학론 연구: 순수 문학자의 절충적 평가」, ≪어문교육논집≫ 15, 부산대 국어교육과 |
| 1998. 8 | 신재기, 「창조적 비평의 주창과 그 실천 : 비평가 김문집론」, ≪어문논집≫ 38, 안암어문학회 |
| 1999. 2 | 방경태, 「1930년대 예술주의 비평 연구」, ≪대전어문학≫ 16 |
| 1999. 봄 | 김미현, 「이브, 잔치는 끝났다: 젠더 혹은 음모」, ≪문학동네≫ 제18호 |
| 1999. 12 | 강경화, 「한국문학비평의 존재론적 지평에 대한 고찰」, ≪반교 어문연구≫ 10 |
| 2000. 11 | 노상래, 「다시보는 한국비평 100년 — 독설, 그 너머에 있는 유 아독존의 고뇌」, ≪한국문학평론≫ 겨울호 |
| 2001. 9 | 정창석, 「피해자의 얼굴, 가해자의 얼굴 : 소설 「천마(天馬)」와 「취한 배(醉いどれ船)」」, ≪일본학보≫ 제48집 |
| 2003. 봄 | 송민, 「김문집의 일본어 작품집 읽기 : 『아리랑 고개』」, ≪문학 판≫, 제2권 제2호 |
| 2003 | 이정우, 「프랑스 철학의 번역·연구」, ≪시대와철학≫ 14권 2호 |
| 2003 | 구수경, 『1930년대 소설의 서사기법과 근대성』, 국학자료원 |
| 2003 | 추석민, 「김사량의 「천마」와 田中英光의 『취한 배』」, ≪일어일 문학연구≫ 47권 2호 |
| 2004 | 장도준, 「김문집의 비평예술가론」, ≪향토문학연구≫, 제7호 |

| 2004 | 신재기, 「창조적 비평의 주창과 그 실천: 비평가 김문집론」, ≪향토문학연구≫ 제7호 |
|---|---|
| 2004 | 카와무라 미나토, 박종렬 역, 「화돈정전(化豚正傳)」, ≪향토문학연구≫ 제7호 |
| 2004 | 홍경표, 「김문집 비평의 몇 가지 논거들 : ≪비평문학≫을 중심으로」, ≪향토문학연구≫ 제7호 |
| 2004 | 김양선, 「여성작가를 둘러싼 공적 담론의 두 양식」, ≪민족문학사연구≫ 26권 |
| 2004. 12 | 이은애, 「김문집의 예술주의 비평 연구」, ≪한국문예비평연구≫ 제15집 |

**작성자 차원현**  서울대 대학원 국어국문학과 졸. 문학박사. 경주대 교수.

【제5주제 ─ 김재철론】

# 한 식민지 국문학자가 마주친 '동양 연구'의 길

이상우(고려대 교수)

## 국문학 개척자로서의 김재철

노정(蘆汀) 김재철(金在喆, 1907~1933)은 27세의 젊은 나이에 요절한 한국 국문학 연구의 개척자이다. 그는 생애 유일한 저서인 『조선연극사』(1933)를 저술하여 조윤제(趙潤濟)의 『조선시가사강』(1937), 김태준(金台俊)의 『조선소설사』(1933)와 더불어 시, 소설, 극(연극)이라는 3대 장르 문학사의 구도를 완성함으로써 한국 국문학 연구의 체계를 확립하는 데 크게 공헌했다. 『조선연극사』는 그가 경성제국대학 문학부의 학사 학위 취득 논문으로 제출한 「조선고대연극의 개관(朝鮮古代演劇の槪觀)」을 수정, 보완한 것이었다. 그는 연극사 연구 이외에 민요와 국어학 연구에도 관심을 가져 여러 편의 글을 남기기도 했다. 그가 남긴 저술 목록은 다음과 같다.

「민요 아리랑에 대하여」, ≪조선일보≫, 1930. 7. 11~16

「방랑시인 김삿갓」, ≪동아일보≫, 1930. 12. 10~16

「조선연극사」, ≪동아일보≫, 1931. 4. 15~7. 17

「외사(外使)와 조선연극」, ≪조선어문학회보≫ 제1호, 1931. 7

「조선민요만담」, ≪신흥≫, 제5호, 1931. 7

「아리랑과 세태」, ≪조선어문학회보≫ 제2호, 1931. 10

「술과 문학자」, ≪조선어문학회보≫ 제3호, 1932. 2

「Palatalization(구개음화)에 대하여」, ≪조선어문학회보≫ 제4호, 1932. 4

「조선어화와 조선어」, ≪조선어문학회보≫ 제5호, 1932. 9

「조선인형극 꼭두각시」, ≪동광≫ 제39호, 1932. 11

「조선 프롤레타리아 연극의 전조」, ≪신흥≫ 제6호, 1932. 12

『조선연극사』(조선어문학회총서), 한성도서주식회사, 1933. 5(1939년 학예사 재간행)


이 밖에 미간행 원고로 「프롤레타리아 연극의 국제적 결성」, 희곡 「국경」, 「이혼」, 「셋방살이와 메이데이」, 「R군에게」, 「양철집」, 「쓸데없는 걱정」 등의 저술 목록이 전하는데[1] 원고의 실체를 확인할 길이 없다. 그러나 최근에 그의 서거를 기리는 기념 문집 『노정기념첩』(1938)과 더불어 유고 시 「종로」, 「바다의 아침」, 「과거다」, 「월광의 곡」, 「서울광진곡」, 「시골광진곡」, 「보따리타령」(이상 1929), 「봄은 왔다」(1928), 시조 「님이여」(1929), 「이른 봄」(1929), 일어(日語)시 「春は來れど」(1928), 산문 「잡념일속(雜念一束)」 등이 발굴, 소개되어 그가 국문학 연구뿐만 아니라 시와 희곡의 창작에도 몰두했음을 알게 해 준다.[2] 그의 저술 가운데서도 단연 대표 저술로 꼽히는 『조선연극사』는 그의 사망 직후에 대학 동창들의 손에 의해 출간되었다. 그러니까 그의 저술 활동 기간은 시를 습작하던 1929년부터 계산해도 1933년 2월 사망할 때까지 불과 4년이 채 되지 않는다. 그런데도 그는 조윤제, 이희승, 김태준, 이숭녕 등과 함께 이 땅에서 한국 국문학 연구가 성립되는 데 기여한 핵심 인물로 손꼽힌다. 국문학의 개척자로서 그

<hr>

1) 「노정 김재철군 서거」, ≪조선어문학회보≫ 제6호, 1933. 2. 1쪽.
2) 2003년 민속학자 심우성에 의해 김재철의 『조선연극사』(동문선, 2003)가 재간행되었는데, 이 책의 부록으로 『노정기념첩』과 김재철의 유고가 수록되어 있다.

의 확고한 위상에 비해 오히려 그는 상대적으로 세상에 널리 알려지지 못한 셈이다.

그 이유는 간단하다. 첫째, 너무도 일찍 세상을 떠났다는 것. 둘째, 연구 대상이 극 문학(연극)이라는 주변 장르라는 것. 첫 번째 이유에는 더 이상의 설명이 필요 없을 것이다. 그는 조선어문학회와 경성제대 문학과 출신 동료들의 뜨거운 애도 속에 세상을 떠났다. 그가 경성제대 문학과 출신들이 결성한 조선어문학회에서 학회보의 편집과 발행인을 맡은 학회의 핵심 인물이었기 때문일 것이다. 김재철이 병마 끝에 세상을 뜨자 그의 동료들은 ≪조선어문학회보≫ 제6호를 아예 '고 노정 추도호'로 꾸며 주었다. 제6호 추도호에는 조선어문학회 대표 이재욱의 조사(弔辭)를 비롯해 조윤제, 이희승, 이숭녕, 방종현, 신남철 등 경성제대 문학과 동료들의 절절한 애도가와 추모사가 가득 채워져 있다. 그러나 그는 세월이 지남에 따라 동료 국문학자들 사이에서 점차 잊혀 갔다. 요절로 인해 많은 연구 업적물을 남기지 못한 것도 한 이유가 되었을 것이다.

두 번째 이유도 그의 요절과 무관하지 않다. 해방 이후 월북하지 않고 남한에 남은 경성제대 문학과 조선어문학 전공 출신들은 대체로 해방 이후 한국 국어국문학계의 태두가 되었다. 국어학 분야의 이희승과 이숭녕, 김형규, 그리고 국문학 분야의 조윤제와 구자균, 김사엽 등이 그 대표적 인물들이다. 이들에 의해 국어국문학 분과 학문의 편제가 짜이고 이에 따라 대학 국어국문학과의 교과 과정이 만들어지고 후속 연구자가 양성되었던 것이다. 반면 극문학의 영역을 처음 개척한 김재철의 죽음과 더불어 국문학의 분과 학문으로서 극문학의 자리는 오랫동안 실종되고 말았던 것이다.

오랜 세월이 지난 후 국문학계에 희곡 연구가 활발해지면서 국문학자 김재철의 귀환도 이루어졌다. 가장 상징적 사건이 한국의 대표적 극문학 연구 모임인 한국극예술학회가 2000년 무렵에 '노정(蘆汀)학술상'을 제정한 것이라고 할 수 있다. 이를 전후하여 최근 몇 년 사이 김재철에 대한 주목할 만한 학문적 연구 성과들이 배출되기도 했다.[3] 이 연구들은 주로 대표 저술인 『조선연극사』에 집중되었다. 정형호와 서연호의 연구는 김재철의 생애와 연극사 연구의 성과를 개괄적으로 평가하는 데 초점이 맞추어져 있어서 총론적 성격이 강하다. 반면 김윤정과 윤진현의 연구는 보다 세부적인 부분에 관심을 기울이고 있다. 김윤정은 김재철의 연극사 서술 태도에 나타난 근대적 연극관의 문제에 주목하였고, 윤진현은 총론적 서술에 기반을 두면서도 특히 김재철의 연구 방법이 식민지 관학의 실증주의 태도를 넘어서고 있음을 강조하였다. 네 연구자의 연구 성과를 통해 이제 김재철 연구도 상당한 수준에 도달했다고 판단된다.

이 글은 앞선 연구 성과들을 수렴하면서 그것과는 다른 시각에서 김재철에 대해 접근해야 하는 부담을 안게 되었다. 한 권의 저서와 몇 편 되지 않는 짤막한 글을 남긴 데 불과한 식민지 시대의 국문학자에 대한 연구가 이제까지 많이 이루어지지 못한 데도 아주 이유가 없는 것은 아니다. 남긴 연구 업적물의 양이 너무 적은 것이 문제다. 최근에 『노정기념첩』이 발견된 이후 이루어진 연구 결과들은 김재철과 그의 연극사에 대해 상당한 수준의 논의를 전개했다. 이러한 여건 속에서 이 글은 김재철의 연극사 연구를 세세히 분석하고 평가하는 대신에 한 식민지 문학 연구자가 당대의 최고 학부인 경성제국대학이라는 연구 환경을 접하면서 제국의 학문 체계에서 무엇을 수용하고 또 어떻게 반응하였으며, 어느 지점에서 자신의 주체적인 국문학 연구 체계를 형성해 나가는가에 대해 초점을 맞추어 새로운 논의를 보태고자 한다.

---

3) 정형호, 「김재철의 『조선연극사』 연구」, ≪한국민속학≫ 제28호, 1996 ; 서연호, 「김재철, 연극사 탐구로 이룬 우리 문화 찾기」, 『우리 시대의 연극인』, 2001 ; 김윤정, 「김재철의 『조선연극사』를 통해 본 근대적 '연극' 개념의 학문적 성립 과정 고찰」, ≪한국극예술연구≫ 제18집, 2003 ; 윤진현, 「김재철과 『조선연극사』」, ≪민족문학사연구≫ 제32호, 2006.

## 김재철과 경성제국대학 — '동양 연구'라는 오리엔탈리즘의 안과 밖

김재철은 1907년 8월 충북 괴산에서 안동 김씨 김사원(金思元)과 신씨 사이의 2남 1녀 중 장자로 출생했다. 어려서부터 천자(千字), 당시(唐詩), 통감(通鑑), 사자서(四子書) 등을 읽으며 한학(漢學)을 공부했는데 일곱 살에 한시를 지을 만큼 총명했다고 한다. 12세의 늦은 나이에 괴산공립보통학교 2학년에 편입하여 비로소 신학문을 접했다. 1921년 졸업과 더불어 경성제일고보(현 경기고등학교)에 입학하는데, 이 무렵 그의 가족들은 모두 서울 계동으로 이사한다. 그는 이미 경성제일고보 시절에 시인이 될 뜻을 품고 시를 써서 ≪중외일보≫에 발표하고 동서양 시인의 명시들을 닥치는 대로 독파하였다고 한다.[4] 문학에 대한 열정이 이미 어린 시절부터 싹트고 있었음을 말해 준다. 경성제일고보를 마치고 1926년에 경성제국대학 예과에 입학, 2년 후 본과에 진입하여 문학과를 지망하고 '조선 문학'을 자신의 전공으로 삼는다.

그 당시 '조선 문학' 전공 학생으로는 경성제대 입학 1회의 조윤제와 2회의 이희승이 있었고, 3회로는 김재철과 이재욱, 그리고 그 밑으로는 방종현(5회), 이숭녕(5회), 고정옥(6회), 윤응선(7회), 구자균(8회), 김형규(8회) 등이 있었다. 비록 '지나 문학'(중문학)과 일본 문학 전공으로 입학했지만 조선 문학으로 전공을 바꾼 김태준(3회)과 서두수(2회)도 이 범주에 포함시킬 수 있을 것이다. 그 밖에 김재철의 문과 3회 동기생으로 최재서(영문), 신남철(철학) 등이 있었다. 이 가운데 김재철은 특히 '지나 문학' 전공이었던 천태산인(天台山人) 김태준과 각별한 우정을 나누었다. 다카하시 교수로부터 '풍류남아(風流男兒)'로, 이희승으로부터 '선풍아(旋風兒)'로 불렸던 쾌활한 성격의 김재철이 내성적인 성격의 김태준과 단짝이 되었던 데는 '한학(漢學)'이라는 공통분모가 있었기 때문이 아니었나 생각된다. 김재철이 7세에 한시를 줄줄 썼을 만큼 한문에 능통했듯이 김태준의 한문 실력도

---

4)  김태준, 「고 노정선생 소전(故蘆汀先生小傳)」, 『노정기념첩』(한성도서주식회사, 1938), 3쪽.

매우 뛰어났다고 한다.

3회 입학의 이변은 이리농림학교에서 김태준(문과B)을 배출한 일이었다. 당시로서는 인문학교에서도 경성제대 입학이 쉽지 않던 터에 실업학교에서 합격자를 냈으니 모두 깜짝 놀랄 수밖에 없었다. 김태준의 뛰어난 실력은 한문이었다. 그는 평소에 말이 없고 한문으로 시도 쓰고 편지도 썼다.

예과의 한문 선생 다카다(高田眞治)는 자기보다 나은 그의 실력을 인정, 수업 시간에 막히는 문제가 있으면 "김태준 선생, 어떻게 좀 해주오." 하고 도움을 청했다.[5]

김태준은 뛰어난 한문 실력 때문에 본과에 진입하여 지나 문학을 택했고, 후에 『조선한문학사』(1931)를 저술하게 된다. 한학이라는 공통의 소양을 공유한 김재철과 김태준은 쉽게 친밀감을 느낄 수 있었던 것으로 보인다.

당시 경성제대의 '조선어학 조선 문학' 강좌의 교수진으로는 오쿠라 신페이(小倉進平)와 다카하시 도루(高橋亨)가 있었다. 오쿠라는 『향가와 이두의 연구(鄕歌及吏讀の硏究)』(1929)를 저술한 향가와 이두 연구의 대가였다. 그는 향가와 이두 연구 이외에 조선의 방언 연구에 몰두하여 20년 가까이 한반도 각지를 답사했다.[6] 다카하시는 조선 유학사와 교육사 및 민속 연구에 정통한 학자로서 『조선의 교화와 교정(朝鮮の敎化と敎政)』을 비롯해 조선 연구에 관한 많은 책과 논문을 저술했다. 조선 문학과 관련해서는 특히 민요와 속담 연구에 관심이 많았다. 사회학 전공 소속이기는 하지만 조선 민속(가면극)과 가족 제도, 종교 등을 연구한 사회인류학자 아키바 다카시(秋葉隆)도 조선 문학 전공 학생들에게 많은 영향을 끼친 교수였다.[7]

5) 이충우, 『경성제국대학』(다락원, 1980), 119~120쪽.
6) 위의 책, 161쪽.
7) 1936년에 경성제국대학 창립 10주년을 기념하는 논문집이 문학, 역사, 철학편 3권이 각각 간행되는데, 여기에 아키바는 「大興安嶺 東北部 オロチョン族 踏査報告(1)」

그중에서도 특히 다카하시는 김재철의 지도교수이기도 했다.

오쿠라 정도를 제외하면 당시 교수진은 '조선어학 조선 문학 강좌'에 걸맞은 강의를 할 만한 적임자들은 아니었다. '조선 문학' 전공이라기보다는 넓은 의미의 '조선학' 전공의 교수들이라고 할 수 있다. 그렇다면 이러한 교수진이 구성된 이유는 무엇일까. 그것은 경성제국대학의 설립 목적과 관련된다. 일본 중의원에서 조선 총독부 정무총감 유아사(湯淺)는 경성제대의 설립 목적에 관해 다음과 같이 설명하였다.

조선은 고대 이래 중국의 대륙 문화가 발달했고 조선을 통해 그 문화는 우리 땅에 전래해 왔다. 동양 문화에 관해 조선이 공헌한 역할은 매우 큰 것이다. **경성에 설치된 제국대학에는 특히 조선 문학, 조선 역사에 관한 일본 국내에 있는 다른 대학보다 다른 점이 있다는 것**을 주의해 주기 바란다. 우리는 강좌의 분배와 교수 선임 등에 중점을 두고 있다. (중략) 경성제대는 이런 분야에 관해 각별히 연구해서 동양 문화에 공헌할 것으로 생각한다.[8] (강조 ; 인용자)

그리고 경성제대 교수 아베(安培能成)는 경성제대의 설립 취지와 관련하여 총독부 기관지 《경성일보》에 **"이 대학은 동양 연구를 표방했고 이 점에 주력할 것이다. 동양 문화의 근원지는 중국이지만, 이 문화의 매개지로서 조선에 있는 대학의 역할은 당연한 것이다."**[9](강조 ; 인용자)라고 주장했다. 이 두 글에서 지칭하는 '동양 문화'란 결국 중국을 의미하는 것이며 조선은 동양 문화를 이해하기 위한 교두보 역할을 하는 것이다. 따라

---

(『경성제국대학 창립 10주년 기념논문집(철학편)』, 大阪屋號書店, 1936)라는 논문을, 그리고 다카하시는 「嶺南の民謠に現れたる女性生活の二筋道」(『경성제국대학 창립 10주년 기념논문집(문학편)』, 大阪屋號書店, 1936)라는 논문을 기고하였는데 이는 이들의 학문적 관심사를 반영해 준다.

8) 이충우, 앞의 책, 106쪽.

9) 앞의 책, 107쪽.

서 조선에 설립된 대학의 목적은 '동양 연구'를 위한 전초 기지의 역할을 하는 데 있다는 것이다. 이를 환언하면 어떤 의미가 될까. 일본의 동양 연구 목적은 '중국(지나)=대륙'이라는 침탈 대상으로서의 '동양'에 대한 인류학적 연구인 것이고 광의의 동양에 속하는 조선은 제국 일본이 더 넓은 '대륙=중국(지나)'으로 뻗어 나가기 위한 동양 연구의 전초 기지여야 한다는 뜻일 것이다. 조선에 제국대학이 세워진 것은 일본의 대륙 진출을 위한 '동양 연구'에 주목적이 있었던 것이다.

중국=대륙을 '동양'으로 인식한 제국 일본의 태도는 흡사 비서양 세계에 대한 서양 제국주의의 태도를 연상케 한다. 그러한 점에서 이는 '전도된 오리엔탈리즘'이라고 부를 수 있을 것이다. 오리엔탈리즘을 서양 오리엔탈리스트들에 의해 조작되고 구성된 왜곡된 동양(비서양 세계) 인식이라고 규정할 때 '서양 오리엔탈리스트'의 자리에 '동양(일본) 오리엔탈리스트'를 대체한 것이 바로 전도된 오리엔탈리즘이 될 것이다. 본래 근대적 주체의 구성은 자기 주변에서 야만적 타자의 발견을 필요로 하게 되는데, 근대 일본은 홋카이도의 '아이누'와 조선, 대만이라는 야만적 타자를 발견(발명)함으로써 일본을 서양 근대 문명과 동일자로 인식할 수 있게 된 것이다.[10] 서양이 야만적 타자로서 동양을 발명했듯이 근대 일본은 야만적 타자로서 새로운 '동양'을 발명하게 되는데 그것이 바로 '지나=중국'이라는 이름의 동양이었다. 즉, 지나=중국은 야만, 원시, 몰락, 노쇠의 표상에 다름 아니었다. 그렇게 함으로써 문명, 현대, 발전 신생(新生)의 표상인 '근대 일본'의 이미지가 창출될 수 있었던 것이다. 근대 일본에서 사용한 '동양', '동양 연구'라는 말은 근대 일본이 아시아의 선진국으로서 유럽과 대등한 나라이며 중국에 비해 우월한 문명 국가라는 이질성을 강조하기 위해 창안한 개념이었다.[11] 그러니까 경성제대의 설립 목적이 '동양 연구'에 있었다는 것은 '지나=중

---

10) 고모리 요이치, 송태욱 역, 『포스트콜로니얼』(삼인, 2002), 32쪽.

11) 다나카, 스테판, 박영재·함동주 역, 『일본 동양학의 구조』(문학과지성사, 2004), 18~ 32쪽.

국=대륙'이라는 '야만적 타자'에 대한 연구에 초점이 맞추어져 있다는 것을 의미한다. '조선'도 여기에서 예외는 아니었다. '조선' 역시 '지나=중국'의 일부라는 점에서 '조선 연구'라는 것도 '야만적 타자'에 대한 연구의 성격을 갖는 것이었다. 경성제대가 일본 내지(內地)의 다른 제국 대학들과 달리 조선 문학과 조선 역사를 연구하는 데 중점이 두어진 것도 통치와 지배, 그리고 동화와 차별 대상으로서의 야만에 대한 연구가 필요했던 점에 있었던 것이다.

경성제대 문학부에 '조선어학 조선 문학 강좌'가 개설된 것은 이러한 오리엔탈리즘의 관점에서 비롯된 것이다. 오쿠라와 다카하시가 조선 문학 전문가가 아닌데도 이 강좌의 교수진으로 배정되고 강좌의 특성과 다소 거리가 있는 광범위한 '조선 연구'에 몰두했던 것도 이 같은 이유에서였다. 오쿠라와 다카하시, 그리고 아키바 등은 실상 '조선어문학자'라기보다는 제국 일본으로부터 조선과 지나=대륙을 조사, 연구하는 임무를 부여받은 일본의 '동양 연구자'들이었다. 20년 동안 조선 일대에 걸쳐 각 지역의 방언을 조사 연구한 오쿠라, 조선의 사상과 교육사, 민요와 속담 등을 폭넓게 연구하며 '조선인'의 심성을 탐구한 다카하시, 그리고 조선의 종교와 민속, 가족 제도를 통해 조선의 풍속을 연구한 아키바 등은 제국 일본으로부터 부여된 오리엔탈리스트로서의 임무 수행에 충실했다.[12] 실제로 일본 외무성은 대(對)중국 첩보 활동의 일환으로 경성제대의 사회학, 민속학 전공 교수들에게 만주, 몽골 지역에 대한 조사 사업을 위촉하였고, 아키바 교수는 만몽(滿蒙) 민속학 연구라는 목적으로 무기를 휴대하고 일본 첩보원들과 더불어 만주 오로촌 부족에 대한 현지 답사 및 조사 활동을 벌이기도 했다.[13]

---

12) 박광현, 「경성제대 '조선어학조선 문학' 강좌 연구」, 《한국어문학연구》 제41집, 2003 ; 이성환, 「조선 총독부의 지배 정책과 다카하시 도루」, 《오늘의 동양사상》 제13호, 2005 ; 전경수, 「학문과 제국 사이의 아키바 다카시(秋葉隆) : 경성제국대학 교수론(1)」, 《한국학보》 제31호3권(일지사, 2005) ; 최길성, 「아키바 다카시의 식민주의 조선관」, 《한국민속학》 제40호, 2004 참조.

13) 전경수, 앞의 글, 157~163쪽.

경성제국대학 당국은 교육보다 연구를 중시한다는 명목 아래 이들의 연구 활동이 전공 영역을 벗어나는 데 대해 개입하지 않았다.

당시 학생들은 이러한 점에 대해 불만이 많았던 것으로 보인다. 다카하시의 첫 제자인 조윤제는 1942년 6월 경성제대 문학회의 제1회 연구 발표회에서 「조선인 저작의 교과서에 대하여」라는 주제를 발표하였는데, 여기서 그는 '조선 문학 강좌'에서 채용한 교과서가 '조선 문학 연구'가 아닌 '조선 문학의 외곽적 연구'에 불과하다고 비판하였다. 즉, 경성제대 '조선 문학 강좌'에서 다카하시가 구성한 커리큘럼에 대해 정면 도전했던 것이다.[14] 이러한 반발은 유독 조윤제만의 것은 아니었다고 생각된다. 조선어문학에 대한 연구과 교육에 집중하지 못하고 광범위한 조선 연구에만 몰두하는 일본 오리엔탈리스트들에 대한 경성제대 '조선 문학 강좌' 학생들의 불만은 컸을 것이다. 이러한 심정을 조윤제가 대변했던 것으로 보인다. 일본인 교수들이 '조선 문학의 외곽적 연구'에 몰두하는 동안 '조선 문학 강좌' 출신들은 그들 나름대로의 참된 '조선 문학 연구'에 매진했으니 그 대표적 활동 무대가 바로 '조선어문학회'였다. 조윤제, 이희승, 김재철, 김태준, 이재욱, 이숭녕, 방종현 등 경성제대 문학부 '조선 문학 강좌' 출신들이 결성한 학회였다. 이들은 자신들의 연구 성과를 실은 ≪조선어문학회보≫를 1931년부터 1933년까지 총 7회 발간하였으며, 조선어문학회 총서로 김태준의 『조선한문학사』, 『조선소설사』, 김재철의 『조선연극사』를 간행하였다. 일본인 스승들이 충족시켜 주지 못했던 장르사에 기반한 국문학 분과 학문의 구성 체계를 학생들 스스로가 세워 나갔던 것이다. 그 한 축으로서 조선어문학회의 학회보 편집 및 발행인이자 총서 『조선연극사』의 저자인 김재철이 자리했던 것이다.

---

14) 박광현, 앞의 글, 362쪽.

## 문헌 고증학적 실증주의와 오리엔탈리즘을 넘어서

김재철은 김태준과 더불어 다카하시가 아끼던 제자 중 한 명이었다. 1931년 3월 경성제대를 졸업하는 그에게 다카하시는 자기 연구실에 남아 주기를 제안했지만 김재철은 이를 거절하고 독자적인 연구의 길을 선택한 다. 그 길의 하나가 바로 조선어문학회였다. 그는 학회 일에 매우 헌신적이 었던 것 같다. 1호(1931. 7)부터 죽기 전에 발간된 5호(1932. 9)까지 학회보에 매호마다 빠짐없이 소논문을 게재했다. 뿐만 아니라 1호부터 3호까지 학회보의 편집 및 발행을 맡아 책이 순조롭게 발간되는 데 기여했다. 그러나 평양사범학교 교유로 부임하면서 편집 및 발행 업무를 이희승, 조윤제에게 넘긴 뒤로는 얼마 지나지 않아 7호(1933. 7)로 폐간되고 말았다. 김재철의 죽음(1933. 2)과 함께 《조선어문학회보》의 운명도 끝이 난 셈이라고 할 수 있으니 조선어문학회에서 차지한 김재철의 비중이 얼마나 큰지를 알 수 있다.

그는 《조선어문학회보》에 「외사(外使)와 조선연극」(제1호, 1931. 7), 「아리랑과 세태」(제2호, 1931. 10), 「술과 문학자」(제3호, 1932. 2), 「구개음화(Palatalization)에 대하여」(제4호, 1932. 4), 「조선어화와 조선어」(제5호, 1932. 9) 등을 실었는데, 대체로 조선의 연극, 민요, 언어에 관한 간략한 연구 결과를 실은 소고(小考)들이다. 조윤제, 이희승, 김태준이 비교적 자기 전공 분야의 분과 학문 연구에 충실했던 것에 비해 김재철의 관심 영역은 문학, 연극, 언어학을 넘나들었다. 이는 지도교수 다카하시를 비롯한 오쿠라, 아키바 등 경성제대의 교수들의 인류학적 연구 스타일에 영향을 받은 것이 아닌가 추측된다. 식민지 통치와 동화의 목적을 위해 제국 일본으로부터 '조선 연구'(넓게는 '동양 연구')의 임무를 부여받고 식민지 제국대학에 파견된 이 동경제대 출신의 동양 연구자들에게는 '조선 연구'에 관한한 특정 분과 학문 연구에 고착되지 않았다. 조선이라는 야만적 타자에 관한 모든 것(사상, 교육, 언어, 문화, 생활)이 인류학적 연구 대상이 되었던 것이다. 조윤제, 이희승을 비롯한 '조선 문학 강좌' 학생들의 불만은 이 '조선 문학의 외곽적 연구'에 있었던 것이고, 이에 따라 그들은 자기들 스스로 조선 문학(국문학)의 분과 학문 체계를 확립하고 실천해 나갔던 것이다. 조윤제, 이희승에 비해 김재철은 상대적으로 분과 학문 틀의 경계를 넘나들면서 학문의 관심 영역을 넓혔다.

그의 대표 저술인 『조선연극사』도 알고 보면 넓은 범위의 '조선 문학의 외곽적 연구'에 해당될 수 있는 것이었다. 다카하시, 오쿠라, 아키바 등 경성제대의 동양 연구자들이 주요 관심 대상으로 삼았던 것이 조선의 민속과 언어, 종교였는데, 조선의 민속 연희도 그 일환으로서 연구 대상에 포함되었다. 사회인류학자 아키바는 「假面む祀る」(≪ドルメン≫, 1933. 1), 「산대희(山臺戲)」(≪조선민속지≫, 1954. 3)를, 조선학 연구자 다카하시는 「산대잡극에 대하여」(≪조선≫ 261호, 조선총독부, 1937. 2)라는 글을 남겼을 만큼 이 분야에 대한 관심이 컸는데,[15] 이는 조선이라는 야만적 타자에 대한 인류학적 관심에 다름 아니었다. 특히 아키바는 송석하, 손진태 등 조선인 민속학자들과 깊은 관계를 유지하면서 조선의 민속(무속과 가면극) 연구에 몰두했다. 김재철이 조선 민속 연희에 관심을 갖게 된 것은 은연중 자기 스승들로부터 이 전도된 오리엔탈리즘의 영향을 받은 데 그 원인이 있을 수 있다. 김재철이 자기도 모르게 자민족의 민속 연희의 가치를 내부의 시선이 아닌 외부 오리엔탈리스트(경성제대 일본인 교수)의 시선을 통해 재발견하게 되었을 가능성이 높다고 보인다. 그 역시 경성제대의 '동양 연구'라는 분위기에서 영향을 받으며 자신의 전공을 연구했던 것이다.

김재철의 『조선연극사』의 구성 체제를 살펴보면 다음과 같다.


제1편 가면극
　제1장 삼국 이전의 가면극
　제2장 신라의 가면극

---

15) 서연호, 『산대탈놀이』(열화당, 1987), 『서낭굿탈놀이』(열화당, 1991) 참조.

전체적으로 가면극, 인형극, 구극과 신극의 3부 체재를 갖고 있는데 절
대적 지면을 가면극과 인형극이라는 민속 연희 연구에 할애하고 있다. 근
대 이후의 연극에 관해 다룬 구극(판소리 또는 창극)과 신극 부분은 소략하
다. 그의 관심은 주로 민속 연희에 치중된 것이었는데, 아마도 이는 조선
민속 연희에 대한 경성제대 교수들의 인류학적, 민속지(民俗誌)적 경도 경
향과 근대적인 것을 연구 대상으로 여기지 않고 식민지 조선의 과거적인
것에 몰두했던 경성제대의 연구 풍토에 기인한 것이 아닌가 생각된다. 그
는 가면극과 인형극에 관해 연구하면서 한국의 고문헌뿐만 아니라 미국,
일본, 중국, 대만 등의 외국 문헌을 폭넓게 참고하여 가면극과 인형극의 역

사와 계통, 작품 내용, 연행 원리, 무대 구조와 배우 등에 관해 서술했다. 이러한 연구 방법은 경성제대의 문헌 고증학적 실증주의 학풍으로부터 많은 영향을 받았음을 알 수 있다.

이와 관련하여 다카하시의 증언을 들어 보자.

산대극은 무대 장치, 춤사위, 줄거리, 대사 등이 복잡하나 옛 연극의 백미라 하겠다. 1929년 경복궁에서 박람회가 개최되었을 때 양주의 산대놀이패를 초치하여 공연하였는데, 그들은 그것이 대중을 향한 최후의 공연임을 각오하고 공연 후에는 사용하던 가면이나 의상을 팔아버리고 단체를 해산하였다. 그 가면은 현재 **京城帝國大學 土俗硏究室**에 보관되어 있다.

당시 나는 조선의 유일한 가면극의 각본이 그 공연과 함께 사라져가는 것을 애석히 여겨 놀이패 우두머리인 趙鍾洵을 연구실에 초빙하고, 극의 유래, 전수, 조직 등에 관하여 가능한 대로 소상히 알아보았다. 그리고 마침내 그가 암기하고 있는 각본을 자세히 구술하게 하여 기록하였다. 분명 사흘 정도 소요되었던 것으로 기억된다.

바로 그때 朝鮮文學科 학생이던 文學士 金在喆이 朝鮮演劇史를 연구 중이었는데, 그 역시 이러한 조사, 기록을 토대로 산대극을 연구하여 졸업 논문의 일부로 삼게 되었다. 그리고 그가 일찍이 세상을 떠나자 친구들이 1933년 5월 『朝鮮演劇史』라는 제목으로 출판해 내었다. 현재 산대잡극에 대하여 알고자 하면 우선 그 책에 의지할 수밖에 없다.[16] (강조; 인용자)

다카하시의 증언에 의하건대, 김재철의 조선 연극사 연구는 다카하시를 중심으로 '경성제대 토속연구실'에서 수행된 조선 민속 조사 연구의 일환이었던 셈이다. 토속 연구실에는 당시 가면(탈)과 인형을 비롯한 조선 민속 연희 자료가 상당수 보관되고 있었고, 민속 연희자를 초빙하여 자료를 구

---

16) 다카하시 도루(高橋亨), 「산대잡극에 대하여」, ≪조선≫ 261호, 조선총독부, 1937. 2
   (서연호, 『산대탈놀이』(열화당, 1987), 119쪽).

312

숱케 하여 채록했던 것이다. 물론 이 또한 일본 오리엔탈리스트들의 식민지 조사, 연구의 하나였음은 물론이다. 이러한 과정에서 김재철의 『조선연극사』가 탄생한 것이고, 이 때문에 다카하시는 김재철을 자신의 문하에 두고 싶어 했다.

그러나 김재철은 다카하시를 비롯한 경성제대 일본 오리엔탈리스트들의 조선 연구의 관점과 연구 태도에 대해 호의적이지 않았던 것 같다. 경성제대를 졸업(1931. 3)하고 평양사범학교에 교유(敎諭)로 부임(1932. 4)할 때까지 1년 가량 뚜렷한 소속이 없었는데도 학교 연구실에 남아 달라는 다카하시의 요청을 거절한 것, 이 기간 동안 조선어문학회 일에 열정을 바쳤던 것 등으로 미루어 볼 때 그러하다. 아마 일본 오리엔탈리스트들의 연구 관점이나 태도, 방법론 등에 대해 불만을 가졌던 것으로 보인다. 그러나 그는 경성에서 멀리 떨어진 평양에서 근무하면서도 학문에 대한 열정만큼은 놓지 않았던 것 같다. 평양에서 절친한 친우 김태준에게 보낸 편지에서 그는 평양사범학교에서 국어(일본어)와 한문을 일주일에 18시간을 가르쳤다고 말한다. 그는 "공부할 겨를도 없고 품삯도 적고 교수 과목이 전공 이외이며 관료 분위기는 돌고 있고 여관에 오면 고적하고 우인(友人)도 없"[17]는 평양 생활에 대해 불만을 갖고 있었다. 공부에 대한 열정이 뜨거웠음에도 불구하고 그가 다카하시의 문하생이 되어 경성제대에 남는 것을 거절한 이유가 무엇일까.

경성제대를 지배한 오리엔탈리즘의 분위기를 알아챘기 때문이다. 그는 다카하시, 아키바, 오쿠라 등에게 문헌 고증학적 실증주의의 영향을 받았지만 그것이 지닌 허구적 본질을 간파하고 있었던 것이다. 이를 민족의식이라고 볼 수도 있을 것이다. 경성제대 졸업생 신석호(國史, 1회)의 증언에 의하면, "다카하시 교수는 우리말을 썩 잘했지만 곧잘 조선인을 멸시하는 통에 질색"[18]이었다고 전한다. 실제로 그는 자신의 저술에서도 그러한 식민

---

17) 김태준, 「고 노정선생 소전」, 6쪽.
18) 이충우, 앞의 책, 110쪽.

주의자의 태도를 드러냈다. 불교 연구서인 『이조불교(李朝佛敎)』(1929)의 결론에서 그는 조선인의 사상적 특성을 고착성과 비독립성이라고 규정하였다. 조선의 사상에는 고착적인 정체성(停滯性)과 지나(중국) 사상에 대한 예속성과 비창조성이 두드러져 결국 조선의 불교는 '소규모 지나 불교사'에 지나지 않는다고 폄하하였다.[19] 조선 문화의 타율성과 정체성, 예속성을 강조하여 야만과 몰락의 표상인 '지나'(동양) 속에 조선의 정체성을 고착시키려 했던 것이다. 이뿐만 아니다. 조선총독부의 의뢰를 받아 쓴 『조선인(朝鮮人)』(1920)에서도 그는 조선 역사는 2000년 동안 내홍(內訌) 아니면 예속(隸屬)의 역사에 지나지 않는다고 단정하면서 한국사의 타율성을 강조했다.[20] 이러한 태도는 역시 경성제대 토속 연구실의 아키바 타카시도 마찬가지였다. 그도 조선 사회가 일체감이 결여된 내적 분열성을 가진 '이중 조직'이라는 측면을 강조하면서 비통합성과 분열성이라는 열등한 인자를 조선의 표상으로 삼으려 했다.[21] 일본 오리엔탈리스트들의 '동양 연구'가 특히 의도했던 것은 조선의 타율성과 예속성을 강조하여 조선인에게 민족적 열등감과 자기모멸감을 갖도록 만드는 것이었다.

다카하시의 민속 연희 연구에도 이러한 태도가 잘 나타난다. 그는 산대극에 관해 연구하면서 산대극이 고려, 조선에서 중국 사신들을 위한 놀이였다는 점을 부각시켜 조선인의 타율성과 예속성을 강조하는 오리엔탈리스트의 서술 전략을 구사하고 있다.

(가) 그들의 대사 가운데는 마음에 맺혀 있던 내용이 많으며 표현이 활달하고 기교적인 부분이 많은데, 이러한 요소를 알지 못하고서는 관극의 재미를 만끽할 수 없다. 그러나 아무래도 교양이 없고, 지식 정도가 얕은 대중

---

19) 박광현, 앞의 글, 351쪽.

20) 이성환, 「조선 총독부의 지배 정책과 다카하시 도루」, ≪오늘의 동양사상≫ 제13호, 2005, 242~243쪽.

21) 전경수, 「학문과 제국 사이의 아키바 다카시: 경성제국대학 교수론(1)」, ≪한국학보≫ 제31호 3권(일지사, 2005), 147쪽.

을 상대로 한 연극이므로 **전체적인 면에서는 상당히 저속**하여 도저히 고급 유머에 접할 수는 없다. (……) **산대극을 일본 能, 狂言과 비교하면 가면상 能面과의 미술적 가치에 커다란 격차가 있고, 문학, 예술적 가치에 있어서도 큰 차이를 인정하지 않을 수 없다.**

(나) 이 산대극을 외국 사신에게 관람시킴으로써 조금도 이 나라의 밝은 광경을 보였다고 할 수 없다. 따라서 이것을 보여 준 조선 측의 생각에도 그들 자신이 단순히 골계적이고 재미있다고 느끼기 때문에, 중국 사람들도 그렇게 느껴서 여행의 객고를 잊도록 하자는 의도가 아니었을까 한다. 이러한 면에서는 **조선의 태평스러움**이 나타나 있다. 그리고 **이것을 본 중국 사신들은 과연 어떠한 감상을 느꼈을까.** (……) 아마도 대사는 생소하여 이해할 수 **없**으나 가면, 의상, 무대는 **극히 원시적이고 기괴하며 세련, 우아하지 못한 잡극으로 이해되었을 것이다.**[22] (강조 ; 인용자)

(가)는 산대극이 평민층에 의해 연희되었기 때문에 전반적으로 저속한데 일본의 노(能)와 교엔(狂言)과 비교할 때 문학적 예술적으로 격차가 심하다는 것이며, (나)는 산대극이 주로 중국 사신을 대접하기 위해 공연되었는데 그것을 본 중국 사신들은 산대극에서 원시적인 기괴함을 느꼈을 것이라는 서술이다. 이는 산대극 자체의 예술적 가치에 대한 멸시이면서 동시에 조선 역사의 예속성과 타율성에 대한 경멸이 느껴지는 서술이 아닐 수 없다. 김재철이 이러한 다카하시의 '조선 멸시'의 연구 태도를 모를 리 없다. 그 역시 「외사(外使)와 조선 연극」(《조선어문학회보》 제1호, 1931. 7)이라는 글에서 산대극과 중국 사신과의 관련성에 대해 언급하기는 했으나 타율성과 예속성의 시선으로 그것을 바라보지는 않고 객관적 사실로만 다루었을 뿐이다.

---

22) 다카하시 도루(高橋亨), 「산대잡극에 대하여」, 《조선》 261호, 조선총독부, 1937. 2. (서연호, 『산대탈놀이』(열화당, 1987), 124~125쪽)

그의 연극사에서 두드러진 서술 태도는 무대와 배우, 관객이라는 근대적 연극 개념을 통해 가면극과 인형극을 서술했으되[23] 특히 배우와 관객에 관한 서술에서 양반 계층에 대한 비판과 민중 계층에 대한 애정이 잘 나타난다는 점이다. 그는 산대극에 나타난 파계승에 대한 모욕이 척불 사상을 의미하는 것은 아니라고 주장하면서 이는 고려 말엽 신돈과 거의 동시대에 발생한 산대극에서 자연히 신돈의 파계와 탈선 행동에 대한 민중의 탄식과 분노가 표출된 것이라고 해석한다. 또 양반의 횡포로부터 학대받은 평민들이 많았기 때문에 산대극의 배우들은 이와 같은 심정을 잘 아는 평민 관객의 동감을 구하여 산대극에서 같은 계급 사람들끼리 양반을 마음껏 모욕한 것이라고 보았다. 그리고 배우(광대)들의 생활이 매우 빈곤하고 처참했으며, 사당패의 경우에는 여사당들이 매음까지 하는 절박한 빈궁 상황이었음을 기술하였다.[24]

지배 계층에 대한 반감과 기층 민중에 대한 애정은 김재철의 여러 글들에서 산견된다. 「서울광진곡」, 「시골광진곡」 등과 같은 그의 유고 시라든가, 「조선민요만담」, 「아리랑과 세태」와 같은 민요 연구 논문에서도 가진 자, 놀고먹는 자에 대한 분노, 적개심, 그리고 가난한 자, 노동하는 근로 인민에 대한 애정과 관심이 뚜렷하게 드러난다. 그러나 프롤레타리아 계급에 대한 그의 인식이 보다 뚜렷하게 드러나는 것은 그의 연극론에서이다.


### 진보적 무산자 계급의 연극을 향하여 ― 결론을 대신하여

그의 사후에 동료들에 의해 간행된 『조선연극사』(1933)의 결론 부분은 검열에 의해 3분의 2 정도가 삭제되었다. 그 삭제된 부분은 동아일보 연재본 「조선연극사」(1931)에 전모가 드러나 있다. 따라서 그의 단행본만을 검

---

23) 김윤정, 「김재철의 『조선연극사』를 통해 본 근대적 '연극' 개념의 학문적 성립 과정 고찰」, 《한국극예술연구》 제18집(2003) 참조.
24) 김재철, 『조선연극사』(한성도서주식회사, 1933), (동문선, 2003, 120~125쪽).

토했을 때 김재철의 계급 의식을 발견하기 쉽지 않지만 《동아일보》 연재본 「조선연극사」를 살펴보면 얘기가 달라진다. 동아일보 연재본 조선연극사의 결론 부분의 중, 후반부는 장래 조선 연극의 새로운 대안으로서 프롤레타리아 연극을 제시하고 있는데 이를 통해 그의 진정한 연극관이 무엇인지를 살펴 볼 수 있다.

연극이 부르주아의 완롱물이 될 시대는 가고 최근에 와서는 연극을 볼셰비키화하자는 운동이 일어났다. 관중도 노동자, 농민 중심이래야 하고 따라서 연극도 공장으로 농촌으로 진출하지 않으면 아니 된다. 공장에서는 노동자들이 극단을 조직하고 지방에서는 농민들이 극단을 조직하여 오랫동안 부르의 완롱물이었던 연극을 파멸시키고 프로연극을 수립하자는 운동이 일어나게 되었다. (……) 조선의 신극은 미약하기 짝이 없다. 무엇 하나를 들어서 자랑할 만한 것이 없으니 한심한 일이다. (……) 나는 주저한다. 종래의 극을 일소한 신극의 가엾은 상태를 걱정하는 동시에 명일의 조선연극은 어떻게 될까? 언제든지 요 모양 대로 있을 것인가? 그렇지 않으면 移動劇이 출현하여 農, 勞動者가 지지하고 농촌으로 공장으로 진출하여 프로극을 연출하여 조선연극사상에 일시기를 획하게 될 것인가?[25]

이것이 김재철의 단행본 『조선연극사』(1933)에서 삭제된 결론이었다. 그의 결론을 정리하자면 연극은 일부 부르주아지 계급의 전유물이어서는 안되며 일하는 사람들인 노동자, 농민의 것이어야 한다는 것이다. 현재의 지지부진한 신극의 상태를 과감하게 극복하고 프롤레타리아 연극의 시대를 열어야 한다는 그의 소망이 담겨져 있는 것이다. 그는 《동아일보》 연재 「조선연극사」에 이어서 '선풍아(旋風兒)'라는 필명으로 잡지 《신흥》에 「조선프롤레타리아 연극의 전조」(《신흥》, 1932. 12)라는 글을 실었다. 여

---

25) 김재철, 「조선연극사」(40, 41), 《동아일보》, 1931. 7. 15, 17.

기서 그는 전국에 프롤레타리아 연극을 수립하려는 기운이 보이게 된 것은 기쁜 현상이라면서 대구 가두 극장, 개성 대중 극장, 해주 연극 공장, 이동식 소형 극장 등 조선 각 지방의 프로 극단들의 활동 상황과 일본, 독일, 체코 등 외국의 프로 연극 운동 상황에 대해 소개하면서 프로 연극 운동에 대한 자신의 신념과 소망을 드러냈다.

그가 좌익 이념에 기울었던 데에는 경성제대의 동료들의 영향이 컸으리라 생각된다. 그의 대학 1~2년 선배들인 유진오, 이강국, 박문규, 최용달 등이 참여하여 진보적 사상을 공부했던 '경제연구회', 그리고 역시 이들이 주축이 되어 1920년대 말에 창간한 잡지 ≪신흥≫의 좌파적 경향에 김재철이 많은 영향을 받지 않을 수 없었을 것이다. 그가 ≪신흥≫에 선풍아라는 필명으로 글을 기고한 것은 이러한 사실을 뒷받침해 주는 것이다. 더욱이 그의 일생의 절친한 벗 김태준이 좌익 사상에 기울었던 점도 간과하지 않을 수 없다. 김태준은 1935년에 「춘향전」에 대한 진보적 해석을 통해 이미 실증주의에서 벗어나 유물변증법적 입장에 도달하였고,[26] 1940년경에 접어들어서는 조선공산당의 핵심적 활동가가 된다. 그리고 해방 직후 남로당 문화부장으로 활동하다가 체포되어 1949년에 처형되었다. 죽기 전에 그는 고전 연구에만 몰두하고 싶다는 말을 남겼다고 한다. 김재철이 요절하지 않았더라면 친구 김태준과 똑같은 길을 걸었을지 아닐지는 알 수 없는 일이다. 그러나 그는 죽기 전까지 좌익 연극을 꿈꾸었다. 그는 1932년 11월 중순 병상에 누워 선풍아라는 필명으로 「조선 프롤레타리아 연극의 전조」라는 글을 즐거운 마음으로 써 내려갔다.[27] 전국 각지에서 요원의 불길처럼 일어나는 프로 연극 운동의 소식에 기뻤기 때문이다. 그리고 이듬해 1월

---

26) 박희병, 「천태산인의 국문학 연구(상)」, ≪민족문학사연구≫ 제3호, 1993, 279쪽.

27) 김재철은 글의 말미에 병석에 누워서 이 글을 집필했음을 다음과 같이 밝혔다. "병상에서 원고 독촉을 받고 두서없이 쓰느라고 단순한 소개에 지나지 못하게 된 것은 독자에게 미안한 일이다. 11월 13일."(김재철, 「조선 프롤레타리아 연극의 전조」, ≪신흥≫, 1932. 12, 223쪽)

27일에 세상을 뜨고 말았다. 그의 나이 27세의 일이었다.


참고문헌

김재성, 『노정기념첩』, 한성도서주식회사, 1938.
김재철, 『조선연극사』, 한성도서주식회사, 1933.
김재철, 『조선연극사』, 동문선, 2003.


김윤정, 「김재철의 『조선연극사』를 통해 본 근대적 '연극' 개념의 학문적
　　　성립 과정 고찰」, 《한국극예술연구》 제18집, 2003.
박광현, 「경성제대 '조선어학조선 문학' 강좌 연구」, 《한국어문학연구》 제
　　　41집, 2003.
박희병, 「천태산인의 국문학 연구(上)」, 《민족문학사연구》 제3호, 1993.
서연호, 『산대탈놀이』, 열화당, 1987.
서연호, 『서낭굿탈놀이』, 열화당, 1991.
서연호, 「김재철, 연극사 탐구로 이룬 우리 문화 찾기」, 『우리 시대의 연극
　　　인』, 2001.
윤진현, 「김재철과 『조선연극사』」, 《민족문학사연구》 제32호, 2006.
이성환, 「조선 총독부의 지배 정책과 다카하시 도루」, 《오늘의 동양 사상》
　　　제13호, 2005.
이충우, 『경성제국대학』, 다락원, 1980.
전경수, 「학문과 제국 사이의 아키바 다카시(秋葉隆) : 경성제국대학 교수
　　　론(1)」, 《한국학보》 제31호 3권, 2005.
정형호, 「김재철의 『조선연극사』 연구」, 《한국 민속학》 제28호, 1996.
최길성, 「아키바 다카시(秋葉隆)의 식민주의 조선관」, 《한국 민속학》 제
　　　40호, 2004.

고모리 요이치, 송태욱 역, 『포스트콜로니얼』, 삼인, 2002.

다나카, 스테판, 박영재・함동주 역, 『일본 동양학의 구조』, 문학과지성사, 2004.

# 제5주제에 관한 토론문

김재석(경북대 교수)

　　이상우 교수님의 발표를 잘 들었습니다. 김재철의 『조선연극사』(1933)를 일제 강점기 경성제국대학의 '동양 연구'와 관련하여 논의하신 이 글을 통해 많은 새로운 사실을 알게 되었습니다. 이상우 교수님의 의견에 동의하는 입장에 서 있기 때문에, 새로운 의견을 제시하기보다는 발표문을 읽으면서 보완 설명이 필요하다고 느꼈던 점 중에서 두 가지를 물어보는 것으로 토론자의 임무를 대신할까 합니다.

　　먼저 『조선연극사』의 가치 평가에 대한 부분입니다. 『조선연극사』는 가면극, 인형극 등에 대한 개별 연구가 제대로 이루어지지 않은 상태에서 쓴 '연극사'입니다. 사적인 측면에서 서술되는 책은 수많은 선행 연구의 토대 위에 이루어지는 것이 정상이라는 점을 고려한다면 분명 『조선연극사』는 놀라운 책입니다. 그런데 이상우 교수님의 발표를 들어 보니, 경성제국대학의 '동양 연구' 사업이 있었기에 『조선연극사』가 가능하지 않았나 하는 생각이 듭니다.

　　이상우 교수의 논지에 따르면 경성제대의 '조선 연구'는 '야만적 타자'에 대한 연구입니다. 식민지 조선의 문화에 대한 조사·연구도 실제적으로는 통치와 지배, 그리고 동화 대상으로서의 야만적 타자 조선에 대한 연구였던 것입니다. 그러나 김재철로서는 산대극이나 인형극에 대한 기본적인 자료에 손쉽게 접근할 수 있는 최상의 조건에 놓여 있었던 셈입니다. 어쩌면 개인의 노력으로서는 수집이 거의 불가능했던 자료들을 마음껏 이용할 수 있는 유리한 위치에 있었다고도 말할 수 있겠습니다. 삼국 이전과 신라의 가면극에 대한 서술은 문헌 자료 중심으로 간단하게 서술되어 있는 데 비하여, 산대극과 인형극의 서술은 다소 장황해 보일 정도로 세분되어 있는 것도 구체적 물증이 확보되어 있었기 때문에 가능했던 것으로 보입니다.

주지하다시피 자료라고 하는 것은 연구자의 해석에 따라 그 의미가 많이 달라집니다. 이상우 교수는 김재철의 스승인 다카하시 도루의 연구가 "조선인의 타율성과 예속성을 강조하는 오리엔탈리스트의 서술 전략을 구사"하고 있음에 비해, 김재철은 그것을 알고 거부하려고 했다고 말했습니다. 여기서 우리의 관심은 『조선연극사』의 어떤 부분이 그러한 김재철의 의도를 반영하고 있는가에 향하게 됩니다. 그런데 가면극, 인형극, 구극과 신극으로 나누어 서술된 이 책에서 연극사를 바라보는 저자의 시각을 발견하기가 쉽지 않은 것이 문제로 보입니다. 거의 자료의 사실적 나열에 멈추고 있지 김재철의 시각에서 자료가 해석되고 있다는 느낌이 들지 않기 때문입니다. 어쩌면 가면극과 인형에 대한 관심과 프롤레타리아 연극에 대한 관심을 서로 이어 민중적 입장을 읽어 낼 수도 있겠으나, 그것 역시 한국의 전통극과 신극의 전환 관계에 대한 논증이 결여되어 있다는 점에서 한국의 연극사를 보는 관점으로는 미약해 보입니다. 식민지 경성제국대학의 동양 연구의 자장 내에 있으면서도, 그것을 벗어나려 한 김재철의 입장이 『조선연극사』 내에서 구체적으로 어떻게 나타나 있는지를 파악하는 것이 이 책의 평가와 관련된 중요 문제로 보입니다. 이 점에 대해 보충 설명을 듣고 싶습니다.

두 번째는 김재철의 연극관이 서양극에 편향된 게 아닌가 하는 겁니다. 『조선연극사』의 대부분은 산대극이 차지하고 있습니다. 김재철은 산대극을

'향토 예술'로서 가치가 있다고 했는데, 그것은 생기를 잃어버린 박제된 예술로서 산대극을 바라보기 때문입니다. 김재철은 "현재 수 인밖에 안 되는 전문가인 그들이, 양주 본바닥 사람인 그들이, 환언하면 몇 십 년 동안 산대극에 숙달한 조선조 최후의 연출가인 그들이 가면극과 인연을 끊는다는 것은 오랜 역사를 가진 가면극의 최후인 듯한 감이 있다."(112쪽)고 말했습니다. 김재철의 이러한 입장은 한국 가면극의 끈질긴 생명력을 간과한 것으로 보이는데, 그 이유가 극단 중심으로 공연이 이루어져 온 서양적 연극의 관점 때문이라고 생각합니다. 그렇기 때문에 김재철은 가면극이 쇠퇴한 이유를 가면극이 가진 무대 예술상의 결함에서 찾고 있습니다. 즉 1) 연출 시간이 지루한 것, 2) 극장이 고정되어 있지 않고 너무 지루하기 때문에 배우의 '셰리프'가 관중의 귀에 잘 들어오지 않는 것 등이라고 했습니다. 이러한 평가는 야외 공연장에서 이루어지는 가면극의 공연 원리를 이해하려 하기보다는 서양적 실내극에 맞추어 재단해 버린 느낌이 강합니다.

한국의 전통극을 박제화되어 가는 '향토 예술'로 바라보는 입장은 『조선연극사』의 근대극 전환기(개화기)에 대한 서술에도 영향을 미친 듯합니다. 김재철은 판소리와 창극을 구극이라 하여 신극과 대립되는 개념으로 설명하고 있습니다. 구극의 경우 공연 형편의 어려움을 강조하고 있는 반면에 「원각사」에 대해서는 아주 긍정적입니다. 그는 원각사에서 신극 「설중매」와 「은세계」를 공연했고, 공연 성적의 호불호를 차치하고 반도에서 처음 보는 신극을 시작한 공이 크다고 하였습니다. 그가 프롤레타리아 연극에 관심과 지지를 보내기는 하였으나 이 또한 서양 프롤레타리아 연극의 직수입이었습니다. 그런 점에서 보면 김재철이 『조선연극사』를 서술할 때 한국의 전통극의 공연 원리에 대한 깊이 있는 이해에는 이르지 못했다는 느낌이 강하게 듭니다. 이 점에 대해 보충 설명을 듣고 싶습니다.

## 김재철 생애 연보

1907   8월 27일, 충청북도 괴산군 청천면 무릉리에서 태어남. 본관은 (先)안
       동, 조선 후기 남인(南人) 집안으로 괴산 청천면, 청안면 일대에 세거
       함. 아버지는 사원(思元), 어머니는 고령(高靈) 신(申)씨임. 천석가산
       의 부요한 집안으로 택호는 김도사댁.
       보통학교 입학 이전에는 한학을 배워 8세부터 11세 사이에 지은 한시
       「천렵(川獵)」, 「연당(蓮堂)」, 「세연(洗硯)」, 「추야(秋夜)」 등이 남아
       있음.

1918   괴산공립보통학교(현 괴산 명덕초등학교) 2학년에 입학.

1921   김재철은 1921년 괴산공보를 졸업하면서 경성제일고등학교(현 경기고
       등학교)에 입학하고 이 무렵 온 집안이 서울로 이거.

1926   경성제국대학 예과 3회로 입학.(한국인 학생 49명)

1928   경성제대 본과 법문학부 문학과에 입학, 약혼녀였던 유씨와 결혼.

1930   아들 천회(千會)를 얻음.

1931   경성제국대학 조선문학과 졸업, 졸업 논문은 「조선연극사」.

1930   7월 11일~16일, 조선일보에 「민요 아리랑에 대하여」를 4회에 걸쳐 발표.

1930   12월 10일~16일, 동아일보에 「방랑시인 김삿갓」을 5회에 걸쳐 발표.

1931   4월 15일~7월 17일, 동아일보에 『조선연극사』를 41회에 걸쳐 연재.

1931   7월, 조선어문학회 결성에 참여하고 「외사(外使)와 조선 연극」을 ≪조
       선어문학회보≫ 제1호에 발표.

1931   7월, 이강국이 발간하던 ≪신흥≫ 5호에 「조선민요만담」을 발표.

1931   10월, ≪조선어문학회보≫ 제2호에 「아리랑과 세태」를 발표.

| 1931 | 12월, ≪신흥≫ 6호에 「조선 푸로레타리아 연극의 전조」를 발표. |
|------|-------------------------------------------------------------|
| 1932 | 2월, ≪조선어문학회보≫ 제3호에 「술과 문학자」를 발표 |
| 1932 | 4월, 평양사범학교 교유(敎諭) 취임. |
| 1932 | 4월, ≪조선어문학회보≫ 제4호에 「구개음화(Palatalization)에 대하여」를 발표 |
| 1932 | 9월, ≪조선어문학회보≫ 제5호에 「조선어화와 조선어」를 발표 |
| 1932 | 11월, ≪동광≫ 39호에 「조선인형극 꼭두각시」를 발표. |
| 1933 | 1월 27일 사망. 묘소는 충청북도 괴산군 문광면 양곡리 자바실. |
| 1933 | 5월 조선어문학회 편, 한성도서주식회사에서 『조선연극사』를 발간. |

동아일보 연재본 「조선연극사」와 단행본 『조선연극사』는 내용은 거의 비슷함. 다만 편집의 순서가 다소 바뀌어 연재본에서는 '조선가면극의 계통'이 4장으로 먼저 다루어졌고 '산대극의 무대 구조'가 빠져 있으며 '배우의 생활 상태'가 한 장으로 독립되어 '배우와 관중'으로 다루어진 점이 다름. 2편 인형극의 내용은 거의 비슷하나 2장 1절의 '고대의 인형극'을 세분하여 '인형극의 어의와 발생'으로 분장했으며 여기에서 인용된 『동국여지승람』의 내용을 연재 시에는 「동국세시기」에서 인용한 것으로 밝히고 지역 주민을 뜻하는 '토인(土人)'을 '흙인형'으로 오해하여 무격 인형으로 설명했다. 이는 연재가 종료되는 1931년 7월 17일자에서 정정하였다. '3편 구극과 신극'의 경우는 '3절 그후의 신극'에서 신무대, 대장안, 방송극협회, 중외극장, 극영동호회, 극예술협회(극예술연구회), 학생아동극을 보완하였고 "5절 각지에서 닐어나는 푸로극"을 첨가한 바, 이는 ≪신흥≫ 6호에 게재된 「조선 푸로레타리아 연극의 전조」에서 각종 극단에 대한 소개 부분을 중심으로 일부가 검열로 삭제된 채로 포함되고 여기에 이후에 설립된 프로 극단에 대한 소개를 덧붙인 것임. 이 부분에서도 대량 삭제가 발생함. 단행본 『조선연극사』의 결론은 본문 내용의 간단한 요약으로 연재본의 앞부분과 대동소이함. 최창규는 결론 부분에서 검열의 삭제 내용을 언급하고 있는

데, 이는 이 같은 변동을 포함하여 연재본 결론의 끝부분이 사라지고 단행본에서 93행이 생략되어 상대적으로 결론이 소략해진 점을 지적한 것인 듯함.

1934 노정의 1주기를 기념하여 『노정기념첩』이 한성도서주식회사에서 중제 김재성의 이름으로 발간.

# 김재철 작품 연보

| 발표일 | 분류 | 제 목 | 발표지 |
|--------|------|-------|--------|
| 1928. 3 | 시 | 봄은 왔다 | 동문선판 부록(미발표 유고) |
| 1928. 4 | 시 | 春は來れど | 동문선판 부록(미발표 유고) |
| 1929. 3 | 시조 | 님이여 | 동문선판 부록(미발표 유고) |
| 1929. 3 | 시조 | 일은봄 | 동문선판 부록(미발표 유고) |
| 1929. 3 | 시 | 鐘路 | 동문선판 부록(미발표 유고) |
| 1929. 3 | 시 | 바다의 아츰 | 동문선판 부록(미발표 유고) |
| 1929. 4 | 시 | 過去다 | 동문선판 부록(미발표 유고) |
| 1929. 4 | 시 | 月光의 曲 | 동문선판 부록(미발표 유고) |
| 1929. 4 | 만시 | 서울광진곡 | 동문선판 부록(미발표 유고) |
| 1929. 10 | 시 | 싀골광진곡 | 동문선판 부록(미발표 유고) |
| 1929. 10 | 시 | 봇다리타령 | 동문선판 부록(미발표 유고) |
| 연대 미상 | 수필 | 雜念一束 | 동문선판 부록(미발표 유고) |
| 1930. 7. 11~16 | | 민요 아리랑에 대하여 | 조선일보 |
| 1930. 12. 10~16 | | 방랑시인 김삿갓 | 동아일보 |
| 1931. 4. 15~7. 17 | | 조선연극사 | 동아일보 |
| 1931. 7 | | 外使와 조선 연극 | 조선어문학회보 제1호 |
| 1931. 7 | | 조선민요만담 | 신흥 5호 |
| 1931. 10 | | 아리랑과 세태 | 조선어문학회보 제2호 |
| 1931. 12 | | 조선 푸로레타리아 연극의 | 신흥 6호 |

| 발표일 | 분류 | 제 목 | 발표지 |
|---|---|---|---|
| | | 전조 | |
| 1932. 2 | | 술과 문학자 | 조선어문학회보 제3호 |
| 1932. 4 | | 구개음화(Palatalization)에 대하여 | 조선어문학회보 제4호 |
| 1932. 9 | | 조선어화와 조선어 | 조선어문학회보 제5호 |
| 1932. 11 | | 조선인형극 꼭두각시 | 동광 39호 |
| 1933. 5 | | 조선연극사 | 한성도서 |
| 1934. 1. 30 | | 노정기념첩 | 한성도서 |
| 1939. 5 | | 조선연극사 | 학예사 |
| 1944. 10 | | 朝鮮の演劇 | 東京: 北光書房 |
| 1955 | | 한국연극약사 | 민중서관 |
| 1974 | | 조선연극사 | 민학사 |
| 1984. 3 | | 김홍우, 『희곡문학론』 | 유림사 |
| 2003. 6 | | 조선연극사 | 동문선 |

# 김재철 연구 서지

1933. 1. 31    天台山人, 「김재철군을 조(弔)함」, ≪조선일보≫(『노정기념첩』
               에 재수록)

1933. 2       조선어문학회, ≪조선어문학보≫ 제6호(고 노정 추도호)
               : 『노정기념첩』의 이재욱, 이준하, 권직주의 '조문(弔詞)'부터
               신남철, 조윤제, 이희승, 서두수, 이숭녕, 방종현의 글까지는 이
               문헌에 실린 추도글을 재수록한 것이다.

1933. 5. 27    최창규, 「고(故) 노정 김재철군 ― 조선연극사」, ≪조선일보≫
               (『노정기념첩』에 재수록)

1933. 6. 24    서항석, 「노정 김재철 저(著) 조선연극사」, ≪동아일보≫

1933. 8. 4    誠齋學人, 「고(故) 노정 김재철군의 생애와 그 유저(遺著)」,
               ≪조선중앙일보≫(『노정기념첩』에 재수록)

1973         윤태림, 「색향 찾아간 문사」, 『소리없이 바람없이』, 서문당

1980         이충우, 『경성제국대학』, 다락원

1984. 10      유영대, 「김재철의 연극이론고」, ≪현대문학≫

1987         이두현, 『한국연극사』, 학연사

1988         서연호, 『한국근대희곡사 연구』, 고려대 출판부

1992         조용만, 『경성야화』, 도서출판 창

1993         이동영, 「조선연극사고」, 『일하(一河) 이원기 선생 순국 50주년
               추모 논총』

1994         김원회, 「노정 김재철」, 『단기고사는 말한다』, 도서출판 전망

1995         송희복, 『한국문학사론 연구』, 문예출판사

| 1996 | 유민영, 『한국근대연극사』, 단국대 출판부 |
| --- | --- |
| 1996 | 정형호, 「김재철의 『조선연극사』 연구」, ≪한국민속학≫ 28집 |
| 1999 | 이동영, 『한국문학연구사』, 부산대 출판부 |
| 2000. 4 | 김성희, 「한국 연극사의 시대 구분 재론」, ≪한국극예술연구≫ 11집 |
| 2001 | 서연호, 「김재철, 연극사 탐구로 이룬 우리문화 찾기」, 『우리시대의 연극인』 |
| 2002 | 박진태, 『한국고전희곡의 역사』, 민속원 |
| 2002 | 사진실, 『공연문화의 전통』, 태학사 |
| 2002. 12 | 서연호, 「연극사 탐구의 선각자 김재철」, ≪한림일본학연구≫ 7집 |
| 2003 | 서연호, 「연극사 탐구의 선각자 김재철」, 김재철 저, 『조선연극사』, 동문선 |
| 2003. 10 | 김윤정, 「김재철의 『조선연극사』를 통해 본 근대적 '연극' 개념의 학문적 정립 과정 고찰」, ≪한국극예술연구≫ 18집 |
| 2005 | 윤진현, 「김재철의 『조선연극사』 연구를 위한 시론」, 인하대 한국학연구소 편, 『한국근대미학과 우현미학의 현재성』 인하대 출판부 |
| 2005 | 박진태, 『한국고전극연구사 70년』, 대구대 출판부 |
| 2005. 6 | 임재해, 「꼭두각시놀음 연희본들의 변이 양상과 전승 양상」, ≪한국민속학≫ 41집 |
| 2006. 12 | 윤진현, 「김재철과 『조선연극사』」, ≪민족문학사연구≫ 32호 |
| 2007 | 이상우, 「한 식민지 국문학자가 마주친 '동양 연구'의 길 — 김재철론」, 영남대 인문과학연구소 편, ≪인문연구≫ |

**작성자 윤진현**  인하대 대학원 졸업. 문학박사. 인하대 강사.

# 자연과 자연 쪽에서 조망한 사회와 역사

## 이효석 소설에 나타난 공간의 새로운 음미

방민호(서울대 교수)

### 문제 제기

최근 들어 이효석 문학에 대한 조명이 새로 활발해지고 있다. 그러면서 지금 이효석이 "순응과 도피의 삶"을 살았다든가 서정 소설에만 특장을 보인 작가였다는 기존 학계의 통념은 해체되는 양상을 보이고 있다. 젊은 연구자들을 중심으로 이효석 문학과, 근대 혹은 식민지 근대의 관련성을 심층적으로 탐구하려는 노력이 진행 중인데, 이 가운데 백지혜(「이효석 소설에 나타난 '여행'의 의미 연구」, 2002), 문선엽(「이효석 소설의 근대성 연구」, 2004), 이세주(「식민지 근대와 이효석 문학」, 2006) 등의 논의는 괄목할 만하다. 이상옥 교수(『이효석 — 문학과 생애』, 1992), 이익성 교수(「1930년대 서정적 단편 소설 연구」, 1994) 이후 최근에 들어서 활발해진 후발 연구자들의 논의는 이효석 문학에 대한 새로운 논의를 가능케 하는 것으로 보인다. 의욕 있는 새로운 논의들은 언제나 생산적이다. 이 가운데 특히 백지혜의 논문은 여행 모티프를 중심으로 이효석 소설에 나타난 공간의 의미를 면밀하게 추적하고 있다는 점에서 규모나 방법론 면에서 적실성이 있어 보인다. 이 논문은 이효석 소설을 도시 문학과 농촌 문학으로 이분화하는 경향을 비판하면서 '여행'을 이효석 소설 전반을 일관되게 이해할 수 있는 개념으로 포착한다. 또 이세주는 혼종성이라는 개념을 중심으로 이효석 문학을 새롭게 고찰하고자 한다는 점에서 그 의욕을 높이 평가할 만하다. 석사 논문으로서는 이례적으로 이효석 문학 전체 전개 과정을 밀도 있게 검토해 나간 이 논문은 포스트콜로니얼리즘과 이효석 문학 연구가 결합하는 과정에서 나타나는 문제들을 깊이 숙고할 수 있게 해 준다.

이러한 연구들에도 불구하고 이효석은 그가 동경해 마지않았던 미지의 낯선 산야들처럼 아직 미개척의 영지가 많다. 뿐만 아니라 선행 연구들에서 이효석은 정치와 너무 멀었으므로 순응적, 도피적, 서정적이었다거나, 정치와 '너무' 가까웠으므로 식민지 작가였음에도 제국주의의 논리와 흡사한 사유 형태를 보여 준 작가로 평가되곤 한다. 오리엔탈리즘론과 포스트콜로니얼리즘을 이론적 지렛대로 삼은 최근 연구들은 날카롭고 새로운 분석에도 불구하고 이효석 문학의 비정치주의적 노선에 함축된 의미를 그것 자체의 맥락에서 고찰하지 못하고 그 시대적 또는 체제 귀속적 성격을 증명하는 쪽으로 기운다.

이것은 비단 이효석에 한한 문제가 아니다. 최근 학계에서는 채만식, 이태준, 박태원 등 중요한 작가들의 일제 강점기 말 작품을 일본 국민문학의 논리 체계에 함몰된 것으로, 또는 일본적인 오리엔탈리즘론의 재전유 양상을 보여 준 것으로 해석하는 경향이 다분하다. 그러나 이것은 일본의 학계에서 통용되는 포스트콜로니얼리즘론을 무리하게 한국의 작가들에게 적용함으로써 한국 작가들의 고민과 실험이 결국은 제국의 논리에 포섭되었을 뿐이라고 예단한 혐의가 크다. 한국의 작가들이 어떤 내적 갈등을 겪었으며, 또 어떻게 일본의 제국주의적 지배라는 시대적 환경을 초극하여 독자적인 문학의 길을 모색했는가 하는 중요한 문제는 신진 이론의 장막에 가려진 연구들에 의해서 종종 외면당하곤 한다.

## 일제 강점기 말 이효석의 의식과 태도 —— 비정치주의의 함의

이효석은 일제 강점기 말에 전쟁 동원의 논리로 제출된 국민문학론에 대해서 매우 비판적인 입장을 가졌던 작가였다. 「문학과 국민성 —— 한 개의 문학적 각서」라는 글에서 그는 "국민문학의 단 하나의 표본이라는 것은 없는 것"이라면서 "문학의 우열은 단지 그가 진지하게 생을 탐구 파악했나 못 했나에 의해서 결정될 뿐"이고 "인생의 진실 외에는 작가의 임본(臨本)이 없으며 진실을 그리는 외에 작가의 길은 없다"고 단언했다. 각서라는 말은 무서운 말이다. 이것은 약속을 지키겠다는 내용을 담은 문서라는 뜻을 가진다. 이효석은 1942년 5월 25일에 타계했는데 이 '각서'는 ≪매일신보≫에 1942년 4월 3일부터 6일에 걸쳐 발표되었다. 이 글에서 그는 "시국의 움직임을 그리고 국책을 논한 문학도 좋은 것"이라고 짐짓 국민문학을 용인하는 듯한 포즈를 취하기도 했지만 그 문장 바로 다음에 "그 외 광범한 인간 생활을 깊이 밝히고 옳게 파악한 문학이라면 두 말 없이 국민문학의 칭호에 값하는 것"이라는 문장을 이어 붙였다. 이것은 그 자신의 진의가 국민문학론 대신에 "문학적 진실"의 "버라이어티와 변화"를 옹호하는 데 있음을 드러낸 것이다.[1] 당시 체제 측의 국민문학 논리에 비판적이면서도 비협력적인 태도는 「문학 진폭 옹호의 변」(≪조광≫, 1940. 2)에서도 똑같이 나타난다. 그는 문학적 진실의 다양성과 변화를 들어 국민문학이라는 메마른 정치주의 문학론에 일침을 가했다. 문학은 정치적인 차원에서 기능할 수도, 또 그렇게 해석될 수도 있지만 진정한 문학은 정치적 차원의 해석에 환원되는 것을 허용하지 않으며, 진정한 작가는 국민문학론과 같은 정치주의적 노선과는 궤선을 달리해야 한다는 것이 그의 생각이었다. 이러한 평문들은 체제 비판적인 지식인들에 대해 아주 위협적이었던 시대 상황에 비추어 볼 때 상당한 용기를 필요로 했던 것이라고 할 수 있다.

국책에 대한 이효석의 비협력적 태도는 「은은한 빛」으로 번역된 일문 소

---

1) 이효석, 「문학과 국민성 — 한 개의 문학적 각서」, ≪매일신보≫, 1942. 3. 3~6.

설 「ほのかな光」(≪문예≫, 1940. 7)에도 나타난다. 일제 강점기 말에 일문 소설을 쓴 행위는 언어 정책 면에서 국책에 협력한 것으로 평가될 만한 것 이다. 문학에서 언어 문제는 근본적이기 때문이다. 또 모국어 아닌 언어의 사용은 소외를 수반하지 않을 수 없기 때문이다. 소설의 한글 전용 또는 한글 중심의 한글 한자 혼용이 정착한 단계에서 일문 소설을 쓴 것은 ≪문 장≫(1939. 2~1941. 4)이나 ≪인문평론≫(1939. 10~1941. 4)이 폐간되고 ≪국민문학≫(1941. 11~1944)이 창간되던 시대의 맥락에서 외면상 협력적 인 포즈를 취한 것으로 해석될 수 있다. 일본에서 발행된 잡지에 실린 작 품들 역시 지방성 또는 토속성을 강조하던 당대 일본 및 조선의 국민문학 론의 맥락에서 해석될 여지를 남긴다. 그러나 이 작품은 김사량의 또 다른 일문 소설 「천마」(≪문예춘추≫, 1940. 6)에서와 마찬가지로 형식과 내용 사 이에 균열이 있다. 아니, 김사량의 어떤 작품들보다 강력한 비협력적 태도 를 드러낸다. 이 소설의 주인공은 욱이라는 젊은이로 직업은 골동품상이다. 이 작품은 적어도 고구려 시대까지 소급되는 도검을 지키기 위한 욱의 투 쟁을 그린다. 욱과 함께 고미술애호회의 회원이자 박물관을 운영하고 있는 호리 관장은 도검을 손에 넣기 위해 갖가지 말과 돈으로 회유하려 들지만 욱은 결코 이에 응하지 않는다. 조선과 조선의 고미술을 사랑한다는 호리 관장이라 할지라도 결코 도검을 양도하지 않겠다는 욱의 결심은, "이걸 내 놓을 판이라면 차라리 내 목숨을 넘겨주고 말지. 밭이구 계집이구 어디 문 제가 되느냐."[2]라는 마지막 독백에서 절정에 이른다. 일본 잡지에 실린 일 문 소설의 일차적인 청자는 일본 문단과 일본인 독자들, 그리고 일문 소설 을 해독할 수 있는 조선 지식인들이다. 재산과 사랑의 유혹에 빠지지 않고 목숨을 걸고 도검을 지키겠다는 욱의 일본어 선언이 그들에게 작가 자신의 시국적인 태도에 관한 상징적 표현으로 읽혔을 것임은 물론이다. 이 소설 의 초점은 조선의 미에 관한 오리엔탈리즘적 인식을 드러내는 데 있지 않

---

2) 이효석, 「은은한 빛」,『새롭게 완성한 이효석 전집』3(창미사, 2003), 87쪽.

다. 조선미의 문제를 다룬 일문 소설로는 「봄 의상」(≪주간조일≫, 1941. 5)과 「소복과 청자」(발표지 미상) 같은 작품들이 더 있지만 이들 작품과 「은은한 빛」 사이에는 차이가 있다. 「은은한 빛」은 외견상으로는 일본적 오리엔탈리즘에 포섭될 수 있는 조선주의의 문학적 표현물처럼 보이지만 그렇게만 볼 수 없는 시국 문제에 관한 또 다른 형태의 각서였다고 할 수 있다.[3]

이효석이 당대의 사회와 역사에 결코 무지한 작가가 아니었을 뿐만 아니라 나아가 이에 대해서 깊은 비평 의식을 가진 작가였음을 보여 주는 사례들은 이밖에도 얼마든지 많다. 이 가운데 하나는 준보라는 이름의 인물이 나오는, 자전적 소설 유형의 작품들에 나타나는 시대 및 시국 인식이다. 이효석은 1930년대 말부터 1940년대 초에 걸쳐 채만식, 이태준, 박태원, 김남천 등처럼 자전적 소설을 많이 발표했던 작가다. 이 시대의 자전적 소설들은 시대와 시국에 대한 조선 작가로서의 자의식을 함축하고 있다는 점에서 문제적인 양식이다. 여기서 이태준의 「패강냉」에 나오는 '현' 같은 상징적 이름은 텍스트 바깥의 작가를 상징하는 효과를 발휘한다. 이효석의 경우에 작가 자신의 존재를 암시하는 인물은 준보라는 이름을 가지고 나타나는 경우가 많다. 준보, 현보, 학보, 문오 등의 이름을 가진 남성 주인공이 등장하는 소설은 '나'가 주인공으로 나타나는 소설들 중 일부와 더불어 자전적 소설의 범주 안에서 해석될 수 있다. 이 가운데 그 자전적 성격이 가장 농후한 것이 바로 준보의 경우다. 다른 이름의 주인공들은 그 농도가 훨씬 약하다. 준보가 주인공으로 나오는 소설들은 「석류」(≪여성≫, 1936. 8), 「성찬」(≪여성≫, 1937. 4), 「가을과 산양」(≪야담≫, 1938. 12), 「풀잎」(≪춘추≫ 1942. 1), 「일요일」(≪삼천리≫, 1942. 1) 등이다.[4]

---

3) 이효석의 산문 가운데 「생활과 창조」(≪매일신보≫, 1942. 1. 30) 같은 글은 대일 협력의 포즈가 확연하지만 이러한 포즈를 액면 그대로 해석하여 작가의 진의로 간주하는 것은 단편을 들어 전체를 평가하는 우를 범할 여지가 있다.

4) 현보가 주인공으로 나오는 소설은 「삽화」(≪백광≫, 1937. 6), 「장미 병들다」(≪삼천리 문학≫, 1938. 1) 등이다. 학보가 주인공으로 나오는 소설은 「사냥」(연도 미상)이다. 문오가 주인공으로 등장하는 소설은 「인간 산문」(≪조광≫, 1936. 7)이다.

이 가운데 「풀잎」과 「일요일」은 아주 문제작이다. 이 두 작품은 표면상 아내 이경원(李敬媛)이 타계한 후의 이효석의 생활 세계를 보여 주는 것처럼 보인다. 내용상으로 보면 「풀잎」이 먼저 쓰였고 「일요일」이 그 다음임을 알 수 있는데 이 작품들에서 준보는 아내가 타계한 후의 쓸쓸함과 허무를 딛고 새로운 사랑을 시작하고 있다. 세상은 이 사랑에 대해 무지하다. 세인들은 격이 맞지 않는 사랑이라고 하여 두 사람의 결합을 반대한다. 그러나 이에 굴하지 않고 두 사람은 사랑을 이어 간다. 여기서 두 사람의 사랑을 방해하는 것은 세인들의 시선만이 아니다. 무엇보다 시국이 사랑의 감정을 위협한다. 그리고 바로 이 점에서 두 작품은 이 시대의 자전적 소설에 함축된 모종의 정치적 저항성을 드러낸다. 단적으로 말하면 「풀잎」과 「일요일」은 전쟁의 소용돌이 속에서 옥죄어 오는 체제의 기반(羈絆)에서 벗어나, 사랑에서 자아의 행복을 구하면서, 전쟁 대신에 평화, 대동아주의 대신에 코스모폴리타니즘을 주장한 소설이라고 할 수 있다.

「풀잎」에서 준보는 "헐어진 가정을 쌓아서 새로운 생활을 설계해야 하고 고독을 다스려서 보다 높은 사업을 이루어야 함이 인간 경영에 주어진 영원한 과제"라고 생각한다. 또 그것은 "자멸의 길을 버리고 창조의 길을 찾아야 함이 인류의 행복을 가져오는 까닭"이라고 생각한다.[5] 인류가 자멸을 버리고 창조를 구해야 한다는 것은 일제가 추구하고 있던 전쟁을 버리고 그 자신이 생활 속에서 향유해 나가고자 하는 사랑을 선택해야 한다는 사고를 에둘러 표현한 것에 다름 아니다. 「풀잎」에서 거리는 바야흐로 전쟁의 소용돌이에 휘감겨 있다. "방공연습이 시작된 지 여러 날이 거듭되어 밤이면 거리는 등화관제로 어둠 속에 닫혀졌다." 이 어둠 속에서 "몇 날의 밤의 소요를 계속하는 두 사람은 외딴 골목을 골라" 걷는다. 이들은 마치 천황 만세의 물결 속에서 밤의 유곽을 찾아 떠돌던 일본의 작가 나가이 가후 같기도 하다. 전쟁의 그늘 밑에서 육체의 쾌락에 탐닉해 들어간, 영화

---

5) 이효석, 「풀잎」, 『새롭게 완성한 이효석 전집』 3, 198쪽.

『감각의 제국』에 나오는 주인공들 같기도 하다. 그러나 준보의 내면 세계는 이들의 것보다 훨씬 화창하고 이상주의적이다. 그것은 월트 휘트먼의 시집 『풀잎(Leaves of Grass)』처럼 "자아와 비아의 통합적 비전"[6]을 추구한다. 준보는 사랑하는 여인 실에게 휘트먼의 시를 읊어 주면서 비평을 덧붙이기도 한다. 그에 따르면 휘트먼의 눈에는 모든 것이 다 아름답고 고르고 평등하고 사랑스럽다. 하나도 추하고 밉고 차별진 것이 없다. 예수같이 인자하고 바다같이 관대하다. 그는 아가페적인 사랑의 가치를 노래한 휘트먼의 시를 읊어 주기도 한다. 여기서 "여자 됨"은 "남자 됨"과 마찬가지로 위대하다. 또한 "남자의 어머니 됨같이 위대한 것은 없"다.[7] 전쟁이 예찬하는 남성적 가치를 배격하고 대신에 어머니의 부드러움과 관대함을 강조하는 준보의 의식은 이 작품이 발표된 시대의 천황제 파시즘 조류 및 국민문학론의 전쟁 예찬과는 완전히 상반된다. 전쟁의 시대에 어머니는 군국의 어머니처럼 전쟁의 여신으로 표상될 수도 있지만 이효석은 그런 어머니 대신에 평화와 사랑의 어머니를 제시했다. 이러한 작가적 행위는 자기가 살아가는 시대에 대한 깊은 비평 및 비판 의식 없이는 불가능하다.

요컨대 이효석은 시대나 시국에 단순히 굴종하거나 도피한 작가도 아니었고 그것에 무지한 작가도 아니었다. 무엇보다 이러한 시대나 시국의 문제가 인간의 근원적인 문제가 될 수 없다고 보았고, 때문에 사회와 역사의 문제를 그 안에서가 아니라 바깥에서 조망하고자 했다. 이 외부자적 시선이야말로 이효석 문학의 본질을 이룬다. 이 시점에서 보면 사회와 역사라는 문제는 언제나 비본질적이며 이것에서 벗어나 본질적인 생의 의미를 묻는 것이야말로 문학의 진실에 접근하는 길이다. 이러한 인식으로 말미암아 이효석은 우여곡절을 거치면서도 평생에 걸쳐 독특한 비정치주의 노선을 지켜 나가려 했으나 그 본의는 아직까지 충분히 해석되지 못했다.

---

6) 이광운, 「월트 휘트먼의 성의식」, 《신영어영문학》 10, 1998. 12, 14쪽.
7) 이효석, 「풀잎」, 『새롭게 완성한 이효석 전집』 3, 217쪽.

사회와 역사의 외부에서 —— 자연을 그린 두 계열의 소설들

이효석의 소설 가운데에는 자연을 중심적인 테마로 삼은 두 계열의 소설들이 있다. 이효석 소설은 문장이 아주 아름답고 섬세한데 이러한 문장미의 진수를 발견할 수 있는 곳이 또한 이 계열의 소설들이다. 제1계열은 「산」(≪삼천리≫, 1936. 1), 「들」(≪신동아≫, 1936. 3), 「영라(蝶蝶)」(≪농업조선≫, 1938. 9) 등이다. 이 세계를 한마디로 요약하면 사회와 역사의 외부에서 자연을 향유하면서 그 자연 쪽에서 인간 사회와 역사를 조망한 것들이다. 제2계열은 「분녀」(≪중앙≫, 1936. 1~2), 「고사리」(≪사해공론≫, 1936. 9), 「모밀꽃 필 무렵」(≪조광≫, 1936. 10), 「개살구」(≪조광≫, 1938. 10), 「산협」(≪춘추≫, 1941. 5) 등으로 대표된다. 이것은 산골과 전원을 배경으로 체계와 관습의 울타리를 넘나들면서 살아가는 사람들의 이야기다. 이러한 소설들은 이효석이 1935년 이후에 소재 및 주제적인 변화를 적극적으로 시도했음을 보여 준다.

그러나 자연을 우주의 중심에 놓고 그쪽에서 인간의 삶을 분석, 평가하고자 한 것은 이효석 문학의 근본적인 경향이다. 「프렐류드」(≪동광≫, 1931. 12~1932. 2), 「오리온과 능금」(≪삼천리≫, 1932. 3), 「10월에 피는 능금꽃」(≪삼천리≫, 1933. 2), 「돈(豚)」(≪조선문학≫, 1933. 10), 「수탉」(≪삼천리≫, 1933. 11), 「가을의 서정」(≪삼천리≫, 1933. 12) 등에 나타난 자연과 인간 또는 인간과 자연의 대조법은 동반자 소설로 평가될 만한 작품조차 그 이면에 자연 중심적인 우주관이 굳건함을 보여 준다. 당대에 팽배한 계몽주의적 마르크시즘의 이성주의에 반발하여 "인류의 모든 움직임과 혁명을 조종하는 근본은 식과 색"[8]이라는 생각하는 「퓨렐류드」의 주인공 주화나, 콜론타이의 『붉은 사랑』(1923)을 비평하면서 "사랑인 이상 —— 도저히 사업을 통하야서만은 들수없는것이요, 무엇보다도 먼저 피차의 시각(視覺)을 통해서 드는것"[9]이라고 주장하는 「오리온과 임금」의 나오미는 당대의

---

8) 이효석, 「퓨렐류드」, 『새롭게 완성한 이효석 전집』 1, 230쪽.
9) 이효석, 「오리온과 능금(林檎)」, 『성화』(대동출판사, 1939), 181~182쪽.

이성 중심적 마르크시즘의 한계에 도전하여 자연적이고 우주적인 인간 개체의 본성적 측면을 부각시키려 한 이효석의 대담한 기획을 보여 준다. 이러한 측면에서 보면 동반자 소설이라는 용어는 프롤레타리아 문학 운동 쪽에서 이효석 문학을 평가한 것일 뿐 이효석 문학의 본질을 설명할 수 있는 개념이 전혀 되지 못한다. 「행진곡」(《조선문예》, 1929. 6), 「마작철학」(《조선일보》, 1930. 8. 9~20), 「북국점경」(《삼천리》, 1932. 3) 등에서 볼 수 있듯이 이효석은 일제 강점기 아래 엄혹한 감시 체계와 일본 대자본의 조선 경제 침탈을 카프 계열의 어떤 작가들보다 선명하게 묘사한 작가다. 그러나 그는 이미 이 부조리한 현실을 자연과 우주 편에서 조망하는 시각을 선취한 상태였다. 이효석이 중학 시대의 은사 쿠사부카 조오지(草深常治)의 힘을 얻어 경무국 도서과 검열관으로 취직하여 문단에서 비난의 화살을 맞게 된 것은 그의 정치 의식이 첨예하지 못했음을 입증하는 사실이 될 수도 있다.[10] 그러나 한 작가의 세계관은 특정한 사건에 의해서 쉽게 전변되는 성질의 것이 아니다. 이효석은 경성제대 법문학부 문학과 시절부터 싱(Synge)과 예이츠(Yeats)에 심취하였고 특히 싱에 대해서는 논문에서 "입센이 자연에서 인생의 의미를 독취하려 하였다면 씽 그는 다만 자연 그대로를 그의 거울 속에 반영시켜 보았"으며 "인간 생활과 우주를 깊이 관취(觀取)하고 현실을 흙 향기 높은 시적 사조(辭藻)로 표현"한 "리얼리스트"로 평가했다.[11] 싱은 낭만주의와 사실주의를 결합시킨 극작가로 평가된다.[12] 그리고 이것은 "낭만 리얼의 중간의 길"[13]을 주장했던 이효석의 태도를 상기시킨다.

앞에서 자연을 그린 이효석의 단편 소설들을 크게 두 개의 계열로 나누어 제시했는데 이 가운데 정말 문제적인 것은 전자, 즉 제1계열의 작품들

10) 이상옥, 『이효석 — 문학과 생애』(민음사, 1992), 243~247쪽.
11) 이효석, 「존 밀링턴 씽의 극 연구」, 《대중공론》, 1930. 3.
12) 김상미, 「싱(M. Synge)의 극에 나타난 낭만적 이상주의」, 《현대영미어문학》 20권 2호, 2002, 1~4쪽 참조.
13) 이효석, 「낭만·리알·중간의 길」, 《조선일보》, 1934. 1. 13.

이다. 이 작품군에는 자연을 중심에 놓고 인간의 삶을 평가하고자 하는 이효석의 시각이 예각적으로 표현되어 있다. 이들 작품들은 자연으로 돌아간 인물들이 얻은 자유에 관한 이야기라고 할 수 있다. 일례로 「산」의 주인공 중실은 마을 밑에서 머슴살이를 하다 주인 영감에게 첩과 놀아난다는 의심을 받게 되자 주인집에서 뛰쳐나왔을 뿐만 아니라 아예 마을을 떠나 산속에 들어와 홀로 살아간다. 주인집에 살면서 그는 사람 대접을 제대로 받아 본 적이 없다. 해마다 사경을 제대로 받지 못하였고 옷 한 벌 버젓하게 얻어 입어 본 적이 없다. 하다못해 명절에 놀이할 돈도 얻지 못해 개 보름 쇠듯 해야 했다는 것이다. 그러나 이제 마을을 떠나 산으로 올라와 버린 그는 그 어떤 존재보다 자유롭다.

산속의 아츰나절은 조을고잇는즘생같이 막막은 하나 숨결이은근하다. 휘엿한산ㅅ등은 누어잇는 황소의등어리요 바람결도업는데 쉴새업시 파르르나붓기는 사시나무닙새는 산의숨소리다. 첫눈에띄이는 하아얏케분장한 자작나무는 산속의일색. 아모리 단장한대야 사람의살결이 그러케 흴수잇슬가. 숨북들어선나무는 마을의인총보다도만코 사람의성보다도 종자가혼하다. 고요하게 무럭무럭 걱정업시 잘들자란다. 산오리나무 물오리나무 가락나무 참나무 졸참나무 박달나무 사수래나무 떡갈나무 피나무 물가리나무 싸리나무 고루쇠나무. 골작에는 산사나무 아그배나무 갈매나무 개옷나무 엄나무. 잔등에 간간히석겨 어느때나 푸르고 향기로운소나무 잣나무 전나무 향나무 노가지나무…… 걱정업시 무럭무럭 잘들자라는 —— 산속은 고요하나 웅성한 아름다운세상이다.

과실같이 싱싱한 긔운과향기. 나무향긔 흙냄새 하날향긔. 마을에서는 차저볼수업는 향긔다.

락엽속에 마뭇처안저 깨금을알뜰히바수는 중실은 이제새삼스럽게 그향긔를생각하고 나무를살피고 하날을 바라보는것이아니였다. 그런 것은 한데합처저 몸에함빡저저들어 전신을가지고 모르는결에 그것을늣길 이다. 산과몸

이 빈틈업시 한데얼린 것이다. 눈에는 어느결엔지 푸른하날이물들엇고 피부
에는 산냄새가배엿다. 바슴할때의 집북덕이보다도 부드러운 나무닢 —— 여러
자 기피로싸이고싸인 깨금닢 가락닢 떡갈닢의 부드러운 보료 —— 속에 몸을
파뭇고잇스면 몸동아리가 맛치 땅에서솟아난 한포기의나무와도같은 늣김이
다. 소나무 참나무 총중의 한대의 나무다. 두발은 뿌리요, 두팔은 가지다.
살을베히면 피대신에 나무진이흐를듯하다. 잠잣고 섯는나무들의 수고밧는은
근한말을 나뭇가지의 고개짓하는뜻을 나무닢의 소군거리는속심을 총중의한
포기로서 넉넉히짐작할수잇다. 해가쪼일때에 질겨하고 바람불때 롱탕치고
날흐릴때 얼골을찡그리는 나무들의풍속과 비밀을 렬력히번역해낼수잇다. 몸
은한포기의나무다.

별안간부드득솟아오르는 힘을늣기고 중실은 벌덕 뛰여니러낫다. 쭉펴는
네활개에 힘이뻐처 금시에 그대로 하날에라도오늘듯십다. 넘치는힘을보낼곳
업쇠 할수업시 입을크게버리고 하날이울녀라 고함을첫다. 땅에서솟는산정
긔의 힘찬 단순한 목소리다. 산이 대답하고 나뭇가지가 고개짓한다. 또하나
그소리에대답한 것은 마즌편 산허리에서 불시에 푸드득날어뜨는 한자중의
꿩이였다. 살진까투리의 꽁지를물고나는 쟁끼의 오색날개가 맑은하날에 찬
란하게 빗낫다.[14]

산 속에서 그는 나무가 된 것 같은 기쁨을 맛본다. "몸은 한포기의나무
다." 세속의 사람살이에 지친 중실에게 산은 살아 있는 인간 개체로서의
생명력을 회복시켜 준다. 개체가 누리는 존재론적 자유를 나무와 같은 식
물에 비유하는 전통은 깊다. 1920년대의 예술지상주의자 임노월은 나무에
게서 자유로운 개인주의자의 충만한 인격을 발견했다. 그는 "식물과 갓흔
자유스러운 인격", "깨끗한 개인주의"를 예찬했다. "그들의 생활은 절대적
자기 개성에 충실한 동시에 남의 노력을 착취하그나 남의 개성을 무시하는

---

14) 이효석, 「산」, ≪삼천리≫, 1936. 1, 308~309쪽.

경향은 업다."[15] 임노월에게 절대적인 사상적 감화를 준 오스카 와일드 역시 인간의 개성을 꽃과 나무에 비유했다. 그에 따르면 개성은 꽃과 나무가 자라듯이 단순하게 성장하며 부조화를 알지 못한다. 그것은 갑론을박과 투쟁이 없이, 타인에 대한 간섭과 강요 없이, 서로가 서로로부터 다른 그대로 존재한다.[16] 또한 이러한 비유법은 존 스튜어트 밀의 『자유론』에까지 소급된다. 밀은 "인간은 본성상 모형대로 찍어내고 그것이 시키는 대로 따라하는 기계가 아니"며, "생명을 불어넣어 주는 내면의 힘에 따라 온 사방으로 스스로 자라고 발전하려 하는 나무와 같은 존재"라고 역설했다.[17] 또한 그는 "온갖 종류의 식물들이 다 똑같은 물리적 환경과 대기, 그리고 기후 조건 속에서 살 수 없듯이, 인간 또한 똑같은 도덕적 기준 아래서는 건강한 삶을 누릴 수 없다"면서 "모든 인간의 삶이 어떤 특정인 또는 소수 사람들의 생각에 맞춰져 정형화되어야 할 이유는 없다. 누구든지 웬만한 정도의 상식과 경험만 있다면, 자신의 삶을 자기 방식대로 살아가는 것이 가장 바람직하다."고 주장했다.[18]

이효석의 자연관, 인간관은 이러한 전통 속에 존재한다. 특히 이효석에게 1935년은 1930년대 전반기 내내 암중모색해 온 사상적 실험이 일단락을 본 해이다. 이때 그는 한 심경 소설 속에서 "생활이란 무엇인가. 스스로 묻고 움즉엄이다."라고 썼다. "사람이 잇서 식물덕 생활이라고 비웃는다 할지라도 나는 아아메녀의 거리 낡은 성문 어구에 웅크리고 누어 사막의 달밤을 꿈꾸는 털빠진 락타의 모양을 없우히 넉일 수 없으며 로맨티씨스트의 일홈으로 조롱할 수는 없다. 리알리스트이면서도 로맨티씨스트——사람은 그런 것이다."라고 썼다.[19]

---

15) 魔鏡, 「식물의 예술미론」, 《영대》 1, 1925. 8, 29쪽.
16) 오스카 와일드, 「사회주의와 인간의 영혼」, 이보영 역, 『오스카 와일드 예술 평론』(예림기획, 2001), 230쪽 참조.
17) 존 스튜어트 밀, 서병훈 역, 『자유론』(책세상, 2005), 113쪽.
18) 위의 책, 127~128쪽.
19) 이효석, 「성수부」, 《조선문단》, 1935. 7, 23~24쪽.

같은 테마이지만 완성도 면에서 보면 「들」이 「산」보다 월등한 수준작이다. 여기서 주인공 학보는 「산」의 중실과 같이 세속 또는 사회에서 쫓겨난 존재이다. 학교에서 퇴학당하고 고향에 돌아와 있는 것이다. 「들」의 공간적 배경을 이루는 학보의 고향은 「산」의 산과 같은 기능을 한다. 또 바로 여기에 이효석의 소설에 나타나는 고향의 상징적 의미를 헤아릴 수 있는 열쇠가 있다. 이효석 소설의 고향은 백석의 시에 나오는 고향과는 달리 공동체적 유대와 친밀감, 전근대적 질서와 관습의 세계가 아니다. 같은 농촌이고 산골이라고 해도 이효석의 소설에 나오는 고향은 그러한 질서나 관습조차 작용하지 않는 공간, 자연적이고 야생적인 삶을 가능케 하는 공간으로 나타난다. "고향을 그리워하는 마음이란 곧 산천을 사랑하고 벌판을 반가워하는 심정"[20]이라는 학보의 생각은 이효석의 생각을 그대로 보여 주고 있는 것이라 해도 될 것이다. 작중 학보는 「산」에서의 중실처럼 봄 들의 경이로운 초록빛에 한껏 매료되어 있다. 학교에 다니며 운동을 하는 그는 중실이 세속에서 지주의 횡포에 시달렸던 것처럼 감시와 구속에 쫓기는 삶을 살았다. 그러나 들은 그에게 깊은 해방감을 선사한다. 야취에 젖은 그는 들에서 옥분이를 만나 그 민출한 자태에 마음을 빼앗긴다. 둘은 다음 날 과수원에서 만나 벌판에서 장난치는 자웅들처럼 야합을 한다. 친우인 문수와 함께 들판에서 야영을 하면서는 무한한 우주의 운행에 마음을 빼앗긴다. 야영은 그에게 들에 대한 깊은 일체감을 심어 준다. 이렇게 자연 속에 파묻혀 자연과 하나가 됨으로써 학보는 비로소 사회를 원근법적으로 조망할 수 있게 된다. 사회라는 것, 그것은 공포를 내장한 메커니즘이다.

그러나 공포는왔다.
그것은 들에서온것이아니오 마을에서 ── 사람에게서 왔다.
공포를 맨드는 것은 자연이아니오 도리혀 사람의 사회인듯싶다.[21]

---

20) 이효석, 「들」, 《신동아》, 1936. 2, 215쪽.
21) 위의 책, 222쪽.

그러나 무한하고도 그윽한 자연에 비하면 세속은 한갓 좁디좁은 구속 체계일 뿐이다. 자연 쪽에서 보면 인간의 사회와 역사는 "공포"를 자아내는 강압의 체계다. 「산」과 「들」에서 주인공들은 자연 쪽에서 멀리 작게 보이는 사회와 역사를 조망한다. 그렇다고 해서 그들이 사회나 역사에 대한 인식을 구비치 못한 것은 아니다. 그들은 지주와 학교 체제에 저항하였고 그 때문에 세속에서 자의, 타의로 추방되었다. 세속에 머물러 있을 때는 그것이 모든 것이었다. 그러나 일단 세속에서 벗어나면 사회와 역사는 멀리 작게 보인다. 자연과 우주의 시공간에 통합된 사회와 역사는 보잘것없고 초라하다. 「산」과 「들」은 사람들 위에 무섭게 군림하는 식민지 체제 또는 억압적인 사회의 힘을 자연에 합류한 사람의 살아 있는 힘에 대비시킨다.

한편 제2계열에 속하는 소설들 가운데에는 이효석의 대표작으로 손꼽히는 「모밀꽃 필 무렵」이 포함되어 있다. 이 소설은 서정적인 소설로 이름 높은데 오히려 그 때문에 이 작품을 포함한 일군의 작품들 속에서 유기적으로 분석되고 평가되지 못하는 측면이 강하다. 이 작품에 따라붙는 서정 소설로서의 명성 역시 작품의 진면목을 일면 가리는 측면이 없지 않다. 「모밀꽃 필 무렵」을 「분녀」, 「고사리」, 「개살구」, 「산협」 등의 작품과 함께 놓고 읽으면 어떤 결과가 산출될 수 있을까? 이 계열의 작품들은 고향으로 요약되는 관습적 힘의 한계를 상기시킨다. 먼저 「분녀」는 한 평범한 시골 처녀의 수난과 변화를 그린 것이다. 분녀는 평범한 처녀였지만 명준, 만갑, 상구, 천수 같은 동네 남정네들은 물론 중국인 왕가에게까지 몸을 주게 되면서 동네에 소문이 나고 끝내는 어머니한테 매타작을 당하게 된다. 동네 사람들과 멀어지고 밭과 친해지면서 분녀는 딴사람이 된 것 같은 자기를 느낀다. 그 무렵 첫 남자였던 명준이가 멀리서 돌아온다. 분녀는 거친 풍파를 겪으면서 마을을 사로잡고 있는 남성적 권력 체계의 힘에서 벗어난다. 「고사리」의 주인공은 이제 막 성년의 문턱에 올라서려고 하는 인동이라는 소년이다. 그는 일찍 어른 흉내를 내는 홍수의 영향 아래서 어른 세계를 엿본다. 어느 날 홍수는 봉이라는 처녀와 관계를 맺다 그 아버지에게 들켜

쫓겨나면서 동네 사람들의 웃음거리가 된다. 그러나 홍수는 그런 어른들을 오히려 비웃는다. 인동에게 "……사람은 사람을 놀림감맨들기를 좋와하는 무도하(한 — 인용자) 짐승이야. 뻔히 저도하는짓을 다른사람이 하문 웃거든. 쓸데없는짓야. 겁낼것없다. 어른이란 존것 아니야. 어리석은 물건들이야. 하긴 우리도 이제는 어른이다만."[22]이라고 한다. 여기서는 어른이라는 말에 압축된 관습적 체계의 위선이 일종의 풍자 대상이 된다. 「개살구」는 오대산 자락 마을에서 일어난 사건을 그린 것이다. 마을 갑부 형태의 첩인 서울집과 아들인 재수가 몰래 관계를 맺어 오다 탄로가 난다. 분을 못 이긴 형태는 인두로 서울집의 얼굴과 다리를 지지고 아들을 물푸레나무로 매질한다. 이후 아들은 어딘가로 사라지고 서울집은 높은 담장 안에서 바깥세상을 그리워한다. 형태는 면장운동에 나서지만 서울집을 잃을 것을 두려워하면서 그럴 경우 면장직은 얻어서 무엇 하나 한다. 사회 변천에 따라 창출된 부의 힘조차 자유와 정염이라는 자연적 경향을 가로막을 수 없다는 암시를 엿볼 수 있는 작품이다. 마지막으로 「산협」은 「개살구」와 유사한 모티프를 보여 준다. 슬하에 자식이 없는 마을 부자 공재도가 읍내에 소금을 사러 갔다가 대장장이의 아내를 첩으로 데려온다. 말년에 자식 복이 있으려고 그랬는지 이 원주집과 아내 송 씨한테서 모두 태기가 나타나지만 원주집은 대장장이의 아이를 가진 것이고 송 씨는 조카인 증근의 아이를 가진 것으로 판명된다. 결국 원주집은 다시 남편에게로 떠나고, 증근은 어디론가 떠나 버리고, 송 씨는 출산 후 간수를 먹고, 재도 역시 정처 없이 집안을 떠나고 만다.

「모밀꽃 필 무렵」은 이런 이야기들의 연쇄 속에 위치한다. 이 작품이 이 계열의 다른 작품들에 비해 확실히 서정적인 것은 사실이지만 그럼에도 이 이야기들과의 공통점을 어떻게든 찾지 못한다면 이 작품의 진면목을 온전히 이해했다고 말하기 어렵다. 「모밀꽃 필 무렵」은 허생원과 동이의 이야

---

22) 이효석, 「고사리」, 『성화』(대동출판사, 1939), 245쪽.

기이다. 이 두 사람은 나중에 둘 다 왼손잡이라는 것으로 부자 관계임이 강력하게 암시된다. 지금은 늙어서 병든 나귀처럼 초라해진 허생원의 이야기가 밤을 패면서 이어진다. 그것은 아름다운 사랑의 기억이다. 장돌뱅이로 떠도는 허생원은 봉평장에 들러 밤에 옷을 벗으러 물방앗간에 들어갔다가 성서방네 처녀를 만난다. 작품은 독자들로 하여금 동이가 이 두 사람의 아이라는 것을 알 수 있게 한다. 장성해서 아버지처럼 장돌뱅이가 된 아들이 나이 든 아버지를 업고 달빛 아래 개울을 건너는 장면은 참으로 아름답다. 「모밀꽃 필 무렵」은 신분이 다른 남자와 여자가 결혼이라는 관습적 절차의 울타리 바깥에서 우연히 인연을 맺어 자식을 낳고 이후 아버지와 아들이 서로의 관계를 인식하지 못한 채 함께 밤길을 걸어가는 이야기다. 이 이야기를 「분녀」, 「고사리」, 「개살구」, 「산협」과 함께 읽으면 이효석 소설의 중요한 특징 가운데 하나가 모습을 드러낸다. 제도적 관습과 질서의 테두리를 넘어 금기에 접근하는 자연적 존재로서의 사람들, 이러한 월담을 통해서 실현되거나 좌절되는 욕망과 사랑, 그로 인해 싹트는 절망과 희망을 이효석은 즐겨 그렸다. 인간 세계는 좁은 산골 마을조차 제도적 관습과 질서가 지배하는 것처럼 보인다. 그러나 사람들은 그 안에서만 살아가지 못한다. 본성이나 욕망, 사랑의 크기에 비추면 그것은 작다. 위압적이다 해도 종국적인 지배력을 행사할 수는 없다.

이상에서 일별해 보았듯이 자연을 그린 두 계열의 소설들은 이효석 소설에서 도회와 농촌(또는 산협), 도회와 자연이 진정한 대립 범주가 될 수 없음을 말해 준다. 제1계열의 소설들은 농촌과 산협, 또는 고향이 자연을 상징하거나 가리킴으로써 긍정된다는 것을 보여 준다. 제2계열의 소설들은 농촌과 산협 마을에서조차 인간을 제약하는 제도적 관습과 질서의 메커니즘이 작동하고 있음을 보여 준다. 울타리, 장벽이 둘러쳐진 농촌과 산협은 자연으로서의 사람들을 제어하고자 하지만 번번이 실패한다. 사람들은 인공적인 제도 속에서 살아가지만 자연을 향한 근본적인 지향을 가지며 이것을 실현하려 한다. 이효석의 소설에서 도회는 대부분의 경우 사회적 불평

등과 부조리의 온상이자 가능성이 폐색된 공간으로 나타난다. 반면에 농촌이나 산협 또는 고향은 그렇지 않은 곳이다. 이곳은 생기가 있는 곳, 삶에 새로운 활력을 주는 곳으로 나타난다. 그러나 이러한 외견상의 대립에 얽매이면 이효석 소설의 '고향' 취미와 이국 취미를 통합적으로 설명할 수 있는 방법을 찾지 못하게 된다.

이효석의 이국 취미를 대표하는 것은 하얼빈인데 이 도시는 당시 경성보다도 규모가 큰 국제적 도시였다.[23] 이효석 소설에서 「모밀꽃 필 무렵」으로 대표되는 '고향' 취미와 『벽공무한』(박문서관, 1941)으로 대표되는 이국적인 대도시 취향을 어떻게 무리 없이 함께 설명할 수 있을까? '고향'과 이국적인 대도시의 기능적인 동일성은 어떻게 확보될 수 있을까? 가령 이세주는 주목할 만한 논문에서 「모밀꽃 필 무렵」과 『벽공무한』을 향수(nostalgia)의 개념으로 포착하여 상반된 것처럼 보이는 '고향' 취미와 이국 취미를 내적으로 동일화시키려 했다.[24] 이것은 매우 흥미롭다. 그러나 이 논문은 『벽공무한』을 "만주 개척의 서사"[25]로 명명하고 있어 일제 강점기 말에 이효석이 보여 준 독특한 비정치주의 노선의 함의를 충분히 고려하지 않은 듯한 인상을 남긴다. 또한 통상적으로 이푸 투안의 '장소' 개념에 가까운 고향과 '공간' 개념에 가까운 이국을 등가로 놓기 위해서는 어떤 더 적절한 매개 요소가 필요한 것 같다. 다음 장에서 분석해 보겠지만 『벽공무한』은 국민 문학을 표방하는 협력적인 포즈 아래 그것과는 전혀 상반되는 결말로 나아간 소설이다. 과연 조선인 천일마와 러시아 여성 나아자의 결혼으로 끝나는 『벽공무한』은 대동아주의라는 국책에 부응하는 소설이자 "만주 개척의 서사"로 읽힐 수 있는 것일까? 물론 이 논문은 『벽공무한』에서 이상과 현

---

23) 이효석 소설에서 하얼빈에 관한 언급이 등장하는 중요한 작품으로는 「기우」(≪조선지광≫, 1929. 6), 「여수」(≪동아일보≫, 1939. 11. 29~12. 28), 「합이빈」(≪문장≫, 1940. 10), 「성화」(≪조선일보≫, 1935. 10. 11~31), 『화분』(인문사, 1939), 『벽공무한』(박문서관, 1941) 등이다.

24) 이세주, 「식민지 근대와 이효석 문학」, 연세대 석사 학위 논문, 2006, 71~87쪽 참조.

25) 위의 논문, 112쪽.

실의 괴리를 발견하는 주인공에 대한 인식을 보여준다는 점에서 단순한 논리에 머무르지만은 않는다. 이효석에게 '고향'은 문자 그대로의 고향이 아니라 폐쇄적인 질서와 관습 체계를 넘어선 자연적, 야생적 삶을 가능케 하는 공간이라는 의미를 갖는다. 그리고 바로 이 점에서 이효석의 '고향'은 하얼빈과 기능적으로 동일한 것이라고 할 수 있다.

### '장소'와 '공간'의 이항 대립 —— 자유의 원리

이효석 소설은 인공적인 세계와 자연적인 세계 사이의 강력한 이항 대립을 보여 준다. 이것은 도시와 자연을 대립시키는 것으로 나타나기도 하고 '산문'과 '시'를 대립시키는 것으로 나타나기도 한다. 또한 이것은 조선적이거나 동양적인 고유성에 구라파 또는 하얼빈을 대립시키는 것으로 나타난다. 이 모든 것들은 폐쇄된 '장소'와 개방된 '공간'을 대립, 대조시키면서 집요하게 개방된 공간을 향해 나아가는 방향으로 작동한다. 이푸 투안(Yifu Tuan)에 따르면 "장소는 안전을 의미하며 공간을 자유를 의미한다. 우리는 장소에 고착되어 있으면서 공간을 열망한다."[26] 장소는 안전, 안정의 이미지를 가지며 공간은 개방성, 자유, 위험과 같은 이미지를 수반한다.[27] 이효석은 한곳에 머무르는 고착된 정체성을 부정하면서 폐쇄된 장소의 세계에서 개방된 공간의 세계로 나아가고자 했으며 이를 통해 개체적인 자아의 참된 자유를 획득하고자 했다. 또한 이것은 동반자 소설 계열로 분류할 수 있는 초기 소설에서부터 말년의 장편 소설 ≪벽공무한≫에 이르기까지 아주 일관된다. 이 이항 대립을 본질의 차원에서 파악하지 못하고 도시와 '고향'의 고착화된 대립으로 파악하게 되면 이효석 소설의 의미망을 충분히 이해할 수 없게 된다. 앞의 장에서 살펴본 것처럼 '고향'은 그것이 자연을 가리키는 한에서만 자유를 향해 개방적인 '공간'의 의미를 획득한다. 제도

---

26) 이푸 투안, 구동회·심승희 역, 『공간과 장소』(대윤, 1995), 15쪽.
27) 위의 책, 19쪽 참조.

화된 관습과 질서로 작동하는 한 그것은 본질적인 삶의 지향을 억압하는 고착화된 '장소'의 부정적 함의에 가까워지게 된다. 이것은 도시의 경우에도 마찬가지다. 따라서 이효석 소설의 이항 대립이 지닌 본질은 문자 그대로 도시냐 자연(또는 향토)이냐 하는 데 있지 않다. 작중에서 그것이 어떤 의미를 지니는가에 따라 도시와 자연은 언제든지 '장소'와 '공간'의 자리 바꿈을 보여 준다. 예를 들어서 「도시와 유령」(≪조선지광≫, 1928. 7)에서 서울이라는 도시는 문명한 곳이면서도 유령이 출몰하는 곳, "생활의 무거운 짐"[28]을 절감하게 하는 곳이다. 그러나 「행진곡」(≪조선문예≫, 1929. 6)에서 도시의 정거장은 "생활의 위대한" "흐름"을 보여 주는 곳으로 조명된다.[29] 이 작품에서는 고단한 사람들의 의탁처인 노동 합숙소도 "이약이의꽃"이 피어나는 교통 공간이 된다.[30] 폐쇄된 고통과 억압이 뒤엉킨 곳으로 나타나는 한 도시는 우울하다. 반면에 자유를 향해 열린 교통 공간으로 나타나는 도시는 희망의 가능성을 보여 준다. 이국적인 도시 역시 마찬가지다. 「기우」(≪조선지광≫, 1929. 6)에 그려진 하얼빈은 몹시 아름답지만 키타이스카야 거리의 마굴은 그렇지 못하다. 주인공인 '나'는 "굉장한 돌집이 절비하야잇는 그반면에 반다시 쓸어저가는 빈민굴이숨어잇스니 이쎄저린대조를 현재의 도회는 모다보이고잇다"[31]고 생각한다. 이 마굴에서 '나'는 처참하게 변모해 버린 계순을 본다. 그녀는 결국 자살해 버린다. 그날 밤 '나'는 계순에게 전에 없던 사랑을 느낀다. 그것은 휘트먼의 사랑, 다시 말해 "욕심만흔 한개의사니희로써의사랑이아니라옵바나어머니로써의 위대한사랑"이다.[32] 그런가 하면 「북국사신」(≪신소설≫, 1930. 9)의 블라디보스토크는 "아무러한 인종덕편견도 가지지아니하고 조선사람인 나를 사랑하얏던"[33] 사샤의 도시

28) 이효석, 「도시와 유령」, ≪조선지광≫, 1928. 7, 118쪽.
29) 이효석, 「행진곡」, 『노령근해』(동지사, 1931), 72쪽.
30) 위의 책, 76쪽.
31) 이효석, 「기우」, ≪조선지광≫, 1929. 6, 18쪽.
32) 앞의 책, 21쪽.
33) 이효석, 「북국사신」, 『노령근해』(동지사, 1931), 189쪽.

다. 창작 활동의 초기부터 이효석은 도시의 명암을 고루 알고 그 폐쇄성과 가능성을 함께 보는 작가였다.

1936년에 이르면 이효석의 도시 또는 거리는 '산문'적인 세계를, '산'과 '바다'로 대표되는 자연은 '시'적인 세계를 상징하기에 이른다. 그럼에도 「천사와 산문시」(《사해공론》, 1936. 4) 및 「인간 산문」(《조광》, 1936. 7) 은 이러한 기표들 역시 위치 전환에 능하다는 것을 보여 준다. 이효석의 소설에서는 도시, 거리, 집, 방 같은 공간 개념들이 수시로 위치 전환하면서 상반된 함축적 의미를 나타낸다. 「천사와 산문시」에서 방은 협착한 현실에서 떠나 꿈과 환영의 세계를 열어 주는 신비스러운 기능을 한다. '나' 는 "거리의 천사도 마음의 천사가 될 수 있다"고 생각한다. "산문의 밤이 아니오, 꿈속의 밤이오 이야기속의 밤"을 보냈다고 생각한다. "산문의 경험도 마음속에 적히우면 아름다운 노래가 되는 모양"이라고 생각한다.[34] 반면에 「인간 산문」에서 거리는 환멸의 대상이 된다. 철학을 공부하는 문오는 "사람의 거리란 일종의 지옥 아닌 수라장"이라고 생각한다. 그에게 "쓰레기통속가튼 거리, 개천속가튼 거리"는 "개신개신하는 게으른주부가 채 치(ㅡ 인용자)우지 못한 방속과도" 같다. "몬지가 쌓이고 책권이 쓰러지고 수지가허트러진ㅡㅡ그런 어수선한방속이 거리다."[35] 「인간 산문」은 이미지 병치법을 구사한 소설이다. 여기서 주인공 문오는 풍진을 앓다가 약을 잘못 쓰는 바람에 쌀알 같은 붉은 점이 온몸을 뒤덮어 버린다. 그의 육체를 뒤덮고 있는 더러운 피부는 환멸적인 도시의 거리의 이미지와 결합하여 병치적인 상승 효과를 낳는다. 그런 그를 구제하는 것은 남편과 결별하고 그를 찾아온 미례다. 사랑만이 거리의 산문이 선사하는 압박을 떨쳐버릴 수 있게 한다.

「영라」(《농민조선》, 1938. 9)는 금지된 책을 소지한 죄목으로 학교에서 퇴학을 당한 학수의 이야기다. 이 작품은 「약령기」(《삼천리》, 1930. 9)의

---

34) 이효석, 「천사와 산문시」, 『새롭게 완성한 이효석 전집』 2, 71쪽.
35) 이효석, 「인간 산문」, 《조광》, 1936. 7, 268쪽.

모티프를 살려 새로 쓴 것이다. 또한 변소라는 좁은 공간이 선사하는 역설적인 자유를 보여 주는 「수탉」(≪삼천리≫, 1933. 11)과 통하는 점이 있다. 이 작품에서 학교의 감시에 시달리는 학수는 "네 쪽의 벽으로 된 반 평도 차지 못하는 공간"을 "가장 자유롭고 가장 너그럽고 가장 넓고 가장 신성하게" 여긴다. 세상 사람들에게 "가장 추접하고 구역나는 곳"을 "가장 자유롭고 신성한" 곳으로 느낄 수밖에 없는 아이러니 속에서 그는 "바다"로 상징되는 "자유의 세상"을 꿈꾼다.[36] "바다"는 변소와는 비교도 할 수 없을 만큼 위대한 공간이다. "바다"는 "무한대의 힘"이요 "자랑"이다.[37] 학수는 어떻게 하면 이 "바다"의 마력을 사람의 삶과 조화시킬 수 있는지 고민한다. 그리고 그 해답의 단서는 뜻밖에도 친우가 선사한 "풋볼"에 있었다. "풋볼"을 차면서 학수는 "새로운 힘과 새로운 방법을 발견한"다.[38] 아마도 "풋볼"의 불규칙한 리듬이 신축 자재한 "바다"의 율동과 상통하기 때문이었을 것이다. 이러한 인식에 이르면 이효석은 코스모폴리타니즘을 지향한 데서 더 나아가 일종의 카오스모폴리타니즘을 지향한 것처럼 해석된다.

1940년은 이러한 이효석이 다른 작가들과 마찬가지로 체제의 압박에서 오는 강렬한 위기의식에 사로잡힌 해였다. 채만식의 「냉동어」(≪인문평론≫, 1940. 4~5)가 웅변하듯이 식민지 조선의 작가들은 밀려오는 어둠의 힘을 의식하면서 어떤 포즈 또는 태도를 선택해야 하는 기로에 놓여 있었다. 채만식은 이 위기 속에서 대일 협력적인 포즈를 강화하는 쪽으로 나아갔으나 이 외면이 내면의 상태를 그대로 표현한 것은 못 되었다. 이효석의 「哈爾濱(합이빈)」(≪문장≫, 1940. 10)은 국제 정세에 민감한 이효석의 내면 심리를 아주 잘 보여 주는 문제작이다. 여기서 '나'는 시시각각으로 변해 가는 하얼빈을 목도한다. 해마다 찾아가는 하얼빈이건만 올해는 더욱더 많은 변화가 감지된다. 프랑스가 독일에 패한 정세 속에 가로놓인 하얼빈의 키타

---

36) 이효석, 「영라」, 『새롭게 완성한 이효석 전집』 2, 257, 259쪽.
37) 위의 책, 260쪽.
38) 위의 책, 266쪽.

이스카야 거리는 "낡고 그윽한 것이 점점 허덕어리며 물러서는 뒤ㅅ자리에 새것이 부락스럽게 밀려드는 꼴"을 보여 준다. 이것을 '나'는 풍자적으로 "위대한 교대"라고 표현하면서 애수에 사로잡힌다.[39] 여기서 하얼빈은 더이상, 결코, 외부와 미래를 향해 열린 가능성의 공간으로 작동하지 않는다. 하얼빈에서 사귄 카바레 여급 유우라는 이 도시의 변화를 "식민지"라는 말로 표현한다. "——보세요. 저 잡동사니의 어수선한 꼴을. 키타이스카야는 이제는 발서 식민지예요. 모든것이 꿈결같이 지내가버렸어요."라고 탄식하는 유우라는 시대의 어둠 속에서 죽고 싶다고 생각한다.[40] '나' 역시 시대의 변화 속에서 현재라는 것의 실재성을 놓고 심각하게 고민한다. '나'는 "창조의 진의", 즉 "무슨 까닭으로 하필 현재의 이 우연한 결정이 있게되었는가"를 궁금해 한다. "현재"가 이미 하나의 "우연"이라면 "현재와 다른 우연의 결정을 생각할 수 없을까" 하고 고민한다. 그리하여 "지금보다 다른 세상"의 가능성은 없는지 생각하면서 그런 가능성에 관해서 생각하지 않으면 견딜 수 없다고 생각한다.[41] 시대의 어둠 속에서 폴란드 태생의 러시아 여성인 유우라와 '나'는 서로 다른 "생각의 껍질" 속에서 번민한다. 서로는 서로의 번민 속으로 들어갈 수가 없다. "그 껍질 속으로는 국외의 다른사람은 도저히 비집고 들길이 없다."[42] 「인간 산문」의 병든 피부처럼 「합이빈」의 "생각의 껍질"은 벗어 버려야 할 사유의 감옥이다. '나'와 유우라의 진정한 교류는 이 "생각의 껍질"을 벗어 버릴 때 비로소 가능해질 것이다. '나'와 유우라는 그럴 수가 없다. 서로가 가진 존재의 굴레에서, "생각의 껍질"에서 자유로울 수가 없다. 그러나 유우라의 "식민지"라는 말은 키타이스카야 거리의 변화를 목도한 '나'의 머릿속에 강한 울림을 선사한다. '나' 자신이 식민지 지식인이며 임박한 태평양 전쟁은 이 식민지의 어둠을 더욱

---

39) 이효석, 「합이빈」, ≪문장≫, 1940. 10, 2쪽.
40) 위의 책, 4쪽.
41) 위의 책, 7쪽.
42) 위의 책, 11쪽.

깊게 파이게 할 것이기 때문이다. 만약 이것이 이효석의 하얼빈이라면, 이 것이 외부와 미래를 향해 열린 가능성의 도시였던 하얼빈에 관한 이효석의 생각이라면, 그보다 앞서 1940년 1월 25일부터 7월 28일에 걸쳐 ≪매일신보≫에 '창공'이라는 이름으로 연재된 『벽공무한』은 "만주 개척의 서사"와 는 다른 방향에서 독해되어야 할 것이다. 이 작품은 외관상 "만주 개척의 서사" 형태를 취한 것처럼 보이지만 그 이면의 논리를 읽어 내는 것이 필요하다.

한편 이효석은 모두 두 편의 한글 장편 소설을 남겼다. 『화분』(인문사, 1939)과 『벽공무한』이 그것이다. 이 두 장편 소설에서 핵심적인 역할을 하는 것은 꿈과 몽상이다. 이것은 소설 속 인물들의 그것이기도 하고 이 인물들을 주조한 이효석 자신의 그것이기도 하다. 이처럼 꿈과 몽상이 중요한 방법론적 기능을 하는 까닭에 이 두 소설은 문제적 인물의 질문과 해답 찾기를 중심으로 하는 루카치의 『소설의 이론』(1920)의 맥락에서 해석될 수 없다. 이 두 작품은 알 수 없는 해답을 찾아가는 영혼의 모험을 그리지 않는다. 이 소설들에서 해답은 마치 저 창공의 빛나는 별처럼 주어져 있다. 주인공들은 인생의 지고한 가치인 예술과 사랑을 향해 폐쇄된 공간적 한계를 뚫고 비상해 나가도록 예정되어 있다. 『화분』은 살로메에 관한 작중 미란과 영훈의 대화가 암시하듯이 오스카 와일드의 장편 소설 『도리안 그레이의 초상』(1890)의 실험 소설적인 예술 지상주의와 같은 맥락에서 해석되어야 한다. 때문에 이 작품의 시공간적 구성은 지극히 상징적이고 추상적이다 못해 신화적이기까지 하다. 『벽공무한』은 이러한 실험을 비교적 현실적인 시공간적 배경 속에서 시행하면서 동시에 작가가 시국의 압력까지 강하게 의식하고 있는 까닭에 『화분』과는 전혀 다른 유형의 소설처럼 읽히는 경향이 없지 않다. 그러나 『화분』과 단절된 측면만큼이나 연속적인 측면을 함께 살피지 않으면 이 소설의 성격은 제대로 드러나지 않는다. 『벽공무한』은 『청춘무성』(박문서관, 1940)에서 「별은 창마다」(≪신시대≫, 1942. 1~ 1943. 6)로 나아간 이태준이 외면적으로 내세웠던 동양주의의 문화적 전망과도 현저히 구별된다. 『벽공무한』은 구라파주의를 "자유에 대한 갈망의 발로"[43]라고 해석하고 수용했던 「여수」(≪동아일보≫, 1939. 11. 29~12. 28)의 주인공의 시점에 초점을 맞추어 해석해 나가야 할 작품이며, 바로 그러한 구라파주의를 향한 이효석 특유의 꿈과 몽상의 작용 메커니즘 속에서 읽어 내야 할 작품이다. 이 점에서 이효석의 구라파주의는 오리엔탈리즘론의 일반적인 해석을 허용하지 않는다. 어떤 소설에서는 조선주의가 자기를 버리는 길이 되기도 하며 또 어떤 소설에서는 구라파주의가 오히려 자기를 구원하는 길이 되기도 한다. 이 아이러니에 유의할 때 어떤 작품을 어떤 척도에 비추어 보아야 하는가와 함께 개개 작가의 구체적 특질을 살피는 일이 매우 중요함을 깨닫게 된다. 작가의 독특한 체질과 의식, 그에 따른 창작적 의도를 구체적으로 파악하는 것은 아주 중요하다. 그 여하에 따라 하나의 작품이 수준작이거나 수준 미달작으로 상반되게 평가되며 경우에 따라서는 그 성격에 대한 심각한 오해가 발생할 수도 있다.

『화분』은 박두해 오는 위기 속에서 작가가 외부 세계에 대해 빗장을 닫아걸고 작가 자신의 삶의 터전인 "푸른 초목에 싸인 푸른 집"[44]을 상징적인 공간으로 삼아 그 "푸른 집"을 위요하고 있는 육체적인 욕망과 그 잔해들을 딛고 식물적인 충만한 자아로 거듭나게 되는 미란의 모험을 그린 것이다. 이 작품의 제목이 '화분(花粉)'인 것은 이효석의 식물적 자아주의의 이상 및 자유를 향한 비상의 의미를 표현한다. 이들 작품에 등장하는 현마와 단주, 영훈 등의 남성은 『도리안 그레이의 초상』(1891)에 등장하는 베질 홀워드, 헨리 워튼, 도리안 그레이가 각각 작가 자신의 서로 다른 성격적 측면을 인격화한 것이었듯이 작가 자신의 서로 다른 분신들로 해석되어야 할 가능성이 크다. 적어도 이들 인물들은 인간의 내면적 성격의 어떤 방향들을 상징한다. 현마와 단주의 동성애적 관계는 인물들 간의 이러한 상호적 관계에 대한 하나의 암시 역할을 하는 것으로 해석된다. 같은 맥락에서

---

43) 이효석, 「여수」, 『새롭게 완성한 이효석 전집』 2, 318쪽.
44) 이효석, 「낙엽기」, ≪백광≫, 1937. 1, 147쪽.

세란과 미란 자매 역시 여성적인 자아의 두 측면을 가리키는 것으로 해석할 수 있다. 이효석은 소설 「마음의 의장」(≪매일신보≫, 1934. 1. 3~8), 「성찬」, 「가을과 산양」, 「성화」나 산문 「이등변 삼각형의 경우」(≪월간매신≫, 1934. 9) 등에서 볼 수 있듯이 성격이 다른 두 여성을 대조적으로 배치하면서 갈등 관계를 만들어 가는 이야기를 즐겨 발표하곤 했다. 이것은 『화분』의 여성 인물들이 단순한 현실적 인물들 이상의 존재로 해석되어야 함을 알려 준다.

『화분』에서 하얼빈은 유럽과 등가적인 가치를 갖는 곳으로 나타난다. 우여곡절 끝에 서로의 사랑을 확인한 미란과 영훈은 "창조적인 것의 생산", "예술의 완성"을 위해 유럽행을 계획하는데 이 모험에서 첫 번째 과제로 떠오른 것이 바로 하얼빈이다.[45] "'아름다운 것'"의 발견과 창조를 위한 이 여행을 작중 화자는 새로운 고향을 찾는 현대인의 심리에 빗대어 설명한다. "사람에게는 태여난 고장이 영원한 고향이 아닌것이요, 고향을 한번 떠남으로서 새로운 고향을 찾고저 하는 원이 마음속에 생기는것"이라며 "외국을 그리워함은 고향을 찾아서 떠난 긴 평생속에서의 한 고패요 향수"라는 것이다.[46] 즉 하얼빈은 미의 고향에서 떠난 영훈의 새로운 미의 발견을 위한 실험 공간으로 위치지어진다. 그것은 "푸른 집"으로 상징되는 미의 고향을 지양한 새로운 미의 고향이며, 육체적 욕망에 사로잡힌 "음침한 푸른 집"에 대비되는 식물적 자아의 충만한 자유를 상징한다.

『벽공무한』의 주인공 천일마는 그 이름이 상징하듯 그 자신이 설정한 목표를 향해 낭만적으로 질주하는 인간이다. 그는 하얼빈에 가서 교향악단을 초빙해 와야 하는 과제를 안고 만주 신징을 거쳐 하얼빈으로 향한다. 그에게 이런 과제를 안긴 곳은 현대일보이지만 사업의 후원자는 세속적인 사업가인 유만해다. 그는 아내인 남미려를 두고 한동안 일마와 삼각관계를 벌이다 승리자가 되었다. 그러나 이야기의 전개 속에서 두 사람의 운명은 크

---

45) 이효석, 『화분』(인문사, 1939), 271~272쪽.
46) 위의 책, 275쪽.

게 뒤바뀐다. 일마는 채표가 당첨되고 연이어 경마에서도 한몫을 잡는 바람에 하루아침에 큰돈을 만지게 된다. 반면에 만해는 금광에 거액을 투자한 것이 사단이 되어 하루아침에 상하이로 도주해 버린다. 운명의 뒤바뀜 속에서 일마는 카바레의 여급인 러시아 여성 나아자와 사랑에 빠져 그녀를 데리고 귀국한다. 이것을 작가는 한 작중 인물의 시각을 빌려 "현대문명의 발생지인 서쪽 나라"를 향한 "향수의 갈증을 채우고 꿈을 수입한 것"으로 평가한다.[47] 나아자는 서양 여성이면서도 동양적인, 조선적인 미인의 형상을 갖고 있다. 이런 그녀를 바라보는 일마의 친우들에게 중요한 것은 서양과 동양이 아니라 아름다움 자체이다. 나아자는 "조선은 전체가 한 커다란 빈민굴"이라고 말하는 일마에게 그 빈민굴 속에서 함께 살겠다고 하고 부부가 되어 일마에게 조선어를 배운다.[48] 결국 우여곡절 끝에 일마와 미려는 각자의 길을 가는 가운데 미려는 "예술과 생활이 일치되어서 그 어느 한쪽도 뜯어내기 어렵게 화해버린 생활"[49]을 꿈꾸며, 일마와 나아자 부부에게는 "안온하고, 단란한 생활의 경영만이"[50] 과제로 남는다. 이것을 작중 화자는 다음과 같이 요약한다.

머리카락이 검던 붉던 말소리가 달르던 같던 차려진 생활의 잔치앞에서는 피차가 같은 것이며 부자연할것은 없는것이다. ──이것은 중요한 일인지도 모른다.
생활양식의 차이쯤이 근본적인 난관은 아니다. 밀을 먹던 쌀을 먹던 그 근본의 차이라는 것은 극히 사소한 것이다. 굳은 사랑이 있을때 인류의 동화는 손바닥을 번기는것보다두 쉬운 노릇일지 모른다.[51]

---

47) 이효석, 『벽공무한』(박문서관, 1941), 254쪽.
48) 위의 책, 261쪽.
49) 위의 책, 450쪽.
50) 위의 책, 463쪽.
51) 위의 책, 470쪽.

이러한 문장에서 「풀잎」에 나타난 휘트먼의 사상을 발견하기란 어렵지 않다. 여기서 이효석은 민족적 차별과 억압이 없는 평등한 세계의 이상을 이야기한다. 이것이 한편으로 한갓 추상적인 선언에 그치는 것은 아닌가 하는 의문이 제기될 수도 있을 것이다. 그렇다면 작중인물 한벽수의 대륙 당 문제로 다시 하얼빈에 간 일마가 나아자의 옛 동료인 에미랴의 영락한 모습을 보면서 상념에 잠기는 다음의 대목을 참조해 볼 수도 있다.

에미랴도 별수없이 음악가나 꽃장수와 가릴바없는 하나의 쭉젱이다. 사회의 최하층에 묻혀서 광명도 희망도 가지지 못하는 고달픈 인생인것이다. 혈족의 차이도 피의 빛갈도 쭉젱이라는 사실과는 아무 관계가 없다. 혈족의 단결이 쭉젱이를 구해 주지는 못하는것이요, 쭉젱이는 쭉젱이끼리만 피와 피부를 넘어 피차를 생각하고, 구원하고 합할 수 있는것이다. 일마가 오늘밤에 에미랴를 누구보다도 몸 가까이 여기고 동정하고 측은해 함은 말할것도 없이 그 까닭이었다.[52]

본래 일마가 나아자에 관심을 갖게 된 것 역시 고립무원 상태에 대한 동정에서 비롯된 것이었다. 만주리에서 아버지를 여의고 하얼빈에서 어머니까지 여읜 나아자는 백모집에 의탁하여 카바레에서 저임금으로 고용살이 신세를 면치 못하고 있다. 그는 이런 나아자의 애처로운 자태에 마음을 빼앗겼었다. 나아자가 일마를 통해 조선을 발견하고 그와 결혼까지 하여 조선의 언어와 습속을 익혀 나가는 혼합주의적 과정은 일본, 조선, 만주, 몽골, 중국의 오족협화와 왕도낙토를 표방한 만주국 사상과 거리가 현저할 뿐만 아니라 경우에 따라서는 대동아주의와 그 신체제론으로부터의 심각한 이탈 혹은 일탈에 가까운 것으로 파악된다. 더욱이 나아자와 결혼을 한 일마의 앞날에 오로지 안온하고 단란한 생활의 경영만이 남아 있을 뿐이라

---

52) 앞의 책, 365쪽.

한 것은 「풀잎」의 울림을 받아 자멸의 전쟁 대신에 창조하는 사랑을 선택할 것을 우회적으로 강조한 것으로 풀이된다.

이 시기에 비평가 김기림은 「동양에 관한 단장」(≪문장≫, 1941. 4)을 써서 동양에 매몰되는 감상주의를 경계하면서 동양 문명과 서양 문명의 진정한 통합을 역설하고 이러한 사상을 거점으로 삼아 천황제 파시즘의 시류에 저항하는 침묵의 길을 걸었다. 그는 오리엔탈리즘론의 측면에서 보면 동양과 서양에 대한 고착된 이미지에서 벗어날 수 없었으나 그럼에도 불구하고 일제 강점기 말 그의 태도는 천황제 파시즘에 지극히 비판적이었다.[53] 이효석의 『벽공무한』은 동양에서 가장 국제적인 도시, 동양과 서양이 혼류하는 예술의 도시를 매개로 사랑과 평화의 길을 선택할 것을 주장한 것이다. 그역시 하얼빈에서 구라파주의적 이상을 발견한다는 점에서 오리엔탈리즘론의 측면에서 비판적으로 조명할 수 있는 단서를 내포하지만 이것이 그를 제국주의의 대동아 논리 체계에 포섭되도록 기능하지는 않았다. 그는 더 창조적인 길을 모색했다. 물론 일마가 채표와 경마의 힘을 빌려 이러한 노선을 실현해 가도록 한 것은 시국에 비추어 꿈과 몽상의 방법론 바깥에서는 그 실현 가능성이 희박할 수밖에 없음을 작가 자신이 깨닫고 있었음을 반증해 준다. 그러나 이것이 그의 태도에 내포된 체제 비판적 성격을 훼손시키는 것은 아니다. 그렇다면 『벽공무한』은 단편 소설인 「합이빈」에서와는 달리 온갖 민족이 함께 동거하고 교류하는 개방적인 가능성의 공간으로서의 하얼빈의 상징적 의미를 새롭게 부각시키고 있다고 말할 수 있다. 「합이빈」이 보여 주듯 하얼빈의 명암과 양면을 모두 인식하면서 작가는 낯선 이국의 도시와 시민을 통해서 생활과 미가 합일된 진정한 자유의 원리를 실험코자 했던 것이다. 이효석이 이러한 내면적 고민과 대결 의식 속에서 뜻하지 않은 죽음을 맞이하게 된 것은 1940년대 전반기 내내 작가와 비평가들이 겪어야 했던 고통에 비추어 볼 때 차라리 행복한 것이었다고 말한

---

53) 졸고, 「김기림 비평의 문명비평론적 성격에 대한 고찰」, ≪우리말글≫ 34, 2000. 8 참조.

다면 이는 과장된 평가라는 말을 들어야 하는 것일까?


## 맺음말

이 논문은 올해로 탄생 100주년이 되는 이효석 소설의 의미를 그의 작품들에 나타난 공간적 특성을 중심으로 새롭게 음미하고자 한 것이다. 그 주요한 목적은 이효석 문학을 단순히 서정적인 소설 세계나 도피, 순응적인 문학으로 간주하는 기존의 관점에서 벗어나 이러한 판단 및 평가들을 근본적, 비판적으로 재검토하면서 이효석 소설의 창조적 가치를 새롭게 부각시키는 데 있다. 이를 위해 이 논문은 이효석 소설 전체에 대한 독해를 통해 그의 소설의 유형과 계열을 새롭게 분류하면서 각각에서 자연과 사회 및 역사가 어떤 위치를 갖는지 재검토하고자 했다.

본론에서 상세하게 논의한 것처럼 이효석은 사회와 역사, 나아가 시국에 대한 인식이 매우 첨예한 작가였다. 그럼에도 불구하고 그는 인간의 사회와 역사를 자연과 우주에 통합하는 새로운 시각을 가지고 있었으며, 때문에 그의 소설의 인물들은 자연 쪽에서 멀리 사회와 역사를 원근법적으로 조망하는 양상을 보인다. 사회에서 추방된 주인공들은 자연에 합류함으로써 진정한 개체적인 자아의 자유를 누리게 된다. 이효석은 이러한 과정을 아름답고 섬세하게 묘사함으로써 역설적으로 당대 사회의 억압과 부조리를 비판해 나갔다. 이러한 그에게 자연은 폐쇄되고 고착된 사회 및 역사와 달리 미래를 향해 개방된 가능성의 공간으로 새롭게 자리매김 된다.

이러한 맥락에서 새롭게 부각되어야 할 것이 바로 이국 취미를 보여 주는 일련의 하얼빈 소설들, 예컨대 「여수」, 「합이빈」, 『화분』, 『벽공무한』 같은 문제작들이다. 이 작품들은 하얼빈을 서로 이질적인 것들이 뒤얽히면서 새로운 질서와 가치를 창출해 내는 가능성의 공간으로 제시하면서 그 명암을 함께 살피는 주밀한 작가적 시각을 보여 준다. 그의 소설에서 하얼빈은 일본적인 오리엔탈리즘과 대동아주의의 맥락에서 단순하게 재현되지 않으며 이런 맥락에서 그의 뿌리 깊은 구라파주의는 고착된 동양적 자아를 서양에 개방함으로써 새로운 제3의 삶의 양식을 창출하는 실험적인 이념이었다. 태평양 전쟁의 시기에 그는 「풀잎」 같은 문제작으로 인류의 자멸을 야기하는 전쟁을 비판하면서 월트 휘트먼을 매개로 삼아 사랑과 창조라는 새로운 가치를 제시하고자 했다.

이러한 논의들을 종합해서 결론적으로 말한다면 이효석은 사회와 역사를 자연사 속에 통합하여 재배치하고자 한 독특한 '자연주의'적 태도를 견지한 작가였다고 말할 수 있다. 그의 문학은 인간이 사회적, 역사적 삶을 살아가면서 동시에 자연적이고 우주적인 삶을 살아가는 존재임을 보여 준다. 그리고 이러한 양상은 이효석으로 하여금 김동인이나 임노월 같은 작가들과 함께 한국 현대 문학사의 희귀한 장을 형성케 한다. 그는 한국 현대 문학이 현실 및 정치의 장벽에 갇힌 문학만은 아니었다는 것을 보여 주는 중요한 사례라고 할 수 있다. 또한 그럼으로써 그는 문학에 대한 정치적 해석으로 시종하는 비평과 연구에 대해서 문학의 자립적 가치를 상기시킨다. 이효석과 같은 예술적 문학의 존재를 확인하고 그 사적인 질서를 새롭게 인식하는 것은 한국 현대 문학을 새롭고도 풍부하게 인식할 수 있는 첩경의 하나일 것이다.

참고문헌

〈기본 자료〉
이효석문학연구원 편, 『새롭게 완성한 이효석 전집 1-7』, 창미사, 2003.
이효석, 『노령근해』, 동지사, 1931.
이효석, 『벽공무한』, 박문사, 1941.
이효석, 『성화』, 대동출판사, 1939.
이효석, 『화분』, 인문사, 1939.

〈2차 자료〉

김상미, 「싱(M. Synge)의 극에 나타난 낭만적 이상주의」, ≪현대영미어문학≫ 20권 2호, 2002.

마경, 「식물의 예술미론」, ≪영대≫ 1, 1925. 8.

문선엽, 「이효석 소설의 근대성 연구」, 서강대 석사 논문, 2004.

방민호, 「김기림 비평의 문명 비평론적 성격에 대한 고찰」, ≪우리말글≫ 34, 2000. 8.

백지혜, 「이효석 소설에 나타난 '여행'의 의미 연구」, 서울대 석사 논문, 2002.

오스카 와일드, 「사회주의와 인간의 영혼」, 이보영 역, 『오스카 와일드 예술평론』, 예림기획, 2001.

이광운, 「월트 휘트먼의 성의식」, ≪신영어영문학≫ 10, 1998. 12.

이상옥, 『이효석 —— 문학과 생애』, 민음사, 1992.

이세주, 「식민지 근대와 이효석 문학」, 연세대 석사 학위 논문, 2006.

이익성, 「1930년대 서정적 단편 소설 연구」, 서울대 박사 학위 논문, 1994.

이푸 투안, 구동회·심승희 역, 『공간과 장소』, 대윤, 1995.

존 스튜어트 밀, 서병훈 역, 『자유론』, 책세상, 2005.

# 제6주제에 관한 토론문
## 이효석 문학을 보는 새로운 관점과 몇 가지 문제 제기


이양숙(서울시립대 객원교수)


　방민호 선생님은 이 논문을 통해 최근의 이효석 연구(나아가 일제 강점기 말 작가)에 대한 근본적인 문제 제기를 하셨습니다. 그것은 작품 분석에서 이론이나 방법론이 작품에 대한 실감보다 앞서고 있다는 것과 그의 작품을 보는 연구자의 관점이 아직도 '식민지'라는 정치적 상황에서 자유롭지 못하다는 점이라고 정리할 수 있습니다. 이 두 가지 경향은 이효석의 작품을 정치와 무관한 '서정적'인 것으로, 혹은 제국주의의 논리를 '전유'한 정치적인 것으로 양분한다는 공통점을 가지고 있습니다. 이런 점에서 이효석의 소설 전체를 대상으로 하여 그의 작품을 새롭게 분류, 해석함으로써 '이효석 문학의 비정치주의적 노선의 함의'를 규명해야 한다는 선생님의 논지에 저 역시 전적으로 공감하는 바입니다. 그럼에도 저의 부족한 이해를 돕기 위해 몇 가지 질문을 드리겠습니다.

　먼저 선생님의 논문이 이효석의 전 작품을 대상으로 하고 있는 만큼 그의 작품이 변모하는 결정적인 시기나 계기에 대한 설명이 보충되어야 한다고 봅니다. 기존의 이효석 연구는 1933년 발표된 「돈(豚)」을 분기점 삼아 전기와 후기로 그의 문학을 나누었던 백철의 견해를 답습한 것이 대부분이었습니다. 이에 따라 전기는 동반자적 경향으로 후기는 성(性)의 문제나 향토적 서정 소설, 모더니즘 소설로 유형화되었습니다. 무엇보다도 이와 같은 시기 구분은 전기와 후기 작품의 내적 일관성을 구명하지 못한다는 점에 있었습니다.

선생님은 이와 같은 도식에서 벗어나 자연을 그린 두 계열의 소설, 이국취향을 통해 자유에 대한 갈망을 보여 주는 소설, 시국 인식을 보여 주는 자전적 소설로 구분하고 있습니다. 물론 이국 취향의 소설들과 자전적 소설은 코스모폴리타니즘적 지향을 보인다는 점에서 공통점이 있습니다. 또 자연을 그린 두 계열의 소설에는 기존에 동반자적 경향으로 평가되었던 소설들이 포함되어 있습니다.

이러한 유형적 분류는 앞서 지적하였듯이 무비판적으로 답습되었던 기존의 시기 구분을 해체하고 이효석 소설의 내적 의미망을 재구성하는 매우 뜻 깊은 시도라고 생각합니다. 그러나 각 계열에는 장편과 단편이 섞여 있으며 1930년대 중반의 소설과 1940년대 초반의 소설이 함께 분류되어 있습니다. 선생님의 논문에는 1936년 후반기와 1940년이 이효석에게 의미 있는 시기로 명시되어 있으나 각 계열에는 이와 같은 구분이 적용되지 않고 있습니다. 이것이 이효석 작품의 내적 일관성을 설명하기 위한 것이라 하더라도 좀 더 상세한 설명이 필요하지 않을까요?

두 번째는 그의 시국 인식에 대한 질문입니다. 선생님은 이효석이 그의 평론에서 "문학적 진실의 버라이어티와 변화"를 옹호하고 있다는 점과 자전적 신변 소설에서 "전쟁 대신 평화, 대동아주의 대신 코스모폴리타니즘"을 주장한다는 점을 통해 그의 작가 의식이 그 시대의 천황제 파시즘 혹은 국민문학론의 전쟁 예찬과 '완전히 상반된다'는 점을 입증하셨습니다. 이것은 시대나 시국의 문제가 인간의 근원적 문제가 될 수 없다고 본 그가 사회와 역사의 문제를 '외부자적 시선'에서 본 것으로 이 외부자적 시선이 이효석 문학의 본질이라고 평가됩니다.

일제 강점기 말 친일 문학론인 국민문학에서는 코스모폴리타니즘이 배격

되었습니다. 국민문학을 주장한 최재서(「문학자와 세계관의 문제」, 1943)는 코스모폴리탄이 예외 없이 교양인이며 그 교양이란 "국적과 국민성을 초월하여 자유롭게, 마치 새가 마음에 드는 나뭇가지에 머물 듯, 자기의 성향에 맞는 문화에서 고향을 찾는 그런 유의 교양"이라는 점에서 이들을 비판하고 있습니다. 그들은 "피와 땅에 묶인 현실적 세계에 살기보다, 모든 교양인들과 자유롭게 교제할 수 있는 관념의 세계에 살고 있다"는 것이 그 비판의 요점입니다. 그러나 최재서가 비판하고 있는 소설은 좌익 문학, 심리주의 소설, 가정 비극 소설 등으로 신변적 사소설의 세계와는 다른 것이었습니다.

　제 질문은 다음과 같습니다. 일반적으로 일제 강점기 말의 자전적 소설은 카프의 전향 소설이거나 이태준, 채만식 등 사소설적 경향으로 이처럼 적극적으로 해석될 수 있는 양식이 아니었습니다. 더구나 「풀잎」이나 「일요일」의 후반부에 대한 해석은 논자에 따라 다양한 해석이 나올 수 있는 부분이 아닌가 생각해 보았습니다. 이것은 제가 이효석 소설의 코스모폴리타니즘적 지향을 부정하는 것이 아닙니다. 단지 그 경향은 선생님이 지적하신 대로 그의 이국 취향(동경)이 드러나는 일련의 단편(「여수」)과 장편(『화분』, 『벽공무한』)을 통해서 나타나는 것이 아닌가 하는 점입니다. 이 부분은 이효석의 자전적 소설에 대한 선생님과 저의 해석상 이견일 수 있습니다. 만일 이효석의 자전적 소설이 이태준이나 채만식, 박태원의 세계와 유사한 것이라면 그것을 코스모폴리타니즘으로 볼 수는 없지 않을까요? 이에 대한 설명을 부탁드립니다.

　마지막으로 자연 혹은 자유의 문제에 대한 질문을 드리겠습니다. 선생님은 "이효석의 소설은 인공적인 세계와 자연적인 세계 사이의 강력한 이항 대립을 보여 준다"고 전제하고 이것이 인간/자연, 도시/자연, 조선(동양)/유럽(하얼빈), 산문/시의 대립으로 나타난다고 설명하고 있습니다. 이는 다시 '사람들 위에 무섭게 군림하는 식민지 체제의 힘'/'자연에 합류한 사람의 살아 있는 힘'과 비교되기도 합니다. 또 그것은 '고향'의 의미와도 상통하는 것이 됩니다. 즉 그에게 고향은 "폐쇄적인 질서와 관습 체계를 넘어선 자연적, 야생적 삶을 가능케 하는 공간"이라는 의미를 갖는 것으로 설명되고 있습니다. 그러나 이는 고정적인 대상이 아니라 '장소'와 '공간'이라는 의미 부여에 따라 자유의 공간이 될 수도, 억압적인 장소가 될 수도 있다고 보았는데 이것은 선생님의 논문에서 가장 독창적인 해석이라고 생각합니다.

그러나 부족한 저로서는 다양하게 제시된 개념들 사이에서 선생님의 논지를 손쉽게 정리할 수 없는 부분이 있었습니다. 예컨대 '자연적이고 우주적인 인간 개체의 본성'(「프렐류드」, 「오리온과 능금」)을 '식물적 자아주의의 이상', '식물적 자아의 충만한 자아'(『화분』)와 동일한 것으로 볼 수 있는지요? 아니면 전자에서 후자로 발전하게 된 계기가 있는 것인지요?

또 '자연으로 돌아간 인간의 자유'(「산」, 「들」)가 '자연적이고 야생적인 삶을 가능하게 하는 공간' 속에서 구현된다는 것은 자연을 근대 이전의 원형적 공간으로 보는 것이 아닌지요? 아니면 어떤 이념형으로서의 자연을 의미하는 것인지요? 임노월이나 오스카 와일드, 존 스튜어트 밀의 개념을 빌려 설명하셨는데 쉽게 설명해 주셨으면 합니다.

# 이효석 생애 연보

1907년   2월 23일, 강원도 평창군 진부면 하진부리 196번지에서 이시후(李始厚, 한성사범학교 출신)와 충북 충주 출신의 어머니 사이에서 1남 3녀 중의 장남으로 출생.[1] 전주 이씨 안원대군(安原大君)의 후손. 호는 가산(可山).

1910년   서울에서 교편을 잡고 있던 부친을 따라 가족이 서울로 이사함.

1911년   생모 사망함. 부친은 강홍경(康洪卿)과 재혼. 효석은 계모와의 사이가 별로 돈독하지 못했으며, 이효석이 함북 경성에서 혼례를 올릴 때도 부친만 참석했을 뿐 계모는 따라오지 않았다고 함.

1912년   부친이 진부로 낙향하여 그로부터 10년간 진부 면장을 지냄에 따라 이효석도 가족을 따라 이사함. 보통학교에 입학하기까지 서당에 다니며 소학을 배우고 한시를 짓기도 함. 이때 봉평에는 충주집이라는 주막이 있어서 이효석은 친구들과 함께 이 주막에 도시락을 맡겨 놓고 먹곤 했다고 함. 이 충주집과 그곳의 사람들이 훗날 「모밀꽃 필 무렵」의 모델이 됨.

1914년   평창보통학교 입학. 어린 나이에 평창에서 하숙을 하며 공부함. 열 살 남짓하던 시절에 신소설 『추월색』을 읽고 마음속으로 '낭만적 동경'을 싹틔움.

1920년   3월 23일, 평창보통학교 졸업.
        4월 10일, 경성제일고보(현 경기고등학교)에 무시험 전형으로 입학.

---

1) 원적(原籍)은 봉평면 창동리 273번지이나 그의 집안이 봉평면에서 진부면으로 전적함.

홀로 상경하여 종로구 수송동 89번지에서 하숙 생활을 함. 재학 중 어린 학생으로 학업 성적이 우수하여 현민 유진오(1년 선배로 이효석과 가장 친한 사이였음)와 더불어 '꼬마 수재'라는 애칭을 받음. 재학시부터 현민은 시를, 효석은 산문을 써서 자주 투고, 발표함.

1923년    고보 4, 5학년 때부터 다시 기숙사에서 생활하기 시작하면서 문학 수업에 열중함. 체호프를 특히 좋아했고 토마스 만, 캐서린 맨스필드 및 심미주의 계열의 작가들을 탐독함. 학급 석차는 거의 5위권 이내였음.

1925년    ≪매일신보≫에 시 「봄」(1월 18일)과, 콩트 「여인(旅人)」(2월 1일)을 발표함.

3월, 경성제일고보를 우등으로 졸업하여 신문에 실림.

4월, 경성제국대학 예과에 입학. 계열은 문과 A반, 즉 법학 계열이었음. 예과 시절에 조선인 예과생들의 모임인 문우회에서 엮은 동인지 ≪문우(文友)≫와 예과의 학생회 기관지였던 ≪청량(淸凉)≫에 작품을 발표함. ≪매일신보≫ 문예면에 매주 콩트를 투고하여 매번 작품이 게재되었고, 받은 상금으로 하숙에서 한턱을 내기도 했다고 함.

1927년    대학생 작가로 ≪청년(靑年)≫ 3월호에 단편 「주리면 ― 어떤 생활의 단편」을 발표함.

4월 1일, 법문학부 영문학과에 진학하여 싱, 예이츠 같은 아일랜드 작가들을 애독함.

≪현대평론≫ 7월호에 케럴드 와코니시의 작품 「밀항자」를 번역 발표함.

1928년    ≪조선지광≫ 7월호에 「도시와 유령」을 발표하여 문단의 주목을 받기 시작함. 이때 파인 김동환(金東煥)이 작품의 발표를 도와줌.

1929년    대학 3년 때 선배의 소개로 함경북도 경성(鏡城) 부호 명문 출신의 이경원(李敬媛)을 만나 교제를 시작함. 이경원은 함북 경성의 부유한 가정 출신으로 나남(羅南)공립고등여학교를 졸업하였고 이효석과는 전주 이씨 동성동본으로 6년 연하였음. 이경원의 집에서 결혼 반대가 극심했으나 이경원은 이효석의 천재성에 매료되어 1932년에 결혼을 감행함.

1930년 3월, 경성제국대학 법문학부 영문학과를 졸업. 졸업 논문은 「The Plays of J. M. Synge」로, 평점은 양(良)이었음. 대학을 졸업한 때에는 '동반자 작가'로서 이미 중견 작가의 위치에 있었고 이해 여름에는 《조선일보》 지상에서 유진오, 방인근, 이기영 등과 함께 '5대 작가'의 한 사람으로 꼽히기도 했으나 경제적으로는 몹시 궁핍한 상태였음.

1931년 서울 수송동 46번지 7호에 셋방을 얻어 빈곤한 생활을 함. 방세를 못 내더라도 기타를 구입해 연주하곤 했다고 함. 최정희, 송계월 등 여류 작가들과 젊은 기자들, 연극인, 영화인들과 어울려 다니며 술을 많이 마셨고 주량은 두주급이었다고 함. 옷차림도 대단히 스마트하게 차리고 다녔고 구두도 칠피 단화에다가 여자 구두 모양으로 나비 형상의 장식을 붙인 것을 신었다는 일화는 유명함.

1931년 3월경 경제적 궁핍을 타개하기 위해 중학교 때의 은사 쿠사부카 조지(草深常治)의 주선으로 총독부 경무국 도서과 검열계에 취직. 그 뒤 광화문 노상에서 마주친 카프 계열의 평론가 이갑기에게 "너두 개가 다 됐구나" 하는 욕설을 듣고 졸도하기도 함. 변절자라는 비판이 맹렬히 쏟아지자 충격과 도덕적 고립에 빠져 한 달도 못 가서 직장을 그만둠. 수송동에서 함께 동거하고 있었던 이경원의 고향인 함북 경성으로 실의의 낙향을 한 뒤, 7월에 그곳에서 정식으로 결혼함. 주을온천으로 신혼여행을 다녀옴.

1932년 7월 19일, 장녀 나미 출생. 장녀의 출생에 맞춰 현민, 유진오, 경성에 이효석을 찾아감.

경성농업학교 영어 교사로 취임. 이때부터 안정을 얻고 취미 생활을 즐기며 문학의 세계에 탐닉. 자전거로 15분만 달리면 바다에 닿을 수 있는 곳에서 살았기 때문에 바다에 나가 기선의 기적 소리를 들으며 해변을 거닐곤 했다고 함. 근처에 있는 주을온천의 아름다운 자연과 그곳에 와 있던 백계 러시아인 별장촌의 이국 정서에 심취함.

1933년 8월, 이태준, 정지용, 박태원, 김기림, 이무영, 이종명, 유치진, 김유영 등이 순수 문학의 예술파를 지향한 '구인회'를 결성할 당시 발기인으로 참여함. 본인은 내켜하지 않았지만 김유영의 성화로 서울에 잠시 올라갔다가 곧바로 탈퇴함.

1934년 4월, 평양 숭실전문학교(崇實專門學校) 교수로 부임하여 조만식, 양주동 등과 함께 강의함. 평양 창전리 48번지로 이사하여 안정된 생활을 함. 그러나 3개월 간 병원에 입원하는 등 건강이 좋지 못해 몇 달 동안 원고를 쓰지 못함. 평양의 집은 달리아, 샐비어, 석죽이 만발하고 현관에는 담쟁이덩굴이 무성하여 주위에서는 '푸른 집'이라고 불렀음. 김동인의 형 김동원(金東元)의 2층집과 이웃해 있어 서로 왕래하며 지냄.

1935년 2월 6일, 차녀 유미 출생.

1936년 대표작 「모밀꽃 필 무렵」과 그 외 여러 편의 단편과 수필을 발표함.

1937년 장남 우현 출생.

1938년 3월 31일, 숭실전문학교가 폐교되어 교수직을 상실함.

1939년 여름에 중국 하얼빈을 여행함. 대동공업전문학교 교수로 취임. 동료 교수 한수철(韓壽哲)과 각별한 친교를 맺음. 수업 시간에 그는 학생들에게 맨스필드의 시를 낭송해 주고 입센, 토마스 만, 장 콕토의 작품들을 소개했다고 함. 등산과 운동을 즐겼고 겨울이면 대동강에서 스케이트를 타기도 함. 식성은 양식을 좋아해서 집에는 버터나 통조림이 떨어지지 않았고 외식을 할 때에도 꼭 양식으로 했다고 함. 취미는 영화 감상과 음악. 음악에 대한 조예가 깊었고 모차르트의 곡을 특히 좋아함. 서재에는 피아노가 놓여 있어 가끔 쇼팽의 곡을 즐겨 쳤다고도 함.
이효석과 친했던 최정희가 평양을 방문함. 가을부터 부인 이경원의 건강이 나빠져 병원 출입이 잦아짐.

1940년 1월, 부인 이경원의 병세가 악화되어 평양도립병원에 입원. 같은 달 27일에 복막염으로 사망함. 향년 28세. 유해는 평양 근교에 안장됨.

뒤이어 갓난아기였던 차남 영주도 사망. 이효석은 심한 상실감과 고독감을 달래기 위해 한동안 만주와 중국 일대를 여행한 뒤 귀국하여 평양 기림리 89번지로 이사함. 3월 3일에 이효석을 찾아갔던 김남천의 회고에 따르면, 당시 효석은 아이들을 위해 쉽게 재혼하지 말 것을 충고한 유진오의 편지 애기를 하면서 자신도 역시 동감이라고 말했다 함. 중국의 만주 등지로 방랑하다가 돌아와서 가을에 평양 창전리에서 기림리 89번지로 이사함.

1941년　중국 여행을 다녀온 뒤부터 건강이 무척 나빠짐. 원래부터 병약한 편이라 반생 동안 삼사백 대의 주사를 맞았다고 회고한 바도 있음. 여름에 큰 수술을 받기 위해 6주간 입원을 함. 마지막 창작집인 『이효석단편선』, 『벽공무한』 간행.

　　　　가을 무렵, 일본 음악 학교 출신의 영화배우이자 가수인 왕수복이라는 여인과 열애 중이었다고 함. 왕수복은 이효석이 사망할 때까지 병간호를 하고 임종을 지킨 여인이었음.

1942년　5월 3일, 심한 감기 증상을 보이며 출근하여 세 시간의 강의를 마치고 곧바로 귀가한 뒤 심한 고열과 두통으로 자리에 누움. 6일, 평양도립병원에 입원함. 이효석의 평양 친구 김영석의 전보를 받은 유진오가 20일에 병상으로 달려갔으나 이미 이효석은 혼수상태였고 간신히 유진오를 알아보았다고 함. 의사로부터 가망이 없다는 선언을 듣고 22일에 퇴원한 뒤 25일 오전 7시 5분 평양 기림리 자택에서 별세. 부친과 장녀, 그리고 왕수복 여인과 대동공전 제자들이 임종을 지켜봄. 병명은 결핵성 뇌막염. 향년 36세. 장례식은 평양 인사들과 대동공업전문학교 재학생들의 애도 속에 치러지고, 유해는 강원도 평창군 진부면 하진부리에 부인과 나란히 안장됨. 유족은 자녀 1남 2녀.

1943년　5월 25일 오후 2시, 서울 부민관 중강당에서 일본인 은사 사토(佐藤) 선생의 주관으로 1주기 추도식이 열림. 유진오, 조용만, 최재서 등이 참석.

단편집 『황제』 간행.

1959년 5월 30일, 제17주기를 맞아 서울대학교 문리대 국어국문학회 주최로 '효석문학의 밤'이 서울대학교 대강당에서 열림.

1960년 춘조사에서 『효석 전집(孝石全集)』(전5권) 간행.

1973년 4월, 영동고속도로 공사로 인해 진부면에 있던 산소가 절토되는 바람에 이장 통고를 받고 산소를 장녀의 손으로 장평으로 이장함.

1982년 이효석 선생 기념사업회 창립.(회장 유진오, 부회장 백철)
10월 20일, 문화의 날을 맞아 정부로부터 '금관문화훈장'이 추서됨.

1983년 이효석문학연구회 창립. 회장 정한모.
도서출판 창미사 설립. 대표 이나미.
10월 25일, 창미사에서 『이효석 전집(李孝石全集)』(전8권) 출간.
12월 3일, 한국문예진흥원 강당에서 『이효석 전집』 출판 기념회가 열림. 유진오, 이희승, 백철, 송지영, 정한모, 주종연 교수 등이 참석.

1998년 9월 9일, 강원도에 있는 산소(이효석 선생 부부 합장 묘)가 공사로 인해 또다시 심하게 훼손되는 바람에 경기도 파주로 이장함.

2003년 11월 25일, 그동안 묻혀 있던 전 작품을 포함한 『새롭게 완성한 이효석 전집』(전8권)이 20년 만에 창미사에서 간행됨.

이효석 작품 연보

| 발표일 | 분류 | 제 목 | 발표지 |
|--------|------|-------|--------|
| 1925. 1. 18 | 시 | 봄 | 매일신보 |
| 1925. 2. 1 | 콩트 | 여인(旅人) | 매일신보 |
| 1925. 8. 2 | 콩트 | 황야 | 매일신보 |
| 1925. 8. 23 | 콩트 | 누구의 죄 | 매일신보 |
| 1925. 9. 13 | 콩트 | 나는 말 못했다 | 매일신보 |
| 1926. 1. 1 | 콩트 | 달의 파란 웃음 | 매일신보 |
| 1926. 1. 10 | 콩트 | 홍소(哄笑) | 매일신보 |
| 1926. 1. 24 | 콩트 | 맥진(驀進) | 매일신보 |
| 1926. 2. 7 | 콩트 | 필요 | 매일신보 |
| 1926. 2. 14 | 콩트 | 노인의 죽음 | 매일신보 |
| 1926. 3. 16 | 시 | 겨울 시장, 겨울 식탁, 겨울 숲, 거머리같은 마음 | 청량 |
| 1926. 4. 4 | 콩트 | 가로(街路)의 요술사 | 매일신보 |
| 1926. 5 | 시 | 야시(夜市), 오후(午後), 저녁 때 | 학지광 |
| 1927. 1. 31 | 시 | 6월의 아침, 마을 숲에서, 집으로 돌아가자, 하나의 미소, 빨간 꽃, 노인의 죽음 | 청량 |
| 1927. 3 | 소설 | 주리면…… ― 어떤 생활의 | 청년 |

| 발표일 | 분류 | 제 목 | 발표지 |
|---|---|---|---|
| | | 단편 | |
| 1927. 9 | 번역물 | 밀항자(1)(2) — 케랄드와<br>코닛쉬 작(作) | 현대평론 |
| 1927. 11 | 시 | 님이여 어디로, 살인 | 문우 |
| 1928. 7 | 소설 | 도시와 유령 | 조선지광 |
| 1929. 6 | 소설 | 행진곡 | 조선문예 |
| 1929. 6 | 소설 | 기우(奇遇) | 조선지광 |
| 1929. 11 | 소설 | 북국점경(北國點景) | 삼천리 |
| 1929 | 시나리오 | 화륜(火輪) | 중외일보 |
| 1930. 1 | 소설 | 노령근해(露領近海) | 조선강단 |
| 1930. 1 | 잡문 | 신년3제(新年 三願) —<br>1930년도 문단에 대한<br>희망과 건의 | 조선강단 |
| 1930. 3 | 수필 | 금년도 학창을 떠나는<br>졸업생 제군 포부 — 포부고<br>말고 | 대중공론 |
| 1930. 3 | 평론 | 졸업 논문 : 죤 미링톤 씽그의<br>극 연구 | 대중공론 |
| 1930. 4 | 소설 | 깨트려지는 홍등(紅燈) | 대중공론 |
| 1930. 4 | 번역물 | 기원후(紀元後) 삑너스[2] | 신흥 |
| 1930. 4. 23~24 | 평론 | 「깨트려지는 홍등」의 평을<br>읽고 | 중외일보 |
| 1930. 5 | 소설 | 추억 | 신소설 |
| 1930. 6 | 소설 | 상륙 | 대중공론 |

---

2) '曉晢 譯'으로 필명을 사용함.

| 발표일 | 분류 | 제 목 | 발표지 |
|---|---|---|---|
| 1930. 8. 9~20 | 소설 | 마작철학(麻雀哲學) | 조선일보 |
| 1930. 9 | 소설 | 약령기(弱齡記) | 삼천리 |
| 1930. 9 | 소설 | 북국사신(北國私信) | 신소설 |
| 1930. 9 | 소설 | 합이빈(哈爾濱) | 삼천리 |
| 1930. 11. 14 | 수필 | 서점에 비친 도시의 일면상 | 조선일보 |
| 1931. 2. 24~25 | 평론 | 씨나리오에 관한 중요한 술어(述語) | 동아일보 |
| 1931 | 단편집 | 노령근해[3] | 동지사 |
| 1931. 1 | 수필 | 초설(初雪) | 해방 |
| 1931. 2. 28~4. 1 | 시나리오 | 출범시대 | 동아일보 |
| 1931. 7 | 소설 | 오후의 해조(諧調) | 신흥 |
| 1931. 11 | 시나리오 | 가을의 감정 : 신부의 명랑성[4] | 삼천리 |
| 1931. 12 | 평론 | 과거 1년간의 문예 | 동광 |
| 1931. 12~1932. 2 | 소설 | 프레류드 | 동광 28~30 |
| 1932 | 희곡 | 다난기(多難期)의 기(記)[5] | 이동식소형극단 |

3) 「도시와 유령」, 「기우」, 「행진곡」, 「추억」, 「북국점경」, 「노령근해」, 「상륙」, 「북국사신」 등 8편이 수록됨.

4) 부인 이경원의 이름으로 발표. 이에 이갑기가 차작(借作) 의혹을 제기하자 이효석은 반박문 「첩첩자를 질타함」(비판, 1932. 2)에서, 이 작품은 경무국 검열계에 취직했던 "일시적 범오(犯誤)"로 인해 자신의 이름으로 작품을 발표하기가 "대단히 거북하였던 관계상" 잡지사 편집자의 양해를 얻어 부인의 이름을 쓴 것이었다고 시인함. 그 외, 잡지에 발표된 이경원의 글은 다음과 같다. 수필 「그리운 내 고향 : 수려한 산천을 가진 경성포폄(鏡城褒貶)」, ≪삼천리≫, 1931. 12 ; 수필 「주부의 말 : 모멘트 뮤지칼」, ≪여성≫, 1940. 2, 수기 「문사(文士) 부인의 사화집 : 여인예술 — 생활의 산어(散語)」, ≪삼천리≫, 1940. 4. 그 외 ≪삼천리≫의 「문단잡화」(1932. 5)와 「문사(文士) 제씨(諸氏)와 여성 제씨(諸氏)의 근황 소식」(1940. 9)에 짤막하게 소식이 실림.

5) ≪삼천리≫ 1933년 4월호에 실린 한지수의 글 「현하 반도 극계, 본 대로 생각난 대로」에 따르면, 1933년에 좌익 극단인 이동식 소형 극장이 창립되었는데 각 본부는 유진오와 이효석, 연출부는 김유영(金幽影)과 하북향(河北鄕)이다. 송영의 「호신술」, 김유영

| 발표일 | 분류 | 제 목 | 발표지 |
|---|---|---|---|
| | | | 상연예정작 |
| 1932. 1 | 설문 | 잡저 | 삼천리 |
| 1932. 2 | 평론 | 첩첩자(喋喋子)를 질타함— 비판 신년호 소재 '문단일침(文壇一針)' 일부에 나타난 이갑기 군의 과민(過敏)을 적고(摘告)함 | 비판 |
| 1932. 3 | 소설 | 오리온과 능금(林檎) | 삼천리 |
| 1932. 3 | 잡문 | 금춘(今春) 졸업생들에게 부탁함: 현실을 따라 움즉이라 | 실생활 |
| 1933. 1 | 소설 | 10월에 피는 능금꽃 | 삼천리 |
| 1933. 1. 26~27 | 잡문 | '소포크레스'로부터 '고리키'까지 | 조선일보 |
| 1933. 3 | 잡문 | 문인의 청춘시대 회상: 무풍대(無風帶) | 삼천리 |
| 1933. 3 | 서한 | 문인서한집: 최정희 씨에게 | 삼천리 |
| 1933. 3~1934. 3 | 소설 | 주리야(朱利耶)[6] | 신여성 |
| 1933. 4 | 수필 | 작가일기: 3일간 | 삼천리 |
| 1933. 6. 3 | 수필 | 북위 42도 | 매일신보 |

---

의 「지하층 소동」, 김영팔의 「부음」, 유진오의 「박첨지」, 이효석의 「다난기의 기」 등 공연 예정작이 나와 있는데, 이중 이효석의 「다난기」 등 몇 개의 각본은 극장을 준비 중이던 한 해 전에 '불허가'를 받아 부득이 1회 공연을 연기했다고 한다. 실제로 공연이 되었는지는 확인하지 못했다.

6) 이효석 최초의 장편 소설. 이 작품은 연재 8회분이 누락된 데다 9회분 이하를 찾지 못한 탓에 그동안 '미완성 장편 소설'로 알려져 왔다. 그러나 최근 한 연구에 의해, ≪신여성≫ 1934년 3월호(2월, 3월 합병 특별호)에 실린 연재 10회분을 끝으로 완결된 작품임이 밝혀졌다. 이현주, 「이효석의 『주리야』 연구」, ≪여성문학연구≫, 16권, 2006.

| 발표일 | 분류 | 제 목 | 발표지 |
|---|---|---|---|
| 1933. 6. 3 | 서한 | 최정희 씨에게, 장덕조 씨에게 | 매일신보 |
| 1933. 8. 31~9. 1 | 평론 | '리 — 알'·꿈<br>— 문학수첩(1)(2) | 매일신보 |
| 1933. 9. 2~5 | 평론 | 묘사, 관념 — 문학수첩(3)(4)(5) | 매일신보 |
| 1933. 9. 20 | 수필 | 단상(斷想)의 가을 | 매일신보 |
| 1933. 10 | 소설 | 돈(豚) | 조선문학 |
| 1933. 10. 4 | 평론 | 창작활동의 왕성과 비평의<br>천재를 대망(待望) | 조선일보 |
| 1933. 12 | 콩트 | 가을의 서정[7] | 삼천리 |
| 1934. 1. 3~8 | 소설 | 마음의 의장(意匠) | 매일신보 |
| 1934. 1. 13 | 평론 | 낭만·리알 중간의 길 | 조선일보 |
| 1934. 7 | 서한 | 이달의 서한집 : 김동환 씨 | 삼천리 |
| 1934. 9 | 수필 | 이등변삼각형의 경우 | 월간매신 |
| 1934. 9 | 수필 | 두 처녀상 | 월간매신 |
| 1934. 9 | 잡문 | 근독단평(近讀短評) | 삼천리 |
| 1934. 11 | 소설 | 일기 | 삼천리 |
| 1934. 12 | 소설 | 수난 | 중앙 |
| 1934. 12 | 소설 | 풍토기(風土記)[8] | 개벽 |
| 1935. 1 | 설문 | 1935년두 문답록 | 중앙 |
| 1935. 3 | 소설 | 돈(豚)(재수록) | 삼천리 |
| 1935. 7 | 소설 | 성수부(聖樹賦) | 조선문단 |

7) 1941년에 박문서관에서 간행된 『이효석 단편선』에는 「독백(獨白)」이란 제목으로 개제(改題)되어 실림.

8) 《개벽》 속간 1권 2호(1934. 12)의 목차에는 있으나 작품은 실리지 않았다. 다만 91쪽에 '개벽사 편집국'의 이름으로 된, "이효석 씨 作『풍토기』는 부득이한 사정으로 게재치 못함을 필자와 독자께 謝합니다"이란 '사고(社告)'가 나와 있다.

| 발표일 | 분류 | 제 목 | 발표지 |
|--------|------|-------|--------|
| 1935. 7 | 소설 | 계절 | 중앙 |
| 1935. 7. 12 | 평론 | 설화체(說話體)와 생활의 발명 | 조선중앙일보 |
| 1935. 8 | 수필 | 여름 3제(三題) | 중앙 |
| 1935. 9. 18 | 잡문 | 작품 해부도 — 추등독서 (秋燈讀書) | 조선일보 |
| 1935. 10 | 소설 | 수탉 | 삼천리 |
| 1935. 10 | 평론 | 즉실주의(卽實主義)의 길로 — 민족문학이냐 계급문학이냐 | 삼천리 |
| 1935. 10. 5~18 | 수필 | 지협(地峽)의 가을 — 전람회, 이국촌(異國村), 산식당(山食堂) | 조선일보 |
| 1935. 12 | 수필 | 12월과 나 | 학등 |
| 1935. 10. 11~31 | 소설 | 성화(聖畵) | 조선일보 |
| 1935. 12. 25 | 소설 | 뎃상 | 조선일보 |
| 1936. 1. 11 | 수필 | 산양(인생스케치) | 동아일보 |
| 1936. 1 | 소설 | 산(山) | 삼천리 |
| 1936. 1~2 | 소설 | 분녀(粉女) | 중앙 |
| 1936. 2 | 수필 | 내가 꾸미는 여인 — 순진한 정미(情美)를 느끼게 하는 '쁘랑슈' 급의 여인 | 조광 |
| 1936. 3 | 소설 | 들 | 신동아 |
| 1936. 3. 19~21 | 수필 | 북국춘신(北國春信) 상·중· 하 — 이야기의 빈곤/시절의 빈곤/빈곤 속의 준비 | 동아일보 |
| 1936. 4 | 소설 | 천사와 산문시 | 사해공론 |
| 1936. 4 | 수필 | 발발이 | 중앙 |

| 발표일 | 분류 | 제 목 | 발표지 |
|---|---|---|---|
| 1936. 4 | 수필 | 6월에야 봄이 오는 북경성 (北鏡城)의 춘정(春情) | 조광 |
| 1936. 5 | 잡문 | 소재의 빈곤 | 조선문학 |
| 1936. 6. 24 | 수필 | 바다로 열린 녹대(綠帶) — 그리운 녹향(綠鄕) | 동아일보 |
| 1936. 6 | 잡문 | 제작과 시절 | 신동아 |
| 1936. 7 | 소설 | 인간산문(人間散文) | 조광 |
| 1936. 7 | 수필 | 동해의 여인(麗人) | 신동아 |
| 1936. 7 | 수필 | 모기장 | 중앙 |
| 1936. 7. 10 | 수필 | 뛰여들 수 없는 거울속 세계 | 조선일보 |
| 1936. 8 | 소설 | 석류 | 여성 |
| 1936. 8 | 수필 | 수상록 | 조선문학 |
| 1936. 8 | 수필 | 그때 그 항구의 밤 : C항의 일척(一齣) | 조광 |
| 1936. 8. 26 | 수필 | 생활과 화단(花壇) | 조선일보 |
| 1936. 9 | 소설 | 고사리 | 사해공론 |
| 1936. 9 | 수필 | 명작상(名作上)의 가을 풍경 : 송송[9] 도오토느 | 조광 |
| 1936. 9 | 수필 | 처녀해변의 결혼 | 여성 |
| 1936. 9. 29 | 수필 | 청포도의 사상 | 조선일보 |
| 1936. 10 | 소설 | 모밀꽃 필 무렵 | 조광 |
| 1936. 10 | 서한 | 사랑하는 까닭에 : —에게 보내는 글발 | 여성 |
| 1936. 10 | 서한 | 생활의 기록—바다로 간 | 조광 |

9) '상송'의 옛 표기임.

| 발표일 | 분류 | 제 목 | 발표지 |
|---|---|---|---|
| | | 동무에게 | |
| 1936. 11 | 잡문 | 근실한 편집 내용 — 창간 1주년 기념 각계 명사(名士)의 축사 | 조광 |
| 1936. 11 | 수필 | 영서(嶺西)의 기록 | 조광 |
| 1936. 11 | 설문 | 향수 | 조광 |
| 1936. 12 | 수필 | 설야추회(雪夜追懷) : 고요한 '동'의 밤 | 조광 |
| 1936. 12 | 수필 | 제야(除夜) — 전원교향악의 밤! | 여성 |
| 1936. 12 | 수필 | 출세작의 로맨스 — 실없는 출발 | 풍림 |
| 1936. 12 | 설문 | 싼타크로스는 무엇을 가져오나 | 여성 |
| 1936. 12 | 설문 | 문사지경(文士心境) — '예술'이냐 '사(死)'냐/승(僧)이되고 십지안흔가/연애냐돈이냐/다시 젊어지고 십흔가 | 삼천리 |
| 1937. 1 | 소설 | 낙엽기(落葉記) | 백광 |
| 1937. 1 | 좌담 | 평양문인 좌담회 | 백광 |
| 1937. 1 | 좌담 | 현대작가 창작고심 합담회[10] | 사해공론 |
| 1937. 1 | 설문 | 작가작품 연대표 | 삼천리 |
| 1937. 2 | 소설 | 노령근해(재수록) | 사해공론 |
| 1937. 2 | 설문 | 문인(文人)과 여성·문인(文人)과 부부 | 여성 |
| 1937. 2 | 설문 | 공상설문 | 조광 |

10) 채만식, 노춘성, 윤기정, 이효석, 엄흥섭, 한인택, 이주홍이 참여함.

| 발표일 | 분류 | 제 목 | 발표지 |
|---|---|---|---|
| 1937. 2. 17~20 | 수필 | 사온사상(四溫肆想) | 조선일보 |
| 1937. 3 | 설문 | 인생설문 | 조광 |
| 1937. 4 | 소설 | 성찬(聖餐) | 여성 |
| 1937. 4 | 수필 | 영춘보(迎春譜) : 남창영양 (南窓迎陽) | 조광 |
| 1937. 4 | 수필 | 호텔 부근 | 사해공론 |
| 1937. 5 | 소설 | 마음에 남는 풍경 | 조선문학(속간) |
| 1937. 5 | 수필 | 쇄사(鎖事) | 백광 |
| 1937. 5 | 수필 | 5월 여인의 머리 — 에돔의 포도송이 | 여성 |
| 1937. 5. 4~8 | 수필 | 화춘의장(花春意匠) | 조선일보 |
| 1937. 6 | 소설 | 삽화(揷話) | 백광 |
| 1937. 6 | 수필 | 시(詩)를 찾는 마음 | 조선문학 |
| 1937. 6. 5 | 평론 | 기교문제 | 동아일보 |
| 1937. 7. 25~29 | 수필 | 나의 수업시대 : 작가의 올챙이 때 이야기 | 동아일보 |
| 1937. 7. 30 | 수필 | 피서지통신(1신) : 인물보다 자연이 나를 더 반겨주오 | 동아일보 |
| 1937. 8. 4 | 수필 | 피서지통신(2신) : 오월동주 (吳越同舟) 격(格)의 송전(松田) 음악회[11] | 동아일보 |
| 1937. 8. 7 | 수필 | 피서지통신(3신) : 해초 향기 | 동아일보 |

11) 이 글은 '松田海邊 第3信'이란 제목 아래 '김문집(金文輯)'의 글로 발표되었지만 (1937. 8. 4), 바로 다음 날인 8월 5일에 "昨日 본란의 松田海邊 제3신은 이효석씨의 關北通信 제3회입니다"라는 정정 기사가 실렸다. "관북통신 제3회"라고 정정했으나 실제로는 '제2회'에 해당한다.

| 발표일 | 분류 | 제 목 | 발표지 |
| --- | --- | --- | --- |
| | | 품은 청춘의 태풍 | |
| 1937. 8. 8 | 수필 | 피서지통신(4신) : 관북(關北)의 | 동아일보 |
| | | 평야는 황소 가슴 같소 | |
| 1937. 8 | 수필 | 주을(朱乙)의 지협(地峽) | 조광 |
| 1937. 8. 18 | 수필 | 마치 빈민굴에 사는 심정 | 조선일보 |
| 1937. 9 | 수필 | 추창어(秋窓語) : 인물 있는 | 조광 |
| | | 가을 풍경 | |
| 1937. 10 | 소설 | 개살구 | 조광 |
| 1937. 9 | 수필 | 인물 있는 가을 풍경 | 조광 |
| 1937. 10. 17 | 수필 | 구도(構圖) 속의 가을(상) | 동아일보 |
| 1937. 10. 19 | 수필 | 구도(構圖) 속의 가을(하) | 동아일보 |
| 1937. 10~1938. 4 | 소설 | 거리의 목가(牧歌) | 여성 |
| 1938 | 방송 원고 | 소설의 세계[12] | 평양라디오 |
| 1938. 1. 1 | 대담 | 지성옹호와 작가의 교양— | 조선일보 |
| | | 평론가 대 작가 일문일답 중 | |
| | | 박치우(朴致祐)와 | |
| 1938. 1 | 소설 | 장미 병들다 | 삼천리문학 |
| 1938. 1 | 수필 | 나의 십년계획 | 조광 |
| 1938. 1 | 수필 | 내 집의 화분 : 국화분 | 조광 |
| 1938. 1 | 수필 | 작가 단편자서전 | 삼천리문학 |
| 1938. 1 | 수필 | 미른의 아침 | 삼천리문학 |
| 1938. 3 | 소설 | 겨울 이야기 | 동아일보 |
| 1938. 3. 6 | 평론 | 건강한 생명력의 추구— | |
| | | 비속하게 감상함은 독자의 허물 | 조선일보 |

---

12) 1938년 평양 라디오 방송에 소개된 원고. 평창 이효석문학관 소장.

| 발표일 | 분류 | 제 목 | 발표지 |
|---|---|---|---|
| 1938. 4. 7~9 | 평론 | 현대적 단편소설의 상모(相貌) ― 진실의 탐구와 시(詩)의 경지 | 조선일보 |
| 1938. 4. 28~5. 5 | 수필 | 채롱 ― 시골/소설/영화 /우유/향연 | 조선일보 |
| 1938. 5. 5~14 | 소설 | 막(幕) : 주간단편(전 6회) | 동아일보 |
| 1938. 6 | 수필 | 시(詩)를 찾는 마음 | 조선문학 |
| 1938. 6 | 설문 | 설문(1)(2)(3) | 조광 |
| 1938. 7. 31~8. 2 | 평론 | 서구정신과 동방정취 ― 육체문학의 전통에 대하야 (상·하) | 조선일보 |
| 1938. 8 | 수필 | 단편소설 : 문화강좌 | 조광 |
| 1938. 8 | 수필 | 문사(文士)가 말하는 명 영화 | 삼천리 |
| 1938. 8 | 수필 | 우리집 척서법(滌暑法) ― 금년은 무방도 | 여성 |
| 1938. 9 | 소설 | 공상구락부(空想俱樂部) | 광업조선 |
| 1938. 9 | 소설 | 부록(附錄) | 사해공론 |
| 1938. 9 | 소설 | 영라(蠑螺)[13] | 농민조선 |
| 1938. 9 | 수필 | 스크린의 여왕에게 보내는 편지 ― Miss 다니엘 다류 | 조광 |
| 1938. 9 | 수필 | 들 | 조선문인전집 |
| 1938. 9. 16 | 수필 | 일기 일절(日記 一節) | 동아일보 |
| 1938. 10 | 소설 | 해바라기 | 조광 |
| 1938. 10 | 수필 | 예술가와 영화 : 남방비행 (南方飛行) 기타 | 삼천리 |

13) 영라(蠑螺)는 '소라'의 옛 이름임.

| 발표일 | 분류 | 제 목 | 발표지 |
|---|---|---|---|
| 1938. 10. 16 | 수필 | 임학수신저(林學洙新著) — 팔도풍물시집 | 조선일보 |
| 1938. 11 | 잡문 | 감명 깊은 서적 소개 | 여성 |
| 1938. 12 | 소설 | 가을의 산양(山羊) | 야담 |
| 1938. 12 | 수필 | 낙엽을 태우면서 | 조선문학독본 |
| 1938. 12 | 수필 | 낙랑 다방기 | 박문 |
| 1939 | 시나리오 | 애연송(愛戀頌)[14] | 평양 해락관(偕樂館)에서 상영 |
| 1939. 1 | 평론 | 문예발전책 : 문운육성 (文運隆盛)의 변(辨) | 조광 |
| 1939. 1 | 수필 | 포화된 배열 | 조광 |
| 1939. 1 | 수필 | 수선화 | 여성 |
| 1939. 1 | 설문 | 만문만답(漫問漫答) | 조광 |
| 1939. 2 | 설문 | 만문만답 | 조광 |
| 1939. 2 | 소설 | 산정(山精) | 문장 |
| 1939. 2. 9 | 단편집 | 해바라기[15] | 학예사 |
| 1939. 3 | 설문 | 선생께서는 신여성과 구여성을 무엇으로 구별하시렵니까 | 여성 |
| 1939. 3 | 좌담 | 내 지방의 특색을 말하는 좌담회 — 평양편[16] | 조광 |

---

14) 최금동의 작품 「환무곡」을 이효석이 각색한 작품으로 청구중학교 교장의 외동딸 남숙, 그리고 철민, 필호라는 두 남자 사이에 벌어지는 삼각관계를 다루었다.
15) 「돈(豚)」, 「삽화」, 「수난」, 「장미 병들다」, 「산정(山精)」, 「막(幕)」, 「부록」, 「해바라기」 등 8편이 수록됨.
16) 이효석은 "대동공전교수자격(大同工專敎授資格)"으로 참석함.

| 발표일 | 분류 | 제 목 | 발표지 |
|--------|------|-------|--------|
| 1939. 4 | 수필 | 서책 추천 — 햄릿, 파우스트 | 여성 |
| 1939. 4. 3 | 수필 | 새와 꽃(鳥と花) | 국민신보 |
| 1939. 4. 4 | 수필 | 인물시험(人物試驗) | 매일신보 |
| 1939. 5 | 단편집 | 성화(聖畵)[17] | 삼문사 |
| 1939. 5. 19 | 수필 | 만습기(晩習記) | 매일신보 |
| 1939. 5 | 서한 | 느티나무 아래 — 김동인 씨에게 | 여성 |
| 1939. 6 | 수필 | 유경식보(柳京食譜) | 여성 |
| 1939. 7 | 소설 | 황제 | 문장(증간호) |
| 1939. 7. 1 | 수필 | 학생에게 추천하는 서적 | 학우구락부 |
| 1939. 8 | 잡문 | 내 소년시대의 꿈 — 나는 무엇이 되려 했나 | 조광 |
| 1939. 8. 3 | 수필 | 마랴 막달라 | 매일신보 |
| 1939. 9 | 장편 | 화분(花粉)[18] | 인문사 |
| 1939. 9 | 소설 | 향수 | 여성 |
| 1939. 9 | 수필 | 상하(上下)의 윤리(倫理) | 문장 |
| 1939. 9. 15~19 | 수필 | 대륙의 피(大陸の皮) | 京城日報 |
| 1939. 10 | 소설 | 일표(一票)의 공능(功能) | 인문평론 |
| 1939. 10 | 수필 | 첫 고료 — 작가생활의 회고 | 박문 |
| 1939. 10 | 수필 | 야과찬(野果讚) | 매일신보 |
| 1939. 10. 29 | 수필 | 외국문학 전공의 변(2) — 새로운 방법과 계시를 | 동아일보 |

---

17) 삼문사에서 나온 '조선문인전집'의 제9권임.

18) 그동안의 작품 서지는 이 작품을 ≪조광≫에 1939년 1월부터 연재된 것으로 잘못 소개해 왔다. 그러나 확인 결과, 이 작품은 연재된 바 없이 1939년 9월 말경 '인문사'에서 '전작소설(全作小說)'로 출판되었다.(『화분』의 출판기념회 소식을 전하는 동아일보의 1939. 9. 29일자 기사를 참조할 것.)

| 발표일 | 분류 | 제 목 | 발표지 |
|---|---|---|---|
| 1939. 11 | 수필 | R의 소식 | 조광 |
| 1939. 11 | 수필 | 북만소식(北滿だより)[19] | 朝鮮及滿洲 |
| 1939. 11. 7 | 수필 | 고자기(古陶器) | 조선일보 |
| 1939. 11. 8 | 수필 | 애원(愛玩) | 조선일보 |
| 1939. 11. 29 ~12. 28 | 소설 | 여수(旅愁)(전 20회) | 동아일보 |
| 1939. 12 | 희곡 | 역사(歷史) | 문장 |
| 1939. 12 | 수필 | 창작여담 ―『화분』을 쓰고 | 인문평론 |
| 1939. 12 | 수필 | 금년의 수확 | 조광 |
| 1940. 1 | 잡문 | 신년 연두서(年頭誓) | 조광 |
| 1940. 1 | 평론 | 문학진폭(文學振幅) 옹호의 변(辯) | 조광 |
| 1940. 1 | 수필 | 계절의 낙서 | 신세기 |
| 1940. 1. 9 | 잡문 | 조선적 성격의 반성 ― 연두송 (年頭頌) | 동아일보 |
| 1940. 1. 7~ | 소설 | 녹색탑(綠の塔)(55회 연재) | 국민신보 |
| 1940. 1. 25 ~7. 28 | 소설 | 창공(蒼空)[20] | 매일신보 |
| 1940. 2 | 수필 | 이성간의 우정 ― 와일드름 여드름 청년 | 여성 |
| 1940. 2 | 수필 | 경마(驚馬)의 10년 : 나의 문학 문장 10년기(十年記) | |

---

19) 이효석이 중국 하얼빈을 여행했을 때 그곳에서 안내를 맡았던 숭실전문학교 제자 K군의 이야기를 쓴 것임.

20) 총 148회 연재된 장편 소설. 1941년에 단행본으로 간행될 때에는 『벽공무한(碧空無限)』으로 개제됨.

| 발표일 | 분류 | 제 목 | 발표지 |
|---|---|---|---|
| 1940. 2 | 설문 | 여백문답(餘白問答) | 조광 |
| 1940. 3 | 수필 | 창(窓) | 여성 |
| 1940. 3 | 설문 | 장안(長安) 신사가정(紳士家庭) 명부(名簿) | 삼천리 |
| 1940. 4 | 좌담 | 신문소설과 작가의 태도 | 삼천리 |
| 1940. 4 | 설문 | 여백문답 | 조광 |
| 1940. 6 | 서한 | 문인 시객 서한, 남녀 문인간의 10통 — 장덕조 씨에게 | 삼천리 |
| 1940. 6 | 설문 | 「작품 애독」 연대기 | 삼천리 |
| 1940. 7 | 소설 | 은은한 빛 | 文藝[21] |
| 1940. 7 | 수필 | 괴로운 길 : 예술가의 생활초 (生活抄) | 삼천리 |
| 1940. 7 | 좌담 | '영남, 영동' 출신 문사의 '향토문화'를 말하는 좌담회[22] | |
| 1940. 7. 30 | 수필 | 산협(山峽)의 시(詩) | 조선일보 |
| 1940. 8 | 수필 | 화초 | 인문평론 |
| 1940. 8 | 설문 | 여백문답 | 조광 |
| 1940. 9 | 수필 | 화초(花草) | 조광 |
| 1940. 9 | 수필 | 조선문학상을 준다면 | 조광 |
| 1940. 9 | 수필 | 오식(誤植) | 박문 |
| 1940. 10 | 소설 | 합이빈(哈爾濱) | 문장 |
| 1940. 10 | 수필 | 경성개조안(京城改造案) | 삼천리 |

---

21) 이 소설은 일본어로 발표했으며, 발표지 ≪文藝≫는 일본 잡지임.
22) 지상(誌上) 출석자는 김동리(경남 사천), 엄흥섭(경성), 이태준(경성), 이효석(평양), 장혁주(도쿄), 정인섭(경성)이었음.

| 발표일 | 분류 | 제 목 | 발표지 |
|--------|------|-------|--------|
| 1940. 11. 26~27 | 수필 | 새 것과 오래된 것<br>(新しさと古き) | 滿洲日日新聞 |
| 1940. 12 | 수필 | 「화분」과「창공」 | 조광 |
| 1940. 12 | 수필 | 문인담화실 : 주을(朱乙) 가는<br>길에 | 삼천리 |
| 1941 | 소설 | 춘의당(春衣裳) | 미상 |
| 1941 | 장편 | 벽공무한(碧空無限)[23] | 박문서관 |
| 1941 | 단편선 | 이효석단편선 | 박문서관 |
| 1941. 1 | 수필 | 신체제하의 여(余)의 문학<br>활동방침—국민의 마음<br>훈련과정 | 삼천리 |
| 1941. 1 | 평론 | 유진오 작「봄」 | 인문평론 |
| 1941. 2 | 소설 | 라오코윈의 후예 | 문장 |
| 1941. 5 | 소설 | 산협 | 춘추 |
| 1941. 6 | 수필 | 한식일(寒食日) | 신세기 |
| 1941. 7 | 수필 | 명작 읽은 작가감회—<br>임오당(林語堂), 북경호일<br>(北京好日) | 삼천리 |
| 1941. 7 | 수필 | 시객심회(詩客心懷) : 초향암<br>(草香庵)으로 | 삼천리 |
| 1941. 8 | 수필 | 녹음향기(綠陰香氣)(장미사랑<br>/소설) | 조광 |
| 1941. 9. 7 | 수필 | 비상(非常)의 추(秋)와 나의 독서 | 매일신보 |
| 1941. 11 | 소설 | 엉겅퀴의 장(章) | 국민문학 |

---

23) 매일신보에 연재되었던『창공』을 단행본으로 간행하면서 개제한 것임.

| 발표일 | 분류 | 제 목 | 발표지 |
|---|---|---|---|
| 1941. 11 | 수필 | 사랑의 판도(版圖) | 춘추 |
| 1941. 12 | 수필 | 소요(逍遙) | 삼천리 |
| 1941. 12 | 설문 | 금년 1년간의 아문단(我文壇)의 수확 | 삼천리 |
| 1942. 1 | 소설 | 일요일 | 삼천리 |
| 1942. 1 | 소설 | 풀닢 | 춘추 |
| 1942. 1 | 수필 | 세월 — 작금인물왕래 (昨今人物往來) | 조광 |
| 1942. 1 | 설문 | 앞으로 어디에 써야 하는가 (今後如何に書くべきか) | 국민문학 |
| 1942. 1. 30 | 수필 | 생활과 창조 | 매일신보 |
| 1942. 3. 3~6 | 수필 | 문학과 국민성 — 한 개의 문학적 각서 | 매일신보 |
| 1942. 3 | 수필 | 겨울여행(冬の旅) | 조광 |
| 1942. 3 | 수필 | 풍년가 보든 날 밤— 전시작가일기(戰時作家日記) | 대동아[24] |
| 1942. 4 | 수필 | 新しい國民文學の道 — 私はかう考へている | 국민문학 |
| 1942. 5 | 수필 | 독서 | 춘추 |
| 1942. 5 | 수필 | 五月の空 | 신세대 |
| 1942. 6 | 소설 | 서한 | 조광 |
| 1942. 8 | 소설 | 황제(皇帝)[25] | 국민문학 |
| 1943. 7 | 소설 | 만보(萬甫) | 춘추 |

24) ≪삼천리≫를 ≪대동아≫로 개제함.
25) 김종한(金鍾漢)의 일역(日譯).

| 발표일 | 분류 | 제 목 | 발표지 |
|---|---|---|---|
| 1943 | 단편집 | 황제[26] | 박문서관 |
| 1947. 9 | 수필 | 화초 | 신천지 |
| 미상 | 소설 | 사냥 | 미상 |
| 미상 | 소설 | 소복(素服)과 청자(青磁) | 미상 |
| 미상 | 수필 | 내가 지금 중학생이라면? | |
| 미상 | 수필 | '미라구리'의 노래—5월의 불만(不滿)(上) | 동아일보 |
| 미상 | 수필 | 강의 유혹—5월의 불만(下) | 동아일보 |
| 1954 | 단행본 | 화분 | 문연사 |
| 1959 | 전집 | 효석전집 | 춘조사 |
| 1971 | 전집 | 효석문학전집 1~5 | 성음사 |
| 1983 | 전집 | 이효석전집 1~8 | 창미사 |
| 2000 | 소설집 | 노령근해 | 문학예술종합출판사 |
| 2003 | 전집 | (새롭게 완성한) 이효석전집 1~8 | 창미사 |
| 2005 | 소설집 | 은빛 송어 : 이효석 일본어 작품집 | 해토 |

---

26) 「향수」, 「산정」, 「일표의 공능」, 「황제」, 「역사」, 「여수」 등 6편이 수록됨.

# 이효석 연구 서지

2003. 10        이상옥, 「이효석 문학의 완벽한 결산: 『녹색의 탑』을 통해서
                본 이효석의 문학과 삶」, ≪문학사상≫ 제32권 제10호

2006            손종업, 「식민도시 '신경'을 둘러싼 탈식민적 서사들: 국민주의
                에 대응하는 몇 가지 방식」, ≪우리문학연구≫ 제20집

1930. 4. 13     염상섭, 「4월의 창작단」, ≪조선일보≫

1938. 2. 25~27  백철, 「이효석론 — 최근 경향과 성의 문학」, ≪동아일보≫

1939. 10        임화, 「단편소설의 조선적 특성」, ≪인문평론≫ 창간호

1939. 12        김남천, 「산문문학의 일년간」, ≪인문평론≫

1939. 2. 21     채만식, 「이효석 씨 저 『해바라기』」, ≪동아일보≫

1939. 10        이원조, 「이효석론: 『해바라기』 저자에게 부치는 서한」, ≪인문
                평론≫ 창간호

1940. 7         안함광, 「최근의 작품 경향」, ≪인문평론≫ 제2권 제7호

1941           임화, 「임화 삼십년 창작개관」, 『문학의 윤리』, 학예사

1942. 7         유진오, 「마지막 날의 효석」, ≪대동아≫

1942. 7         유진오, 「이효석과 나」, ≪조광≫

1942. 7         최정희, 「쇼팡치든 인상」, ≪대동아≫

1942. 7         한수철, 「희(噫)! 이효석」, ≪조광≫

1942. 8         이재현, 「이효석선생 간호기」, ≪조광≫

1948. 8         김동리, 「산문과 반산문」, ≪민성≫

1956. 12        정한모, 「효석과 엑조티시즘(EXOTICISM)」, ≪국어국문학≫ 15

1956. 5~12      정한모, 「문체로 본 동인(東仁)과 효석(孝石)」, ≪문학예술≫

1959. 6. 13    조용만, 「효석 문학과 그 세계」, ≪동아일보≫

1959         정한모, 「효석 문학에 나타난 외국 문학의 영향」, 서울대 석사
            논문

1960. 12     이강언, 「자연성과 서정시적 소설 : 이효석 연구의 일편(一片)」,
            ≪청구문학≫ 제3집

1960. 4      박영희, 「초창기의 문단측면사」, ≪현대문학≫

1960. 9      윤병로, 「향수의 모더니스트」, ≪여원≫ 6

1962. 12     최정희, 「노령근해(露嶺近海) 무렵의 이효석」, ≪현대문학≫
            제8권 제12호

1962         이상활, 「이효석론」, 경북대 석사 논문

1964. 11     정창범, 「투신(投身)의 의미 : 이효석론」, ≪문학춘추≫, 제1권
            제8호

1965         조연현, 「이효석」, 『한국작가론』, 청운출판사

1965         주종연, 「이효석 연구」, 서울대 석사 논문

1966. 3      김현, 「이효석과 『화분』: 존재에의 잠김」, ≪사상계≫ 제14권
            제3호

1968         정명환, 「위장된 순응주의(상) : 이효석론」, ≪창작과비평≫ 제3
            권 제4호, 겨울호

1969. 10     김덕환, 「문예작품을 정해(正解)하는 기론(技論)에 대한 사견
            (私見) : 이효석 작 「모밀꽃 필 무렵」을 자료로」, ≪명대논문집≫
            제3집, 명지대

1969. 1      김영기, 「한국적 리리시즘의 한계」, ≪현대문학≫

1969. 6      백승철, 「이효석론 : 고전의 재평가, 작가의 재발견」, ≪월간문학≫

1969. 6      주종연, 「이효석 작품에 있어서의 몇 개의 모티프에 대하여」,
            ≪논문집≫ 제1집, 성심여대

1969         정명환, 「위장된 순응주의(하) : 이효석론」, ≪창작과비평≫ 제4
            권 제1호, 봄호

1970. 11 명계웅, 「이효석 연구」, ≪현대문학≫ 제16권 제11호

1970. 12 이유미, 「나의 아버님 이효석 : 부전자평(父傳子評)」, ≪세대≫
제8권 제12호

1970. 5 김영기, 「이효석론」, ≪현대문학≫ 제16권 제5호

1970. 5 주종연, 「문학에 있어서 성의 문제 — 이효석과 D. H. 로렌스의
비교」, ≪국어국문학≫ 48호

1970. 6 임중빈, 「이효석론」, ≪월간문학≫

1970. 7 김영기, "Yi Hyo-sok", 이경식 역, KOREA JOURNAL, Vol. 10,
No. 7, Korean National Commission for UNESCO

1970 이우일, 「효석 문학 작품 속에 나타난 인간상 연구」, 연세대 교
육대학원 석사 논문

1971. 8 한흑구, 「효석(孝石)과 석훈(石薰)」, ≪현대문학≫

1971 정한모, 「효석론」, 『효석문학전집』, 성음사

1972. 11 박혜영, 「이효석론 : 동반작가로서의 효석논고」, ≪동대어문≫
제2집, 동덕여대 국어국문학과

1972. 7 조인숙, 「효석문학에 나타난 엑조티시즘의 본질에 대하여」, ≪성
심어문논집≫ 제3집

1972 김창진, 「효석 문학의 본질적 한계」, 연세대 교육대학원 석사 논문

1972 이복숙, 「효석 문학의 특질 분석 : 특히 자연주의의 이질성과
순수성의 문제점에 대하여」, 성균관대 석사 논문

1973. 10 석일균, 「작가와 작중인물의 유형 소고 : 이효석의 인물과 시대
적인 지향의식」, ≪논문집≫ 제6집, 한국외대

1973. 5 조성선, 「효석 문학의 특성에 관한 고찰」, ≪논문집≫ 제7권 제1
호, 인천교대

1973. 6 김우종, 「순수문학의 환상적 기법 : 이효석 수필론」, ≪수필문학≫
제15집

1973. 7 김원일, 「이효석과 생텍쥐페리의 자연관 비교 연구」, ≪문교경북≫

제41호, 경상북도 교육위원회

1973       권정호, 「효석 작품의 미적 측면 고찰」, 경북대 교육대학원 석사 논문

1973       변정화, 「이효석 연구 : 작가의식을 중심으로」, 숙명여대 석사 논문

1973       이강언, 「1930년대의 한국 리얼리즘 문학연구 : 주로 이효석, 김유정, 이기영의 현실수용 방법을 중심으로」, 영남대 석사 논문

1973       이광수, 「이효석 작품에 나타난 향수성과 비현실성」, 고려대 교육대학원 석사 논문

1973       한원순, 「현진건과 이효석의 문체 비교 연구 : 「운수 좋은 날」과 「산」을 중심으로」, 부산대 석사 논문

1974. 2     김우종, 「화려한 '순수'에의 미몽 : 이효석의 문학사적 위치」, ≪문학사상≫, 제17호

1974. 2     김종철, 「교외거주인의 행복한 의식 : 이효석의 작품 세계」, ≪문학사상≫ 제17호

1974. 2     박철희, 「엑조티시즘의 수사학 : 이효석의 문체」, ≪문학사상≫ 제17호

1974. 2     변정화, 「출타한 역사의식 : 이효석의 경우」, ≪청파문학≫ 제11집, 숙명여대 국어국문학회

1974. 2     이명자, 「새 조사에 의한 이효석 작품 목록」, ≪문학사상≫ 제17호

1974. 2     이상섭, 「애욕 문학으로서의 특질 : 이효석의 작품 세계」, ≪문학사상≫ 제17호

1974. 2     이수자, 「새 자료를 통해 본 이효석의 생애」, ≪문학사상≫ 제17호

1974. 2     채훈, 「전기(前期) 이효석 작품고」, ≪청파문학≫ 제11집, 숙명여대 문리과대학 국어국문학회

| 1974. 2 | 한원순, 「현진건과 이효석의 문체 비교 연구: 「운수좋은 날」과 「산」을 중심으로」, ≪석사학위논문집≫ 제2권 제1호, 부산대 대학원 |
| 1974. 4 | 변정화, 「그 '만남'과 '앎': 이효석 연구」, ≪숙대학보≫ 제14집, 숙명여대 |
| 1974. 7 | 김교선, 「외래 문학 사조의 한국적 수용 형태에 대한 고찰: 이효석의 작품 세계를 대상으로 하여」, ≪논문집≫ 제1집, 전북대 |
| 1974 | 김예태, 「식민지 시대 소설의 저항의식에 관한 연구」, 숙명여대 석사 논문 |
| 1975. 3 | 김교선, 「조화미의 정점: 이효석의 작품 세계」, ≪현대문학≫ 제243호 |
| 1975. 8 | 유종호, 「진실한 사랑, 진실한 행복, 이효석」, ≪문학사상≫ 제35호 |
| 1975 | 고명덕, 「이효석 작품의 이원적(二元的) 성격 연구」, 이화여대 교육대학원 석사 논문 |
| 1975 | 김광수, 「이효석 연구」, 중앙대 석사 논문 |
| 1975 | 남형원, 「1930년대의 소설에 나타난 순수문학과 풍자문학」, 이화여대 석사 논문 |
| 1975 | 이선홍경표, 「이효석과 이상 소설 연구」, 경북대 석사 논문 |
| 1976. 9 | 김용성, 「한국현대문학사 탐방: 가산 이효석 편」, ≪アジア公論≫, 제48호 |
| 1976 | 유진오, 『젊은 날의 자화상』, 박영사 |
| 1976 | 주종연, 「에로티시즘의 의미」, 『현대한국작가연구』, 민음사 |
| 1976 | 주종연, 「이효석 초기 작품고」, ≪논문집≫ 11집, 국민대 |
| 1977. 12 | 소두영, 「이효석의 문체 연구: 「메밀꽃 필 무렵」의 구조 분석」, ≪논문집≫ 제17집, 숙명여대 |
| 1977. 12 | 이광풍, 「「메밀꽃 필 무렵」의 구조적 의미」, ≪논문집≫ 제3집, |

명지실업전문대

1977. 12    한상무, 「소설의 언어·문체·구조: 이효석의 경우」, ≪연구논
          문집≫ 제11집, 강원대

1977. 4     서종택, 「효석론의 반성」, ≪어문논집≫ 제18집, 고려대 국어국
          문학연구회

1977       김윤식, 「모더니즘의 정신사적 기반」, ≪문학과지성≫ 겨울호

1977       정한모, 「이효석과 안톤 체홉의 거리」, 『이숭녕 박사 회갑기념
          논집』

1977       주종연, 「효석 소설의 원천에 관한 고찰─「메밀꽃 필 무렵」의
          경우」, 『이숭녕 박사 회갑기념 논집』

1978       김윤식, 「병적 미의식의 양상」, 『한국근대문학사상비판』, 일지사

1978       오종호, 「1930년대 한국 소설의 상징성 연구」, 연세대 교육대학
          원 석사 논문

1978       유진오, 『젊음이 깃칠 때』, 휘문출판사

1979. 12    한상무, 「암시와 융화의 미학: 「메밀꽃 필 무렵」의 문체」, ≪논
          문집≫ 제13집, 강원대

1979. 5     이동희, 「문체론적 작품고: 이효석의 경우」, ≪국어교육논지≫,
          제6집, 대구교육대학 국어과

1979       웅, 「이효석 연구」, 중앙대 석사 논문

1979       유기룡, 「이효석론」, 『현대작가론』, 형설출판사

1981       이상신, 「이효석의 문체 연구: 「산」의 구조 문체론적 분석 접
          근」, 강원대 교육대학원 석사 논문

1982. 11    송하춘, 「「메밀꽃 필 무렵」과 「삼포가는 길」의 구조 대비」, ≪인
          문논집≫, 제27집, 고려대 문과대학

1982. 12    김장동, 「이효석 소설의 조명」, ≪한국문학연구≫, 제5집, 동국
          대 한국문학연구소

1982       김미완, 「이효석 연구: 작가 인식을 중심으로」, 인하대 교육대

학원 석사 논문

1982        박규남, 「이효석 작품의 소설적 기법과 문체적 특성」, 전북대 교육대학원 석사 논문

1982        정구청, 「효석 연구 : 작품 세계의 특색을 중심으로」, 인하대 교육대학원 석사 논문

1983. 6     이태동, 「이효석과 D. H. 로렌스」, ≪현대문학≫

1983        김영만, 「이효석 소설 연구 : 고향의식을 중심으로」, 충남대 석사 논문

1983        문창식, 「「메밀꽃 필 무렵」 구조 연구」, 전북대 석사 논문

1983        장윤수, 「유진오와 이효석 소설에 나타난 현실인식」, 고려대 석사 논문

1983        장정희, 「효석 문학의 심미주의적 특성」, 효성여대 석사 논문

1983        최선탁, 「이효석 작품에 관한 연구」, 연세대 교육대학원 석사 논문

1984. 12    정한모, 「효석 문학의 서구적 소재 연구」, ≪국어국문학≫

1984        유순영, 「김유정과 이효석 소설의 비교연구」, 연세대 석사 논문

1984        정재규, 「이효석 문학의 심리학적 연구」, 인하대 석사 논문

1985. 12    권정호, 「이효석론」, ≪논문집≫ 제29집, 진주교육대

1985. 1     강요열, 「효석 문학의 탐미주의적 경향에 대한 검토 : 현상과 실제의 거리」, ≪어문논집≫ 제24·25집, 고려대 국어국문학연구회

1985        김미정, 「1930,40년대 예술을 통해 나타난 서구 영향의 양상 : 이효석과 이인성을 중심으로」, ≪연구논집≫ 제13집, 이화여대 대학원

1985        김용구, 「이효석의 순수소설 고찰」, ≪관악어문연구≫ 제10집, 서울대 국어국문학과

1985        김해옥, 「이효석 단편소설의 서정적 특질 연구」, 연세대 석사

|        | 논문 |
|--------|------|
| 1985   | 백철, 『인간탐구의 문학』, 창미사 |
| 1985   | 신동욱, 「이효석 소설에 관한 연구」, ≪동방학지≫ 49집 |
| 1985   | 조명수, 「이효석 소설의 인물 연구」, 경희대 교육대학원 석사 논문 |
| 1986. 12 | 권정호, 「이효석 소설 연구 I : 「메밀꽃 필 무렵」을 중심으로」, ≪논문집≫, 진주교육대 |
| 1986. 1 | 조건상, 「1930년대 소설에 나타난 사회인식의 양상」, ≪대동문화연구≫ 제20집, 성균관대 대동문화연구원 |
| 1986. 8 | 변정화, 「가산 이효석의 작품 연구 : 경향성의 발전 양상과 그 실체」, ≪원우논총≫ 제4집, 숙명여대 대학원 총학생회 |
| 1986.  | 곽근, 「유진오와 이효석의 전기(前期) 소설 연구 — 동반자 작가 논의를 중심으로」, 성균관대 박사 논문 |
| 1986   | 김중신, 「30년대 작가의 현실인식에 관한 연구 : 이상·이효석을 중심으로」, 서울대 석사 논문 |
| 1986   | 신동기, 「이효석 문학의 특질 고(考)」, 조선대 교육대학원 석사 논문 |
| 1986   | 유진오, 『다시 창랑정에서』, 창미사 |
| 1986   | 윤종숙, 「이효석 연구」, 숙명여대 석사 논문 |
| 1986   | 장재철, 「이효석 초기 작품 연구」, 경남대 교육대학원 석사 논문 |
| 1986   | 현상길, 「1930년대 한국 소설에 나타난 공간의식의 양상 : 채만식과 이효석의 단편소설을 중심으로」, 단국대 석사 논문 |
| 1987. 12 | 권정호, 「이효석 소설 연구 II : 「산」의 기호학적 구조 분석」, ≪논문집≫ 제31집, 진주교육대 |
| 1987   | 나병철, 「이효석의 서정소설 연구」, ≪연세어문학≫ 20집 |
| 1987   | 박대성, 「이효석 전기(前期) 소설의 경향성과 채만식의 『탁류(濁流)』의 사회성 고(攷)」, 한국외국어대 석사 논문 |

| | |
|---|---|
| 1987 | 박정남, 「이효석과 김유정 소설에 대한 비교 연구」, 연세대 교육대학원 석사 논문 |
| 1987 | 송하섭, 「한국 현대소설의 서정성 연구」, 단국대 박사 논문 |
| 1987 | 이만웅, 「이효석 소설 연구」, 원광대 교육대학원 석사 논문 |
| 1988. 12 | 권정호, 「이효석 소설 연구 Ⅲ : 장편『화분』을 중심으로」, ≪논문집≫ 제32집, 진주교육대 |
| 1988. 12 | 이상옥, 「인간, 성 그리고 자연 : 이효석론」, ≪인문논총≫ 제20집, 서울대 인문학연구소 |
| 1988 | 박삼이, 「이효석 소설의 작중인물유형 연구 : 후기 작품을 중심으로」, 한국외국어대 교육대학원 석사 논문 |
| 1988 | 신윤도, 「이효석 소설의 문체론적 연구」, 경남대 교육대학원 석사 논문 |
| 1988 | 이강언, 「1930년대 모더니즘 소설 연구」, 영남대 박사 논문 |
| 1988 | 이재철, 「이효석 소설에서의 '떠남'의 의미」, 고려대 교육대학원 석사 논문 |
| 1989. 2 | 주종연, 「「메밀꽃 필 무렵」 분석」, ≪어문학논총≫ 제8집, 국민대학교 어문학연구소 |
| 1989 | 권정호, 「이효석 소설 연구 : 구조 분석을 중심으로」, 성균관대 박사 논문 |
| 1989 | 엄주리, 「이효석 소설에 나타난 동물의 상징 연구」, 부산여대 석사 논문 |
| 1989 | 이상신, 「이효석 문체의 기호론적 연구 : 전기 소설에 나타난 화법의 특성을 중심으로」, 이화여대 박사 논문 |
| 1989 | 이상옥, 『문학과 자기성찰 : 열린 문학을 위하여』, 서울대 출판부 |
| 1989 | 정진희, 「효석 문학의 정신분석적 고찰」, 연세대 교육대학원 석사 논문 |
| 1989 | 정태규, 「이효석과 김유정의 소설의 공간인식에 대한 비교 연 |

구」, 부산대 석사 논문

1989           홍순걸, 「이효석 작품에 나타난 에로티시즘 연구」, 중앙대 교육
              대학원 석사 논문

1990. 12      이우용, 「D. H. 로렌스와 이효석의 에로티시즘 비교 연구」, 《우
              리문학연구》 제8호

1990. 12      장사선, 「이효석론」, 《홍대논총》 제22집, 홍익대

1990. 2       조병무, 「이효석론: 단편 「메밀꽃 필 무렵」을 중심으로」, 《논
              문집》 제12집, 대림공업전문대

1990. 5       송준호, 「'물레방앗간'의 공간 상징 연구: 「모밀꽃 필 무렵」과
              「물레방아」의 경우」, 《한국언어문학》 제28집, 한국언어문학회

1990          김연수, 「이효석 소설에 나타난 미의식 연구: 후기 작품을 중
              심으로」, 서울여대 석사 논문

1990          김정관, 「이효석 문학에 나타난 성관(性觀) 연구: 로렌스의 경
              우와 비교하여」, 중앙대 석사 논문

1990          이남교, 「이효석 단편소설의 연구: 인물의 심리적 특성을 중심
              으로」, 연세대 교육대학원 석사 논문

1990          이이진, 「이효석의 「화분」에 나타난 심미성 연구」, 건국대 교육
              대학원 석사 논문

1990          이택화, 「이효석 소설에 나타난 원형심상 연구: 「모밀꽃 필 무
              렵」, 「개살구」, 「산협」을 중심으로」, 고려대 교육대학원 석사
              논문

1990          장사선, 「이효석론」, 《홍대논총》 22집

1991. 5       조용만, 「이효석의 소설」, 『춤』

1991          김우현, 「이효석 소설의 문체 연구: 「메밀꽃 필 무렵」에 나타
              난 공간배경을 중심으로」, 원광대 교육대학원 석사 논문

1991          김학근, 「이효석 소설 연구」, 연세대 석사 논문

1991          안중환, 「이효석 소설 연구: 후기 단편소설의 특성을 중심으로」,

단국대 교육대학원 석사 논문

1991     이상진, 「이효석의 전기 작품 연구」, 관동대 교육대학원 석사
       논문

1992. 12   이강언, 「이효석의 도시소설 연구」, ≪국어국문학연구≫ 제20집,
       영남대 국어국문학회

1992. 12   권정호, 「현실도피의 서정적 미학: 효석 작품 「산」의 기호학적
       구조 분석」, ≪국어교육≫ 제79·80호, 한국국어교육연구회

1992. 12   이몽희, 「「메밀꽃 필 무렵」의 원형적 양상」, ≪논문집≫ 제12집,
       부산경상전문대

1992. 5    이상옥, 「자연과 함께 산 탐미주의 작가 이효석: 재평가되어야
       하는 그의 문학사적 가치」, ≪문학사상≫ 제235호

1992. 9    허남춘, 「이효석 소설의 자연관: 1930년대 소설을 중심으로」,
       ≪백록어문≫ 제9집, 제주대 국어교육과 국어교육학회

1992     김상태, 「이효석의 생애와 문학에 대한 깊이 있는 성찰—『이
       효석: 문학과 생애』, 이상옥 저 '서평'」, ≪서평문화≫ 제6집,
       여름호

1992     김영숙, 「이효석 소설 연구」, 건국대 박사 논문

1992     김현종, 「이상, 이효석 소설의 서정성 연구」, 충남대 석사 논문

1992     서희성, 「이효석의 전기 작품 연구: 동반자 작가 논의를 중심
       으로」, 관동대 교육대학원 석사 논문

1992     유순영, 「이효석 소설의 인물 유형 연구」, 한양대 박사 논문

1992     이상옥, 『이효석: 문학과 생애』, 민음사

1992     정경임, 「이효석의 댄디즘」, 이화여대 박사 논문

1993. 6    이영성, 「이효석 소설의 문학적 성향 소고」, ≪국민어문연구≫
       제4집, 국민대 국어국문학연구회

1993. 8    김해옥, 「「모밀 꽃 필 무렵」의 모더니즘 특성 연구: 서정 소설
       의 개념을 중심으로」, ≪한국학논집≫ 제23집, 한양대 한국학연

구소

1993        김성규, 「이효석 소설에 나타난 인물 유형 연구」, 충남대 교육
            대학원 석사 논문

1993        김영희, 「이효석 단편소설 연구 : 동·식물의 성 특징과 삼자관
            계를 중심으로」, 홍익대 교육대학원 석사 논문

1993        김해옥, 「이효석 소설 연구 : 서정 소설의 특성을 중심으로」, 연
            세대 석사 논문

1993        소미혜, 「현대소설에 나타난 동물 상징 연구」, 이화여대 석사
            논문

1993        이광식, 「이효석 소설에 나타난 원형적 상징에 관한 연구」, 연
            세대 교육대학원 석사 논문

1993        이규헌, 「1930년대 모더니즘 소설에 나타난 도시성 연구」, 국민
            대 석사 논문

1993        장양수, 『한국의 동반자 소설』, 문학수첩

1994. 12    박심자, 「이효석 문체 연구」, ≪교육논총≫ 제10집, 한국외대
            교육대학원

1994. 12    배경열, 「이효석의 초기 작품 고찰 : 창작집 『노령근해』를 중심
            으로」, ≪관악어문연구≫ 제19호

1994. 12    함경애, 「이효석 연구 : 「메밀꽃 필 무렵」을 중심으로」, ≪강남
            어문≫ 제8집, 강남대 국어국문학과

1994. 3     김태희, 「「메밀꽃 필 무렵」에 나타난 바슐라르의 공기적 상승의
            이미지와 몽상의 우주화」, ≪불어불문학≫ 제10집, 홍익대 불어
            불문학회

1994. 6     방영이, 「「메밀꽃 필 무렵」의 표상론」, ≪국어문학≫ 제29집,
            전북국어문학회

1994. 6     임영환, 「「메밀꽃 필 무렵」의 주제와 구조」, ≪육사논문집≫ 제
            46집, 육군사관학교

1994. 6   최병우·안필규,「한국 문학에 있어 외국 문학의 수용에 관한
          연구: 이효석과 D. H. 로렌스의 문학적 관련을 중심으로」,《국
          어교육》제83·84호, 한국국어교육연구회

1994      곽순이,「이효석 전기 작품 연구」, 영남대 교육대학원 석사 논문

1994      김양희,「이효석 생가 문학정원설계」, 서울대 환경대학원 석사
          논문

1994      김화선,「이효석 소설의 묘사 기법 연구」, 충남대 석사 논문

1994      홍재범,「이효석 소설 연구」, 서울대 석사 논문

1995. 11  서희성,「이효석의 전기 작품 연구: 동반자 작가 논의를 중심
          으로」,《관동어문학》제8집, 관동대 관동어문학회

1995. 12  서은선,「이효석 소설「산협」에 대한 기호학적 연구」,《국문학
          논총》제17집, 한국문학회

1995. 12  조남현,「유진오와 이효석 소설의 거리」,《인문논총》제34집,
          서울대 인문학연구소

1995. 2   유순영,「인물에 대한 동일시와 이화(異化) 연구:『화분』을 중
          심으로」,《논문집》제4집, 광주대 민족문화예술연구소

1995      김화섭,「이효석 소설 연구」, 명지대 교육대학원 석사 논문

1995      이동국,「김유정과 이효석 소설의 기법 연구」, 건국대 석사 논문

1996. 12  송준호,「「메밀꽃 필 무렵」의 상징론적 해석」,《논문집》제18
          집, 우석대

1996. 12  이상우,「고난과 기다림의 미학: 이효석의「메밀꽃 필 무렵」」,
          《예체능논집》제7집, 명지대 예체능연구소

1996. 2   임종수,「이효석 소설의 문체 고찰」,《논문집》제29권 제3호,
          三陟산업대

1996. 5   김종구,「이효석의 성장소설과 초점자―주인공 서술 상황 연
          구」,《한국언어문학》제36호, 한국언어문학회

1996. 6   강진호,「이효석: 식민지 시대의 탐미주의자」,《문화예술》제

203호, 한국문화예술진흥원

1996. 6    이훈, 「이효석의 단편소설에 대한 연구」, ≪목포대학교논문집≫
           제17권 제1호

1996       강한기, 「이효석 소설 연구」, 호서대 석사 논문

1996       이상옥, 『이효석』, 서강대 출판부

1996       이종래, 「이효석 소설에 나타난 에로티시즘 연구」, 충남대 교육
           대학원 석사 논문

1997. 12   권혁준, 「이효석 소설 연구: 「메밀꽃 필 무렵」을 중심으로」, ≪논
           문집≫ 제6집, 동해전문대

1997       구수연, 「이효석 단편소설의 서술 전략을 통해 본 성 의식 연
           구: 「들」, 「고사리」, 「개살구」, 「산협」, 「모밀꽃 필 무렵」을 중
           심으로」, 부산대 교육대학원 석사 논문

1997       김혜경, 「이효석 소설 연구: 심미주의 성향을 중심으로」, 성신
           여대 교육대학원 석사 논문

1997       이상옥, 『이효석: 참여에서 순수로』, 건국대 출판부

1997       이상우, 「1930년대 소설에 나타난 가정 해체의 담론 연구」, 한
           남대 박사 논문

1997       이영옥, 「이효석 소설의 도시성 고찰」, 조선대 교육대학원 석사
           논문

1997       장지향, 「고등학교 소설 수업의 절차 모형 연구」, 부산외대 교
           육대학원 석사 논문

1997       최순희, 「이효석 작품 연구: 동물의 상징성을 중심으로」, 서강
           대 교육대학원 석사 논문

1998. 11   이재춘, 「문학 작품 원본의 오류와 변개 양상: 이효석의 「모밀
           꽃 필 무렵」을 중심으로」, ≪우리말글≫ 제16호

1998. 12   김구중, 「이효석 소설의 서사 공간 연구: 「들」, 「장미 병들다」
           를 중심으로」, ≪한남어문학≫ 제23집, 한남대 국어국문학회

1998. 5 안미영, 「이효석 장편소설에 드러난 성(性)과 예술의 교호 관계」,
≪문학과언어≫ 제20호, 문학과언어학회

1998. 6 최익현, 「모더니즘과 시선 : 이효석의 도시풍속과 자연의 발견」,
≪어문연구≫ 제98호, 한국어문교육연구회

1998. 6 최익현, 「이효석의 문화주의와 모더니즘의 파산 :『화분』과 신
변적 글쓰기의 주변」, ≪오늘의 문예비평≫ 제29호

1998 김재진, 「이효석 후기 단편 소설 연구 : 인물유형 분석을 중심
으로」, 경희대 교육대학원 석사 논문

1999. 12 손종업, 「30년대 후반기 반근대주의 담론의 진정성 : 숲으로의
회귀」, ≪어문논집≫ 제27집, 중앙어문학회

1999. 2 노근숙, 「「30년」과 「메밀꽃 필 무렵」 : 두 작품 비교 분석」, ≪일
본연구≫ 제14호, 중앙대 일본연구소

1999. 3 김경수, 「심정적 리얼리티의 한 성과 : 「이효석의 메밀꽃 필 무
렵」, ≪문학사상≫ 제317호

1999. 3 정경임, 「효석 작품에 나타난 한국적 복식미」, ≪복식≫ 제43호,
한국복식학회

1999. 6 유순영, 「이효석론 : 성 의식을 중심으로」, ≪한민족문화연구≫
제4집

1999. 6 이남호, 「교과서에 실린 문학 작품을 어떻게 가르칠 것인가」,
≪현대문학≫ 제534호

1999 강옥희, 「1930년대 후반 대중소설 연구」, 상명대 박사 논문

1999 김구영, 「효석과 서정성」, ≪김해문화≫ 제17호, 김해문화원

1999 김기범, 「1930년대 모더니즘 소설에 나타난 체험적 심상 및 공
간 구조의 관련성에 관한 연구」, 청주대 석사 논문

1999 김명래, 「가산 소설의 구조와 의식의 연구 : 「메밀꽃 필 무렵」
을 중심으로」, 관동대 교육대학원 석사 논문

1999 김양수, 「이효석 소설에 나타난 성의 변모 양상 연구」, 군산대

교육대학원 석사 논문

1999    김호철, 「이효석 작품 연구」, 상지대 교육대학원 석사 논문

1999    이나미, 『마지막 날의 아버지 이효석 : 이나미 자전 에세이』, 창
        미사

1999    최익현, 「이효석의 미적 자의식에 관한 연구 : 식민 체제에서의
        글쓰기 비판」, 중앙대 박사 논문

1999    최익현, 「이효석의 미적 자의식에 관한 연구 : 식민 체제에서의
        글쓰기 비판」, ≪비평과전망≫ 제1호, 창간호

1999    한행석, 「이효석 단편 소설의 서정적 특성 연구」, 경기대 교육
        대학원 석사 논문

1999    홍은경, 「동반자 작가 연구」, 충남대 석사 논문

2000. 10   송기섭, 「심미성의 윤리학 : 「메밀꽃 필 무렵」론」, ≪어문학≫
           제71호, 한국어문학회

2000. 12   김윤식, 「조선 작가의 일어 창작에 대한 한 고찰 : 이효석, 유진
           오, 김사량의 경우」, ≪예술논문집≫ 제39호, 예술원

2000. 12   정호웅, 「1940년 전후 소설 속의 지식인」, ≪인문과학≫ 제8집,
           홍익대 인문과학연구소

2000. 2    민혜숙, 「이효석의 소설에 나타난 식물 묘사 : 꽃을 중심으로」,
           ≪논문집≫ 제9호, 광주대 문화예술연구소

2000. 6    조구호, 「「모밀꽃 필 무렵」 다시 읽기 : 장면을 중심으로」, ≪경
           상어문≫ 제5·6호, 경상대 국어국문학과 경상어문학회

2000    곽용진, 「학습자 중심의 소설 교육 방법 연구」, 충북대 교육대
        학원 석사 논문

2000    서준섭, 「이효석 소설에 나타난 고향과 근대의 의미 : '영서 삼
        부작'을 중심으로」, ≪강원문화연구≫ 제19호, 강원대 강원문화
        연구소

2000    심정원, 「평창군 장소 마케팅 계획 : 이효석과 그의 작품을 소

재로」, 서울대 환경대학원 석사 논문

2000 이경자, 「이효석 소설 연구 : 에로티시즘을 중심으로」, 부경대 교육대학원 석사 논문

2000 이기룡, 「이효석 소설의 소도구 연구」, 원광대 교육대학원 석사 논문

2000 이재건, 「시점을 통한 소설 교육 연구」, 영남대 교육대학원 석사 논문

2000 허정일, 「한국 문학의 시간 연구」, 국민대 석사 논문

2001. 12 이익성, 「이효석 초기 단편 소설의 경향성과 서정성」, ≪개신어 문연구≫ 제18집

2001. 12 정호웅, 「이데올로기적 가치중립주의와 미(美) : 이효석론」, ≪예술논문집≫ 제40호, 예술원

2001. 3 조영복, 「나도향, 이효석, 박영희의 알려지지 않은 작품을 통해 본 근대문학 초창기 잡지 발간의 여러 상황」, ≪한국학보≫ 제102호

2001. 8 이희춘, 「이효석 소설 연구」, ≪산업과학기술≫ 제11집, 밀양대 산업과학기술연구소

2001 고인환, 「낭만적 서정과 세련된 기교의 문학」, ≪포엠 Q 픽션≫ 제1권 제4호, 겨울호

2001 김대하, 「이효석 소설 연구 : 작중 인물의 성격을 중심으로」, 성균관대 교육대학원 석사 논문

2001 김효숙, 「이효석 소설의 공간 연구」, 안동대 교육대학원 석사 논문

2001 윤대석, 「식민지인의 두 가지 모방 양식 : ≪문예≫지 「조선문학특집」을 중심으로」, ≪한국학보≫ 제27권 제3호, 가을호

2001 이유경, 「이효석 단편소설의 서정성 연구」, 한양대 교육대학원 석사 논문

| 2001 | 최은정, 「이효석 소설 연구 : 심미주의 분석으로」, 중부대 석사 논문 |
|---|---|
| 2001 | 한귀은, 「문학교육의 교육연극론적 연구」, 부산대 박사 논문 |
| 2002. 11 | 이홍숙, 「소설 속에 숨어 있는 우리 신화 : 이효석의 「모밀꽃 필 무렵」」, 《연민학지》 제10호, 연민학회 |
| 2002. 12 | 김해옥, 「생태 인문학의 가능성과 이효석의 「산」을 통해 본 생태학적 상상력 : 불타의 중생관(衆生觀)을 중심으로」, 《한국언어문화》 제22집 |
| 2002. 6 | 옥태권, 「「메밀꽃 필 무렵」의 서사 전략적 고찰」, 《동남어문논집》 제14집 |
| 2002. 7 | 김윤식, 「이효석 문학과 하얼빈」, 《현대문학》 제571호 |
| 2002 | 백지혜, 「이효석 소설에 나타난 '여행' 의미 연구」, 서울대 석사 논문 |
| 2002 | 왕수애, 「이효석 장편 소설에 나타난 대중문화적 특성 연구」, 건국대 교육대학원 석사 논문 |
| 2003. 12 | 민혜숙, 「꽃과 여인, 그 직유와 은유 : 이효석과 프루스트를 중심으로」, 《현대소설연구》 제20호 |
| 2003. 12 | 신희교, 「이효석의 「산협」에 나타난 초점화 연구」, 《한국언어문학》 제51집 |
| 2003. 2 | 정일권, 「이효석의 희곡 『역사』 연구」, 《인문학연구》 제29집, 조선대 인문학연구소 |
| 2003. 2 | 조정래, 「1930년대 서정소설론 재고 : 이효석의 『화분』을 중심으로」, 《현대문학의 연구》 제20집 |
| 2003. 4 | 양은창, 「「메밀꽃 필 무렵」의 등장인물들의 정신구조 고」, 《어문연구》 제41권, 언어연구학회 |
| 2003. 9 | 김종구, 「「메밀꽃 필 무렵」의 시공간과 장소애」, 《한국문학이론과비평》 제7권 제3호 |

2003        권정호, 『이효석 문학 연구』, 월인

2003        김해옥, 「다문화 시대의 문학 작품을 통해 본 한국 문화 : 이효
            석의 「산협」을 중심으로」, 《비교문화연구》 제7집, 경희대 부
            설 비교문화연구소

2003        진은아, 「이효석 소설에 나타난 성의 양상과 성담론」, 부산외대
            교육대학원 석사 논문

2004. 3     김주리, 「이효석 문학의 서구 지향성이 갖는 의미 고찰」, 《민
            족문학사연구》 제24호

2004. 6     김종건, 「이효석 소설의 도시공간과 작가의식」, 《인문과학논총》
            제41집, 건국대 인문과학연구소

2004. 8     조명기, 「이효석의 「산」과 「들」에 나타난 자연의 성격」, 《한국
            문학논총》 제37집

2004. 8     조명기, 「이효석의 맑시즘 비판 논리와 원죄의식 : 「돈(豚)」, 「수
            탉」, 「독백」을 중심으로」, 《우리말글》 제31집

2004. 9     김해옥, 「이효석의 서정 소설과 생태적 상상력 : 작품 「들」을
            중심으로」, 《현대소설연구》 제23호

2004. 9     조명기, 「이효석 소설의 변화 양상 연구 : 「북국사언(北國私信)」,
            「프레류드」, 「오리온과 능금(林檎)」을 중심으로」, 《현대소설
            연구》 제23호

2004        고목화, 「이효석 단편소설의 서정성 연구」, 단국대 교육대학원
            석사 논문

2004        김효신, 「이효석의 「메밀꽃 필 무렵」에 나타난 미의식 소고」,
            《인문과학연구》 제5집, 대구가톨릭대 인문과학연구소

2004        문선엽, 「이효석 소설의 근대성 연구 : 식민지 현실과 근대문학
            론을 중심으로」, 서강대 석사 논문

2004        성상도, 「이효석 후기 소설 연구 : 모더니즘 특성을 중심으로」,
            동국대 교육대학원 석사 논문

| 2004 | 손종업, 「친일의 탈식민적 해석을 위한 시론」, ≪어문연구≫ 32권 3호, 한국어문교육연구회, 가을호 |
| --- | --- |
| 2004 | 이상옥, 『이효석의 삶과 문학』, 집문당 |
| 2004 | 이은이, 「이효석 소설의 낭만성 연구」, 인하대 석사 논문 |
| 2004 | 진효혜, 「심종문과 이효석 소설의 비교 연구 : 향토와 도시의 대립적 시각을 중심으로」, 경희대 석사 논문 |
| 2004 | 최은정, 「이효석 후기 소설 심미성 연구」, 아주대 교육대학원 석사 논문 |
| 2004 | 최혜은, 「문학 교육에서의 정보통신기술(ICT) 활용과 문제중심 학습모형(PBL) : 이효석의 「메밀꽃 필 무렵」을 중심으로」, 충남대 교육대학원 석사 논문 |
| 2005. 11 | 강요열, 「가산 문학 재고(可山 文學 再考)」, ≪진리논단≫ 제12호, 천안대 |
| 2005. 12 | 김윤식, 「이중어 글쓰기 공간에서의 일본인상 : 이효석·한설야·김사량의 경우」, ≪현대문학≫ 제51권 제12호 |
| 2005. 12 | 정실비, 「이효석 문학에 나타난 산문적 세계의 시화와 몽상」, ≪관악어문연구≫ 제30집, 서울대 국어국문학과 |
| 2005. 2 | 권명아, 「태평양 전쟁기 남방 종족지와 제국의 판타지」, ≪상허학보≫, 제14집 |
| 2005. 2 | 김미영, 「1930년대 후반기 소설에 나타난 생태학적 상상력 : 이효석의 「산」, 「들」과 정비석의 「성황당」을 중심으로」, ≪비교문학≫ 제35집 |
| 2005. 6 | 권정호, 「소설 『화분』에 반영된 작가의식에 관한 연구」, ≪국제언어문학≫ 제11호, 국제언어문학회 |
| 2005. 8 | 김형수, 「이효석, '비협력'과 '주저하는 협력' 사이의 문학」, ≪인문학논총≫ 제5집 제1호, 한국인문과학회 |
| 2005. 9 | 김양선, 「이효석 소설에 나타난 식민지 무의식의 양상 : 향토와 |

조선적인 것의 발견을 중심으로」, ≪현대소설연구≫ 제27호

2005    김경수, 「우리 여행소설의 계보」, ≪문학판≫ 통권 17호, 겨울호

2005    김미자, 「이효석 소설의 시간 구조 연구」, 순천대 교육대학원
석사 논문

2005    김주리, 「한국 근대소설에 나타난 신체 담론 연구」, 서울대 박
사 논문

2005    이훈, 「이효석의 후기 단편소설에 나타나는 자연의 의미 연구」,
『현대문학이론연구』

2005    최혜정, 「이효석 단편소설의 인물 연구 : 후기 작품을 중심으로」,
단국대 교육대학원 석사 논문

2005    홍기정, 「이효석 소설에 나타난 자연적 삶의 현실적 의미 : 「산」과
「들」을 중심으로」, ≪문학과 환경≫ 통권 4호, 문학과환경학회

2006. 12  이세주, 「잘못된, 혹은 기이한 만남 : 이효석 초기 단편 재고」,
≪동국어문학≫ 제17 · 18집

2006. 12  이익성, 「이효석 단편 소설의 유형학 : 성과 서정성의 문제를
중심으로」, ≪개신어문연구≫, 제24집

2006. 12  이현주, 「이효석의『주리야』연구 : 원본 확정 문제를 중심으로」,
≪여성문학연구≫ 통권16호

2006. 2   강요열, 「작가의 삶과 작품에 나타난 윤리 양상 2 : 소설가 이효
석을 중심으로」, ≪유관순연구≫ 제8호, 천안대 유관순연구소

2006. 3   표정옥, 「박태원과 이효석의 영화적 기법의 담론 연구 :『천변풍
경』과 「메밀꽃 필 무렵」의 '길'에 대한 시선을 중심으로」, ≪현
대소설연구≫ 제29호

2006    김양선, 「일제 말기 국민문학의 존재 양상 : 이효석의『녹색탑』
을 중심으로」, ≪어문연구≫ 제34권 제2호, 한국어문교육연구
회, 여름호

2006    김인경, 「순수 서정소설의 일고찰 : 1930년대를 중심으로」, ≪한

성어문학》 제25집

필 무렵」을 중심으로」, 연세대 교육대학원 석사 논문

2007    조진기, 「내선일체의 실천과 내선결혼소설」, ≪한민족어문학≫

2007    존 프랭클(John M. Framkl), 「한국(문화)의 바깥 — 한국 문학의
        국제화를 위해 ; 이효석의 『벽공무한』에 나타난 하얼빈에서 서
        울까지」, 『사이』

2007    표정옥, 「이효석, 이상, 김유정 다시 읽기」, 『시학과 언어학』
        민태홍, 「「모밀꽃 필 무렵」과 「역마」 비교 연구 : 두 작품에 내
        포된 근대성을 중심으로」, 연세대 교육대학원 석사 논문

**작성자 박성란**  인하대 대학원 국어국문학과 박사과정 수료. 인하대 강사.

분화와 심화,
어둠 속의 풍경들

탄생 100주년 문학인 기념문학제 논문집 2007

1판 1쇄 찍음 2007년 12월 21일
1판 1쇄 펴냄 2007년 12월 28일

지은이 · 염무웅, 고형진 외
펴낸이 · 박근섭, 박상준
편집인 · 장은수
펴낸곳 · (주)민음사

출판등록 1966. 5. 19. (제16-490호)
서울시 강남구 신사동 506 강남출판문화센터 5층(135-887)
대표전화 515-2000 / 팩시밀리 515-2007
www.minumsa.com
www.daesan.org

값 23,000원

이 논문집은 대산문화재단과 민족문학작가회의가 기획, 개최한
'탄생 100주년 문학인 기념문학제'의 일환으로 한국문화예술위원회의
지원을 받아 제작되었습니다.

ISBN 978-89-374-1214-1 03800